中华诗文选读丛书　伍恒山　主编

明代散文选读

徐　全

伍恒山　编著

长江出版传媒　崇文书局

中华诗文选读丛书
编著人员

主　　编　　伍恒山

编 著 者　　（姓氏笔画为序）

王滔滔　　伍恒山　　余瑞思

姜　焱　徐　全　唐　焱

出版说明

　　"中华诗文选读丛书"是一套实用的、系统的中国古代文学普及读本,面向初、中等文化程度以上的读者。

　　丛书所选诗文,从先秦至近代,按文学发展的时代脉络分若干段,每时段中,以诗、文、词、曲、联分列编选并加注释、解读,每一编内大致以作者生年先后为序。

一、选编原则

　　1.代表性。所选诗文以其思想性与艺术性在中国文学史上有相当代表性为原则。

　　2.普泛性。所选诗文涵盖古文献经、史、子、集四部,比较系统全面。

　　3.经典性。所选诗文注重质量,以经典美诗、美文为主,情、词、义并茂,有相当的文采和审美价值。

　　4.可读性。所选诗文和解读不为艰深,务求简约,雅俗共赏。

　　本编虽以短小隽永、内涵丰富、个性特出、意境较高的美文(诗、词、曲、联)为重,但仍收有一些篇幅较长的文章。如先秦庄周等人的散文,短章径自选入,长篇则择其重要片段;屈原的诗歌《离骚》,有二千余字,比较长,但因为它在文学史上有极为重要的地位,且其内容非常精彩,所以整篇收入。

　　又因为文学不是孤立的存在,与中国文化的发展有密不可分的关系，所以选诗选文有意作文化与文学的会通，采取了与以往选本不同的视角，适当选择在中国文化史上有重要作用和地位的篇目，以求尽可能反映中国文学或文化的面貌。如汉代董仲舒《粤有三仁对》，其中"正其谊不谋其利，明其道不计其功"的论点是后代儒者着力之处，并被朱熹列入《白鹿洞书院学规》；宋代周敦颐《太极图说》、张载《西铭》等，都是在文化思想史上具开辟性，产生过重要作用、影响和意义的文章。同时兼顾了艺术上的丰富多彩，收录了一般文学选本很少涉及的书、画以及音乐内容，如先秦的《乐记》、汉蔡邕的《笔论》、唐孙过庭的《书谱》、唐末五代荆浩的《画山水赋》等，这些文章既有精美的文采，又有艺术上的指导作用，对后世影响巨大。还有一些倾向于史论、政论、哲学类的文章，如唐慧能的《坛经·自序品》，刘知幾《答郑惟忠史才论》《直书》，明黄宗羲的《〈明儒学案〉序》，顾炎武的《正始论》《论廉耻》，近代陈寅恪的"看花愁近最高楼"，等等，这些文章或诗歌要么从史学角度出发，要么从思想角度立论，要么因感时伤世抒情，都有如曹丕《典论·论文》中所说是"经国之大业，不朽之盛事"，所以是必须让我们现代的读者约略了解的。这也是本套丛书一个重要的特色。

二、选编依据

1.总集（选集）：刘义庆编《世说新语》，萧统编《文选》，洪兴祖《楚辞补注》，郭茂倩编《乐府诗集》，王霆震编《古文集成》，元好问编《中州集》，清高宗敕编《唐宋诗醇》《唐宋文醇》，吴之振编《宋诗钞》，沈德潜编《古诗源》《唐诗别裁集》《明诗别裁集》《清诗别裁集》，许槤编《六朝文絜》，董诰等编《全唐文》，彭定求等编《全唐诗》，阮元校刻《十三经注疏》，吴楚材、吴调侯编《古文观止》，严可均辑《全上古三代秦汉三国六朝文》，姚鼐编《古文辞类纂》，李兆洛编《骈体文钞》，蘅塘退士选编《唐诗三百首》，曾国藩编《经史百家杂钞》，黎庶昌编《续古文辞类纂》，陈衍编《近代诗钞》，卢前编《全元曲》，胡君复编《古今联语汇选》，黄涵林编《古今楹联名作选粹》，逯钦立编《先秦汉魏晋南北朝诗》，唐圭璋编《全宋词》，隋树森编《全元散曲》，钱仲联编《近代诗钞》，龚联寿编《联话丛编》，王重民校辑《敦煌曲子词集》，龙榆生编《唐宋名家词选》，任中敏编《名家散曲》，曾昭岷等编《全唐五代词》，张岱年主编《中国启蒙思想文库》，戴逸主编《近代文史名著选译丛书》，钟叔河主编《走向世界丛书》，以及明、清、近代多种诗文选集等。

2. 诸子、史、别集：《老子》《关尹子》《孙子》《列子》《墨子》《庄子》《荀子》《韩非子》《晏子春秋》《吕氏春秋》《国语》《战国策》及《史记》《汉书》《后汉书》《三国志》等，以及各大家如李白、杜甫、王维、苏轼等的别集。

三、选读内容

内文内容包含五项：（一）原文；（二）作者简介；（三）注释；（四）解读；（五）点评。其中，第二项，作者有多篇诗文的，"作者简介"就只放置在第一篇诗文的下面；第五项，"点评"是历代名家精到的"点睛"之语，有的点评较多，择优而选，有的没有点评，只能如孔子所说"君子于其所不知，盖阙如也"。注释和解读中，或释典故，或解词语，或点明主旨，或述其内容，或探讨源流，或普及知识，或介绍人物、背景及时代，有的还纠正通常的错误解读，如《明代散文选读》中高启的《游灵岩记》，解读中就纠正了历来以为作者"清高"、不屑与饶介等人为伍的"暗讽"主旨。

《历代名联选读》在体例上稍有例外，它不依上述五项的格式，因为很多名联的作者是佚名的，同时一联中大多上下联都有两位作者,所以"作者简介"不好固定位置,只得随文释义,将它和注释、解读融会在一起加以处理。又坊间对于名联的注释和解读向以道听途说或穿凿附会、习非成是者居多,本书力求破除牵合附会之习,以征信为原则,有理有据,几于每一联下均列出确切出典,以示体例的严谨。

全编搜罗较广,拣择精严,注释、解读务求精切、客观和通达,旨在令读者更好、更全面地了解中国古代文学和文化,并得到阅读的愉悦、知识的增进和身心的陶冶。

编　者

2022 年 5 月 31 日

前　言

　　明朝立国凡二百七十六年。明朝的文学非常发达：小说蓬勃兴盛，如《三国演义》《水浒传》《封神演义》《金瓶梅》《东周列国志》《醒世姻缘传》等一系列名著相继问世；戏曲繁荣发展，中国戏曲史上规模最大的戏曲总集《六十种曲》成功结集出版；至于散文，也在明朝的文学史上占有重要的一席。

　　明代散文，按照黄宗羲的说法，大体分为三个时期。《〈明文案〉序》上篇："有明之文，莫盛于国初，再盛于嘉靖，三盛于崇祯。国初之盛，当大乱之后，士皆无意于功名，埋身读书，而光芒卒不可掩。嘉靖之盛，二三君子振起于时风众势之中，而巨子哓哓之口舌，适足以为其华阴之赤土。崇祯之盛，王李之珠盘已坠，邾莒不朝，士之通经学古者，耳目无所障蔽，反得以理既往之绪言。此三盛之由也。"又《〈明文案〉序》下篇说："有明文章正宗，盖未尝一日而亡也。"郭预衡《中国散文史》说："黄氏所谓'莫盛于国初'者，盖指明初宋濂、王祎等人的润色洪业之文；所谓'再盛于嘉靖'者，盖指王慎中、唐顺之等人的规唐拟宋之文；所谓'三盛于崇祯'者，盖指黄淳耀、艾南英等人的宗主归唐之文。以这样的文章为正宗，也即是尊崇宋代的儒学传统。"

　　这是从儒学传统或者从古文传统（即唐、宋以来韩、柳、欧、苏等人身体力行的古文传统）来分析明朝散文的大概，而从明朝散文的发展脉络或成就来说，又可分为四个时期。这四个时期主要以

1

流派而论,或以主张的原则为主。

第一期,仍为明初之文,以宋濂、刘基、王祎等人为首,至于"润色洪业",或者刺时讥事,如刘基《郁离子》之寓言,或如方孝孺之醇然雅粹,为先圣之种子,等等,"文学之士,承元季虞、柳、黄、吴之后,师友讲贯,学有本原",至于"胜代遗逸,风流标映,不可指数,盖蔚然称盛已"(《明史·文苑一》)。这一时期,也都是"道从伊洛""文擅韩欧"的,即以儒学(或古文学)传统为主的时期。

第二期,在永乐朝之后,宦官酷虐,朝政日非,纲纪废弛,从洪武、永乐以来行之有效的儒学思想统治渐有失控之势。至明朝中期,出现了以"心学"为主体的思想家陈献章和王守仁,开始突破明初以来的儒学传统。"宗守仁者,曰姚江之学,别立宗旨,显与朱子背驰,门徒遍天下,流传逾百年。"(《明史·儒林一》)与此同时,文学界也出现了李梦阳、何景明等人提倡的复古运动。"文自西京,诗自中唐而下,一切吐弃,操觚谈艺之士,翕然宗之。明之诗文,于斯一变。"(《明史·文苑一》)"理学之变而师心","时文之变而师古",这在明代文化史上是个新的起点。从此以后,明代散文便出现了突破传统的变化,涌现出了不同流派的作家。这个时期的代表人物包括以李梦阳为首的"前七子"以及以李攀龙、王世贞等人为首的"后七子",还有王慎中、唐顺之等"嘉靖八才子"与为文"原本经术"的归有光等。前后七子都是文宗秦汉、诗推盛唐的,一味模拟,生吞活剥,甚至故意诘屈其辞,无创造之力,有矩步之劳,所以创作的成就并不高。至于世称唐宋派的王慎中、唐顺之、茅坤、归有光等人,于规行矩步之中,强调"自为其言",并"洗涤心源,独立物表,具今古只眼",所以为文能直抒胸臆,做到文从字顺,朴素自然。尤其是归有光,善于即事抒情,描绘家庭琐事,真挚动人,"不事雕饰而自有风味"。而此时有不为前后七子所囿者,又能于台阁体中杰然特出,成为散文名家,如马中锡的横逸奇崛、王守仁的疏畅俊达、程敏政的跌宕曲折,都具有一定的创作个性。正是马中锡、王守仁以及唐宋派诸散文作家的努力,使明代中期的散文创作出现了一个高潮。

第三期,是辉煌的时期,也是小品文大行于世、大放异彩的时期。这个时期,从万历开始,而至崇祯结束。万历执政的特点就是皇帝罢朝,不理政务,有一次罢朝时间长达二十八年,而官员们则苦命维持着政务系统的运行。由于官员选拔问题长时间被搁置,老的罢去,新官员得不到补充,官员数量锐减,使得当时的官僚系统处于部分瘫痪的状态,由此导致政府对民间的检察、监管力度大为降低,国家意识也大为减弱。而国家意识与人民意识是彼消此长的关系,所以这个时候,人民意识的力量空前壮大,于是一切如孔子所言,"天何言哉?四时行焉,百物生焉",都自由生成、生长并快速增长起来。明朝商品经济得到迅速发展,社会繁荣,已达到资本主义萌芽阶段,而文学领域,尤其是散文也乘势自由发挥,蓬勃生长。这个时期,从李贽的《童心说》以童心为真心,提倡作文以"真心"为宗旨,从而摆脱陈腐虚伪的规矩束缚,至三袁提倡"独抒性灵",追求"幅短而神遥,墨希而旨永",无论叙事抒情、说理谈天,都信笔直书,流畅隽永,其中夹杂着不少"怡人耳目,悦人性情"的诙谐和幽默,这一大批散文,世称"晚明小品"。这一时期,以李贽、袁宏道、钟惺、谭元春、刘侗、王思任、张岱等人为代表,他们的作品风格独特,题材多样,形式活泼,成就也最高。

第四期,是明亡前后,是对晚明小品文或"心学"的反动。鉴于晚明内忧外患,国家衰弱,这时期的学者文人身处社会危机特别严重的时刻,他们的文学主张和散文创作已自觉地突破了前人规范的框框,而向经世致用的方面着力,所以他们写出了不少面对现实、雄厚而强有力的作品。如张溥、黄宗羲、顾炎武、王夫之、夏完淳等人,他们要么是以天下兴亡为己任,要么是与邪恶的势力作坚决的斗争,都表现得激昂慷慨,感情充沛,为明朝的文学贡献了一个圆满的结局。

明朝缺乏像唐宋时期那样卓然独立的文章大家,但仍有不少优秀作品,它以取材广泛、表现手法多样,特别是晚明小品文的突破性成就而在中国散文发展史上占有重要地位。黄宗羲在《〈明文案〉序》中总结了明朝文学的局限、优点以及特点:"三百年人士之精神,专注于场屋之业,割其余以为古文,其不能尽如前代之盛者,无足怪也。……若以《文案》与四选(《昭明文选》《唐文粹》《宋文鉴》《元文类》)并列,文章之盛,似谓过之。夫其人不能及于前代,而其文反能过于前代者,良由不名一辙,唯视其一往深情,从而捃摭之,巨家鸿笔以浮浅受黜,稀名短句以幽远见收。今古之情无尽,而一人之情有至有不至。凡情之至者,其文未有不至者也,则天地间街谈巷语、邪许呻吟,无一非文,而游女、田夫、波臣、戍客,无一非文人也。"他认为明朝三百年历史中,读书人都专注于科举考试,很少将精力放在古文上面,所以没有能诞生像唐宋时期那样杰出的作家是在情理之中的。虽然没有绝代的散文大家,写文章的人却很多,身份很复杂,形式也多样,题材也广泛,而最为关键的一点是,明代的散文"一往深情",所以单篇的至文很多,不输于任何一个时代,按黄宗羲的说法就是"反能过于前代",这是明朝散文最大的优势所在。

这些优势、特点在本书中都有反映。明代散文给予文学的启示不少,其他的有赖读者在阅读时善加领会。本书编写时疏漏亦必不少,如有错误,恳请批评指正。

伍恒山

2022 年 3 月 3 日

目　录

1

送天台①陈庭学序　　　宋　濂

　　西南山水，惟川蜀②最奇。然去中州③万里，陆有剑阁栈道④之险，水有瞿唐滟滪之虞⑤。跨马行篁⑥竹间，山高者累旬日不见其巅际⑦，临上而俯视，绝壑万仞⑧，杳莫测其所穷⑨，肝胆为之掉栗⑩。水行则江石悍利⑪，波恶涡诡⑫，舟一失势尺寸，辄糜碎土沉⑬，下饱鱼鳖。其难至如此，故非仕⑭有力者，不可以游；非材有文者⑮，纵游无所得；非壮强⑯者，多老死于其地。嗜奇⑰之士恨焉！

　　天台陈君庭学，能为诗，由中书左司掾⑱屡从大将北征有劳，擢四川都指挥司照磨⑲，由水道至成都⑳。成都，川蜀之要地，扬子云、司马相如、诸葛武侯之所居㉑。英雄俊杰战攻驻守之迹，诗人文士游眺饮射、赋咏歌呼之所㉒，庭学无不历览。既览，必发为诗，以纪其景物时世㉓之变，于是其诗益工㉔。越三年㉕，以例自免归㉖，会余于京师。其气愈充，其语愈壮，其志意愈高，盖得于山水之助者侈㉗矣。

　　余甚自愧，方余少时，尝有志于出游天下，顾㉘以学未成而不暇。及年壮可出，而四方兵起㉙，无所投足㉚。逮今圣主兴而宇内定㉛，极海之际㉜，合为一家，而余齿益加耄矣㉝！欲如庭学之游，尚可得乎？然吾闻古之贤士若颜回、原宪㉞，皆坐守陋室㉟，蓬蒿没户㊱，而志意常充然㊲，有若囊括㊳于天地者。此其故何也？得无㊴有出于山水之外者乎？庭学其试归而求焉，苟有所得，则以告余，余将不一愧而已也。

【作者简介】

宋濂(1310—1381),字景濂,号潜溪,别号龙门子。祖籍金华潜溪(今浙江义乌),后迁居金华浦江(今浙江浦江)。元顺帝至正(1341—1368)年间隐居龙门山,号玄真子。朱元璋取婺州,与刘基、章溢、叶琛并被征至应天府,授江南等处儒学提举,授太子经书。明初,奉旨主修《元史》。后迁国子司业、礼部主事,官至知制诰、翰林学士承旨。洪武十三年(1380),其长孙宋慎坐胡惟庸党被杀,帝欲置其死,赖皇后、太子力救,于是全家徙四川茂州安置,次年卒于夔州。宋濂为明朝开国文臣之首,一生手不释卷,学问广博,著述甚多,学者称为太史公。有《宋学士全集》。

【注释】

①天台:县名,今属浙江省。以境内有天台山而得名。

②川蜀:泛指今四川一带。

③中州:犹言中原。对异域而言指中国,在中国范围内或泛指黄河流域,或专指居九州中间之豫州。明、清以来专指河南一省。写此文时,宋濂正在河南龙门山讲学。

④剑阁栈道:古代蜀北要塞,在今四川省剑阁县东北大剑山与小剑山之间,为石牛道中一段,"连山绝险,飞阁通衢"(《水经注》)。三国蜀汉诸葛亮重凿剑山,修筑栈阁,以通行旅。栈道,在山势险峻、无路可行的地方凿石架桥连阁而成的一种通道。

⑤瞿唐:即瞿塘峡,长江三峡之一。滟滪:即滟滪堆,在瞿塘峡口,是突出在长江江心的巨石,为长江上著名的险滩。虞:忧虑。

⑥篁(huáng):竹林,泛指竹子。

⑦累:连续。旬日:十天。亦指较短的时日。

⑧绝壑:深谷。壑,坑谷,深沟。仞:古代长度单位。周制八尺为一仞,汉制七尺为一仞。

⑨杳:幽暗,深远。穷:尽。

⑩掉栗:颤抖。

⑪悍利:强劲锋利。悍,强劲,坚实。

⑫波恶涡诡:波涛凶恶,旋涡诡异。

⑬辄:每每,总是。糜碎:粉碎。糜,碎烂,毁坏。

⑭仕:为官,任职。《论语·子张》:"子夏曰:'仕而优则学,学而优则仕。'"

⑮材:资质,本能。文:文才,才华。

⑯壮强:谓强壮有力。或指年富力强。

⑰嗜奇:喜欢寻奇探胜。

⑱中书左司掾(yuàn):元代以中书省总领百官,与枢密院、御史台分掌政、军、监察三权。中书省下置左右司,分管省事。明初尚沿元制。掾,古代副职官员或官署属员的通称。

⑲擢(zhuó):提升。都指挥司:明官署名,简称都司。是明在地方设立的军事指挥机关,掌一方军政,统率其所辖卫所,隶五军都督府并听从兵部调令。与布政使司、按察使司合称三司,分掌地方军政、民政、刑狱。照磨:官名。元、明、清皆设此官,掌核对文卷,主管文书,照刷卷宗。元代中书省等多数官署都设照磨,中书省照磨为正八品。明代都察院、承宣布政使司、提刑按察使司等都设有照磨,有的为正八品,有的为从八品,有的为正九品。这里指都指挥司的属官。

⑳成都:地名,在今四川省成都市。成都之得名,据《太平御览》卷一六六引《史记》曰:"周太王逾梁山,之岐山,一年成邑,二年成都,故有成都之名。"

㉑扬子云、司马相如:扬子云即扬雄(前53—后18),字子云;司马相如(前179—前117),字长卿。二人并为西汉时期著名的辞赋家,均为蜀郡成都人。诸葛武侯:即诸葛亮(181—234),字孔明,琅邪阳都(今山东沂南)人。三国时期蜀汉丞相,曾封武乡侯,故后人称之为诸

3

葛武侯。

㉒游眺:犹游览。饮射:饮酒射箭。古代的典礼,如乡饮酒、乡射、大射等。歌呼:歌唱;高吟呼号。

㉓时世:时代,世道。

㉔益:更加。工:精巧。

㉕越三年:过了三年。

㉖以例:按照旧规或惯例。自免:自请免职。

㉗侈:大,多。

㉘顾:只是,但是。

㉙四方兵起:指元末全国各地爆发农民起义和出现群雄割据。兵,本指武器,引申为军事或战争。

㉚无所投足:没有地方安身。投足,举足,举步,引申为栖身。

㉛逮(dài):及,到。今圣主:即现在圣明的君主,指明朝开国皇帝朱元璋。宇内:即天下。

㉜极海之际:到大海的边际。

㉝齿:门牙。本指牛马的岁数。牛马幼小者岁生一齿,因以齿计其岁数。这里指人的年龄。耄(mào):古称大约八九十岁的年纪。形容年老。

㉞颜回、原宪:都是孔子的学生,一生穷困而德行很高。颜回(前521—前490),字子渊,或称颜渊。春秋末鲁国人。家贫,居陋巷,箪食瓢饮而不改其乐。孔子称其"不迁怒,不贰过"。后世尊为"复圣"。原宪(约前515—?),字子思。亦称原思、仲宪。春秋时鲁国人,一说宋国人。孔子弟子。贫而乐道,敦品励学。孔子为鲁司寇,以为家邑宰。孔子死后,隐居于卫。子贡任卫相,结驷连骑,排藜藿,入穷巷,前往探望,他破衣敝帽会见子贡,不以为耻。

㉟坐守:犹固守,死守。陋室:简陋的屋子。《韩诗外传》卷五:"彼大儒者,虽隐居穷巷陋室,无置锥之地,而王公不能与争名矣。"

㊱蓬蒿没户：草丛掩没了屋门。蓬蒿，蓬草和蒿草，亦泛指草丛、草莽。没，掩盖，遮蔽。户，单扇门，亦泛指门。

㊲充然：犹浩然。盛大貌。

㊳囊括：包罗，包含。囊，袋子。括，束扎，捆束。

㊴得无：犹言岂不，莫非。《论语·颜渊》："为之难，言之得无讱乎？"

【解读】

这是作者给浙江天台县人陈庭学写的赠序。赠序是古代文体"序"中的一种。

序，本义是中堂的东、西墙。用作文体的"序"，是"绪"的假借字，"绪"的本义是丝线的头，《说文·糸部》："绪，丝耑（端）也。"有开端、头绪的意思。经传中又多假借为"叙"，"叙"有次第、次序之意。所以作为文体的"序"，是表示安放在作品开端作为陈述主旨、创作过程，编次体例或介绍相关情况的文字，大多应用于图书或文章的前面，功用有如今日的"前言"或"引言"，其种类有"自序"和"他序"两种。但古人又另有一种"赠序"，是临别赠言的意思，内容多是对于所赠亲友的赞许、推重、劝诫或勉励之词，在古代别集类或总集类的书籍中，作为前言性质的"序"与作为赠言性质的"序"是分列两种文体、不相混淆的。《送天台陈庭学序》就是属于赠序性质的，是作者写给晚辈陈庭学的赠言，虽主要有对陈庭学推重、奖勉的意思，但末章微言见志，更委婉地表达了作者对后学陈庭学的劝讽和期望之意。

本文分三段。第一段，介绍巴蜀山水险峻奇特的特点，并说明打算游历巴蜀的嗜奇人士需要有强健的体魄和富赡的才华才能有所收获。第二段，介绍巴蜀山水自古以来吸引和陶冶了诸多杰出人物，如著名辞赋家司马相如、扬雄和杰出的政治家诸葛亮等，同时介绍陈庭学在四川成都任职并借机游览巴蜀山水的经历，阐述其在游览中开阔眼界、增长见识，在志趣、情操、学业等方面均获益匪浅。自此以后，其精神面貌为之一新，"其诗益工""其气愈充，其语愈壮，其志意愈高"，这是因为极大地得力于山水（大自然）之助。第三段，叙述自己青壮年时也有出游天下的理想，但因为年少时学未成、成年后兵荒马乱而放弃，这是非常可惜的，到现在老了，更没有精力作陈庭学式的壮游了。但作者至此突然话锋一转，认为有远高于山水的东西，那就是德行、言语、政事、文学等孔学儒道，同时举了两位古代贤士的例子，一是颜回，一是原宪，两人都是安贫乐道的典型。颜回是孔子最杰出的学生，素以德行著称。《论语·雍也》说他"一箪食，一瓢饮，在陋巷，人不堪其忧，回也不改其乐"。其为人谦逊好学，"不迁怒，不贰过"，所以孔子对他赞不绝口，称"回也，其心三月不违仁"，充满了爱惜之意。原宪，后来被收入晋皇甫谧《高士传》中，《庄子·杂篇·让王》对他有很形象的描写："原宪居鲁，环堵之室，茨以生草；蓬户不完，桑以为枢；而瓮牖二室，褐以为塞；上漏下湿，匡坐而弦。子贡乘大马，中绀而表素，轩车不容巷，往见原宪。原宪华冠縰履，杖藜而应门。子贡曰：'嘻！先生何病？'原宪应之曰：'宪闻之，无财谓之贫，学而不能行谓之病。今宪贫也，非病也。'子贡逡巡而有愧色。原宪笑曰：'夫希世而行，比周而友，学以为人，教以为己，仁义之慝，舆马之饰，宪不忍为也。'"这段文字通过描述原宪与子贡的会面及对话，对原宪身居陋室、穷困潦倒而矢志不移的精神给予充分的肯定和褒扬，借原宪之口强调士之立身立世，除了功名之外，尚有反求诸己、远高于功利目的的道德追求。所以作者在文末委婉地劝诫陈庭学试着回去在古圣先贤的著作中涵泳、探求，希望其学有所得，体会在山水之外的道德学问的光辉。

本文文笔简练，词采雅洁，运用了衬托和对比的手法，写景状物生动而明朗，文意层层递进，含蓄而深沉。

【点评】

先叙游蜀之难，引起庭学之能游，是正文。继叙己之不能游，与前作反衬。末更推进一步，起伏应合，如峰回路转，真神明变化之笔。

（［清］吴楚材、吴调侯《古文观止》卷十二）

王念存曰："结构周密，文势遒练，可以继轨欧、曾。先生《阅江楼记》亦脍炙人口，应制之文，体裁宏伟，然不若此篇之苍劲。"评解："起首从蜀山水之奇起，乃从所仕之地生情也。后段推进一层，乃作序本意，得规勉体。篇中以'山水'二字为眼目，故前后三见；而前半二'奇'字，后半二'愧'字，各相照应，又各半篇之眼目也。文之细密如此。"书后："太史公周览天下名山大川，故其文疏荡有奇气。于是好奇之士，有谓子长之文章不在书而在游者。不在书而在游，是必穷泰山之巅，极禹穴之深，人迹之所罕到，子长历历寓目而后可。不知天下一意耳，不出户庭而知者，千古岂乏人哉！陈君庭学，一游蜀而其诗益工，斯亦可以言游者矣。宋公恐其终于游而不在书也，于是进之以不必游；而其游直可囊括乎天地，庭学果不以颜回、原宪为不足游，则庭学进矣。然则不在书而在游，可以语子长之文章，而不可以语天下后世之学为文章者。以书为游，则虽起子长而问之，亦安得取宋公之言而易之哉！"（［清］李扶九原编、黄仁黼重订《古文笔法百篇》卷十一）

阅 江 楼①记 宋　濂

金陵②为帝王之州，自六朝迄于南唐③，类皆偏据④一方，无以应山川之王气⑤。逮我皇帝定鼎于兹⑥，始足以当之⑦。由是声教所暨⑧，罔间朔南⑨；存神穆清⑩，与道同体⑪。虽一豫一游⑫，亦思为天下后世法。京城之西北有狮子山⑬，自卢龙⑭蜿蜒而来。长江如虹贯⑮，蟠绕⑯其下。上以其地雄胜，诏⑰建楼于巅，与民同游观之乐，遂锡嘉名为"阅江"云⑱。

登览之顷⑲,万象森列⑳,千载之秘,一旦轩露㉑。岂非天造地设㉒,以俟大一统之君㉓,而开千万世之伟观㉔者欤?当风日清美,法驾㉕幸临,升其崇椒㉖,凭栏遥瞩㉗,必悠然而动遐思㉘。见江汉之朝宗㉙,诸侯之述职㉚,城池㉛之高深,关厄之严固㉜,必曰:“此朕栉风沐雨㉝、战胜攻取之所致也。”中夏㉞之广,益思有以保之。见波涛之浩荡,风帆之下上,番舶接迹而来庭㉟,蛮琛联肩而入贡㊱,必曰:“此朕德绥威服㊲,覃及㊳内外之所及也。”四夷㊴之远,益思有以柔㊵之。见两岸之间,四郊㊶之上,耕人有炙肤皲足㊷之烦,农女有捋桑行馌㊸之勤,必曰:“此朕拔㊹诸水火,而登于衽席㊺者也。”万方之民,益思有以安之。触类而推,不一而足。臣知斯楼之建,皇上所以发舒精神,因物兴感,无不寓其致治㊻之思,奚止㊼阅夫长江而已哉?

彼临春、结绮㊽,非不华矣;齐云、落星㊾,非不高矣。不过乐管弦之淫响㊿,藏燕赵之艳姬(51),一旋踵间而感慨系之(52),臣不知其为何说也。虽然,长江发源岷山(53),委蛇(54)七千余里而始入海,白涌碧翻,六朝之时,往往倚之为天堑(55)。今则南北一家,视为安流(56),无所事乎战争矣。然则果谁之力欤?逢掖(57)之士,有登斯楼而阅斯江者,当思帝德如天,荡荡难名(58),与神禹疏凿之功同一罔极(59),忠君报上之心,其有不油然而兴者耶?臣不敏(60),奉旨撰记,故上推宵旰(61)图治之切者,勒诸贞珉(62)。他若留连光景之辞,皆略而不陈,惧亵(63)也。

【注释】

①阅江楼:在今江苏南京狮子山上,为明代开国皇帝朱元璋下诏修建。建成后,朱元璋常登临其上览胜。

②金陵:江苏省南京市的古称。自古有"钟山龙蟠,石头虎踞"之称,所以是天然的帝王之都。

③六朝:三国吴、东晋和南朝的宋、齐、梁、陈,相继建都建康(吴名建业,西晋时避愍帝司马邺讳更名建康,今南京市),史称六朝。南唐(937—975):五代十国时期李昇在江南建立的王朝,定都江宁(今江苏南京)。

④偏据:谓据有一隅之地。

⑤王气:旧指象征帝王运数的祥瑞之气。《东观汉记·世祖光武皇帝纪》:"望气者言春陵城中有喜气,曰:'美哉!王气郁郁葱葱。'"

⑥皇帝:这里指明太祖朱元璋。定鼎:传说夏禹铸九鼎以象九州,夏、商、周三代都将其作为传国重器置于国都,随都迁徙,后世遂称定都或建立王朝为定鼎。

⑦当之:与之相匹配。当,对等,相当,引申为匹配。

⑧声教:声威教化。暨:至。

⑨罔间朔南:南方和北方连成一体,没有分隔。罔,无,没有。间,阻隔,间隔。朔,北方。

⑩存神:存养精神,保全精神。穆清:和穆而清明。

⑪道:宇宙万物的本原、本体。《周易·系辞上》:"一阴一阳之谓道。"同体:同一形体,共一形体。比喻无区别,一致。

⑫一豫一游:谓巡游。豫,古代专指帝王秋天巡察天下的收成情况。游,指帝王春季巡视天下田土耕种的情况。《晏子春秋·内篇·问下》:"闻天子之诸侯为巡狩,诸侯之天子为述职。故春省耕而补不足者谓之游,秋省实而助不给者谓之豫。夏谚曰:'吾君不游,我曷以休?吾君不豫,我曷以助?一游一豫,为诸侯度。'"

⑬狮子山:晋时名卢龙山。明初,因其形似狻猊(狮子的古称),更名为狮子山。

⑭卢龙:卢龙山,在今江苏省南京市江宁区西北。

⑮虹:大气中一种光的现象。天空中的小水珠经日光照射发生折射和反射作用而形成的弧形彩带,从外圈到内圈呈现红、橙、黄、绿、蓝、靛、紫七种颜色。《礼记·月令》:"(季春之月)虹始见,萍始生。"贯:贯穿,贯通。

⑯蟠绕:环绕,围绕。蟠,盘曲,盘结。

⑰诏:皇帝下达命令。

⑱锡:通"赐"。嘉名:好名字,好名称。

⑲顷:时,时候。

⑳万象森列:各种事物和现象纷然罗列。

㉑一旦:一天之间。形容时间短。轩露:显露。

㉒天造地设:自然形成。

㉓俟:等待。大一统:大,重视、尊重;一统,指天下诸侯皆统系于周天子。《公羊传·隐公元年》:"何言乎王正月?大一统也。"徐彦疏:"王者受命制正月以统天下,令万物无不一一皆奉之以为始,故言大一统也。"《汉书·王吉传》:"《春秋》所以大一统者,六合同风,九州共贯也。"后世因称封建王朝统治全国为大一统。

㉔伟观:壮伟的景象,大观。

㉕法驾:皇帝的车驾。

㉖升:登上。崇椒:高高的山顶。椒,山巅。

㉗遥瞩:远眺。

㉘遐思:悠远的思索或想象。

㉙朝宗:古代诸侯春、夏朝见天子。后泛称臣下朝见帝王。《周礼·春官·大宗伯》:"春见曰朝,夏见曰宗,秋见曰觐,冬见曰遇。"比喻小水汇流注入大水。《尚书·禹贡》:"江汉朝宗于海。"

㉚诸侯:古代帝王所分封的各国君主。在其统辖区域内,世代掌握军政大权,但按礼要服从王命,定期向帝王朝贡述职,并有出军赋和服役的义务。述职:诸侯向天子陈述职守情况。

㉛城池:城墙和护城河。

㉜关厄:险要的关口。厄,指险阻之处,险要之地。严固:严密坚固。

㉝栉(zhì)风沐雨:风梳发,雨洗头。形容奔波劳苦。语出《庄子·杂篇·天下》:"沐甚雨,栉疾风。"

㉞中夏:指华夏,中国。

㉟番舶:旧称来华的外国船只。舶,海中大船。接迹:足迹前后相接。形容人多。这里是形容外国船舶频繁来华的盛况。来庭:犹来朝。谓朝觐天子。庭,通"廷",古代帝王接受朝见和处理政事的地方。

㊱蛮:本指荒野遥远、不设法制的地方。我国古代对南方少数民族的泛称。这里指国外。琛(chēn):珍宝。联肩:并肩。形容接连不断。入贡:向朝廷进献财物土产。《周礼·秋官·小行人》:"令诸侯春入贡,秋献功,王亲受之,各以其国之籍礼之。"

㊲朕:我。公元前221年秦始皇定为帝王自称之词,沿用至清。《史记·秦始皇本纪》:"臣等昧死上尊号,王为'泰皇'。命为'制',令为'诏',天子自称曰'朕'。"德绥:以恩德安抚。威服:以威力慑服。

㊳覃(tán)及:延伸到。覃,蔓延,延伸。

㊴四夷:古代华夏族对四方少数民族的统称。含有轻蔑之意。泛指外族,外国。

㊵柔:安抚。

㊶四郊:都城四周的地区。泛指郊外。

㊷炙肤皲(jūn)足:皮肤晒焦,足部冻裂。形容农民耕作的辛苦。

㊸捋桑行饁(yè):采摘桑叶,为田里耕作的农夫送饭。

㊹拔:解除,解救。

㊺衽(rèn)席：床褥与莞簟。泛指卧席，引申为寝息之所。

㊻致治：使国家在政治上安定清平。

㊼奚止：何止，哪里止。以反问的语气表示不止。

㊽临春、结绮：均为阁名，南朝陈后主时建。《陈书·皇后传》："至德二年，乃于光照殿前起临春、结绮、望仙三阁。阁高数丈，并数十间，其窗牖、壁带、悬楣、栏槛之类，并以沉檀香木为之，又饰以金玉，间以珠翠，外施珠帘，内有宝床、宝帐，其服玩之属，瑰奇珍丽，近古所未有。"

㊾齐云：古楼名，言其高与云齐。唐曹恭王所建，后更名飞云阁。明太祖朱元璋克平江(今苏州)，执张士诚，其群妾焚死于此楼。故址在今江苏省苏州市城内阊桥南。落星：楼名，三国时期吴大帝孙权所建。在今江苏省南京市东北临江的落星山上。

㊿淫响：庸俗、放荡的音乐。淫，放纵。

(51)燕赵：指战国时燕、赵二国。后泛指其所在地区，即今河北省北部及山西省西部一带。《古诗十九首·东城高且长》："燕赵多佳人，美者颜如玉。"艳姬：美女，美妾。

(52)旋踵：掉转脚跟。形容时间短促。踵，脚后跟，亦泛指脚。感慨系之：指对某件事有所感触而不禁慨叹。

(53)岷山：山名。在四川省北部，绵延至四川、甘肃两省边界，为长江、黄河分水岭，岷江、嘉陵江支流白龙江发源地。

(54)委蛇：同"逶迤"，连绵曲折。

(55)倚：倚仗，凭借。天堑：天然的壕沟。言其险要可以隔断交通。多指长江。

(56)安流：平稳的流水。

(57)逢掖：宽大的衣袖。《礼记·儒行》："丘少居鲁，衣逢掖之衣；长居宋，冠章甫之冠。"指古代儒生所穿之衣。这里借指儒生。逢，宽大。

(58)荡荡：广大貌，博大貌。难名：难以称述。

⑤神禹疏凿之功：指夏禹治水之功。疏凿，疏导、开凿。罔极：无极，无穷尽，无边际。

⑥不敏：不聪慧。谦辞，犹不才。《论语·颜渊》："回虽不敏，请事斯语矣。"

⑥宵旰(gàn)：即"宵衣旰食"，天不亮就穿衣起身，天黑了才吃饭。形容非常勤劳，多用以称颂帝王勤于政事。

⑥勒：刻。贞珉(mín)：石刻碑铭的美称。

⑥亵：轻慢。

【解读】

明太祖朱元璋在金陵（也就是今天的江苏省南京市）的狮子山上修建了一座楼，名为"阅江"，"阅"有检阅、观看、阅览等意思，即登上这座楼，就可以看尽长江浩瀚壮丽的景色。楼建成后，明太祖命作者写一篇记叙性文字，以"寓其致治之思"。

因为本文是奉诏而作，所以文章中充满了为朱元璋歌功颂德的文字，不乏溢美之词，但作者也巧妙地加入了许多讽谏性的文字，虽不是直言，却是借歌功颂德之机，寓勉励其励精图治之意，文字很婉转，是应制文中的代表作之一。

本文分三段。第一段，叙述金陵的山川王气以及明朝建都于此、天下一统的事实，然后介绍阅江楼的位置及形胜，并叙述明太祖命令建楼、命名的原因及经过。第二段，写阅江楼的意义以及明太祖登楼的所见所思。这一段夹叙夹议，主要从三个方面入手，即所谓"三见三思"：第一个方面，登楼而阅视长江，见"江汉之朝宗，诸侯之述职，城池之高深，关厄之严固"，歌颂明太祖"栉风沐雨、战胜攻取"的成就；第二个方面，见眼前波涛浩荡，风帆上下，万国来朝，声威远被天下，歌颂明太祖怀柔远人的功绩；第三个方面，登临此楼，见农民耕作之劳、妇女纺织之勤等太平盛况，歌颂明太祖救民于水火之功德。在歌颂这三个方面之余，每一次都有委婉劝谏之意，就是希望国君能够"益思有以保之""益思有以柔之""益思有以安之",从而励精图治,达到长治久安的目的。行文层层推进,并叙述明太祖建楼的主要原因是为了"发舒精神,因物兴感","寓其致治之思",而不仅仅是为了观赏长江的景色。第三段,由上文的三见三思,引起对历史的回顾,却同时紧紧扣住"楼"字做文章,以临春、结绮二阁的奢华,齐云、落星二楼的高峻与阅江楼作对比,说明了耽于女乐、不顾国政则立致亡国之祸的道理。接着,又把今日眼前的长江与昨日战乱之中的长江作对比,说明昨日之"天堑",今日已为"安流"。在两个对比之后,提出"然则果谁之力欤"的设问。这一句问得有力,也问得巧妙,既总结了上文,又开启了下文,同时斩截有力地达到了歌功颂德的目的。末叙作此文的原因以及撰作此文的原则。

　　本文结构巧妙,言语简洁,写景、叙事和议论穿插自然,具有宽阔舒展的气势。

【点评】

　　奉旨撰记,故篇中多规颂之言,而为庄重之体,真台阁应制文字。明初朝廷大制作,皆出先生之手,洵堪称为一代词宗。([清]吴楚材、吴调侯《古文观止》卷十二)

　　记为楼作,自主极言楼之壮丽,及楼所见景物之佳,文偏只一两笔点缀,而所谓一二笔者,又皆撇笔,如此腾空破浪而行,真是奇观。然记事文字略题面而详题意,前贤已有为之者矣。如范文正《严先生祠堂记》等,况承君命作记,更较与别人言不同,故通体以规讽为主,前以与民同游观之乐,引起中间痛发安不忘危之意,入后收未过,反复慨叹而兼勉,末仍归到规讽君上作结妙,能处处与阅江楼有关合,不可移置他题上去,波澜壮阔,步骤从容,结构精严,词旨恺切,昔人评云:"驾宋轶唐,不愧一代文臣领袖。"良不诬也。([清]余诚《重订古文释义新编》卷八)

　　按:宋公以文学受知太祖,恒侍左右,备顾问。一日,谓太祖曰:

"得天下以人心为本。人心不固，虽金帛充牣，将焉用之？"又尝奉制咏鹰，直以古禽荒为戒。其平时随事纳忠，概可想见。此篇于"勤退思"数段，有固人心之意；于"临春"一段，有戒禽荒之心。反复细玩，无非一片忠爱所流，诚名臣也，亦至文也。又按：此文中幅，全从魏徵《十思疏》、王禹偁《待漏院记》脱胎而来，后为刘曾《春秋楼记》所取。自来古文多相摹仿者，时文何独不然？在读者善读之耳。详解：一楼记耳，而一起一结，便有气象。而中间又从"阅"上生出一"思"字，发出三段大议论。体裁宏远，小中见大。（[清]李扶九原编、黄仁黼重订《古文笔法百篇》卷七）

送东阳马生序① 宋　濂

余幼时即嗜学②。家贫，无从致③书以观，每假借④于藏书之家，手自⑤笔录，计日⑥以还。天大寒，砚冰坚⑦，手指不可屈伸，弗之怠⑧。录毕，走⑨送之，不敢稍逾约⑩。以是人多以书假余，余因得遍观群书。既加冠⑪，益慕圣贤之道⑫，又患无硕师名人与游⑬，尝趋百里外⑭，从乡之先达执经叩问⑮。先达德隆望尊⑯，门人弟子填其室⑰，未尝稍降辞色⑱。余立侍⑲左右，援疑质理⑳，俯身倾耳以请㉑；或遇其叱咄㉒，色愈恭，礼愈至，不敢出一言以复㉓；俟其欣悦，则又请焉。故余虽愚，卒获有所闻㉔。

当余之从师也，负箧曳屣㉕，行深山巨谷中。穷冬烈风㉖，大雪深数尺，足肤皲裂㉗而不知。至舍，四支僵劲不能动㉘，媵人持汤沃灌㉙，以衾拥覆㉚，久而乃和㉛。寓逆旅㉜，主人日再食㉝，无鲜肥滋味之享㉞。同舍生皆被绮绣㉟，戴

15

朱缨宝饰㊱之帽，腰白玉之环㊲，左佩刀，右备容臭㊳，烨然㊴若神人。余则缊袍弊衣处其间㊵，略无慕艳意㊶，以中有足乐者，不知口体之奉不若人也㊷。盖余之勤且艰若此。

今虽耄老㊸，未有所成，犹幸预君子之列㊹，而承天子之宠光㊺，缀㊻公卿之后，日侍坐备顾问㊼，四海亦谬称其氏名㊽，况才之过于余者乎？

今诸生学于太学㊾，县官日有廪稍之供㊿，父母岁有裘葛之遗㉛，无冻馁之患矣㉜；坐大厦之下而诵诗书，无奔走之劳矣；有司业、博士为之师㉝，未有问而不告、求而不得者也。凡所宜有之书，皆集于此，不必若余之手录、假诸人而后见也。其业有不精、德有不成者，非天质之卑㉞，则心不若余之专耳，岂他人之过哉！

东阳马生君则，在太学已二年，流辈㉟甚称其贤。余朝㊱京师，生以乡人子谒余㊲，撰长书以为贽㊳，辞甚畅达；与之论辨，言和而色夷㊴。自谓少时用心于学甚劳，是可谓善学者矣。其将归见㊵其亲也，余故道为学之难以告之。谓余勉乡人以学者，余之志也㊶；诋我夸际遇之盛而骄乡人者㊷，岂知予者哉！

【注释】

①东阳：今浙江省东阳市。马生：姓马的太学生，即文中的马君则，生平不详。

②余：我。嗜学：爱好读书。

③致：得到。

④假借：借。

⑤手自：亲手。

⑥计日：计算着日子。

⑦冰坚：又冷又硬。

⑧弗之怠：即"弗怠之"，对此不懈怠。弗，不。之，代词，这里代指抄书。

⑨走：跑，疾行。

⑩逾约：超过约定的期限。

⑪既：已经，到了。加冠：古代男子二十岁时在宗庙举行成人礼，束发戴帽，表示成年。后因以"加冠"指满二十岁。

⑫圣贤之道：指儒家的道统。宋濂是明初著名理学家，十分推崇孔孟学说。

⑬硕师：大师，指学问渊博的人。游：交往，交际。《荀子·劝学》："故君子居必择乡，游必就士，所以防邪僻而近中正也。"

⑭尝：曾。趋：奔赴。

⑮乡之先达：家乡在道德、学问上有名望的前辈。这里指浦江的柳贯、义乌的黄溍等古文家。执经：手持经书。谓从师受业。叩问：询问，请教。

⑯德隆望尊：犹言德高望重。

⑰门人：食客，门客。弟子：指学生。填：满，充满。

⑱稍降辞色：把言辞放委婉些，把脸色放温和些。辞色，言辞和脸色。

⑲立侍：在尊长身旁站立侍奉。《礼记·乡饮酒义》："乡饮酒之礼，六十者坐，五十者立侍以听政役，所以明尊长也。"

⑳援疑质理：提出疑难，询问道理。援，引，提出。质，质问，质疑。

㉑俯身：低身弯腰。倾耳：谓侧着耳朵静听。

㉒叱咄：训斥，呵责。

㉓复：回复。

㉔卒:终于,最后。获:得到,取得。有所闻:听到了想听到的道理或知识。

㉕负箧(qiè):背着小箱子。箧,小箱子,藏物之具。大曰箱,小曰箧。这里指书箱。曳屣(xǐ):拖着鞋子。

㉖穷冬:隆冬,深冬。烈风:暴风,疾风。

㉗皲裂:皮肤因寒冷干燥而开裂。

㉘四支:四肢。僵劲:僵硬。

㉙媵(yìng)人:侍婢,女仆。媵,古代诸侯嫁女,以该女子的侄女和妹妹从嫁称媵。古代又指用男女陪嫁。持汤沃灌:指拿热水浇洗。汤,热水。沃灌,浇水洗。

㉚衾:大被。拥覆:围裹覆盖。

㉛乃:才。和:暖和,舒适。

㉜寓逆旅:住在旅店。

㉝日再食:每日两餐。

㉞鲜肥:鱼肉类美味肴馔。滋味:美味,味道。

㉟被(pī)绮绣:穿着华丽的绸缎衣服。被,披在身上或穿在身上。绮,有花纹的丝织品。

㊱朱缨宝饰:红色帽带上穿有珠玉等装饰品。

㊲腰白玉之环:腰间系着白玉圆璧。环,璧的一种,圆圈形的玉器。

㊳容臭(xiù):香囊,香包。臭,气味,这里指香气。

㊴烨然:光彩照人的样子。

㊵缊(yùn)袍:粗麻絮制作的袍子。弊衣:破衣。弊,破旧,破烂。

㊶略无:一点也没有。慕艳:犹艳羡。喜爱,羡慕。

㊷口体:口和腹;口和身体。奉:供应,供养。

㊸耄(mào)老:年老。古代八九十岁的人称耄,引申指年老。作者此时已六十九岁。

㊹幸预君子之列：指有幸入朝为官。君子，古代统治者和一般贵族男子的通称。

㊺宠光：谓恩宠荣耀。

㊻缀：连缀，连接。这里指跟随。

㊼侍坐：在尊长近旁陪坐。备：充任，充当。常用作谦辞。顾问：咨询，询问。这里指供帝王咨询的侍从之臣。

㊽谬称：不恰当地称许；过奖。这是作者的谦辞。氏名：姓氏名字。

㊾诸生：明、清两代称经考试录取而进入国子监或府、州、县各级学校学习的生员。这里指在国子监学习的各类监生。太学：国学。我国古代设于京城的最高学府。

㊿县官：这里指朝廷，官府。廪稍：旧指官府按时供给的粮食。语本《仪礼·聘礼》："唯稍受之。"汉郑玄注："稍，廪食也。"

(51)裘：冬天穿的皮衣。葛：夏布衣服。遗(wèi)：赠，这里指接济。

(52)冻馁：受冻挨饿，谓饥寒交迫。患：忧虑，担心。

(53)司业：学官名。隋以后国子监置司业，为监内的副长官，协助祭酒，掌儒学训导之政。至清末始废。博士：学官名。教授官。

(54)非天质之卑：不是由于天资低下。

(55)流辈：同辈或同一类人。

(56)朝：旧时臣下拜见君主。作者写此文时，正值他从家乡到京师应天(今南京)拜见明太祖朱元璋。

(57)以乡人子谒余：以同乡之子的身份拜见我。谒，拜见。

(58)撰：写。长书：长信。贽：古时初次拜见尊长时所赠的礼物。

(59)夷：平易。

(60)归见：回家探望。

(61)"谓余"句：认为我是在勉励同乡人努力学习，这是说中了我的本意。

㉒诋:毁谤。际遇之盛:时运的旺盛。这里指得到皇帝的赏识和重用。骄乡人:傲视同乡。

【解读】

这是一篇赠序,赠的对象是浙江东阳一位姓马的学生。作者宋濂祖籍浙江潜溪,当时东阳与潜溪同属金华府,所以两人是同乡。马生是晚辈,这时在国家最高学府国子监读了两年书,成绩不错,受到同辈的赞扬。作者写此文时,已于洪武十年(1377)告老还乡。第二年,即洪武十一年(1378),他从家乡到南京朝见明太祖朱元璋,马生于是趁这个机会拜见他,他出于对同乡晚辈的关心和爱护,所以在马生即将回家探亲前,写了这篇文章送给马生,作为送别的赠言。文中主要介绍作者年轻时"勤且艰"的求学经历,并与当时马生在国子监求学的优越条件作对比,勉励马生要珍惜机会,进德修业,期于有成。全文运用对比的手法,先写自己年轻时求学的各种困难:借书和抄书的艰苦,从师和求教的不易,四处奔走的劳累,衣服和饮食的简陋。接着指出,自己不顾这些条件的限制,依靠一个"勤"字,终于获得了学业上的成就。再写当时太学生学习条件的优越,从对比中引出结论:为学贵在要有坚强的决心和不避艰险的勇气,要有专心向学、虚心求教并能持之以恒的精神。文中道理讲得透彻而有说服力,又没有严厉的面孔、矜持的身份和说教的口吻。

本文分三部分。第一部分是前面的三个自然段,主要叙述作者年轻时艰苦求学的过程,并简要叙述后来功成名就的原因,即得益于早年"勤且艰"的求学经历。第一自然段,叙述作者从小就爱好学习,可是家庭条件不好,没有书读,于是就向有书的人家借读,并且将借来的书抄录下来。到了冬季,天寒地冻,手指冻得发僵,也从不懈怠。由于作者借书速还,很守信用,很多人都愿意借书给他,所以在成年前,他读了很多书。成年后,他有了追求圣贤之道的目标,所以远行百里之外,到乡里德行学问高深的先达处拜师求教,厕身于门人弟子中,以恭谨的态度、勤恳的作风,终有所成。第二自然段,主要叙述作者拜师求学过程的艰辛,独自背着书箱,大雪天在深山中跋涉,饥寒交迫,以致手足皲裂,四肢僵硬,但作者决不放弃。即使置身于条件优越、穿着光鲜的同学之中,穿着破衣烂服,他依然处之若素,从无自卑之感。这是因为他能通过读书获得真正的快乐,所以完全无视生活条件的恶劣。第三自然段,简略叙述自己因为苦学,后来功成名就,受皇帝荣宠,受四方瞻敬。言下之意,是劝勉马生要发奋学习。第二部分,叙述当时太学优越的条件,学生衣食无忧,又有名师硕学、完备的图书资源,完全可以并必须取得德业上的成就。否则,就是自己不努力、不勤苦、不专心致志读书的结果。第三部分,是最后一个自然段,叙述东阳马生君则在太学读书两年的情况,同时作者作为同乡和前辈,出于对马生的关心,将自己求学的经验和心得传授给他,说明为学艰难的道理,勉励马生更加努力。

【点评】

宋濂是擅长记叙之文的,其中为世传诵之作,还有一篇《送东阳马生序》。此文是规劝马生珍惜时机、进德修业的,却从自己勤学经历之苦说起。……虽是送序之文,也不忘颂圣,今昔对比,苦乐甚明。虽不言"帝力",而"帝力"自在其中。这样的笔墨,亦开此后"台阁"之风。(郭预衡《中国散文史》下册)

王 冕 传　　宋 濂

王冕者,诸暨①人。七八岁时,父命牧牛陇②上,窃入学舍听诸生诵书,听已,辄默记。暮归,忘其牛。或牵牛来责蹊③田,父怒挞④之。已而⑤复如初。母曰:"儿痴如此,曷⑥

不听其所为?"冕因去依僧寺以居,夜潜出,坐佛膝上,执策映长明灯读之[⑦],琅琅达旦。佛像多土偶[⑧],狞恶[⑨]可怖,冕小儿,恬[⑩]若不见。安阳韩性[⑪]闻而异之,录[⑫]为弟子,学遂为通儒[⑬]。性卒,门人事[⑭]冕如事性。

时冕父已卒,即迎母入越城就养[⑮]。久之,母思还故里,冕买白牛,驾母车,自被古冠服随车后。乡里小儿竞遮道讪笑[⑯],冕亦笑。著作郎李孝光欲荐之为府史[⑰],冕骂曰:"吾有田可耕,有书可读,肯朝夕抱案立庭下备奴使哉[⑱]!"每居小楼上,客至,僮[⑲]入报,命之登,乃登。部使者行郡[⑳],坐马上求见,拒之去。去不百武[㉑],冕倚楼长啸,使者闻之惭。

冕屡应进士举,不中,叹曰:"此童子羞为者,吾可溺[㉒]是哉!"竟弃去。买舟下东吴,渡大江,入淮楚[㉓],历览名山川。或遇奇才侠客,谈古豪杰事,即呼酒共饮,慷慨悲吟,人斥为狂奴[㉔]。

北游燕都[㉕],馆秘书卿泰不花家[㉖]。泰不花荐以馆职[㉗],冕曰:"公诚愚人哉!不满十年,此中狐兔游矣,何以禄仕[㉘]为?"即日将南辕[㉙],会其友武林卢生死滦阳[㉚],惟两幼女、一童留燕,伥伥[㉛]无所依。冕知之,不远千里走滦阳,取生遗骨,且挈[㉜]二女还生家。

冕既归越[㉝],复大言天下将乱。时海内无事,或斥冕为妄。冕曰:"妄人非我,谁当为妄哉?"乃携妻孥[㉞]隐于九里山,种豆三亩,粟倍之;树梅花千,桃、杏居其半;芋一区[㉟],薤、韭各百本[㊱]。引水为池,种鱼千余头。结茅庐三间,自

22

题为"梅花屋"。尝仿《周礼》③著书一卷,坐卧自随,秘不使人观,更深人寂,辄挑灯朗讽⑧。既而抚③卷曰:"吾未即死,持此以遇明主,伊吕⑪事业不难致也。"当风日佳时,操觚⑪赋诗,千百言不休,皆鹏骞海怒⑫,读者毛发为耸。人至,不为宾主礼,清谈竟日不倦。食至辄食,都不必辞谢。善画梅,不减杨补之⑬,求者肩背相望,以缯幅短长为得米之差⑭。人讥之,冕曰:"吾借⑮是以养口体,岂好为人家作画师哉!"未几,汝、颍兵起⑯,一一如冕言。

皇帝取婺州⑰,将攻越,物色⑱得冕,置⑲幕府,授以咨议参军⑳,一夕以病死。冕状貌魁伟,美须髯,磊落有大志,不得少试以死,君子惜之。

史官㉑曰:"予受学㉒城南时,见孟寀㉓言越有狂生,当天大雪,赤足上潜岳峰,四顾大呼曰:'遍天地间皆白玉合成,使人心胆澄澈,便欲仙去。'及入城,戴大帽如簁㉔,穿曳地袍,翩翩行,两袂轩翥㉕,哗笑溢市中。予甚疑其人,访识者问之,即冕也。冕真怪民哉!马不㸬驾㉖,不足以见其奇才,冕亦类是夫。"

【注释】

①诸暨:今浙江省诸暨市。

②陇:通"垄"。田埂。

③蹊(xī):践踏,踩踏。

④挞(tà):用鞭子或棍子打。

⑤已而:后来,不久。

⑥曷(hé):相当于"何",代词。表示疑问,怎么。

⑦策:古代用以记事的竹、木片,编在一起的叫"策"。亦借指书简,簿册。长明灯:昼夜不灭的油灯。旧多用于供佛或敬神。

⑧土偶:泥塑的人像。

⑨狞恶:凶恶。

⑩恬:安然,坦然。

⑪韩性(1266—1341):字明善。绍兴(今属浙江)人。其先居安阳(今属河南)。元代学者。博综群籍,尤邃于性理之学。曾被举为教官,不赴。卒后谥庄节先生。著有《礼记说》等。

⑫录:收录,录用。

⑬通儒:指通晓古今、学识渊博的儒者。

⑭事:侍奉。

⑮越城:指今绍兴市。就养:侍奉父母。

⑯竞:争着,争相。遮道:犹拦路。讪笑:讥笑,嘲笑。

⑰李孝光(1285—1350):字季和,号五峰。浙江乐清人。少博学,笃志复古,隐居雁荡山五峰下,从学者众。元顺帝至正(1341—1368)初,召为秘书监著作郎,进《孝经图说》,升秘书监丞。以文章著称于世,有《五峰集》。府史:古时管理财货文书出纳的小吏。

⑱案:指文书档案。奴使:像奴隶一样被役使。

⑲僮:指奴婢,仆役。

⑳部:古代行政单位。汉武帝时称州为部。使者:奉命出使的人。行郡:出行巡察郡县。

㉑武:古代以六尺为步,半步为武。

㉒溺:沉迷。

㉓淮楚:淮河流域和两湖(荆楚)地区。

㉔狂奴:狂放不羁的人。

㉕燕都:即元大都(今北京市)。

㉖馆:寓居。泰不花(1304—1352):即泰不华。字兼善,世居白野

山。元顺帝至正元年(1341)为绍兴路总管。三年(1343)召入史馆,参与编修辽、宋、金三朝史书,书成后授秘书卿(秘书监长官)。升礼部尚书,兼会同馆事。方国珍起兵,被杀。

㉗馆职:这里指在史馆供职。

㉘禄仕:为食俸禄而做官。

㉙南辕:车辕向南,即南归。

㉚武林:杭州的别称。滦阳:古县名。金置,治所在今河北省迁西县西北,后废。元朝复置。

㉛伥(chāng)伥:无所适从貌。

㉜挈(qiè):携带。

㉝越:代称浙江或浙东地区;也专指绍兴一带。

㉞妻孥(nú):妻子和儿女。

㉟区(ōu):古代农民播种时所开的穴或沟。

㊱薤(xiè):俗称薤头,百合科植物,鳞茎可作蔬菜。百本:一百棵。本,量词。用于草木,犹棵、株。

㊲《周礼》:儒家经典,十三经之一。世传为周公旦所著,记载了周朝的官制和政治制度。

㊳朗讽:高声诵读。

㊴抚:抚摩。

㊵伊吕:伊尹和吕尚。伊尹辅商汤,吕尚佐周武王,皆有大功,后因并称伊吕。泛指辅弼重臣。

㊶操觚(gū):执简,这里指写文章。觚,木简。古人用以书写或记事。

㊷鹏骞(xiān)海怒:大鹏高飞,海水怒啸。比喻极有气势。骞,飞起。

㊸杨补之:指宋代画家杨无咎(1097—1169),字补之,善画梅。

㊹缯(zēng):丝织物。幅:布帛的宽度。古制一幅为二尺二寸。

差(cī):次第,等级。

㊺借:凭借。

㊻汝、颍兵起:指元末红巾军起义。汝、颍,指汝水和颍水流域,主要地域在河南、安徽一带。

㊼皇帝:这里指明太祖朱元璋。婺(wù)州:州名。隋开皇十三年(593)置。治所在今浙江省金华市。

㊽物色:访求,寻找。

㊾置:安置。

㊿咨议参军:官名。同"咨议参军事"。掌咨询谋议军事,是备顾问的幕僚。

(51)史官:作者的自称语。

(52)受学:谓从师学习。

(53)孟寀(cǎi):人名,生平不详。

(54)簁(shāi):筛子。

(55)袂(mèi):衣袖。轩翥(zhù):飞举。

(56)覂(fěng)驾:翻车。喻不受控制。覂,倾覆。

【解读】

本文在古代文体中属于传记性质的文章。传,本是古籍注释体例之一,是对古籍作解说、注释。《公羊传·定公元年》:"主人习其读而问其传。"何休注:"读谓经,传谓训诂。"与其类似的形式还有注、笺、正义、诠、义疏、义训等。《易经》有"易传",《诗经》有"诗传",还有《春秋左氏传》《春秋公羊传》《春秋穀梁传》等专门的著作,都属于注释、解说类性质。但后来广泛地应用于历史性著作,却是作为记载个人或群体事迹的"传记"性文字出现的,如《史记》《汉书》等纪传体史书都将"传"列为一项专门的文体,与"纪""志""书""年表"等并列,成为古代历史著作中一种非常重要、实用的文体,而其本来注释、解说经籍的用途则渐渐地弱化了。后来,传记性质的"传"大体又分两大类:一类是以记述翔实史事为主的史传或一般纪传文字，如古代正史中的列传以及作者自述生平的自传；另一类属文学范畴，是以史实为根据，但不排斥某些想象性的描述，如唐元稹《莺莺传》、陈鸿《长恨歌传》，清王士禛《香祖笔记·吴顺恪六奇别传》等，都有传奇的性质。本文当属第一类，即以详述传主生平为主的纪传性文字，这也是《明史·文苑一》中《王冕传》撰写的主要依据。

王冕（1310—1359），字元章，号煮石山农，亦号饭牛翁、梅花屋主等，浙江诸暨人。元朝著名画家、诗人、篆刻家。著有《竹斋集》。

清代吴敬梓《儒林外史》第一回"说楔子敷陈大义　借名流隐括全文"，篇中的主人公就是王冕，这也是一篇用小说形式撰写的传记，虽然有很多虚构想象性的文字，但其素材主要是取自本文。

本文分七个自然段，概括了王冕一生的主要事迹，生动地刻画了他的性格，描写了他行事的"怪异"及其高尚品格。它从以下几个方面对传主进行了描画：少年爱读书，以致误了放牛的正业而被父亲捶挞，后从河南安阳大学者韩性学习，遂成大儒；事母至孝，有老莱子彩衣娱亲之行；鄙视权贵，不为五斗米折腰，隐居耕读，以梅花之品格自许，有古名士之概；待朋友有义，"其友武林卢生死"，王冕"不远千里走滦阳，取生遗骨，且挈二女还生家"，有古义士之风；虽亦渴望功名，不遇则能放下，阅名山大川，结交豪杰之士，有古豪士之举；对天下将乱之大势有准确预见，有古先知之智；悲歌慷慨，继之以荒诞奇怪之行止，有古狂士之态；古道热肠，终不脱儒者本色，"知其不可而为之"，仿《周礼》著书一卷，其用世之心自知；朱元璋"物色得冕"，而率然就征，其用世之忧自现。传末用"冕状貌魁伟，美须髯，磊落有大志，不得少试以死，君子惜之"一段文字概括王冕其人及其一生事迹，是非常中肯的评价。

文章叙述条理清楚，描写鲜明生动，个性突出，善用正面和侧面相结合的描写方式，增强了文章的表现力，充实了整个人物的形象。

苦 斋 记　　　　刘 基

　　苦斋者,章溢①先生隐居之室也。室十有二楹②,覆之
以茆③,在匡山④之巅。匡山,在处⑤之龙泉县西南二百里,
剑溪⑥之水出焉。山四面峭壁拔起,岩崿⑦皆苍石,岸外而
臼中⑧。其下惟白云,其上多北风。风从北来者,大率不能
甘而善苦⑨,故植物中之,其味皆苦,而物性之苦者亦乐生
焉。于是鲜支、黄蘗、苦楝、侧柏之木⑩,黄连、苦杖、亭历、
苦参、钩夭之草⑪,地黄、游冬、葳、芑之菜⑫,楮、栎、草斗之
实⑬,楛竹之笋⑭,莫不族布而罗生焉⑮。野蜂巢其间,采花
髓作蜜,味亦苦,山中方言谓之黄杜⑯,初食颇苦难,久则弥
觉其甘,能已积热⑰,除烦渴⑱之疾。其槚茶⑲亦苦于常茶。
其泄水皆啮石出⑳,其源沸沸汨汨㉑,瀄滵㉒曲折,注入大
谷。其中多斑文小鱼,状如吹沙㉓,味苦而微辛,食之可以
清酒。

　　山去人稍远,惟先生乐游,而从者多艰其昏晨之往来,
故遂择其窊㉔而室焉。携童儿数人,启陨箨以艺粟菽㉕,茹
啖其草木之荑实㉖。间则蹑屐㉗登崖,倚修木㉘而啸,或降
而临清泠㉙。樵歌出林,则拊㉚石而和之,人莫知其乐也。
先生之言曰:“乐与苦,相为倚伏㉛者也。人知乐之为乐,而
不知苦之为乐;人知乐其乐,而不知苦生于乐。则乐与苦
相去能几何哉!今夫膏粱之子㉜,燕坐㉝于华堂之上,口不
尝荼蓼㉞之味,身不历农亩㉟之劳,寝必重褥㊱,食必珍美,
出入必舆隶㊲,是人之所谓乐也。一旦运穷福艾㊳,颠沛㊴

28

生于不测,而不知醉醇饫肥之肠不可以实疏粝⁴⁰,藉柔覆温之躯不可以御蓬藋⁴¹,虽欲效野夫贱隶,跼⁴²跳窜伏,偷性命于榛莽⁴³而不可得,庸非⁴⁴昔日之乐为今日之苦也耶?故孟子曰:'天之将降大任于是人也,必先苦其心志,劳其筋骨,饿其体肤。'⁴⁵赵子曰:'良药苦口利于病,忠言逆耳利于行。'⁴⁶彼之苦,吾之乐;而彼之乐,吾之苦也。吾闻井以甘竭⁴⁷,李以苦存⁴⁸。夫差⁴⁹以酣酒亡,而勾践以尝胆兴⁵⁰,无亦犹是也夫?"刘子⁵¹闻而嘉之,名其室曰"苦斋",作《苦斋记》。

【作者简介】

刘基(1311—1375),字伯温。处州青田县南田武阳村(今属浙江省温州市文成县)人。元至顺进士。官高安县丞、江浙儒学副提举。至正二十年(1360),受朱元璋征聘至应天(今南京),陈时务十八策。吴元年(1367),授太史令,不久拜御史中丞。明洪武三年(1370),封诚意伯。曾与李善长、宋濂定明典制。四年(1371),以弘文馆学士致仕。后为胡惟庸所谮,忧愤而死。一说为胡惟庸毒死。谥文成。通经史,精象纬,工诗文,与宋濂并为一代文宗。有《郁离子》《覆瓿集》《犁眉公集》等。

【注释】

①章溢(1314—1369):字三益,龙泉(今浙江省龙泉市)人。元末明初政治家、文学家。元末不受官,隐居匡山。入明,累官至御史中丞。

②楹:本义指厅堂的前柱。后来用作房屋计量单位,屋一列或一间为一楹。

③茆:通"茅",茅草。

④匡山:也称为匡山斗、天斗山,在今浙江省龙泉市与福建省浦城县交界处。

⑤处:指处州府,治所在丽水县(今浙江省丽水市莲都区)。明朝时龙泉县属处州府管辖。

⑥剑溪:即今福建省南平市东南之建溪。清顾祖禹《读史方舆纪要》卷九十七"延平府南平县":"剑溪在城东南,即建江也。自建宁府南流至此,亦曰剑津,亦曰剑潭。"

⑦崿(è):山崖。

⑧岸外而臼中:谓其山四面高、中间低。岸,水边高起之地。臼,舂米的器具,用石头制成,样子像盆。

⑨甘:甜。善苦:多苦。善,多,容易。

⑩鲜支:即栀子,常绿灌木。果实可入药,味苦。黄蘗(bò):又名黄柏,落叶乔木,树皮内层可作染料,经炮制后可供药用,味苦寒。蘗,同"檗"。苦楝:又名黄楝,落叶乔木,果实可入药,味苦。侧柏:又名扁柏,常绿乔木,可供药用,味苦涩。

⑪苦杖:也叫虎杖,多年生草本植物。嫩茎可食用。根可入药,味微苦。可清热解毒、活血通经。亭历:也作"葶苈",一年生草本植物,种子可入药,味苦。苦参:多年生草本植物,根可入药,味苦。钩夭:又名钩芺、苦芺,菊科宿根草,味苦。

⑫地黄:多年生草本植物,根可入药,味苦。游冬:菊科植物,一种苦菜。蔵(zhēn):即酸浆草,也叫苦蔵。芑(qǐ):一种苦菜。

⑬槠:常绿乔木,有甜槠、苦槠两种,此处指苦槠,果仁可生食,味苦涩。栎:落叶乔木,树皮、根及果实均可入药,味苦。草斗:栎树的果实。

⑭楛竹之笋:即苦竹笋。楛,同"苦"。

⑮族布:一丛丛分布。族,丛集,聚集。罗生:网状一样生长。

⑯黄杜:野蜂蜜的俗称。

⑰已:治愈。积热:病症名。见《幼科全书》。指小儿表里俱热,日久不止,颊赤口干,大小便涩。由于过食乳食肥甘,复因重被厚棉、炉火侵迫所致。

⑱烦渴:烦躁干渴。

⑲槚茶:苦茶树。茶,"茶"的古字。

⑳泄水:排出的水,流出的水。啮石出:从石缝间贴着石头流出。

㉑沸沸:水波翻涌的样子。汩汩:水流动发出的响声。

㉒瀰瀰(zhǐ mǐ):水流激荡貌。

㉓吹沙:鱼名。似鲫鱼而小,常张口吹沙,故名。

㉔窊(wā):低凹,低洼。

㉕启:清除,扫除。陨箨(tuò):落下的笋壳。艺:种植。粟:谷物名。北方通称"谷子",去壳后叫小米。菽:豆类。

㉖茹啖:吃。薿(tí):草木初生的叶芽。

㉗蹑屐:踏着木底有齿的鞋。

㉘修木:高大的树。

㉙清泠(líng):指清凉的溪水。

㉚拊:拍,击打。

㉛相为倚伏:互相依存,互相转化。语本《老子》:"祸兮福之所倚,福兮祸之所伏。"倚,依托。伏,隐藏。

㉜膏粱之子:指富家子弟。膏粱,指精美的食物。膏,肥肉。粱,上等的粟。

㉝燕坐:安坐。

㉞茶蓼:指苦辛的野菜。茶,陆地上的苦菜。蓼,水生的有辛辣味的野菜。

㉟农亩:农田。

㊱重褥:双层垫被。

㊲舆隶:古代把人分为十等,舆为第六等,隶为第七等。《左传·

昭公七年》:“皂臣舆,舆臣隶。”后用舆隶泛指地位低下的人。这里指仆役。

㊳艾:尽,停止。

㊴颠沛:困顿挫折。

㊵醉醇:畅饮美酒。饫(yù)肥:饱食肥美食物。疏粝:指粗劣的饭食。

㊶藉柔:坐卧在柔软的物品上。覆温:盖着温暖的被子。御蓬藋(diào):谓用蓬蒿、藋草来垫盖。

㊷跼:曲,屈。

㊸榛莽:指草木丛生的地方。

㊹庸非:难道不是。庸,岂,难道。

㊺“故孟子曰”五句:语见《孟子·告子下》。

㊻“赵子曰”三句:所引两句本为古代谚语,后世引用者多。刘向《说苑·正谏》:“孔子曰:‘良药苦于口,利于病;忠言逆于耳,利于行。’”《孔子家语·六本》亦谓孔子语。本文作“赵子曰”,未知所本,或有误。

㊼井以甘竭:水井因为所出井水甘甜、取用的人多而枯竭。《庄子·山木》:“直木先伐,甘井先竭。”

㊽李以苦存:李子因为苦涩而得以留在树上。《世说新语·雅量》:“王戎七岁,尝与诸小儿游,看道边李树多子折枝。诸儿竞走取之,唯戎不动。人问之,答曰:‘树在道边而多子,此必苦李。’取之信然。”

㊾夫差:春秋时吴国国君,阖闾之子,为报父仇,曾大败越军。后沉湎酒色,吴国为越王勾践所攻灭。

㊿勾践以尝胆兴:春秋时,越王勾践为吴王夫差所败,后卧薪尝胆,图谋复仇,终于攻灭吴国。

(51)刘子:作者自称。

【解读】

本文是一篇记。记在古代是一种非常实用、应用广泛的文体。明吴讷《文章辨体序说·记》:"《金石例》云:记者,记事之文也。西山曰:记以善叙事为主。《禹贡》《顾命》乃记之祖,后人作记,未免杂以议论。"所以,记主要以叙事为主,兼及议论、抒情和山川景观的描写。古文中采用"记"这种文体的著名篇章很多,如晋陶潜《桃花源记》,宋欧阳修《醉翁亭记》,苏轼《喜雨亭记》《石钟山记》,王安石《游褒禅山记》等等,都是言之有物、艺术上达到很高程度的作品。

本文的"记",有叙述,有描写,而以议论为主。

文章分两段。第一段,介绍苦斋的主人、位置、地形,以及环境的恶劣,用一个"苦"字就可以概括:地苦、风苦、水苦、植物之性苦、鱼之味苦。

第二段,人不堪其苦,而主人则"乐游",并筑室以居。种粟菽,食草木,偶尔"倚修木而啸",或临清泠,拊石与樵歌相和,自得其乐。人莫知其故,引出主人对于苦与乐的一番哲理性的论述。主人认为,乐与苦是互相依存、互相转化的,从表象上看,人只知快乐是什么样子,却不知苦也是快乐的一部分;人只知沉浸于快乐的事物当中,却不知苦也是从快乐中生出来的。所以说,乐与苦相去不远。他还列举了实际生活中的例子加以说明。比方说那些富贵子弟,平日尝惯了珍馐美味,享受惯了豪华的生活,一旦厄运来临,自己的身体就不能适应环境的变化,不能食粗藜草,到那时,就是想做一个卑贱的奴隶,苟且偷生于乱世,也不可能了,所以以前那些所谓的快乐就变成了现在的苦。主人引先贤的名言以及民间俗语,进一步说明人有"先苦其心志"的必要。特别是文末引春秋时期"夫差以酗酒亡,而勾践以尝胆兴"的历史故事作为佐证,极为有力地说明了苦与乐之间的辩证关系。

文章阐明人要能吃得起苦,先苦而后乐,而不要只知享乐。孟子云:"生于忧患,死于安乐。"古人云:"咬得菜根,则百事可做。"与此道理相同。

这是主人将居所命名为"苦斋"的原因。

全文以"苦"字发端，又以"苦"字收结终章。一个"苦"字，贯串始终，前后呼应，脉络分明，中心突出。其道理精警深邃，逻辑严密，具有不容辩驳的气势和力量。

司马季主论卜①   刘 基

东陵侯既废②，过司马季主而卜焉。季主曰："君侯③何卜也？"东陵侯曰："久卧者思起，久蛰者思启④，久懑者思嚏⑤。吾闻之：'蓄极则泄⑥，闷极则达⑦，热极则风，壅⑧极则通。一冬一春，靡⑨屈不伸；一起一伏，无往不复。'仆⑩窃有疑，愿受教⑪焉！"

季主曰："若是，则君侯已喻⑫之矣，又何卜为？"东陵侯曰："仆未究其奥⑬也，愿先生卒⑭教之。"

季主乃言曰："呜呼！天道⑮何亲？惟德之亲。鬼神何灵？因人而灵。夫蓍⑯，枯草也；龟⑰，枯骨也，物也。人，灵于物者也，何不自听而听于物乎？且君侯何不思昔者也？有昔者，必有今日。是故碎瓦颓垣，昔日之歌楼舞馆也；荒榛断梗⑱，昔日之琼蕤⑲玉树也；露蚕风蝉⑳，昔日之凤笙龙笛㉑也；鬼磷㉒萤火，昔日之金釭㉓华烛也；秋荼春荠㉔，昔日之象白驼峰也㉕；丹枫白荻㉖，昔日之蜀锦齐纨㉗也。昔日之所无，今日有之不为过；昔日之所有，今日无之不为不足。是故一昼一夜，华开者谢㉘；一秋一春，物故者新。激湍之下,必有深潭;高丘之下,必有浚谷㉔。君侯亦知之矣,何以卜为?"

【注释】

①司马季主:西汉楚人。游学长安,通《易》,善黄老之术。卖卜于长安东市。时中大夫宋忠、博士贾谊为求圣人于卜医之中,游于长安卜肆中,曾遇司马季主并向其请教。卜:占卜,指古人用龟甲、蓍草等预测吉凶的活动。

②东陵侯:秦人邵平曾被封为东陵侯。秦亡后沦为平民,家贫无以自给,靠种瓜谋生。废:废黜,黜免。

③君侯:秦汉时称列侯而为丞相者。汉以后用为对达官贵人的敬称。

④蛰:本义指动物冬眠,潜伏起来不食不动。这里指幽居、隐居。启:开,打开,出来。

⑤懑:烦闷。嚏:打喷嚏。

⑥蓄:积聚,储藏。泄:液体或气体排出。

⑦阂:古同"闭",关闭,堵塞。达:开通,畅达。

⑧壅(yōng):堵塞,阻碍。

⑨靡:无,没有。

⑩仆:古代男子对自己的谦称。

⑪受教:接受教诲。

⑫喻:知晓,明白。

⑬奥:深奥,奥妙。

⑭卒:终究。

⑮天道:上天的意志。

⑯蓍:草名,古人用其茎进行占卜。

⑰龟:即龟甲。古人用火灼烧龟甲,根据裂纹来占卜吉凶。

⑱榛：树丛。梗：草木枯枝。

⑲琼蕤（ruí）：玉制的花。蕤，本指花草下垂的样子，这里代指花。

⑳露蛩（qióng）：露天的蟋蟀。蛩，同"蛩"，蟋蟀。风蝉：风中的知了。蝉，昆虫名。俗称蜘蟟、知了。

㉑凤笙龙笛：并为乐器名。因像龙凤之形或饰有龙凤彩绘，故称。这里指悦耳的音乐。

㉒鬼磷：即磷火。夜间火焰呈淡绿色，旧时有人认为它是鬼火。

㉓金釭：金质的灯盏或烛台。釭，金属容器，古时用来作油灯照明。

㉔荼：菜名，味苦。荠：菜名，味甘。

㉕象白：即象鼻。白，古"鼻"字。驼峰：骆驼背上隆起的肉峰。

㉖枫：即枫树，叶经霜变红，故称丹枫。荻：草名，其花白色，故称白荻。

㉗蜀锦齐纨：指蜀地（今四川西部）出产的有彩色花纹的丝织品和齐地（今山东北部）出产的白色细绢。纨，白色的细绢。

㉘华（huā）：同"花"。谢：凋落。

㉙浚（jùn）谷：深谷。

【解读】

"论"，从字源上分析，是形声字，从言，仑声。"论"是从"仑"分化出的形声字。"论"有两音，作为平声的"论"，读音为 lún，古同"伦"，有条理、层次的意义。作为去声的"论"读音为 lùn，《说文》："论，议也。"段玉裁注："凡言语循其理得其宜谓之论。""论"和"议"都是对是非好坏的评说判断，但"论"侧重于分析、推理；"议"则偏于论事说理或陈述意见。本文的"论"是作为去声的 lùn，为文体之一种，属于今之所谓议论文的范畴。

明吴讷《文章辨体序说》说："按韵书：'论者，议也。'梁《昭明文选》所载，论有二体：一曰史论，乃史臣于传末作论议，以断其人之善恶，若司马迁之论项籍、商鞅是也；二曰论，则学士大夫议论古今时世人物，或评经史之言，正其讹谬，如贾生之论秦过，江统之论徙戎，柳子厚之论守道、守官是也。唐宋取士，用以出题。然求其辞精义粹、卓然名世者，亦惟韩、欧为然。刘勰云：'圣哲彝训曰经，述经叙理曰论。'故凡'陈政则与议说合契，释经则与传注参体，辨史则与赞评齐行，铨文则与序引共纪'。信夫！"

本文不属于史论，只是一般阐明事理的议论性文章，但它又是借寓言性质而引出来的文字，用假托的故事说明道理，而寓言有劝诫、教育的性质，所以作为文体，本文兼有两重性质，一是寓言，二是议论，是记叙和议论相结合。

本文节选自《郁离子·天道篇》，其中素材是根据《史记》中的《萧相国世家》和《日者列传》的有关内容，再通过创作加工形成的。东陵侯与司马季主虽属同时代的人，却未必有交往，是作者虚构了二人的两次问答，并以此形成故事的主要线索，刻画了东陵侯热衷功名、不甘寂寞、在被废后对功名利禄的欲念和渴望与日俱增的形象。司马季主的第一次回答采取欲擒故纵之法，以明知故问的"又何卜为"进行诘责，这一顿挫，引出其论述天道无常的大道理。他以一系列排比句列举种种事例，重申了以老子为代表的先哲们的辩证法思想中关于矛盾双方相互转化的观点，希望东陵侯要以发展的眼光看待今昔身份的变迁，坦然地接受目前"既废"的现实。本文的高明之处，还在于借司马季主之口说出矛盾转化需有条件，虽然祸福相因，"壅极则通"，"无往不复"，但"天道何亲？惟德之亲"，就是说有物极必反之理，但如果没有一定条件，即德能的提升，那也是无法实现转化的，更不能靠问卦求卜来达到改变现状的目的。这也直接批评了东陵侯只知其一（物极必反）、不知其二（惟德之亲）的片面性，也警诫世人祸福无常，切莫贪恋功名富贵，并取得了寓哲理于故事、化艰深枯燥为平易活泼的艺术效果。

本文采用《楚辞·卜居》的表现手法，并善作比喻，利用骈句和排比，铺陈畅叙，读起来朗朗上口。

卖柑者言

刘　基

杭有卖果者，善藏柑，涉寒暑不溃①。出之烨然②，玉质而金色。置于市，贾③十倍，人争鬻④之。予贸⑤得其一，剖⑥之，如有烟扑口鼻，视其中，则干若败絮⑦。予怪而问之曰："若所市于人者⑧，将以实笾豆⑨、奉祭祀、供宾客乎？将衒外以惑愚瞽也⑩？甚矣哉⑪，为欺也！"

卖者笑曰："吾业⑫是有年矣，吾赖是以食吾躯⑬。吾售之，人取之，未尝有言，而独不足子所乎⑭？世之为欺者不寡矣，而独我也乎？吾子未之思也！今夫佩虎符、坐皋比者⑮，洸洸乎干城之具也⑯，果能授孙、吴⑰之略耶？峨大冠、拖长绅者⑱，昂昂乎庙堂之器也⑲，果能建伊、皋⑳之业耶？盗起而不知御，民困而不知救，吏奸而不知禁，法斁㉑而不知理，坐糜廪粟而不知耻㉒。观其坐高堂、骑大马、醉醇醴而饫肥鲜者㉓，孰不巍巍乎可畏，赫赫乎可象㉔也！又何往而不金玉其外、败絮其中㉕也哉！今子是之不察㉖，而以察吾柑！"

予默然无以应。退而思其言，类东方生滑稽之流㉗。岂其愤世疾邪㉘者耶？而托于柑以讽耶？

【注释】

①涉：经过，经历。溃：腐烂，腐败。

②烨然:光彩鲜明的样子。

③贾(jià):"价"的古字,价格。

④鬻(yù):有卖与买两义。这里指购买。

⑤贸:交易,买卖。这里是买的意思。

⑥剖:切开,破开。

⑦败絮:破败的棉絮。

⑧若所市于人者:你所卖给他人的(柑)。若,你。市,卖。

⑨笾(biān)豆:古代宴会祭祀时盛供品用的两种器具。笾,竹制的食器。豆,木制的食器。

⑩衒:炫耀,夸耀。愚瞽(gǔ):愚蠢的人和瞎子。瞽,瞎子。

⑪其矣哉:做得太过分了!

⑫业:从事某种职业。

⑬赖:依赖,依靠。食(sì):供养,喂养。

⑭而独不足子所乎:却唯独不能使你满足(或满意)吗?

⑮虎符:虎形的兵符,古代调兵用的凭证。皋比(pí):虎皮,指武将的座席。

⑯洸(guāng)洸:威武的样子。干城之具:捍卫国家的将才。干,盾牌。具,用具,才具。

⑰孙、吴:指古代著名军事家孙武和吴起。

⑱峨大冠:戴着高高的大帽子。峨,矗起,高耸。长绅:长长的腰带。绅,古代士大夫束于腰间、一头下垂的大带。

⑲昂昂:器宇轩昂的样子。庙堂之器:朝廷的大臣。这里指位高权重的人。庙堂,指人君接受朝见、议论政事的殿堂。器,用具,器具。

⑳伊、皋:指古代著名政治家伊尹和皋陶。

㉑敦(dù):败坏。

㉒糜:通"靡",浪费。廪(lǐn)粟:国家发的俸米。

㉓醇醲:味道醇厚的酒。饫(yù):饱食。

39

㉔象:效法,模仿。

㉕金玉其外、败絮其中:外表像黄金美玉,里面却是烂棉絮。比喻虚有其表,名不副实。

㉖是之不察:不去考察(或审察)这个。察,明辨,详审,考察。

㉗东方生:指东方朔。汉武帝时曾任太中大夫,性格诙谐,善于讽谏。滑稽之流:指诙谐多讽、机智善辩的人。

㉘愤世疾邪:憎恶、愤恨世间邪恶、不公正的现象。

【解读】

本文收入《诚意伯文集・覆瓿集》,当是作者早期文章,作于元末其归隐期间。文章属于"言语对问"类。"对问"也是古代文体之一。战国时宋玉作《对楚王问》,以答问形式抒写情志,后因名其体为"对问"。但本文却不重在抒写情志,而是借答问以小见大,托物寓意,达到讽喻的目的,形式虽是"对问",内容却是议论的性质。同时,本文还是一篇寓言式文章,却没有收入《郁离子》中,大约《郁离子》是借古人以说事,而本文则因今事而立论,所以单独成文。

本文通过卖柑者之口,以"金玉其外、败絮其中"的柑为喻,对"坐高堂、骑大马、醉醇醲而饫肥鲜"的文武官僚作了辛辣的嘲讽,揭示元末统治者表面上冠冕堂皇而实质已经腐败透顶的事实。

本文短小精悍,构思巧妙,不是以开门见山、直截了当的笔法,而是设辞问答,扣住卖柑小贩表里不一的欺骗行为,引发出作者与卖柑者的辩论,把"善""欺""讽"三字作为贯穿全文的线索。开始从"善"字说起,引发作者的责问,由此激起卖柑小贩连珠炮般的反诘,在"欺"上突出别开生面的议论,它以五重排比句抨击社会黑暗和权贵腐败,暴露时弊,提炼出"金玉其外、败絮其中"的警策后人之语,既形象贴切,又鲜明深刻,形象地揭示了统治者丑恶的本质,语气咄咄逼人,嬉笑怒骂,而且句句入理、步步合乎逻辑。最后托柑以"讽"的自问,不仅点明文章主旨,更有锦上添花之妙,说明作者以行市一隅概社会全貌,取一点痼弊揭政治真相,是要以卖柑者之言,把元代当权者外强中干、色厉内荏、犹如溃烂柑果充满"败絮"的表现予以洞穿,让世人充分认识其欺世盗名、徒有其表的嘴脸。通过揭露和呵责,读者也分明听到了作者所发出的嘲讽和不满的声音。

【点评】

青田此言,为世人盗名者发,而借卖柑影喻。满腔愤世之心,而以痛哭流涕出之。士之金玉其外而败絮其中者,闻卖柑之言,亦可以少愧矣。([清]吴楚材、吴调侯《古文观止》卷十二)

以小题发大议论,刘学士盖有慨于缙绅先生无不"金玉其外,败絮其中",故设为卖柑之诉,以抒写其意。玩其文,识见俊卓,调度闲雅,且浑厚沉深,不露骨,不伤痕,可垂不朽。业官者宜写一通置座侧。([清]过珙《古文评注》卷十)

《郁离子》寓言四首　　刘　基

良　桐

工之侨得良桐焉①,斫②而为琴,弦而鼓之,金声而玉应③,自以为天下之美也,献之太常④。使国工⑤视之,曰:"弗古。"还之。工之侨以归,谋诸漆工,作断纹⑥焉;又谋诸篆工,作古窾⑦焉;匣而埋诸土,期年⑧出之,抱以适⑨市。贵人过而见之,易之以百金⑩。献诸朝⑪,乐官⑫传视,皆曰:"希世之珍也。"工之侨闻之叹曰:"悲哉世也!岂独一琴哉,莫不然矣。而不早图之,其与亡矣⑬!"遂去,入于宕冥之山⑭,不知其所终。

【注释】

①工之侨:名叫侨的工匠,是作者虚构的人名。良桐:品质优良的桐木。

②斫:砍削,雕刻。此处指制作。

③金声而玉应:发出的声音和应和的声音都非常美妙动听。金、玉,名词虚化,意为美好、美妙。

④太常:官名。汉朝时为九卿之首,掌管祭祀社稷、宗庙和朝会、丧葬礼仪。

⑤国工:一国中技艺特别高超的人。《周礼·考工记·轮人》:"故可规、可万、可水、可县、可量、可权也,谓之国工。"郑玄注:"国之名工。"

⑥断纹:指古琴上断裂的纹路。宋赵希鹄《洞天清录·古琴辨》载:"古琴以断纹为证。琴不历五百岁不断,愈久则断愈多。然断有数等:有蛇腹断,有纹横截琴面,相去或一寸,或二寸,节节相似如蛇腹下纹;有细纹断,如发千百条,亦停匀,多在琴之两旁,而近岳处则无之;有面与底皆断者;又有梅花断,其纹如梅花头,此为极古,非千余载不能有也。"

⑦古窾:古代的款识。窾,通"款"。古代钟鼎彝器上铸刻的文字。

⑧期(jī)年:一周年。

⑨适:到……去。

⑩易:交换,交易。百金:形容钱多。亦指昂贵的价值。《公羊传·隐公五年》:"百金之鱼,公张之。"何休注:"百金,犹百万也。古者以金重一斤,若今万钱矣。"

⑪献诸朝:将它进献给朝廷。朝,古代君王接受朝拜及处理政务的地方。

⑫乐官:古代掌理音乐的官员。

⑬其与亡矣:或许就会与它们一起灭亡。其,副词。表推测、估

计。大概,或许。

⑭宕冥之山:作者虚拟的山名。宕冥,高远幽深貌。

鲁　般①

郁离子之市,见坏宅而哭之恸。或曰:"是犹可葺②与?"郁离子曰:"有鲁般、王尔③则可也,而今亡矣夫,谁与谋之?吾闻宅坏而栋不挠者可葺④,今其栋与梁皆朽且折矣,举之则覆,不可触已,不如姑仍⑤之,则甍桷之未解者犹有所附⑥,以待能者。苟振而摧之⑦,将归咎⑧于葺者,弗可当也。况葺宅必新其材,间其蠹腐⑨,其外完而中溃者悉屏之⑩,不束橡以为楹⑪,不斫柱以为椽。其取材也,惟其良,不问其所产。枫、柟、松、栝、杉、槠、柞、檀无所不收⑫,大者为栋为梁,小者为杙为栭⑬,曲者为枅⑭,直者为楹,长者为榱⑮,短者为棁⑯,非空中而液身者,无所不用。今医闾⑰之大木竭矣,规矩无恒,工失其度,斧锯刀凿,不知所裁,桂、樟、柟、栌⑱,剪为樵薪⑲,虽有鲁般、王尔不能辄⑳施其巧,而况于无之乎?吾何为而不悲也?"

【注释】

①鲁般:我国古代杰出的建筑工匠。相传为春秋时鲁国人,姓公输,名班(般),技艺超绝,多有发明,被后世尊为建筑工匠的祖师。

②葺(qì):修缮,整治。

③王尔:古巧匠名。战国楚宋玉《笛赋》:"乃使王尔、公输之徒,合妙意,角较手,遂以为笛。"

④栋:房屋的正梁。挠:弯曲。

43

⑤仍:照旧,依循原来的样子。

⑥甍(méng):屋脊。桷(jué):放在梁上支架屋面和瓦片的方形木条。

⑦振:摇动。摧:毁坏。

⑧归咎:归罪。

⑨间其蠹(dù)腐:将其中虫蛀与腐烂的地方间隔开。间,阻隔,间断。蠹,蛀蚀。

⑩悉屏(bǐng)之:全部摒弃掉。屏,摒弃,排除。

⑪不束椽以为楹:不将椽木捆扎起来作为厅堂前的柱子。椽,椽子,放在檩子上架屋面板和瓦片的木条。

⑫枏:同"楠"。栝(guā):木名,即桧(guì)树。櫧(zhū):木名,结实如橡子。柞(zuò):木名。《本草纲目·木部》:"此木处处山中皆有,高者丈余。叶小而有细齿,光滑而韧。其木及叶丫皆有针刺,经冬不凋。五月开碎白花,不结子。其木心理皆白色。"

⑬杙(yì):一头尖的短木,小木桩。栭(ér):柱顶上支承大梁的小方木。即斗拱。

⑭枅(jī):柱上方木。

⑮榱(cuī):屋椽。

⑯棁(zhuō):梁上短柱。

⑰医闾:即医巫闾山的省称,在辽宁省北镇市西,人呼为广宁山,主峰名望海山。为阴山山脉分支。清魏源《题东丹王射鹿图》诗:"东丹有国号人皇,医巫闾山万卷堂。"

⑱栌(lú):木名。即黄栌。

⑲樵薪:柴薪。樵,木柴。薪,柴草。

⑳辄:副词。往往,总是。

44

蜀　　贾①

蜀贾三人,皆卖药于市。其一人专取良②,计入以为出,不虚价亦不过取赢③。一人良、不良皆取焉,其价之贱、贵,惟买者之欲,而随以其良、不良应之。一人不取良,惟其多卖,则贱其价,请益则益之不较④,于是争趋⑤之,其门之限⑥月一易,岁余而大富。其兼取⑦者趋稍缓,再期亦富。其专取良者,肆⑧日中如宵,旦食而昏不足⑨。郁离子见而叹曰:"今之为士者亦若是夫!昔楚鄙三县之尹三⑩,其一廉而不获于上官⑪,其去也,无以儆舟⑫,人皆笑以为痴。其一择可而取之,人不尤⑬其取而称其能贤。其一无所不取以交于上官,子吏卒而宾富民⑭,则不待三年,举而任诸纲纪之司⑮,虽百姓亦称其善,不亦怪哉!"

【注释】

①蜀贾(gǔ):蜀地(今四川西部)的商人。贾,古指开设店铺做买卖的商人。后泛指商人。《周礼·天官·大宰》:"以九职任万民:一曰三农,生九谷;……六曰商贾,阜通货贿。"郑玄注:"行曰商,处曰贾。"

②良:最好的。这里指良药。

③过取赢:过多地谋取利润。赢,利润。

④请益:这里指买药者请求增加药的分量。不较:不计较。

⑤趋:奔向,奔赴。

⑥限:指门槛。

⑦兼取:指优质药材和劣质药材均卖。

⑧肆:店铺。

⑨旦食而昏不足:早晨有饭吃,到晚饭时就吃不饱了。与"有上顿

没下顿"义相同。

⑩楚鄙：楚国边境。鄙，边邑，边境。尹：古代官名。多为主管之官。这里指县尹，即县官。

⑪廉：廉洁，不苟取，不贪求。不获于上官：不能得到上司的欢心。

⑫"其去也"二句：他离任的时候都租不起船。僦（jiù），雇佣，租赁。

⑬尤：责备，怪罪。

⑭子吏卒而宾富民：将属下吏员、兵卒当作儿子对待，将富裕的人当作宾客对待。

⑮举：提拔，推举。纲纪之司：掌管法纪的官署。司，官署。

捕　　鼠

赵人患鼠①，乞猫于中山②，中山人予之。猫善捕鼠及鸡，月余，鼠尽而其鸡亦尽，其子患之，告其父曰："盍去诸③？"其父曰："是非若所知也④，吾之患在鼠，不在乎无鸡。夫有鼠则窃吾食，毁吾衣，穿吾垣墉⑤，坏伤吾器用⑥，吾将饥寒焉。不病于无鸡乎⑦？无鸡者弗食鸡则已耳，去饥寒犹远，若之何⑧而去夫猫也？"

【注释】

①赵人：赵国人。赵，古国名。战国七雄之一。疆域包括今山西中部、陕西东北部及河北西南部等地区。患：忧虑，担心。

②中山：古国名，春秋末年白狄别族所建，在今河北省正定县东北，后为赵所灭。

③盍去诸：何不把它赶走呢？盍，副词。表示反诘，犹"何不"。

④是非若所知也：这是你所不知道的。

⑤垣墉：墙。垣，矮墙。墉，高墙。

⑥器用：器皿，用具。

⑦不病于无鸡乎：不比没有了鸡祸害得更深吗？病，损害。

⑧若之何：怎么，为什么。

【解读】

《郁离子》是刘基所著的一部寓言体政论散文集。书中多为寓言，篇幅短小，文笔犀利，富于理趣。作者假借"郁离子"之口，发表对社会政治等的见解，抨击元末黑暗统治。"郁离子"是作者假托的自称。郁，有文采的样子；离，八卦之一，代表火。明朝吴从善《重刻〈郁离子〉序》解释说："郁离者，文明之谓也，非所以自号，其意谓天下后世若用斯言，必可抵文明之治耳。"（《诚意伯文集》卷首）徐一夔《〈郁离子〉序》指出本书旨意："大概矫元室之弊，有激而言也。"作者写作本书的时候，经历了元朝官场上的四起四落，正值其人生低谷，郁郁不得志，遂弃官归隐青田山中，发愤而著此书。书成不久，即出山离家，成为朱元璋的亲信谋士，协助朱元璋建立了统一的明王朝。

这四首寓言均选自《郁离子》。前面的《司马季主论卜》本来也是《郁离子》中的一则寓言，但在《古文观止》中已经单独成篇，所以不列入本篇。

《良桐》这则寓言短小明快，寓意鲜明。先以琴的金声玉应和国工视为"弗古"相衬，再以琴的虚有其表和乐官视为"希世之珍"比照，对比强烈，辛辣地讽刺了太常官员只重琴的外表而不重其内在的浅薄无知，以小寓大，揭露了元代社会盲目崇古非今的现象，批判了当时追求浮华、不重真才的腐朽风气，告诫人们切不可被表象所迷惑、蒙蔽。

《鲁般》托物寓意，写房屋之坏，从上到下，栋梁俱朽，且无一处可修葺，即使有鲁班等能工巧匠，也无能为力，比喻元朝统治已经腐败透顶，积重难返。

《蜀贾》包含两个相互联系的小故事。就其构成看，"蜀贾三人"的不同品德和遭遇，显然是喻体和映衬；楚国三尹的为官之道及其时运则是主体和喻旨。就其表达的思想意义看，两个故事完全一致，叙述了一个黑白混淆的故事：廉洁诚实者困顿，奸诈圆滑者通达。它揭露了元末虚浮的社会风气，无情地鞭挞了当时统治者的愚昧和忠奸不辨。

《捕鼠》取材于日常生活中的琐细小事，以浅喻深，亲切有味。它通过解读赵人父子对猫捕鼠又食鸡的问题的不同处置方式，阐述了一个认识和处理事物的基本方法，即分清缓急，权衡得失，两害相权取其轻；否则，不加分别，同等对待，就会得小利而招大害。同时也警示统治者对官吏的考核应区分主次，衡量轻重，不能失之偏颇，以致因小失大。

游灵岩①记 高 启

吴城②东无山，唯西为有山。其峰联岭属③，纷纷靡靡④，或起或伏，而灵岩居其间，拔奇挺秀⑤，若不肯与众峰列，望之者咸知其有异也。山仰行而上，有亭焉，居其半，盖以节行者之力，至此而得少休也。由亭而稍上，有穴窈然⑥，曰西施⑦之洞；有泉泓然⑧，曰浣花之池⑨：皆吴王夫差宴游之遗处也⑩。又其上则有草堂，可以容栖迟⑪；有琴台，可以周眺览；有轩以直洞庭之峰⑫，曰抱翠；有阁以瞰具区之波⑬，曰涵空。虚明⑭动荡，用号⑮奇观，盖专此邦之美者山，而专此山之美者阁也⑯。启吴人，游此虽甚亟⑰，然山每匿幽閟胜⑱，莫可搜剔⑲，如鄙予之陋者⑳。

今年春，从淮南行省参知政事临川饶公与其客十人复来游㉑。升于高㉒则山之佳者悠然来，入于奥㉓则石之奇者突然出。氛岚为之骞舒㉔,杉桧为之拂舞㉕。幽显巨细,争献厥状㉖,披豁㉗呈露,无有隐遁㉘。然后知于此山为始识于今而素昧于昔也㉙。

　　夫山之异于众者,尚能待人而自见,而况人之异于众者哉!公顾瞻㉚有得,因命客皆赋诗,而属㉛启为之记。启谓天于诡奇㉜之地不多设,人于登临之乐不常遇。有其地而非其人,有其人而非其地,皆不足以尽夫游观之乐也㉝。今灵岩为名山,诸公为名士,盖必相须而适相值㉞,夫岂偶然哉?宜其目领而心解㉟,景会而理得也㊱。若启之陋,而亦与其有得焉,顾非幸也欤㊲?启为客最少,然敢执笔而不辞者,亦将有以私识其幸㊳也!十人者,淮海秦约、诸暨姜渐、河南陆仁、会稽张宪、天台詹参、豫章陈增、吴郡金起、金华王顺、嘉陵杨基、吴陵刘胜也㊴。

【作者简介】

　　高启(1336—1374),字季迪,号槎轩。明苏州府长洲(今江苏苏州)人。张士诚据吴时,隐居吴淞江青丘,自号青丘子。博学工诗,与杨基、张羽、徐贲并称为"吴中四杰"。明洪武初,召修《元史》,授翰林院国史编修。后擢户部右侍郎,自陈年少不敢当重任,辞归故里。时苏州知府魏观在张士诚王宫旧址上改修府治,获罪被诛。高启曾为之作《上梁文》,有"龙蟠虎踞"四字,被疑为歌颂张士诚,连坐腰斩。有《高太史大全集》《凫藻集》等。

【注释】

　　①灵岩:山名,又名象山、砚石山、石鼓山。在今江苏省苏州市吴中区木渎镇西北。相传春秋时吴王夫差曾在此山广筑宫室。南宋范

成大《吴郡志》卷十五记载,灵岩山"上有吴馆娃宫、琴台、响屟廊。山上有西施洞、砚池、玩月池"。此山西南麓有南宋抗金名将韩世忠墓。

②吴城:即苏州城。

③峰联岭属:山岭相互连接。联、属,均为"连接"之意。

④纷纷:众多貌。靡靡:绵延不绝。

⑤拔奇挺秀:挺拔奇特,秀异出众。

⑥窈然:深远曲折。

⑦西施:春秋末越国美女。被越王勾践献给吴王夫差,成为夫差最宠爱的妃子。

⑧泓(hóng)然:水深满貌。

⑨浣花之池:相传为西施濯花之处。

⑩夫差(? —前473):春秋末吴国国君。吴王阖闾之子。阖闾为越王勾践所伤而死,夫差嗣立,誓报父仇,大败越军,勾践求和。后不听伍子胥劝告,从海上攻齐,未能胜,又北会诸侯于黄池,与晋争霸。越王勾践乘虚袭吴,吴请和。后越又大举攻吴,吴亡,夫差自杀。在位二十三年。宴游:宴饮游乐。遗处:遗址。

⑪栖迟:游息,休憩。

⑫轩:有窗户的长廊。直:当,对着。洞庭:山名,在今苏州西南。

⑬瞰:俯视,远望。具区:太湖的古称。又名震泽、笠泽。

⑭虚明:空明,清澈明亮。

⑮用号:因此称作。

⑯"专此"二句:意谓吴郡最美的是灵岩山;灵岩山最美的是奇观阁。专,独占。

⑰甚亟(qì):次数很多。亟,屡次,一再。

⑱匿幽閟胜:把幽深、美好的景色都隐藏起来。

⑲莫可搜剔:意谓找不到幽胜佳境,也挑剔不了差错。搜剔,搜寻,挑剔。

⑳"如鄙"句：谓好像灵岩山存心鄙视我这样浅薄的人。

㉑淮南行省：张士诚在苏州称吴王时（1363—1367），仿元代行省建制，设淮南行省，相当于今江苏、安徽两省长江以北、淮河以南地区。参知政事：行省的副长官。饶公：名介，字介之，自号华盖山樵。临川（今江西抚州）人。倜傥豪放，工书能诗。元末自翰林应奉出金江浙廉访司事。张士诚入吴，以为淮南行省参知政事。士诚败，被明兵俘杀。有《右丞集》。

㉒升于高：登上山的高处。

㉓入于奥：进入深幽之处。

㉔氛岚：山间的云雾之气。搴舒：伸张舒展。搴，通"褰"（qiān），张开，散开。

㉕桧（guì）：也叫圆柏、桧柏，常绿乔木。拂舞：飘拂舞动。

㉖厥状：它们的样子。厥，代词。相当于"其"。

㉗披豁：敞开。

㉘隐遁：隐匿逃避。

㉙"然后"句：意谓这才知道自己对于这座山是从今天才开始认识，过去一向并不了解。

㉚顾瞻：回视，环视。

㉛属（zhǔ）：嘱咐。

㉜诡奇：诡异奇怪。

㉝"有其地"三句：大意是说，山被人欣赏，人欣赏山，是相应的。有这样的山而遇不到这样的人，或者有这样的人而见不到这样的山，都不能完全获得游览的快乐。

㉞相须：相互等待。适相值：正好相互遇到。

㉟目领：眼睛看到了。领，接受，领略。心解：心中领会。

㊱景会：景色聚合。会，会合，聚合。理得：事理适宜。得，得当，适宜。

㊲“顾非”句：难道不是幸运吗？顾，难道。欤，疑问助词。

㊳私识（zhì）其幸：私下里记住这种幸运。识，记。

㊴淮海秦约：字文仲，太仓（今属江苏）人，郡望淮海。明初应召拜礼部侍郎，因母老辞归。后来再赴京为官，因年老难以任职，为溧阳教谕。诸暨姜渐：诸暨（今属浙江）人。元末客居吴郡，张士诚为吴王时，任行省从事，不久以病辞职。明初为太常博士。河南陆仁：字良贵，号樵雪生，又号乾乾居士。河南人，客居昆山。元末诗人。会稽张宪：字思廉，号玉笥生，山阴（古属会稽郡，今浙江绍兴）人。张士诚为吴王时，任枢密院都事，吴亡，隐名遁世。天台詹参：生平不详。天台，今属浙江台州。豫章陈增：生平不详。豫章，今江西南昌。吴郡金起：生平不详。金华王顺：生平不详。金华，今属浙江。嘉陵杨基：字孟载，号眉庵，原籍嘉陵（今属四川），生长于吴郡。张士诚为吴王时，任丞相府记室。明初任山西按察使。与高启、张羽、徐贲合称明初吴中四杰。吴陵刘胜：生平不详。吴陵，唐高祖武德三年（620）改海陵县置，治今江苏省泰州市，为吴州治。

【解读】

本文收入《凫藻集》卷一。这是一篇关于作者家乡灵岩山的游记。

文章分三段。第一段是铺垫，以己之“陋”衬托后面饶公及诸名士的俊美，为“得地”“得人”张本。作者起首即介绍吴城诸山的情况，西面诸山中只有灵岩山风景最为奇特。接着，依次叙述往上登览亭、洞、池、草堂、琴台、轩、阁等情况，以“奇观”二字总结。并特别指出吴城最美的部分是山，而山最美的部分则是阁。但作者认为自己因为浅陋，并未真正领略山的最幽胜之处。这是一顿，有欲扬先抑之势。

第二段叙述是年春淮南行省参知政事饶介与众名士来游此山，却发现以前屡次登临也未曾见识的幽胜之景在这次登览之中全部都见到了，所以作者认为自己今天非常幸运，真正领略到了此山的妙处。为什么会有此巨大的收获？那是因为饶介等人的到来，作者认为这是风物之美与人物之美相得相应的结果，蕴含着他对饶介与客人到来的一种间接而巧妙的颂扬。

第三段是叙述兼议论，而以议论为主。作者认为山的特异之处，一定要"待人而自见"，何况特异的人，那更是要有人赏识才能从众人之中脱颖而出。奇特的风景不会很多，能够登临而赏识此风景的人也不会经常遇到。有这样好的地方却没有能够赏识它的人，或者有能够赏识的人却没有与之相当的奇山胜景，都不足以尽游观之乐。所以作者认为，灵岩山是好山，今天又遇到了真正的妙人，有其地而得其人，这不是偶然的，而是上天的安排。这是非常难得的机会。当饶介让众客人赋诗，却专要在众人中年纪最小的作者作记时，作者是由衷地感到十分荣幸的，因为他可以私下记下这次难忘的经历。

文末同时记录下饶介之外十位客人的籍贯和姓名，以见人物俊美之说良非诬。

本文结构精巧，字句整饬，文辞清丽，叙述简略而有气势，行文遒劲，欲扬先抑，有顿挫之妙。对饶介与客人的赞颂在精心的议论之中巧妙地表达出来，具有高超的艺术表现力。

有论者认为本文以明褒实贬的笔法，寄寓比喻，嘲弄新贵大员饶介的附庸风雅，如董扶其说："高启为人孤高耿介，其文一如其人，以此论之，本文的奇特之处，正在于借山写人。灵岩山的'若不肯与众峰列'，实际上体现了作者为人的孤高性格，表现出不愿与名宦为伍的高尚情操。"（见臧维熙、许评主编《中国游记鉴赏辞典》）我以为是不合适的。饶介并不是俗人，他"倜傥豪放，工书能诗"，对于当时的作者来说，不必说"名宦"，称之为前辈也是不争的事实，文末的十位客人大多都是高才博学的名士，以一介后学厕身于众多大名士之列，由衷地表示喜悦与荣幸之忱也在情理之中，并不需要为了表现自己的清高而曲意贬抑当世的名士，否则就是不近人情了。

附清钱谦益《列朝诗集小传》甲前集"饶右丞介"的相关介绍："介，

字介之，临川人。自翰林应奉，出佥江浙廉访司事。张氏入吴，杜门不出。士诚慕其名，自往造请，承制以为淮南行省参政。家采莲泾上，日以觞咏为事。吴亡，俘至京师伏诛。释道衍曰：'介之为人，倜傥豪放，一时俊流，如陈庶子、姜羽仪、宋仲温、高季迪、陈惟寅、惟允、杨孟载辈，皆与交，衍亦与焉。书似怀素，诗似李白，气焰光芒，烨烨逼人。然其志大才疏，而无所成，为可恤也！'介自号华盖山樵，亦曰醉翁。"

上文中，与饶介结交的"俊流"中就有"高季迪"，即本文作者高启。

深 虑 论 方孝孺

虑天下者，常图其所难，而忽其所易①；备其所可畏，而遗其所不疑②。然而祸常发于所忽之中，而乱常起于不足疑之事。岂其虑之未周③与？盖虑之所能及者，人事之宜然；而出于智力之所不及者，天道④也。

当秦⑤之世，而灭六诸侯⑥，一天下，而其心以为周⑦之亡在乎诸侯之强耳，变封建而为郡县⑧。方以为兵革⑨可不复用，天子之位可以世守⑩，而不知汉帝起陇亩之匹夫⑪，而卒亡秦之社稷⑫。汉惩⑬秦之孤立，于是大建庶孽⑭而为诸侯，以为同姓之亲可以相继而无变，而七国萌篡弑之谋⑮。武、宣⑯以后，稍剖析⑰之而分其势，以为无事矣，而王莽卒移汉祚⑱。光武之惩哀、平⑲，魏⑳之惩汉，晋之惩魏，各惩其所由亡而为之备；而其亡也，皆出其所备之外。

唐太宗闻武氏之杀其子孙，求人于疑似之际而除之，而武氏日侍其左右而不悟㉑。宋太祖见五代方镇之足以制其君㉒，尽释其兵权㉓，使力弱而易制，而不知子孙卒困于夷狄。此其人皆有出人之智，负盖世之才，其于治乱存亡之几㉔，思之详而备之审㉕矣。虑切㉖于此而祸兴于彼，终至于乱亡者，何哉？盖智可以谋人，而不可以谋天㉗。良医之子，多死于病；良巫㉘之子，多死于鬼。彼岂工于活人而拙于活己之子哉㉙？乃工于谋人而拙于谋天也。

古之圣人，知天下后世之变非智虑之所能周，非法术㉚之所能制，不敢肆其私谋诡计㉛，而唯积至诚㉜、用大德，以结乎天心，使天眷㉝其德，若慈母之保赤子㉞而不忍释。故其子孙虽有至愚不肖㉟者足以亡国，而天卒不忍遽㊱亡之，此虑之远者也。夫苟不能自结于天，而欲以区区之智，笼络㊲当世之务，而必后世之无危亡，此理之所必无者也，而岂天道哉？

【作者简介】

方孝孺（1357—1402），字希直，一字希古，别号逊志。明浙江宁海人。宋濂弟子，尽得其学。洪武二十五年（1392）召至京，除汉中府教授。蜀献王闻其贤，聘为世子师，名其屋为"正学"，学者因称正学先生。建文帝即位，召为侍讲学士，拟大用。修《太祖实录》，为总裁官。建文四年（1402），燕王朱棣起兵入南京，自称效法周公辅成王，召使起草诏书，坚不奉命，遂被磔于市，至株连十族。有《逊志斋集》。

【注释】

①"虑天下"三句：谋划天下的人对自己认为困难的事常常能认真考虑，而对自己觉得容易的事就常常忽视。图，考虑，计议。忽，忽视，忽略。

②"备其所可畏"二句：对自己认为可怕的事就用心防备，对自己

坚信不疑的事就容易遗忘。备,防备,戒备。遗,遗忘,遗漏。

③周:严密,周密。

④天道:犹天理,天意。

⑤秦:朝代名。我国历史上第一个专制主义中央集权的郡县制王朝。公元前221年秦王嬴政统一中原,自称始皇帝,建都咸阳。前206年,为汉所灭。传二世,共十五年。

⑥诸侯:古代帝王所分封的各国君主。在其统辖区域内,世代掌握军政大权,但按礼要服从王命,定期向帝王朝贡述职,并有出军赋和服役的义务。这里指战国时位于函谷关以东的齐、楚、燕、韩、赵、魏六个诸侯国。

⑦周:朝代名。姬姓。公元前十一世纪武王灭商建周,都城镐京(今陕西西安),史称西周。公元前771年,犬戎攻破镐京,周幽王被杀。次年周平王东迁洛邑(今河南洛阳),史称东周。公元前256年为秦所灭。共历三十七王,八百多年。

⑧封建:封邦建国。古代帝王把爵位、土地分赐亲戚或功臣,使之在该区域内建立邦国。相传黄帝为封建之始,至周制度始备。郡县:郡和县的合称。郡县之名,初见于周。秦始皇统一中国,分国内为三十六郡,为郡县政治之始,汉初封建制与郡县制并行,其后郡县遂成常制。

⑨兵革:兵器和甲胄的总称。泛指武器军备。又代指战争。

⑩天子:古代对帝王的尊称。世守:世代保守。

⑪汉帝:指汉高祖刘邦。陇亩:田地。

⑫卒:终于。社稷:社为土神,稷为谷神,古代以社稷为国家的代称。

⑬惩:因受挫而鉴戒。

⑭庶孽:妃妾所生之子。犹树有孽生,故称。

⑮"七国"句:指汉景帝时吴、楚、赵、胶西、济南、淄川、胶东等七个

诸侯国,于公元前154年同时发动叛乱,史称"七国之乱"。萌,萌生,发生。篡弑,谓弑君篡位。

⑯武、宣:指汉武帝与汉宣帝。

⑰剖析:剖分,分开。这里指汉武帝颁发推恩令,允许诸侯王把自身的封地分给自己的儿子,最后使得各诸侯国越分越小,从而达到加强中央集权的目的。

⑱王莽(前45—后23):字巨君,汉元帝皇后侄。西汉权臣、政治家。后毒死平帝,于初始元年(8)称帝,改国号为"新"。汉祚:汉朝的帝位。

⑲光武:即汉光武帝刘秀(前5—后57),字文叔。南阳蔡阳(今湖北枣阳)人。出身皇族。西汉末年,与兄刘𬙂起兵,加入绿林起义军。在昆阳之战中,以少胜多,大败王莽军队。更始元年(23)开始经营河北。建武元年(25)称帝,正式建立东汉政权,亦称后汉。死后谥为光武帝,庙号世祖。哀、平:汉哀帝与汉平帝。三国魏曹冏《六代论》:"至於哀、平,异姓秉权,假周公之事,而为田常之乱。"

⑳魏:三国之一。公元220年,曹丕代汉称帝,国号魏,都洛阳,史称曹魏。公元265年司马炎重演曹丕代汉的"禅让"故事建晋朝,魏亡。

㉑"唐太宗闻武氏"三句:据载,唐贞观二十二年(648),唐太宗密问太史令李淳风,据传说有个女主武氏,代唐有天下,这是真的吗?李淳风回答说,仰观天象,俯察历数,此人已在宫中,不过三十年当王天下,其兆已成。唐太宗要把怀疑对象全杀掉,但是被李淳风劝止。其实武则天就在身边,唐太宗却没有察觉。唐太宗,即李世民(599—649),唐高祖次子,唐朝第二位皇帝,在位二十三年。在位时出现了著名的贞观之治。武氏,即武则天(624—705),十四岁时为唐太宗才人,后为高宗皇后,与高宗并称"二圣"。高宗驾崩后,临朝称制。天授元年(690),自立为帝,建立武周。

㉒宋太祖:即赵匡胤(927—976),宋王朝建立者,960—976年在位。五代:指后梁、后唐、后晋、后汉、后周。方镇:指掌握兵权、镇守一方的军事长官。

㉓尽释其兵权:宋太祖两次宴请掌有兵权的重臣,以高官厚禄为条件,解除了他们的兵权,加强了中央集权统治,后人称之为"杯酒释兵权"。

㉔幾(jī):事物变化的前兆、迹象。

㉕审:详细,周密。

㉖切:切合。

㉗"盖智可以谋人"二句:人的智慧只能为人事而谋虑,却不能为天意去谋虑。

㉘巫:古代从事祈祷、卜筮、星占并兼用药物为人求福、祛灾、治病的人。商代巫的地位较高。周时分男巫、女巫,司职各异,同属司巫。春秋以后,医道渐从巫术中分出,但民间专行巫术、装神弄鬼为人祈祷治病者仍世世不绝。

㉙工:巧,擅长。拙:"工"的反义词,笨拙,迟钝。

㉚法术:"法"与"术"的合称。先秦韩非认为商鞅言"法",申不害言"术",两人所言皆有所偏,因而主张两者兼用。后因以"法术"指法家之学。旧时又指方术之士画符驱鬼等所谓神奇变化之术。

㉛肆:放纵,恣意而行。私谋诡计:同"阴谋诡计"。私,暗中,不公开。

㉜至诚:极致的诚意,儒家指道德修养的最高境界。

㉝眷:关照,关注。

㉞赤子:初生的婴儿。

㉟不肖:不成材。

㊱遽(jù):仓促。

㊲笼络:控制。

【解读】

方孝孺主张"凡文之为用,明道立政",提出"道"是文学的根本,文学不过是阐明"道"的工具。他有许多论史的文章,阐明治国安邦的道理和策略。

《深虑论》共十篇,本文是第一篇。它既是史论,也是政论。

全文分四段。第一段,根据历史现象,提出论点。论点有两层意思:一、提醒统治者祸乱之发生"常起于不足疑之事",就是平常根本深信不疑而常加以忽视之事;二、政权的巩固是要得"天道",这是智力所不及处。

第二段,举出秦至汉魏社稷危亡的历史事实,论证其论点"其亡也,皆出其所备之外"。

第三段,继续举出唐宋治乱存亡之史实,并引良医、良巫"工于谋人而拙于谋天"以论证其论点"智可以谋人,而不可以谋天"。

第四段是重点,论述"天下后世之变非智虑之所能周,非法术之所能制",更不能肆意妄为,极尽阴谋诡计之能事,认为后世君主如欲传天下于久远,则必须"积至诚、用大德",以此而上结天心,这样才是天道,才是真正深谋远虑。作者用堂堂正正的文字,阐明自己隐微幽深的意图,那就是希望统治者少用权谋,而是待天下以至诚,行仁政于天下,这样才能得天下之心,政权也才能永固。

文章结构严谨,条理清楚,论点突出,论据充分,以史为鉴,正反结合,环环相扣,论证很有说服力。

【点评】

天道为智力之所不及,然尽人事以合天心,即天亦有可谋处。此文归到"积至诚、用大德",正是祈天永命工夫。古今之论天道、人事者多,得此乃见透快。([清]吴楚材、吴调侯《古文观止》卷十二)

通篇虽以人事陪说,而实重在天道,看起结可见。章法则首段虚冒,中间历引古及医巫喻,波浪壮阔,后方发正意,末乃反掉结,极有结构。意彼时方子知有燕王事,亦深思远虑一番,而无可如何,惟是积诚以结天心,而卒不能靖燕王之难者,大约积诚有未至也。程子云:为臣而祈天永命,大是难事。然此实正论,古今不磨。([清]李扶九原编、黄仁黼重订《古文笔法百篇》卷三)

夜渡两关记 程敏政

　　予谒告①南归,以成化戊戌冬十月十六日过大枪岭②,抵大柳树驿③。时日过午矣,不欲但已。问驿吏,吏绐④言:"须晚,尚可及滁州⑤也。"上马行三十里,稍稍闻从者言:"前有清流关⑥,颇险恶,多虎。"心识之。抵关,已昏黑,退无所止,即遣人驱山下邮⑦卒,挟铜钲、束燎以行⑧。山口两峰夹峙⑨,高数百寻⑩,仰视不极。石栈岖崟⑪,悉下马累肩⑫而上,仍相约:有警,即前后呼噪⑬为应。适有大星,光煜煜⑭自东西流。寒风暴起,束燎皆灭。四山草木,萧飒有声。由是人人自危,相呼噪不已,铜钲哄⑮发,山谷响动。行六七里,及山顶,忽见月出如烂银盘⑯,照耀无际,始举手相庆。然下山犹心悸不能定者久之。予计此关乃赵点检破南唐擒其二将处⑰,兹游虽险而奇,当为平生绝冠。夜二鼓⑱,抵滁阳。

　　十七日午,过全椒⑲,趋和州⑳。自幸脱险即夷㉑,无复置虑。行四十里,渡后河㉒,见面山隐隐,问从者,云:"当陟㉓此,乃至和州香淋院。"已而日冉冉㉔过峰后,马入山嘴,峦岫㉕回合，桑田秩秩㉖，凡数村，俨若武陵、仇池㉗，方以为喜。既暮，入益深，山益多，草木塞道，杳不知其所穷，始大骇汗㉘。过野庙，遇老叟，问此为何山，曰："古昭关㉙也。去香淋尚三十余里，宜急行。前山有火起者，乃烈原㉚以驱虎也。"时铜钲、束燎皆不及备。傍山涉涧，怪石如林，马为之辟易㉛。众以为伏虎，却顾反走㉜，颠仆枕藉㉝，呼声甚微，虽强之大噪，不能也。良久乃起，循㉞岭以行，谛视㉟崖堑，深不可测，涧水潺潺，与风疾徐。仰见星斗满天，自分㊱恐不可免。且念伍员昔尝厄㊲于此关，岂恶地固应尔耶？尽二鼓，抵香淋。灯下恍然自失，如更生者。

噫！予以离亲之久，诸所弗计，冒险夜行，渡二关，犯虎穴，虽濒危而幸免焉㊳，其亦可谓不审㊴也已！谨志之以为后戒。

【作者简介】

程敏政（1446—1499），字克勤。明徽州府休宁县（今属安徽省黄山市）人。成化二年（1466）进士。授编修，历左谕德，以学问赅博著称。弘治中官至礼部右侍郎兼侍读学士。见唐寅乡试卷，激赏之。弘治十二年（1499），主持会试，以试题外泄，被劾为通关节于唐寅等，下狱。后被勒令致仕，不久去世。有《新安文献志》《明文衡》《篁墩集》。

【注释】

①谒告：告假，请假。《宋史·常楸传》："与庙堂议事不合，以疾谒告。"

②成化戊戌：即成化十四年，公元1478年。成化，明宪宗朱见深的年号（1465—1487）。大枪岭：在今安徽省滁州市西北六十里。明初

置巡司于其下。

③驿：旧时供传递公文的人中途休息、换马的地方。

④绐（dài）：古同"诒"，欺骗，欺诈。

⑤滁州：隋开皇初改南谯州置，治所在新昌县（后更名为清流县），即今安徽省滁州市。

⑥清流关：南唐置，在今安徽省滁州市西二十五里关山中段山口处。据《资治通鉴》记载，五代后周显德三年（956），周世宗下诏亲征淮南，"皇甫晖、姚凤退保清流关"。《明史·地理一》："（滁州）西南有清流山，清流关在其南，清流水出焉，合于滁水。"

⑦邮：古代传递文书的驿站。

⑧挟：夹持，夹在腋下或指间。铜钲：古代的一种乐器，用铜制成，形似钟而狭长，有长柄可执，口向上以物击之而鸣，在行军时敲打。束燎：火把。

⑨夹峙：左右耸立。

⑩寻：古代长度单位。一般为八尺。

⑪石栈：在山间凿石架木做成的通道。岖嵚（yín）：山势险峻的样子。

⑫累肩：肩叠着肩。累，重叠，接连成串。

⑬呼噪：嘈杂地叫喊。噪，大声叫嚷。

⑭煜煜：明亮貌。

⑮哄（hòng）：喧闹。

⑯烂银盘：破烂的银盘。喻指月亮。唐卢仝《月蚀诗》："烂银盘从海底出，出来照我草屋东。"

⑰赵点检：指赵匡胤，他在后周时期任殿前都点检。二将：指南唐大将皇甫晖、姚凤。

⑱二鼓：二更。

⑲全椒：县名，西汉置，属九江郡。唐属滁州。即今安徽省全

椒县。

⑳和州:北齐天保六年(555)置,治所在历阳县(今安徽省和县)。明初直隶南京。

㉑脱险即夷:脱离险境,到达平坦之地。

㉒后河:即今安徽和县北滁河。为长江支流。清顾祖禹《读史方舆纪要》卷二十九"和州":后河在"州北七十里。出庐州府接境之黄山,经含山县流入境,与滁州分界,至六合县瓜埠口入江,即滁河矣"。

㉓陟(zhì):由低处向高处走,与"降"相对。

㉔冉冉:渐进貌。这里指光照慢慢变化或移动。

㉕峦岫(xiù):山峰。峦,小而尖锐的山。岫,有洞穴的山。

㉖秩秩:严整有次序条理的样子。

㉗俨若:宛若,好像。武陵:郡名,汉高帝改黔中郡置,治所在义陵县,即今湖南省溆浦县南。辖境大致包括今湖南省沅江流域以西,贵州省东部及广西壮族自治区龙胜各族自治县,重庆市秀山土家族苗族自治县,湖北省鹤峰、来凤、长阳土家族自治县、五峰土家族自治县等地。东汉移治临沅县,即今湖南省常德市西。这里的武陵,即晋陶渊明《桃花源记》所叙之世外桃源。仇池:古山名。在今甘肃省西和县西南洛峪。以山上有仇池得名,峡谷幽深,地势险要。

㉘骇汗:因惊恐、惶惧而流汗。

㉙昭关:故址在今安徽省含山县城北小岘山之西。山崖峙立,有"一夫当关,万夫莫开"之势。春秋时期为吴楚两国交通要冲。据《史记·伍子胥列传》记载,楚平王无道,杀伍子胥(员)父兄,子胥"奔吴,到昭关,昭关欲执之",即此。

㉚烈原:在宽广平坦的地方用猛火烧。

㉛辟易:退避。

㉜却顾:回顾,回转头看。反走:小步迅速倒退,回身逃跑。

㉝颠仆:跌倒,跌落。枕藉:物体纵横相枕而卧,言其多而杂乱。

63

㉞循:沿着,顺着。

㉟谛视:仔细察看。

㊱自分:自料,自以为。

㊲厄:受困,受苦。

㊳濒危:临近危险的境地。幸免:谓侥幸避免某种灾祸。

㊴审:慎重。

【解读】

本文记述作者在明成化十四年(1478)冬告假回乡省亲,于十月十六、十七日夜渡清流关、昭关历险的经过。两次都是虚惊,同样都是夜渡地势险恶而又多虎的关隘,但在作者笔下,却各有不同的写法,都写得扣人心弦,让读者有身临其境之感。

文章是按照自然顺序来进行叙述的。两次渡关,主要突出的是夜、传说中的老虎以及夜间摸黑奔走的惊险过程。全文分三段。第一段,记述十月十六日过清流关。首先写清流关山势险恶,又多老虎。到达关口,天已昏黑,后无退路,只有鼓劲前行。山很高,两峰并峙,一条陡峭崎岖的石道通向山顶,一行人下马叠肩而登。作者着重写在攀登过程中,一颗流星自东向西破空而过之后的惊恐情状:突然寒风暴起,火把都被吹灭。从极光亮到极黑暗,就在一瞬之间发生。四周风声呼啸,草木萧飒,山谷震动,人人自危。走六七里,才到达山顶,脱离险境。

第二段,记述作者一行抵达滁阳后过全椒、赴和州的经过。作者以为到了安徽地界即已脱险,此后全都是平坦之地。没想到,走了四十里,渡后河,迎面又被一座高山拦住,必须穿越这座高山才能到达和州。这时,日影西斜,作者一行又进入了山峰回合的地区。越往里走,山越多,人烟越稀,山路无穷无尽,作者由开始的心喜就转为惊恐了。当遇到一位老人介绍这里是伍子胥逃难经过的古昭关,离香淋院还有三十多里,宜急行,且山中有老虎出没时,作者的心又一下子提了起来。过昭关时，天黑，傍山涉涧，怪石如林，马吓得都往后退，大家以为碰到了老虎，都吓得掉头就跑，结果一恐慌，立足不稳，相互践踏。过了很久，才起来顺着山岭继续前行。一路上，山崖深沟，深不可测，非常危险。作者自以为这次凶多吉少，但最后还是有惊无险。

末段，是总结。作者认为虽然省亲心切，但冒险夜行，"虽濒危而幸免"，也是极不慎重的。所以记下这段经历，也当是对自己的警诫。

本文布局巧妙，用笔跌宕起伏，曲折回合，极尽腾挪之妙。其重点在前两段，两段均安排了一个典型的情节渲染气氛，增强文章的表现力。如第一段，"适有大星，光煜煜自东西流。寒风暴起，束燎皆灭。四山草木，萧飒有声。由是人人自危，相呼噪不已，铜钲哄发，山谷响动"，这一节文字将环境的惊险描写得惟妙惟肖，极为生动。第二段，"傍山涉涧，怪石如林，马为之辟易。众以为伏虎，却顾反走，颠仆枕藉，呼声甚微，虽强之大噪，不能也"，这一节文字绘声绘色，将惧虎的心理和动作刻画得淋漓尽致。

里妇①寓言　　　　　马中锡

汉武帝时，汲黯②使河南，矫制③发粟。归恐见诛，未见上，先过东郭先生求策。

先生曰："吾草野鄙人，不知制为何物，亦不知矫制何罪，无可以语子者。无已，敢以吾里中事以告。吾里有妇，未笄④时，佐诸母⑤治内事，暇则窃听诸母谈，闻男女居室事甚悉，心亦畅然以悦；及闻产育之艰，则怃然⑥而退，私语女隶⑦曰：'诸母知我窃听，诳我耳，世宁有是理耶？'既而适里之孱子⑧，身不能胜衣⑨，力不能举羽，气奄奄⑩仅相属，虽与之居数年，弗克孕。妇亦未谙⑪产育之艰，益以前诸母言为谬。屡子死，妇入通都⑫，再适美少年，意甚惬⑬，不逾岁而妊⑭。将娩⑮之前期，腹隐隐然痛，妇心悸⑯。忽忆往年事，走市廛⑰，遍叩市媪⑱之尝诞子者，而求免焉。市媪知其愚也，欺侮之曰：'医可投，彼有剂可以夺胎也。'或曰：'巫可礼，彼有术可以逭死⑲也。'或曰：'南山有穴，其深叵测⑳，暮夜潜遁其中，可避也。'或曰：'东海有药，其名长生，服之不食不遗，可免也。'妇不知其绐㉑也，迎医，而医见拒；求巫，而巫不答；趋南山，则藜藿㉒拒于虎豹；投东海，则蓬莱㉓阻于蛟龙。顾其居有窨室㉔焉，遂窜入不复出。居三日，而痛愈剧，若将遂娩者，且计穷矣，乃复出。偶邻妇生子，发未燥，母子俱无恙。妇欣然往问之。邻妇曰：'汝竟痴耶！古称：未有学养子而后嫁者。汝嫁矣，乃不闲养子之道而云云乎㉕？世之人不死于产㉖者亦多矣，产而死则司命攸存㉗，又可免乎？汝畏死，何莫嫠居㉘以毕世，而乃忍辱再醮㉙也？汝休矣，汝休矣！世岂有既妊而畏产者耶？'里妇乃赧然㉚而归，生子亦无恙。"

词未毕，黯出户，不俟驾而朝㉛。

【作者简介】

马中锡（1446—1512），字天禄，号东田。河间府故城县（今属河北省）人。成化十一年（1475）进士，授刑科给事中。弘治五年（1492）任大理寺右少卿，擢右副都御史，巡抚宣府。后因病辞归故里。武宗即位，起抚辽东。正德五年（1510）任都察院左副都御史。后被佞臣弹劾，下狱死。能诗文。有《东田集》。

【注释】

①里妇:同里的妇人。里,乡村的庐舍、宅院。后泛指乡村居民聚落。

②汲黯(? —前112):字长孺。西汉濮阳(今河南濮阳西南)人。家世为卿大夫。景帝时任太子洗马。武帝即位,初为谒者,累迁中大夫,转东海太守,有治绩,升主爵都尉,位列九卿。学黄老之术,治务无为;好直言切谏,不能容人之过。汉武帝用兵匈奴,他主张和亲,反对战争。曾隐居田园数年,后任淮阳太守,死于任上。

③矫制:指假托皇帝的命令行事。制,皇帝的命令。

④笄(jī):簪,古时用以穿插头发或固定帽子。后来指女子十五岁成年。

⑤诸母:称与父亲同辈或年龄相近的妇女。又特指伯母、叔母。

⑥怃(wǔ)然:惊愕貌。

⑦女隶:泛称女婢。

⑧孱子:瘦弱的男子。孱,衰弱,瘦弱。

⑨胜衣:指承受衣服的重量。

⑩奄奄:气息微弱貌。

⑪谙:熟悉,知道。

⑫通都:四通八达的都市。

⑬惬:快意,满足。

⑭妊(rèn):怀孕。

⑮娩:妇女生育。

⑯悸:惊惧,心跳。

⑰市廛(chán):城中店铺集中的地方。廛,古代一户平民所占有的房地。后泛指民居、市宅。

⑱媪(ǎo):老少妇人的通称。

⑲逭(huàn)死:偷生,逃命。逭,免除。

㉑叵测：不可度量。

㉑绐：欺诳，欺骗。

㉒藜藿：藜草和豆叶。亦泛指粗劣的饭菜。

㉓蓬莱：蓬莱山。古代传说中的神山名。亦指仙境。

㉔窨（yìn）室：地下室，地窖。

㉕闲：熟习。后作"娴"。云云：犹言如此，这样。

㉖产：生产，指妇女生小孩。

㉗司命：神名。掌管生命的神。攸存：所掌管。

㉘嫠（lí）居：寡居。嫠，寡妇。

㉙再醮（jiào）：古代行婚礼时，父母给子女酌酒的仪式称"醮"。因称男子再娶或女子再嫁为"再醮"。元、明以后专指妇女再嫁。醮，古代冠礼、婚礼中的一种简单仪节。谓尊者对卑者酌酒，卑者接受后饮尽，不需回敬。

㉚赧（nǎn）然：因羞愧而脸红，惭愧。

㉛俟（sì）驾：等待车驾。朝：指臣下朝见君王。

【解读】

作者善讲寓言。他最著名的寓言是《中山狼传》，讲述东郭先生冒险救了中山狼，使它避过了赵简子的猎杀。但中山狼脱险后，却恩将仇报，反欲吃掉恩人东郭先生。这个故事的结局虽然是狼被杀死，但教训是深刻的：狼（喻恶人）的本性不会改变，所以人不能被假象迷惑，以致陷入被动和危险的局面。

本文也是一则寓言故事，标题是"里妇寓言"，开宗明义，讲同里妇女怀孕生子而惧怕危险和痛苦的故事。文章分三段，第一段讲故事的起因。汉武帝时，汲黯奉命视察河南郡。以前这里经常有灾荒发生，所以要赈济百姓。汲黯见灾荒遍野，饿殍满地，动了恻隐之心，便斗胆假借皇帝的名义开仓放粮。此事自然是顺民心、救民困之举，但回到京城，却不知怎样跟皇帝交差，因为假托皇帝命令是杀头的大罪，汲黯虽然为民而矫制放粮,但也还是怕因触犯龙颜而丢掉性命,所以到东郭先生那里寻求对策。

第二段,是本文重点。东郭先生了解了汲黯的来意,便说:我不懂矫制是个什么东西,也不懂矫制会遭受什么刑罚,所以没有什么好建议给你,只是就我知识范围内所了解的讲一个故事给你听,看是否有些帮助。于是东郭先生便给汲黯讲了一个"里妇寓言",说里中有一个年轻女子,不到十五岁时,曾给她的伯叔母做事,听到了许多关于男女之间的事,同时也听说妇女生小孩很痛苦很危险,她却不相信这是真的,以为都是在骗她。不久,她嫁了里中一位男子,碰巧这男子体弱多病,所以两人没有生育。几年后,这男子就去世了。后来,这女子到了城市,再嫁给一位美少年。这个美少年是健康人,所以不到一年她就怀孕了。快要分娩的前期,她感觉腹中隐隐作痛,有些惊恐,突然回忆起以前听过叔伯母她们讲过妇女生子痛苦、危险的事,这回是相信了,所以她到处跟生过孩子的妇人打听,怎样能够免除这种痛苦和危险。那些妇人知道这女子很愚蠢,就骗她说,医生有一种药,吃下后可以将胎儿打掉,这是根治;有的妇女就说,你不妨去求神巫,她会有方法让你免除痛苦,这是借势逃生;还有人说,南山有一个洞,很深,你不如夜里躲到这个洞里去,也可以避免这种痛苦,这是掩耳盗铃;也有的说,东海有一种长生的仙药,你吃了它,也可以免除这个灾厄,这是以远水解近渴。这女子不知道这些都是骗她的话,所以听了她们的建议,先去求医,被医生拒绝;去求神巫,神巫也不搭理她;去南山,因为有虎豹,连吃的野菜都弄不到;去东海,因为蛟龙在海上阻拦,所以无法到达蓬莱仙境。她看到有人住在地窖中,所以就学样躲进地窖不出来。过了三天,腹痛加剧,好像要分娩了,她无计可施,只好又从地窖中出来。偶然间,她看到邻居女人刚生完孩子,小孩子头发都未干,而母子都很安康。这女子见状很高兴,就问产妇。产妇说:你真太蠢了,古话从来没有说过要先学生养儿子才去嫁人的道理。但你既然嫁了人，就要熟习生育之道，你怎么连这个都不懂呢？世上生子很顺利的也很多，当然也有难产死的，但难产死的，这是命中注定，是无法逃避的。你既然如此怕死，那当初守寡之后，何必再嫁他人呢？你不再嫁人，就不会有生育的事。世上哪有已经怀孕了却惧怕生孩子的呢？这女子听了产妇一席话，羞愧得面红耳赤。后来，这女子生产也很顺利。

第三段很短，汲黯一听就明白了寓言所要表达的意思，于是不等套上马车，就一路小跑着到朝中向皇帝汇报去了。

这个寓言的中心论点，是文中产妇所讲的一句话："未有学养子而后嫁者"。它表达的意思是：凡事都有危险，不要因为有危险，就想去逃避，正确的方法是勇敢面对。或者说，灾祸尚未来临，就惊慌失措，如杞人之忧天将坠，这都是要不得的。对汲黯而言，矫制放粮，赈济灾民，是为君王分忧，为百姓谋利，即使犯下大罪，但也事出有因，情有可原。如果惧怕皇帝治罪，不敢如实向皇帝汇报，这就类似于里中女子惧怕分娩之痛苦或危险而不敢生子、想方设法去逃避一样愚蠢。该来的结果迟早要来，逃避是没有用的，所以汲黯都不等东郭先生说完，就豁然开朗，急忙上朝，向皇帝汇报去了。

故事很有趣，道理也浅显，巧妙运用寓言讽喻的形式，往往可以达到直白表述所达不到的效果。

尊经阁①记　　　　王守仁

经，常道②也。其在于天，谓之命③；其赋于人，谓之性④；其主于身，谓之心⑤。心也，性也，命也，一也。通⑥人物，达四海，塞⑦天地，亘⑧古今，无有乎弗具，无有乎弗同，无有乎或变者也，是常道也⑨。其应乎感也⑩，则为恻隐⑪，为羞恶⑫，为辞让⑬，为是非⑭；其见于事也⑮，则为父子之亲，为君臣之义，为夫妇之别，为长幼之序，为朋友之信。是恻隐也，羞恶也，辞让也，是非也；是亲也，义也，序也，别也，信也，一也。皆所谓心也，性也，命也。通人物，达四海，塞天地，亘古今，无有乎弗具，无有乎弗同，无有乎或变者也，是常道也。

以言其阴阳消息之行焉⑯，则谓之《易》；以言其纪纲政事⑰之施焉，则谓之《书》；以言其歌咏性情之发焉，则谓之《诗》；以言其条理节文之著焉⑱，则谓之《礼》；以言其欣喜和平之生焉，则谓之《乐》；以言其诚伪邪正之辨焉，则谓之《春秋》⑲。是阴阳消息之行也，以至于诚伪邪正之辨也，一也，皆所谓心也，性也，命也。通人物，达四海，塞天地，亘古今，无有乎弗具，无有乎弗同，无有乎或变者也。夫是之谓六经。

六经⑳者非他，吾心之常道也。故《易》也者，志吾心之阴阳消息者也；《书》也者，志吾心之纪纲政事者也；《诗》也者，志吾心之歌咏性情者也；《礼》也者，志吾心之条理节文者也；《乐》也者，志吾心之欣喜和平者也；《春秋》也者，志吾心之诚伪邪正者也。君子之于六经也，求之吾心之阴阳消息而时㉑行焉，所以尊《易》也；求之吾心之纪纲政事而时施焉，所以尊《书》也；求之吾心之歌咏性情而时发焉，所以尊《诗》也；求之吾心之条理节文而时著焉，所以尊《礼》也；求之吾心之欣喜和平而时生焉，所以尊《乐》也；求之吾心之诚伪邪正而时辨焉，所以尊《春秋》也。

盖昔者圣人之扶人极^㉒，忧后世，而述六经^㉓也，犹之富家者之父祖，虑其产业库藏之积，其子孙者，或至于遗亡散失，卒困穷而无以自全也，而记籍其家之所有以贻之^㉔，使之世守其产业库藏之积而享用焉，以免于困穷之患。故六经者，吾心之记籍也，而六经之实^㉕，则具于吾心。犹之产业库藏之实积，种种色色，具存于其家，其记籍者，特名状数目而已。而世之学者，不知求六经之实于吾心，而徒考索于影响之间^㉖，牵制于文义之末^㉗，硁硁然^㉘以为是六经矣。是犹富家之子孙，不务守视享用其产业库藏之实积，日遗亡散失，至为窭人^㉙丐夫，而犹嚣嚣然^㉚指其记籍曰："斯吾产业库藏之积也！"何以异于是？

呜呼！六经之学，其不明于世，非一朝一夕之故矣。尚功利，崇邪说^㉛，是谓乱经；习训诂^㉜，传记诵^㉝，没溺^㉞于浅闻小见，以涂^㉟天下之耳目，是谓侮经；侈淫辞^㊱，竞诡辩^㊲，饰^㊳奸心盗行，逐世垄断^㊴，而犹自以为通经，是谓贼^㊵经。若是者，是并其所谓记籍者而割裂弃毁之矣，宁^㊶复知所以为尊经也乎？

越城旧有稽山书院^㊷，在卧龙西冈^㊸，荒废久矣。郡守渭南南君大吉^㊹，既敷政^㊺于民，则慨然悼末学之支离^㊻，将进之以圣贤之道，于是使山阴令吴君瀛拓书院而一新之^㊼，又为尊经之阁于其后，曰："经正则庶民^㊽兴，庶民兴，斯无邪慝^㊾矣。"阁成，请予一言，以谂^㊿多士。予既不获辞，则为记之若是。呜呼！世之学者，得吾说而求诸其心焉，则亦庶乎知所以为尊经也已。

72

【作者简介】

王守仁(1472—1529),初名云,字伯安,号阳明子。明朝著名思想家、文学家。浙江余姚人。弘治十二年(1499)进士。授刑部主事。正德初,忤刘瑾,廷杖,谪贵州龙场驿丞。以曾筑室阳明洞中,学者称阳明先生。瑾诛,任庐陵知县。十一年(1516),累擢右佥都御史,巡抚南、赣、汀、漳等地。十四年(1519),平宁王朱宸濠之乱。世宗时封新建伯。嘉靖六年(1527)总督两广兼巡抚。其学以致良知为主,谓格物致知,当自求诸心,不当求诸物。弟子极众,世称姚江学派。有《王文成公全书》。

【注释】

①尊经阁:旧时学宫藏书之所,用以贮藏儒家重要经典及百家子史诸书,以供学宫生员博览经籍,诵读研求。旧学以经为重,故称尊经。经,指儒家经典著作。

②常道:指常行的义理和法则,引申为永恒不变的真理。

③命:天命,命运。

④性:天赋,天性。

⑤心:本心。古代哲学名词,指人的主观意识,与"物"相对。唯心主义哲学家认为"心"是世界的本体。宋陆九渊《杂说》:"宇宙便是吾心,吾心便是宇宙。"明王守仁《传习录》卷下:"天下无心外之物。"

⑥通:贯通,沟通。

⑦塞:充满,充实。

⑧亘:贯通。

⑨"无有乎"四句:没有不具备的,没有不相同的,没有任何改变的,这就是常道。

⑩其应乎感也:它反映在情感上。

⑪恻隐:同情,怜悯。

⑫羞恶(wù)：羞耻，厌恶。

⑬辞让：谦逊推让。

⑭是非：对的和错的，正确与错误。

⑮其见于事也：它表现在事情上。见，通"现"。

⑯阴阳：指宇宙间贯通物质和人事的两大对立面。消息：消长，事物的盛衰。

⑰纪纲政事：指国家的法度政务。

⑱条理：秩序。节文：仪式，礼节。著：明白规定。

⑲《春秋》：编年体史书名。相传由孔子据鲁史修订而成。所记起于鲁隐公元年（前722），止于鲁哀公十四年（前481），凡二百四十二年。叙事极简，用字寓褒贬。

⑳六经：儒家的六部经典著作，即《易》《书》《诗》《礼》《乐》《春秋》。

㉑时：适时，合于时宜。

㉒人极：纲纪，纲常。社会的准则。

㉓述六经：传承六经。述，传承，传述。

㉔记籍：造册登记。贻：留下，遗留。

㉕实：实际内容。

㉖考索：探索研求。影响：比喻没有根据的事物。

㉗牵制：约束，控制。文义之末：指文章中非根本的、次要的义理或内容。

㉘硁(kēng)硁然：固执的样子。硁，刚劲有力的击石声。

㉙窭(jù)人：穷苦之人。窭，贫穷。

㉚嚣嚣然：傲慢的样子。

㉛"尚功利"二句：崇尚功名利禄，信奉荒谬有害的言论。

㉜训诂：此指对古书字句所作的解释。

㉝记诵：默记背诵。

㉞没溺：沉迷，沉溺。

㉟涂：堵塞，蒙蔽。

㊱佟：谓夸耀，炫示。淫辞：邪僻荒诞的言论。

㊲诡辩：貌似正确而实际上却颠倒是非、混淆黑白的议论。

㊳饰：掩饰。

㊴逐世：追逐世俗。垄断：独揽，独占。

㊵贼：败坏，残害。

㊶宁：副词，用于反问句中，可译为"难道"。

㊷越城：即今浙江绍兴，因系古越国之都而得名。稽山书院：宋代官府设立的供人读书、讲学的处所，建于绍兴府城卧龙山西岗（今府山风雨亭处），有专人主持。

㊸卧龙：山名，位于浙江绍兴西隅，越大夫文种葬于此，故又名种山。冈：山脊，山岭。

㊹郡守：郡的长官，主一郡之政事。秦废封建设郡县，郡置守、丞、尉各一人。守治民，丞为佐。汉、唐因之。宋以后郡府，知府亦称郡守。南君大吉：南大吉（1487—1541），字元善，渭南（今陕西省渭南市）人，正德进士，官绍兴知府。

㊺敷政：布政，施行教化。

㊻悼：伤感，痛惜。末学：指非正统之学。支离：烦琐杂乱。

㊼山阴：旧县名，秦置，因位于会稽山之北而得名，在今浙江省绍兴市辖区内。拓：扩建。

㊽庶民：民众，平民。

㊾邪慝（tè）：邪恶。

㊿谂（shěn）：规劝，劝告。

【解读】

作者是明代中晚期心学的代表人物。心学，作为儒学的一门学派，最早可推溯至孟子，并由宋代陆九渊提倡、开启，由明代王守仁加以继承、发展。作者秉承了陆九渊"心即理"的思想，反对程颐、朱熹通过事事物物追求"至理"的"格物致知"方法,因为事理无穷无尽,格之则未免烦累,故提倡"致良知",从自己内心中去寻找"理"。他认为人心是宇宙的本体,也是天地万物的主宰,"心外无物","心外无理"。至于伦理道德,也是人心所固有的。

本文是关于越城稽山书院的藏书之所尊经阁的一篇题记类的文章。虽然名为"记",其实主要是"论",论的中心应用了作者的"心学"。本文着眼点重在"尊经",而不在"阁",所以叙述重点并未放在对阁的规模、样式及内部结构的描述上,而是用"心学"的观点重点阐述儒家经典的作用和意义,同时抨击了当时不能正确对待儒家经典的现象,从理论上说明"尊经"的重要性,充分表现了作为哲学家和文学家的作者看问题的思想深度与一般文人的不同。

本文分六段。第一段,论述"经"的意义、性质及功用。它是与"心""性""命"合体的永恒之真理,是"常道"。第二段,具体阐述六经中《易》《书》《诗》《礼》《乐》《春秋》的主旨、性质及功用,它们都是"心""性""命"的具体反映。第三段,再具体论述六经即是"吾心之常道",以及必须尊经的理由。第四段,阐述六经是古昔圣人留给后人的财富,是"吾心之记籍","具于吾心",后人必须认识其实质,而不能任其散失遗忘。第五段,论述六经之学已"不明于世"很久。其中有"乱经""侮经""贼经"等种种破坏残害六经的现象,作者以严厉的态度对此予以抨击。第六段,交代稽山书院拓新以及修建藏书之所尊经阁的经过,并叙述此记的由来。末结以"得吾说而求诸其心"即是"尊经"的道理,处处不离于"心",主旨十分突出,与其哲学思想相一致。

作者认为,六经只不过是心的记录,所以尊经首先要从自己的心里去认识、探求六经的精义,而不必考究传闻的是非,拘泥于"文字之末"。一句话,就是要人们不能只在表面上,更要在内心深处奉行六经中所宣扬的伦理道德。

本文在结构上比较缜密,语言也比较明白流畅。排比句的使用,如反复使用"无有乎"句型,宛转回环,首尾呼应,增强了文章的气势。使用的比喻也通俗浅近,明白易晓。

【点评】

六经不外吾心,吾心自有六经。学道者何事远求?返之于心,而六经之要,取之当前而已足。阳明先生一生训人,一以良知良能,根究心性。于此记略,已备具矣。([清]吴楚材、吴调侯《古文观止》卷十二)

象 祠① 记　　　　　王守仁

灵博②之山,有象祠焉。其下诸苗夷③之居者,咸神而事之。宣慰安君④因诸苗夷之请,新其祠屋,而请记于予。予曰:"毁之乎,其新之也?"曰:"新之。""新之也,何居⑤乎?"曰:"斯祠之肇⑥也,盖莫知其原⑦。然吾诸蛮夷之居是者,自吾父、吾祖,溯曾、高而上⑧,皆尊奉而禋祀⑨焉,举⑩而不敢废也。"

予曰:"胡然⑪乎?有鼻⑫之祠,唐之人盖尝毁之。象之道,以为子则不孝,以为弟则傲。斥⑬于唐,而犹存于今;毁于有鼻,而犹盛于兹土也。胡然乎?我知之矣,君子之爱若人也⑭,推及于其屋之乌,而况于圣人⑮之弟乎哉?然则祀者为舜,非为象也。意象之死,其在干羽既格⑯之后乎!不然,古之骜桀⑰者岂少哉?而象之祠独延于世。吾于是益有以见舜德之至,入人之深,而流泽⑱之远且久也。象之不仁,盖其始焉耳,又乌知其终之不见化⑲于舜也?《书》不云乎？'克谐以孝，烝烝乂，不格奸^⑳。'瞽瞍亦允若^㉑，则已化而为慈父。象犹不弟，不可以为谐。进治于善，则不至于恶；不底^㉒于奸，则必入于善。信乎象盖已化于舜矣。孟子曰：'天子使吏治其国，象不得以有为也。'斯盖舜爱象之深而虑之详，所以扶持辅导之者之周也。不然，周公^㉓之圣，而管蔡^㉔不免焉。斯可以见象之既化于舜，故能任贤使能而安于其位，泽加于其民，既死而人怀之也。诸侯之卿^㉕，命于天子，盖《周官》^㉖之制。其殆^㉗仿于舜之封象欤？吾于是益有以信人性之善，天下无不可化之人也。然则唐人之毁之也，据象之始也^㉘；今之诸夷之奉之也，承象之终也^㉙。斯义也，吾将以表于世，使知人之不善虽若象焉，犹可以改；而君子之修德，及其至也，虽若象之不仁，而犹可以化之也。"

【注释】

①象祠：供奉象的祠庙。象，人名，传说中虞舜的弟弟。

②灵博：山名，在今贵州省黔西市境。《清一统志·大定府》"灵博山"条："在黔西州水西苗地。上有象祠，明王守仁作记。"

③苗夷：我国古代对南方苗族的称呼。夷，我国古代中原地区华夏族对东部各族的总称，亦泛称中原以外的各族。《礼记·王制》："东方曰夷。"

④宣慰安君：即当时的贵州宣慰使司宣慰使安贵荣。宣慰使司为官署名。元置，掌军民事务，分道以总郡县，行省有政令则宣布于下，郡县有请则上报行省。边境有军事，则兼都元帅府。

⑤何居：何故，什么缘故。居，助词。《礼记·檀弓上》："何居？我未之前闻也。"

⑥肇:开始,创始。

⑦原:指来源或起因。

⑧溯:向上推求。曾、高:曾祖(祖父的父亲)、高祖(曾祖的父亲)。

⑨禋(yīn)祀:古代祭天的一种礼仪。先燔(fán,焚烧)柴升烟,再加牲体或玉帛于柴上焚烧。后泛指祭祀。禋,祭名。升烟祭天以求福。

⑩举:祭祀。《诗经·大雅·云汉》:"靡神不举,靡爱斯牲。"

⑪胡然:为何。表示疑问或反诘。

⑫有鼻:古地名。鼻,一作"庳"(bì)。又名鼻墟、鼻亭。相传舜封其弟象于此。故址在今湖南省道县北。《孟子·万章上》:"象至不仁,封之有庳。"

⑬斥:排斥,摒弃。

⑭君子之爱若人也:君子爱这个人。若,此,这个。

⑮圣人:这里指舜帝。

⑯干羽既格:《尚书·大禹谟》载,舜命禹征有苗,三旬,苗民逆命,禹班师。"帝乃诞敷(大布)文德,舞干羽于两阶。七旬,有苗格。"干羽,古代舞者所执的舞具。文舞执羽,武舞执干(盾牌)。格,到来,即苗民表示归顺之意。

⑰骜桀:狂妄凶暴。骜,狂妄,傲慢。桀,凶悍,横暴。

⑱流泽:流布恩德。

⑲见化:被感化。

⑳克谐以孝,烝(zhēng)烝乂(yì),不格奸:克,能够。乂,治理。语出《尚书·尧典》:"父顽,母嚚(yín),象傲。克谐以孝,烝烝乂,不格奸。"孔传:"谐,和。烝,进也。言能以至孝谐和顽嚚昏傲,使进进以善自治,不至于奸恶。"王引之认为当读为"克谐,以孝烝烝,乂不格奸"。《经义述闻·尚书上》:"谓之烝烝者,言孝德之厚美也。"

㉑瞽瞍(gǔ sǒu):舜父名。瞽、瞍,均为盲人之义。允若:顺从。

㉒底：通"抵"，到。

㉓周公：西周初期政治家。姓姬名旦，文王子，武王弟，成王叔。辅武王灭商。武王崩，成王幼，周公摄政。先平武庚、管叔、蔡叔之叛，继而厘定典章制度，复营洛邑为东都，作为统治中原的中心，天下臻于大治，他也因此被后世视为圣贤的典范。

㉔管蔡：周武王之弟管叔鲜与蔡叔度。

㉕卿：古代高级官员的名称。周天子及诸侯都有卿，分上、中、下三等。秦汉时期三公以下设有九卿。历代相沿。

㉖《周官》：《周礼》的本名。讲述周代礼制的著作。

㉗殆：大概。

㉘据象之始也：是根据象起初的昏傲行为。

㉙承象之终也：是接受象后来被感化变好的事实。承，接受，承受。

【解读】

明武宗正德元年（1506）冬，宦官刘瑾擅政，并逮捕南京户科给事中戴铣等二十余人。作者以兵部主事的身份上疏论救，触怒刘瑾，被杖四十，谪贵州龙场（今贵阳市修文县龙场镇）驿丞。正德三年（1508）春到达贵州龙场，龙场在当时还是未开化的地区，"万山丛薄，苗、僚杂居"（《明史·王守仁传》）。作者在这里，对《大学》的中心思想有了新的领悟，如《明王文成公守仁年谱》所说："忽中夜大悟格物致知之旨，寤寐中若有人语之者，不觉呼跃，从者皆惊，始知圣人之道，吾性自足，向之求理于事物者误也。"因此成就了著名的"龙场悟道"。正德四年（1509）闰九月，复官庐陵（今江西吉安）知县。所以本文当在龙场悟道之后，即正德三年（1508）至四年（1509）之间所作。

象，传说是舜的同父异母兄弟，在他父亲瞽瞍的支持下，多次企图杀害舜，但都没有成功。舜却不予计较，继位以后仍封他为有鼻的诸侯。本文从贵州苗民为象建立祠庙谈起，引经据典地论述象之所以被苗民所纪念,是因为他能够在圣人的感化下弃恶从善的缘故,从而提出了君子必须修德以感化恶人、恶人能够而且必须改恶从善的观点。

全文分两段。第一段,叙述黔西灵博山有一座象祠,很神异,苗族人请求宣慰使安君将它翻新,请作者作记,但都不知道这祠的来历。第二段,作者指出象祠就是祀奉舜帝的异母弟象的祠庙。而象在《尚书》中的形象是很不好的。尧帝晚年,求贤人以继其位,四方诸侯推举虞舜,说:"瞽子,父顽,母嚚,象傲。克谐,以孝烝烝,乂不格奸。"意思是说,舜是瞽瞍的儿子,他的父亲很顽劣,母亲很暴虐,弟弟象又狂妄傲慢。但舜仍能克尽孝道,使一家人相处得很和谐,并以孝道来修身自治,感化那些邪恶的人。所以说,这座祠并不是专为了供奉象而建的,而是为了缅怀舜的恩德而建。作者推测,象应当是在苗族归顺了舜帝之后才去世,而此前象已经受舜帝感化,一改前非,"任贤使能",将当地治理得很好,当地人因此设祠纪念。作者说唐代的人毁坏了象的祠,那是因为他改过之前给人留下了恶劣的印象;而今诸夷又为他翻建新祠,则是接受了象改过之后变成了善人的事实。由此推断,人性是善的,"天下无不可化之人",连狂妄傲慢、不仁的象都能改造过来,何况那些进德修业的君子呢? 作者将这个道理揭示出来,就是为了勉励犯过错的人能积极振作,改过自新。

本文中象的事例是作者所倡导"致良知"的具体例证。文章通俗明快,善用事典,持之有据,言之成理,虽然名为"记",却是一篇极好的阐明"致良知"观点的论文。

【点评】

象不宜祠,柳子厚《道州毁鼻亭神记》言之详矣,薛河东毁之,而苗之人祀之,父而子,子而孙,世世相传,历宋、元、明而不替。其祠祀也,必有可祀之道在。阳明先生此文,谓象之桀傲,已见化于舜,故能任贤使能,泽加于民,既死而人怀之。至理名言,一经道破,不由不令人佩服之至。中间谓象死在'干羽既格之后',奇思创解,诚能发前人所未发。末段谆谆以君子修德化人为训，尤为有关名教之文，以视柳州所论，识解之超，眼光之远，相去不可以道里计矣。（［清］过商侯《古文评注读本》卷六）

傲弟见化于舜，从象祠想出，从来未经人道破。当与柳子厚《毁鼻亭神记》参看。各辟一解，俱有关名教之文。（［清］吴楚材、吴调侯《古文观止》卷十二）

答毛宪副①

王守仁

昨承遣人，喻以祸福利害，且令勉赴太府请谢②，此非道谊深情决不至此。感激之至，言无所容。但差人③至龙场凌侮，此自差人挟势擅威，非太府使之也。龙场诸夷与之争斗，此自诸夷愤惋④不平，亦非某使之也。然则太府固未尝辱某，某亦未尝傲太府，何所得罪而遽请谢乎？跪拜之礼，亦小官常分⑤，不足以为辱，然亦不当无故而行之。不当行而行，与当行而不行，其为取辱一也。废逐⑥小臣，所守以待死者，忠信礼义⑦而已，又弃此而不守，祸莫大焉。

凡祸福利害之说，某亦尝讲之。君子以忠信为利，礼义为福。苟忠信礼义之不存，虽禄之万钟⑧，爵以侯王之贵⑨，君子犹谓之祸与害；如其忠信礼义之所在，虽剖心碎首，君子利而行之，自以为福也，况于流离窜逐之微乎？

某之居此，盖瘴疠蛊毒之与处⑩，魑魅魍魉⑪之与游，日有三死焉。然而居之泰然，未尝以动其中者，诚知生死之有命，不以一朝之患而忘其终身之忧也。太府苟欲加害，而在我诚有以取之,则不可谓无憾;使吾无有以取之而横罹⑫焉,则亦瘴疠而已尔,蛊毒而已尔,魑魅魍魉而已尔,吾岂以是而动吾心哉?执事之谕⑬,虽有所不敢承,然因是而益知所以自励,不敢苟有所隳堕⑭,则某也受教多矣,敢不顿首⑮以谢!

【注释】

①毛宪副:即毛科(1453—1532),字应奎,号拙庵。浙江余姚人。明成化十四年(1478)进士。历任南京工部主事、山东兵备副使、云南布政司左参议、贵州按察司副使兼提学副使,官至都察院左副都御史。宪副,明朝按察司副使的别称。

②太府:州郡官署的别称。《晋书·桓玄传》:"王腾之奉帝入居太府。"时王腾之为南郡太守。这里指思州府,明洪武五年(1372)改思州宣慰司置,属贵州布政司。治所即今贵州省岑巩县。请谢:有所请求而谢之以礼物。

③差人:旧称官署的隶役。

④愤愠(yùn):怨恨,愤怒。

⑤常分:本分,本身应该承担的责任和义务。

⑥废逐:被罢免并放逐。

⑦忠信礼义:忠诚信实,礼法道义。

⑧禄:古代官吏的薪俸。万钟:指优厚的俸禄。钟,古容量单位。春秋时齐国公室的公量,合六斛四斗。之后亦有合八斛及十斛之制。

⑨爵:授予爵位。侯:爵名。我国封建时代五等爵位的第二等。《礼记·王制》:"王者之制禄爵,公、侯、伯、子、男,凡五等。"王:爵名。汉朝以后为爵位的最高一等,在公之上,多用以封授宗室,少数建有殊勋的功臣亦封王。

⑩瘴疠:瘴气引发的疾病。瘴,指南部、西南部地区山林间湿热的

空气。蛊(gǔ)毒：中医学名词。指诸种虫蛇毒气。

⑪魑(chī)魅魍(wǎng)魉(liǎng)：古代传说中害人的鬼怪的统称。

⑫横罹(hèng lí)：意外遭受。横，意外，突然。

⑬执事：这里是对对方的敬称。谕：旧时指上对下的文告、指示。

⑭隳(huī)堕：败落，颓靡。隳，毁，废。堕，通"惰"，懈怠，懒散。

⑮顿首：磕头。旧时礼节之一。以头叩地而拜。多用于书信、表奏的开头或结尾，表示恭敬。

【解读】

明武宗正德元年(1506)冬，宦官刘瑾擅政，逮捕南京户科给事中戴铣等二十余人，作者仗义执言，上疏论救，触怒刘瑾，被廷杖四十，谪至贵州龙场驿任驿丞。本文作于正德三年(1508)春到任之后，作者时年三十七岁。此前，作者任兵部武选清吏司主事，官居正六品。武选清吏司是明代兵部下设的机构，掌考武官的品级、选授、升调、功赏之事，管理少数民族聚居区的土司武官承袭、封赠等事，职位很重要。驿丞，明代各州县设有驿站，各站设驿丞，掌管驿站中仪仗、车马、迎送之事，不入品。作者从正六品兵部主事，一下子跌落到不入流、附属于从九品的驿丞，待遇悬殊是毋庸置疑的。且身处"万山丛薄，苗、僚杂居"之地，身当瘴疠、虫蛇毒气，从者皆病，"日有三死"，则其环境的恶劣、艰困可想而知。但作者置得失荣辱于度外，将生死付诸天命，端坐静思，"忽中夜大悟格物致知之旨，……始知圣人之道，吾性自足，向之求理于事物者误也"(《明王文成公守仁年谱》)，并以默记五经之言相印证，成就龙场悟道的缘会。这是中国哲学史上的一件大事，也是阳明心学建立的起点。

作者在龙场住了些日子，发生了几件事，值得注意。一是当地土人(苗族)渐渐来与作者亲近，这当在龙场悟道之后；二是思州知府派当差衙役到驿站凌辱作者，当地土人路见不平，拔刀相抗，反将当差的人揍了一顿，致使知府大怒，将此情况汇报给贵州布政司；三是贵州宣慰使司宣慰使安贵荣(水西土司)向作者馈送米肉、金帛鞍马之类以示好,但作者"俱辞不受",后水东土司宋氏辖区内发生反叛,造成地方动乱,安宣慰有"鹬蚌相争,渔人得利"之谋,作者遂写信给安宣慰使告知祸福利害,安遂"率所部平其难,民赖以宁"(《明王文成公守仁年谱》)。

与本文相关的是第二件事。据说,这个思州知府是受都察院右佥都御史王质指使,派人到龙场驿凌辱、挖苦作者,还克扣其粮饷,所以引起当地土人的义愤,打了派来的差役。这事反映到贵州布政司,时任贵州按察司副使的毛科因此写信给作者,劝作者到思州府向知府谢罪,但作者认为自己没有责任,据理陈词,向毛宪副阐明自己的态度。这是本文的缘起。

毛宪副与作者同乡,于明成化十四年(1478)中进士,是作者的前辈。两人关系很好。正德三年(1508),作者曾为毛作《远俗亭记》。次年四月,毛致仕(退休),同僚饯行,作者撰《送毛宪副致仕归桐江书院序》以记。毛临别前还将作者介绍给继任者席书,认为作者学识渊博,有谋略,将来必成大器,要席书对作者多予关照。

所以作者在这封信中并非对毛宪副有什么不满,而是借以说明自己的为人原则,坚持自己的气节,同时也表示了对毛宪副的礼貌和感谢之意。此信语气不卑不亢,风骨凛凛有生气,对于一名未入流的驿丞,又是刚被处分、遭受放逐、生死尚属未知之数的人来说,这非得有极大的勇气和胆量才能做到。

文章分三段。第一段,叙述回信的缘由,并解释这起龙场凌侮事件不是自己的责任,所以不存在要谢罪的道理。在阐述理由时,作者处理得非常巧妙,他并不想直接与知府产生正面冲突,对知府派衙役之事假装不知,故意认为这都是衙役私下"挟势擅威"所致,并非知府指使。这就有如四两拨千斤,将以下抗上这个罪责轻轻卸开,使得知府无从入手。另外,龙场"诸夷与之争斗",即殴辱衙役之事,这是出自

"诸夷愤愠不平",并非作者所指使,所以,他不存在责任。总结这场事故的性质,只是土民与衙役之间私下的纠纷,知府不知情,作者也未指使;知府未尝侮辱作者,作者也未尝对知府有什么傲慢的行为。事既不立,论亦无据,因此,不存在要请罪谢罪之说,顺理成章,义正词严。接着更进一步分析,无故地赔礼道歉与犯了事而不认错同样都是不合适的,是"取辱"的行为。所以他不作无故的赔礼道歉,也是不愿自取其辱。最后,作者直接向毛宪副阐明自己为人的原则是信守"忠信礼义",认为"弃此而不守"就会有大祸。

第二段,接着详细阐述"祸福利害之说"。作者认为,"君子以忠信为利,礼义为福"。如果人没有了忠信礼义,就是有高爵厚禄,也都没什么价值。但如果守住了忠信礼义的原则,即使要将生命都献出来,这也是君子所乐于做的,并将它视为福气。

第三段,阐述现在环境虽然很恶劣,"日有三死",但自己早已"居之泰然",将生死置之度外,"不以一朝之患而忘其终身之忧",表明即使知府要加害,自己也无所谓,大义凛然。文末,表示对毛宪副的教诲心存感激,同时也表明自己要更加努力修身求道的态度。

这是一封很特别的信,是作者在不入流的驿丞任上为自己作的申辩。文辞简练,推论巧妙,绵里藏针,攻守兼备。它不是一般文人或书生的虚辞雕饰,而是学有所得、守志不移的贤者见道之言。词锋绵密,逐层递进,其词至正,其气至刚,其襟怀坦荡,非素蓄道义、智应万物不能有此浩然境界。

【点评】

舍忠信礼义,更无行乎夷狄之道。此不但自矜气节,素位学问,自应如是。([明]施邦曜辑评《阳明先生集要》文章编卷一)

瘗旅文①

王守仁

维正德四年秋月三日②，有吏目③云自京来者，不知其名氏，携一子、一仆将之任，过龙场，投宿土苗④家。予从篱落⑤间望见之，阴雨昏黑，欲就问讯北来事，不果。明早，遣人觇⑥之，已行矣。薄午⑦，有人自蜈蚣坡来云，一老人死坡下，傍两人哭之哀。予曰："此必吏目死矣。伤哉！"薄暮，复有人来云，坡下死者二人，傍一人坐叹。询其状，则其子又死矣。明日，复有人来云，见坡下积尸三焉。则其仆又死矣。呜呼，伤哉！

念其暴骨无主⑧，将二童子持畚锸往瘗之⑨，二童子有难色⑩然。予曰："嘻！吾与尔犹彼也。"二童悯然涕下⑪，请往。就其傍山麓为三坎⑫，埋之。又以只鸡、饭三盂⑬，嗟吁涕洟而告之曰⑭：

呜呼，伤哉！繄⑮何人？繄何人？吾龙场驿丞余姚王守仁也⑯。吾与尔皆中土之产⑰，吾不知尔郡邑⑱，尔乌为⑲乎来为兹山之鬼乎？古者重去其乡，游宦不逾千里。吾以窜逐而来此，宜也。尔亦何辜乎？闻尔官，吏目耳，俸不能五斗⑳，尔率妻子躬耕可有也，乌为乎以五斗而易尔七尺之躯？又不足，而益以尔子与仆乎？呜呼，伤哉！尔诚恋兹五斗而来，则宜欣然就道。乌为乎吾昨望见尔容蹙然㉑，盖不胜其忧者？夫冲冒㉒霜露，扳援崖壁，行万峰之顶，饥渴劳顿，筋骨疲惫，而又瘴疠侵其外，忧郁攻其中，其能以无死乎？吾固知尔之必死，然不谓若是其速，又不谓尔子、尔仆亦遽然奄忽②也！皆尔自取，谓之何哉？吾念尔三骨之无依而来瘗耳，乃使吾有无穷之怆也！呜呼，痛哉！纵不尔瘗，幽崖之狐成群，阴壑之虺如车轮㉔，亦必能葬尔于腹，不致久暴露尔。尔既已无知，然吾何能为心㉕乎？自吾去父母乡国而来此，二年矣。历瘴毒而苟能自全，以吾未尝一日之戚戚㉖也。今悲伤若此，是吾为尔者重而自为者轻也。吾不宜复为尔悲矣。吾为尔歌，尔听之！

歌曰：连峰际天兮飞鸟不通，游子怀乡兮莫知西东。莫知西东兮维天则同，异域殊方㉗兮环海之中。达观随寓兮莫必予宫㉘，魂兮魂兮无悲以恫㉙！

又歌以慰之曰：与尔皆乡土之离兮，蛮㉚之人言语不相知兮，性命不可期！吾苟死于兹兮，率尔子仆来从予兮！吾与尔遨以嬉㉛兮，骖紫彪而乘文螭兮㉜，登望故乡而嘘唏㉝兮！吾苟获生归兮，尔子尔仆尚尔随兮，无以无侣悲兮！道傍之冢累累兮㉞，多中土之流离㉟兮，相与呼啸而徘徊兮！餐风饮露，无尔饥兮！朝友麋鹿，暮猿与栖兮！尔安尔居兮，无为厉于兹墟兮㊱！

【注释】

①瘗(yì)：用土埋葬。旅：寄居外地或旅行在途的人，旅客。

②维：助词，用于句首或句中。正德四年：1509 年。正德，明武宗朱厚照的年号(1506—1521)。

③吏目：官名。明朝地方各州设，为州之属官，从九品。

④土苗：世代居住在当地的苗族人。

⑤篱落：即篱笆。

⑥觇(chān):察看。

⑦薄午:接近中午。

⑧暴骨:暴露尸骨。指死于郊野。无主:没有主人。

⑨畚(běn):用草绳或竹篾编织成的盛物器具。锸(chā):铁锹。

⑩难色:为难的表情。

⑪悯然:哀怜貌。涕:眼泪。

⑫山麓:山脚。坎:坑。地面凹陷处。

⑬盂:盛汤浆或饭食的圆口器皿。

⑭嗟吁(xū):伤感长叹。涕洟:目出为涕,鼻出为洟,即眼泪和鼻涕。这里指哭泣。

⑮繄(yī):语气助词。

⑯驿丞:掌管驿站的官。主邮传迎送之事。明清时设置,各府、州、县多寡有无不一。品级为未入流。余姚:古县名。秦置,治所即今浙江省余姚市姚江北岸。元属绍兴路,元贞元年(1295)改为余姚州。明洪武二年(1369)复为余姚县,属绍兴府。

⑰中土之产:指中原地区(或指中国)出生的人。

⑱郡邑:府县。指旅客的籍贯或所生活的地区。

⑲乌为:为什么,何故。乌,疑问代词,何,哪里。

⑳五斗:即五斗米。《晋书·隐逸传·陶潜》:"郡遣督邮至县,吏白应束带见之,潜叹曰:'吾不能为五斗米折腰,拳拳事乡里小人邪!'义熙二年,解印去县。"后用以指微薄的官俸。

㉑蹙然:皱眉忧愁的样子。

㉒冲冒:顶着,冒着。谓不顾危险、恶劣的环境。

㉓奄忽:这里指死亡。

㉔阴壑:幽深的山谷。虺(huǐ):一种毒蛇,俗称土虺蛇,大者长八九尺。

㉕为心:指安心。

㉖戚戚:忧惧貌。

㉗殊方:他乡,异域。

㉘达观:谓心胸开阔,见解通达。随寓:随处可居,即随遇而安。莫必予宫:不一定是我自己的家。宫,古代对房屋、居室的通称。

㉙恸(tōng):哀痛。

㉚蛮:我国古代对南方各族的泛称。

㉛遨以嬉:遨游和玩乐。

㉜骖(cān):古代三马驾一车叫骖。这里是驾驭的意思。紫彪:紫色斑纹的虎。文螭(chī):有条纹的无角龙。

㉝嘘唏:叹息,哽咽。

㉞冢:坟。累累:重叠,很多的样子。

㉟流离:指因灾荒、战乱等原因流转离散的人。

㊱厉:恶鬼。墟:村落。

【解读】

瘗旅,就是埋葬客死外乡的人。作者在正德四年(1509)秋季的某月三日,目睹吏目与一子、一仆惨死在赴任途中,不禁触类伤怀,亲自率人掩埋三人,并作了这篇祭文。

祭文,在古代是一种专门的文体。它由古时的祝文演变而来,是供祭祀或祭奠时诵读的表示哀悼或祷祝的文章。体裁有韵文和散文两种。内容主要为哀悼、祷祝、追念死者生平,颂扬他的品德业绩,寄托哀思,激励生者。

本文分五个自然段,前三个自然段是散文,后两个自然段是韵文,即是哀祭的文字。

第一段,交代时间、地点、人物、事件的经过以及结果。一位从京师来的吏目带着一子一仆赴任,投宿在贵州龙场一户世居于此的苗民家,时已昏黑,作者未能问讯。第二天一大早,三人就走了。到近午时分,有人来报,说老人死在蜈蚣坡下;到将近黄昏时,又有人来报,其子亦死。第二天，又有人来报，坡下共积三尸，则其仆人也死了。

第二段，作者哀伤之余，想到这三人尸骨暴露在外，便命童子拿着畚锸去埋葬。童子有畏难之色。作者说，他们跟我们的遭遇是一样的。意思是说，都是客居在外，哪能没有个同情和照应。所以他们在山脚就地挖了三个坑，将三人掩埋了，又备鸡、饭三盂，在坟前致祭。

第三段，交代致祭的人是龙场驿丞余姚王守仁，然而遗憾的是并不知道所祭的人是哪里人。作者连发三问，质问老人为什么要到这里来，为什么要为了微薄的俸禄赔上自己的身家性命，而且赔上自己的性命不说，还要搭上自己的儿子和仆人。这些都是令人十分伤痛的。既然贪恋了这微薄的俸禄，就应当"欣然就道"，可是为什么昨天我远远地看到你却是满面忧愁？然后作者分析，吏目冲冒霜露，跋山涉水，旅途饥渴劳顿，又加上南方本来就是瘴疬之地，内忧外患，身体抵挡不住，以至于死亡，那是在情理之中的。但没有想到的是，你死得如此仓促，而你的儿子和仆人又接连跟着你赴死。这都是你咎由自取，怪不得别人。然后，作者解释自己埋葬这三人的理由，假如不将他们埋葬，自己就不能安心。现在致祭时，我为什么要这样悲痛，以至痛哭流涕？那并不是为我自己着想，而是想起你们背井离乡、客死在外的凄惨情景，令人异常伤感。

第四段，是祭歌的部分，叙述龙场这个地方环境的恶劣，连飞鸟都不能到达；游子想回去，都找不到回家的路。但转过来一想，虽然离家很远，是在异域他乡，但天是相同的，所以不妨达观些，也不必过分悲痛。

第五段，写彼此都是背井离乡来到这里，言语不通，前途也不可预测，假如我死在这里，那么我想你们三人就是来陪我的。我死后，就可以与你们在一起遨游玩乐了。假如我可以生还中土，你们三人也可以跟着我回去。现在，你们不要为自己没有同伴而悲痛，路旁有许多坟冢，这里面埋葬的大多是中土来的人，你们可以一起为伴，安心归宿在这里,不要做厉鬼来害人。

文章朴实无华,作者把对死者的同情和对自己身世的感叹结合在一起,言辞悲哀恳切,纡徐委婉。祭文中对死者的诘问,似乎是责备,其实更是深厚的同情,因而也更强烈地抒发出自己内心的感慨。特别是使用了第一人称,更增加了浓厚的感情色彩。

【点评】

明武宗正德二年,阳明先生因论救言官戴铣,忤权阉刘瑾,下狱廷杖,谪贵州龙场驿丞。当贬谪之初,自分一死,而幸免于死。兹忽睹三人之死,伤心惨目,可胜言耶?观其"吾与尔犹彼也"一语,伤情之处,如清夜哭声,令人森栗。全篇前段为叙事,中段为祭文,末段两歌作结,音韵悲怆,词旨悱恻,且其中并无一句怨尤语,非学力坚定、洞达天人之际者,安能为此!([清]过商侯《古文评注读本》卷六)

掩骼埋胔,原是仁人之事,然其情未必悲哀若此。此因有同病相怜之意,未知将来自己必归中土与否,触景伤情,虽悲吏目却是自悲也。及转出歌来,仍以己之或死或归两意生发,词似旷远,而意实悲怆,所谓长歌可以当哭也。余读先生全集,多见道之言,且行文自成一家,不傍他人墙壁,真一代作手矣。([清]林云铭《古文析义》卷十六)

项 脊 轩①志   归有光

项脊轩,旧南阁子②也。室仅方丈③,可容一人居。百年老屋,尘泥渗漉④,雨泽下注⑤;每移案⑥,顾视无可置者。又北向,不能得日,日过午已昏。余稍为修葺⑦,使不上漏。前辟⑧四窗,垣墙周庭⑨,以当⑩南日,日影反照,室始洞然⑪。又杂植兰桂竹木于庭,旧时栏楯⑫,亦遂增胜⑬。借书满架,偃仰啸歌⑭,冥然兀坐⑮,万籁有声⑯。而庭阶寂寂,小鸟时来啄食,人至不去。三五之夜⑰,明月半墙,桂影斑驳,风移影动,珊珊⑱可爱。

然余居于此,多可喜,亦多可悲。先是,庭中通南北为一。迨诸父异爨⑲,内外多置小门墙,往往而是。东犬西吠⑳,客逾庖而宴㉑,鸡栖于厅。庭中始为篱,已为墙,凡再变矣。家有老妪㉒,尝居于此。妪,先大母婢也㉓,乳二世㉔,先妣㉕抚之甚厚。室西连于中闺㉖,先妣尝一至。妪每谓予曰:"某所,而母㉗立于兹。"妪又曰:"汝姊在吾怀,呱呱而泣。娘以指叩门扉㉘曰:'儿寒乎? 欲食乎?'吾从板外相为应答。"语未毕,余泣,妪亦泣。

余自束发㉙读书轩中,一日,大母过余㉚曰:"吾儿,久不见若影,何竟日㉛默默在此,大类女郎也?"比去,以手阖门㉜,自语曰:"吾家读书久不效,儿之成,则可待乎!"顷之,持一象笏㉝至,曰:"此吾祖太常公宣德间执此以朝㉞,他日汝当用之!"瞻顾遗迹,如在昨日,令人长号㉟不自禁。

轩东故尝为厨,人往,从轩前过。余扃牖㊱而居,久之,能以足音辨人。轩凡四遭火,得不焚,殆㊲有神护者。

项脊生曰:蜀清守丹穴㊳,利甲天下,其后秦皇帝筑女怀清台㊴。刘玄德与曹操争天下,诸葛孔明起陇中;方二人之昧昧于一隅也㊵,世何足以知之? 余区区处败屋中㊶,方扬眉瞬目㊷,谓有奇景;人知之者,其谓与坎井之蛙㊸何异?

余既为此志，后五年，吾妻来归㊹。时至轩中，从余问古事，或凭几学书㊺。吾妻归宁㊻，述诸小妹语曰："闻姊家有阁子，且何谓阁子也?"其后六年，吾妻死，室坏不修。其后二年，余久卧病无聊，乃使人复葺南阁子，其制㊼稍异于前。然自后余多在外，不常居。庭有枇杷树，吾妻死之年所手植也，今已亭亭如盖㊽矣。

【作者简介】

归有光(1507—1571)，字熙甫，号震川。明苏州府昆山人。嘉靖十九年(1540)举人。八次会试均落第，乃徙居嘉定安亭江上，读书谈道，学徒常数十百人，世称震川先生。嘉靖四十四年(1565)中进士。授长兴知县，累官南京太仆寺丞，留掌内阁制敕房，参与编修《世宗实录》。工诗文，散文朴素简洁，善于叙事，与王慎中、唐顺之等被称为唐宋派，为明代文章大家。著有《震川先生集》《三吴水利录》等。

【注释】

①项脊轩:作者的书斋名。轩，小的房室。

②阁子:小屋;屋里(包括船屋)的一间。

③方丈:一丈见方。

④尘泥渗漉:(屋顶墙头上的)泥土漏下。渗，液体慢慢地透过或沁出。漉，液体往下渗流。

⑤雨泽下注:雨水往下倾泻。雨泽，雨水。

⑥移案:移动书案。案，矮小的长方桌。

⑦修葺:修缮。

⑧辟:开。

⑨垣墙周庭:庭院四周砌上围墙。垣墙，名词作动词，指砌上矮墙。

⑩当：挡住。

⑪洞然：通亮貌。

⑫栏楯（shǔn）：栏杆。纵的叫栏，横的叫楯。

⑬增胜：增添光彩。

⑭偃仰：俯仰，这里指起居。偃，倒伏。仰，抬头，脸向上。啸歌：长啸或吟唱。啸，口里发出长而清越的声音。

⑮冥然兀坐：静静地独自端坐着。冥然，玄默貌。兀坐，独自端坐。

⑯万籁有声：自然界的一切声音都能听到。籁，孔穴里发出的声音，也指自然界发出的声响。

⑰三五之夜：农历每月十五的夜晚。

⑱珊珊：美好的样子。

⑲迨（dài）诸父异爨（cuàn）：等到伯、叔们分了家。迨，及，等到。诸父，伯父、叔父的统称。异爨，分灶做饭，意思是分了家。

⑳东犬西吠：东边的狗对着西边叫。意思是分家后，狗把原住同一庭院的人当作陌生人。

㉑逾庖而宴：越过厨房而去吃饭。庖，厨房。

㉒老妪：老年妇女。

㉓先大母：已故的祖母。先，称呼死者的敬辞。多用于尊者。《国语·鲁语下》："吾闻之先姑曰：'君子能劳，后世有继。'"韦昭注："夫之母曰姑，殁曰先姑。"婢：女奴，使女。

㉔乳二世：用奶水喂养了两代人。乳，喂奶，哺育。

㉕先妣（bǐ）：先母，已故的母亲。妣，本义指母亲，引申为先祖的配偶，即自祖母以上的女性祖先，后专指已去世的母亲。

㉖中闺：内室，闺房。

㉗而母：你的母亲。

㉘门扉：门扇。

㉙束发:古代男孩成童时束发为髻,因以代指成童之年。成童指年龄稍大的儿童。或谓八岁以上,或谓十五岁以上,说法不一。《穀梁传·昭公十九年》:"羁贯成童,不就师傅,父之罪也。"范宁注:"成童,八岁以上。"《礼记·内则》:"成童,舞《象》,学射御。"郑玄注:"成童,十五以上。"

㉚过余:到我这里来。

㉛竟日:整日,整天。竟,全,尽,谓自始至终的整段时间。

㉜阖门:关上门。阖,关闭,合上。

㉝象笏(hù):象牙制的手板。古代品位较高的官员朝见君主时所执,供指画和记事。

㉞太常:官名。秦置奉常,汉景帝中元六年(前144)更名太常,掌宗庙礼仪,兼掌选试博士。历代因之,为专掌祭祀礼乐之官。南朝梁陈与北魏称太常卿,北齐称太常寺卿,北周称大宗伯,隋至清皆称太常寺卿。宣德:明宣宗朱瞻基的年号(1426—1435),凡十年。

㉟长号:大声号哭。

㊱扃牖(jiōng yǒu):关着窗户。扃,(从内)关闭。牖,窗户。

㊲殆:恐怕,大概。表示揣测的语气。

㊳蜀清守丹穴:据《史记·货殖列传》载,巴寡妇清家传有丹砂矿,非常富有。她能守其业,用财自卫,不被侵犯。秦始皇认为她是贞妇,为她建女怀清台。

㊴女怀清台:故址在今重庆市长寿区南。

㊵昧昧:无声无息。一隅:一方。

㊶区区:愚拙,凡庸。这是作者自谦的说法。败屋:破败的房子。

㊷扬眉:舒展眉头。瞬目:眨眼。

㊸坎井之蛙:浅井里的青蛙。《庄子·秋水》:"子独不闻夫坎井之蛙乎?谓东海之鳖曰:'吾乐与!出跳梁乎井干之上,……且夫擅一壑之水,而跨跱坎井之乐,此亦至矣。夫子奚不时来入观乎?'"后因以比

96

喻见识短浅。

㊹归：古代谓女子出嫁。

㊺凭几学书：伏在几案上学写字。几，小或矮的桌子。

㊻归宁：已嫁女子回娘家看望父母。《诗经·周南·葛覃》："害浣
害否？归宁父母。"朱熹集传："宁，安也，谓问安也。"

㊼制：规模，样式。

㊽亭亭如盖：高高挺立，树冠像伞盖一样。亭亭，直立貌。盖，遮
阳蔽雨的用具。指车篷或伞盖。

【解读】

项脊轩是作者家的一间小房子，作者用作书斋，并以"项脊"名轩，
是为了纪念他的先祖归道隆曾居于太仓项脊泾。本文是作者的代表
作，分六个自然段，合三个部分，写作于不同的时期。第一、二部分从
开头至"项脊生曰"一段议论止，约写于嘉靖三年(1524)，作者时年十
八岁。第三部分，从"余既为此志"到结尾，约写于嘉靖十八年(1539)
或以后，前后相隔约在十五年以上。

本文围绕项脊轩的兴废，写年轻时代作者在这里的生活、家庭的
变迁以及对母亲和祖母的回忆，抒发自己或喜或悲的感情。最后一段
是作者在三十三四岁乃至更晚的时间所写，补记与项脊轩有关的一段
生活，主要表现作者婚后的欢乐和丧妻后悲痛的感情。就全篇看，
前半部分为主体，后半部分内容是对前面的补充。

本文有两条线索，一条是项脊轩的兴废变迁，一条是作者的思想
感情变化。作者把看似零散的材料集中起来，用这一小屋的历史把物
境、人事和自己的所见、所闻、所感等等有序地贯穿起来，用自己的思
想感情把它们统摄起来，使这些本来互不关联的东西产生内部联系，
"形""神"得到和谐的统一。

第一部分，即第一段，写项脊轩的位置、形制、功用、四周环境以及
人物的活动。第二部分，是中间三个自然段，主要是作者追忆在轩中

所发生的一些感人的故事,先是叔伯分家,大家庭解体,房子以及环境布局的变化;再是居住于此的人物,回忆母亲对已故祖母的使女的爱护,以及使女对已故母亲的怀念,用的事例虽小,但感人至深。又叙述祖母对自己的关心和殷切期望,所用事例非常典型,将先祖任太常寺卿时的象牙笏板给作者,表达祖母的期待之深,非常形象。

以上三件事的叙述在情感的表达上并不一致。写分家,"庭中始为篱,已为墙,凡再变矣",只在客观的记叙中寄寓深深的感叹。回忆母亲,"语未毕,余泣,妪亦泣",情动于衷,却是有泪无声,含蓄而有节制。思祖母,则"令人长号不自禁",如汹涌的潮水,直泻而出,完全失去了控制。由压抑转为外露,由平稳渐趋强烈,感情的抒发层次分明,脉络清晰。

文章第三部分是补写,这一部分补记婚后与项脊轩有关的一段生活。它叙述了两个层面的意思:第一层面,即第五自然段,写作者在轩中苦读,有如刘备与诸葛亮功成名就之前的默默无闻,是希望借此"扬眉瞬目",取得功名利禄,但结果并未如愿;第二层面,即末段,记亡妻事迹,并述后来修葺南阁子的经过,通过庭中"吾妻死之年所手植"的枇杷树"今已亭亭如盖矣"的描写,抒发了作者对亡妻深沉的怀念。写妻"时至轩中""述诸小妹语"等,写得如在眼前,而枇杷树"今已亭亭如盖矣",感慨尤深。这部分与前面部分虽然写于不同时期,但都是围绕项脊轩写家庭生活琐事,抒发自己或喜或悲的感情,前后格调一致,情感贯通,是一个不可分割的整体。

文章结尾达到了"言有尽而意无穷"的效果。"庭有枇杷树,吾妻死之年所手植也。"睹树思人,妻子的音容笑貌如在眼前,如今妻已死,怎能不令人黯然神伤?末句托物寓情,又归结于"庭",与项脊轩相照应,言简情深,意义丰富,耐人寻味。

吴 山 图 记①

归有光

吴、长洲二县②，在郡治所③，分境而治。而郡西诸山皆在吴县。其最高者，穹窿、阳山、邓尉、西脊、铜井④；而灵岩⑤，吴之故宫在焉，尚有西子之遗迹。若虎丘、剑池及天平、尚方、支硎⑥，皆胜地也。而太湖汪洋三万六千顷⑦，七十二峰⑧沉浸其间，则海内之奇观矣！

余同年⑨友魏君用晦为吴县，未及三年，以高第召入为给事中⑩。君之为县，有惠爱，百姓扳留⑪之不能得，而君亦不忍其民，由是好事者绘《吴山图》以为赠。

夫令⑫之于民，诚重矣。令诚贤也，其地之山川草木亦被其泽⑬而有荣也；令诚不贤也，其地之山川草木亦被其殃而有辱也。君于吴之山川盖增重矣，异时吾民将择胜于岩峦之间，尸祝于浮屠、老子之宫也⑭，固宜。而君则亦既去矣，何复惓惓⑮于此山哉？昔苏子瞻称韩魏公去黄州四十余年⑯，而思之不忘，至以为《思黄州诗》，子瞻为黄人刻之于石。然后知贤者于其所至，不独使其人之不忍忘，而己亦不能自忘于其人也！

君今去县已三年矣！一日与余同在内庭⑰，出示此图，展玩太息，因命余记之。噫！君之于吾吴有情如此，如之何而使吾民能忘之也！

【注释】

①吴山：在今江苏省苏州市吴中区。民国《吴县志》卷十九："吴山

为横山南出之支,在石湖滨。吴越广陵王子奉建吴山院于此,故名。"
记:古代的一种散文体裁,可叙事、写景、状物、抒情。

②吴:即吴县,旧县名,在今江苏省东南部。长洲:旧县名,明朝时与吴县均属苏州府管辖,1912年并入吴县。

③在郡治所:指吴县、长洲的县治同在苏州府官署所在地(苏州城内)。

④穹窿:山名,在苏州西郊。阳山:在苏州市西北郊。邓尉:山名,在苏州市吴中区光福镇西南,因东汉邓禹曾隐居于此而得名,以梅花众多闻名。西脊:山名,又名西碛山,在邓尉山的西面。铜井:山名,又名铜坑山,在苏州市吴中区光福镇西南,因产铜而得名。

⑤灵岩:山名,在邓尉山西,苏州市吴中区木渎镇附近,又名象山、砚石山、石鼓山、石城山,为著名风景区。上有馆娃宫、西施洞、吴王井等遗址。馆娃宫是吴王为西施建造的,因称吴之故宫,今灵岩寺即其遗址。

⑥虎丘、剑池及天平、尚方、支硎:皆为原吴县境内的胜景,并多有古迹遗址。除剑池外,其余皆为山名。东晋高僧支道林曾在支硎隐居,相传吴王阖闾葬在虎丘。

⑦太湖:湖名,古称震泽,跨苏、浙二省,湖中多有小山,是著名的风景区。顷:土地面积单位,百亩为顷。

⑧七十二峰:极言山多,非确指。七十二,古以为天地阴阳五行之成数,亦用以表示数量多。

⑨同年:古时在科举考试中同科考中的人互称同年。

⑩高第:此处指官吏考试列入优等。给事中:官名,掌侍从、规谏,监察六部,纠弹官吏。

⑪挽留:犹挽留。

⑫令:指县令。明朝称知县。

⑬被其泽:蒙受其恩泽。被,蒙受。

⑭尸祝:祝告神明以祈福消灾。浮屠:这里指佛。老子:道家创始人老聃。

⑮惓惓:深切思念,念念不忘。

⑯苏子瞻:苏轼,字子瞻,北宋文学家。韩魏公:韩琦,北宋大臣,封魏国公。黄州:府名,在今湖北黄冈一带。

⑰内庭:即内廷,宫禁以内。隆庆四年(1570),作者升南京太仆寺丞,留掌内阁制敕房,纂修《世宗实录》,有机会与在内廷值班的刑科给事中魏用晦相遇。

【解读】

本文是作者为《吴山图》所写的题记,写于隆庆四年(1570),时作者在内阁制敕房修《世宗实录》,年已六十四岁。文章专为同年魏体明而写。魏体明(1523—1591),字用晦,号瀛江,福建福清人。嘉靖四十四年(1565)进士,授吴县知县,选刑科给事中,历官江西副使、四川左布政使。魏体明在吴县知县任上有惠政,县民绘《吴山图》为赠,以表敬爱之心。本文的主题是赞扬友人的勤政爱民、深得民心。

本文分四段。第一段,以简洁的笔墨勾画出吴山的胜景。

第二段,叙述《吴山图》的由来,那是因为魏君曾在吴县为知县三年,"有惠爱"于民,离职之际,"百姓扳留之不能得",遂有好事者绘《吴山图》以赠,刻画出一位与百姓有深厚感情的贤良之官的生动形象。

第三段是议论,本文的核心部分。有了上面的勾勒和刻画,就水到渠成地将一地之山川草木与一地之贤明官吏联系了起来,从而为议论打下了基础。文章强调县令(明朝称知县)的重要性。县令为一县之长,如果是贤能的县令,自然一县之山川百姓均蒙其恩泽;反之,摊上了不才的县令,那当地百姓就会受其灾殃,草木亦蒙其污辱。一句"君于吴之山川盖增重矣"点出魏君的贤能及吴县百姓对其的爱戴。接着论述既然魏君有恩泽于吴县之民,吴县百姓颂扬、感念魏君的恩德理有固然,但作为一名知县,既已离职而去,却尚惓惓于吴县的山水,则令人不解。这个不解,又是作者自解的,他引述苏轼刻韩琦离开黄州四十余年后写黄州的诗于石一事,证明魏君的惠爱让吴县百姓感动至深,同时吴县人民使魏君惓然眷念至深,这都是合乎情理的。

末段记述写记的原因以及作者被此事所感动而发出的感慨。

从艺术特点分析,本文不首先介绍《吴山图》和写作的缘由,而是先记叙吴县的山川名胜,然后介绍《吴山图》的由来。这样写,可以避免因对《吴山图》作正面的描绘而冲淡文章的主题,也使文章不落窠臼而引人入胜。记叙之后,以"令之于民,诚重矣"一句领起一段议论,这是文章结构的重心。这一段里,作者既从正反两面论述自己的观点,又用设问的形式引出古人古事来论证,使文章写得跌宕有致,也突出了中心思想。结尾一段,有记叙,有议论。记叙句交代写作的缘由,议论句用感叹的形式写出,既与上段的议论相照应,又使人感到含蓄有力,似乎言有尽而意无穷,可以反复回味。

【点评】

因令赠图,因图作记,因赠图而知令之不能忘情于民,因记图而知民之不能忘情于令。婉转情深,笔墨在山水之外。([清]吴楚材、吴调侯《古文观止》卷十二)

按:《晋书》陆云补浚仪令,到官肃然,一县称为神明。郡守害其能。去官后,百姓图其形,配食县社。今先生为魏公作记,不曰"配食县社",而曰"尸祝于浮屠、老子之宫",固知所图者山图,非若浚仪之民实有其事。故"择胜岩峦"一语,只为虚衬烘托之笔,以为丹青生色,而读者几疑为真。于此可悟公文之妙。评解:一山图耳,有甚情趣? 乃从为令上生发,说得极有情。至笔墨之妙,尤深于开拓断续离合之法,欲摹古文为时文,此种最好学。([清]李扶九原编、黄仁黼重订《古文笔法百篇》卷一)

不作赞颂语,而令之与民两不能忘,其贤可知。写来自潇宕有致。([清]王文濡《评校音注古文辞类纂》卷五十八)

102

沧浪亭记

归有光

　　浮图文瑛居大云庵①，环水，即苏子美②沧浪亭之地也。亟③求余作沧浪亭记，曰："昔子美之记，记亭之胜也；请子记吾所以为亭者。"

　　余曰："昔吴越④有国时，广陵王镇吴中⑤，治南园于子城之西南⑥，其外戚孙承佑⑦，亦治园于其偏⑧。迨淮海纳土⑨，此园不废，苏子美始建沧浪亭，最后禅者⑩居之，此沧浪亭为大云庵也。有庵以来二百年，文瑛寻古遗事⑪，复子美之构⑫于荒残灭没之余，此大云庵为沧浪亭也。夫古今之变，朝市⑬改易。尝登姑苏之台⑭，望五湖⑮之渺茫，群山之苍翠，太伯、虞仲之所建⑯，阖闾、夫差之所争⑰，子胥、种、蠡之所经营⑱，今皆无有矣！庵与亭何为者哉？虽然，钱镠因乱攘窃⑲，保有⑳吴越，国富兵强，垂及四世㉑。诸子姻戚㉒，乘时奢僭㉓，宫馆苑囿㉔，极一时之盛。而子美之亭，乃为释子所钦重如此㉕。可以见士之欲垂名于千载之后，不与其澌然而俱尽㉖者，则有在矣！"

　　文瑛读书喜诗，与吾徒㉗游，呼之为沧浪僧云。

【注释】

　　①浮图：即浮屠，梵语音译，指佛。这里是指信奉佛教的僧人。文瑛：生平不详。

　　②苏子美：即苏舜钦（1008—1049），字子美，北宋诗人。开封（今属河南）人。庆历中，罢职闲居苏州，建沧浪亭，自号沧浪翁。

　　③亟（qì）：屡次。

103

④吴越：五代十国时的十国之一，唐末节度使钱镠所建立，辖地包括今浙江省全境、江苏省东南部、上海市、福建省东北部地区。

⑤广陵王：指吴越王钱镠的儿子钱元璙。吴中：指苏州一带地区。

⑥治：修建，修缮。子城：大城所属的小城，即内城及附郭的瓮城或月城。

⑦外戚：指帝王的母族或妻族。孙承佑：钱镠的孙子钱俶的岳父。

⑧偏：边侧。

⑨淮海纳土：指吴越国主钱俶献其地于宋。宋太宗太平兴国三年（978）钱俶纳所据两浙十三州之地归宋，封淮海国王，故称。纳土，献纳土地。谓归附。

⑩禅者：指参禅的和尚，或泛指佛教徒。

⑪遗事：前代或前人留下来的事迹。

⑫构：房屋，屋宇。

⑬朝市：朝廷和市集。泛指名利之场，或泛指尘世。

⑭姑苏之台：即姑苏台，又名胥台。在今江苏省苏州市西南姑苏山上。春秋时吴王阖闾所筑。夫差于台上立春宵宫，为长夜之饮。后越国攻吴，灭之，遂焚其台。

⑮五湖：泛指太湖一带所有的湖泊。

⑯太伯：周太王古公亶父的长子。虞仲：古公亶父的次子。传说太王准备将幼子季历立为继承人，于是长子太伯、次子虞仲就远避江南，遂为当地君长，成了吴国的开国者。

⑰阖闾：春秋时吴国的国王（前514—前496年在位）。夫差：阖闾的儿子，吴国国王（前495—前473年在位）。

⑱子胥：即伍员（？—前484），字子胥。春秋时楚国人。吴国大夫。父亲伍奢、哥哥伍尚被楚平王杀害，他投奔到吴国，助阖闾刺死吴王僚，夺取王位。佐吴王阖闾攻楚，五战五胜，入楚都郢，掘平王墓，鞭尸三百。以功封于申，又称申胥。吴王夫差时，败越，越求和，力谏勿

104

许,夫差不听。吴攻齐,子胥谏,又不听。后夫差信伯嚭谗,赐剑令自尽。后九年,越灭吴。种、蠡:指文种和范蠡。文种,春秋时楚国郢人,字少禽,一作子禽。事越王勾践为大夫。越被吴击败,困守会稽,文种献计贿赂吴太宰伯嚭,得免亡国。勾践回国后,授以国政,上下刻苦图强,终于灭吴。后勾践听信谗言,赐剑令自杀。范蠡,字少伯。楚国宛(今河南南阳)人。由楚入越,被越王勾践任以国政。帮助勾践励精图治,乘机攻灭吴国,被封为上将军。后弃官归隐。

⑲钱镠(852—932):吴越国的建立者,在位二十五年(907—932)。攘窃:用不合法不合理的手段夺取。

⑳保有:拥有,获得。

㉑垂及四世:延续了四代。

㉒姻戚:因婚姻关系而结成的亲戚。

㉓奢僭(jiàn):谓奢侈逾礼,不合法度。僭,超越本分,冒用在上者的职权、名义行事。

㉔宫馆:离宫别馆。供帝王游息的地方。苑囿:古代畜养禽兽供帝王玩乐的园林。

㉕释子:佛教徒的通称。因出家修行的人都舍弃了俗姓,以佛释迦为姓,又取其弟子之意,故称释子。钦重:钦敬尊重。

㉖澌然而俱尽:犹一同消亡。澌,尽,消亡。

㉗吾徒:犹我辈。

【解读】

沧浪亭在今江苏省苏州市南三元坊附近,是江南现存最久的古园林之一。

沧浪亭的得名,和古代的一首民歌《沧浪歌》有关。《孟子·离娄上》引了这首歌:"沧浪之水清兮,可以濯我缨;沧浪之水浊兮,可以濯我足。"这首民歌含有政治污浊就退隐不仕的意义。宋人苏子美修沧浪亭,就是取意于此。

僧人文瑛重修沧浪亭，请求作者为它写一篇记。作者为此发表了两点感想：一是"古今之变，朝市改易"，人世间一切事物经过若干年后都将成为陈迹；二是王侯将相，功名富贵，虽可极一时之盛，但日久不免"澌然而俱尽"，而清高勤奋的士人却可以他的美德和文章垂名千载。第一点感想是引子，第二点感想是重点所在。

　　本文除开头和结尾两小段用简明的语言作叙述之外，主要部分是用于议论的。首先是"沧浪亭为大云庵""大云庵为沧浪亭"的议论，写沧浪亭的历史变迁，文字精练，用笔巧妙。后面的议论以"古今之变，朝市改易"领起，其中有肯定，有否定；句式整散结合，参差错落；语气既连贯而又有曲折。写得波澜起伏，有不尽之意。

　　具体分析，本文共三段。第一段，写僧人文瑛屡次请求作者写作沧浪亭记的目的。第二段是重点，写沧浪亭的由来及变迁。由此展开议论，论"古今之变，朝市改易"，过去帝王之间名利之争夺转瞬成空，但独有一座小亭（即沧浪亭）岿然独存，且如此受释子之钦重，它能垂名于千载之后，必有其深刻的原因。此原因，作者未明说，却留给了读者丰富的想象空间。吴楚材、吴调侯选编《古文观止》指出："一篇曲折文字，主意只在此一句。"第三段，简要交代文瑛的特点，文字极少，但交代的内容很丰富，一是"读书"，二是"喜诗"，三是与作者交游，四是有"沧浪僧"之称，可谓点睛之笔。

　　关于第二段所重点论及的问题，古人有"三不朽"之说可做参考。何谓三不朽？指立德、立功、立言三者而言，皆能名垂于后世。《左传·襄公二十四年》："二十四年，春，穆叔如晋。范宣子逆之，问焉，曰：'古人有言曰："死而不朽。"何谓也？'穆叔未对。宣子曰：'昔匄之祖，自虞以上为陶唐氏，在夏为御龙氏，在商为豕韦氏，在周为唐、杜氏，晋主夏盟为范氏，其是之谓乎？'穆叔曰：'以豹所闻，此之谓世禄，非不朽也。鲁有先大夫曰臧文仲，既没，其言立。其是之谓乎！豹闻之："太上有立德，其次有立功，其次有立言。"虽久不废，此之谓不朽。

若夫保姓受氏，以守宗祊，世不绝祀，无国无之。禄之大者，不可谓不朽。'"穆叔，春秋时鲁国大夫，名叔孙豹，叔孙侨如弟。

孔颖达对"立德""立功""立言"作了专门疏释："立德，谓创制垂法，博施济众，圣德立于上代，惠泽被于无穷，故服（虔）以伏羲、神农，杜（预）以黄帝、尧、舜当之，言如此之类，乃是立德也。《礼运》称'禹、汤、文、武、成王、周公'，后代人主之选，计成王非圣，但欲言周公，不得不言成王耳。禹、汤、文、武、周公与孔子皆可谓立德者也。立功，谓拯危除难，功济于时，故服、杜皆以禹、稷当之，言如此之类，乃是立功也。《祭法》云：'圣王之制祭祀也，法施于民则祀之，以死勤事则祀之，以劳定国则祀之，能御大菑则祀之，能捍大患则祀之。'法施于民，乃谓上圣，当是立德之人。其余勤民定国、御灾捍患，皆是立功者也。立言，谓言得其要，理足可传，记传称史佚有言，《论语》称周任有言，及此臧文仲既没，其言存立于世，皆其身既没，其言尚存，故服、杜皆以史佚、周任、臧文仲当之，言如此之类，乃是立言也。老、庄、荀、孟、管、晏、杨、墨、孙、吴之徒，制作子书；屈原、宋玉、贾逵、扬雄、（司）马迁、班固以后，撰集史传及制作文章，使后世学习，皆是立言者也。此三者虽经世代，常不朽腐，故穆子历言之。"

【点评】

忽为大云庵，忽为沧浪亭，时时变易，已足唤醒世人。中间一段点缀，凭吊之感，黯然动色。至末一转，言士之垂名不朽者，固自有在，而不在乎亭之犹存也。此意开人智识不浅。（[清]吴楚材、吴调侯《古文观止》卷十二）

此文看似平淡，而其间婉转曲折，神似龙门。姚惜抱谓震川之文，每于不要紧之题，说不要紧之话，却自风韵疏淡，是于太史公深有会处。读者试取此篇，熟诵而玩味之，即可得其旨趣。（[清]过商侯《古文评注读本》卷六）

先 妣 事 略

归有光

先妣周孺人①,弘治元年②二月十一日生。年十六来归。逾年③生女淑静。淑静者,大姊也。期而生有光。又期而生女、子④,殇一人⑤,期而不育⑥者一人。又逾年生有尚,妊⑦十二月。逾年生淑顺,一岁又生有功。有功之生也,孺人比乳⑧他子加健,然数颦蹙⑨顾诸婢曰:"吾为多子苦。"老妪以杯水盛二螺进,曰:"饮此,后妊不数矣⑩"。孺人举之尽,喑⑪不能言。

正德八年⑫五月二十三日,孺人卒。诸儿见家人泣,则随之泣,然犹以为母寝⑬也。伤哉!于是家人延画工画⑭,出二子,命之曰:"鼻以上画有光,鼻以下画大姊。"以二子肖母也。

孺人讳⑮桂。外曾祖讳明;外祖讳行,太学生;母何氏。世居吴家桥,去县城东南三十里,由千墩浦而南直桥,并⑯小港以东,居人环聚,尽周氏也。外祖与其三兄皆以资雄⑰,敦尚简实⑱,与人姁姁⑲说村中语,见子弟甥侄无不爱⑳。

孺人之吴家桥,则治木棉。入城,则缉纑㉑,灯火荧荧㉒,每至夜分㉓。外祖不二日使人问遗㉔。孺人不忧米盐,乃劳苦若不谋夕㉕。冬月炉火炭屑,使婢子为团,累累暴㉖阶下。室靡㉗弃物,家无闲人。儿女大者攀衣㉘,小者乳抱㉙,手中纫缀不辍㉚,户内洒然㉛。遇僮奴有恩㉜,虽至棰楚㉝,皆不忍有后言㉞。吴家桥岁致鱼蟹饼饵㉟,率㊱人人得食。家中人闻吴家桥人至,皆喜。

有光七岁,与从兄㉗有嘉入学。每阴风细雨,从兄辄留,有光意恋恋,不得留也。孺人中夜觉寝㉘,促有光暗诵《孝经》㉙,即熟读,无一字龃龉㊵,乃喜。

孺人卒,母何孺人亦卒。周氏家有羊狗之疴㊶。舅母卒;四姨归顾氏,又卒,死三十人而定。惟外祖与二舅存。

孺人死十一年,大姊归王三接㊷,孺人所许聘㊸者也。十二年,有光补学官弟子㊹,十六年而有妇㊺,孺人所聘者也。期而抱女㊻,抚爱之,益念孺人。中夜与其妇泣,追惟一二㊼,仿佛如昨,余则茫然矣。世乃有无母之人,天乎痛哉!

【注释】

①孺人:古代称大夫的妻子,唐代称王的妾,宋代用为通直郎等官员的母亲或妻子的封号,明清则为七品官的母亲或妻子的封号。亦通用为对妇人的尊称。孺,《说文》:"孺,乳子也。"乳子,用乳汁喂养孩子。

②弘治元年:公元1488年。弘治,明孝宗朱祐樘的年号(1488—1505)。

③逾年:一年以后,第二年。

④生女、子:生一男一女双胞胎。

⑤殇一人:夭折了一个。殇,未至成年而死。

⑥不育:不能抚育,犹言夭折。

⑦妊:怀孕。

⑧乳:用乳汁喂养。

⑨颦蹙:皱眉蹙额。形容忧愁不乐。

⑩妊不数(shuò)矣:不会经常怀孕。数,屡次,频繁。

⑪喑(yīn):哑,不能说话。

⑫正德八年:公元 1513 年。正德,明武宗朱厚照的年号(1506—1521)。

⑬寝:睡觉。

⑭延画工画:招请画工(为死去的母亲)画像。

⑮讳:旧时称死去君主或尊长的名字。

⑯并(bàng):依傍。

⑰以资雄:以资财充足称雄。

⑱敦尚:推崇,崇尚。简实:简要切实,简单实在。

⑲姁(xǔ)姁:温和亲切貌。

⑳子弟:儿子、弟弟、侄子等。亦泛指子侄辈。甥侄:外甥和侄子。

㉑绩纑(lú):把麻搓成线,准备织布。绩,把麻析成缕连接起来。纑,麻线。

㉒荧荧:光闪烁貌。

㉓夜分:半夜。

㉔问遗(wèi):相互赠送礼物。

㉕不谋夕:本意指贫家吃了早饭没晚饭。这里是形容母亲的勤劳俭约。

㉖暴(pù):晒。

㉗靡:无,没有。表示否定。

㉘攀衣:牵扯着衣服。

㉙乳抱:抱持在怀中喂奶。

㉚纫缀不辍:缝缝补补不停歇。纫,以线穿针,缝缀。辍,中途停止,中断。

㉛户内:家中。洒(xiǎn)然:整齐貌。

㉜遇僮(tóng)奴有恩:对待奴仆很讲情义。

110

㉝棰(chuí)楚:用鞭杖打。棰、楚,旧时指鞭杖之类刑具,亦以称鞭杖之刑。

㉞不忍有后言:不肯在背后说埋怨的话。

㉟岁致:每年都送。饼饵:饼类食品的总称。饵,糕饼。

㊱率:一概,都。

㊲从兄:同祖伯叔之子年长于己者,即堂兄。从,堂房亲属。

㊳觉寝:睡醒。

㊴《孝经》:书名。儒家十三经之一。宣扬孝道和宗法思想,是中国古代政治伦理著作。

㊵龃龉(jǔ yǔ):牙齿上下不整齐。这里指不顺畅。

㊶羊狗之疴(kē):指由家畜传染的疫症。疴,疾病。

㊷王三接:字汝康,嘉靖十四年(1535)进士,官至河东都转运使。

㊸许聘:女方接受男方的聘礼。谓允婚。

㊹补学官弟子:即进学,俗称考取秀才。嘉靖四年(1525),作者以院试第一名补苏州府学生员,时年十九岁。学官,指学校。

㊺有妇:娶妻。嘉靖七年(1528),作者娶光禄寺典簿魏庠次女为妻。

㊻抱女:指婚后得女。

㊼追惟一二:回想起一两件事。

【解读】

本文写作者长女出生之后,时为嘉靖八年(1529),作者二十三岁。先妣,古人对已故母亲的称呼。作者母亲周氏十六岁嫁入归家,二十六岁去世,在归家十年中养育了八个子女,终生辛勤劳苦。

本文题为"先妣事略",就是通过对母亲生平事迹的简略记述,用典型的例子和生动的细节表现母亲对子女的爱护和治家的勤俭,借以表达作者对母亲的眷念和伤痛之情。

本文分为七个自然段。第一段,写母亲十六岁从周家嫁到归家,至去世,前后十年时间内,共生育了八个子女,其中两个夭折。母亲感慨生育频繁之苦,为了阻止怀孕,服用了老妪的偏方以致喑哑。第二段,叙述母亲之死,子女幼小,尚不觉如何哀痛,并叙述延请画工为母亲画遗像,指出作者和大姊像母亲的事实。第三段,补叙母亲的名字和外家曾祖以下先人的名讳及居处,以及家境殷实、先人秉性温和的状况。第四段,补记母亲勤俭持家和对待奴仆恩威并加的事实,并叙外家对归家的照顾。第五段,写母亲严格管束作者读书的情况,半夜母亲睡醒,还要督促自己暗诵《孝经》直到熟读流畅为止。第六段,写母亲去世后,外家由于得了家畜传染的疫症而相继有三十人离世,只有外祖父与二舅生存。末段,叙母亲去世十一年后归家嫁娶并升学、生育等情况,写作者追忆母亲的一些琐事,表达自己幼年失母的伤痛之情。

本文是作者的代表作之一,情感充沛、催人泪下,与其散文淡雅疏放的风格相一致。本文能于日常生活的不经意处下笔,从中挖掘出感人至深的情感因素。如母亲去世后,对家人请画工为母亲画遗像、母亲治家和督促自己夜读等琐事的追忆,娓娓道来,如一湾清清溪水映出母亲善良平易的身影。小说笔法的运用,细节刻画的成功,令全文于平淡无奇的叙述中见深情。母亲一生的勤劳与小儿女依恋母亲的天真稚态,都被作者收来笔底,略事点染,栩栩如生。多生多育损害了母亲的身体健康,而胡乱服下老妪的偏方又破坏了母亲的语言能力。这些完全纪实的内容,定格于七岁以前作者的眼中,追忆起来,虽仅三言两语,却收颊上三毫之功,具有感人肺腑的巨大魅力。

【点评】

纯用白描法,令无母人读之,自然泪浸浸下,真血性文字也。(吴孟复、蒋立甫主编《古文辞类纂评注》中册引唐文治评)

纯是至情至性语,无一饰笔。(吴孟复、蒋立甫主编《古文辞类纂评注》中册引王文濡评)

产后饮水，万无不死之理。此下稍涉惋惜，即形容母氏之愚，故文但叙而不议，得体极矣。（此当于无意中留心观之）……以下叙母之持家礼下，及琐琐屑屑之事，闭目思之，情景如绘。震川读《史》《汉》外戚传至熟，故能化俗为韵如此。盖无事不俗，却无语不韵也。阴风细雨，恋母不肯留宿兄家，盖归必与母同寝。以下尚有有尚、淑顺，均依乳媪同宿耳。呜呼，身与慈母旦夕不离，一旦捐馆，弟妹无依，而姊氏又年非壮长，童年相爱，但有悲惨。读之令人酸鼻。然处处思传其母，而年稚失母，无遗事足录，但言姊之嫁夫，母所许聘；己之娶妇，母之所聘。终身大事，均母主张。至娶妇之后，述怀示妇，为去后之思量，余波犹带凄咽之声。（《林纾选评古文辞类纂》）

寒花葬志[1]　　　　归有光

婢，魏孺人媵也[2]。嘉靖丁酉[3]五月四日死，葬虚丘[4]。事我而不卒[5]，命也夫！

婢初媵时，年十岁，垂双鬟[6]，曳深绿布裳[7]。一日，天寒，爇火煮荸荠熟[8]，婢削之盈瓯[9]，予入自外，取食之，婢持去，不与。魏孺人笑之。孺人每令婢倚几旁饭，即饭，目眶冉冉[10]动。孺人又指予以为笑。

回思是时，奄忽[11]便已十年。吁，可悲也已！

【注释】

①葬志：犹墓志，放在墓里刻有死者生平事迹的石刻，分上下两层：上层曰盖，刻标题；下层曰底，刻志铭。亦指墓志上的文字。

②魏孺人：指作者之妻魏氏。媵（yìng）：陪嫁的婢女。

③嘉靖丁酉：即嘉靖十六年，公元1537年。嘉靖，明世宗朱厚熜

的年号(1522—1566)。

④虚丘:土山。

⑤事我而不卒:服侍我而不能到老。意谓早死。

⑥鬟(huán):古代妇女的环形发髻。

⑦曳:拖着,穿着。裳(cháng):古代称下身穿的衣裙,男女皆服。

⑧爇(ruò):烧,焚烧。荸荠:多年生草本植物,种水田中。地下茎为扁圆形,表面呈深褐色或枣红色。肉白色,可食。

⑨瓯:小瓦盆。

⑩冉冉:形容缓慢移动或飘忽迷离。

⑪奄忽:疾速,倏忽。形容时间过得很快。

【解读】

寒花是作者亡妻魏氏的婢女,随嫁来到归家的时候,只有十岁。五年后,魏夫人去世。又过了四年,即明世宗嘉靖十六年(1537)五月四日,寒花去世,作者为她写下这篇葬志。

本文用简洁的语言,叙述寒花生前的三件小事:初来时的衣着打扮,削荸荠时的淘气表现,吃饭时的动人表情。这些小事表现了人物间的相互关系,也突出了寒花的心理与性格特征,使寒花天真可爱的形象呼之欲出。开头与结尾的叙述议论,与文章主体部分相融合,从而使作者的感情表达得真挚自然。

【点评】

能将婢女神态曲折描写出来,着墨不多,而神采生动,此是震川擅长文字,所谓于太史公所深会处也。([清]胡怀琛《古文笔法百篇》)

其文无意于感人,而欢愉惨恻之思,溢于言语之外。([明]王锡爵《归公墓志铭》)

信陵君救赵论①

唐顺之

论者以窃符②为信陵君之罪，余以为此未足以罪信陵也。夫强秦之暴亟矣③，今悉兵以临赵，赵必亡。赵，魏之障也④。赵亡，则魏且为之后。赵、魏，又楚、燕、齐诸国之障也⑤，赵、魏亡，则楚、燕、齐诸国为之后。天下之势，未有岌岌⑥于此者也。故救赵者，亦以救魏；救一国者，亦以救六国也。窃魏之符以纾⑦魏之患，借一国之师⑧以分六国之灾，夫奚不可者？

然则信陵果无罪乎？曰：又不然也。余所诛⑨者，信陵君之心也。

信陵一公子⑩耳，魏固有王也。赵不请救于王，而谆谆⑪焉请救于信陵，是赵知有信陵，不知有王也。平原君以婚姻激信陵⑫，而信陵亦自以婚姻之故，欲急救赵，是信陵知有婚姻，不知有王也。其窃符也，非为魏也，非为六国也，为赵焉耳。非为赵也，为一平原君耳。使祸不在赵，而在他国，则虽撤魏之障，撤六国之障，信陵亦必不救。使赵无平原，或平原而非信陵之姻戚⑬，虽赵亡，信陵亦必不救。则是赵王与社稷⑭之轻重，不能当一平原公子，而魏之兵甲所恃以固其社稷者，只以供信陵君一姻戚之用。幸而战胜，可也；不幸战不胜，为虏于秦，是倾魏国数百年社稷以殉⑮姻戚，吾不知信陵何以谢⑯魏王也。

夫窃符之计，盖出于侯生⑰，而如姬⑱成之也。侯生教公子以窃符，如姬为公子窃符于王之卧内，是二人亦知有

115

信陵，不知有王也。余以为信陵之自为计，曷若以唇齿之势激谏于王[19]，不听，则以其欲死秦师者而死于魏王之前，王必悟矣。侯生为信陵计，曷若见魏王而说之救赵，不听，则以其欲死信陵君者而死于魏王之前，王亦必悟矣。如姬有意于报信陵，曷若乘王之隙而日夜劝之救，不听，则以其欲为公子死者而死于魏王之前，王亦必悟矣。如此，则信陵君不负[20]魏，亦不负赵；二人不负王，亦不负信陵君。何为计不出此？信陵知有婚姻之赵，不知有王。内则幸姬[21]，外则邻国，贱则夷门野人，又皆知有公子，不知有王。则是魏仅有一孤王耳。

呜呼！自世之衰，人皆习于背公死党[22]之行而忘守节奉公之道，有重相而无威君[23]，有私仇而无义愤[24]，如秦人知有穰侯[25]，不知有秦王，虞卿[26]知有布衣之交，不知有赵王，盖君若赘旒[27]久矣。由此言之，信陵之罪，固不专系乎符之窃不窃也。其为魏也，为六国也，纵窃符犹可。其为赵也，为一亲戚也，纵求符于王，而公然得之，亦罪也。

虽然，魏王亦不得为无罪也。兵符藏于卧内，信陵亦安得窃之？信陵不忌魏王，而径[28]请之如姬，其素窥魏王之疏[29]也；如姬不忌魏王，而敢于窃符，其素恃魏王之宠也。木朽而蛀[30]生之矣。古者人君持权于上，而内外莫敢不肃。则信陵安得树私交于赵？赵安得私请救于信陵？如姬安得衔信陵之恩？信陵安得卖恩于如姬？履霜[31]之渐，岂一朝一夕也哉！由此言之，不特众人不知有王，王亦自为赘旒也。

故信陵君可以为人臣植党^②之戒，魏王可以为人君失权之戒。《春秋》书葬原仲、翚帅师^③。嗟夫！圣人之为虑深矣！

【作者简介】

唐顺之（1507—1560），字应德，一字义修，号荆川。明常州府武进（今属江苏常州）人。嘉靖八年（1529）会试第一。曾协助浙直总督胡宗宪讨倭寇，更亲率舟师，邀敌于长江口之崇明。以功升右金都御史、凤阳巡抚。学问广博，通晓天文、数学、兵法、乐律等，兼擅武艺，提倡学习唐宋散文，与王慎中、茅坤、归有光等被称为"唐宋派"。有《荆川先生文集》。

【注释】

①信陵君（？—前243）：战国时魏国人。魏昭王之少子，魏安釐王异母弟，名无忌。封于信陵，故称信陵君。战国四公子之一，门下有食客三千。赵：古国名。战国七雄之一。开国君主赵烈侯与魏、韩三家分晋，建立赵国。疆域有今山西中部、陕西东北角及河北西南部。公元前222年为秦所灭。

②符：古代朝廷传达命令或征调兵将用的凭证。

③秦：古国名。嬴姓，周孝王封伯益之后非子于秦，作为附庸。秦襄公始立国，至秦孝公，日益富强，为战国七雄之一。秦王政（即后来的秦始皇）亲政后，先后攻灭韩、赵、魏、楚、燕、齐六国，于公元前221年建立统一的中央集权制国家——秦朝。亟（jí）：危急，紧急。

④魏：古国名。战国七雄之一。开国君主为魏文侯，建都安邑（今山西省夏县西北）。魏惠王迁都大梁（今河南开封），因而魏也被称为梁。公元前225年为秦所灭。障：屏障。

⑤楚：古国名。芈姓。始祖鬻熊。西周时立国于荆山一带，建都

丹阳(今湖北秭归西北)。后建都于郢(今湖北省荆州市荆州区西北)。春秋战国时国势强盛,疆域由今湖北、湖南扩展到今河南、安徽、江苏、浙江、江西和重庆。为战国七雄之一。战国末渐弱,屡败于秦,迁都陈(今河南淮阳),又迁寿春(今安徽寿县西南)。公元前223年为秦所灭。燕:古国名。周代诸侯国。姬姓,开国君主为召公奭。在今河北省北部和辽宁省西端,建都蓟(今北京城西南隅)。战国七雄之一,公元前222年为秦所灭。齐:古国名。公元前11世纪周分封的诸侯国。春秋初期国力强盛,成为霸主。战国七雄之一。公元前221年为秦所灭。

⑥岌岌:危急貌。

⑦纾:解除,排除。

⑧师:军队。

⑨诛:指责,责备。

⑩公子:古代称诸侯之庶子,以别于世子。亦泛称诸侯之子。

⑪谆谆:忠谨、诚恳貌。

⑫平原君:战国时赵惠文王之弟,名赵胜,曾任赵相,战国四公子之一。以婚姻激信陵:平原君的夫人为信陵君之姐。当秦兵围赵时,平原君曾多次派使者向信陵君求救,并以姻亲关系来打动其心。

⑬姻戚:由婚姻关系而结成的亲戚。

⑭社稷:古代帝王、诸侯所祭的土神和谷神。旧时亦用为国家的代称。社,土神。稷,谷神。

⑮殉:为某种目的而死。

⑯谢:道歉,认错。

⑰侯生:名嬴,年七十,为夷门监者,信陵君礼为上客。

⑱如姬:魏王之宠姬。先是如姬父为人所杀,欲复仇不得,信陵君使客斩其仇家首级以进,如姬德之。

⑲曷若:何如。用反问的语气表示不如。唇齿之势:嘴唇与牙齿

相互依存之势，借喻互相接近且有共同利害的两方，关系亲密，相互依靠。激谏：激烈地劝谏。

⑳负：违背，背弃。

㉑幸姬：得到帝王宠爱的姬妾。

㉒背公死党：背弃公家，为朋党效死尽力。

㉓重相：权重的宰相。威君：有威势的君主。

㉔私仇：因个人利害关系而产生的仇恨。义愤：被违反正义的事情所激发的愤怒。

㉕穰侯：即魏冉。战国时秦国人。秦昭王母宣太后异父弟。本姓芈，楚人。昭王即位，太后用事，任将军，守咸阳。得太后宠，四任秦相。举白起为将，略关东地以弱诸侯，以功封穰侯。后因骄横专政，危及政权，乃罢相职，还封邑陶。

㉖虞卿：或作虞庆、吴庆。战国时人，虞氏，名失传。游说之士。因游说赵孝成王，为赵上卿，故号虞卿。主张以赵为主，合纵抗秦。后因救魏相魏齐，弃相印与魏齐逃亡，困于魏都大梁。魏齐自尽，虞卿穷愁著书，有《虞氏春秋》，今佚。

㉗赘旒：比喻实权旁落、为大臣挟持的君主。后亦指有职无权的官吏。赘，多余的。旒，帝王冠冕上的垂饰物。

㉘径：直接。

㉙疏：松懈，粗疏。

㉚蛀：咬食器物的小虫，俗名蛀虫。

㉛履霜：谓踏霜而知寒冬将至。用以喻事态发展已有产生严重后果的预兆。《易·坤》："履霜坚冰至。"言当防患于未然。

㉜植党：结党，树立党羽。

㉝葬原仲：原仲，春秋时期陈国大夫。《春秋·庄公二十七年》："秋，公子友如陈，葬原仲。"《左传》："秋，公子友如陈，葬原仲，非礼也。原仲，季友之旧也。"公子友，即季友，鲁庄公之弟。公子友去陈国，是

以私事出行。《春秋》书此,是为了警诫人臣植党。翚(huī)帅师:翚,即公子翚,字羽父,鲁国大夫。《春秋·隐公四年》:"秋,翚帅师会宋公、陈侯、蔡人、卫人伐郑。"《左传》:"故书曰'翚帅师',疾之也。"鲁隐公时,宋、陈等国进攻郑国,宋国也要鲁国出兵,鲁隐公不同意,鲁大夫翚(字羽父)未得允许便率师而去。孔子认为这是目无君主。羽父后弑隐公。

【解读】

信陵君窃符救赵是人们早已熟悉的历史故事。故事见司马迁《史记·魏公子列传》:魏安釐王二十年(前257),秦军侵赵,进兵围邯郸。魏王慑于秦军之势,虽派晋鄙率军救赵,但驻军于邺,持两端观望。信陵君决心救赵,采纳侯嬴的建议,借助如姬窃得兵符,杀死晋鄙,夺得兵权,击破秦军,挽救了赵国,也巩固了魏国在当时的地位。

本文基于这一史实,就信陵君的功过是非提出了自己的见解。作者既肯定信陵君救赵存魏所起的历史作用,又指责他目无君主,为了姻戚而罔顾六国的利益,擅自盗窃兵符。他通过对信陵君的评论,表明了自己反对人臣结党营私、要求加强君主权力的政治主张。

关于此文的写作背景,有论者认为:明正德年间,以刘瑾为首的宦官专权达到了高峰。明世宗即位后,曾着手对宦官势力进行打击和限制,暂时加强了中央集权。但不久他便沉迷修道,妄求长生,不理朝政,中外大权,一揽于严嵩之手。有识之士,莫不恶之。作者因此假信陵君窃符救赵为论题,指出如果人臣擅权,国君就有沦为"赘旒"的危险,以对明朝君主进行劝谏,并提出警诫。

文章分为七个自然段。第一段,肯定信陵君窃符救赵的行为,是救援赵国,也是解除魏国的忧患。对"论者以窃符为信陵君之罪"的观点进行反驳。第二段,作者并不是完全肯定信陵君的行为,他认为信陵君还是有罪的,因而提出"诛心"的论点。第三段,具体分析信陵君救赵的行为是基于姻亲关系,而不是真正从国家的利益出发,抨击了信陵君"倾魏国数百年社稷以殉姻戚"、目无君主的过错。第四段,指出献计窃符的侯生以及实施窃符的如姬也都不是从国家利益,而是从个人私情出发,所以他们眼中并没有魏王,而只有信陵君,作者认为他们也是有过错的。正确的办法是,窃符的三人要以死"激谏"魏王,使其"必悟"。但计不出此,所以说明魏国权力旁落、"仅有一孤王"的事实。第五段,是发感慨,作者认为人臣背公植党、国君大权旁落由来已久,并举秦国的权臣穰侯、赵国的虞卿为证,指出当国的君主沦为"赘旒"的事实。所以,由此而论,无论信陵君是窃符还是"求符于王,而公然得之",都是有罪的,因为信陵君是为了私情,而非为公义,并且客观上他使魏国君权旁落,这都是很大的罪过。第六段,作者分析,虽然信陵君有罪,但魏王也"不得为无罪",因为如果不是魏王疏忽、纵容,岂能有窃符之事?这就是"木朽而蛀生"的道理,所以作者认为国君要防止权臣擅权,自己就一定要"持权于上",要防患于未然。第七段,总结,作者将信陵君窃符救赵之事作为"人臣植党之戒",将魏王作为"人君失权之戒",指出维护礼制的重要性。

作者写出此文,借古喻今,本以为可对当朝君主进行警诫,达到拨乱反正的目的,可惜朝廷腐败,其后魏忠贤宦官势力发展到了顶峰,"内外大权,一归忠贤"(《明史·魏忠贤传》),皇帝成了名副其实的"赘旒"。

文章忽起忽跌,转折自如,层层展开,步步深入,详细论证了信陵君的罪过。内容丰富生动,文字朴实无华,反映了作者平易流畅的写作特色。

【点评】

诛信陵之心,暴信陵之罪,一层深一层,一节深一节,愈驳愈醒,愈转愈刻。词严义正,直使千载扬诩之案,一笔抹杀。([清]吴楚材、吴调侯《古文观止》卷十二)

平情而论,信陵窃符,实有不得已之苦衷,并非无王也。当是时,魏王为秦所胁，畏秦如虎，即使公子能如荆川所云，移其欲死秦师者而死于魏王之前，魏王必不悟，而公子则徒死，赵亦终不可救矣。不独公子，即使如姬亦能如荆川所云，移其欲死于公子者而死于魏王之前，魏王亦必不悟。彼夷门监者，更无论矣。故荆川无王之论，实不足以服公子之心，不过公子因婚姻之故欲急救赵，私心诚有之；然因此一役，终公子之世，秦不敢加兵于魏，则公子实亦大有造于魏也。窃符固不足为公子罪，即其心亦可显白其无他，此文以无王责公子，未免于当时情势，未加深究。但行文认定窃符罪小无王罪大立论，层层翻驳，一步紧一步，一节深一节，旁敲侧击，笔锋快利无比，论者谓荆川力学欧、曾，然其文往往驰骋为豪，乏含蓄之妙，恐不足为欧、曾入室弟子，读此文可见一斑。（[清]过商侯《古文评注读本》卷六）

海上平寇①记　　　　　　　王慎中

　　守备汀漳俞君志辅被服进趋②，退然儒生也③，瞻视在鞧苇之间④，言若不能出口，温慈款悫⑤，望之知其有仁义⑥之容。然而桴鼓⑦鸣于侧，矢石⑧交乎前，疾雷飘风，迅急而倏忽⑨，大之有胜败之数⑩，而小之有死生之形⑪，士皆掉魂摇魄，前却而沮丧⑫，君顾意喜色壮⑬，张扬矜奋⑭，重英之矛⑮，七注之甲⑯，鸷鸟举而虓虎怒⑰，杀人如麻，目睫曾不为之一瞬，是何其猛厉孔武也⑱！

　　是时漳州海寇张⑲甚，有司⑳以为忧，督府檄君捕之㉑。君提兵㉒不数百，航海索㉓贼，旬日遇焉。与战海上，败之，获六十艘，俘百八十余人，其自投于水者称是㉔。贼行海上数十年，无此衄㉕矣。由有此海，所为开寨置帅以弹制非常者㉖，费巨而员多，然提兵逐贼成数十年未有之捷，乃独在君，而君又非有责于海者也，亦可谓难矣。

余观昔之善为将而能多取胜者，皆用素治㉗之兵，训练齐而约束㉘明，非徒其志意信而已㉙。其耳目亦且习于旗旄㉚之色，而挥之使进退则不乱；熟于钲鼓之节，而奏之使作止㉛则不惑；又当有以丰给而厚享之㉜，椎牛击豕㉝，醑酒㉞成池，餍其口腹之所取欲㉟，遂气闲而思自决于一斗以为效，如马饱于枥㊱，嘶鸣腾踏而欲奋，然后可用。君所提数百之兵，率召募新集，形貌不相识，宁独训练不夙㊲，约束不预而已！其于服属之分犹未明也㊳。君又穷空㊴，家无余财，所为市牛酒，买粱粟㊵，以恣士之所嗜不能具也㊶，徒以一身率先士卒，共食糗糒㊷，触犯炎风，冲冒㊸巨浪，日或不再食，以与贼格㊹，而竟以取胜，君诚何术而得人之易、致效之速如此？

予知之矣。用未早教之兵而能尽其力者，以义气作之而已；用未厚养之兵而能鼓其勇者，以诚心结之而已。予方欲以是问君，而玄钟所千户某等来乞文勒君之伐㊺，辄㊻书此以与之。君其毋以余为儒者而好撰㊼言兵意云。君之功在濒海数郡，而玄钟所独欲书之者，君所获贼在玄钟境内，其调发舟兵诸费多出其境，而君清廉不扰，以故其人尤德之㊽尔。君名大猷，志辅其字，以武举推用为今官㊾。

【作者简介】

王慎中(1509—1559)，字道思，初号南江，更号遵岩居士。晋江(今属福建)人。嘉靖五年(1526)进士。授户部主事，历吏部考功员外郎、山东提学佥事、河南参政。因得罪夏言,罢官归。其文初效秦、汉,后一意师仿曾巩,卓然成名家,与唐顺之齐名。有《遵岩集》。

【注释】

①平寇:剿平匪寇。寇,这里专指倭寇。

②守备:明朝镇守地方之武官。设于总兵之下,无品级,无定员。或各守一城一堡,或协同主将同守一城,地位在游击将军之下、把总之上。汀漳:汀州、漳州。汀州,唐开元二十四年(736)置,故州治在今福建省长汀县。辖境约当今福建省武夷山脉以东,三明、永安、漳平、龙岩、永定等市县以西地区。漳州,唐垂拱二年(686)置,治所在漳浦县。俞君志辅:即俞大猷(1503—1579),字志辅,又字逊尧,号虚江,晋江(今属福建)人。明代抗倭名将,军事家,民族英雄。被服进趋:衣着举止。被服,本指被褥衣履等服用之物,引申为穿着。进趋,举动,行动。

③退然:柔和,谦卑。儒生:通晓儒家经书的人。亦泛指读书人。

④瞻视:观看,顾盼。鞞芾(bǐng fú):刀鞘和蔽膝。借指达官贵人。

⑤温慈:温和慈爱。款:直诚,诚恳。悫(què):恭谨,朴实。

⑥仁义:仁爱和正义,宽惠正直。

⑦枹(fú)鼓:鼓槌与鼓,这里指战鼓。枹,通"桴",鼓槌。

⑧矢石:箭和垒石,古时守城的武器。

⑨倏忽:形容行动急速。倏,犬疾行貌。引申为疾速,忽然。

⑩数:命运,结果。

⑪形:情形,情况。

⑫前却:进退。沮丧:形容震惊失色。沮,畏惧,恐惧。

⑬顾:却,反而。意喜色壮:精神状态很兴奋。

⑭张扬:指动作紧张而又高扬。矜奋:勇武,果敢。

⑮重英之矛:长柄上有两重画饰的枪矛。矛,古代用来刺杀敌人的长柄兵器,长柄的一端装有金属枪头。

⑯七注之甲:用七节金属片或皮革连缀而成的铠甲。甲,古代作

战时的护身服装,用金属片或皮革制成。

⑰鸷鸟:凶猛的鸟,如鹰鹯之类。举:高飞,飞起。虓(xiāo)虎:咆哮怒吼的虎。多用来比喻勇士猛将。虓,虎怒吼。

⑱猛厉:猛烈,指气势盛、力量大。孔武:非常勇猛。

⑲张:壮盛,强大。

⑳有司:文中指负责缉捕的官吏。古代设官分职,各有专司,故称。

㉑督府:即都督府,明朝最高军事机构。朱元璋吴元年(1367)改原大都督府而置。洪武十三年(1380)分置五军都督府,分领在京各卫所及在外各都司、卫所。五军都督府有统兵之权,但军令权操于兵部,故得互相钳制,以杜专擅。檄(xí):文体名,古代官府用以征召、晓谕、声讨的文书。这里指用檄文征召、晓谕。

㉒提兵:率领军队。

㉓索:搜查,搜索。

㉔称是:谓与此相称或相当。

㉕衄(nǜ):失败,挫折。

㉖开寨:建立营寨。寨,防卫用的栅栏,多指四面环围的驻军处,兵营。弹制:镇压,制服。非常:突如其来的事变。

㉗素治:训练有素。

㉘约束:规章,法令。

㉙志意:精神,意志。信:诚实不欺,可靠。

㉚旗旐(zhào):旌旗。旐,古代画有龟蛇图像的旗。

㉛作止:一动一停,进攻和停止。

㉜丰给:丰富的物质。厚享之:重重地犒赏他们。

㉝椎(chuí)牛击豕(shǐ):宰杀牛、猪。椎,用椎打击,击杀。击,敲打,搏杀。

㉞釃(shī)酒:滤酒。釃,过滤。

㉟餍(yàn)：满足。取欲：取求。

㊱枥(lì)：马槽。

㊲宁独：岂止。夙：向来，平时。

㊳服属：顺从归属。分：职分。

㊴穷空：穷乏，空无所有。

㊵粱粟：指粮食。粟，通称谷子，去壳后称小米。古称其优良品种为粱，今无别。

㊶恣：满足。嗜：喜好。具：备办，准备。

㊷糗糒(qiǔ bèi)：干粮。糗，炒熟的米麦，亦泛指干粮。糒，干饭。

㊸冲冒：顶着，冒着，谓不顾危险、恶劣环境。

㊹格：格斗。

㊺玄钟所：在福建省诏安县东南，明初在这里设置千户所，属镇海卫。几个府划为一个防区，设卫。卫下设千户所和百户所。千户所的军官叫千户。乞文勒君之伐：求文刻石，记载俞君的功绩。勒，雕刻。伐，古代臣子评功的品级之一。《史记·高祖功臣侯者年表序》："古者人臣功有五品，以德立宗庙定社稷曰勋，以言曰劳，用力曰功，明其等曰伐，积日曰阅。"这里泛指功勋、功业。

㊻辄：副词。就。

㊼揣：忖度，估量，猜测。

㊽德之：感激他，感恩于他。

㊾武举：即武举人。科举时代武乡试及第者。推用：推举任用。

【解读】

本文记叙的是明代著名将领俞大猷剿平福建漳州海盗的英勇事迹。作者刻画了俞大猷平日温文尔雅而战时却勇猛威武的形象，并且赞美了他的将才，分析了他取胜的原因和特点，指出他有身先士卒、与士卒同甘共苦、用义气鼓舞士卒、用诚心结交士卒等优良品德。

本文分四段。第一段，介绍汀漳守备俞大猷平时与战时两个环境中截然迥异的两种形象。平时从外表看，只是一介儒生，温文尔雅，置身于达官贵人之间，则显得语言拙讷，外表温和诚恳，一望而知是一位仁义之士。一旦面临生死战，就突然像换了一个人，从读书人一变而为勇士，斗志昂扬，神情亢奋，挺着锋利的枪矛，穿着百重的铠甲，冲锋陷阵，猛厉无比。

第二段，叙述漳州有海盗，势力强大，督府征召俞大猷前往剿捕。俞大猷遂率领几百士兵，乘船搜索，十天后就遇到了海盗。与之战斗，大获全胜，俘获了六十艘海盗船、一百八十余名海盗，还有一百八十余名海盗投水而死。所以海盗横行海上几十年，这是第一次大败仗。本来对付海盗，国家是有专门的将领负责的，这并不是俞大猷的职责，但俞大猷一接到征召，就率兵出战，一举成功，这是难能可贵的。

第三段，分析俞大猷与过去的将领在治军方面的不同点。作者认为，过去取胜的将领选用的一般都是训练有素而久经战阵的士兵，平时又有丰厚的酒食招待，所谓"养兵千日，用兵一时"，所以临战之时能够使士兵效命。但俞大猷率领的几百士兵则不同，他们都是新招募的，士兵之间素不相识，也未经严格训练，更不大懂军纪的约束。至于俞本人又穷，没有好酒好饭满足他们的嗜欲。他只依仗一点，就是身先士卒，与士兵同甘共苦，却能率领他们冲冒巨浪，与海盗搏斗，一举获胜。作者不解何以如此，于是发问：俞大猷这么容易得人心，这么快速获胜，是有什么特别的方法吗？

第四段，是解答第三段提出的问题。俞大猷用这样一支新组建且未经"厚养"的部队而能够使他们竭尽全力、奋勇作战的原因有两条：一是"义气"，二是"诚心"。用"义气"鼓舞他们的斗志，用"诚心"换取他们的真心，所以能获得成功。接着交代俞大猷作战的地方在玄钟所境内，获胜之后，玄钟所千户某等求文刻石以表彰俞大猷的功绩。最后交代俞大猷"清廉不扰"的品德，所以当地人很感激他。

本文夹叙夹议,但重点却放在议论上。虽然作者并未明言过去养兵骄纵无能之患,但在与俞大猷带兵作战的比较中,可以得出一个结论:为将之道,贵在清廉,贵在有正义的气概,贵在以诚心对待士兵。只有这样,才会成就一支勇猛能战、战则必胜的部队。文章文笔豪肆,气势磅礴。长句较多,句式多变化,也是本文的一个突出特点。

【点评】

其为文也,恒以构意为难。每一篇必先反覆沉思,意定而辞立就。细观之,铺叙详明,部伍整密,语华赡而意深长,按之不乱而呼之应节。([明]李贽《续藏书》卷二十六)

圆 盂① 记

陆树声

有售余圆盂者,色玄而质腻②。余携从适园③,置之几④。客有见者曰:"昔人恶规⑤,何子置之,日与目接?"余曰:"物无常形⑥,制之则名。客何病⑦物哉?且余宦于时与斯人者居也,见若刓方为规⑧以行于时者,世尤尚之⑨,其接于余而与之周旋者,太半皆是也。客不此病,而奚病物为?"然客之言则有警⑩者,夫物以形圆取恶,而世方工于为是也⑪,岂忘自好欤?顾客亦未为知余者⑫。余以性劣迕于时⑬,凡交余者闵其峭庈⑭,惟恐余磨棱之不尽也,则余始得是而蓄之也,安知非比义于佩韦乎⑮?虽然,亦迂矣。夫以余日从斯人者游,彼其刓方为规以行于时者,每身与之接,固尝龃龉⑯其间,其或取憎于前而徵诮⑰于后,以棘于躬而梗人耳目者凡几矣⑱,然尚不能尼余衷以易吾故有⑲,则是区区⑳者曾不足置余胸中,又何足以容客之辨?

【作者简介】

陆树声(1509—1605),字与吉,别号平泉,南直隶松江府华亭(今属上海市)人。世业农。嘉靖二十年(1541)会试第一名。选翰林院庶吉士,授编修。历太常寺卿,掌南京国子监祭酒事。严饬学规,撰教规十二条以励诸生。神宗立,任礼部尚书。屡辞朝命,中外高其风节。万历改元,请归,陈时政十事,语多切中。著有《平泉题跋》《耄余杂识》《长水日抄》《陆文定公集》等。

【注释】

①盂:盛汤浆或饭食的圆口器皿。

②玄:赤黑色,后多用以指黑色。质腻:质地细腻。

③适园:作者所建之园,取闲适、适性之意。

④置:安放,放置。几:古人坐时依凭或搁置物件的小桌,后专指放置小件器物的家具。

⑤规:圆形。

⑥物无常形:物体没有一定不变的形状。

⑦病:指责,不满。

⑧刓(wán)方为规:将方的物件削去棱角变成圆形。刓,削去棱角。

⑨世尤尚之:当世之人更加推崇他。

⑩警:警告,告诫。

⑪世方工于为是也:当世之人正善于这样做。

⑫顾客亦未为知余者:不过,客人也不是了解我的人。顾,副词,表转折,不过,但是。

⑬迕(wǔ)于时:与时代相违逆。

⑭凡交余者闵其峭戾:凡跟我交往的都同情我天性峭直、乖张。

闵,怜悯,同情。峭,严厉,严峻。戾,乖张,违逆。

⑮比义:效法。佩韦:韦皮性柔韧,性急者佩之以自警诫。

⑯龃龉:上下齿不相对应。引申为意见不合,相抵触。龃,牙齿不正。龉,上下牙齿参差不齐。

⑰征诮:招致责备。征,招致,招惹。诮,责备,嘲笑。

⑱棘:酸枣树,茎上多刺。引申为刺,戳。躬:身体。梗:木名,即刺榆。引申为草木刺人。凡几:共计多少。

⑲尼(nǐ)余衷:阻止我的内心。尼,阻止,阻拦。易吾故有:更改我本有的天性。易,更改。故有,本来就有。

⑳区区:形容微不足道。

【解读】

本文记叙作者买了一个圆盂之后,引发客人的质疑、警诫,作者对此进行辩说。虽名为"记",但记的内容少,而论辩的内容多。

客人为什么要对作者买了圆盂且放置在几案之上这一行为质疑呢?那是因为在正直的人眼里,圆盂有圆滑之意,而做人要方正,不要圆滑。作者平时是以方正著称的,突然放置了一个圆形的器皿,所以客人以为作者开始与世同流,于是问作者:"过去正直的人厌恶圆形的东西,为什么你要买它,且放置于几案之上,天天跟它接触呢?"其潜台词是:难道你改变原来做人的原则了吗?但作者不同意客人的意见,认为自己做人的原则没有变,这只不过是一个物件罢了。世上的物质本无一定不变的形态,只是制作它的人将它制成了某种样子,于是就有了某种称呼,人们大可不必对此表现出特别的重视。作者举例说自己为官时常与圆滑的人打交道,而且也见过不少原本方正的人被时势打磨,削去棱角,变得圆滑,也因此得到好处,升官封爵,但这些现象,世人是大为推崇的。作者反问客人,你为什么不去厌憎这种现象,却围绕这件小器物大做文章呢?

但作者冷静下来,反过来认为,客人虽然小题大做,但也是一种警诚,值得警醒。不过,他认为客人其实也是不了解自己的,并举例说自己以前由于天性耿直,得罪了许多人,与时势不相合,凡跟他交往的人都担心他由于过于峭直和违逆时势的个性会招致不良的后果,规劝他要尽量削去棱角。或许这个圆盂无意中就是效法佩韦,起到一点警醒的作用,意思是太刚了易折,太急了易断,所以稍稍作些变通,使自己的身段稍稍柔软点,也不是不可以。但这个想法也是很迂腐的,所以作者认为,自己的天性如此,也不想再作任何改变。作者平日常常接触规劝人削去棱角以变得圆滑的言论和人物,这与自己为人的原则格格不入,自己也经常被人憎恶或嘲笑,也屡屡招致伤害,当然也会伤害到他人,但实践证明,即使得到了许多教训,自己的初衷也一点都没有变,因此转念一想,这个小小的圆盂算得了什么,根本不值得放在心上,所以对客人的质疑最终还是持不赞同的态度。

本文托物言志,以小见大,不以区区圆盂而质疑自己方正的品格,反映了作者不与时势同流、适性自然的人生态度。

《青霞先生^①文集》序　　茅　坤

青霞沈君,由锦衣经历上书诋宰执^②,宰执深疾^③之,方力构^④其罪,赖天子仁圣,特薄其谴^⑤,徙之塞上^⑥。当是时,君之直谏^⑦之名满天下。已而君累然^⑧携妻子,出家塞上。会北敌^⑨数内犯,而帅府以下束手闭垒^⑩,以恣^⑪敌之出没,不及飞一镞^⑫以相抗。甚且及敌之退,则割中土之战没者与野行者之馘以为功^⑬。而父之哭其子、妻之哭其夫、兄之哭其弟者,往往而是,无所控吁^⑭。君既上愤疆场之日弛^⑮,而又下痛诸将士日菅刈我人民以蒙国家也^⑯。数呜咽歆歔，而以其所忧郁发之于诗歌文章，以泄其怀，即集中所载诸什^⑰是也。

君故以直谏为重于时，而其所著为诗歌文章，又多所讥刺，稍稍传播，上下震恐^⑱，始出死力相煽构^⑲，而君之祸作矣。君既没，而一时阉寄所相与谗君者^⑳，寻且坐罪罢去^㉑。又未几，故宰执之仇君者亦报罢^㉒。而君之门人给谏^㉓俞君，于是哀辑^㉔其生平所著若干卷，刻而传之，而其子以敬，来请予序之首简^㉕。

茅子受读而题之曰：若君者，非古之志士之遗乎哉？孔子删《诗》^㉖，自《小弁》之怨亲、《巷伯》之刺谗以下^㉗，其忠臣、寡妇、幽人、怼士之什^㉘，并列之为风^㉙，疏之为雅^㉚，不可胜数。岂皆古之中声^㉛也哉？然孔子不遽遗之^㉜者，特悯^㉝其人，矜^㉞其志，犹曰"发乎情，止乎礼义""言之者无罪，闻之者足以为戒"焉耳^㉟。予尝按次《春秋》以来，屈原之《骚》疑于怨^㊱，伍胥之谏疑于胁^㊲，贾谊之疏疑于激^㊳，叔夜之诗疑于愤^㊴，刘蕡之对疑于亢^㊵。然推孔子删《诗》之旨而哀次^㊶之，当亦未必无录之者。君既没，而海内之荐绅^㊷大夫，至今言及君，无不酸鼻而流涕。呜呼！集中所载《鸣剑》《筹边》诸什，试令后之人读之，其足以寒贼臣之胆，而跃塞垣战士之马，而作之忾^㊸也固矣。他日国家采风^㊹者之使出而览观焉，其能遗之也乎？予谨识之^㊺。至于文词之工不工，及当古作者之旨与否，非所以论君之大者也，予故不著。

【作者简介】

茅坤(1512—1601),字顺甫,号鹿门。明湖州府归安县(今属浙江湖州)人。嘉靖十七年(1538)进士。历知青阳、丹徒二县,累迁广西兵备佥事、大名兵备副使。后被劾罢归。善古文,从唐顺之游。编选有《唐宋八大家文钞》,著有《茅鹿门先生文集》等。

【注释】

①青霞先生:即沈炼(1507—1557),字纯甫,号青霞山人。会稽(今属浙江绍兴)人。嘉靖十七年(1538)进士。历任溧阳、茌平、清丰三县知县,因事左迁为锦衣卫经历。锦衣卫指挥使陆炳善遇之,随炳与严世蕃往来。然性刚直,疾恶如仇。蒙古俺答犯京师,兵退后,上疏劾严嵩十大罪,谓国弱政乱,皆由严氏。遭廷杖,谪佃保安。与塞外人相与骂严氏父子,缚草为人象其状,醉则聚子弟射之。因而遭诬陷,被杀。雄于文,下笔辄万言,所著书多被毁,仅存《青霞集》。天启初,谥忠愍。

②锦衣经历:锦衣,即锦衣卫,明朝专有军政情报搜集机构。经历,官名,为各卫首领官,掌出纳文移等事。诋:指责。宰执:指宰相等执掌国家政事的重臣。这里特指内阁首辅严嵩。

③疾:怨恨。

④构:设计陷害。

⑤谴:处罚。旧时指官吏获罪贬职或谪戍。

⑥徙:迁移,流放。塞上:边塞,边境地区。亦泛指北方长城内外。

⑦直谏:直言规谏。

⑧累(léi)然:失意不得志貌。

⑨北敌:指当时的蒙古俺答部,曾多次侵扰北方。

⑩帅府:明朝边境的最高军事机关。束手闭垒:意为无计可施,消极防御。垒,营垒,阵地上的防御工事。

⑪恣:放纵,纵容,听凭。

⑫镞(zú):箭头,借指箭。

⑬野行:谓在野外行走。馘(guó):被杀者的左耳。古代战争中割取所杀敌人的左耳以计功。

⑭控:指告状,申诉。吁(yù):呼告,呼求。

⑮疆埸(yì):指边疆的防务。日弛:一天比一天松懈。弛,松懈,废弛。

⑯菅刈:菅,草名。刈,割草。这里指像割草一样残害百姓。蒙:欺骗。

⑰诸什(shí):各篇。什,《诗经》中"雅""颂"部分多以十篇为一组,称之为"什"。如《鹿鸣之什》《清庙之什》等。后用以泛指诗篇、文卷。

⑱震恐:震惊恐惧。

⑲煽构:煽动捏造。

⑳阃(kǔn)寄:谓寄以阃外之事,即任重要的军职。这里指边塞的将帅。古代郭门(外城门)以外称阃外。谗:说别人的坏话,说陷害人的话。

㉑寻:不久,随即。坐罪:因罪。坐,由于,因为。罢去:免职。

㉒报罢:被免职。报,按律定罪。

㉓给谏:官名别称。唐宋时给事中及谏议大夫的合称。明清罢谏议大夫,专用为给事中的别称。明代给事中不再隶属于部院,而成为一个独立的机构,由于给事中分掌六部,故称六科给事中,掌侍从规谏,稽查六部之弊误,有驳正制敕违失之权。

㉔裒(póu)辑:搜集,编辑。裒,聚。

㉕首简:犹言篇首。简,古代用以写字的竹片,亦指功用与简相同的书写用品。引申为典籍或书信。

㉖孔子删《诗》:孔子从大量的诗歌中删选而成《诗经》。

㉗《小弁》:《诗经·小雅》中的一篇。相传西周末年,周幽王听信

宠妃褒姒的谗言,废掉太子宜臼。宜臼被废后,作《小弁》诗,抒发自己被弃逐之后的忧愤和哀怨。《巷伯》:《诗经·小雅》中的一篇。相传巷伯被谗而受宫刑,气愤之下作此诗。刺谗:讥刺谗人。

㉘幽人:隐居之人,隐士。怼(duì)士:有怨恨的人。

㉙风:《诗经》六义之一。指《诗经》三种诗歌类型中的一种,即"国风"这一部分。《毛诗序》:"故诗有六义焉:一曰风,二曰赋,三曰比,四曰兴,五曰雅,六曰颂。"

㉚疏:分开。雅:《诗经》六义之一。即《诗经》中"小雅""大雅"部分。鲁迅《汉文学史纲要》第二篇:"风、雅、颂以性质言:风者,闾巷之情诗;雅者,朝廷之乐歌;颂者,宗庙之乐歌也。是为《诗》之三经。"

㉛中声:中和(中正平和)之声。《左传·昭公元年》:"先王之乐,所以节百事也,故有五节,迟速本末以相及,中声以降。五降之后,不容弹矣。"杜预注:"此谓先王之乐得中声,声成,五降而息也。"杨伯峻注:"宫商角徵羽五声,有迟有速,有本有末,调和而得中和之声,然后降于无声。"

㉜不遽遗之:不轻易将它们删掉。遽,匆忙,仓促。遗,遗弃,舍弃。

㉝悯:哀怜,怜悯。

㉞矜:推崇,崇尚。

㉟"发乎情"至"闻之者足以为戒"四句:引自《诗经·周南·关雎》毛诗序。"发乎情,止乎礼义",意思是诗歌发自诗人的情感中,但又受到礼义的制约。止,就是不能超过这个界限的意思。

㊱屈原之《骚》:屈原,名平,战国时楚国贵族。辅佐楚怀王,后受贵族子兰、靳尚等人谗毁,被放逐。《骚》即屈原所作的《离骚》,抒写他的理想抱负和这种抱负不能实现的悲愤心情。疑于:类似于。疑,通"拟"。

㊲伍胥:即伍子胥。春秋时吴国大夫。劝吴王拒绝越王勾践的求

135

和,并停止攻齐,被夫差赐死。胁:逼迫。

㊳贾谊:西汉初期杰出的文学家、政论家。他曾多次上疏批评时政,建议削弱诸侯王势力。后受排挤被贬,不久抑郁而死。激:激愤。

㊴叔夜之诗:指嵇康的《幽愤诗》。嵇康,字叔夜。三国时期曹魏文学家、思想家、音乐家。因不满司马氏集团,被司马昭所杀。《幽愤诗》是嵇康被捕后在狱中写的。愤:愤慨,愤恨。

㊵刘蕡(fén)之对:刘蕡,唐代人。文宗时应贤良方正科对策,激昂慷慨,怒斥宦官罪行而被黜落。对,指刘蕡所上对策。亢:刚直。

㊶裒次:辑录并编排。

㊷荐绅:同"搢绅",插笏于绅。绅,古代仕宦者围于腰际的大带。用为有官位的人的代称。

㊸作之忾:激发他们的愤恨之情。忾,愤怒,仇恨。

㊹采风:搜集民间歌谣。《汉书·艺文志》:"故古有采诗之官,王者所以观风俗,知得失,自考正也。"古代称民歌为"风",后因称收集民歌民谣为"采风"。

㊺谨识(zhì)之:恭敬地将它记录下来。识,记载。

【解读】

本文是作者为《青霞先生文集》所写的一篇序言。文集的作者是以直谏著称的沈炼。沈炼为官清廉,政绩颇著,为百姓所称道。但因其秉性耿直,不阿谀逢迎,而每每忤逆权贵,被贬为锦衣卫经历。

嘉靖二十九年(1550)十月,瓦剌军入侵,威逼京城,要求明朝向他们进贡才肯退兵,否则就大肆劫掠。皇帝召集文武百官商议。据王元敬编《沈炼年谱》记载:"检讨毛公起言:'许之便。'司业赵公贞吉叱起言:'不许便。'先生(指沈炼)曰:'谲达犯顺,至城下,许其贡,掠;不许,亦掠。京营将士久袭承平,兵钝甲朽,难以应卒。今且令礼部与语:汝等远来求贡,未测圣意,不敢遽奏。必欲贡,当备列诚款,为汝奏请。如是迁延,以缓其势。阴为战计,乘怠而袭之,彼可擒也。'是时奸相严嵩怪而问其党,太宰夏邦谟遽承望呵曰:'若何小吏,多谈乃尔!'先生目摄之曰:'大吏嚜不言,故小吏言,胡怪也?且不曰主辱臣死耶?'……一日,先生与尚宝司丞张君逊业饮,叹曰:'前日敌在城下,使谋国有人,岂令蹂躏至此乎?纲纪大坏,贿赂公行,四海民穷,九边政废,实嵩父子罪也。大奸不去,他事未有可议者。'"

当时沈炼仅为锦衣卫经历,从七品官,确实是一介"小吏",人微言轻,却敢在朝堂上直言,那是真的要有绝大的胆量和正义的精神的。

嘉靖三十年(1551)正月,沈炼抗言上疏弹劾严嵩父子专擅国事、贪污纳贿、卖官鬻爵、妒贤嫉能、钳制谏官等十大罪状,请诛之以谢天下。这就是著名的"十罪疏"。皇帝下诏斥责沈炼不注意人臣的礼仪,现在又想通过诬告大臣来获取名声,责令对他实施廷杖。最后,他被贬斥到塞外的保安州(今河北涿鹿)为民。

沈炼携妻挈子去保安五年多。保安系边塞,当时所属宣大(宣府、大同)总督为严嵩义子杨顺。他谎报战绩,放纵士兵杀良民献首冒功请赏,沈炼获悉此事,作诗寄给他,说:"割生献馘古来无,解道功成万骨枯。白草黄沙风雨夜,冤魂多少觅头颅。"杨顺忌恨不已。在保安,沈炼还以李林甫、秦桧、严嵩的画像作靶,让人日日练射。这使严氏更加刻骨切齿,必欲置之死地而后快,遂密令杨顺等构陷其罪,将沈炼杀害,其两子同被难。

嘉靖四十一年(1562),严党被劾,严嵩被削职,沈炼一案才得以昭雪。

《青霞先生文集》就是在沈炼案被平反之后,由其门人俞君汇编成集的。

文章分三段,前两段主要介绍沈炼其人、作品结集问世的经过及自己为之写序的原因。两次赞扬他的直谏,深刻表达了对其直言敢谏的倾慕,也提示了下文,说明作者对其诗文的推重是植根于对其人格的推重中。

文章第三段则是全文的重点，写出了对沈炼作品的评价，也体现了作者的文学主张。作者先用了一个反问句"若君者，非古之志士之遗乎哉"，既明确表达了自己对沈君的全面评价，又加强了文章的感情色彩。接着便引孔子删定《诗经》为例，又用"岂皆古之中声也哉"反问，有力说明诗文不必都合乎所谓的"中声"（中正平和之声），既允许有怨怼，也可以行讥刺，反驳孔子所谓"温柔敦厚，《诗》教也"的宗旨。为了更有力地予以论证，作者又列举了屈原、伍子胥、贾谊、嵇康、刘蕡等人为例，虽然他们都有不合"中声"之作，但这些作品绝不会因此而失去其存在的价值和意义，所以沈炼的作品亦属此类，"当亦未必无录之者"。以上是作一番总体评价，为使评价得以点面结合，又举文集中的《鸣剑》《筹边》等篇为例，充分肯定其诗文对读者的教育意义，进一步证明它们虽不合于"中声"，却具有"足以寒贼臣之胆，而跃塞垣战士之马"的强大力量。结尾，作者用简练的文字补充说明自己在评价诗人作品时为何没有探讨其艺术成就，原因是"非所以论君之大者"，作者看重的是作品的思想内容，体现了他"文特以道相盛衰"的文学主张。

【点评】

青霞先生以诋奸相而徙边，即以徙边而著作，因以著作而殒命。其志较然不欺者，不得以其诗文非温厚和平本旨而没之也。盛名既传，后人读其诗文犹可以为警戒、鼓舞之资，多少关系在内，断无不传之理矣。篇中步步写来，大有生色，而笔致亦浓至周匝，卓然名篇。（［清］林云铭《古文析义》卷十六）

先生生平大节，不必待文集始传。特后之人诵其诗歌文章，益足以发其忠孝之志，不必其有当于"中声"也。此序深得此旨，文亦浩落苍凉，读之凛凛有生气。（［清］吴楚材、吴调侯《古文观止》卷十二）

叶子肃诗序 徐 渭

　　人有学为鸟言①者,其音则鸟也,而性则人也;鸟有学为人言者,其音则人也,而性则鸟也,此可以定人与鸟之衡②哉?今之为诗者,何以异于是③?不出于己之所自得,而徒④窃于人之所尝言,曰某篇是某体,某篇则否;某句似某人,某句则否。此虽极工逼肖⑤,而己不免于鸟之为人言矣。

　　若吾友子肃之诗则不然,其情坦以直⑥,故语无晦⑦;其情散以博⑧,故语无拘⑨;其情多喜而少忧,故语虽苦而能遣⑩其情;好高而耻下⑪,故语虽俭而实丰⑫。盖所谓出于己之所自得,而不窃于人之所尝言者也。就其所自得以论其所自鸣⑬,规其微疵⑭,而约于至纯⑮,此则渭之所献于子肃者也。若曰某篇不似某体,某句不似某人,是乌知⑯子肃者哉?

【作者简介】

　　徐渭(1521—1593),初字文清,改字文长,号天池山人,晚号青藤道士。山阴(今浙江绍兴)人。有盛名,天才超逸,诗文书画皆工。知兵,好奇计,客胡宗宪幕,擒徐海,诱王直,皆预其谋。诗文强调独创,个性鲜明,风格豪迈放逸。有《南词叙录》、杂剧《四声猿》及文集《徐文长集》。

【注释】

　　①鸟言:犹鸟语。说话似鸟鸣。比喻难以听懂的话。

②衡：尺度，标准。

③何以异于是：有什么和这不一样的呢？

④徒：只，仅仅。

⑤极工：极为精巧。逼肖：极为相似；几乎像真的一样。

⑥坦以直：坦诚而直率。以，连词，相当于"而"。

⑦晦：含蓄，隐晦。

⑧散（sǎn）以博：洒脱不羁，通达开阔。散，不受约束，洒脱。博，宽广，通达。

⑨拘：限制，拘束。

⑩遣：释放，抒发。

⑪好高而耻下：追求高尚，以低俗为耻。

⑫俭：简略。丰：丰厚，丰富。

⑬自鸣：自我表白。

⑭规：劝告，谏净。微疵：细小的缺点。

⑮约：这里指让文字更精练。至纯：极其纯净。纯，纯粹，纯净。

⑯乌知：哪里知道。

【解读】

本文是作者给朋友叶子肃的诗集所写的序。作者对当时文坛复古风气很不满，于是，借为好友诗集写序的机会，阐明自己的文学主张。这是针对明中期前后七子的"文必秦汉，诗必盛唐"的拟古之风有感而发，提倡写诗一定要用自己的语言来写，这也是后来公安派文学主张的出发点。

文章一开头，作者拿"鸟言"与"人言"作比较，认为人学鸟言，他的音听起来是鸟的音，但肯定脱离不了人的性质；相反，鸟学人的话，如鹦鹉学舌，虽然是人的语言，但也脱离不了鸟的性质。所以，无论你学得如何标准、学得如何逼真，因为不是自己的东西，总会达不到最美最善的目标。这段话充满意趣，也颇富哲理。接着，作者笔锋一转，认为如果写诗也只是模仿他人的风格，巧用他人的成句，即使模仿得再像，也终究不是自己的诗。这跟人模拟鸟或鸟模拟人的发音一样，都是不对的。这是针对当时诗坛盛行的模拟古人的创作风气而进行的大胆抨击和辛辣讽刺。

接着在第二段，作者就点出朋友叶子肃的诗与当时诗坛的风尚不一样。他的诗情感是坦率的、洒脱的，充满着喜气，所以诗歌表现出来的内容也是明白晓畅，语言无拘无束，虽然有时充斥着苦的字眼，但是能够恰如其分地抒发自己真实的感情。他追求的目标是高尚的东西，而非低俗，所以他的语言虽然很简约，但内蕴却十分丰富。他之所以能够达到这样的高度，那是因为他用自己的语言来写自己的感情，不蹈袭古人，不窃取他人的成句，这种标新立异与当时的风气截然不同。所以作者认为如果要拿时下的标准来衡量朋友的诗歌，那就真不懂他的诗。当然，朋友的诗歌也并非全无缺点，微有小疵，作者建议他要写得更纯粹些。

文章短小精悍，比拟巧妙，以"鸟言""人言"相比较来阐明自己的文学主张，生动活泼，妙趣横生。

郦绩溪和①诗序 徐　渭

今之和人之诗者，非欲以凌②而压之，则且求跂③而及之。未必凌且压、跂且及也，而胜心一起，所得者少，而所失者多矣。古之和诗，其多莫如苏文忠公在惠州时和渊明之作④，今味其词，皆泛泛兮⑤若鸥，悠悠兮若萍之适相遭⑥，盖不求以胜人，而求以自适其趣⑦。而不知者误较其工拙⑧，是犹两人本揖让⑨，未有争也，而眩者⑩曰："彼拳胜，此肘负。"不亦可笑矣乎？郦君之簿绩也，取苏文定公⑪

之诗而和之，多至百四十余首，其数几及文忠公之于渊明；其嬉游傲睨⑫，而不屑屑⑬于工拙，亦犹文忠公之于渊明也。盖君之所负⑭者大，不得其大而试于小，此所以不免于呜呜而负⑮，屑屑于工拙，则适以成其小矣，而岂君之意哉？校⑯君诗者，不识解此意否？有不解，君当自解之也。

【注释】

①和(hè)：依照别人诗词的题材和体裁作诗词。

②凌：高出，超过。

③跂(qǐ)：踮起(脚尖)。

④苏文忠公：即苏轼(1037—1101)，字子瞻，号东坡居士。眉州眉山(今属四川)人。北宋著名文学家。宋哲宗绍圣(1094—1098)初，贬宁远军节度副使，安置惠州(今属广东)。南宋时追谥文忠。渊明：即陶渊明(365或372或376—427)，名潜，字元亮，自号五柳先生，私谥靖节，世称靖节先生。浔阳柴桑(今属江西九江)人。东晋末至南朝宋初期伟大的诗人。他是中国第一位田园诗人，被称为"古今隐逸诗人之宗"。

⑤泛泛兮：飘然貌。

⑥悠悠兮：闲适貌。萍：浮萍。适相遭：恰好相逢。

⑦自适其趣：顺应自己的意趣。

⑧较其工拙：比较他们的优劣。

⑨揖让：作揖和谦让。揖，旧时拱手行礼。

⑩眩者：眼花的人。

⑪苏文定公：即苏辙(1039—1112)，字子由，一字同叔，晚号颍滨遗老。眉州眉山人。苏轼之弟。北宋文学家，"唐宋八大家"之一。宋孝宗时追谥文定。

⑫嬉游：嬉戏游乐。傲睨：傲慢斜视；骄傲。

⑬屑屑:介意貌。

⑭负:本义为以背载物,引申为担负、承担。

⑮所以:……的缘故。呜呜:歌咏,吟咏。而:他的。负:抱负。

⑯校:考订,考证。

【解读】

本文是徐渭为郦绩溪唱和苏辙的诗集所写的序文。根据文中"郦君之簿绩也"句,可知郦君创作这部诗集时是在徽州府绩溪县任主簿,此人名字不详,生平亦不详。绩溪县,唐大历元年(766)改北野县置,属歙州,元属徽州路,明属徽州府。

本序言很短。其用意是针对当时文坛务求胜人的风气,阐明自己在诗歌创作上不刻意争胜而求"自适其趣"的主张。

作者说,现在的人唱和他人的诗歌时,非要达到压倒他人或水平与他人比肩这样的目的,这是不对的。我们都知道,一般和诗要比原诗写得好,是非常难,那得要具有绝佳的立意和文笔,否则永远是和诗要棋差一着。但当时很多人不明白这个道理,务要争强好胜,所以作者说,这样一来,你的收获就少,反而达到很差的效果,即"所失者多"。作者举了一个例子,苏轼晚年被贬官到惠州,将晋陶渊明的诗几乎都和了一遍,他说:"吾前后和其诗凡一百有九篇,至其得意,自谓不甚愧渊明。"作者说现在体味苏轼的和诗,字里行间,飘然如海鸥,闲适如浮萍之相遇,创作的本意都是不求胜过他人,而是求得"自适其趣",所以和诗也写得很好。但后来的人却务必要分别他们的好坏优劣,就像眼花的人评论两个相互揖让的人那样,"这一拳胜了,那一肘负了",都是说的外行话,这是很可笑的事。然后自然转到绩溪县郦主簿和苏辙的诗上来。郦主簿的和诗多至一百四十余首,实际上比苏轼和陶渊明的诗还要多,本来只是凭兴趣作诗,无意于计较优劣,这是因为郦君的抱负很大,却只屈就一个县的负责文书的主簿,所以远大抱负不能施展,就将兴趣转移到写诗这件小事情上来,在和苏辙的诗中抒发他的真实性灵、远大抱负,并不在意和诗与原诗之间的优劣胜负。作者说,正因为郦君不屑屑于工拙,所以能"自适其趣"。如果有人硬要比较苏辙的诗和郦君的和诗之间的好坏优劣,那是真的不理解郦君的用意。所以文末作者提醒说,要是他人不理解和诗的用意,郦君就应当明白地将这个道理告诉他人。

序写得很委婉,并不开门见山地评价郦君的和诗究竟写得如何,而是强调写诗是与性灵相关的事,是"自适其趣"的事,只要将胸中想要表达的真性情表达出来了,那就是达到了作诗的目的和要求,所以艺术上的优劣是不必去过分斤斤计较的。

镇海楼记(代)　　　　徐　渭

镇海楼,相传为吴越王钱氏①所建,用以朝望汴京②,表臣服之意。其基址楼台,门户栏楯③,极高广壮丽,具④载别志中。楼在钱氏时名"朝天门",元至正中更名"拱北楼",皇明洪武八年更名"来远",时有术者⑤,病⑥其名之书画不祥,后果验,乃更今名。火于成化十年⑦,再建。嘉靖三十五年⑧九月又火。予奉命总督直浙闽⑨军务,开府⑩于杭,而方移师治寇⑪,驻嘉兴⑫。比归⑬,始与某官某等谋复之。人有以不急病者,予曰:"镇海楼建当府城之中,跨通衢⑭,截吴山麓,其四面有名山大海江湖潮汐⑮之胜,一望苍茫可数百里,民庐舍百万户,其间村市官私之景不可亿计,而可以指顾得者,惟此楼为杰特⑯之观。至于岛屿浩渺,亦宛在吾掌股间,高矗长骞⑰,有俯压百蛮⑱气;而东夷之以贡献过此者⑲,亦往往瞻拜低回而始去⑳。故四方来者,无不趋仰以为观游的㉑。如此者累数百年，而一旦废之，使民怅然若失所归，非所以昭太平，悦远迩㉒。非特如此已也，其所贮钟鼓刻漏㉓之具，四时气候之榜，令民知昏晓，时作息㉔，寒暑启闭，桑麻种植渔佃，诸如此类，是居者之指南也。而一旦废之，使民懵然迷所往，非所以示节序，全利用㉕。且人传钱氏以臣服宋而建此，事昭著已久，至方国珍㉖时，求缓死于我高皇㉗，犹知借缪事㉘以请。诚使今海上群丑㉙而亦得知钱氏事，其祈款㉚如珍之初词，则有补于臣道不细，顾可使其迹湮没而不章耶㉛？予职清海徼㉜，视今日务莫有急于此者，公等第营之，毋浚征于民㉝而务先以己。"

于是予与某官某某等捐于公者计银凡若干，募于民者若干，遂集工材，始事于某年月日。计所构，甃石㉞为门，上架楼，楼基叠石，高若干丈尺，东西若干步，南北半之，左右级曲而达于楼；楼之高又若干丈，凡七楹，础㉟百，巨钟一，鼓大小九，时序榜各有差，贮其中，悉如成化时制，盖历几年月而成。始楼未成时，剧寇满海上，予移师往讨，日不暇，至于今五年；寇剧者禽㊱，来者遁㊲，居者慑㊳，不敢来，海始晏然㊴，而楼适成，故从其旧名曰"镇海"。

【注释】

①吴越王钱氏：即钱镠（852—932），五代十国时吴越国创建者。

②汴京：五代时期后梁、后晋、后汉、后周以及北宋的都城。在今河南省开封市。

③栏楯：栏杆。纵为栏，横为楯。

④具：全，都。

145

⑤术者:儒生中讲阴阳灾异的一派人,或指以占卜、星相等为职业的人。

⑥病:担心,忧虑。

⑦成化十年:公元1474年。成化,明宪宗朱见深的年号(1465—1487)。

⑧嘉靖三十五年:公元1556年。嘉靖,明世宗朱厚熜的年号(1522—1566)。

⑨直浙闽:直,明朝有两直隶,即北直隶和南直隶。这里的"直"当指南直隶,简称南直,包含今江苏省、安徽省以及上海市等区域。浙闽,包含今浙江省和福建省两地。

⑩开府:古代指高级官员(如三公、大将军、将军等)成立府署,选置僚属。

⑪移师治寇:移动军队,抗击倭寇。

⑫嘉兴:嘉兴府,明朝时隶浙江布政使司,位于今浙江省东北部。

⑬比归:等到返回(杭州)。比,介词,待到,等到。

⑭通衢:四通八达的道路。

⑮潮汐:在月球和太阳引力的作用下水位定期涨落的现象。在白昼的称潮,夜间的称汐,总称"潮汐"。

⑯杰特:卓异,特出。

⑰高矗(zhù)长骞:楼阁飞举挺立于空中。矗,向上飞。骞,通"褰",飞起。

⑱百蛮:古代南方少数民族的总称。

⑲东夷:夷,我国古代中原地区华夏族对东部各族的总称,亦泛称中原以外的各族。《礼记·王制》:"东方曰夷。"这里有指称外国人之意。贡献:进奉,进贡。

⑳瞻拜:参拜;瞻仰礼拜。低回:徘徊,流连。

㉑趋仰以为观游的:奔赴而来瞻仰,把它当作参观旅游的目的地。

㉒远迩：远近。

㉓刻漏：古计时器。以铜为壶，底穿孔，壶中立一有刻度的箭形浮标，壶中水滴漏渐少，箭上度数即渐次显露，视之可知时刻。

㉔时作息：按时作息。时，按时，合于时宜。作息，劳作和休息。

㉕全：完全。利用：谓物尽其用，使事物或人发挥效能。

㉖方国珍（1319—1374），台州黄岩（今浙江省台州市黄岩区）人，元末明初浙东农民起义军领袖。

㉗高皇：指明朝开国皇帝朱元璋，庙号太祖，谥号高皇帝，故称。

㉘借镠事：借鉴五代十国时期吴越王钱镠的先例。钱镠因吴越国地域狭小，三面强敌环绕，只得始终依靠中原王朝，尊其为正朔，不断遣使进贡以求庇护。

㉙群丑：邪恶之众。

㉚祈款：祈求归顺。款，归顺，求和。

㉛湮没：埋没。章：显著，明显。

㉜海徼（jiào）：谓近海地区。徼，边界，边境。

㉝浚征于民：向人民过度攫取。浚，榨取。

㉞甃（zhòu）石：砌石，垒砌石壁。

㉟础：柱下石礩。

㊱剧者：特别凶狠的。禽：捕捉，擒获。

㊲来者逋：前来侵犯的（海盗）逃跑。

㊳居者慑：停留在原地的（海盗）被震慑住。

㊴晏然：安宁，安定。

【解读】

镇海楼，《西湖志纂》曰："在吴山下。"《吴山志》曰："宋元时贮钟鼓以司刻漏，至今人称鼓楼。"由此可知，镇海楼就是现在杭州市内吴山东面的鼓楼。此文大约写于明嘉靖三十九年（1560），是作者替浙直总督胡宗宪代笔之作。

文章以胡宗宪的口吻,先从镇海楼的肇建、重建及名称的变易写起,引出"谋复"此楼的事宜。而后用回答"以不急病者"的形式详细地阐明重建该楼的意义和作用。最后说楼建成时,自己移师治寇的任务取得了"寇剧者禽,来者遁,居者慑,不敢来,海始晏然"的成果,这就解释了恢复其旧名"镇海楼"的原因。文章思无杂径,文无赘笔,写得十分紧凑严密。作者从此楼有利于治国、有利于安民、有利于平服"海上群丑"三方面说明复建此楼的重大意义。立意颇高,理由充足,再加上正反两说,语气强烈,具有很强的说服力。

报刘一丈书　　　宗　臣

　　数千里外,得长者①时赐一书,以慰长想②,即亦甚幸矣;何至更辱馈遗③,则不才④益将何以报焉?书中情意甚殷,即长者之不忘老父,知老父之念长者深也。至以"上下相孚⑤,才德称位⑥"语不才,则不才有深感焉。夫才德不称,固自知之矣,至于不孚之病,则尤不才为甚。

　　且今之所谓孚者,何哉?日夕策马,候权者之门,门者故不入,则甘言媚词作妇人状⑦,袖金以私之⑧。即门者持刺⑨入,而主人又不即出见,立厩中仆马之间⑩,恶气袭衣袖,即饥寒毒热不可忍,不去也。抵暮,则前所受赠金者出,报客曰:"相公倦,谢客矣! 客请明日来!"即明日又不敢不来。夜披衣坐,闻鸡鸣即起盥栉⑪,走马⑫推门。门者怒曰:"为谁?"则曰:"昨日之客来。"则又怒曰:"何客之勤也! 岂有相公此时出见客乎?"客心耻之,强忍而与言曰:"亡奈何⑬矣,姑容我入。"门者又得所赠金,则起而入之。

148

又立向⑭所立厩中。幸主者出⑮,南面⑯召见,则惊走匍匐⑰阶下。主者曰:"进!"则再拜⑱,故迟不起,起则上所上寿金⑲。主者故不受,则固请⑳。主者故固不受,则又固请,然后命吏纳㉑之,则又再拜,又故迟不起,起则五六揖㉒始出。出揖门者曰:"官人幸顾我㉓,他日来,幸无阻我也!"门者答揖。大喜,奔出。马上遇所交识㉔,即扬鞭语曰:"适自相公㉕家来,相公厚我!厚我!"且虚言状㉖。即所交识亦心畏相公厚之矣。相公又稍稍语人曰:"某也贤!某也贤!"闻者亦心计交赞之㉗。

此世所谓上下相孚也。长者谓仆㉘能之乎?前所谓权门者,自岁时伏腊一刺之外㉙,即经年㉚不往也。间道经其门,则亦掩耳闭目,跃马疾走过之,若有所追逐者。斯则仆之褊衷㉛。以此长不见悦于长吏㉜,仆则愈益不顾也。每大言曰:"人生有命,吾惟守分㉝而已。"长者闻之,得无厌其为迂乎㉞?

乡园多故㉟,不能不动客子之愁。至于长者之抱才而困,则又令我怆然㊱有感。天之与先生者甚厚,亡论㊲长者不欲轻弃之,即天意亦不欲长者之轻弃之也,幸宁心哉㊳!

【作者简介】

宗臣(1525—1560),字子相,号方城山人。兴化(今属江苏)人。嘉靖二十九年(1550)进士。由刑部主事调吏部考功,升稽勋员外郎。得罪严嵩,外任福建参议,复升提学副使。工文章,为"后七子"之一。有《宗子相集》。

【注释】

①长者:年纪大或辈分高的人,或指德高望重之人。

②长想:长远的想念,遐想。

③辱:谦辞。犹承蒙。馈遗:馈赠,赠送(礼物)。

④不才:没有才能,不成材。这里是对自己的谦称。

⑤孚:信服,信任,指相互之间关系融洽。

⑥才德称位:才能、德行与自己的职位相称(匹配)。

⑦甘言:好听的话,甜言蜜语。媚词:取悦人的话,阿谀奉承的话。

⑧袖金以私之:将金钱藏在袖中偷偷送给他(指看门人)。

⑨刺:名帖,名片。

⑩厩:马房。仆马:仆人和马群。

⑪盥栉(guàn zhì):梳洗。盥,洗手,以手承水冲洗。栉,本指梳子、篦子等梳发用具。这里用作动词,梳理头发。

⑫走马:骑马疾走,疾驰。

⑬亡(wú)奈何:无奈何,没有办法。

⑭向:从前,原来。

⑮幸:幸亏。主者:主人。

⑯南面:古代以坐北朝南为尊位,故帝王、诸侯见群臣或卿大夫见僚属,皆面向南而坐。

⑰匍匐:爬行。这里指仆倒伏地,趴伏。

⑱再拜:拜了又拜,表示恭敬。古代的一种礼节。《论语·乡党》:"问人于他邦,再拜而送之。"

⑲上寿金:祝贺寿辰的礼金。这里泛指进献的礼金。

⑳固请:坚持请求。

㉑纳:接纳,收下。

㉒揖:拱手行礼。

㉓官人:官府的差役。这里是对守门人的敬称。幸顾我:关照我。

150

㉔交识：相交，结识。

㉕相公：旧时对宰相的敬称。

㉖虚言状：虚假地描述（当日）情状。

㉗心计交赞之：心里盘算着交口称赞他。

㉘仆：谦辞。称自己。

㉙岁时：一年四季。伏腊：伏、腊，古代两种祭祀的名称。"伏"在夏季伏日，"腊"在农历十二月。指伏祭和腊祭之日。后泛指节日。一刺：持名片拜谒一次。

㉚经年：整年。

㉛褊（biǎn）衷：褊狭的内心。

㉜不见悦于长吏：不被上司喜欢。

㉝守分：遵守本分。

㉞得无：该不会。迂：迂腐。

㉟多故：多变故。

㊱怆然：悲伤的样子。

㊲亡论：姑且不说。

㊳幸宁心哉：希望您能内心安宁。

【解读】

　　本文是作者写给其父亲好友刘一丈的一封回信。书信在古代也是一种文体，明徐师曾在《文体明辨序说》中将它归于"书记"类。徐师曾解释说："按刘勰云：'书记之用广矣。'考其杂名，古今多品，是故有书，有奏记，有启，有简，有状，有疏，有笺，有札，而书记则其总称也。""书记"类中属于现代所谓"书信"文体的，有书简、书笺、书启、书札等。徐师曾又说："夫书者，舒也，舒布其言而陈之简牍也。……盖尝总而论之，书记之体，本在尽言，故宜条畅以宣意，优柔以怿情，乃心声之献酬也。若夫尊卑有序，亲疏得宜，是又存乎节文之间，作者详之。"根据徐师曾的解释，书信是一种表达自己的心声、书写在简牍或纸张等工

151

具上的文字,语言要求流畅,文字要求朴实,不必过事修饰。当然,鉴于双方地位尊卑和关系亲疏的差别,书信语气要得体,要恰如其分。

刘一丈,名玠,字国珍,号墀石,是作者父亲宗周的朋友,于作者为长辈,"丈"是对长辈的尊称,因排行第一,故称"一丈"。本文是写给长辈的,所以首尾两段不免有寒暄客套之语,这也是一般书信的常用语。

本文分四段。第一段,主要是寒暄语,写收到长者刘一丈的书信及馈赠的财物,表感谢之意。另就刘一丈书信中对自己的劝勉之语"上下相孚,才德称位"明表谦抑,实大有反感之意。

第二段是重点,具体对当今所谓"上下相孚"的情状进行描写,生动地刻画了一位"今之所谓孚者"奔走于权门的丑恶行径,简直是一出在上者倚势作福、招权纳贿,奴才狐假虎威、敲诈勒索,在下者寡廉鲜耻、投机奔竞的世相活剧,作者对此予以深刻的揭露,并作辛辣的讽刺和抨击。

第三段,此世所谓"上下相孚"者为作者所不齿,作者公开表达了自己不能与其同流合污的鲜明态度。他还指出自己因为不能奔走于权贵之门而导致自己不为长官所喜的现实,但作者有自己清高的人格,决不会为了满足权贵们的欲求而牺牲自己的本性。这种态度,在世间谓之"迂",被人所讨厌,但作者则甘之如饴。

末段,指明刘一丈也是一位"抱才而困"的品行甚高之士,却不为世所用,为之可惜,但即使如此,也不希望刘一丈在现实社会中轻言放弃。

本文采用漫画式的手法,抓住典型人物进行刻画,绘声绘色,给人留下了深刻的印象,又通过不同人物的不同心理活动和不同行动的鲜明对照,更增强了讽刺的效果。

本文思想深刻,切中时弊,语言简洁流畅,文笔犀利生动。作为书信,本文亲切自然,通俗易懂,朴素传神。

当时正是严嵩父子专权时期,一般士大夫阿谀逢迎,干谒求进,奔走于严氏之门。所以这封书信在当时具有极大的战斗意义，直接指斥了严氏父子专擅朝政、结党营私的罪行，深刻地揭露了当时官僚集团内部的污浊与丑恶。

【点评】

描写逢迎之状态如画。（[明]黄宗羲《明文授读》卷十九）

叙上下相孚处，未免涉于轻薄，然仕途中更有甚于此者，但不可对人言耳。昏暮乞哀，骄人白日，舍此，别无可进身处。余生平以耻字沦落，至今读此，尤为之面热汗下，始知那副媚骨，乃出天授，非人学而能也。（[清]林云铭《古文析义》卷十六）

是时严介溪揽权。俱是乞哀昏暮、骄人白日一辈人，摹写其丑形恶态，可为尽情。末说出自己之气骨，两两相较，薰莸不同，清浊异质。有关世教之文。（[清]吴楚材、吴调侯《古文观止》卷十二）

蔺相如①完璧归赵论　　王世贞

蔺相如之完璧，人皆称之，予未敢以为信②也。夫秦以十五城之空名，诈赵而胁③其璧。是时言取璧者，情④也，非欲以窥⑤赵也。赵得其情则弗予，不得其情则予；得其情而畏之则予，得其情而弗畏之则弗予。此两言决耳，奈之何既畏而复挑⑥其怒也？且夫秦欲璧，赵弗予璧，两无所曲直⑦也。入璧而秦弗予城，曲在秦；秦出城而璧归，曲在赵。欲使曲在秦，则莫如弃璧；畏弃璧，则莫如弗予。

夫秦王既按图以予城，又设九宾⑧，斋⑨而受璧，其势不得不予城。璧入而城弗予，相如则前请曰："臣固知大王之弗予城也。夫璧，非赵璧乎？而十五城，秦宝也。今使大王以璧故而亡其十五城,十五城之子弟皆厚怨大王以弃我如草芥⑩也。大王弗予城而绐⑪赵璧,以一璧故而失信于天下。臣请就死于国,以明大王之失信。"秦王未必不返璧也。今奈何使舍人⑫怀而逃之,而归直于秦⑬?

是时秦意未欲与赵绝⑭耳。令秦王怒而僇相如于市⑮,武安君十万众压邯郸⑯,而责璧与信,一胜而相如族⑰,再胜而璧终入秦矣!吾故曰:蔺相如之获全于璧也,天也。若其劲渑池⑱,柔廉颇⑲,则愈出而愈妙于用。所以能完赵者,天固曲全⑳之哉!

【作者简介】

王世贞(1526—1590),字元美,号凤洲,又号弇州山人。江苏太仓人。嘉靖二十六年(1547)进士,官刑部主事。后累官至南京刑部尚书。好为古诗文,始与李攀龙主文盟,主张文不读西汉以后作,诗不读中唐人集,以复古号召一世。攀龙死,独主文坛二十年。有《弇山堂别集》《嘉靖以来首辅传》《艺苑卮言》《觚不觚录》《弇州山人四部稿》等。

【注释】

①蔺相如:战国时赵国人。原为赵宦者令缪贤舍人。赵惠文王时,秦昭襄王强索和氏璧,云以十五城交换。相如以缪贤荐,奉命带璧入秦,识破秦国骗局,当廷据理力争,终于完璧归赵,以功拜上大夫。

②信:的确,确实。

③胁:逼迫,威吓。

④情:实情。

⑤窥:伺机图谋。

⑥挑(tiǎo):挑动,激起。

⑦曲直:犹言是非,对与错。

⑧九宾：由九名傧者依次传呼接引来人的仪式，是古代外交上最隆重的礼节。宾，通"傧"。《史记·廉颇蔺相如列传》："今大王亦宜斋戒五日，设九宾于廷，臣乃敢上璧。"

⑨斋：古人在祭祀或举行其他典礼前洁身清心，以示庄敬虔诚。

⑩草芥：草和芥。常用以比喻轻贱。

⑪绐：欺诈，欺骗。

⑫舍人：战国至汉初王公贵族的侍从宾客、左右亲信。

⑬归直于秦：使秦国处于理直的一方。

⑭绝：决裂，断绝（关系）。

⑮令：假如。僇：通"戮"，杀。

⑯武安君：秦国大将白起的封号。邯郸：赵国都城，今河北省邯郸市。

⑰族：灭族。古代一人犯罪而刑及亲族的刑罚。

⑱劲渑池：公元前279年，秦王会赵王于渑池。宴会上秦王请赵王鼓瑟以辱赵王。蔺相如随行，便以刺杀秦王相威胁，请秦王为赵王击缶。劲，这里指采取强硬姿态。

⑲柔廉颇：柔，怀柔，安抚。廉颇，赵国名将。蔺相如因"完璧归赵"和"渑池会"功高，拜为上卿，位在廉颇之上。廉颇不服，打算羞辱他。蔺相如以国家利益为重，多次避让廉颇。廉颇被感动，负荆请罪。二人遂成刎颈之交。

⑳曲全：委曲成全。语出《老子》："曲则全，枉则直。"这里指袒护。

【解读】

本文是翻案文章，即作者用新的观点，通过分析和推断，推翻以往的定论。在文体中，这属于驳论，古代称作驳议，有时专指臣属向皇帝上书驳正他人错误观点的文章。蔡邕《独断》："凡群臣上书于天子者，有四名：一曰章，二曰奏，三曰表，四曰驳议。……其有疑事，公卿百官会议，若台阁有所正处而独执异议者，曰驳议。驳议曰：某官某甲议以为如是,下言臣愚戆议异。"

驳论是通过驳斥对方论点,证明它是错误的、荒谬的,从而证明自己观点正确性的一种论证方法。驳论可分为驳论点、驳论据和驳论证三种。

本文所用的方式是直接反驳,即运用现有的论据进行推理,直接证明以往论点错误的方法。

蔺相如是战国时赵国人。赵惠文王得到稀有的美玉和氏璧,秦昭襄王佯言用十五座城交换。赵王便派蔺相如奉璧前往秦国。蔺相如见秦王毫无诚意,便私下让随从把璧送回赵国,自己与秦王展开针锋相对的斗争,最后胜利归来。蔺相如完璧归赵的事迹历来被人称道,人们认为他机智勇敢,有理有节,粉碎了强秦的阴谋,维护了赵国的利益。然而作者在本文中提出了新的看法,认为当时有许多失策的做法,完璧归赵仅仅是一时的侥幸。

本文分三段。第一段,提出论点,否定世人对蔺相如完璧归赵的赞誉,认为蔺的做法是不妥当的,之所以能成功,乃是天助之。言下之意,是认为世人夸大了蔺相如的能力和智慧。而且进一步指出,献不献璧,是两句话就能解决的事,根本不必弄得那么复杂。为什么呢?作者分析,赵国得到国宝和氏璧,起初秦昭襄王想得到它,空言用十五城换取,这有欺诈和胁迫的意思,这是实情,但未必有窥伺赵国之意。他认为有四种情况,可以决定是不是要献璧给秦王。赵国假如了解秦王"非欲以窥赵"之实情,是可以不答应给他的;假如不了解实情,被他恐吓住,也是可以答应给他。退而求其次,假如了解实情,却因为害怕秦国,可以答应给他;假如了解实情,并不惧怕秦国,还是可以不答应给他。无论给或不给,都没有对与错、曲与直的地方。另外再假设一种情况,假如赵国把和氏璧送给了秦国,而秦国不将起初答应的十五城给赵国,那是错在秦国;假如秦国给了赵国十五城,和氏璧却又被送回了赵国,那就错在赵国。作者进一步指出,如果要将责任推给秦国,那不如放弃和氏璧;假如割舍不了和氏璧,那就不如干脆不送过去。

以上是作者从该不该献璧以及曲直是非方面分析蔺相如行为的合理性和重要性,是为了阐明蔺相如的"完璧"举动是否真有那么大的意义而值得世人如此称道。

第二段,根据故事情节的发展,作者分析,秦王按照地图指定了划归赵国的城池,又按照蔺相如的要求,沐浴斋戒,"设九宾",用隆重的仪式来接受献璧,照理说和氏璧就当送给秦国。假如和氏璧给了秦国,而秦国却只是空言给城,那蔺相如可以据理力争,斥责秦王失信,同时自己也可以死相搏,以谢赵国。这样一来,秦王未必不将和氏璧还给赵国。但在隆重仪式尚未举行之前,蔺相如却令随从将和氏璧送回赵国去了。因此,赵国就变成了理亏的一方,秦国反而在道义上占据了主动的位置。所以作者以反问作结:"今奈何使舍人怀而逃之,而归直于秦?"说明蔺相如行为的不正当性,这并非有大智慧的表现。

第三段,分析蔺相如完璧归赵这一行为的后果以及侥幸成功的原因。也是用的推论句,作者认为秦国当时的本意并非要与赵国开战或断绝关系,原因作者并未了解,或者未能直接指出,作者认为此时的秦国并未有对赵国不良的企图,这虽然是推想,但也是实情,所以后面献璧不成,而秦国并未加害蔺相如,也并未对赵国有责难侵犯之举,都是基于这一事实。估计蔺相如也是洞察当时局势,所以才敢贸然作为。作者最终得出结论,认为蔺相如完璧归赵完全是天意,是侥幸成功,与蔺相如的勇敢和智慧没有多大关系。甚至之后的蔺相如"劲渑池""柔廉颇"等种种,也都是天意要曲全赵国,并非蔺相如有多大功劳。这一论断是错误的。

文章角度新颖,但结论建立在作者的推论,即第一段"非欲以窥赵"之情及第三段"是时秦意未欲与赵绝"这一基本形势的估计上,而贸然对蔺相如完璧归赵的能力予以否定,论据并不充分,也不是厚实有力，也就是说，它的层层驳论，所谓丝丝入扣的论述，说服力并不够，特别是将蔺相如完璧归赵而又安全归来、保全赵国不被侵犯的结果归因于天意曲全，并非蔺相如的功劳，其推断失之武断。从司马迁《史记·廉颇蔺相如列传》中所叙述的事实，以及本文最后提出的"劲渑池""柔廉颇"的行为，完全可以看出蔺相如并非一味蛮干，他是有智慧的，刚柔并济，能屈能伸，而且通晓利害关系，能够作出正确判断，决定自己的行为，其完璧归赵绝非侥幸所致，保全赵国更不是靠天意曲全，而是其智慧和勇气所达成。所以，本文虽然论点新颖，但论据和一味推论的方法是有瑕疵的。

【点评】

论断题，其篇法、段法、句法，俱难得如此斩截爽朗，别无衬垫闲话，自是大家手笔。（[清]林云铭《古文析义》卷十六）

相如完璧归赵一节，至今凛凛有生气，固无待后人之訾议也。然怀璧归赵之后，相如得以无恙、赵国得以免祸者，直一时之侥幸耳。故中间特设出一段中正之论，以为千古人臣保国保身万全之策，勿得视为迂谈而忽之也。（[清]吴楚材、吴调侯《古文观止》卷十二）

力翻成说，自出新意，真觉石破天惊。此与郭子章《管蔡论》可称双璧。凤洲先生在明季与李攀龙先后主文盟，海内士大夫均为折服。其论文必西汉，诗必盛唐。大历以后书勿读，所为文由藻饰而造平淡。观此论，洗尽铅华，清言娓娓，殆晚所造乎？先生为有明巨子，不可不一读其文也。（[清]蔡铸《蔡氏古文评注补正全集》卷十）

童 心[①] 说　　　李 贽

龙洞山农叙《西厢》末语云[②]："知者[③]勿谓我尚有童心可也。"夫童心者，真心也。若以童心为不可，是以真心为不可也。夫童心者，绝假纯真④，最初一念之本心也⑤。若失却童心，便失却真心；失却真心，便失却真人⑥。人而非真，全不复有初⑦矣。

童子者，人之初也；童心者，心之初也。夫心之初曷可失也！然童心胡然而遽失⑧也？盖方其始也，有闻见⑨从耳目而入，而以为主于其内⑩而童心失。其长也，有道理从闻见而入，而以为主于其内而童心失。其久也，道理闻见日以益多，则所知所觉日以益广，于是焉又知美名之可好也，而务欲以扬⑪之而童心失；知不美之名之可丑⑫也，而务欲以掩⑬之而童心失。夫道理闻见，皆自多读书识义理⑭而来也。古之圣人，曷尝不读书哉！然纵不读书，童心固⑮自在也，纵多读书，亦以护此童心而使之勿失焉耳，非若学者反以多读书识义理而反障⑯之也。夫学者既以多读书识义理障其童心矣，圣人又何用多著书立言以障学人为耶？童心既障，于是发而为言语，则言语不由衷⑰；见⑱而为政事，则政事无根柢⑲；著⑳而为文辞，则文辞不能达㉑。非内含于章美也，非笃实生辉光也㉒，欲求一句有德之言，卒㉓不可得。所以者何？以童心既障，而以从外入者闻见道理为之心也。

夫既以闻见道理为心矣，则所言者皆闻见道理之言，非童心自出之言也。言虽工㉔，于我何与㉕？岂非以假人言假言，而事假事文假文㉖乎？盖其人既假，则无所不假矣。由是而以假言与假人言，则假人喜；以假事与假人道，则假人喜；以假文与假人谈，则假人喜。无所不假，则无所不喜。满场是假，矮人何辩㉗也？然则虽有天下之至文，其湮灭于假人而不尽见于后世者，又岂少哉！何也？天下之至文，未有不出于童心焉者也。苟童心常存，则道理不行，闻见不立，无时不文，无人不文，无一样创制体格㉘文字而非文者。诗何必古选，文何必先秦㉙。降㉚而为六朝，变而为近体㉛；又变而为传奇㉜，变而为院本㉝，为杂剧㉞，为《西厢》曲，为《水浒传》，为今之举子业㉟，皆古今至文，不可得而时势先后论也㊱。故吾因是而有感于童心者之自文也，更说甚么六经㊲，更说甚么《语》《孟》㊳乎？

夫六经、《语》、《孟》，非其史官过为褒崇之词㊴，则其臣子极为赞美之语。又不然，则其迂阔门徒㊵，懵懂㊶弟子，记忆师说㊷，有头无尾，得后遗前，随其所见，笔之于书。后学不察㊸，便谓出自圣人之口也，决定目之为经㊹矣，孰知其大半非圣人之言乎？纵出自圣人，要亦有为而发，不过因病发药，随时处方，以救此一等懵懂弟子、迂阔门徒云耳。药医假病，方难定执㊺，是岂可遽以为万世之至论乎？然则六经、《语》、《孟》，乃道学㊻之口实，假人之渊薮㊼也，断断乎其不可以语于童心之言明矣。呜呼！吾又安得真正大圣人童心未曾失者而与之一言文哉㊽！

【作者简介】

李贽（1527—1602），号卓吾，又号宏甫，别号温陵居士、百泉居士等。泉州晋江（今福建泉州）人。嘉靖三十一年（1552）举人，不应会试。历共城教谕、国子监博士，万历中为姚安知府。旋弃官，寄寓黄安（今湖北红安）、麻城。在麻城讲学时，从者数千人。反对以孔子之是非为是非,讥刺当时之讲周、程、张、朱者,谓皆口谈道德,心存高官,志在巨富。晚年往来于南北两京、济宁等地。为礼科给事中张问达所弹劾,以"离经叛道""勾引士人妇女"等罪状下狱,自刎死。有《焚书》《续焚书》《藏书》《史纲评要》等。

【注释】

①童心:儿童般的心性。这里指本性,真心。

②叙:序文,序言。这里指作序。《西厢》:有南《西厢》、北《西厢》之说。这里指北《西厢》,即元代王实甫所写的杂剧《西厢记》。南《西厢》指明李景云、李日华等所写以南曲演唱《西厢记》故事的南戏或传奇剧本。

③知者:有见识的人。

④绝假纯真:杜绝虚假,纯粹真诚。绝,杜绝,摒弃。

⑤一念:一个想法。本心:原本的真心。

⑥真人:本真的人。指未失去童心、能保持本真之心的人。

⑦初:原始,本原。

⑧胡然而遽失:为什么会突然就失去?遽,仓促,突然。

⑨闻见:听到的和看到的。

⑩主于其内:进入人心,成了内心的主宰。

⑪扬:宣扬,传布。

⑫丑:厌恶,憎恨。

⑬掩:掩饰,掩盖。

⑭义理:合于一定伦理道德的行事准则,旧时指讲求儒家经义的学问。宋以来又称理学为义理之学。

⑮固:本来。

⑯障:阻塞,蒙蔽。

⑰衷:内心。

⑱见:通"现",表现。

⑲根柢：草木的根。柢，即根。比喻事物的根基，基础。

⑳著：写作，撰述。

㉑达：明白流畅。

㉒非内含于章美也，非笃实生辉光也：如果不是内心具有美好的品德，不是内心诚实而发出光辉。

㉓卒：最终。

㉔工：精巧。

㉕于我何与：对我而言有什么益处？与，帮助。

㉖事假事文假文：指做假事、写假文章。

㉗矮人何辩：这里以演戏为喻，矮人根本看不到，就无法分辨了。《朱子语类》卷二十七："正如矮人看戏一般，见前面人笑，他也笑。"比喻自己无主见而随声附和。辩，通"辨"，分辨。

㉘体格：指文章体裁。

㉙诗何必古选，文何必先秦：明代前后七子都主张"文必秦汉，诗必盛唐"，结果导致当时的文学脱离现实，内容僵化。这句话是针对这种风气而言的。

㉚降：下传。《说文》："下也。"段注："此下为自上而下。……以地言曰降。"从时间上讲，表示延及、直到的意思。

㉛变而为近体：指诗歌由古体诗变为近体诗。近体，指近体诗，即格律诗，包括律诗和绝句。

㉜传奇：小说体裁之一。一般指唐宋人用文言写作的短篇小说。

㉝院本：金元时行院（民间杂剧艺人的行会组织）演剧用的戏曲脚本。体制与宋杂剧相同，是北方的宋杂剧向元杂剧过渡的形式。演出时仅用五人，又称"五花爨弄"。

㉞杂剧：戏曲名词。中国戏曲史上有多种以"杂剧"为名的表演形式。晚唐已见"杂剧"之名，其特点不详。其后有宋杂剧、元杂剧、温州杂剧、南杂剧等。通常指元杂剧，每本以四折为主，有时另加楔子，每

折用同宫调同韵的北曲套数和宾白组成。

㉟举子业:为应科举考试而准备的学业。明清时专指八股文。

㊱不可得而时势先后论也:不能以时代的先后评价(文章的好坏)。

㊲六经:指儒家的经典《诗》《书》《礼》《乐》《易》《春秋》。

㊳《语》《孟》:指《论语》《孟子》,"四书"中的二种。

㊴过:过分。褒崇:褒扬推崇。

㊵迂阔:迂腐,不切实际。门徒:弟子,徒弟。

㊶懵懂:糊涂,迷糊。

㊷师说:老师所说的话。

㊸察:知晓。

㊹目之为经:将它看作经典。

㊺方难定执:很难有一个固定不变、能应付百病的药方。

㊻道学:这里指宋元明时期儒学的主要流派,以阐述儒家义理为主,亦即理学的同义词。据《宋史·道学传》,其代表人物有周敦颐、程颢、程颐、张载、朱熹等二十余人。

㊼渊薮(sǒu):原指鱼和兽类聚居的地方。这里比喻假人聚集的地方。

㊽吾又安得真正大圣人童心未曾失者而与之一言文哉:我又从哪里能够找到一个童心未曾失掉的真正的大圣人,可以与他探讨文章的道理呢?

【解读】

龙洞山农,即焦竑。万历十年(1582),由南京继志斋刻行的《重校北西厢记》卷首有署名龙洞山农的《刻重校北西厢记序》,"知者勿谓我尚有童心可也"即出于此序文。明代陈所闻选编的元明散曲集《北宫词纪》,有龙洞山农所撰的序文《题北宫词纪》,文末署"时万历甲辰(注:即万历三十二年,1604年)夏龙洞山农题"。序末钤有两个刻印的墨色四方篆体印章，首为"太史氏"，次为"弱侯"，由此可证，龙洞山农即焦竑。可参看蒋星煜《明刊本〈西厢记〉研究》（中国戏剧出版社1982年版）中的《论徐士范本〈西厢记〉》一文以及卜键《焦竑的隐居、交游与其别号"龙洞山农"》（载于《文学遗产》1986年第1期）。

焦竑（1540—1620），字弱侯，号漪园，又号澹园。明应天府江宁（今江苏南京）人。明神宗万历十七年（1589）殿试第一，官翰林院修撰，后曾任南京司业，因议论时政被弹劾，谪福宁州（治所在今福建霞浦）同知。明代理学家，著名学者，著作甚丰，有《澹园集》《焦氏笔乘》《焦氏类林》《国朝献征录》《国史经籍志》《老子翼》《庄子翼》等。《明史》《明史稿》《明儒学案》《罪惟录》《列朝诗集小传》《江南通志》等有传。

本文开头说："龙洞山农叙《西厢》末语云：'知者勿谓我尚有童心可也。'"可见本文的写作与披阅批点《西厢记》有关。本文约写于明神宗万历二十年（1592）。

本文的主旨是对人们丧失本真自我、以后天习染等蒙蔽纯净本心的现象进行猛烈抨击，主张人应该保持童心，保持本真自我。

本文分四段。第一段，用龙洞山农叙《西厢》的话引出童心即真心的话题。龙洞山农认为不要有童心，而作者则认为童心是绝假纯真的，是人最初的一念本心，它是真心。失去了真心，就不再是真人，言下之意，那就是假人。

第二段，分析人的童心，也就是人的真心是怎样失去的。作者认为是由日积月累、耳闻目睹的假的知识所主宰，这里主要攻击的是宋代二程、朱熹等所主张的义理之学，也即是道学（理学）。这主要是针对当时以程朱理学为官方哲学、将八股文作为开科取士的标准，造成了全国上下思想僵化、言不由衷的风气所发出的愤慨之言。

元、明、清三代，朱熹的理学一直是极权统治阶级的官方哲学。元皇庆二年（1313）恢复科举，诏定以朱熹《四书章句集注》为标准取士，朱学定为科场程式。明洪武二年(1369)，科举以朱熹传注为宗。朱学遂成为巩固极权社会统治秩序的精神支柱。

明、清科举考试的文体形式是八股文。八股文也称制义、制艺、时文、八比文。而所谓的"股"，有对偶的意思。八股文有一套相对固定的写作格式，其题目取自四书五经，以四书命题者占多数。文章由破题、承题、起讲、入题、起股、中股、后股、束股等固定部分组成。八股文不仅体制僵死，而且要"代圣贤立言"，即揣摩圣人孔、孟和贤人程、朱的语气说话，所以八股文多半含混生涩、似通非通。下文第四段作者对此有专门的批评和讨论。

朱熹的理学，有一个核心观点，是教人要"存天理，灭人欲"。它不仅禁锢自然的人性，蒙蔽人的本心和本性，发展到极致，就容易扭曲人的本性而使人变得言行虚伪。作者认为义理之学学多了，就将童心障蔽了，也就是将真心失去了，这主要针对以朱熹为代表的官方哲学所发。因为其造成的后果，便是"言语不由衷""政事无根柢""文辞不能达"，它所表现出来的不是内在的美德，也不是真正人性的光辉。

第三段，由此递进推论，既然是以"闻见道理"为心，不以人的本心(真心)为心，那么所发表出来的言语即使再漂亮，也不是真心发出的，都是假的，于"我"没有什么助益。没有了真，所以人是假人，言是假言，事是假事，文也是假文，所有的一切都是假的。作者认为，天下最好的文章是出自有"童心"的文章，但在虚假充斥的时代，它却很容易被湮没。作者在抨击程朱理学之外，还在这里有针对性地对明代中期前后七子"文必秦汉，诗必盛唐"、要求创作"无一语作汉以后，亦无一字不出汉以前"(王世贞《艺苑卮言》卷七)的文学主张所造成的风气给予了抨击，作者认为当时提倡复古，模拟成风，文章所发表的不是自己的真心真言，都是模拟前人的腔调，这样的文章都是毫无价值的假文章。总结中国文学的成就，列举文体的变迁，每一个时代有每一个时代的风格和追求，如秦汉之后，六朝有格律诗(近体诗)的兴起，到了唐代又产生了传奇,到金元时又有院本,元代有杂剧,之后诞生了许多伟大的作品,如王实甫《西厢记》、施耐庵《水浒传》等,它们都是自出机杼的"创制体格文字"。作者还特别提到,即使是为了应试所作的举子业(即八股文之类),只要用自己的真心真情,也可以作出好文章,成为"古今至文"。

作者认为,写出"天下之至文",不在于学古人,而在于"童心常存",只要有这"童心",则无论是"为六朝""为近体",如此等等,都可以成为"至文"。诗固如此,文亦如之。在作者看来,"童心",也就是真心,是为文的根本。

第四段,又进一步分析儒家六经及《论语》《孟子》等内容的虚假,作者认为它们都是当时史官过分褒扬推崇的一些话,或者是当时臣子"极为赞美"的语言,被一些懵懂弟子通过回忆将"有头无尾,得后遗前"的片断记录下来,后来的学习者不能辨察,便将它们当作经典,以为出自圣人之口,殊不知这都是"一等懵懂弟子、迂阔门徒"所为,大家都被他们所骗,将这些文字奉为"万世之至论",但其实这些都是假的东西。本原一假,则后来"道学之口实"也就是假的东西,所谓道学家群也就成了"假人之渊薮"。这也是作者一向反对以孔子之是非为是非的观点的体现。文末作者感叹,在当时很难找到真正"童心未曾失"的同仁相与论文。

作者写下这篇《童心说》,就是要发出振聋发聩之论,抨击当时学界虚假之风,提倡真实品质的回归。他同时明确提出"诗何必古选,文何必先秦",正是对"文必秦汉,诗必盛唐"的复古论的有力批判。他由此而生发的对六经、《语》、《孟》等儒家经典的辛辣嘲讽,更是对传统思想的有力冲击。作者强烈反对道学及复古思想的束缚、反对权威、追求个性自由和解放的主张,具有了近代启蒙思想的色彩。

与焦弱侯^①

李 贽

人犹水也，豪杰犹巨鱼也。欲求巨鱼，必须异水；欲求豪杰，必须异人。此的然^②之理也！今夫井，非不清洁也，味非不甘美也，日用饮食非不切切^③于人，若不可缺以旦夕也。然持任公^④之钓者，则未尝井焉之之^⑤矣。何也？以井不生鱼也。欲求三寸之鱼，亦了不可得矣。

今夫海，未尝清洁也，未尝甘旨^⑥也。然非万斛^⑦之舟不可入，非生长于海者不可以履^⑧于海。盖能活人，亦能杀人；能富人，亦能贫人。其不可恃^⑨之以为安、倚^⑩之以为常也明矣。然而鲲鹏化焉^⑪，蛟龙藏焉，万宝之都^⑫，而吞舟之鱼^⑬所乐而游遨也。彼但一开口，而百丈风帆并流以入，曾无所于碍，则其腹中固已江、汉若矣^⑭。此其为物，岂豫且^⑮之所能制，网罟之所能牵耶^⑯！自生自死，自去自来，水族^⑰千亿，惟有惊怪长太息而已，而况人未之见乎！

余家泉海^⑱，海边人谓余言："有大鱼入港，潮去不得去^⑲。呼集数十百人，持刀斧，直上鱼背，恣意砍割，连数十百石，是鱼犹恬然如故也。俄而潮至，复乘之而去矣。"然此犹其小者也。乘潮入港，港可容身，则兹鱼亦苦不大也。余有友莫姓者^⑳，住雷海之滨，同官滇中^㉑，亲为我言："有大鱼如山，初视，犹以为云若雾也。中午雾尽收，果见一山在海中，连亘若太行^㉒，自东徙西，直至半月日乃休。"则是鱼也，其长又奚啻^㉓三千余里者哉！

嗟乎！豪杰之士，亦若此焉尔矣。今若索豪士于乡人皆好^㉔之中，是犹钓鱼于井也，胡可得也？则其人可谓智者欤？何也？豪杰之士决非乡人之所好，而乡人之中亦决不生豪杰。古今贤圣^㉕皆豪杰为之，非豪杰而能为圣贤者，自古无之矣。今日夜汲汲^㉖，欲与天下之豪杰共为贤圣，而乃索豪杰于乡人，则非但失却豪杰，亦且失却贤圣之路矣！所谓北辕而南其辙^㉗，亦又安可得也？吾见其人决非豪杰，亦决非有为圣贤之真志者。何也？若是真豪杰，决无有不识豪杰之人；若是真志要为圣贤，决无有不知贤圣之路者，尚安有坐井钓鱼之理也！

【注释】

①焦弱侯：即焦竑。简介见前文。

②的然：明显貌。

③切切：急迫的样子。

④任公：指任公子。古代传说中善于捕鱼的人。亦称任父。《庄子·外物》："任公子为大钩巨缁，五十犗以为饵，蹲乎会稽，投竿东海，旦旦而钓，期年不得鱼。已而大鱼食之，牵巨钩，錎没而下，鹜扬而奋鬐，白波如山，海水震荡，声侔鬼神，惮赫千里。任公得若鱼，离而腊之，自制河以东，苍梧已北，莫不厌若鱼者。"成玄英疏："任，国名。任国之公子。"后常用以指超世的高士。

⑤井焉之之：意谓到井边去钓鱼。后一"之"字是动词，往，至。

⑥甘旨：甜美。

⑦万斛：极言容量之大。古代以十斗为一斛，南宋末年改为五斗。

⑧履：行走。

⑨恃：依仗，凭借。

⑩倚：倚仗，依靠。

⑪鲲鹏化焉：名为鲲的大鱼化作名为鹏的大鸟。《庄子·逍遥游》："北冥有鱼，其名为鲲，鲲之大，不知其几千里也。化而为鸟，其名为鹏，鹏之背，不知其几千里也。"

⑫万宝之都：众多宝物汇集。都，聚，汇集。

⑬吞舟之鱼：能吞下船的大鱼。常以喻庞然大物或志向远大的人。《庄子·庚桑楚》："吞舟之鱼，砀而失水，则蚁能苦之。"

⑭固已江、汉若矣：必定已经如同长江、汉水一样宽广了。

⑮豫且(jū)：又作"余且"。古代传说中的渔夫。《庄子·外物》《史记·龟策列传》都载有神龟被余且捕获而托梦于宋元君以求救的故事。

⑯网罟(gǔ)：捕鱼及捕鸟兽的工具。罟，网的总称。牵：拉动，牵制。

⑰水族：水生动物的统称。

⑱泉海：作者的家乡是福建泉州，为滨海地区。

⑲不得去：指大鱼不能随落潮离开。

⑳莫姓者：当指莫天赋，海康(今广东省雷州市)人。明代海康县城为雷州府治，故下云"住雷海之滨"。

㉑同官滇中：作者于万历五年(1577)至万历八年(1580)任云南姚安知府，其间莫天赋任云南大理知府。滇，云南的别称。

㉒太行：指太行山，在山西高原与河北平原之间。

㉓奚啻(chì)：岂止，何止。

㉔乡人皆好：同乡的人都喜欢。语出《论语·子路》："子贡问曰：'乡人皆好之，何如？'"

㉕贤圣：贤人和圣人的合称。意为道德才智极高的人。

㉖汲汲：急切地追求。

㉗北辕而南其辙：意为背道而驰，结果适得其反。

【解读】

本文于万历十四年（1586）写于湖北麻城。焦弱侯，即焦竑（1540—1620），是作者于明穆宗隆庆四年（1570）任南京刑部员外郎三年后，即神宗万历元年（1573）在南京结交的朋友。焦竑本是耿定向的学生，但后来思想上深受作者的影响，二人成为挚友。后来作者的著作《焚书》《续焚书》《藏书》《续藏书》等，焦竑均为之作序，并帮助他刊行。

本文虽然是写给焦竑的一封书信，但同时也是一篇颇有气势的议论文。

文章分四段。第一段，开头并没有书信中惯用的寒暄之语，而是开门见山地提出论点：欲求大鱼，就必须到大海中去；欲求豪杰，也必须在不同凡响的人群中寻找。作者用浅井不可能钓到大鱼来打比方，暗喻平庸单一的环境不可能培养出真正的豪杰。

第二段，以大海为例论述大鱼生长环境的复杂性以及包容性。海水并不清洁，也不甘甜，但不是大船就不可以在大海中遨游，不是生长于海边的人也不可以在大海中来去自如，因为海太大了，财富无穷，但风波险恶，"能活人，亦能杀人；能富人，亦能贫人"。但正是因为它的宽广，它的渊深莫测，所以鲲在这样的环境中可以转化为鹏，凶猛的蛟龙也藏在其中，能吞下大舟的鱼自然更喜欢在这里自在嬉游了。它的体量之大，像豫且这样的渔人就对此完全无能为力。

第三段，作者举了两个例子。一个是作者家乡泉州海滨的人所讲述的：一条大鱼入港，退潮后来不及返回大海，当地人就用刀斧在鱼背上砍割，切了差不多上百石鱼肉，但那条鱼安然无恙。不一会儿潮水又席卷过来，它就顺着潮水回到了大海。另一个故事是作者的朋友、同在云南做官的莫天赋讲述的。他家住在雷海之滨，他亲眼见过一条大鱼在海中像太行山那样连亘，自东向西，一直过了半个月才将它看完。所以作者估计这条鱼的长度又何止三千余里呢？

第二、三段是铺垫，意在阐明大鱼是必须要有大海那样的环境才能生长。到了第四段，就是直接阐明，豪杰之士的养成也是同样道理。如果你要选拔人才，选拔豪杰之士，在一乡的人都喜欢的人中，是决然找不到的，这正像在井中钓鱼一样。作者认为豪杰之士决非乡里人所喜欢，乡里人中也绝无可能产生豪杰，只有真豪杰才真正了解豪杰。最后，作者进一步指出，也只有圣贤才真正知晓通往圣贤的道路。这条道路在哪里？作者虽没有明说，但通过前面三段的铺垫可以得知，它隐藏在复杂的、广阔无边的大环境中。他还认为要正确地对待公论，大多数人的意见也不一定正确，不要以"乡人"的取舍为自己的取舍。作者的这种标准无疑具有明显的反传统精神。

大鱼与豪杰具有类比性，比喻形象生动，富有哲理。文章写作手法夸张，见解大胆，气势凌厉。

赞 刘 谐①　　　　　　李 贽

有一道学②，高屐大履③，长袖阔带④，纲常⑤之冠，人伦⑥之衣，拾纸墨之一二，窃唇吻⑦之三四，自谓真仲尼⑧之徒焉。时遇刘谐。刘谐者，聪明士，见而哂⑨曰："是未知我仲尼兄也。"其人勃然作色而起曰⑩："'天不生仲尼，万古如长夜。'⑪子何人者，敢呼仲尼而兄之？"刘谐曰："怪得羲皇以上圣人尽日燃纸烛而行也⑫！"其人默然自止。然安知其言之至哉！

李生⑬闻而善曰："斯言也，简而当，约⑭而有余，可以破疑网而昭中天矣⑮。其言如此，其人可知也。盖虽出于一时调笑⑯之语，然其至者百世不能易。"

【注释】

①刘谐:号宏源,麻城(今湖北麻城)人。明隆庆五年(1571)进士。博学多才,善戏谑。

②道学:这里指道学先生,即思想和作风特别迂腐的读书人。

③屐:一种木底有齿的鞋子。履:鞋。

④阔带:宽的腰带。

⑤纲常:三纲五常。三纲指君为臣纲,父为子纲,夫为妻纲。五常指旧时的五种伦常道德,即儒家提倡的仁、义、礼、智、信五种做人的道德准则。一说指父义、母慈、兄友、弟恭、子孝等五种行为准则。

⑥人伦:旧时礼教所规定的人与人之间的关系。特指尊卑长幼之间的等级关系。《孟子·滕文公上》:"使契为司徒,教以人伦——父子有亲,君臣有义,夫妇有别,长幼有叙,朋友有信。"

⑦唇吻:嘴。借指言语、议论。

⑧仲尼:即孔子(前551—前479),名丘,字仲尼。春秋时鲁国陬邑(今山东曲阜东南)人。儒家的创始者。

⑨哂:讥笑。

⑩勃然:因愤怒或心情紧张而变脸色的样子。作色:变脸色。指神情变严肃或发怒。

⑪"天不生仲尼"二句:这是宋儒对孔子的狂热吹捧和颂扬。见宋朱熹《朱子语类》卷九三:"'天不生仲尼,万古长如夜!'唐子西尝于一邮亭梁间见此语。"据宋强行父《唐子西文录》载:"蜀道馆舍壁间题一联云:'天不生仲尼,万古如长夜。'不知何人诗也。"

⑫羲皇:传说中的远古帝王伏羲氏。纸烛:蘸油的纸捻,点燃后可用来照明。

⑬李生:指李贽,作者自称。

⑭约:简要,简略。

⑮昭(zhào):同"照"。照亮,照耀。中天:天空。

⑯调笑：开玩笑。

【解读】

本文是一篇寓言式的讽刺小品，借刘谐之口嘲讽了道学家尊孔的荒谬。

本文分两段。第一段，写一位道学先生，脚穿宽大而高底的木屐，身着长袖阔带，以纲常作帽子，以人伦作外衣，从故纸堆中捡来只言片语，又窃取到古人的一些陈词滥调，便自以为是真正的孔子信徒了。这时正遇见刘谐。刘谐是一位聪明的读书人，见了他这副滑稽样子，就嘲笑他说："看不出来这是我仲尼兄啊。"古人平辈之间，或晚辈、后人对长辈、前人多以字相称，以示谦恭有礼。这里刘谐称孔子的字，虽然是惯常尊称，但对圣人以兄弟相称，当然是不庄重的，有戏谑性质和大不敬的意思，所以那位道学先生顿时就很生气，脸色大变，站起来说："上天如果不生下孔子，千秋万代的人们就好似生活在漫漫长夜里，永远见不到光明。你是什么人？竟敢直呼其字并和他称兄道弟！"刘谐说："怪不得伏羲氏以前的圣人都是整天点着纸烛走路啊！"那人一听就哑住了，无言以对。作者因此判断说，那位道学先生怎能理解刘谐一番话的深刻道理呢？

其实，刘谐与道学先生的话在逻辑上是不同层次的问题。道学先生所说的"天不生仲尼，万古如长夜"，是从文化层面来讲，"万古如长夜"只是一个比方，意思是说，如果没有孔子，中国的文化也许还在暗昧的黑夜里徘徊。这是后世儒家弟子对孔子及其思想的高度肯定，多少带有一点英雄史观的成分，孔子在危急的时候也曾发出过类似于"舍我其谁"之类的感慨，"子畏于匡，曰：'文王既没，文不在兹乎？天之将丧斯文也，后死者不得与于斯文也；天之未丧斯文也，匡人其如予何？'"（《论语·子罕篇第九》）但孔子对中国文化的贡献是巨大的，没有他，中国文化的进展会有很漫长的过程。宋代的理学家对孔子虽有过誉之词，但不是全无道理。刘谐所答，则是利用其在表象和具象的概念中那种逻辑上的语义悖论,来反驳道学先生的说法,使人乍听之下,貌似中肯,一击制敌。事实上,刘谐是用了偷换的概念来应敌,道学先生则陷入了"鸡同鸭讲"的窘境,两者逻辑层次是不对等的,所以道学先生无可回辩,只能"默然自止"。

第二段,是作者的评论。作者听说了这个故事,觉得刘谐讽刺得好,称赞说:刘谐的话虽然简单,却很恰当,概括性强而又启发人思考,可以破解人的疑惑而让事实明白清楚。有这样言论的人,他的为人也就可想而知了。《麻城县志》说刘谐"为人潇洒风流,善戏谑",确是言如其人。作者最后还下结论说:虽然这是一时的玩笑话,然而其中所揭示的深刻道理却是千百年不可改变的。当然,对孔子的历史定位,可以见仁见智,各有各的理解,但刘谐用偷换概念式的回应,虽然取快于一时,却未必能起到使人心服的作用,因为他们所涉及的是不同层面的东西。

在京与友人 屠 隆

燕市带面衣①,骑黄马,风起飞尘满衢陌②,归来下马,两鼻孔黑如烟突③。人马屎,和沙土,雨过淖泞④没鞍膝,百姓竞策蹇驴⑤,与官人肩相摩。大官传呼⑥来,则疾窜避委巷不及⑦,狂奔尽气,流汗至踵⑧,此中况味⑨如此。

遥想江村夕阳,渔舟投浦⑩,返照⑪入林,沙明如雪,花下晒网罟,酒家白板青帘⑫,掩映垂柳,老翁挈⑬鱼提瓮出柴门,此时偕三五良朋,散步沙上,绝胜长安⑭骑马冲泥也。

【作者简介】

屠隆(1542—1605),字长卿,号赤水。浙江鄞县(今属宁波)人。

万历五年(1577)进士。历知颍上、青浦等县,迁礼部郎中。被劾罢归。纵情诗酒,卖文为生。著有传奇《彩毫记》《昙花记》《修文记》,另有《义士传》、文言笔记小说《冥寥子》和诗文集《由拳集》《白榆集》等。

【注释】

①燕市:指明代首都北京,春秋时为燕国都城蓟。面衣:古代遮面的一种服饰。

②衢陌:街道及田间小路。这里指大街小巷。

③烟突:烟囱。

④淖(nào)泞:泥泞。淖,烂泥,泥沼。

⑤竞策蹇驴:争相驱使着跛脚的驴子。策,用鞭子驱赶骡马等役畜。

⑥传呼:传声呼喊。

⑦疾窜:快速逃窜。委巷:谓僻陋曲折的小巷。

⑧踵:脚后跟。

⑨况味:境况和情味。

⑩浦:水边,河岸。

⑪返照:夕照,傍晚的阳光。

⑫白板:指没有上漆的本色木板。青帘:旧时酒家门口挂的青布做的招幌。

⑬挈(qiè):提起,手执。

⑭长安:这里代指京师北京。

【解读】

这是一篇典型的晚明小品文。小品文是随笔、杂感等杂文的别称。它的特点是短小、随意,没有固定的范式,想到哪里,写到哪里,像宋苏轼《与谢民师推官书》说的那样:"大略如行云流水,初无定质,但常行于所当行,常止于不可不止,文理自然,姿态横生。"

本文是用京城的生活与南方江村渔家的生活作对照。先写在京城的苦况，日常风沙大，出门要戴着遮面的面衣，骑着马，在街巷中穿行，回到家，两鼻孔就黑如烟囱了，说明尘土飞扬，环境恶劣。特别是下雨的时候，人马屎和着沙土夹杂在一起，泥泞都没过了马鞍和膝盖。老百姓也争相驱使着跛脚的驴，跟官差并肩骑行，突然有大官远远地传呼而来，街上的小官和百姓就要紧急让道，所以疾速地躲进小巷，一路狂奔，几乎跑断气，汗都流到脚后跟。作者极言其辛苦之状，很真实，很生动。

这时作者自然地就联想到家乡的江村生活，描绘出极为自然清新的美好景致。傍晚时，渔船靠岸，夕照入树林，沙子像雪一样明亮，花下渔民晾晒着渔网，酒家未上漆的门板和青色的招幌掩映在垂柳之间，老翁提着鱼携着酒瓮走出柴门……一切都安恬、清新、美好，悠然而自在。这时跟三五良朋在沙滩上散步，绝对比骑着马在京城的大街小巷冲着泥泞走要强多了。

作者通过京城与渔村生活的对比，描写了在京做官之辛苦，表达了向往自然安恬生活的愿望。

归田与友人　　　屠　隆

一出大明门①，与长安隔世，夜卧绝不作华清②马蹄梦。家有采芝③堂，堂后有楼三间，杂植小竹，树卧房、厨灶，都在竹间。枕上常听啼鸟声。宅西古桂二章，百数十年物，秋来花发，香满庭中。隙地④凿小池，栽红白莲，傍池桃树数株，三月红锦⑤映水，如阿房、迷楼万美人尽临妆镜⑥。又有芙蓉蓼花⑦，令秋意瑟⑧。更喜贫甚道民⑨，景态清冷，都无吴越间士大夫家华艳气⑩。

【注释】

①大明门:即今北京中华门,为北京故宫皇城的正南门,依南京故宫洪武门而建。明代称大明门,清代称大清门,民国时期更名为中华门。

②华清:指华清宫,以温泉汤池著称。在今陕西省西安市临潼区骊山北麓。

③采芝:谓摘采芝草。古以芝草为神草,服之长生,故常以"采芝"指求仙或隐居。

④隙地:空地。

⑤红锦:有红色花纹的名贵丝织品。

⑥如阿房、迷楼万美人尽临妆镜:像秦始皇的阿房宫和隋炀帝的迷楼中数不清的美女们都对镜梳妆那样。阿房,即阿房宫,秦宫殿名。其前殿始建于秦始皇三十五年(前212)。遗址在今陕西省西安市西阿房村。秦亡时全部工程尚未完成,故未正式命名。因作前殿于阿房,时人即称之为阿房宫。迷楼,隋炀帝所建楼名。故址在今江苏省扬州市西北郊。唐冯贽《南部烟花记·迷楼》:"迷楼,凡役夫数万,经岁而成。楼阁高下,轩窗掩映,幽房曲室,玉栏朱楯,互相连属。帝大喜,顾左右曰:'使真仙游其中,亦当自迷也。'故云。"

⑦芙蓉:荷花的别名。蓼(liǎo)花:蓼草的花。蓼,一年生草本植物,叶披针形,花小,白色或浅红色,果实卵形、扁平,生长在水边或水中。茎叶味辛辣,可用以调味。全草入药。亦称"水蓼"。

⑧瑟:洁净鲜明貌。

⑨道民:信奉道教或加入道教组织者。屠隆晚年修道,自称"道民"。

⑩吴越:指春秋吴越故地,即今江浙一带。士大夫:旧时指官吏或较有声望、地位的知识分子。

【解读】

作者是浙江宁波人,明万历十二年(1584)遭受诬陷,削籍罢官,此后即隐居家中。本文就是写隐居在家的景况和感想。

文章一开始,就写一走出皇城的南门大明门,回到老家,仿佛就与京师处于两个不同的世界。这是田园的世界,远离尘器,也不再有世道风云变幻的忧虑,所以夜里睡觉也绝对不再做噩梦。华清马蹄梦,是指唐玄宗宠爱杨贵妃,以致不理政务,导致安史之乱爆发,天宝十五载(756),叛军攻入长安,尚在华清宫温柔乡中的唐玄宗,闻变仓皇奔逃,到马嵬坡(今陕西省兴平市西),随行将士哗变,杀杨国忠,又逼迫玄宗缢死杨贵妃,玄宗最后才狼狈逃到成都。白居易《长恨歌》有对唐玄宗与杨贵妃之间情事的生动描述:"骊宫高处入青云,仙乐风飘处处闻。缓歌慢舞凝丝竹,尽日君王看不足。渔阳鼙鼓动地来,惊破霓裳羽衣曲。九重城阙烟尘生,千乘万骑西南行。"马蹄踏踏,惊破了两人的迷梦。这里作者是以此比喻时局的动荡。明朝首都北京与蒙古相距较近,蒙古对明朝的骚扰时有发生,特别是明英宗正统十四年(1449)的土木堡之变,蒙古瓦剌部不仅俘获当朝皇帝明英宗,而且还长驱直入,打到北京城下,几乎造成明朝迁都、重蹈北宋覆辙的局面。有明一代,北方边患一直对北京构成威胁,在京的官吏常处在紧张待命的状态中。加上官员上朝要起得早,大约凌晨三点到达午门外等候,凌晨五点左右开始入朝,然后行礼、奏事、议事,退朝后各自回衙门办事。这一套程式很复杂,做下来也很辛苦,所以做京官一向难得在夜里睡个好觉。作者一旦离开京城,回到老家,安稳睡觉的享受使他感觉十分幸福。

接着,作者叙述家中的环境,从花草竹木、香庭小池的布局中发现并欣赏自然的美。作者重点描写了春天的花草鸟啼、生机盎然以及秋季的馨香满庭。最后写自己置身于此种环境中,品味田园家居的那种简淡清逸的神韵。

本文很短，意到笔随，兴尽而止，充分体现了小品文的特征。

绿天小品题词 李维桢

　　王氏故多酒人①，"酒正使人自远"，光禄②之言也。"酒正自引人着胜地"，卫军③之言也。"三日不饮，使人形神不亲"，佛大④之言。"名士不须奇才，得无事痛饮酒，熟读《离骚》，便可称名士"，孝伯⑤之言也。唐无功⑥所著《醉乡记》《五斗先生传》，及他诗歌，率可传⑦。娄东⑧王时驭，自号"酒懒"，好酒不减五君，其诗文所谓《绿天馆小品》者，清言秀句，多人外之赏。起五君九原⑨，挥麈酬酢⑩，定入《世说》"言语""文学""任诞"三则中。其妹婿潘藻生为梓行⑪之，以示余。余惟五君皆有官职，而时驭相国从弟⑫，布衣蚤死⑬，即无功传《唐书·隐逸》，当逊一筹，是又乌衣马粪佳子弟之所罕有也⑭。

【作者简介】

　　李维桢（1547—1626），字本宁，京山人。明隆庆二年（1568）进士。选庶吉士，授编修。博闻强记。万历三年（1575）外放陕西参议，迁提学副使，历河南、江西、四川参政，进浙江按察使。天启初，以布政使家居，年七十余。召修《神宗实录》。累官礼部尚书，告老归。著《大泌山房集》一百三十四卷。

【注释】

　　①酒人：好酒的人。

　　②光禄：即王蕴（329—384），字叔仁，东晋太原晋阳（今山西太原）

人。曾任光禄大夫,故称王光禄。性嗜酒。《世说新语·任诞》:"王光禄云:'酒正使人人自远。'"

③卫军:即王荟,字敬文,小字小奴,琅邪临沂(今属山东)人。东晋大臣。因死后被追赠卫将军,故称王卫军。《世说新语·任诞》:"王卫军云:'酒正自引人着胜地。'"

④佛大:即王忱(?—392),字元达,小字佛大,太原晋阳人。东晋大臣。性嗜酒,一饮连月不醒,或裸体而游。《世说新语·任诞》:"王佛大叹言:'三日不饮酒,觉形神不复相亲。'"

⑤孝伯:即王恭(?—398),字孝伯,小字阿宁,太原晋阳人。东晋大臣。《世说新语·任诞》:"王孝伯言:'名士不必须奇才,但使常得无事,痛饮酒,熟读《离骚》,便可称名士。'"

⑥唐无功:即王绩(约589—644),字无功,号东皋子,绛州龙门(今山西河津)人。初唐诗人。性简傲,嗜酒,能饮五斗,自作《醉乡记》《五斗先生传》,撰《酒经》《酒谱》。其诗近而不浅,质而不俗,真率疏放,有旷怀高致,直追魏晋高风。

⑦率可传:都可以流传。

⑧娄东:今江苏太仓。太仓位于娄水之东,故有娄东之称。

⑨起五君九原:把五位好酒的王姓人从地下叫起来。九原,春秋时晋国卿大夫的墓地,泛指墓地;又指九泉、黄泉。

⑩挥麈(zhǔ):晋人清谈时,常挥动麈尾以为谈助。后因称谈论为挥麈。麈,古书上指鹿一类动物,尾巴可做拂尘。这里用作"麈尾"的省称,古人闲谈时执以驱虫、掸尘的一种工具。在细长的木条两边及上端插设兽毛,或直接让兽毛垂露在外面,类似马尾松。酬酢(zuò):主客相互敬酒,主人敬客称酬,客敬主人称酢。

⑪梓行:刻版印行。

⑫相国从弟:宰相(这里指王锡爵)的堂弟。王锡爵(1534—1611),字元驭,号荆石,南直隶苏州府太仓州(今江苏太仓)人。明代内阁首辅。

180

⑬布衣：布做的衣服，为古代庶人的服装，故借指平民。蚤：通"早"。

⑭乌衣：指乌衣巷，地名，在今江苏省南京市秦淮河南岸。三国时吴在此置乌衣营，以士兵着乌衣而得名。东晋时王、谢等望族居此，因此而闻名。马粪：指马粪巷，巷名，故址在今江苏省南京市。《南史·王志传》："（王）志家居建康禁中里马粪巷。父僧虔门风宽恕，志尤惇厚，……兄弟子侄皆笃实谦和，时人号马粪诸王为长者。"乌衣巷、马粪巷的年轻人都出身贵族，也都很优秀，故称佳子弟。

【解读】

这是作者为江苏太仓人王时驭所著诗文集《绿天馆小品》所作的题词。

作者根据王时驭好酒的特点，引出五位同样嗜酒如命的王姓名士的名言。这些名士有四位是《世说新语》中的人物，有一位是初唐的诗人，他们都以其任诞的言行在历史上留下了风流蕴藉的佳话。作者以五位名士相比况，也正肯定《绿天馆小品》的作者王时驭同样属于这一类风流人物。末尾，指出王时驭与五位名士的差异性特征。五位名士都是官场中的人物，但王时驭不是，虽然为当时宰相王锡爵的堂弟，又在文学上有所成就，求一官并不难，却以布衣终其一生，就此更足以证明王时驭耿介自任、不慕荣利，真正是陶渊明之类的人物，远较进入新旧《唐书·隐逸传》的王绩更胜一筹，其恬淡的品性又是那些乌衣巷、马粪巷出来的贵族子弟（指上述四位见于《世说新语》中的王姓名士）所不具备的。作者引古喻今，同时以差异性特征不动声色地间接赞颂了《绿天馆小品》作者王时驭高尚的品性。

作为小品，本文下笔从容，闲闲道来，言简意赅。结尾劲挺，又余韵不尽。

《憨①话》题词

章晦叔书其所自得与古人遗言会心者为一编,名曰《憨话》。余读之,爽然。此吾家柱下史指也②。其言若村若浊③,若昏若遗④,若昧若辱⑤,若偷若渝⑥,若缺若屈⑦,若拙若讷⑧,大似不肖闷闷⑨,顽且鄙⑩,不一而足,皆憨法也。岂惟老氏⑪,虞舜野人⑫,尼父⑬无知,颜愚曾鲁⑭,非憨而何?惟其能憨,是以不憨。晦叔落落穆穆⑮,不可得亲疏,不可得贵贱,不可得利害,其人憨,故其话憨耳。高以下为基,侯王日称孤、寡、不穀⑯,晦叔布衣,非憨而何?称夫憨者,眼如耳,耳如鼻,鼻如口,一以己为牛,一以己为马⑰。呼牛呼马,何所不应?晦叔而真憨也。余且呼为"章憨",必承响而应矣,奚论话哉?

【注释】

①憨:愚,痴。

②柱下史:周朝管理藏书的史官。这里指老子,相传老子曾为周柱下史。指:意旨,意向。

③村:粗俗,土气。浊:混乱,污浊。

④昏:暗昧,糊涂。遗:缺漏,不足。

⑤昧:昏愚,迷乱。辱:污浊。

⑥偷:怠惰。渝:通"窬",空虚。

⑦缺:残缺,欠缺。屈:委曲随和。

⑧拙:笨拙,迟钝。讷:言语迟钝。

⑨不肖:不成材。闷闷:质朴貌。《老子》第二十章:"俗人察察,我

独闷闷。"

⑩顽:愚妄无知。鄙:浅陋。

⑪老氏:即老子,春秋时期思想家。道家的创始人。姓李名耳,字聃,故亦称老聃。著《道德经》五千言,亦名《老子》,为道家的经典著作。

⑫虞舜:上古五帝之一。姚姓,一作妫姓,名重华,因其先国于虞,故称虞舜,为古代传说中的圣君。野人:上古谓居国城之郊野的人,与"国人"相对。泛指村野之人,农夫。

⑬尼父:对孔子的尊称。孔子字仲尼,故称。

⑭颜愚曾鲁:颜回愚笨,曾参迟钝。颜,颜回,字子渊,春秋时鲁国人,孔子弟子。《论语·为政》:"子曰:'吾与回言终日,不违,如愚。退而省其私,亦足以发,回也不愚。'"曾,曾参,字子舆,春秋时鲁国人。孔子晚年弟子之一,儒家学派的重要代表人物。《论语·先进》:"柴也愚,参也鲁,师也辟,由也喭。子曰:'回也其庶乎,屡空。赐不受命,而货殖焉,亿则屡中。'"

⑮落落穆穆:胸怀开阔,举止严肃。

⑯孤、寡、不穀:古代王侯自称的谦辞。穀,善。《老子》第三十九章:"故贵以贱为本,高以下为基。是以侯王自称孤、寡、不穀。"

⑰一以己为牛,一以己为马:听任有的人把自己看作马,听任有的人把自己看作牛。出自《庄子·应帝王》:"泰氏其卧徐徐,其觉于于。一以己为马,一以己为牛。其知情信,其德甚真,而未始入于非人。"这里指物我两忘的状态。

【解读】

本文围绕章晦叔的《憨话》中的"憨"字做文章,认为《憨话》一书所表达的内容是传达了老子的旨意,那就是愚智两遗、一派混沌的境界,所以晦叔之言若村若浊,若拙若讷,且顽且鄙,都是"憨法",也就是其为人处世的物我两忘,与自然相融会的安舒闲适、悠然自得。文中举了老子、虞舜、孔子、颜回、曾参做例证，说"惟其能憨，是以不憨"，所以章晦叔的"憨"也正如他们那样，大巧若拙，大智若愚，得到了真正的人生智慧。

游武林①湖山六记　　王士性

　　苏子瞻云：天目之山②，苕水③出焉，龙飞凤舞，萃于临安④，则堪舆氏⑤言也。临安胜⑥以西湖为最，白傅之函⑦，苏公之堤⑧，唐、宋以前，夫非潴溉⑨地耶？南渡后，山有塔院，岸有亭台，堤有花木，水有舸舫⑩，阴晴不问，士女为群，猗与⑪白云之乡，遂专为歌舞之场矣。

　　余自青衿结发⑫，肆业⑬武林，洎乎宦游于四方⑭，几三十年，出必假道⑮，过必浪游，晴雨雪月，无不宜者。语云："人知其乐，而不知其所以乐也。"余则能言，请尝试之。

　　当其暖风徐来，澄波如玉，桃柳满堤，丹青眩目，妖童艳姬，声色遝陈，尔我相觑⑯，不避游人。余时把酒临风，其喜则洋洋然，故曰宜晴。

　　及夫白云出岫，山雨满楼，红裙不来，绿衣佐酒，推篷烟里，忽遇孤舟，有叟披蓑，钓得鯹⑰头。余俟酒醒，山青则归，雨细风斜则否，故曰宜雨。

　　抑或璚岛⑱银河，枯槎⑲路迷，山树转处，半露楼台，天风吹雪，堕我酒杯，偶过孤山，疑为落梅。余时四顾无人，则浮大白⑳，和雪咽之，向逋仙㉑墓而吊焉，故曰宜雪。

　　若其晴空万里，朗月照人，秋风白苎㉒，露下满襟，离鸿㉓惊起,疏钟㉔清听。有客酹㉕客,无客顾影,此于湖心亭佳,而散步六桥,兴复不减,故曰宜月。

余居恒㉖系心泉石,几欲考卜㉗湖畔,良缘未偶㉘,聊取昔游记之。然吾游夥㉙矣,每挟㉚宾朋,止占一丘一壑,行踪未遍,夕阳旋归。惟戊寅春捧檄朗陵㉛,念走风尘,未卜再游何日,乃与所知蔡立夫、吴本学辈,纵目全湖一周,遂以斯游记。

【作者简介】

王士性(1547—1598),字恒叔,号太初,又号天台山元白道人,浙江临海人。人文地理学家。明万历五年(1577)进士。平生性喜游历,宦迹所至,几遍全国。著有《广志绎》《五岳游草》《广游志》等,今被辑成《王士性地理书三种》。

【注释】

①武林:旧时杭州的别称。以武林山(一名灵隐山,即今杭州西灵隐、天竺诸山)得名。

②天目之山:地处浙江省杭州市临安区境内,浙皖两省交界处。

③苕(tiáo)水:水名,在今浙江省境内。

④萃:汇聚,会合。临安:旧县名,明朝时属杭州府。今为杭州市临安区,位于杭州市西部。

⑤堪舆氏:即堪舆家,古时为占候卜筮者之一种。后专称以相地看风水为职业者,俗称"风水先生"。

⑥胜:风景优美的地方。

⑦白傅之函:指白居易在杭州修建的水利设施。白傅,即唐代诗人白居易(772—846),曾任太子少傅,故称。函,犹今之涵洞。

⑧苏公之堤:旧称苏公堤,今称苏堤。北宋元祐四年(1089)苏轼任杭州知州时筑。

⑨潴(zhū)溉：蓄聚灌溉。潴，水停聚处。

⑩舸舫(gě fǎng)：泛指船。舸，大船。汉扬雄《方言》第九："南楚、江、湘，凡船大者谓之舸。"舫，并连起来的船只。

⑪猗与：叹词，表示赞美。

⑫青衿：青色交领的长衫。古代学子和明、清秀才的常服。结发：束发。古代男子自成童开始束发，因以指初成年。

⑬肄业：修习课业。古人书所学之文字于方版谓之业，师授生曰授业，生受之于师曰受业，习之曰肄业。

⑭洎(jì)：介词。等到……的时候。宦游：旧谓外出求官或做官。

⑮假道：借路。

⑯觇：看。

⑰艖(chā)：小船。

⑱璚(qióng)岛：传说中的仙岛，仙人的居所。璚，同"琼"，美玉。

⑲枯槎(chá)：指竹木筏或木船。

⑳浮大白：满饮一大杯酒。汉刘向《说苑·善说》："魏文侯与大夫饮酒，使公乘不仁为觞政，曰：'饮不釂者，浮以大白。'"原意为罚饮一满杯酒，后亦称满饮或畅饮为浮白。

㉑逋(bū)仙：宋林逋隐于西湖孤山，不娶，种梅养鹤以自娱，人谓之"梅妻鹤子"，后世常以"逋仙"称誉之。

㉒白苎(zhù)：白色苎麻。

㉓离鸿：失群的雁，离散的雁。

㉔疏钟：稀疏的钟声。

㉕酹(lèi)：以酒浇地，多指祭奠。

㉖居恒：同"居常"，平时，平常。

㉗考卜：古代以龟卜决疑，谓之"考卜"。卜，古人用火灼龟甲，根据裂纹来预测吉凶。后泛称用各种形式(如用铜钱、牙牌等)占问吉凶。

㉘未偶：犹未遇。

㉙夥：多。

㉚挟：带，带领。

㉛捧檄：东汉人毛义有孝名。张奉去拜访他，刚好府檄至，要毛义去任地方官，毛义拿到檄，表现出高兴的样子，张奉因此看不起他。后来毛义母死，毛义终于不再出去做官，张奉才知道他不过是"为亲屈"，感叹自己知他不深。见《后汉书·刘赵淳于江刘周赵列传》序。后以"捧檄"为为母出仕的典故。朗陵：一名乐陵。在今河南省确山县南十八里任店镇，是历史上一座著名的郡县古城。作者曾在此任知县。

【解读】

本文文笔简洁，写景生动，把杭州西湖在不同的季节中宜晴、宜雨、宜雪、宜月的婀娜姿态描写得惟妙惟肖。作者以细腻的笔触向我们描绘了西湖秀丽的景色，可谓句句皆景。他将"澄波如玉，桃柳满堤""妖童艳姬，声色遝陈""把酒临风""有叟披裘，钓得艖头""天风吹雪，堕我酒杯，偶过孤山，疑为落梅""晴空万里，朗月照人"等画面有机地组合在一起，描绘出杭州湖山四季鲜活生动、宁静宜人的美景，有如一幅优美的水墨画卷，使人仿佛身临其境。

临川县古永安寺复寺田记① 汤显祖

天下有闲人，则有闲地；有忙地，则有忙人。缘境起情②，因情作境，神圣以此，在宥③引化，不可得而遗也。

何谓忙人？争名者于朝，争利者于市，此皆天下之忙人也，即有忙地焉以苦之。何谓闲人？知者乐山，仁者乐水④，此皆天下之闲人也，即有闲地焉而甘之⑤。甘苦二者，诚不知于道何如，然而趣⑥则远矣。朝市⑦之积，则有田庐⑧；山水之余，则为寺观⑨。故寺观者，忙人之所不留；而田庐者，闲人之所不夺也。

临川古为名郡，五峰三市在焉⑩。三市者，市也。五峰之间，闻有观九、寺十三，盖入明以来，大为忙人割夺尽，乃至稗粥⑪无所，而古永安寺境界岿然⑫独完，其田则大半无有矣。邑侯⑬袁公，起于蕲黄⑭，来宰⑮于兹，广山川之精，深性相⑯之学，披图⑰而叹曰："临川人之憎闲人也，一至此乎！有能从吾言而反⑱其田者，吾徒也。"于是郡弟子刘某首籍⑲所买田若干亩上之，侯以归于寺，侯为欣然告世尊而抚之曰："此所谓孝子刘某也。"而适是时，有僧大千购得南都藏经⑳以至，而尊置之寺，侯曰："有其书矣，而无其人何？"于是有浮梁㉑僧水月，为达观先生弟子，精心苦行，通于评唱㉒之义，适来寓斯。人士与游，始知有所谓宗门㉓者；久之，长干寺㉔僧大初来，讲《莲华经》㉕，听者千余人，得田而食，无不欢喜赞叹，曰："此固我侯之福田㉖也。"

嗟夫！当忙人之急得此田也，岂不曰彼无父母、妻子之属，先王所禁游民㉗者，吾非真有所憎，利其田，姑以蕃其种类云耳㉘。嗟夫！此所谓夺闲人之物以将养忙人也。固一其说。然试以语彼，使天下皆忙人而无一闲人，皆忙地而无一闲地，则亦岂成其为世相㉙也哉？且今所从游于二氏㉚者，彼亦有所业，非所禁游民也。如其为游民，法固禁之久矣，所惜者，游人之非游而闲人之未尝闲也。非闲非游，不可以涉道。是故聚百闲人而食㉛之，必将有意乎道者焉;聚千闲人而食之,必将有进乎道者焉;不已,而食闲人至于万,犹将有得道者焉。道之丧世^㉜也久矣,幸而有一人焉,其何禁于千万人之闲而夺其养哉! 即未有之,庶几有之,如以食百千万人之闲者夺以养百千万忙人,其必无冀^㉝于有道者矣,则亦蕃其种类而已。然则侯所为存寺者,或不在田,而在道。饭器无殊,香色有异,后之游闲往来食于兹田者,其亦有感于侯之弘愿云。

【作者简介】

汤显祖(1550—1616),字义仍,号海若、若士。临川(今属江西抚州)人。万历十一年(1583)进士。历官南京太常寺博士、礼部主事。十九年(1591)上言论时政,帝怒,贬为徐闻典史。稍升遂昌知县。后以不附权贵而被议免官。居玉茗堂,专心戏曲,卓然为大家。著有传奇剧本《还魂记》(即《牡丹亭》)、《紫钗记》、《南柯记》和《邯郸记》,合称"临川四梦",其中《牡丹亭》是其代表作。又有诗文集《玉茗堂集》等。

【注释】

①临川:明代为江西承宣布政使司抚州府辖县,今为抚州市临川区,在江西省东部。寺田:寺院的田地,属不交租田。

②缘境起情:依据环境生发感情。

③在宥:在,自在;宥,宽容。《庄子·在宥》:"闻在宥天下,不闻治天下也。"郭象注:"宥使自在则治,治之则乱也。"成玄英疏:"宥,宽也。在,自也。……寓言云:闻诸贤圣任物,自在宽宥,即天下清谧。"后因以"在宥"指任物自在、无为而化。

④"知者"句:与孔子所说略有差异,其义则同。《论语·雍也》:"子曰:'知(智)者乐水,仁者乐山。'"意为智慧的人喜爱水,宽仁的人喜

爱山。

⑤甘之：使之得享甘美。

⑥趣：旨趣，意图。

⑦朝市：泛指尘世或名利之场。

⑧田庐：田地和房屋。

⑨寺观：佛寺和道观。僧人所居曰寺，道士所居曰观。

⑩五峰：临川古城内的五座山峰，即青云、逍遥、桐林、香楠、天庆。古有"二水绕廊，五峰镇城"之说。三市：指大市、朝市、夕市。泛指闹市。

⑪稗粥：稗子做成的粥。这里指粥厂，旧时官府、慈善团体或人士施粥以赈饥民之所。稗，指稗子，一年生草本植物，叶子像稻，叶鞘无毛，实如黍米，可酿酒或做饲料。杂生稻田中，有害稻子生长。亦指这种植物的果实。

⑫岿然：高大独立貌。

⑬邑侯：古代对知县的尊称。

⑭蕲黄：指当时的黄州府，隶湖广布政使司。明太祖洪武九年（1376），降蕲州府为州，隶湖广布政使司，撤蕲春县，以州领县事，外领五县。不久，蕲州改属河南布政使司。洪武十一年（1378），蕲州辖蕲水、罗田两县划出蕲州，属黄州府管辖，蕲州仅代辖广济、黄梅两县。

⑮宰：治理。

⑯性相：佛教用语。性指事物的本质，相指事物的表象。

⑰披图：展阅图籍、图画等。披，翻阅。

⑱反：返还，归还。后写作"返"。

⑲籍：记录，登记。

⑳南都藏经：这里当指《大藏经》中的《洪武南藏》。南都，此指明初都城南京。藏经，佛教经典的总称。

㉑浮梁：旧县名，明、清皆属饶州府。1960 年并入景德镇市。1988

年复置浮梁县。

㉒评唱：评赞唱诵。

㉓宗门：佛教用语。禅宗的自称，而称其他各宗为"教门"。

㉔长干寺：位于南京市，历史最早可以追溯到三国时期。

㉕《莲华经》：即《妙法莲华经》，简称《法华经》，是佛教天台宗的主要典籍。

㉖福田：佛教用语。佛教认为供养布施、行善修德能受福报，犹如播种田亩，有秋收之利，故称。

㉗游民：指无固定职业的人。

㉘蕃(fán)：生息，繁殖。种类：种族。

㉙世相：指社会的面貌、情况。

㉚二氏：指佛、道两家。

㉛食(sì)：给人吃，供养。

㉜丧世：丧失于世间。丧，丧失，失去。

㉝无冀：没有希望。

【解读】

本文就"闲"和"忙"立论，主张用寺田来供养闲人，让闲人无生存之忧，潜心探究人间的真理，日进于道，最终得道。

本文分四段。第一段，讲天下有闲人和忙人两种，有闲人就有闲地，有忙地就有忙人，都是"缘境起情，因情作境"。人在这个情境中，通过宽仁化导，能够进入神圣的境界。

第二段，解释什么是忙人，什么是闲人。忙人就是那种争名利于天下的人，他们有一种忙的环境来使他们受困苦；闲人就是那种有智慧、仁厚的人，相应地也就有一种闲的环境来使他们享受到甘甜、幸福。一甜一苦，当然也不能确知是否跟道有什么关系，但他们的志趣则是大相径庭的。其表现形式也各不相同，忙人在朝市为名利而奔忙，所获得的无非是田地和房产等物质上的东西；而闲人除着意山水之外，就是栖意于寺观。因此寺观是忙人所不需要的，闲人也不会去争夺田地和房产。本来两者就相安无事，但忙人为什么还要去争夺寺观的田产呢？这是留给读者的疑问。

第三段，进入正题，叙述临川县古永安寺恢复寺田的缘由，讲述寺田对民众听经受法、栖心佛理的好处。临川在古代为江右名郡，有五峰三市，非常气派，也非常繁华。作者听说城中以前有九座道观、十三座佛寺，但到了明朝，几乎都被一些"忙人"分割夺去，导致开粥厂赈济贫民的地方都没有，只有一个奇迹，那就是古永安寺完整保存了下来，但原来的寺田也大半都没有了。这时，新来了一位姓袁的知县，他对山川很有研究，也对佛教义理有很深入的体悟，当了解了临川的现状之后，他非常感慨地说："难道临川的人憎恶闲人到了这个地步吗？如果有人听从我的话，将寺田返还给佛寺，那我们就是同道中人。"知县的话自然有号召力，所以得到很多人的响应，其中有一位姓刘的府学生员将若干亩田献给永安寺，得到了知县的表彰。有一位僧人购得南都藏经，放置在永安寺。又有一位从浮梁来的僧人也到了永安寺，他传授了禅宗的法门。后来又有南京长干寺的名僧来永安寺讲《妙法莲华经》，有听众千余人，都享受了寺田的供养，大家欢喜赞叹，一致称颂这些都是知县所种下的福田。

第四段，是最重要的一个段落，作者在本段阐明本文的主旨。作者叙述忙人急于侵夺寺观的田产，他们自有一套说法，认为寺观游民本就为先王所禁止，其实他们自己并非对这些游民有所憎恶，这样做的目的无非是利用那些田产来繁衍种族罢了。貌似有些道理，但是作者认为，这种行为实际上是在剥夺闲人的财物以供养忙人。姑且不讲这种侵夺有违法之嫌，退一步说，从另一个角度看，假使天下充斥着忙人，即都是些争名夺利、尔虞我诈的人，土地都作为争斗的场所，无一处安适宁静的环境，那么这个世界将会变成一个单一的世界，一个令人疲于奔命、没有心灵栖息之地的世界。作者再进一步分析，当前栖止于寺观的那些人，他们也是有职业的，并非先王所禁止的游民，如果他们真是游民，那法律早就禁止他们了。就怕游人并非真的在游，而闲人也并非真的有闲。非游非闲，这两者跟道是没有关系的。这里作者提出文章的中心思想：人生的目的，除了奔波忙碌以求取生存之外，更高的要求是要得道。没有道的世界，是一个无趣的世界，也是一个盲目的世界。因此作者指出，有寺观之存在，提供一方闲地，以寺田供养一些闲人，在众多的闲人中培养一批有志于道的人，让他们朝夕研习、讲论，最终有得于道，那是非常有必要的。否则，夺闲人之田以养忙人，必不能得道。所以作者最终分析，袁知县之所以恢复寺田，是要达到求道的目的。同样是一块田，由不同的人来掌握，就会出现不同的结果，永安寺寺田的恢复，给闲人提供了一个求道悟道的栖止之地，那是功德无量的，这要感谢袁知县的提倡。

本文的主题类似于庄子所谓"有用"和"无用"之辨，体现了道家思想，与《老子》第十一章所说"三十辐共一毂，当其无，有车之用。埏埴以为器，当其无，有器之用。凿户牖以为室，当其无，有室之用。故有之以为利，无之以为用"有异曲同工之妙。这个"无"看似无用，其实有大用。本文中反复提到的"闲人"，看似闲，其实是大不闲，他的"闲"其实是给心灵腾出空间。

《合 奇》序

汤显祖

世间惟拘儒①老生不可与言文。耳多未闻，目多未见，而出其鄙委②牵拘之识，相天下文章，宁复有文章乎？予谓文章之妙，不在步趋③形似之间，自然灵气，恍惚而来，不思而至，怪怪奇奇，莫可名状，非物寻常得以合之。苏子瞻④画枯株竹石，绝异古今画格⑤，乃愈奇妙，若以画格程之，几不入格。米家⑥山水人物，不多用意，略施数笔，形像宛然，正使有意为之，亦复不佳。故夫笔墨小技，可以入神而证圣⑦，自非通人⑧，谁与解此？

吾乡丘毛伯⑨选海内合奇，文止百余篇，奇无所不合。或片纸短幅，寸人豆马⑩；或长河巨浪，汹汹崩屋；或流水孤村，寒鸦古木；或岚烟⑪草树，苍狗白衣⑫；或彝鼎商周⑬，丘索坟典⑭。凡天地间奇伟灵异、高朗古宕⑮之气，犹及见于斯编，神矣化矣。夫使笔墨不灵，圣贤减色，皆浮沉习气⑯为之魔。士有志于千秋，宁为狂狷⑰，毋为乡愿⑱，试取毛伯是编读之。

【注释】

①拘儒：固执守旧、目光短浅的儒生。拘，拘执，拘泥。

②鄙委：庸俗委琐。鄙，粗俗，浅陋。委，琐碎，鄙陋。

③步趋：追随，模仿，效法。语出《庄子·田子方》："夫子步亦步，夫子趋亦趋，夫子驰亦驰；夫子奔逸绝尘，而回瞠若乎后矣！"

④苏子瞻：指宋代文学家、书画家苏轼，字子瞻。其传世画作有《枯木怪石图》等。

⑤画格：标准画法。格，标准，规矩。

⑥米家：指宋代书画家米芾及其子米友仁。他们的画不求工细，多用水墨点染。米芾自谓"信笔作之，多以烟云掩映树石，意似便已"。米芾（1052—1108），字元章，号鹿门居士、海岳外史，世称米襄阳。世居太原，后徙襄阳，又徙润州。善诗文，尤擅长书画，书法深得王献之笔意；画山水人物，自成一家。著有《书史》《画史》《宝章待访录》等，有后人辑本《宝晋英光集》。

⑦入神：达到了精妙的境界。《周易·系辞下》："精义入神，以致

194

用也。"孔颖达疏："言圣人用精粹微妙之义,入于神化,寂然不动,乃能致其所用。"后多用以指一种技艺达到神妙之境。证圣:佛教语,谓证入圣果。意即达到最高境界。

⑧通人:谓学识渊博、贯通古今的人。汉王充《论衡·超奇》:"博览古今者为通人。"

⑨丘毛伯(1572—1629):名兆麟,字毛伯,号太丘。江西临川人。万历三十八年(1610)进士,拜云南道御史,后任河南巡抚。著有《学余园集》《水暄亭诗集》《玉书庭文集》等。

⑩寸人豆马:一寸大的人,一粒豆大的马。

⑪岚烟:山中雾气。

⑫苍狗白衣:即"白衣苍狗",也作"白云苍狗",即青色的狗,白色的衣服。比喻世事变幻无常。唐杜甫《可叹》:"天上浮云似白衣,斯须改变如苍狗。"

⑬彝鼎商周:指商周彝鼎上的文字。彝鼎,泛指古代祭祀用的鼎、尊、罍等礼器。

⑭丘索坟典:相传都是古代典籍。《左传·昭公十二年》:"是能读《三坟》《五典》《八索》《九丘》。"

⑮古宕(dàng):古朴幽深。

⑯习气:习惯,习性。后多指逐渐形成的不良习惯或作风。

⑰狂狷:指志向高远的人与拘谨自守的人。《论语·子路》:"不得中行而与之,必也狂狷乎!狂者进取,狷者有所不为也。"狂、狷都偏于一面,因此意指偏激。

⑱乡愿:《孟子》作"乡原"。指外有谨厚之名而实与流俗合污的伪善者。《论语·阳货》:"乡愿,德之贼也。"

【解读】

本文是作者为他的同乡丘兆麟所编的文集《合奇》写的序言。

文章分两段。第一段论述文章要奇,才可以臻于妙境。在具体论

195

述中,作者首先认为,世间拘儒老生是不懂得文章之妙的,因为他们寡见少闻,见识"鄙委牵拘",看天下的文章都用自己的那套标准去评判,自然就没有好文章了。他接着提出自己的看法,好文章不能盲目模仿他人的作品,不在于追求形似,而是要独创,靠忽然而至的灵气,与自己的心相合,即成妙文。虽然作者论述的是写文章,但举的两个例子都是关于绘画的:一个是苏轼画的枯株竹石,很奇妙,如果拿标准画法去衡量它,那几乎称不上是合格的作品;另外一个例子是米芾的山水人物画,也是"不多用意,略施数笔,形像宛然",假如要他精心去画,可能反而就画不好了。所以作者总结说,即使是笔墨这样的小技,也可以进入神妙之境,甚至达到艺术的最高境界。但这个道理谁能懂得?当然拘儒老生是不懂的,只有"通人"才能懂。

第二段,是介绍《合奇》这部书的基本情况以及内容选取的标准。这部书的编者是作者的同乡丘毛伯,所选文章一百多篇,选取的标准是符合"奇"这一特征,从片纸短幅到商周彝鼎上的文字,乃至古书上奇奇怪怪的文章,凡天地间编者认为"奇伟灵异、高朗古宕"的作品都收录在这部书里。作者因此在序言末尾发表议论,认为读书人如果志在名垂后世,就不能做中庸的人,要有棱角,"宁为狂狷,毋为乡愿",就是要有与众不同的精神,才能有所作为,留下有独创性的作品。

作者认为文学创作应具有创新意识,对当时复古运动中追求"步趋形似"的拟古之风进行了批判。他的文学主张对后来以袁中道为代表的"公安派"有一定的影响。

《牡丹亭记》^①题词　　　汤显祖

天下女子,有情宁有如杜丽娘者乎?梦其人即病,病即弥连^②,至手画形容^③传于世而后死。死三年矣,复能溟莫④中求得其所梦者而生。如丽娘者,乃可谓之有情人耳。情不知所起,一往而深,生者可以死,死可以生。生而不可与死,死而不可复生者,皆非情之至也。梦中之情,何必非真?天下岂少梦中之人耶?必因荐枕⑤而成亲,待挂冠而为密者⑥,皆形骸之论⑦也。

传杜太守事者,仿佛晋武都守李仲文、广州守冯孝将儿女事⑧,予稍为更而演之。至于杜守收考柳生,亦如汉睢阳王收考谈生⑨也。

嗟夫!人世之事,非人世所可尽。自非通人,恒以理相格⑩耳。第云⑪理之所必无,安知情之所必有邪?

【注释】

①《牡丹亭记》:即《牡丹亭》,传奇剧本,又名《牡丹亭还魂记》《还魂记》。明汤显祖著。内容为南安太守杜宝之女杜丽娘梦遇书生柳梦梅,醒后相思,感伤致死,三年后梦梅养病南安,丽娘复生,二人结为夫妇。自万历二十六年(1598)问世后,流行广泛。有万历金陵文林阁刻本、泰昌朱墨套印本、天启三年(1623)张氏著坛校刻本、汲古阁刻本等刊行。

②弥连:久病不愈。

③手画形容:指亲手为自己画像。见《牡丹亭》第十四出《写真》。

④溟莫:同"冥寞",指阴间。

⑤荐枕:进献枕席,借指侍寝。《文选·宋玉高唐赋》:"闻君游高唐,愿荐枕席。"李善注:"荐,进也。欲亲进于枕席,求亲昵之意也。"这里指同床共枕。

⑥挂冠:指辞去官职。密:安,安宁。

⑦形骸之论:指停留在表面的肤浅看法。形骸,人的形体,外表。

⑧仿佛晋武都守李仲文、广州守冯孝将儿女事：类似晋朝武都太守李仲文之女、广州太守冯孝将之子的恋爱传说。《搜神后记》卷四："晋时，武都太守李仲文在郡丧女，年十八，权假葬郡城北。有张世之代为郡。世之男字子长，年二十，侍从在廨中。夜梦一女，年可十七八，颜色不常，自言：'前府君女，不幸早亡。会今当更生。心相爱乐，故来相就。'如此五六夕。忽然昼见，衣服薰香殊绝。遂为夫妻，寝息，衣皆有污，如处女焉。后仲文遣婢视女墓，因过世之妇相问。入廨中，见此女一只履在子长床下。取之啼泣，呼言发冢。持履归，以示仲文。仲文惊愕，遣问世之：'君儿何由得亡女履耶?'世之呼问，儿具道本末。李、张并谓可怪。发棺视之，女体已生肉，姿颜如故，右脚有履，左脚无也。子长梦女曰：'我比得生，今为所发。自尔之后遂死，肉烂不得生矣。夫妇情至，而无状忘履，以致觉露，不复得生。万恨之心，当复何言!'涕泣而别。"广州守冯孝将儿女事，同见《搜神后记》卷四。冯孝将为广州太守时，他的儿子马子梦见一女子说："我是前太守北海徐玄方女，不幸蚤亡。亡来今已四年，为鬼所枉杀。……应为君妻。"后来马子按照约定的日期祭坟，掘棺开视，女子体貌如故，遂为夫妇。

⑨汉睢阳王收考谈生：事见《列异传》。汉谈生，四十无妇，夜半读书，有女子来就生为夫妇，约定三年中不能用火照。后生一子，已二岁，谈生夜伺其寝后，以烛照之，腰上已生肉，腰下只有枯骨。妇觉，以一珠袍与生，并裂取生衣裾而去。后生持袍诣市，睢阳王家买之。王识女袍，以生为盗墓贼，乃收拷生。生以实对。王视女冢完好如故。发视之，得谈生衣裾。又视谈生之子长相与王女相似，乃认谈生为婿。收考，拘捕拷问。考，拷问，刑讯。

⑩格：推究。

⑪第云：只说。第，但，只是。

【解读】

本文是作者为自己创作的传奇《牡丹亭》作的题词。明刊《牡丹亭还魂记》题词署"万历戊戌秋清远道人题",可知此文作于明万历二十六年(1598),这是作者辞去遂昌知县一职数月后所作。

本文通过杜丽娘与柳梦梅生死离合的爱情故事,热情歌颂了杜丽娘对爱情的一往情深。

文章虽短,可分三段。第一段,首先肯定杜丽娘的至情,认为天下女子没有比杜丽娘更情深义重的。"梦其人即病,病即弥连",临终前将自己的容貌画了下来。死后三年,又能在阴间找到她所梦见的人而复生。这不仅仅是有情之人,而是一往情深之人,是至情至性之人。作者说,梦中的情,难道一定不是真情吗?男女之间,一定要有床笫之欢才有感情吗?作者在这里肯定了精神上的爱情,这种精神之爱,有时比形体之爱更为深厚。

第二段,交代《牡丹亭》故事的出处。

第三段,发议论。作者认为人世间的事有不可用常理解释者,如杜丽娘死后复生之事。如果都拿世间的常理去衡量,去考究,去匡正,那就会出问题。但这个道理,也只有学识渊博、贯通古今的"通人"才可理解。从常理上说一定不会发生的事,换成从情感的角度看,难道就真的不会发生吗?

作者是以"情"格"理",强调情的作用,表达了一种具有浪漫主义色彩的爱情观,体现了作者在宋明理学的禁锢下大胆追求人性解放的精神。

【点评】

翠娱阁本评云:"情之所钟,在我辈善用情耳。不极之死生梦觉,与不及情者何殊。然丽娘之用情,得先生之摹情而显。"(徐朔方笺校《汤显祖诗文集》)

书 座 右

虞淳熙

  有士人①贫甚，夜则露香祈天②，益久不懈。一夕，方正襟③焚香，忽闻空中神人语曰："帝悯汝诚，使我问汝何所欲。"士答曰："某之所欲甚微，非敢过望，但愿此生衣食粗足，逍遥山间水滨，以终其身，足矣。"神人大笑曰："此上界神仙之乐，汝何从得之？若求富贵则可矣。"予因历数古人极贵念归而终不能遂志者，比比④皆是。盖天之靳惜清乐⑤，百倍于功名爵禄也⑥。右《梁溪漫志》⑦所纪。此乐，予近已得之，无用爇许都梁⑧，祷祠⑨而求矣。乃故求神仙不置，一何贪耶？神者，地祇⑩之申；仙者，山人耳。上界大多官府，即洞宫佐吏⑪，正尔庄语肃仪倍人间，问庄生作太极闱编郎⑫，得逍遥曳尾否⑬？今日龙山凤泉，有食禾衣苎，逍遥神仙，犹故不自足，帝且罚守天圉⑭，敕之没淄尘欲火中⑮，大可怖畏⑯。书一通座右，自警贪志。

【作者简介】

  虞淳熙（1553—1621），字长孺，号德园，钱塘（今浙江杭州）人。明朝经学家、文学家。著有《虞德园集》《孝经集灵》。

【注释】

①士人：士大夫，儒生。亦泛称中国古代知识分子。

②露香：在露天焚香。祈天：祈祷上天保佑。

③正襟：整理好衣服。

④比比：到处，处处。

⑤靳惜:吝惜,珍惜。清乐:清闲安逸的快乐。

⑥功名:旧指科举称号或官职名位。后泛指功业和名声。爵禄:爵位和俸禄。

⑦《梁溪漫志》:南宋费衮撰,十卷。费衮,字补之,江苏无锡人。"梁溪"为无锡别名。该书内容为记述宋代政事典章,考证史传,评论诗文,间及传闻琐事。

⑧爇:焚烧。都梁:亦称"都梁香",香名。

⑨祷祠:谓向神求福及得福后报赛(古代农事完毕后举行的祭祀)以祭。

⑩地祇(qí):地神。

⑪洞宫:仙人居住的山洞。后为道院的别称。佐吏:指古代地方长官的僚属。

⑫太极闱编郎:据南朝陶弘景《真诰》卷十四记载,"庄子师长桑公子,授其微言,谓之庄子也,隐于抱犊山,服北肓火丹,白日升天,上补太极闱编郎"。

⑬逍遥:优游自得,安闲自在。庄子有《逍遥游》。曳尾:拖着尾巴。《庄子·秋水》:"庄子钓于濮水。楚王使大夫二人往先焉,曰:'愿以境内累矣!'庄子持竿不顾,曰:'吾闻楚有神龟,死已三千岁矣。王巾笥而藏之庙堂之上。此龟者,宁其死为留骨而贵乎? 宁其生而曳尾于涂中乎?'"庄子追求自由自在的快乐,所以当他在濮水边钓鱼,楚王派两位大夫前去请他做官时,庄子不正面答复,而是给他们打了个比方,说:"我听说楚国有只神龟,死了有三千年了,楚王用锦缎将它包好放在竹箱中,珍藏在宗庙里。这只神龟,它是宁愿死去留下骨头让人们珍藏,还是情愿活着在烂泥里拖着尾巴呢?"庄子的这一问,答案自然是毋庸置疑,人情所至,自然都是希望能自由自在地活着,而不是为了虚名而放弃自由,受他人的珍藏和供奉。

⑭天圊(qīng):上天的厕所。

⑮敕:皇帝下达命令。淄尘:黑色灰尘,常喻世俗污垢。淄,通
"缁",黑色。

⑯怖畏:恐惧。

【解读】

本文是作者的座右铭。它所表达的意思是人要知足常乐,不要
贪求。

作者首先引用了《梁溪漫志》中的一个故事,一位读书人经常夜里
焚香祈天,有一次感动了神灵,于是神灵问他有什么希求。读书人答
道,他只有一个小小的要求,就是一生能够温饱,且能够游山玩水,得
享自在之乐而已。神人听了大笑,说,这个愿望真不小,这是上界神仙
所享的福乐,你怎么能够得到呢? 如果你求富贵,那还差不多。古往
今来,有许多人做了高官,得了厚禄,临终想回家享自在的清福,愿望
终不能实现,这样的例子比比皆是。这是因为上天对清静自在的快乐
是很吝啬的,享此清福之难远高于得享功名爵禄。

然而,作者笔锋一转,说,不用烧许多名贵的香,也不用向上天祈
祷,这种清乐我近来却得到了。作者并没有正面回答他得此清乐的原
因、经过,而是从反面来分析,清乐来源于人的自足和不贪求。作者认
为读书人求神仙让他享清乐,是非常贪心的表现。其实清乐本就是逍
遥自在,不受人拘束,现在我们有青山绿水,衣食无忧,又能够悠然自
得,这已经是神仙过的日子了,你还不知足,还要希求更多的东西,这
会引起天帝的愤怒的。一旦天帝有令,让你去守上天的厕所,或者惩
罚你湮没在尘世中,你不觉得恐怖吗? 有鉴于此,作者将这个意思记
下来,放在座右,以警醒自己不要有贪念。

本文说理清晰,特别是用了庄子"曳尾于涂中"的逍遥和任太极闹
编郎的拘束两个典故,一正一反,两相比较,更说明自在快乐的日常生
活的重要。贪求,也许就更享受不到福乐了。

《偶语》小引

黄汝亨

　　孔肩心澄一泓①,笔落众妙②,著作非一种。忽有摇落不偶之感③,乃作《偶语》。为是不偶,而寓诸偶。风绪④触物,灵籁相宣⑤。予戏谓孔肩:"此岂泽畔之吟⑥,出于憔悴;当是苎萝美人⑦,病而生颦⑧。颦乃益美耳。"

【作者简介】

　　黄汝亨(1558—1626),字贞父,号泊玄居士、寓林居士。浙江仁和(今属杭州市)人。万历二十六年(1598)进士,授进贤知县,官至江西布政司参议。著有《天目记游》《廉吏传》《寓林集》等,辑有《古奏议》。

【注释】

　　①孔肩:即郑圭,字孔肩。明浙江钱塘(今属杭州市)人。万历时,著有《易臆》。辑有《苏长公合作》。《偶语》当是其作品的一种。明祁承爜《澹生堂集》卷九有《题郑孔肩偶语引》,与本文《偶语小引》同属为《偶语》所作的题记。一泓:清水一片或一道。

　　②众妙:众多的妙趣。

　　③摇落:凋谢,零落。不偶:不合。朱剑心《晚明小品选注》:"古以际会为偶,不遇于时为不偶。偶,双数也,谓与人相合也。"

　　④风绪:指风。

　　⑤灵籁:指风声。宣:显示。朱剑心《晚明小品选注》:"谓文词之生,如物之遇风而发声,有同乎自然之音,即《庄子》所谓'天籁'是也。"

　　⑥泽畔之吟:泽畔,水边。《楚辞·渔父》:"屈原既放,游于江潭,行吟泽畔,颜色憔悴,形容枯槁。"后常把谪官失意时所写的作品称为"泽畔吟"。

⑦苎萝美人：指西施。苎萝，山名。在今浙江省诸暨市南，相传西施为此山鬻薪者之女。

⑧颦：皱眉。

【解读】

本文是作者为郑圭所著《偶语》所写的序言。引作为一种文体，属于序言中的一种，即卷首语之意。小引，则是写在诗文前面的简短说明。

文章不足百字，确实很短，但叙述简明扼要，寥寥几笔就将郑圭的才品及写作《偶语》的缘由抒写出来，非常生动而有趣。

文章说郑圭心像清水一团，下笔为文，众妙毕备，有著作多种。某一个时段，他突然产生了"摇落不偶"之感，因此而作《偶语》。正是因为他仕途遭逢不偶，所以将一腔意绪发抒在这个"偶"字当中。正像风与物相触相激，发出天籁。作者和郑圭开玩笑说，你这真有点像屈原的"泽畔之吟"，是由焦虑、忧戚所致，却更像是苎萝山下的西子，因生病而皱眉，而越皱眉却越显得美丽。

全文短小精悍，是一篇典型的小品美文。语言爽利，形象生动，整个读下来，一气贯注，使人感觉有舌绽莲花之妙。

《倪云林①集》序　　陈继儒

昔太伯、仲雍②，文身断发，奔荆蛮，荆蛮义之，从而归者千余家。其后吴主季札③，季札弃其室而耕，乃舍之，已封于延陵。倪云林先生者，自称倪迂，又自称懒瓒，又自称荆蛮民。荆蛮者，延陵之故乡，而先生之所居也。先生癖人也，而洁为甚。自太伯、仲雍、季札而后，梅福④洁于市，梁鸿⑤洁于佣,而指屈⑥倪先生矣。先生高卧清秘,洗拭梧竹,摩挲鼎彝,此见洁者肤也。试问学道人,能于元兵未动先散家人产乎?能见张士诚⑦兄弟嚅不发一语乎?能避俗士如恐浼⑧乎?能画如董巨、诗比陶韦王孟而不带一点纵横习气乎⑨?余读先生之集,所谓"其文约,其辞微,其知洁,其行廉,其称文少而其指⑩极大",独先生足以当之。盖先生见幾类梅福,孤寄⑪类梁鸿,悉散家产赠之亲故,有荆蛮延陵之风。月清则华,水清则澄;云鲜露生焉。下此虽金碧丹清,滓焉而已,何堪与先生并?先生残煤断茧⑫,江东之家,以有无为清俗,岂惟张我吴劲,即置先生于孔庑⑬间,度无愧色。或曰:"倪先生,癖人也,似未闻道。"余笑曰:"否!否!圣人之行不同也,归洁其身而已矣。"

【作者简介】

陈继儒(1558—1639),字仲醇,号眉公。松江府华亭(今上海市松江区)人。志尚高雅,博学多通。年二十九隐居,杜门著述。工诗善文,书法苏、米,兼能绘事。有《陈眉公先生全集》《小窗幽记》等。

【注释】

①倪云林:即元代文学家、书画家倪瓒。倪瓒(1306 或 1301—1374),字元镇,自号云林居士,无锡人。工诗,善画山水,初师董源,晚年一变古法,以天真幽淡为宗。有《倪云林先生诗集》《清閟阁集》。

②太伯、仲雍:太伯,又作"泰伯",周先祖太王长子。相传太王欲传位给幼子季历(周文王父),他和弟弟仲雍避居江南,断发文身,开发吴地,成为吴国统治家族的始祖。

③季札：春秋时吴国公子，吴王寿梦的小儿子。寿梦欲传位给他，他屡辞不受，封于延陵（即今江苏省常州市武进区）。

④梅福：汉九江郡寿春人，字子真。少学于长安，曾任南昌尉，后弃官归里。及王莽专政，弃妻子离开九江。后有人于会稽遇梅福，已更名改姓，为吴市门卒。

⑤梁鸿：字伯鸾，东汉右扶风平陵人。家贫好学，不求仕进。与妻孟光同入霸陵山中，以耕织为业。后避祸去吴，为人佣工舂米。

⑥指屈：即屈指，数。

⑦张士诚（1321—1367）：元末泰州白驹场人。初以贩盐为业。至正十三年（1353）起兵反元，据泰州、高邮等地，次年自称诚王，国号周。十七年（1357）降元，二十三年（1363）复自立为吴王。后被明将徐达等擒送金陵，自缢死。

⑧浼（měi）：污染。

⑨董巨：指董源、巨然。董源是五代十国时期南唐画家，最擅长水墨山水，其后僧巨然师承董源，深得其妙，世称"董巨"。陶韦王孟：指陶渊明、韦应物、王维、孟浩然。

⑩指：内涵，要旨。

⑪孤寄：独身寄居他乡。

⑫残煤断茧：谓零星的墨迹。

⑬孔庑：孔庙堂前两侧的廊屋。喻指厕身于圣人门徒之列。

【解读】

本文是陈继儒为《倪云林集》所写的序言，主要叙写画家、文学家倪云林高洁的品性、见幾而作的睿智和豪迈的行事风格。

文章先从吴国远祖吴太伯、仲雍等算起，至梅福之洁于市，梁鸿之洁于佣，到倪云林，则洁于艺，其高洁之性，一脉相承，为当时人所不及。文中又列举倪云林于元末兵戈未起之时，先散家财；战乱已起，见张士诚，"嘿不发一语"。其洞察先机之睿智与豪迈的行事风格，又为

206

当时俗士所不及。他既能像司马迁笔下的屈原那样，"其文约，其辞微，其知洁，其行廉"，又能孤寄于外，甘处贫约。其厕身于圣贤之列，当无所愧，更为当时吴地人所不及。文末重点归结于一"洁"字，这是对倪云林一生的总结，也是对他品格的高度赞许。

《米襄阳志林》①序 陈继儒

予读陆友仁②《米颠遗事》，恨其故实未备，尝发意排纂。江东好古收藏之家所遇襄阳书画，小有题识者，辄手录之。而范长康多读异书，搜讨米事，尤丑类③而详。因题曰《志林》，请予叙。予惟古今隽人④多矣，惟米氏以颠著。要之，颠不虚得，大要浩然之气全耳。后人喜通脱而惮检括⑤，沓拖拉攞⑥，沾沾借米颠氏为口实。夫米公之颠，谈何容易！

公书初摹二王⑦，晚入颜平原⑧，掷斤置削⑨，而后变化出焉。其云山一一以董巨为师。诗文不多见，顾崖绝魁垒如深往⑩者，而公之颠始不俗。两苏、黄豫章、秦淮海、薛河东、德麟、龙眠、刘泾、王晋卿之徒⑪，皆爱而乐与之游，相与跌宕文史，品题翰墨，而公之颠始不孤。所居有宝晋、净名、海岳，自王、谢、顾、陆真迹以至摩诘⑫，玉躞金题⑬，几埒秘府，而公之颠始不寒。陪祀太庙，洗去祭服藻火⑭，至褫职，然洁疾淫性，不能忍，而公之颠始不秽。冠带衣襦，起居语默，略以意行，绝不用世法⑮，而公之颠始不落近代。奉敕写《黄庭》，写御屏，奋毫振袖，酣叫淋漓，天子为卷帘动色,彻赐酒果,文其甚则跪请御前研以归,而公之颠始不屈挫。寄人尺牍,写至"芾拜",则必整襟拜而书之,而公之颠始不堕狡狯。

呜呼米颠,旷代一人而已! 求诸古今,张长史⑯得其怪;倪元镇⑰得其洁;敷文学士与高尚书得其笔⑱;滑稽谈笑,游戏殿廷,东方朔、李白得其豪⑲。故曰米公之颠,谈何容易!

公没于淮阳军,先一月,尽焚其平生书画。预置一棺,焚香清坐其中。及期举拂,合掌而逝。吾视其胸中,直落落无一物者,其圣门所谓古之狂欤? 洙泗之时⑳,楚狂在接舆㉑;濂洛之时㉒,楚狂在芾。其颠可及也,其浩然之气不可及也。

【注释】

①《米襄阳志林》:明代范明泰(字长康)辑有关北宋书法家米芾的故事集,内容包括世系、恩遇、颠绝、洁癖、嗜好、书学、画学、麈谈、誉羡、书评、画评、杂纪、考据等方面。

②陆友仁(1301—1348):元代文学家。名友,字友仁,号砚北生。工书法,精鉴赏。撰有《墨史》《研北杂志》等。

③丑类:以同类事物相比况。

④隽人:杰出人物。

⑤通脱:旷达,不拘小节。检括:遵循法度,谨言慎行。

⑥沓拖拉攞:沓拖,办事拖拉,不利落。拉攞,本意为崩塌,引申为自暴自弃,行为不检括。

⑦二王:指东晋著名书法家王羲之、王献之。

⑧颜平原:即唐代著名书法家颜真卿。颜真卿(709—784),字清

臣,京兆万年(今陕西西安)人。开元进士,任殿中侍御史。因被杨国忠排斥,出为平原太守,故称。

⑨掷斤置削:斤,斧头。此语用匠石运斤典故。《庄子·徐无鬼》有一则故事说:郢人鼻端有污泥,请名叫石的巧匠用斧子给他削去。匠石运斧,呼呼有风,似不经意,把泥污完全削尽,而不伤其鼻。后遂用"匠石运斤""运斤成风"等形容技艺精湛、得心应手。

⑩崖绝魁垒如深往:奇险雄伟,造诣精深。

⑪两苏:指宋代文学家苏轼、苏辙。黄豫章:指黄庭坚。秦淮海:即秦观,号淮海居士。薛河东:指宋代著名书法家薛绍彭。德麟:即宋代文学家赵令畤,德麟为其字。龙眠:即北宋著名画家李公麟,号龙眠居士。刘泾:宋简州阳安人,字巨济,熙宁进士,王安石荐为提举修撰经义所检讨,元符末官至职方郎中。善画林石槎竹,作文务为奇诡语。王晋卿:即王诜,字晋卿。太原人,徙居汴京(今河南开封),娶宋英宗女蜀国长公主,为驸马都尉。与苏轼等友善,风流蕴藉,能诗善画。

⑫王、谢、顾、陆:王,指王羲之、王献之;谢,指谢安,擅行书;顾,指顾恺之,擅画;陆,指陆机,擅草书。摩诘:唐代诗人、画家王维,字摩诘。

⑬玉躞(xiè)金题:玉躞,系缚卷轴用的褾带上的玉别子(插签);金题,用泥金书写的题签。指精美的书画或书籍的装潢。米芾《书史》:"白玉为躞,黄金题盖。"

⑭藻火:水藻及火焰形图纹,古人用作官服上表示品级的纹饰。

⑮不用世法:不同流俗,随心所欲。

⑯张长史:指唐张九龄。张九龄(673或678—740),字子寿,韶州曲江人。唐玄宗开元年间任宰相。二十五年(737)因事贬为荆州大都督府长史。

⑰倪元镇:即元代著名画家倪瓒。

⑱敷文学士:指米芾长子米友仁,南宋时曾任敷文阁直学士。高

尚书:指元朝画家高克恭。高克恭(1248—1310),字彦敬,号房山道人。官至刑部尚书。工画山水,擅写林峦烟景,师法米芾,笔墨苍润。

⑲东方朔(前154—前93):字曼倩,平原厌次人。汉武帝时为太中大夫,性诙谐滑稽,善辞赋。常以谈笑方式进谏。李白(701—762):唐代大诗人,狂放不羁。唐玄宗时,曾被召供奉翰林。《太真外传》记载其曾奉诏作《清平调》三首,援笔立就。

⑳洙泗之时:洙、泗二水,古时自今山东省泗水县北合流西下,至曲阜北又分为二水。流经之处,春秋时为鲁国地域。孔子居于洙泗之间,教授弟子。洙泗之时,借指春秋时孔子在世的年代。

㉑接舆:春秋时隐士,楚国人。躬耕以食,佯狂不仕。《论语》中记载他曾以《凤兮歌》讽刺孔子游说求仕,并拒绝与孔子交谈,故称楚狂接舆。后世因以"楚狂"泛称狂放不羁的人。

㉒濂洛之时:濂、洛,宋代理学主要流派。濂学代表人物为周敦颐,洛学代表人物为程颐、程颢。濂洛之时,借指北宋理学盛行的年代。

【解读】

这是作者为范明泰辑《米襄阳志林》所作的序。序分四段,整个行文以三个关键词"颠""浩然之气"和"旷代一人"为文眼。

第一段,由陆友仁《米颠遗事》和范明泰辑的《志林》,引出"米氏以颠著"的话题,指出米芾得名为"颠",是因为"浩然之气全"。

第二段,从"不俗""不孤""不寒""不秽""不落近代""不屈挫""不堕狡狯"几个方面,叙写米颠书画、诗文渊源及成就,兼写米颠的性情、品格,以事例证实其浩然之气不是虚言。

第三段,写米颠性情、成就所达到的高度。文章的妙处,是不仅拿米芾跟后人相比,而且还要跟古人相比,以证其为"旷代一人"的论点,并归纳指出,米芾之颠,是靠实力得来,并不容易。

末段,写米芾临终前的安排、布置,可见其绝非一般的人物,正是圣门中所谓"狂"之一流，与楚狂接舆齐名，并重申其"颠"之特性可被人仿效，但"浩然之气"是他人所不能及，高度赞扬了米芾的品格。

文章结构明晰，层次清楚，论点鲜明，论据充分，第二段连用排比以增强气势，显得大气磅礴。全文首尾呼应，末句进一步重申论点，劲挺有力。

与屠赤水^①使君　　陈继儒

前读《昙花记》^②，痛快处令人解颐^③，凄惨处令人堕泪。批判幽明^④，唤醒醉梦，二藏^⑤中语也。往闻载家乐^⑥，过从吴门^⑦，何不临下里^⑧，使俗儿一闻《霓裳》^⑨之调乎？若近有新声^⑩，亦望见示。懒病之人，得手一编，支颐^⑪绿阴中，便是十部清商^⑫也。

【注释】

①屠赤水：即屠隆。

②《昙花记》：屠隆的戏剧作品，表达的是他般若空观、因果报应、普度众生的思想。

③解颐：谓开颜欢笑。解，解开，打开。颐，指下巴。

④批判：评论。幽明：阴间与人间。

⑤二藏：佛教大藏经的简单分类法，即声闻藏（小乘经）和菩萨藏（大乘经）。

⑥家乐：谓家中所蓄养的歌伎。

⑦过从：往来。吴门：指苏州或苏州一带，为春秋时期吴国故地，故称。

⑧下里：谓乡里，乡野。

⑨《霓裳》:《霓裳羽衣曲》的略称。这里泛指戏剧音乐。

⑩新声:新作的乐曲。

⑪支颐:以手托下巴。

⑫十部清商:泛指众多的音乐。十部,即十部乐。唐初宫廷宴飨时,沿隋制奏九部乐。贞观中,平高昌,收其乐,合为十部乐。即:燕乐、清商、西凉、天竺、高丽、龟兹、安国、疏勒、康国、高昌。其中,除清商是南朝以来的雅乐、燕乐是新作外,其余八部几乎全部来自西域或域外各民族的音乐。清商,古代汉族的民间音乐,如汉相和歌,包括平调、清调、瑟调(即宫调、商调、角调)的歌曲,因称清商三调。晋朝播迁,声伎分散,其在南朝发展为江南吴歌、荆楚西声。北魏孝文帝、宣武帝时收集中原旧曲及江南吴歌、荆楚西声,总称为"清商乐",以别于雅乐、胡乐。这里泛指音乐。

【解读】

这是作者写给屠隆的信,也是一篇小品文。文章很短,不足百字,却言简意赅,情词生动。文章首先从读屠隆的《昙花记》开始,谈到自己的深刻感受,很亲切真挚。再叙听说屠隆载歌伎往来于苏州一带,所以委婉邀请他到自家做客。接下来,作者表示希望能看到屠隆的戏剧新作。结尾是委婉的奉承之词,表达对屠隆戏剧作品的喜爱。

《花 史》① 跋

陈继儒

有野趣而不知乐者,樵牧②是也;有果蓏③而不及尝者,菜佣牙贩是也④;有花木而不能享者,达官贵人是也。古之名贤,独渊明寄兴往往在桑麻松菊、田野篱落之间⑤。东坡好种植,能手接花木。此得之性生⑥,不可得而强也。强之,虽授以《花史》,将艴然掷而去之⑦。若果性近而复好焉,请相与偃曝⑧林间,谛看⑨花开花落,便与千万年兴亡盛衰之辙⑩何异?虽谓二十一史尽在《左编》一史中⑪,可也。

【注释】

①《花史》:全名《花史左编》,明代学者王路(字仲遵,号澹云)于万历四十五年(1617)编成,是研究中国古代花卉的重要资料。

②樵牧:打柴的人和放牧的人。

③果蓏(luǒ):瓜果的总称。《汉书·食货志上》:"还庐树桑,菜茹有畦,瓜瓠果蓏,殖于疆易。"颜师古注:"应劭曰:'木实曰果,草实曰蓏。'张晏曰:'有核曰果,无核曰蓏。'臣瓒曰:'案木上曰果,地上曰蓏也。'"

④菜佣:被雇种菜的人。佣,受雇之人,佣工。牙贩:即牙人,旧时居于买卖双方之间、从中撮合以获取佣金的人。

⑤寄兴:寄寓情趣。篱落:篱笆。

⑥性生:天然的本性。

⑦艴(bó)然:恼怒貌。掷:投,抛。

⑧偃曝:躺伏着晒太阳。

⑨谛看:仔细看。

⑩辙:车轮碾过的痕迹。这里指道路。

⑪二十一史:明朝嘉靖年间校刻的正史,于宋时所称的十七史外,加《宋史》《辽史》《金史》《元史》四史,合称为二十一史。《左编》:即《花史左编》。

【解读】

这是作者为王路《花史左编》写的跋语。文字很简短,但意思很深刻,很有韵味。本文讲了三层意思。第一层,前面三句,打柴的人和放牧的人天天跟自然打交道,但往往不懂得欣赏自然,不懂得其中的乐趣;菜佣牙贩们也同样,虽然天天跟瓜果打交道,但他们往往吃不到自己贩卖的东西;达官贵人身在繁花佳树丛中,也往往不能享受其中的幽趣。那是因为全神贯注于某一点(或为了生计,或为了某个重要的现实目的),往往容易忽视身边最美好的东西。道理有点类似苏东坡所说的"不识庐山真面目",又可以当作"当局者迷"的注脚。第二层,引述古代名贤的事例,如陶渊明将自己的兴致寄托在桑麻松菊、田野篱落之间,苏东坡喜好种植,能够嫁接花木,这种对草木山川自然的热爱是出自天性,不可强求。反之,没有这种天性的人,你就是跟他讲再多关于草木山川自然之美的道理,他也不会爱听,这里自然引出《花史》这本书的主题。这是一本讲述花的历史和理论知识的书,对于人们认知、种植花卉都有相当的指导意义。第三层,由浅入深,如果有天性与自然相近且又非常热爱山川草木的人,作者提议,那你们就一同偃曝在林间吧,仔细去观察花开花落的过程,你们就会感觉到它与千万年的王朝兴亡盛衰的道路是一致的。所以,从这个意义上说,《花史》又可以当二十一史看。

最后由《花史》上升到对人类历史境遇的洞察,这是作者所要表达的真正意图。当下的人往往不了解历史的兴亡盛衰,热衷于争权夺利,求取功名,无暇顾及身边美好的事物,宝山空回,这是犯了当局者迷的错误,也是人生最失败的事。

本文闲闲起笔,层层深入,衔接自然,收束警策。语言精练,说理有妙趣横生之致。

论 文 上　　　袁宗道

口舌,代心者也。文章,又代口舌者也。展转隔碍,虽写得畅显,已恐不如口舌矣,况能如心之所存乎? 故孔子论文曰："辞达①而已。"达不达，文不文之辨也。唐虞三代②之文，无不达者。今人读古书，不即通晓，辄谓古文奇奥③，今人下笔，不宜平易。夫时有古今，语言亦有古今，今人所诧④谓奇字奥句，安知非古之街谈巷语耶？《方言》⑤谓楚人称"知"曰"党"，称"慧"曰"讉⑥"，称"跳"曰"踬⑦"，称"取"曰"挺"。余生长楚国，未闻此言，今语异古，此亦一证。故《史记·五帝三王纪》改古语，从今字者甚多，"畴"改为"谁"，"俾"为"使"，"格奸"为"至奸"，"厥田厥赋"为"其田其赋"，不可胜记。左氏⑧去古不远，然《传》中字句未尝肖《书》也。司马去左亦不远，然《史记》句字亦未尝肖左也。至于今日，逆数前汉，不知几千年远矣。自司马不能同于左氏，而今日乃欲兼同左马，不亦谬乎？中间历晋唐，经宋元，文士非乏，未有公然捃扯⑨古文，奄为己有⑩者。昌黎好奇，偶一为之，如《毛颖》等传，一时戏剧，他文不然也。

空同⑪不知，篇篇模拟，亦谓反正⑫。后之文人，遂视为定例，尊若令甲⑬，凡有一语不肖古者，即大怒，骂为野路恶道，不知空同模拟，自一人创之，犹不甚可厌，迨⑭其后以一传百，以讹益讹，愈趋愈下，不足观矣。且空同诸文，尚多己意，纪事述情，往往逼真，其尤可取者，地名官衔，俱用时制。今却嫌时制不文，取秦汉名衔以文之，观者若不检《一统志》⑮，几不识为何乡贯矣。且文之佳恶，不在地名、官衔也。司马迁之文，其佳处在叙事如画，议论超越，而近说乃云西京⑯以还，封建宫殿，官师⑰郡邑，其名不驯雅⑱，虽子长⑲复出，不能成史。则子长佳处，彼尚未梦见也，而况能

215

肖子长也乎？或曰："信如子言，古不必学耶？"余曰："古文贵达。学达即所谓学古也。学其意，不必泥其字句也。今之圆领方袍，所以学古人之缀叶蔽皮⑳也。今之五味煎熬，所以学古人之茹毛饮血㉑也。何也？古人之意，期于饱口腹、蔽形体；今人之意，亦期于饱口腹、蔽形体，未尝异也。彼摘古字句入己著作者，是无异缀皮叶于衣袂㉒之中，投毛血于殽核㉓之内也。大抵古人之文，专期于达；而今人之文，专期于不达。以不达学达，是可谓学古者乎？"

【作者简介】

袁宗道（1560—1600），字伯修，号石浦。公安（今湖北省公安县）人。万历十四年（1586）进士。授翰林院编修，官终右庶子。时王世贞、李攀龙主文坛，复古模拟之风极盛，袁宗道与弟宏道、中道力排其说。推崇白居易、苏轼，因名其斋为白苏斋。为文崇尚本色，时称公安体。有《白苏斋类集》。

【注释】

①辞达：谓文辞或言辞的表述明白畅达。《论语·卫灵公》："子曰：'辞达而已矣。'"

②唐虞三代：指中国上古时代。唐虞，唐尧（尧帝）与虞舜（舜帝）的并称。亦指尧与舜的时代。三代，指夏、商、周。

③辄：往往，总是。奇奥：奇特深奥。

④诧：惊讶。

⑤《方言》：全称《輶轩使者绝代语释别国方言》，是西汉扬雄（前53—后18）编纂的一部汉代训诂学的重要工具书，也是中国第一部汉语方言比较词汇集。

⑥譀（tuō）：或省作"誵"。聪明。

216

⑦跅(chì)：跳。

⑧左氏：即春秋时期史学家左丘明,著有《春秋左氏传》(简称《左传》)。

⑨挦(xián)扯：拉撕剥取。特指在写作中对他人的著作率意割裂、取用。挦,拔取,摘取。扯,撕裂,拉。

⑩奄为己有：全部占有。奄,覆盖,引申为包括。

⑪空同：李梦阳(1473—1530),号空同子,明代文学家。

⑫反正：回归正道。

⑬令甲：汉代将历代皇帝颁布的法令按时间先后顺序编次,分为令甲、令乙、令丙等。后用为法令的通称。

⑭迨(dài)：及,等到。

⑮《一统志》：封建王朝官修的地理总志。明代所修的称《大明一统志》。

⑯西京：西汉建都长安,东汉建都雒阳。因称长安为西京,雒阳为东京。后来西京用作西汉的代称。

⑰官师：百官。

⑱驯雅：典雅完美。

⑲子长：即司马迁(约前145或前135—?),字子长,夏阳(今陕西韩城南)人。西汉史学家、文学家,著有《史记》。

⑳缀叶蔽皮：将树叶连缀起来遮盖人的皮肤。

㉑茹毛饮血：谓原始人类不知用火,连毛带血生食禽兽。

㉒衣袂：衣袖,借指衣衫。

㉓殽(yáo)核：通称谷类以外的食品,如肉类、蔬果等。殽,通"肴"。

【解读】

《论文上》与后一篇《论文下》均选自《白苏斋类集》,写于明万历二十五年丁酉(1597)。这年作者三十八岁。文章针对明代前后七子"文必秦汉"的复古主张及其模拟古文字句、晦涩难解的文风,提出了文章

217

要旨在于辞达的文学观点。文章通过论述古文的发展史，说明古文贵在以辞达意，学习古文就要学习"古文贵达"的实质；语言有古今变化，今人盲目模拟古文的字句，可以说是"以不达学达"。全文引证丰富，论述有力。

论　文　下

袁宗道

　　爇①香者，沉则沉烟②，檀③则檀气，何也？其性异也。奏乐者钟不借鼓响，鼓不假④钟音，何也？其器殊也。文章亦然。有一派学问，则酿出一种意见；有一种意见，则创出一般言语。无意见则虚浮，虚浮则雷同⑤矣。故大喜者必绝倒⑥，大哀者必号痛⑦；大怒者必叫吼动地，发上指冠。惟戏场中人，心中本无可喜事，而欲强笑；亦无可哀事，而欲强哭。其势不得不假借⑧模拟耳。

　　今之文士，浮浮泛泛，原不曾的然⑨做一项学问，叩⑩其胸中，亦茫然不曾具一丝意见⑪，徒见古人有立言不朽之说，又见前辈有能诗能文之名，亦欲搦管⑫伸纸，入此行市⑬，连篇累牍，图人称扬。夫以茫昧之胸，而妄意鸿巨之裁⑭，自非行乞左、马⑮之侧，募缘残溺⑯，盗窃遗矢⑰，安能写满卷帙⑱乎？试将诸公一编，抹去古语陈句，几不免于曳白⑲矣。其可愧如此，而又号⑳于人曰："引古词，传今事，谓之属文㉑。"然则二典三谟㉒，非天下至文乎？而其所引果何代之词乎？

　　余少时喜读沧溟、凤洲二先生集㉓。二集佳处，固不可

218

掩;其持论大谬,迷误后学,有不容不辨者。沧溟赠王序,谓"视古修词㉔,宁失诸理"。夫孔子所云辞达者,正达此理耳。无理,则所达为何物乎?无论《典》《谟》《语》《孟》㉕,即诸子百氏㉖,谁非谈理者?道家则明清净之理,法家则明赏罚之理,阴阳家则述鬼神之理,墨家则揭俭慈㉗之理,农家则叙耕桑㉘之理,兵家则列奇正㉙变化之理,汉唐宋诸名家如董、贾、韩、柳、欧、苏、曾、王诸公㉚,及国朝阳明、荆川㉛,皆理充于腹而文随之。彼何所见乃强赖古人失理耶?凤洲《艺苑卮言》不可具驳㉜,其赠李序曰:"六经㉝固理薮已尽,不复措语㉞矣。"沧溟强赖古人无理,而凤洲则不许今人有理,何说乎?此一时遁辞㉟,聊以解一二识者模拟之嘲,而不知其流毒㊱后学,使人狂醉,至于今不可解喻也。然其病源则不在模拟,而在无识。若使胸中的有所见㊲,苞塞㊳于中,将墨不暇研㊴,笔不暇挥,兔起鹘落㊵,犹恐或逸㊶,况有闲力暇晷㊷,引用古人词句耶?故学者诚能从学生理,从理生文,虽驱之使模,不可得矣。

【注释】

①爇(ruò):烧,焚烧。

②沉烟:指点燃的沉香的烟香。

③檀:香木旃檀的省称,即檀香。

④假:凭借。

⑤雷同:随声附和。后泛指相同。

⑥绝倒:前仰后合地大笑。

⑦号痛:号啕痛哭。指放声地哭。

⑧假借：指凭借，借助。

⑨的然：明显貌。这里指实实在在、扎实的样子。

⑩叩：探问。

⑪意见：见解，主张。

⑫搦(nuò)管：握笔，执笔为文。搦，握，持。

⑬行(háng)市：原指商店会集之处，亦以称临时商店。这里指行当，行业。

⑭妄意：妄想。鸿巨：指鸿儒巨子。裁：创作，写作。

⑮左、马：左丘明、司马迁。

⑯募缘：化缘。残溺(niào)：残剩的尿。溺，"尿"的古字，小便。

⑰遗矢：残留的屎。矢，通"屎"。

⑱卷帙：书籍。也指书籍的卷数或册数。

⑲曳白：卷纸空白，只字未写。谓考试交白卷。

⑳号：扬言，宣称。

㉑属文：撰写文章。

㉒二典：《尚书》中《尧典》和《舜典》的合称。三谟：指《尚书》中的《大禹谟》《皋陶谟》《益稷》三篇文章。

㉓沧溟：即李攀龙(1514—1570)，字于鳞，号沧溟，历城(今山东济南)人。明代著名文学家。继"前七子"之后，与谢榛、王世贞等倡导文学复古运动，为"后七子"的领袖人物，被尊为"宗工巨匠"。凤洲：即王世贞(1526—1590)，字元美，号凤洲，又号弇州山人，太仓(今属江苏)人。明代文学家、史学家。

㉔修词：修饰词句，或指写文章。

㉕《典》《谟》《语》《孟》：指二典、三谟以及《论语》《孟子》，都是儒家经典。

㉖诸子百氏：即诸子百家，对春秋战国时期学术派别的总称。

㉗俭慈：节俭、慈爱。出自老子《道德经》第六十七章："我有三宝，

220

持而宝之:一曰慈,二曰俭,三曰不敢为天下先。夫慈,故能勇;俭,故能广;不敢为天下先,故能为成器长。"墨家亦主张"俭"和"慈",《墨子》中有《兼爱》,与"慈"同义;推崇节约、反对铺张浪费,在《节葬》《节用》中得到阐述,与"俭"精神吻合。所以作者用"俭慈"两字来概括墨家的主要思想。

㉘耕桑:种田与养蚕,亦泛指从事农业。

㉙奇正:古时兵法术语。古代作战以对阵交锋为正,设伏掩袭等为奇。《孙子兵法・势篇第五》:"三军之众,可使毕受敌而无败者,奇正是也。……战势不过奇正,奇正之变,不可胜穷也。"

㉚董、贾:汉董仲舒和贾谊的并称,二人以文才著名。韩、柳:韩愈、柳宗元,均是唐代杰出的散文大家,与欧阳修、苏洵、苏轼、苏辙、曾巩、王安石合称唐宋八大家。欧、苏、曾、王:欧阳修、苏洵、苏轼、苏辙、曾巩、王安石六人,均为宋代文学家。

㉛国朝:旧时指称本朝。这里指明朝。阳明、荆川:王阳明、唐顺之。王阳明,即王守仁(1472—1529),字伯安,别号阳明,绍兴府余姚县(今浙江省余姚市)人。明代著名思想家、哲学家、军事家。唐顺之(1507—1560),字应德,一字义修,号荆川。武进(今属江苏常州)人。明代儒学大师、散文家、军事家。

㉜《艺苑卮言》:明代文论著作,王世贞著。该书阐明作者的文学观,主张文必秦汉,诗必盛唐。具驳:详尽地批驳。具,详尽,完全。

㉝六经:儒家经典《诗》《书》《礼》《乐》《易》《春秋》的合称。

㉞措语:犹"措辞",说话,指发表意见。

㉟遁辞:指理屈词穷或不愿吐露真意时,用来支吾搪塞的话。

㊱流毒:传播毒害。

㊲的有所见:确实有独到见解。

㊳苞塞:塞满,充塞。

㊴墨不暇研:来不及磨墨。暇,空闲,闲暇。研,研磨,细磨。

㊵兔起鹘(hú)落:谓兔子刚出窝,鹘立即降落捕捉。极言动作敏捷。亦比喻作书画或写文章下笔迅捷。鹘,隼的旧称。翅膀窄而尖,嘴短而宽,上嘴弯曲并有齿状突起。飞得很快,善于袭击其他鸟类。

㊶逸:散失。

㊷暇晷(guǐ):空闲时日。晷,日影,借指时光。

【解读】

本文主张写文章一定要有自己的主见,要有真正的学问,而不能浮泛地专门抄袭模拟古人的旧说,这样的东西是没有生命力的。这也是对明万历年间以王世贞、李攀龙为代表的拟古文风进行的有力批驳。文中针对李攀龙"视古修词,宁失诸理"、王世贞"六经固理数已尽,不复措语矣"(一个"强赖古人无理",认为古代的文章为了写得漂亮,情愿不要讲理;一个"不许今人有理",认为"理"都被六经说尽,后代均无理可说)这种复古派代表性论调,用大量的事例加以批驳,指出此种论调不过是无识者的遁辞,必将对后学造成巨大的毒害。作者在文末建议学者"从学生理,从理生文",意思是人要先认真学习,在学习中懂得道理,有了独到的见解,然后再来写文章,那样的文章就会是有血有肉、有生命力的了。

戒坛山①记 　　　　袁宗道

戒坛山一

戒坛山,西山幽邃处。入山二十余里,始见山门。有高阁,可望百里。浑河②一带,晶晶槛楯间③。阁后有轩,庋④岩上。出轩右行数百步,乃达戒坛。坛在殿内,甃⑤石为之,坛周回⑥皆列戒神。阁前古松四株,翠枝穿结,覆盖一院。月写虬影⑦,几无隙地。最可喜者,松枝粗于屋柱,去地丈许。游人持杯行行其上,如履平道。时王则之、黄昭素、顾升伯、丘长孺诸公⑧,俱坐松丫⑨中看月。从下观者,闻咳笑声,皆疑鹳鹤之宿树杪⑩矣。

【注释】

①戒坛山:在北京西郊。因山有戒坛而名。明刘侗、于奕正《帝京景物略》卷七云:"殿中坛焉,白石台三级也。周列戒神数百,神高三尺者二十四,胄弁戎服,或器械具;高以尺者甚众,妖鬼男女遝焉。"

②浑河:在北京市通州区。明高文荐《本镇关隘议》:"沿河口外通怀来城百余里,中有浑河,足成天堑。"明蒋一葵《长安客话》卷四:"浑河即桑干河,从保安旧城过沿河口通石港口,直抵卢沟河。……盖桑干下流为浑河,浑河下流为卢沟,以其浊故呼浑河,以其黑故呼卢沟。(燕人谓黑为卢。)本一水也。"

③晶晶:明亮闪光貌。槛(jiàn):栏杆。楯:栏杆的横木,泛指栏杆。

④庋(guǐ):置放。

⑤甃(zhòu):砌垒砖石。

⑥周回:周围。

⑦虬影:盘曲的树枝的影子。

⑧王则之(1557—1627):即王图,字则之,耀州(今陕西省铜川市耀州区)人。明朝官员。万历十四年(1586)进士。官至礼部尚书。黄昭素:黄辉,字平倩,一字昭素,南充(今属四川)人。万历十七年(1589)进士。官至少詹事兼侍读学士。书法及诗与陶望龄、董其昌齐名。有《贻春堂集》《铁庵诗选》。顾升伯(1561—?):即顾天埈,字升伯,江苏昆山人。明万历二十年(1592)进士。丘长孺:名坦,字坦之,

号长孺,湖北麻城人,公安派作家。与三袁兄弟相友善。

⑨丫:指树木或物体分叉的部分。

⑩杪(miǎo):树木的末端,树梢。

戒坛山二

戒坛山以洞胜,庞涓①洞尤为诸洞第一。予既登山顶,峰如聚壤,水如曳绡②。顾见右腋峰腰间,朱槛掩映,度有异景。遂弃诸公,横度数十间,至一径,迷不得前。适一僧曳杖徐行,予大呼不应,以手招之,乃就予。予问:"师何处人?"微笑不答,盖聋僧也。予指槛所,僧遂前导③。转山麓可里许,始达洞门。讯他僧,始知为庞涓洞。予入洞礼佛毕,偃仰④石榻上,脚力稍复。乃命小僧持烛前引,洞中严净⑤宽敞,两壁石乳滴沥成物状,如绘画者,不可胜计。一井绝深,投以瓦砾,宛转铮铮,食顷⑥方歇。僧云:"此井通浑河,往有人缚一犬置井中验之,果从浑河出。"予再探诸洞,俱奅⑦浅。遂返方丈,侈谈⑧所见骄诸公。王则之强言不须游。余笑曰:"至戒坛不见庞涓洞,与坐宣武街宅中何别?"洞中多鹅管石⑨,可入药,予以语昭素,昭素始大悔不游。

【注释】

①庞涓(? —前341):战国时期军事家,魏国名将。相传与孙膑同拜于隐士鬼谷子门下。

②曳绡:飘曳的轻纱。曳,拖。绡,薄的生丝织品,轻纱。

③前导:引导,引路。

④偃仰:俯仰。

⑤严净:庄严干净。

⑥食顷:一顿饭的时间。

⑦弇(yǎn):狭窄。

⑧侈谈:大谈,纵论。

⑨鹅管石:石钟乳的别名。因其中空轻薄如鹅翎管,故称。

【解读】

本文是作者万历二十五年丁酉(1597)在北京作。本年其女死于难产,故与同馆诸友好出游以遣悲怀。

作者前有《游西山》五则,西山又名小清凉山,丛林杂寺,青白相间,是北京著名的游览胜地。戒坛山在西山最深处,山上有寺,名戒坛寺,又名戒台寺,以天下第一戒坛而著名,它位于北京市门头沟区的马鞍山麓,距市区约二十五公里,始建于隋开皇(581—600)年间,原名慧聚寺,明代正统(1436—1449)年间更名为万寿禅寺。戒坛,顾名思义,为佛教僧徒传戒之坛。《戒坛山一》对戒坛山只作了简要介绍,说它位于西山最幽深处,然后叙写山上的高阁以及远处可见的浑河(桑干河)。阁后有小轩挺出在岩石上,出轩往右走数百步为戒坛。戒坛在寺院大殿内,用石头堆砌而成,周围列坐戒神。接下来重点叙述阁前遮天蔽日的四株古松,松枝粗于屋柱,离地一丈多高,拿着酒杯的游人走在上面,如履平地。当夜作者一行人就坐在松树丫杈中赏月,树下面只听到上面有人的咳笑声,却见不到人,不知道的还以为是鹳鹤栖宿在树梢上呢。这一节描写得很生动。

《戒坛山二》主要写庞涓洞。首先写发现洞的经过。洞在山麓,由聋僧引导到达。进洞后,发现里面很宽敞,也很干净整洁,洞里有佛像,有石榻可供坐卧,两壁有千姿百态的钟乳石,美如图画。洞中奇异之处是有一深井,它与浑河相通,投一块瓦砾下去,发出铮铮的声音,要一顿饭的工夫方才停息。这也是一次奇遇,作者回去夸说,同行者王则之则不以为然，只有黄昭素听后对自己未能游览庞涓洞大为后悔。本文记游过程不复杂，内容叙述也很简洁。可以看出，它受唐柳宗元山水游记的影响，但更接近小品的写法，僻处探幽中，更是自由随性的挥洒，贸然而往，戛然而止，与柳宗元往往寄兴于物、寓意于游相比，少了点深沉的韵味。这大概是晚明小品的一个共同特点。

华无技《荷荼①言》序　　高攀龙

　　华无技家有广庭，庭中双桂对峙，屹如两山，枝下虬②拂地，树中各可布席，坐数十客，叶密护之如幄。花发时耸色夺目，浓香沁骨。乍见而骇，不谓天壤间有此奇，盖世无其俪③矣。不佞④非以事夺，无年不作赏花人。一日酒中，无技出《荷荼言》示不佞。旨⑤哉无技！家太湖滨，青山白水，浸灌久矣，味深矣，宜其能言丈人⑥意中事。言之不足，而三言之、四言之，味愈隽也。第无技即有高韵，一丘一壑⑦，不佞尝以自与而不与无技。无技与不佞生同岁，其受气十倍不佞，当用于世，未可以丘壑⑧与；又其人有肝胆，能当天下事，未忍以丘壑与。然无技阅世多，知世味如此尔，无涯之乐现前，有尽之年迫后，坐双桂间，香一炉，茗一杯，酒一樽，书一卷，出门而云烟帆鸟变态于七十二峰，皆吾几席上物，世味岂更有旨于是者！宜其有荷荼之心哉！

【作者简介】

　　高攀龙（1562—1626），字云从，后改字存之，号景逸。无锡（今属江苏)人。万历十七年(1589)进士,授行人司行人。以上疏弹劾首辅王锡爵,谪揭阳典史。遭亲丧,家居二十余年。天启元年(1621),进光禄少卿,疏劾阁臣方从哲,夺禄一年,改大理寺右少卿。四年(1624)拜左都御史,揭御史崔呈秀贪赃秽行,为阉党痛恨,削籍归。与顾宪成在无锡东林书院讲学,并称高顾。后遭阉党迫害,投水死。有《高子遗书》。

【注释】

①荷(hè)蓧(diào):肩扛耘田用的竹器。蓧,古代耘田用的竹器。

②下虬:向下盘曲。虬,拳曲,弯曲。

③俪:成对的或并列的事物。

④不佞:谦辞。指自己。佞,才能。

⑤旨:美好。

⑥丈人:对年长男子的尊称。这里指荷蓧丈人。《论语·微子》:"子路从而后,遇丈人,以杖荷蓧。子路问曰:'子见夫子乎?'丈人曰:'四体不勤,五谷不分,孰为夫子?'植其杖而芸。"

⑦一丘一壑:犹一山一水。《汉书·叙传上》:"渔钓于一壑,则万物不奸其志;栖迟于一丘,则天下不易其乐。"后因以"一丘一壑"指退隐在野,放情山水。

⑧丘壑:乡村,幽僻之地。谓隐逸。

【解读】

作者因朋友华无技家的庭院景致优美、环境宜人,引出荷蓧丈人的言语以及退隐林下的话题。荷蓧丈人是春秋时期的一位隐士,看不惯孔子不劳而获的行为,所以当着孔子的学生子路的面指斥孔子"四体不勤,五谷不分"。华无技再三复述荷蓧丈人的话,是懂得荷蓧丈人的深意,世间无可为,便退隐林下,过自足自得的生活。但作者认为,这个林下的生活应当是他自己来享受的,还轮不到华无技,因为华无技是"用于世"的人,有肝胆,"能当天下事",他"未可以"、也"未忍"让华无技退隐得享林泉的高致。从"第无技即有高韵"一句而下,作者话锋一转,即论述世味之乐与自然之乐的选择,认为华无技是阅世很深的人,知"世味"不过如此,而自然有无涯的快乐,因此,趁有尽之年,去享受天真之趣,优游自在,当然远较世味为美,如鱼与熊掌不可兼得,当然华无技选择荷茶丈人的方式,那也在情理之中。

本文夹叙夹议,以议为主,前后呼应,文气从容不迫,不经意间卒章见志,亦颇有意趣。

叙《竹林集》 袁宏道

往与伯修过董玄宰①。伯修曰:"近代画苑②诸名家,如文徵仲、唐伯虎、沈石田辈③,颇有古人笔意不④?"玄宰曰:"近代高手,无一笔不肖⑤古人者。夫无不肖,即无肖也,谓之无画可也。"余闻之悚然⑥,曰:"是见道⑦语也。"故善画者,师⑧物不师人;善学者,师心不师道⑨;善为诗者,师森罗万象⑩,不师先辈。法李唐⑪者,岂谓其机格与字句哉⑫?法其不为汉、不为魏、不为六朝之心而已,是真法者也。是故减灶背水之法⑬,迹而败⑭,未若反而胜⑮也。夫反,所以迹也。今之作者,见人一语肖物,目为新诗。取古人一二浮滥⑯之语,句规而字矩之⑰,谬⑱谓复古,是迹其法,不迹其胜者也,败之道也。嗟夫! 是犹呼傅粉抹墨之人⑲,而直谓之蔡中郎⑳,岂不悖㉑哉! 今夫时文㉒,一末技㉓耳,前有注疏㉔,后有功令㉕,驱天下而不为新奇不可得者,不新则不中程㉖故也。夫士即以中程为古耳,平与奇何暇论哉?

王以明先生为余业举^㉗师，其为诗能以不法为法^㉘，不古为古^㉙，故余为叙其意若此。噫！此政可与徐熙诸人道也^㉚。

【作者简介】

袁宏道（1568—1610），字中郎，号石公。公安（今属湖北）人。万历二十年（1592）进士，历任吴县知县、礼部主事、吏部验封司主事、稽勋郎中、国子博士等职。明末公安派的首领，论文反对复古主义，提出"独抒性灵，不拘格套"的性灵说。与其兄袁宗道、弟袁中道并有才名，史称"公安三袁"。著有《袁中郎全集》。

【注释】

①伯修：即袁宗道，作者长兄。过：探望，拜访。董玄宰：即董其昌（1555—1636），字玄宰，号思白。松江府华亭（今上海市松江区）人。明朝后期大臣，著名书画家。

②画苑：绘画艺术荟萃的地方。亦泛指画坛。

③文徵仲：即文徵明（1470—1559），原名壁，字徵明。四十二岁起，以字行，更字徵仲。南直隶苏州府长洲县（今江苏省苏州市）人。明代著名书画家、诗人。在中国画史上与沈周、唐寅、仇英合称"明四家"。唐伯虎：即唐寅（1470—1524），字伯虎，小字子畏，号六如居士。南直隶苏州府吴县（今江苏省苏州市）人。明代著名书画家、诗人。沈石田：即沈周（1427—1509），字启南，号石田。南直隶苏州府长洲县（今江苏省苏州市）人。明代著名书画家。辈：同属一类的人或事物。

④颇有：稍有。颇，略微，稍微。笔意：指书画或诗文所表现的意态情致。不：通"否"。

⑤不肖：不像。

⑥悚然：肃然恭敬貌。

⑦见道:洞彻真理,明白道理。

⑧师:学习,效法。

⑨师心不师道:师法别人的用心,不师法别人的形式(道路)。

⑩森罗万象:指宇宙间各种事物展现出的万千气象。语出南朝梁陶弘景《茅山长沙馆碑》:"夫万象森罗,不离两仪所育;百法纷凑,无越三教之境。"

⑪李唐:指唐朝。唐皇室姓李,故称。

⑫机格:规格,格式。字句:文章中的字眼和句子。

⑬减灶:战国时,魏将庞涓攻韩,齐将田忌、孙膑率师救韩。孙膑故意逐日减少军队的灶数,造成士卒日渐逃亡的假象,以迷惑魏军。魏军果中其计,追至马陵道遭伏击,大败,庞涓自杀。事见《史记·孙子吴起列传》。背水:即背水一战,指韩信率汉军与赵军作战,背靠河水排开阵势,置之死地而后生,决战取胜。后以此典比喻后无退路,只有拼死一战以求生存。见《史记·淮阴侯列传》。

⑭迹而败:亦步亦趋模仿,就会失败。迹,踩着前人的脚印。这里指跟随,模仿。

⑮未若反而胜:不如反着来或者另辟蹊径而取得胜利。

⑯浮滥:泛滥,多而杂。

⑰句规而字矩之:模拟着古人的句法和用字。

⑱谬:错误。

⑲傅粉:在脸上抹粉。抹墨:涂上黑色颜料,指描眉。

⑳蔡中郎:即蔡邕(132—192),字伯喈。陈留郡圉县(今河南杞县西南)人。东汉时期名臣,文学家、书法家。董卓掌权时,强召为祭酒。三日之内,历任侍御史、治书侍御史、尚书。后迁侍中、左中郎将等职,世称"蔡中郎"。

㉑悖:荒谬。

㉒时文:时下流行的文体。旧时对科举应试文体的通称。唐宋时

指律赋。明清时特指八股文。

㉓末技:谓不足道的技艺,小技。

㉔注疏:对经书字句的注解和疏解。

㉕功令:古代国家对学者考核和录用的法令或规程。

㉖中(zhòng)程:合乎法度,符合要求和规格。

㉗业举:谓为科举应试而学习。

㉘以不法为法:以不拘泥成法作为自己的法则。

㉙不古为古:不机械模仿古人而有古意。

㉚政:通"正"。徐熙:五代十国时期南唐杰出画家,金陵(今江苏省南京市)人,一说钟陵(今江西省南昌市)人。善画花竹林木、蝉蝶草虫,其妙与自然无异。宋沈括《梦溪笔谈》形容徐熙"以墨笔画之,殊草草,略施丹粉而已,神气迥出,别有生动之意"。

【解读】

钱伯城《袁宏道集笺校》在此文下有笺注:"万历二十七年己亥(一五九九)在北京作。卷十五有《赠王以明纳赀归小竹林》诗,此文当同时作。案《湖北诗征》三十载:'王辂年二十,即契无生之旨,一时如李卓吾、陶石篑、袁伯修俱为性命交。甫任别驾,即归茂林著书,以高逸自处。有《小竹林诗文集》。'又据《三楚文献录》,辂所居竹林,在公安平乐村。"

《竹林集》的著者王辂是袁宏道的老师,他们都是公安人。

本文是对明朝中期前后七子复古主张的反击,指出"师森罗万象,不师先辈",创造自己的作品,这是文艺创作的取胜之道;倘若亦步亦趋,蹈袭前人,则必然失败。

本文主要是议论。它分两段。第一段,叙述一次拜访明代著名画家董其昌的经历,借董其昌的言论而发议论。董其昌说,近代作画高手,每一笔都模拟古人,正因为全都是模拟,所以都不像真正的画作。言下之意,他们都没有自己的创作,画出来都是人家的,所以根本不能算成功的作品。作者听此高论,认为这真的是洞见时弊,一针见血,揭示出以文徵明、唐伯虎、沈周等人为代表的绘画创作上的弊病。接着,作者展开议论,认为善画的人要以自然为师,善学的人要以内心为师,善作诗的人要以大千世界为师。倘若学前人,就不能只学他们的形式,亦步亦趋,而更要学他们的用心用意。对于前人的成法,有时要另辟蹊径,有时要反其道而行,只有这样,才能创作出自己的东西,有所成就。作者又以当时流行的文体为例,说明代科举考试中的八股文是要以四书为内容,以宋元理学家的注疏为根据,考试后判卷评等级,也都有固定不变的程式,都是些死板的、极为束缚人的东西,所以天下读书人也都亦步亦趋追随时文路数,他们的目标只是考取功名,所以对文章的好与坏、平庸与奇特是无暇去分辨的。言下之意,时文的创作受到了若干束缚,根本无法出现好的作品。

　　第二段,作者以简短的文字归纳自己的业举师王辂的作品风格。作者认为他的文章不追求一定的程式,也不刻意追求与古人的形似,所以他的文章是有特色的,正如五代十国时期南唐的大画家徐熙那样,作品生动传神,"其妙与自然无异"。

西 湖 游 记　　　　　袁宏道

西　湖　一

　　从武林门①而西,望保叔塔突兀层崖中②,则已心飞湖上也。午刻入昭庆③,茶毕,即棹小舟入湖。山色如娥④,花光如颊⑤,温风如酒,波纹如绫,才一举头,已不觉目酣神醉。此时欲下一语描写不得,大约如东阿王⑥梦中初遇洛神时也。余游西湖始此,时万历丁酉二月十四日也。

晚同子公渡净寺⑦,觅阿宾⑧旧住僧房。取道由六桥、岳坟、石径塘而归。草草领略,未及遍赏。次早得陶石篑⑨帖子,至十九日,石篑兄弟同学佛人王静虚至,湖山好友,一时凑集矣。

【注释】

①武林门:杭州早前的十座城门之一,为杭州北面的门户。

②保叔塔:位于杭州西湖北宝石山上,又名保俶塔。五代十国时期所建,凡九级。北宋咸平(998—1003)年间,和尚永保师叔(简称“保叔”)募缘十年进行重修,改为七级。历代曾多次重建。层崖:重叠的山崖。

③昭庆:即昭庆寺,与净慈寺齐名,五代后晋天福元年(936)由吴越国王钱元瓘创建。

④娥:美女。

⑤颊:脸的两侧。这里指少女的面颊。

⑥东阿王:即曹植(192—232),字子建,沛国谯县(今安徽省亳州市)人。曹操子。魏黄初三年(222)封鄄城王,后改封陈王,三十八岁时徙封东阿,故称。著有辞赋名篇《洛神赋》。

⑦子公:即方文僎,字子公,新安人。袁宏道门客。净寺:即净慈寺,始建于五代时期,因寺内钟声响彻,在南宋时有“南屏晚钟”之誉,且成为西湖十景之一。

⑧阿宾:即袁中道(1570—1626),字小修,袁宏道之弟,阿宾当是其小名。

⑨陶石篑:即陶望龄(1562—1609),字周望,号石篑,会稽(今浙江省绍兴市)人。万历十七年(1589)进士,历官翰林院编修、侍讲、国子监祭酒。著有《制草》若干卷、《歇庵集》二十卷、《解庄》十二卷、《天水

阁集》十三卷等。

西　湖　二

　　西湖最盛，为春为月^①。一日之盛，为朝烟，为夕岚^②。今岁春雪甚盛，梅花为寒所勒^③，与杏桃相次开发^④，尤为奇观。石篑数为余言，傅金吾^⑤园中梅，张功甫^⑥家故物也，急往观之。余时为桃花所恋^⑦，竟不忍去^⑧。湖上由断桥至苏堤一带，绿烟红雾^⑨，弥漫二十余里。歌吹为风，粉汗为雨，罗纨之盛，多于堤畔之草，艳冶极矣。

　　然杭人游湖，止午未申三时。其实湖光染翠^⑩之工，山岚设色^⑪之妙，皆在朝日始出，夕舂^⑫未下，始极其浓媚^⑬。月景尤不可言，花态柳情，山容水意，别是一种趣味。此乐留与山僧、游客受用^⑭，安可为俗士道哉！

【注释】

①为春为月：是春天，是月夜。

②夕岚：傍晚山林中雾气迷蒙的景色。岚，山间的雾气。

③勒：抑制。

④相次开发：一个接一个地开放。

⑤傅金吾：任执金吾的傅某。金吾，官名，即执金吾，掌管京师治安。

⑥张功甫：南宋词人张镃，字功甫，著有《梅品》等。其家园林中有梅花四百株。

⑦恋：迷住。

⑧去：离开。

⑨绿烟红雾：指绿柳红桃，叶茂花盛，颜色浓艳。

⑩湖光染翠:湖面的波光因为树影倒映而呈现绿色。

⑪设色:涂色,着色。

⑫夕舂:夕阳。

⑬极其浓媚:把它的浓媚姿态发挥到极致。

⑭受用:享用。

【解读】

本文是作者于万历二十五年丁酉(1597)在杭州作。作者《西湖游记》共四篇,这是前面的两篇。文章主要采用了记叙和抒情的表达方式,按照游西湖的先后顺序,记叙了西湖美丽的景色和游西湖的感想,而描绘春季西湖美景时不尚夸饰,只就眼前之景点染几笔,却鲜活地刻画出西湖的"灵性",表达了与常人不同的独到审美情趣,从而表现出作者不与世俗同流合污、独以自然山水为乐的情感。

《西湖一》分四个层次。第一层,写作者出杭州武林门西行游览西湖的心情急迫。第二层,写游西湖所见及内心感受。第三层,交代此行是作者第一次游西湖及游览时间。第四层,写晚渡净寺,并取道六桥等回家的经过。末尾补叙陶石篑兄弟及湖山诸友一时凑集的盛况。

《西湖二》的第一层,总写西湖景色最盛美的时候是春天,是月夜;一日之内最盛美的则是晨雾,是夕岚。第二层,写杭州梅、桃相次盛开,陶石篑邀赏梅,但作者执意欣赏西湖的桃花,与传统士大夫的审美情趣相悖,显示出独特的个性和审美观。接着,着重叙写苏堤上绿柳红花、游人如织的繁盛华艳的景象。第三层,笔锋一转,叙写西湖景色最美的时刻,在"朝日始出"和"夕舂未下"之时,但杭州人游湖都在下午,不会真正鉴赏西湖美景。

孤　山

袁宏道

孤山处士①，妻梅子鹤，是世间第一种便宜②人。我辈只为有了妻子，便惹许多闲事，撇之不得，傍之可厌，如衣败絮行荆棘中，步步牵挂。近日雷峰③下有虞僧孺，亦无妻室，殆是孤山后身。所著《溪上落花诗》，虽不知于和靖如何，然一夜得百五十首，可谓迅捷之极。至于食淡参禅④，则又加孤山一等矣。何代无奇人哉？

【注释】

①孤山处士：指北宋林逋。林逋（967—1028），字君复，钱塘（今浙江杭州）人。隐居杭州孤山，二十年足不及城市，不娶，无子，而植梅放鹤，称"梅妻鹤子"，卒谥和靖先生。

②便宜：方便，顺当。

③雷峰：山峰名，在杭州西湖南岸南屏山净慈寺前。旧有郡人雷氏居此，因名。

④参禅：佛教术语，指佛教徒静坐冥思参悟禅理。

【解读】

本文很短，写孤山，其实是写孤山上的人。第一位是林逋，宋代著名的以梅为妻、以鹤为子的隐士。用林逋的隐逸来对比俗世生活，认为俗世生活如"衣败絮行荆棘中，步步牵挂"，衬出隐士的超脱、可贵。第二位是雷峰下的虞僧孺，与作者同时代，"亦无妻室"，也会写诗，此外还"食淡参禅"，其境界又较林逋为高。

作者用很少的笔墨就描述出两位奇人的共性及差异。共性者，同为隐士，均无妻室，皆好写诗。所异者，一位儒、道相融，然生性淡泊，不慕荣利，如陶渊明一等人；一位则食淡参禅，是追寻真道的人，境界又很高。文章夹叙夹议，以议为主。文字如行云流水，随意简练，结构亦颇清晰。开篇有先声夺人之妙，结语点题，亦十分劲健。

飞来峰①

袁宏道

　　湖上诸峰，当以飞来为第一，高不余数十丈，而苍翠玉立。渴虎奔猊②，不足为其怒也；神呼鬼立，不足为其怪也；秋水暮烟，不足为其色也；颠书吴画③，不足为其变幻诘曲④也。石上多异木，不假土壤，根生石外。前后大小洞四五，窈窕通明，溜乳⑤作花，若刻若镂。壁间佛像，皆杨秃所为，如美人面上瘢痕⑥，奇丑可厌。

　　余前后登飞来者五：初次与黄道元、方子公同登，单衫短后⑦，直穷莲花峰⑧顶，每遇一石，无不发狂大叫。次与王闻溪同登。次为陶石篑、周海宁。次为王静虚、石篑兄弟。次为鲁休宁。每游一次，辄思作一诗，卒不可得。

【注释】

　　①飞来峰：又名灵鹫峰，在杭州西湖灵隐寺对面。山体由石灰岩构成，与周围群山迥异。山上老树古藤，盘根错节；岩骨暴露，峰棱如削。相传东晋时印度僧人慧理看到此峰惊奇地说："此是中天竺国灵鹫山之小岭，不知何年飞来？"故称飞来峰。

　　②猊(ní)：狻猊的省称。狻猊，兽名，狮子。

　　③颠书：唐著名书法家张旭的草书作品。吴画：唐吴道子所画的佛像。

④诘曲：屈曲，曲折。

⑤溜乳：石灰岩上滴下来的像乳液一样的水滴。

⑥瘢痕：创口或疮口留下的痕迹。

⑦短后：即短后衣，后幅较短的上衣，便于活动，多为武士之衣。

⑧莲花峰：在飞来峰西，《水经注》谓有孤石壁立，大三十围，其上散开，状如莲花。

【解读】

本文写景状物，主要写飞来峰的形状、景致及树木生长特点、岩洞等内容。文章很短，但内容丰富，描写十分生动。第一句总括，评价飞来峰的风景在西湖各山峰中排第一。然后用四个排比句状写此峰的奇形怪状、景色的美丽变幻等来证明它的地位。再依次叙写根生石外的树木及岩洞中的石花。最后写作者来游的次数以及每次登临遇石时的兴奋心情，并交代同游人的姓名。末句"每游一次，辄思作一诗，卒不可得"看似随意，却留下疑问，给人提供想象的空间，有余韵绕梁之妙。

灵　隐

袁宏道

灵隐寺①在北高峰下。寺最奇胜，门景尤好。由飞来峰至冷泉亭②一带，涧水溜玉，画壁流青，是山之极胜处。亭在山门外，尝读乐天记③有云："亭在山下水中，寺西南隅，高不倍寻④，广不累丈，撮奇搜胜，物无遁形⑤。春之日，草薰木欣，可以导和纳粹；夏之日，风泠泉渟⑥，可以蠲烦析醒⑦。山树为盖，岩石为屏，云从栋生，水与阶平。坐而玩⑧之，可濯足⑨于床下；卧而狎⑩之，可垂钓于枕上。潺湲洁澈，甘粹柔滑。眼目之器，心舌之垢，不待盥⑪涤，见辄除去。"观此记,亭当在水中。今依涧而立,涧阔不丈余,无可置亭者,然则冷泉之景,比旧盖减十分之七矣。

韬光⑫在山之腰,出灵隐后一二里,路径甚可爱。古木婆娑⑬,草香泉渍⑭,淙淙之声,四分五路,达于山厨。庵内望钱塘江,浪纹可数。余始入灵隐,疑宋之问⑮诗不似。意古人取景,或亦如近代词客,捃拾帮凑⑯。及登韬光,始知"沧海""浙江""扪萝""刳木"数语,字字入画,古人真不可及矣。宿韬光之次日,余与石篑、子公同登北高峰绝顶而下。

【注释】

①灵隐寺:又名云林寺,位于浙江省杭州市,背靠北高峰,面朝飞来峰,始建于东晋咸和元年(326)。

②冷泉亭:在灵隐寺山门之左。

③乐天记:白居易所写的游记。乐天,即唐诗人白居易(772—846),字乐天,号香山居士。曾写有《冷泉亭记》。

④倍寻:两寻的长度。寻,古代长度单位,一般为八尺。

⑤遁形:犹言隐藏形体。

⑥渟(tíng):水聚集不流。

⑦蠲(juān)烦:消除烦恼。蠲,除去,免除。析酲(chéng):解酒,醒酒。酲,酒醉后神志不清。

⑧玩:观赏,欣赏。

⑨濯(zhuó)足:洗去脚上的泥垢。

⑩狎(xiá):接近,亲近。

⑪盥(guàn):洗手,以手承水冲洗。

⑫韬光:即韬光寺,位于西湖飞来峰景区法云弄,唐朝时蜀地名僧韬光禅师所建,五代后晋天福三年(938)吴越王重建。

⑬婆娑：犹扶疏，枝叶纷披貌。

⑭渍：浸润，湿润。

⑮宋之问（约656—713）：初唐诗人。曾作《灵隐寺》诗，中有"楼观沧海日，门对浙江潮。桂子月中落，天香云外飘。扪萝登塔远，刳木取泉遥"等句。

⑯捃（jùn）拾：拾取，收集。帮凑：犹拼凑。

【解读】

本文分两段，主要写灵隐寺、韬光寺的风景。第一段点明西湖灵隐寺的位置，指出灵隐寺更奇胜的风景是门景，并同时介绍山景，其极胜处又在飞来峰至冷泉亭一带。文字很简洁，交代的内容却很丰富。接着作者引用白居易《冷泉亭记》大段文字，浓墨重彩，状写冷泉亭的佳胜宜人之处。同时根据观察，对照白居易的文章，指出冷泉亭以前"当在水中"，而今则"依涧而立，涧阔不丈余，无可置亭者"。宋朝时因水道的阻塞、环境的改变，冷泉亭已被移建于岸上，所以作者当日游览时这里的风景也就比过去逊色不少。

第二段，记叙从灵隐寺出去，走一二里，到达北高峰的半山腰，这里是韬光寺所在地。环境很好，"古木婆娑，草香泉渍"，特别是登临远眺，视野极好，可清晰看见钱塘江的浪花。作者到这里，用实景印证唐初诗人宋之问的《灵隐寺》诗是真"字字入画"，赞叹"古人真不可及"。这一段由叙入议，自然真实。

烟霞石屋　　　　袁宏道

烟霞洞①，亦古亦幽，凉沁入骨，乳汁溁溁②下。石屋虚朗，如一片云，欹侧而立；又如轩榭③，可布几筵④。余凡两过石屋，为佣奴⑤所据，嘈杂若市，俱不得意而归。

【注释】

①烟霞洞:为杭州著名景点烟霞三洞(石屋洞、水乐洞、烟霞洞)之一,位于南高峰下的烟霞岭上。

②涔(cén)涔:雨、汗、泪等不止貌。

③轩榭:指以轩敞为特点的亭阁台榭一类建筑物。轩,有窗的长廊或小屋。榭,建在高台上的木屋。多为游观之所。

④几:用于凭倚或放置小物件的小矮桌。筵:古人席地而坐时铺的竹席。

⑤佣奴:佣人。

【解读】

本文不足七十字,用极简的笔墨将烟霞洞主要特征形象地勾画出来,十分生动,同时表达两过石屋因嘈杂若市的环境而"俱不得意而归"的遗憾心情。写景抒情,层次清楚,收束自然,自是妙笔。

烟霞石屋,即烟霞洞下用石头砌成的一座石屋,又称石屋寺。据明张京元《石屋小记》:"石屋寺,寺卑下无可观。岩下石龛,方广十笏,遂以屋称。屋内,好事者置一石榻,可坐。四旁刻石像如傀儡,殊不雅驯。想以幽僻得名耳。出石屋西,上下山坡夹道皆丛桂,秋时着花,香闻数十里,堪称金粟世界。"以上文字可供参考。

虎　丘①

袁宏道

虎丘去城可七八里,其山无高岩邃壑,独以近城故,箫鼓楼船,无日无之。凡月之夜,花之晨,雪之夕,游人往来,纷错如织。而中秋为尤胜。每至是日,倾城阖户,连臂而至。衣冠士女,下迨蔀屋②,莫不靓妆丽服,重茵累席,置酒交衢③间。从千人石④上至山门,栉比如鳞,檀板丘积,樽罍⑤云泻;远而望之,如雁落平沙,霞铺江上;雷辊⑥电霍,无得而状。布席⑦之初,唱者千百,声若聚蚊,不可辨识。分曹部署⑧,竞以歌喉相斗,雅俗既陈,妍媸⑨自别。未几而摇头顿足者,得数十人而已。已而明月浮空,石光如练,一切瓦釜⑩,寂然停声,属而和者,才三四辈⑪。一箫,一寸管,一人缓板而歌,竹肉⑫相发,清声亮彻,听者魂销。比至夜深,月影横斜,荇藻⑬凌乱,则箫板亦不复用。一夫登场,四座屏息,音若细发,响彻云际,每度一字,几尽一刻,飞鸟为之徘徊,壮士听而下泪矣。

剑泉⑭深不可测,飞岩如削。千顷云得天池诸山作案⑮,峦壑竞秀,最可觞客。但过午则日光射入,不堪久坐耳。文昌阁亦佳,晚树尤可观。面北为平远堂⑯旧址,空旷无际,仅虞山⑰一点在望。堂废已久,余与江进之⑱谋所以复之,欲祠韦苏州、白乐天诸公于其中⑲,而病寻作。余既乞归,恐进之兴亦阑矣。山川兴废,信有时哉!

吏吴两载,登虎丘者六。最后与江进之、方子公⑳同登,迟月生公石㉑上,歌者闻令来,皆避匿去。余因谓进之曰:"甚矣,乌纱之横,皂隶之俗哉!他日去官,有不听曲此石上者,如月㉒!"今余幸得解官,称"吴客"矣,虎丘之月,不知尚识㉓余言否耶?

【注释】

①虎丘:山名,苏州名胜之一,位于苏州市西北,有虎丘塔、千人石等名胜古迹。相传春秋时吴王阖闾葬在这里,三日后有虎来踞其上,

故名。

②下迨蔀(bù)屋：下至小户人家。迨，及，至。蔀屋，穷苦人家昏暗的屋子。

③交衢：指道路交错之处。

④千人石：虎丘山脚巨石。

⑤樽罍(léi)：两种盛酒器。罍似坛。

⑥雷辊(gǔn)：雷的轰鸣声。这里指车轮滚滚声。

⑦布席：安设筵席。

⑧分曹部署：分部安排。曹，群，组。

⑨妍媸(chī)：美和丑。

⑩瓦釜：即瓦缶，一种小口大腹的瓦器，也是原始的乐器。屈原《卜居》："黄钟毁弃，瓦釜雷鸣。"这里比喻低级的音乐。

⑪属(zhǔ)而和(hè)者，才三四辈：随着唱和的就只有三四群人。

⑫竹肉：泛指器乐与歌唱。《世说新语·识鉴》刘孝标注引《孟嘉别传》："(桓温)又问：'听伎，丝不如竹，竹不如肉，何也？'(孟嘉)答曰：'渐近自然。'"丝指弦乐器，竹指管乐器，肉指人的歌喉。

⑬荇(xìng)藻：两种水草名。这里用以形容月光下树的枝叶影子。北宋苏轼《记承天寺夜游》："庭下如积水空明，水中藻荇交横，盖竹柏影也。"

⑭剑泉：在虎丘千人石下，相传为吴王洗剑处，又称剑池。

⑮千顷云：虎丘的一处高地，位于虎丘最高处。一说山上有亭子，名为千顷云。天池：山名，又名华山，在苏州市西郊。案：几案。

⑯平远堂：初建于宋代，至元代改建。旧址位于虎丘山麓。

⑰虞山：位于江苏省常熟市西北。

⑱江进之：名盈科，字进之，桃源(今属湖南)人，万历二十年(1592)进士，时任长洲知县，与作者友善。著有《雪涛阁集》。

⑲祠:祭祀。韦苏州:唐诗人韦应物,曾任苏州刺史。白乐天:唐诗人白居易,曾任苏州刺史。任上曾开河筑堤,直达山前,人称白公堤,即今山塘街。

⑳方子公:方文僎,字子公,新安(今安徽省黄山市歙县)人。穷困落拓,由袁中道荐给袁宏道,为袁宏道料理笔札。

㉑生公石:虎丘大石名。传说晋末高僧竺道生(世称生公)尝于虎丘山聚石为徒,讲《涅槃经》,群石为之点头。

㉒如月:对月发誓。"有如"或"如",为古人设誓句式。《诗经·王风·大车》:"谓予不信,有如皦日!"《左传·僖公二十四年》记晋公子重耳临河之誓:"所不与舅氏同心者,有如白水!"宋周密《齐东野语》卷十一录蜀中妓送行词:"若相忘,有如此酒!"皆指眼前一物作誓。

㉓识(zhì):记住。

【解读】

本文是作者在万历二十四年丙申(1596)年底前后在南直隶苏州府吴县所作。此时作者已解吴县知县职,但尚未离吴,这是追记两年来宦吴之游所作的文字。

本文是作者游记散文中的代表作。文中记述了中秋夜苏州人游虎丘的情景,其中写得最精彩的是有关虎丘赏月赛歌的盛大场面。从开始"唱者千百"到最后"壮士听而下泪",层层深入,情景交融,把读者引入一个若有所失但更有所得的境界。

接着,叙写虎丘的诸处风景,如剑泉"深不可测"、千顷云"峦壑竞秀"、文昌阁"晚树尤可观",又重点写了平远堂荒废已久,自己与江盈科谋划重修,想祠韦应物、白居易等人于其中,但因病中止,而今又解职,最终成了遗憾。

最后一段,写作者在吴县任知县两年,登虎丘六次,最后一次来,是在生公石上赏月。当时歌者听说知县到来,都纷纷避去,因此引起作者对由来已久的官场专横之风的愤慨。他表示,将来一旦解官做平民,就一定要到这里来赏月并欣赏歌者的曲子。这表达了作者清高脱俗、愿与民同乐的平民意识。

本文将六次虎丘之行融会一处,选取最为精彩的片段进行叙述,详略得当。在叙述方式上,采用铺排、裁剪、比喻等手法,围绕虎丘之景、虎丘之人以及游乐之事进行多角度、多方面描写,构成一幅完整的画卷。结尾画龙点睛,通过先后以官员和平民身份游历虎丘的不同心境,表述内心情志,赋予文章讽喻的色彩。

初至天目双清庄记①　　　袁宏道

数日阴雨,苦甚。至双清庄,天稍霁②。庄在山脚,诸僧留宿庄中,僧房甚精③,溪流激石作声,彻夜到枕上。石篑梦中误以为雨,愁极,遂不能寐。次早,山僧供茗糜④,邀石篑起。石篑叹曰:"暴雨如此,将安归乎?有卧游耳。"僧曰:"天已晴,风日甚美,响者乃溪声,非雨声也。"石篑大笑,急披衣起,啜⑤茗数碗,即同行。

【注释】

①天目:天目山,古称浮玉山,在浙江省杭州市临安区境内。分东西两支,双峰雄峙,并多为怪石密林。相传峰巅各有一池,左右相望,故称"天目"。双清庄:位于天目山下。相传梁昭明太子萧统在西天目读书,在东天目参禅,曾双目失明,以东西天目泉水洗眼后复明,故名双清庄。

②霁:雨雪停止,天放晴。

③精:干净整洁。

④茗糜:茶水和稀饭。

⑤啜:喝。

　　本文相当于作者天目游记的序曲。文字很短,描写却很生动,富有情趣。先写好几天阴雨,心情苦闷。到天目山脚下的双清庄时,雨稍停止。据文中叙述,双清庄应当是一所寺院,和尚将作者一行留宿庄中。僧房很整洁,因靠近溪边的缘故,所以激石作声,通宵都能听到。同伴陶石篑以为又下了一夜的雨,担心不能出游,所以极为愁闷,一夜都睡不着。第二天早上,当和尚准备好了茶水和稀饭,叫石篑起床,石篑还沉浸在愁闷的心情中,说下了一夜暴雨,怎么能出游呢?和尚便答:"你错了。天已经放晴,外面风日甚美,你昨天听到的是溪水的声音,不是雨声。"石篑一听大喜,急忙披着衣服从床上起来,吃茶数碗,就与作者一行起程了。后半段写陶石篑一节,情景如画,妙极。

天　目

袁宏道

　　天目幽邃奇古不可言①。由庄至颠②,可二十余里。凡山深僻者多荒凉,峭削者鲜迂曲③,貌古则鲜妍不足④,骨大则玲珑绝少⑤,以至山高水乏,石峻毛枯⑥,凡此皆山之病⑦。天目盈山皆壑⑧,飞流淙淙⑨,若万匹缟⑩,一绝也。石色苍润,石骨奥巧⑪,石径曲折,石壁辣峭⑫,二绝也。虽幽谷悬岩,庵宇皆精⑬,三绝也。余耳不喜雷,而天目雷声甚小,听之若婴儿声,四绝也。晓起看云,在绝壑下,白净如绵⑭,奔腾如浪,尽大地作琉璃海⑮,诸山尖出云上若萍⑯,五绝也。然云变态最不常⑰,其观奇甚,非山居久者不能悉其形状⑱。山树大者几四十围⑲,松形如盖,高不逾数尺,一株直^⑳万余钱,六绝也。头茶^㉑之香者,远胜龙井^㉒,笋味类绍兴破塘^㉓,而清远过之^㉔,七绝也。余谓大江之南,修真栖隐^㉕之地,无逾此者,便有出缠结室之想矣^㉖。

宿幻住^㉗之次日,晨起看云,已后登绝顶,晚宿高峰、死关^㉘。次日,由活埋庵^㉙寻旧路而下。数日晴霁甚^㉚,山僧以为异,下山率^㉛相贺。山中僧四百余人,执礼甚恭,争以饭相劝^㉜。临行,诸僧进曰:"荒山僻小,不足当巨目^㉝,奈何?"余曰:"天目山,某等亦有些子分^㉞,山僧不劳过谦^㉟,某亦不敢面誉。"因大笑而别。

【注释】

①幽邃:幽深,僻远。奇古:奇特古朴。

②庄:指天目山下的双清庄。颠:顶部,高处。这里指山顶。

③峭削:像刀削过那样陡峭。鲜(xiǎn):少。以上两句是说,大凡山,过于深远偏僻则大多荒凉,陡直峻峭者就很少有迂回曲折的地方。

④貌古:指山的外貌古朴。鲜妍:鲜艳美丽。

⑤骨:指山的骨架。玲珑:灵动貌。

⑥石峻:山石险峻。毛枯:草木枯槁。毛,指地面所生的植物。

⑦病:缺陷。

⑧盈山:满山。壑:山谷。

⑨飞流:指瀑布,飞泉。山高坡陡,流水凌空飞下。淙淙:流水声。

⑩匹:量词。布帛等织物长度的计量单位。古代四丈为一匹,今则五十尺、一百尺不等。缟:细白的生绢。

⑪石骨奥巧:山石的骨架结构很深奥精巧。奥,深,深不可测。

⑫竦(sǒng)峭:高耸陡峭。竦,高耸。

⑬"虽幽谷"二句:天目山中小庙虽然在深山峡谷中、悬崖峭壁上,

但寺院建筑都很精美。庵宇,指寺院。宇,房屋,住所。

⑭绵:丝绵,蚕丝结成的片或团。

⑮琉璃海:碧绿色的大海。琉璃,一种有色半透明的玉石,诗文中常以喻晶莹碧透之物。

⑯萍:即浮萍。这句是说,云里露出的山头,像是浮萍。

⑰"然云"句:意谓云的形状常常变化,各种变化出来的形状都不能持久。

⑱悉其形状:明了云的各种各样的形状。

⑲围:量词。两手拇指、食指相合或两臂合抱为一围。

⑳直:通"值",价值。

㉑头茶:第一次采摘所制的春茶。

㉒胜:超过。龙井:地名。在浙江省杭州市西湖西南山地中。旧时亦名龙泓。井泉清冽,有盛名。井之附近产茶,世称龙井茶,驰名中外。

㉓类:像。破塘:浙江绍兴地名,以产笋著称。作者在其七绝《食笋,时方正月》第七首下自注说,他的好友山阴人陶石篑"屡称破塘笋"。

㉔清:清爽鲜美,与肥甘相对。远过之:远远超过它。

㉕修真栖隐:隐居深山,修心悟道。修真,道教谓学道修行到达真人之境。栖隐,即隐居。

㉖出缠:佛教语,指脱离了人间烦恼的束缚。缠,"烦恼"的异名。结室:建房子。指学道的人在深山建庵宇而居以修道。结,建造,构筑。

㉗幻住:天目山上的寺名。为中峰道场,周围景观空阔,诸峰奇态都现眼前。

㉘高峰、死关:都是天目山上的地名。死关,天目山地名,地形险恶,故名。

㉙活埋庵:天目山上的尼姑庵,其境幽邃,竹石皆秀。

㉚数日晴霁甚:一场雨后,连续好几天十分晴朗。

㉛率：全，都。

㉜争以饭相劝：意谓争着用饭菜招待作者。

㉝"不足"句：意谓不足以跟您高贵的身份相称。当，对等，相称。巨目，巨大高贵的眼睛，这里是恭维之词。

㉞"天目"句：意谓我们跟天目山也有些微的缘分。某，谦称自己。些子，少许，一点儿。分(fèn)，缘分。

㉟过谦：和下句"面誉"，都是指天目山说的，意谓和尚们不须替天目山过分谦虚，我也不敢当面夸奖。

【解读】

钱伯城《袁宏道集笺校》在此文下有笺注："万历二十五年丁酉(一五九七)在於潜作。"据年谱，万历二十年壬辰(1592)，作者二十五岁，殿试中三甲第九十二名进士，但未出任官职，而是告假返乡。两年后，万历二十二年(1594)十二月，赴吏部应选，得南直隶苏州府吴县知县一职。次年三月到任。万历二十四年(1596)岁末离任，然后寄居无锡。万历二十五年(1597)二月初十，即往杭州，与陶望龄兄弟盘桓数月，遍游西湖、天目、黄山诸名胜。此文当在旅杭的这段时间所作。作者时年三十岁。於潜，旧县名，东汉改於晋县置，属丹阳郡，治所在今浙江省杭州市临安区西於潜镇。元属杭州路。明、清属杭州府。

本文主要描写上山时所见天目山幽邃奇古的景色，并记述夜宿山寺及下山的经过。

全文分两段。第一段，主要是描写，开头就以四字将天目山概括而尽，即"幽邃奇古"。接着泛论山常见的毛病，如言"山深僻者多荒凉"，而陡峭得像刀削过的山就少了迂回曲折的妙趣；山形貌苍古就会缺乏鲜艳美丽的色彩，骨格巨大的山又缺少精巧灵动的风貌，还有山过高就缺水、山过于陡峭险峻就少植被，等等。前面是铺垫，以突显天目山的特别，也就是说这些毛病天目山都没有。作者用七个"绝"描写天目山的美丽之处，将天目山"幽邃奇古"的特征生动地展现出来，达到淋漓尽致之妙。

哪七绝？一绝写水，天目山多山谷洞壑，飞流瀑布如万匹白练从高空而泻，景象壮观；二绝写石，天目山的石头特征很明显，从石色、石骨、石径、石壁四个方面极写其苍润、奥巧、曲折、竦峭之美；三绝写庵，即使在深谷悬崖之间，所见的庵宇都建筑得非常精美；四绝写雷，在天目山听到的雷声若婴儿声，这是因为作者怕听炸雷，是从自身的角度将其定为一绝的；五绝写云，早起看到从深谷下冉冉升起的云白净如绵，奔腾如浪，衬托得大地都是一片碧绿之色，群山从云中冒出，仿佛浮萍相聚，但云变化无常，其景则奇美如幻；六绝写山中奇木，有的树非常大，树干几乎有四十围那么粗，松树的形状则像伞盖，高不超过几尺，但很名贵，一棵要卖到一万余钱；七绝写土产，举了两个例子，一是山中的茶，头茶中最香的要远胜著名的绿茶西湖龙井，二是山笋也很鲜美可口，其味之清爽，远胜过作者朋友陶石篑所称的绍兴破塘笋。

有此七绝，自然是美不胜收。作者因此总结，大江以南，这里是修道栖隐的绝佳之地，引得作者都产生了在此山中筑室修行、抛弃尘世烦恼的想法。

第二段，简单叙述作者在山中留宿以及下山时与山僧叙谈的经过。作者在山中旅游的这几日天气都非常好，所以山里人，特别是僧人们都很高兴，认为是异象，是作者一行带来的结果，所以无论作者走到哪里，都有热情的僧人招待他们饮食。临别时，山僧谦称："荒山僻小，不足当巨目，奈何？"作者的回答极妙："我们这些人跟天目山也有些许缘分，你们不要过谦，我也不敢当面夸奖了。"然后大笑而别。

本文语言简洁，不铺叙，不渲染，点到即止。结尾颇涉禅锋，谐趣盎然。

【点评】

标出诸绝，天目便可与雁荡诸山争胜矣。（钱伯城《袁宏道集笺校》引陆云龙评）

开先寺至黄岩寺观瀑记① 　　袁宏道

　　庐山之面②，在南康，数十里皆壁。水从壁罅③出，万仞直落，势不得不森竖跃舞，故飞瀑多，而开先为绝胜。登望瀑楼，见飞瀑之半，不甚畅。沿崖而折，得青玉峡。峡苍碧立，汇为潭。巨石当其下，横偃侧布，瀑水掠潭行，与石遇，啮④而斗，不胜，久乃敛狂斜趋，侵其趾而去。游人坐石上，潭色浸肤，扑面皆冷翠。

　　良久月上，枕涧声而卧。一客以文相质⑤，余曰："试扣⑥诸泉。"又问，余曰："试扣诸涧。"客以为戏。余告之曰："夫文，以蓄入，以气出者也。今夫泉，渊然黛，泓然⑦静者，其蓄也。及其触石而行，则虹飞龙矫，曳而为练，汇而为轮，络而为绅⑧，激而为霆⑨。故夫水之变，至于幻怪翕忽⑩，无所不有者，气为之也。今吾与子历含鄱⑪，涉三峡⑫，濯涧听泉，得其浩瀚古雅者，则为六经；郁激曼衍者⑬，则骚赋⑭；幽奇怪伟，变幻诘曲者，则为子史百家⑮。凡水之一貌一情，吾直以文遇之，故悲笑歌呜，卒然⑯与水俱发，而不能自止。"客起而谢。

　　次日晨起，复至峡，观香炉紫烟，心动。僧曰："至黄岩之文殊塔，瀑势乃极。"杖而往，磴⑰狭且多折，芒草割人面。少进，石愈嵚⑱。白日蒸崖⑲，如行热冶⑳中，微闻诸客皆有嗟叹声。既至半，力皆惫，游者昏昏愁堕。一客眩㉑，思返。余曰："恋躯惜命，何用游山？且而与其死于床第㉒，孰若死于一片冷石也？"客大笑，勇百倍。顷之，跻㉓其巅，入黄岩

251

寺。少定,折而至前岭,席㉔文殊塔观瀑。瀑注青壁下,雷奔海立,孤搴㉕万仞,峡风逆之,帘卷而上,忽焉横曳,东披西带。诸客请貌其似。或曰:"此鲛人输绡图也㉖。"余曰:"得其色,然死水也。"客曰:"青莲诗比苏公《白水佛迹》孰胜㉗?"余曰:"太白得其势,其貌肤;子瞻得其怒,其貌骨。然皆未及其趣也。今与客从开先来,欹削㉘十余里,上烁㉙下蒸,病势已作,一旦见瀑,形开神彻,目增而明,天增而朗,浊虑㉚之纵横,凡吾与子数年淘汰而不肯净者,一旦皆逃匿去,是岂文字所得诠㉛也?"山僧曰:"崖径多虎,宜早发。"乃下,夜宿归宗寺。次日,过白鹿洞㉜,观五老峰㉝,逾吴障山而返㉞。

【注释】

①开先寺:即今秀峰寺,在庐山鹤鸣峰下,为"庐山五大丛林"之一。据载,南唐中主李璟年少时曾在此筑台读书,即帝位后于保大九年(951)在读书台旧址建寺,取"开国先兆"之意,名为开先寺。至清康熙四十六年(1707),康熙皇帝手书"秀峰寺"匾额赐寺僧超渊后,改名为秀峰寺。黄岩寺:在庐山双剑峰东麓,唐宪宗元和八年(813)由名僧智常禅师创建。

②面:正面。

③罅(xià):裂缝,缝隙。

④啮:咬,啃。

⑤质:询问。

⑥扣:询问。

⑦泓然:水深貌。

⑧绅:古代士大夫束于腰间、一头下垂的大带。

⑨霆：霹雳。

⑩翕忽：犹倏忽，急速貌。

⑪含鄱(bō)：同"含鄱"，山峰名，在江西庐山。

⑫三峡：涧名，在五老峰西。含鄱口东西九十几条大小川流都注入三峡涧，水势湍急，险如长江三峡。

⑬郁激：水流郁积受阻而腾涌、飞溅。曼衍：水流扩散，连绵不绝。

⑭骚赋：泛指辞赋。战国时屈原著有《离骚》，从《离骚》衍生出楚辞一体。到汉代，又从楚辞发展而成一种骚体赋。骚体赋大都抒发不得志的牢骚感慨，代表作有贾谊《吊屈原赋》《鹏鸟赋》，司马相如《长门赋》等。

⑮子史百家：指春秋战国时产生的各种学术流派（包括道家、儒家、墨家、法家、兵家等）的著作和《春秋》及三传等一系列历史著作。

⑯卒(cù)然：突然，忽然。

⑰磴(dèng)：石头台阶，石级。

⑱嵚(qīn)：高而险峻。

⑲崖：山陡立的侧边。

⑳热冶：热的熔炉。

㉑眩：眼睛昏花。

㉒床笫(zǐ)：床席。笫，竹篾编制的席子。

㉓跻(jī)：登上，上升。

㉔席：谓布席而坐。

㉕搴：举，扛。

㉖鲛人：中国古代神话传说中鱼尾人身的神秘生物。与西方神话中的美人鱼相似。传说鲛人善于纺织，可以织出入水不湿的龙绡。晋张华《博物志》卷二："南海外有鲛人，水居如鱼，不废织绩。……从水出，寓人家，积日卖绢。"输：献纳。绡：用生丝织的绸子。

㉗青莲：即唐代诗人李白(701—762)，字太白，号青莲居士。苏公

253

《白水佛迹》：指宋代文学家苏轼的《白水山佛迹岩》诗，诗中有"青莲虽不见，千古落花雨。双溪汇九折，万马腾一鼓。奔雷溅玉雪，潭洞开水府。潜鳞有饥蛟，掉尾取渴虎。我来方醉后，濯足聊戏侮"之句。

㉘欹削：倾斜陡峭。

㉙烁：照射，烤。

㉚浊虑：混乱或不干净的想法。

㉛诠：详尽解释，阐释。

㉜白鹿洞：洞名。在江西庐山五老峰下。唐贞元（785—805）中诗人李渤与兄涉隐居读书于此，畜一白鹿，故名。

㉝五老峰：地处江西庐山东南，因山的绝顶被垭口所断，分成并列的五座山峰，仰望俨若席地而坐的五位老翁，故人们便把这原出一山的五座山峰统称为"五老峰"。

㉞逾：越过，经过。吴障山：山名，在庐山境。

【解读】

本文记叙了作者从庐山开先寺（秀峰寺）到黄岩寺的游历经过，主题是"观瀑"，借记观瀑引出两段文章妙论，以眼前所见现身说法，阐述文章取法与所达到的境界，陈继儒评其可"入文章三昧"。夹叙夹议，叙写生动，议达妙理，叙议结合，浑融无间，意趣横生，这是本文最大特色。

文章分三段。第一段，写游历所见所闻所感。先总写庐山至南康一带，数十里都是连绵的石壁。接着叙述由于地势高，流泉从万仞石壁飞泻而下，"森竖跃舞"，气势十分壮观。然后点出这一带的两个显著特征：一是"飞瀑多"，二是开先寺景色"绝胜"。接着分叙飞瀑从"不甚畅"，到潭下与巨石相遇，"啮而斗，不胜，久乃敛狂斜趋"的一个具体过程。最后写坐卧石上的感受。文字均极简洁，叙写亦形象生动。景至奇，变至幻，是为文论作巧妙的铺垫。

第二段，现身说法，引出文论。写一客人就作文发问，作者不正面回答，而是让客人去询问"泉""洞"，陆云龙所谓"问清音于山水"，其意是要客人从自然现象中得出作文的道理和诀窍。客人不解，然后作者解释，意思是作文要先有积累，有积累就有文气，积累浅薄文气就弱，积累深厚文气就自然浩瀚。作者让客人观察泉水的深浅，这直接决定其气势的大小，水流与山石接触而产生千变万化的形态，与文章形成不同的风格相类似，从而引出"得其浩瀚古雅者，则为六经；郁激曼衍者，则骚赋"等一段文论。以水喻文，别出心裁，体现了作者独具慧眼、"独抒性灵"的个性。

第三段，写从青玉峡至文殊塔观瀑的经历。先主要写道路曲折，天气酷热，步履维艰，有客人心生退意，在作者的鼓励下，顿时勇气百倍，奋力攀登。然后写在文殊塔观瀑的情状，描写亦十分形象生动。由瀑景又引出一段文论，文与意生，写大自然之奇妙，写通过努力，克服艰难困苦，获得无上舒快与欢喜，有笔墨所不能尽述、尽描者。末尾寥寥几笔，写返程经过，戛然而止，显随性之妙。

【点评】

凡记，须能挈读者如身在山谷间，乃佳。中郎诸记，真能绘沧波于楮上，出穷岩于笔端，人作宗少文想。（钱伯城《袁宏道集笺校》引陆云龙评）

识伯修遗墨后①   袁宏道

伯修酷爱白、苏二公②，而嗜长公③尤甚。每下直④，辄焚香静坐，命小奴伸纸⑤，书二公闲适诗，或小文，或诗余一二幅，倦则手一编而卧，皆山林会心语，近懒近放者也。余每过抱瓮亭⑥，即笑之曰："兄与长公，真是一种气味。"伯修曰："何故？"余曰："长公能言，吾兄能嗜，然长公垂老玉局⑦，吾兄直东华⑧，事业方始，其不能行一也。"伯修大笑，且曰："吾年止是东坡守高密时⑨，已约寅年⑩入山，彼时才得四十三岁，去坡翁玉局尚二十余年，未可谓不能行也。昔乐天七十致仕⑪，尚自以为达⑫，故其诗云'达哉达哉白乐天'，此犹白头老寡妇，以贞骄人⑬，吾不学也。"因相与大笑。未几而伯修下世⑭。

嗟乎！坡公坎轲岭外⑮，犹得老归阳羡⑯；乐天七十罢分司⑰，优游履道⑱尚十余年。使吾兄幸而跻上寿⑲，长林⑳之下，兄倡弟和㉑，岂二公所得比哉？弟自壬辰得第㉒，宦辙㉓已十三年，然计居官之日，仅得五年，山林花鸟，大约倍之。视兄去世之年，仅余四载。夫兄以二老为例㉔，故以四十归田为早，若弟以兄为例，虽即今不出，犹恨其迟也。世间第一等便宜事，真无过闲适者。白、苏言之，兄嗜之，弟行之，皆奇人也。甲辰闰九月九日，弟宏道书于栀子楼。

【注释】

①识(zhì)：记。伯修：即袁宗道，字伯修，作者长兄。遗墨：古人用墨书写，故死者留下来的亲笔书札、文稿、字画等称遗墨。

②白、苏二公：即唐朝诗人白居易和宋朝文学家苏轼。

③长公：尊称行次居长之人。宋苏轼为苏洵长子，其诗文浑涵光芒，雄视百代，当时尊之为"长公"。南宋吴曾《能改斋漫录》卷十二："当时以东坡为长公，子由为少公。"

④下直：在宫中当值结束，下班。直，当值，值班。

⑤伸纸：摊开纸。

⑥抱瓮亭：袁宗道在北京长安门的寓所中的亭子。此亭取庄子

256

"抱瓮灌园"用意。抱瓮,传说孔子的学生子贡经过汉水南岸时,见一位老人一次又一次地抱着瓮去浇菜,"搰搰然用力甚多而见功寡",就建议他用机械汲水。老人不愿意,并且说这样做,为人就会有机变之心,"吾非不知,羞而不为也"。见《庄子·天地》。后以"抱瓮灌园"喻安于拙陋的淳朴生活。

⑦玉局:道观名,在四川成都。传说李老君曾于此坐局脚玉床讲经,因而得名。苏轼于宋徽宗即位之初(1100)得旨以朝奉郎提举成都玉局观。

⑧东华:明、清时中枢官署设在宫城东华门内,因以借称中央官署。泛指朝廷。

⑨东坡守高密时:苏轼于宋神宗熙宁七年(1074)至熙宁九年(1076)出任密州知州,而生于宋仁宗景祐四年(1037),担任密州知州时年三十七岁。

⑩寅年:指万历三十年壬寅(1602),袁宗道已于万历二十八年庚子(1600)病逝,时年四十岁。

⑪乐天:即白居易,字乐天。致仕:交还官职,即退休。《春秋公羊传·宣公元年》:"退而致仕。"

⑫达:放达,旷达。

⑬骄人:傲视他人。

⑭下世:离世,去世。

⑮岭外:指五岭以南地区。苏轼曾被贬惠州、儋州等地,均位于五岭以南的边远地区。

⑯阳羡:今江苏省宜兴市,古称"阳羡""义兴",位于江苏省西南部,太湖西岸。

⑰七十罢分司:白居易生于唐代宗大历七年(772),穆宗长庆四年(824)五月,以太子左庶子分司东都,秋天至洛阳,在洛阳履道里购宅。文宗大和七年(833),再任太子宾客,分司东都。九年(835)十月,改任

太子少傅,分司东都。武宗会昌元年(841),罢太子少傅,停俸。二年(842),致仕,时年七十岁。

⑱优游履道:谓悠闲自得地在洛阳履道里的家中居住。

⑲跻上寿:达到上寿的年龄。上寿,古人将寿命的长短分为上中下三等,最高的年寿为上寿。《庄子·盗跖》:"人上寿百岁,中寿八十,下寿六十。"

⑳长林:高大的树林。这里比喻隐逸者的居处。

㉑兄倡弟和:兄弟唱和。比喻彼此关系和谐融洽。

㉒壬辰得第:万历二十年壬辰(1592),袁宏道以殿试三甲第九十二名进士及第。

㉓宦辙:为官的经历。

㉔以二老为例:即以两位老人的年寿为例。二老,两位老人,作者尊称自己的父母。

【解读】

万历三十二年(1604)作者在湖北公安作此文,时年三十六岁。文章由兄长伯修(袁宗道)的遗墨而引起作者对兄长的回忆,叙深情于言行,寄隐痛于旷达,用朴实性灵的文字抒发了作者兄弟之间深厚的感情,也表达了作者希望及早归老田园、享受隐逸闲适生活的志趣和放达的情怀。

文章分两段。第一段,回忆兄长伯修生前的生活及爱好,一是对白居易和苏轼的喜爱,每天下班后,要焚香静坐,书写两位的闲适诗或小文一二章,疲倦了也会手拿着他们的作品集睡觉。这些作品集中都记录了隐逸山林的心得。作者每每笑兄长伯修是有喜好,但不能付诸行动,就是说他现在居官,根本就没有机会实现享受山林生活的愿望。但兄长伯修说,他已经规划了四十三岁(虚岁)后就辞官过隐居的田园生活。没有想到,兄长四十岁就因病去世了,生前的愿望没能实现,作为弟弟,对兄长遗愿不能实现的那种沉痛是隐藏在看似放达的文字当中的。

第二段，是议论文字，表达了作者对兄长伯修早逝的感慨，叙述了自己将闲适生活付诸行动的事迹。观白、苏二公，苏轼尚能从贬谪的蛮荒之地老归阳羡（宜兴），得偿其愿；白居易七十岁致仕，也能优游林下，得享十余年闲适时光。假若兄长伯修能得上寿，兄弟之间诗酒唱和，也足以与白、苏二公相比。有鉴于兄长伯修早逝，未能偿其愿，作者遂无意仕进，趁有生之年，得享林泉之乐，弥补兄长伯修之遗憾。关于闲适的生活，在白居易、苏轼二位是言之有余，在兄长伯修是嗜之有余，然而能够真正享受到的，就只有作者。文章最后以能言、能嗜、能行此者皆为奇人作结，语言警策有力。

识张幼于惠泉诗后^①　　　袁宏道

余友麻城丘长孺东游吴会^②，载惠山泉三十坛之团风^③。长孺先归，命仆辈担回。仆辈恶其重也，随倾于江，至倒灌河^④，始取山泉水盈之。长孺不知，矜重^⑤甚。次日，即邀城中诸好事尝水。诸好事如期皆来，团坐斋中，甚有喜色。出尊取磁瓯^⑥，盛少许，递^⑦相议，然后饮之，嗅玩经时^⑧，始细嚼咽下，喉中汩汩有声，乃相视而叹曰："美哉水也！非长孺高兴^⑨，吾辈此生何缘得饮此水？"皆叹羡不置而去^⑩。半月后，诸仆相争，互发其私事。长孺大恚^⑪，逐其仆。诸好事之饮水者，闻之愧叹而已。

又余弟小修向亦东询，载惠山、中泠泉^⑫各二尊归，以红笺^⑬书泉名记之。经月余抵家，笺字俱磨灭。余诘弟曰："孰为惠山？孰为中泠？"弟不能辨，尝之亦复不能辨，相顾大笑。

然惠山实胜中泠,何况倒灌河水?自余吏吴来,尝水既多,已能辨之矣。偶读幼于此册,因忆往事,不觉绝倒⑭。此事政与东坡河阳美猪肉事相类⑮,书之并博幼于一笑。

【注释】

①张幼于:即张献翼(1534—1604),字幼于,后更名敉,长洲(今属江苏省苏州市)人。张凤翼之弟。嘉靖中国子监生。为人放荡不羁,言行诡异,与兄凤翼、燕翼并有才名,时称"三张"。精于《易》。著有《文起堂集》十卷、《纨绮集》一卷及《读易纪闻》《读易韵考》等,均入《四库全书总目》并行于世。惠泉:即惠山泉,在江苏省无锡市西惠山白石坞下,一名慧山泉。唐陆羽定天下水品二十种,以庐山康王谷水帘水为第一,惠山泉为第二。

②麻城:今湖北省麻城市。丘长孺:即丘坦,字坦之,号长孺,湖北麻城人。万历三十四年(1606)举武乡试第一。官至海州参将。与袁宏道兄弟为挚友。善诗,工书,喜游历。有《南北游诗稿》《楚邱集》《度辽集》等。

③团风:地名,在湖北省黄冈市西北。

④倒灌河:一名倒水,在湖北省麻城市西。

⑤矜重:注重,珍重。

⑥尊:古盛酒器。用作祭祀或宴享的礼器。早期用陶制,后多以青铜浇铸。鼓腹侈口,高圈足,形制较多,常见的有圆形及方形。盛行于商至西周。后泛指一般盛酒器。磁瓯:盆、盂一类的瓷器,或指杯、碗之类的饮具。

⑦递:轮流,依次。

⑧嗅玩:辨别,玩赏。嗅,用鼻子辨别气味。经时:经历较长时间。

⑨高兴:高雅的兴致。

⑩叹羡：嗟叹羡慕。不置：不止。

⑪恚（huì）：愤怒，怨恨。

⑫中泠泉：也叫中濡泉、南泠泉，被誉为"天下第一泉"。在江苏省镇江市金山寺外石弹山下。泠，一作零。唐代茶圣陆羽品评中泠泉为天下第七泉，年代比陆羽稍晚的唐代名士刘伯刍评水之宜茶者七等，以扬子江南零水（即中泠泉）为第一。

⑬红笺：红色笺纸，多用以题写诗词或做名片等。笺，本指狭条形小竹片，古代纸张发明之前以简策为书写载体，削竹为小笺，系之于简。后指精美的小幅纸张。

⑭绝倒：大笑不能自持。

⑮政：通"正"。恰好，正好。东坡河阳美猪肉：河阳，古县名，在今河南省孟州市。明刘元卿《贤奕编》卷三："东坡曰：'予昔在岐下，闻河阳猪肉甚美，使人往市之。使者醉，猪夜逸去，贸他猪以偿。客皆大诧，以为非他产所及。既而事败，客皆惭。'"

【解读】

本文是讽喻类型的文字。讽喻，作为词语，是指用委婉的言语进行劝说；作为修辞手法，是指在说话或写文章时，有的道理不便于直说或明说，或者不容易说得明白、动听，就用讲故事的方法来说明道理，以达到启发、教育或讽刺、谴责的目的。讽喻有多种表现方式，如"直喻""隐喻""类喻"等。本文使用的是类喻的方式。

什么是类喻？是指用同类事物作喻体，依次比喻本体。本文举了两个事例，引喻了一个故事。第一个事例是湖北麻城的丘长孺从江苏无锡的惠山取了三十坛泉水，运到团风，让家中的仆人挑回家。惠山泉被唐代茶圣陆羽品评为天下第二泉，泉水品质好，非常贵重，所以丘长孺要取水回家，一是供自己饮用，二是供大家品鉴。但仆人嫌水重，就在路上将水倒掉了。后来回到麻城，仆人为了敷衍了事，又在附近倒灌河取山泉装满水坛挑回家。丘长孺并不知情，遂邀城中一群风雅人士前来品水。客人应约而来,品尝之前,都装了份虔敬在心中,所以品尝时都极慎重,尝后都赞不绝口,以为能饮此水,是长孺带给他们一生的机缘和幸运。没想到,半个月后,仆人内讧,将此事揭发出来,丘长孺遂大为愤怒,将所有相关仆人全都驱逐出家门,那些风雅人士听闻此事,也感到十分尴尬和惭愧。

第二个事例,跟此事类似,是说作者的弟弟小修(袁中道)运了惠山泉和中泠泉各两尊回家。中泠泉是江苏镇江金山寺外的泉水,被誉为"天下第一泉"。这两种水都是极名贵的水,所以小修也极慎重,在容器上贴上书写有泉名的红笺纸作为记号。一个多月后方才运到家,但红笺纸上的字迹却都已经磨灭不辨。所以作者跟小修开玩笑说:"哪一种水是惠山泉,哪一种水是中泠泉呢?"小修不能辨识,品尝了之后,也还是分不清。但作者认为,论水的品质,惠山泉肯定是要胜过中泠泉的,更要胜过倒灌河的泉水。

末段是总结,作者指出自己到吴县为官之后,品尝过的水多了,就可以分辨出水的好坏差异了。所以偶然看到张幼于惠泉诗的册子,遂回忆起往事,将两个类似的故事写下来,作为讽喻,博人一笑。

这篇文章,其实就是给平时卖弄风雅、不懂装懂的人一记警钟,也提醒人注意,在日常生活中要提防被人蒙蔽、欺骗而不自知。

文章脉络清晰,层层递进,东坡河阳美猪肉事引喻得当,增强了讽喻的表达效果。

寄　散　木①

袁宏道

散木近作何状?人生何可一艺无成也。作诗不成,即当专精下棋,如世所称小方、小李是也②。又不成,即当一意蹴踘挡弹③,如世所称查八十、郭道士等是也④。凡艺到极精处,皆可成名,强如世间浮泛诗文百倍。幸勿一不成两不就,把精神乱抛撒也。知尊多艺⑤,故此相砥,勉之哉!

【注释】

①散木:即龚仲安,字惟静,号静亭,别号散木。袁宏道兄弟称之为八舅,年龄小宏道一岁,与宏道少年同学。万历三十一年(1603)中举,年四十六卒。

②小方:即方子振,徽州人。万历初年以弈冠海内,称国手,因而致富,入赀为监生,得任广东按察使属官。小李:即李冲或李师,清阮葵生《茶余客话》卷十九载明中叶弈棋名家,有鲍一中、李冲为永嘉派、颜伦善、李师为京师派。小李当为李冲、李师中一人。

③蹴踘(cù jū):我国古代的一种足球运动,用以练武、娱乐、健身。"蹴"有用脚踢的含义;"踘"也作"鞠",最早系外包皮革、内实米糠的球。因而"蹴踘"就是指古人以脚踢皮球的活动,类似今日的足球。挡(chōu)弹:用手指弹奏弦乐器。

④查八十:明代琵琶名手,曾应诏为宫廷教习,如唐之贺怀智。晚年流落江湖,人多题赠。郭道士:"郭"或是"韩"之误。明蒋一葵《长安客话》卷二"显灵宫"条载:"韩承义,显灵宫道士,工蹴鞠,肩背膺腹皆可代足,兼应数敌,自弄可使鞠绕身终日不堕。"

⑤知尊多艺:知道您技艺很多。尊,用于对长辈的称呼。袁宏道有《斗蛛》一文,历举散木之"多艺":"散木甚聪慧,能诗,人间技巧事,一见而知之,然学业亦因之废。"

【解读】

本文是作者万历二十三年(1595)在吴县任官时所作。龚仲安虽然是作者的八舅,但实际年龄却小作者一岁,二人是少年时的同学,感情自然相当好。本文询问八舅的状况,并对其进行规劝和砥砺,提出人生当有专精，不可"一不成两不就，把精神乱抛撒"的主张。

文中"凡艺到极精处，皆可成名"，这话极有理，对任何人都有指导意义，与俗话所说"三百六十行，行行出状元"道理相通。但前提是做任何事都不能浮泛，都必须专精。《庄子》说："用志不分，乃凝于神。"所以根据各人天分，人固有可以多才多艺者；但假若多才多艺而无一艺专精，则不如专攻一艺，达到极精的境界，自然也可以取得成就。

与丘长孺 袁宏道

闻长孺病甚，念念。若长孺死，东南风雅①尽矣，能无念耶？弟作令备极丑态，不可名状。大约遇上官则奴，候过客则妓，治钱谷则仓老人②，谕百姓则保山婆③。一日之间，百暖百寒，乍阴乍阳，人间恶趣，令一身尝尽矣。苦哉！毒哉！

家弟④秋间欲过吴，虽过吴，亦只好冷坐衙斋，看诗读书，不得如往时携侯子⑤登虎丘山故事也。

近日游兴发不？茂苑主人⑥虽无钱可赠客子，然尚有酒可醉，茶可饮，太湖一勺水可游，洞庭一块石可登，不大落莫⑦也。如何？

【注释】

①风雅：指《诗经》中的《国风》和《大雅》《小雅》，亦用以指代《诗经》。后泛指诗文之事。这里引申指风流儒雅。

②钱谷：钱币、谷物，常借指赋税。或指钱粮的会计，财政的管理。仓老人：又叫看仓老人、仓老、掌守老人，设于州县预备仓及其他仓。

是掌管乡里或州县仓库的人员，一般由当地年高德劭、公正可任事者担任。

③保山婆：媒婆。保山，旧称保人或媒人。婆，年老的妇女。

④家弟：指袁中道。万历二十三年（1595）九月，中道自大同至吴县。

⑤侯子：作者好友陶望龄的外号。

⑥茂苑主人：苏州别称茂苑，吴县县治位于苏州城西，故作者以茂苑主人自称。一说茂苑主人兼指作者及其好友长洲（治所在苏州城东）知县江盈科。

⑦落莫：同"落寞"，冷落，寂寞。

【解读】

本文是作者写给丘长孺的信，分四层意思。

第一、二层意思，在第一段，先是问长孺的病况，然后讲述自己在吴县做官的情况，其中第二个层次是重点，过程也很详细，叙写做知县"备极丑态"之状。如写他做官时的感受：上司来了，就像奴才一样；有客人（同级官吏）来了，是一副像妓女卖笑一样的嘴脸；收税的时候，就像那些吹毛求疵的杂役一样；晓谕百姓，就像媒婆一样唠唠叨叨。所以一日之间，阴阳寒暖之味尝遍。作者认为做知县是一桩极为"苦""毒"的差事，写得极形象生动，也表达了作者无心官场、追求闲适放达生活的志愿。

第三层意思，在第二段，叙述其弟袁中道到吴县来的情况。

第四层意思，在末段，以主人身份邀长孺来游苏州。

文字写得十分随意，不拘格套，表达真性灵有如云卷云舒般自由自在。

【点评】

陆云龙评"大约遇上官"数句云："比拟肖绝，亦是随处现身说

法。"……又评全篇云："读至末,真所谓金闺自繁华,令自苦。"(钱伯城《袁宏道集笺校》)

殷生《当歌集》小序   袁中道

才人必有冶情①,有所为而束之则近正,否则近邪②。丈夫③心力强盛时,既无所短长于世④,不得已逃之游冶⑤,以消磊块⑥不平之气。古之文人皆然。近日杨用修⑦云："一措大⑧何所畏,特是壮心不堪牢落⑨,故耗磨之耳。"亦情语也。近有一文人酷爱声妓赏适⑩,予规⑪之。其人大笑曰："吾辈不得志于时,既不同缙绅先生享安富尊荣之乐⑫,止此一缕闲适之趣,复塞其路,而欲与之同守官箴⑬,岂不苦哉?"其语卑卑⑭,益可怜矣。饮酒者有出于醉之外者也,征妓⑮者有出于欲之外者也。谢安石、李太白辈⑯,岂即同酒食店中沉湎恶客,与鬻田宅、迷花楼之浪子等哉⑰?云月是同,溪山各异,不可不辨也。虽然,此亦自少年时言之耳。四十以后,便当寻清寂之乐。鸣泉灌木,可以当歌,何必粉黛⑱?予梦已醒,恐殷生之梦,尚栩栩⑲也。

殷生负美才,其落魄甚予,宜其情无所束,而大畅于簪裙⑳之间。所著诗文甚多,此特其旁寄㉑者耳。昔周昉㉒画山水人物皆佳,而世独传其美人。此集之行,抑亦周昉美人类也。殷生行年如予,必当去三闹㉓而杖孤藤,模写山容水态,从予于碧水青山之间。日可俟㉔矣,予淬眼㉕望之矣。酸腐居士袁中道书。

266

【作者简介】

袁中道(1570—1626)，字小修，湖北公安人。明神宗万历四十四年(1616)进士，授徽州府教授、国子监博士，官至南京吏部郎中。"公安派"领袖之一。晚年针对"公安派"文风仿效者"为俚语，为纤巧"的流弊，提出以性灵为中心、兼重格调的主张。著有《珂雪斋集》等。

【注释】

①才人：有才华的人，有才情的人。冶情：艳冶之情。

②邪：邪恶，不正当。

③丈夫：男子。指成年男子。《穀梁传·文公十二年》："男子二十而冠，冠而列丈夫。"

④无所短长于世：在世间没有建树，或没有用武之地。

⑤游冶：游荡娱乐；追求声色，寻欢作乐。

⑥磊块：石块，亦泛指块状之物。比喻郁积在胸中的不平之气。

⑦杨用修：即明代文学家杨慎(1488—1559)，字用修，号升庵，新都(今四川省成都市新都区)人。曾官翰林院修撰，充经筵讲官。记诵之博，著作之富，推明代第一。

⑧措大：旧指贫寒失意的读书人。

⑨牢落：孤寂，无聊。

⑩声妓：亦作"声伎"，旧时宫廷及贵族家中的歌姬舞女。赏适：赏心适情。

⑪规：规劝，谏诤。

⑫缙绅：插笏于绅带间，旧时官宦的装束。亦借指士大夫。安富尊荣：安逸富足，尊贵荣耀。

⑬官箴：做官的规诫。

⑭卑卑：卑下，微不足道。

⑮征妓：征召妓女。征，征召。

⑯"谢安石"句:谢安(320—385),字安石。陈郡阳夏(今河南太康)人。东晋政治家、名士。淝水之战中,谢安作为东晋一方的总指挥,以八万兵力打败了号称百万的前秦军队,为东晋赢得数十年的和平。谢安石蓄妓东山,李太白嗜酒携妓,故云。

⑰鬻(yù):卖。迷花楼:迷恋妓乐场所。花楼,华美的楼,指歌姬舞女所在的场所。

⑱粉黛:粉以傅面,黛以画眉,二者皆妇女之妆饰品,因称妇女为粉黛。唐白居易《长恨歌》诗:"六宫粉黛无颜色。"这里指美女。

⑲栩栩:生动活泼貌。

⑳簪裙:指女子。簪,古人用来绾定发髻或冠的长针,后来专指妇女绾髻的首饰。裙,古谓下裳,男女同用。今专指妇女的裙子。

㉑旁寄:别有寄托。

㉒周昉:字景玄,又字仲朗,京兆(今陕西西安)人。唐代著名画家。能书,擅画人物、佛像,尤其擅长画贵族妇女,所画仕女容貌端庄,体态丰肥,色彩柔丽,为当时士大夫所喜爱。其创作的最著名的佛教形象是"水月观音"。传世作品有《簪花仕女图》《挥扇仕女图》《调琴啜茗图》等。

㉓三闹:三街闹市的略称。

㉔俟(sì):等待。

㉕淬(cuì)眼:洗净眼睛。淬,指浸入或沉入水中。

【解读】

本文是给殷生《当歌集》写的一篇序言。主旨是劝殷生虽然有磊落不平之气,迷恋于风月歌舞场所,所写的作品也多为歌姬舞女所作,但也须有所规束,适可而止。

文中举例说明征召歌妓也有志趣的高下之别,如谢安、李白,是"出于欲之外""出于醉之外",非酒食店中沉湎恶客所能比,所以也是婉讽殷生,当辨别其中的区别,要别有寄托,不要一不小心就走上邪路。

最后，论述迷恋声色之乐也仅是少年时所可为，至于四十以后便当寻清寂之乐，优游山林，"鸣泉灌木"亦"可以当歌"，此作序之本意。作者梦已醒，担心殷生尚沉醉在梦中而未悟，文末希望殷生远离闹市，徜徉于青山碧水之间，以"模写山容水态"，对殷生寄予了殷切的期望。

作者自称"酸腐居士"，虽自嘲不合时宜，但亦表达了其拳拳的劝世之心。

陈无异《寄生篇》序　　袁中道

六一居士①云："风霜冰雪，刻露清秀。"②以山色言之，四时之变化亦多矣，而惟经风霜冰雪之余，则别有一种胜韵，澹澹漠漠③，超于艳冶秾丽之外④。春之盎盎⑤，百花献巧争妍⑥者不可胜数，而梅花独于风霜冰雪之中，以标格韵致为万卉冠⑦。故人徒知万物华于温燠⑧之余，而不知长养于寒沍⑨之时者为尤奇也。由此观之，士生而处丰厚，安居饱食，毫不沾风霜冰雪之气，即有所成，去凡品不远。惟夫计穷虑迫困衡⑩之极，有志者往往淬励⑪磨炼，琢为美器。何者？心机⑫震撼之后，灵机⑬逼极而通，而知慧⑭生焉。即经世出世之学问⑮，皆由此出，而况举业⑯文字乎？

吾友无异，少遭困厄⑰，客寄四方，益自振。下帷⑱发愤，穷极苦心，发为文章，清胜之气，迥出埃壒⑲。若叶落见山，古梅着蕊⑳，一遇慧眼而兼收之，固其宜也。然予每会无异于长孺座上，默默而亲之，私自念此非经风霜冰雪之余，有以消磨其习气而然欤？古人有言："能推食与人者，尝饥者也;赐之车马而辞焉者,不畏徒步者也。"㉑若畏饥而惮步㉒,则天下事其孰㉓为之,怯为之,不亦多乎!无异,尝天下之难者也,必无难天下事矣。予以此券㉔无异焉。

【注释】

①六一居士:即欧阳修(1007—1072),字永叔,号醉翁,晚号六一居士。吉州吉水(今属江西)人。北宋政治家、文学家。

②"风霜"二句:出自欧阳修《丰乐亭记》。意指秋天刮风降霜,冬天结冰下雪,经风霜冰雪后草木凋零,山岩裸露,更加清爽秀丽。刻露,清楚地显露出来。

③澹澹漠漠:恬静广漠貌。

④艳冶:艳丽妖冶,多形容女子容态。亦指物之美丽鲜明。秾(nóng)丽:花木繁盛而艳丽。秾,花木繁盛。

⑤盎盎:洋溢貌,充盈貌。

⑥献巧争妍:显露灵巧的身段,竞相展现美好的姿容。献,显露,显现。妍,美丽,美好。

⑦标格:风范,风度。韵致:气韵情致。卉:草的总称。有时也泛指草木。

⑧燠(yù):暖,热。

⑨冱(hù):寒气凝结。

⑩困衡:困守衡门。衡门,横木为门,指简陋的房屋。

⑪淬励:激励,鞭策。

⑫心机:心思。

⑬灵机:灵感。

⑭知慧:同"智慧"。

⑮经世:治理世事。出世:超脱人世,脱离世间束缚。

⑯举业:为应科举考试而准备的学业。

⑰困厄：指困苦危难。

⑱下帷：放下帷幕，引申指闭门苦读。

⑲迥出：高出，超过。埃壒(ài)：尘土。壒，灰尘，尘埃。

⑳着(zhuó)蕊：生长出花朵。着，生长。蕊，花蕊，又指花朵。

㉑"能推食"二句：出自宋张耒《送秦少章赴临安簿序》。意思是，能把饭食让给别人吃的，是曾经挨过饿的人；赏赐车马给他却推辞的，是不怕步行的人。

㉒惮步：害怕步行。

㉓吝：吝啬，舍不得。

㉔券：古代用于买卖或债务的契据。书于简牍，常分为两半，双方各执其一，以为凭证。比喻事情可以成功的保证。这里作动词用。

【解读】

作者在这篇序言中，以梅喻人，阐述了"不经磨难，人难成大器"的人生哲理。序言的开头，作者即引欧阳修语"风霜冰雪，刻露清秀"来赞美梅花于风霜冰雪之中，以标格韵致为万卉之冠。紧接着又指出："人徒知万物华于温燠之余，而不知长养于寒沍之时者为尤奇也。"由此，引出了文章的中心论点：人生安居饱食，不经磨难，即使有所成就，也只是"凡品"；而只有经过困苦磨炼，然后才能有非凡的成就。做人、为文皆如此。提出这种观点的，古今不乏其人。从孟子的"天将降大任于斯人也，必先苦其心志，劳其筋骨……"，到唐朝黄檗禅师的"不是一番寒彻骨，怎得梅花扑鼻香"，都是论述这个道理。但前人所论皆偏重于"历经磨炼"，而作者在此却又有所发挥，将"性灵说"引入其中，讲明了为何历经磨炼后即可有所作为。这就是经"淬励磨炼"后，"心机震撼"，"灵机逼极而通，而知慧生焉"。如此分析，入情入理，补充了前人所述的不足之处，强调了"灵机"在其中的作用。

西山十记

袁中道

记　一

出西直门①,过高梁桥,杨柳夹道。带以清溪,流水澄澈,洞见沙石。蕴藻萦蔓②,鬣走带牵③。小鱼尾游,翕忽跳达④。亘⑤流背林,禅刹⑥相接。绿叶秾郁,下覆朱户。寂静无人,鸟鸣花落。过响水闸,听水声汩汩。至龙潭堤,树益茂,水益阔,是为西湖也。每至盛夏之月,芙蓉十里如锦,香风芬馥,士女骈阗⑦,临流泛觞⑧,最为胜处矣。憩青龙桥,桥侧数武⑨有寺,依山傍岩,古柏阴森,石路千级。山腰有阁,翼⑩以千峰,萦抱屏立。积岚⑪沉雾,前开一镜,堤柳溪流,杂以畦畛⑫。丛翠之中,隐见村落。降临水行,至功德寺,宽博有野致,前绕清流,有危桥可坐。寺僧多业农事。日已西,见道人执畚者、锸者⑬,带笠者,野歌而归。有老僧持杖散步塍⑭间。水田浩白,群蛙偕鸣。噫!此田家之乐也,予不见此者三年矣!

【注释】

①西直门:北京内城的九大古城门之一,自元朝开始就是京畿的重要通行关口。

②蕴藻:积聚的水藻类植物。萦蔓:回旋缠绕,蔓延滋长。

③鬣(liè):鱼类颔旁的鳍。代指鱼。带:用以约束衣服的狭长而扁平形状的物品。古代多用皮革、金玉、犀角或丝织物制成。这里泛指狭长形条状物,如水藻类。

④翕忽:犹倏忽。急速貌。跳达:轻薄放恣貌。

⑤亘:横穿,穿过。

⑥禅刹(chà):指佛寺。

⑦士女:旧时指男女或未婚的青年男女。骈阗:聚会,连属,多指车马繁多,骈列逼仄,十分拥挤喧闹。

⑧泛觞:犹"浮觞",古人每逢三月上旬的巳日在环曲的水渠旁集会,在上流放置酒杯,任其顺流而下,停在谁的面前,谁就取饮,称"浮觞"。又泛指饮酒。

⑨数武:几个半步。武,半步。《国语·周语下》:"夫目之察度也,不过步武尺寸之间。"韦昭注:"六尺为步,贾君以半步为武。"

⑩翼:覆蔽,遮护。

⑪岚:山林中的雾气。

⑫畦畛:田间的界道。

⑬畚(běn):用草绳或竹篾编织的盛物器具。锸(chā):锹。

⑭塍(chéng):田埂,田畦。

记　二

功德寺循河而行,至玉泉山麓。临水有亭,山根中时出清泉,激喷巉石中,悄然如语。至裂泉,泉水仰射,沸冰结雪,汇于池中。见石子鳞鳞,朱碧磊珂①,如金沙布地,七宝②妆施,荡漾不停,闪烁晃耀,注于河。河水深碧泓淳③,澄澈迅疾,潜鳞了然,荇发④可数。两岸垂柳,带拂清波。石梁如雪,雁齿⑤相次。间以独木为桥,跨之濯足,沁凉入骨。折而南,为华严寺,有洞可容千人,有石床可坐。又有大士洞,石理诘曲,突兀奋怒,皴云驳雾⑥,较华严洞更觉险怪。后有窦,深不可测。其上为望湖亭,见西湖明如半月,

273

又如积雪未消。柳堤一带，不知里数，袅袅濯濯⑦，封天蔽日。而溪壑间民方田作，大田浩浩，小田晶晶。鸟声百啭，杂华在树，宛若江南三月时矣。循溪行，至山将穷处，有庵，高柳覆门，流水清激。跨水有亭，修饬而无俗气。山余出巉石，肌理深碧。不数步见水源，即御河⑧发源处也，水从此隐矣。

【注释】

①磊珂：亦作"磊砢"，众多累积貌。

②七宝：佛教语，七种珍宝。佛经中说法不一，如《法华经》以金、银、琉璃、砗磲、码磲（玛瑙）、真珠、玫瑰为七宝，《佛说无量寿经》以金、银、琉璃、珊瑚、琥珀、砗磲、玛瑙为七宝。

③泓渟：水深貌。

④荇（xìng）发：荇菜的根茎。荇，多年生水生草本植物，叶呈对生圆形，嫩时可食，亦可入药。

⑤雁齿：比喻排列整齐之物。

⑥皱云驳雾：皱折的云，色彩错杂的雾。驳，马毛色不纯，亦指色彩错杂。

⑦袅袅：摇曳貌。濯濯：清朗貌。

⑧御河：专供皇室用的河道。这里指菖蒲河，位于金水河下游。

记　　三

自玉泉山初日雾露之余，穿柳市花弄，田畴畛畦间①，见峰峦回曲萦抱，万树浓黛，点缀山腰，飞阁危楼，腾红酺绿者，香山也。此山门径幽遐，青松夹道里许，流泉淙淙下注，朱栏千级，依岩为刹，高杰整丽。憩左侧来青轩，尽得峰势。右如舒臂，左乃曲抱。林木绣错，伽蓝②棋布。下见麦畴稻畦，潦壑③柳路，村庄数疏④，点黛设色。夫雄踞上势，撮其胜会⑤，华榱⑥金铺，切云耀日，肖⑦竹林于王居，失秽都⑧之瓦砾，兹刹庶几有博大恢弘之风。至于良辰佳节，都人士女，连佩接轸⑨，绮罗⑩从风，香汗飘雨，繁华巨丽⑪，亦一名胜。独作者骋象马⑫之雄图，无丘壑之妙思，角其人工，不合自然，未免令山泽之癯⑬，息心望岫⑭。然要以数十年后，金碧蚀于蛛丝，阶砌隐于苔藓，游人渐少，树木渐老，则恐兹山之胜，倍当刮目于今日也。

【注释】

①田畴：泛指田地。畴，已耕作的田地，也指良田。畛：田间分界的小路。

②伽蓝：梵语"僧伽蓝摩"音译的略称。意为众园或僧院，即僧众居住的庭园。后因称佛寺为伽蓝。

③潦(lǎo)壑：积水的山沟。壑，山沟或大水坑。

④数(shuò)疏：同"疏数"，稀疏和密集。数，紧凑，密。《左传·文公十六年》："无日不数于六卿之门。国之材人，无不事也。"杜预注："数，不疏。"

⑤撮：聚合。胜会：胜景的会集。

⑥华榱(cuī)：雕画的屋椽。

⑦肖：仿效。

⑧秽都：荒废的古城。

⑨连佩接轸(zhěn)：犹络绎而来，人挨着人，车连着车，非常拥挤。佩，妇女的佩饰。轸，车后的横木。

⑩绮罗：泛指华贵的丝织品或丝绸衣服。

⑪巨丽：谓规模宏大而华丽。

⑫象马：象和马，后常指骑乘。

⑬癯（qú）：瘦，清瘦。亦多指清癯、退隐之士。

⑭息心望岫（xiù）：看到这些雄奇的山峰，就会平息追逐名利的心。南朝梁吴均《与朱元思书》："鸢飞戾天者，望峰息心；经纶世务者，窥谷忘反。"岫，峰峦。

记　　四

从香山俯石磴，行柳路不里许，碧云在焉。刹后有泉，从山根石罅①中出，喷吐冰雪，幽韵涵澹②。有老树，中空火出，导泉于寺，周于廊下，激聒③石渠。下见文砾④金沙，引入殿前为池，界以石梁。下深丈许，了若径寸⑤，朱鱼万尾，匝⑥池红酣，烁人目睛。日射清流，写影潭底，清慧可怜。或投饼于左，群赴于左；右亦如之，咀呷有声。然其跳达刺泼，游戏水上者，皆数寸鱼；其长尺许者，潜泳潭下，见食不赴，安闲宁寂。毋乃静躁关其老少耶？水脉隐见⑦，至门左奋然作铁马⑧水车之声，迸⑨入于溪。其刹宇整丽不书，书泉，志胜也。或曰：此泉若听其喷溢石根中，不从龙口出，其岩际砌石，不令光滑，令披露山骨，石渠不令若槽臼，则刹之胜，恐东南未必过焉。然哉！

【注释】

①罅（xià）：裂缝，缝隙。

②涵澹：亦作"涵淡"，水激荡貌。

③激聒（guō）：谓絮语，烦琐之言。这里指流水流入石渠，声响不绝。

④文砾:彩色交错的石块。文,彩色交错,亦指彩色交错的图形。

⑤径寸:径长一寸。常用以形容圆形物之细小。

⑥匝:周,环绕。

⑦隐见:或隐或现。

⑧铁马:配有铁甲的战马。

⑨迸:涌出,喷射。

记 五

香山跨山踞岩,以山胜者也;碧云以泉胜者也。折而北,为卧佛峰。转凹,不闻泉声,然门有老柏百许森立,寒威逼人。至殿前,有老树二株,大可百围。铁干镠①枝,碧叶虬结②;纡羲回月③,屯风宿雾④;霜皮突兀,千瘿万螺⑤;怒根出土,磊块诘曲。叩之,丁丁作石声。殿墀⑥周遭数百丈,数百年以来,不见日月。石墀整洁,不容唾。寺较古,游者不至,长日静寂。若盛夏宴坐其下,凛然想衣裘矣。询树名,或云娑罗⑦树,其叶若薪⑧。予乃折一枝袖之,俟入城以问黄平倩,必可识也。卧佛盖以树胜者也。夫山刹当以老树怪石为胜,得其一者皆可居,不在整丽⑨。三刹之中,野人⑩宁居卧佛焉。

【注释】

①镠(liú):纯美的黄金,又称紫磨金。

②虬结:盘曲交结。

③纡羲回月:指阳光和月光曲折地从树缝中照射进来。纡,屈曲,曲折。羲,羲和的略称,指太阳。回,曲折。

④屯风宿雾:风停住了,雾也收起来了。

⑤瘿(yǐng):树木上生长的瘤状物。螺:具有旋纹壳的软体动物。这里指树干上隆起的瘤块。

⑥墀(chí):古代殿堂上涂饰过的地面。又指台阶上面的空地。

⑦娑罗:梵语的音译。植物名,即柳安,原产于南亚的印度以及东南亚等地,常绿大乔木,木质优良。

⑧蔌(sù):蔬菜的总称。

⑨整丽:庄重宏丽。

⑩野人:泛指村野之人。亦作士人之谦称,多借指隐逸者。

记 六

背香山之额①,是谓万安山,刹庵绮错之中,有寺不甚弘敞②。而具山林之致者,翠岩也。门有渠,天雨则飞流自山颠来,岩吼石击,涛奔雷震,直走原麓③,洞骇④心目。刹后石路百级,有禅院,四周皆茂树。左右松柏千株,虬曲幽郁⑤,无风而涛。好鸟和鸣于疏林中,隐隐见都城九衢,宫观栉比。万岁山及白塔寺⑥,了了可指。其郊坰⑦之林烟水色,山径柳堤,及近之峰峦叠秀,楼阁流丹,则固皆几席间物。出门,即为登眺;入门,即就枕簟。虽夜色远来,犹可不废览瞩⑧。有泉甚清,可煮茗⑨,遂宿焉。风起,松柏怒号,震撼冲击。枕上闻其声,如在扬子⑩舟中,驾风帆破白头浪⑪也。予遂定计,九夏⑫居此,以避长安尘矣。

【注释】

①背香山之额:意即在香山背面。

②弘敞:宽大敞亮。

③原:宽广平坦之地。麓:山脚。

278

④洞骇:使人惊异、震惊。

⑤幽郁:茂盛貌。

⑥万岁山:即位于北京市西城区的景山。在元代,该处是个小山丘,名"青山"。据传,明代兴建紫禁城时,曾在此堆放煤炭,故有"煤山"之称。永乐年间,开挖护城河的泥土堆积于此,人工砌成高大的土山,称"万岁山"。白塔寺:妙应寺,俗称白塔寺,位于北京市西城区,是一座藏传佛教格鲁派寺院。该寺始建于元朝,初名"大圣寿万安寺",寺内建于元朝的白塔是中国现存年代最早、规模最大的喇嘛塔。

⑦郊坰(jiōng):泛指郊外。坰,远郊,野外。

⑧览瞩:犹眺望。

⑨茗:泛指茶。

⑩扬子:扬子江,是隋唐以来对今江苏仪征、扬州一带长江的别称。

⑪白头浪:浪头有白色泡沫的海浪。

⑫九夏:指夏季,夏天。因夏季有九十天,故称。

记　　七

既栖止①翠岩,晏坐②之余,时复散步,循涧西行。攀磴数百武,得庵,曰中峰。门有石楼可眺,有亭高出半山,可穷原隰③。墙围可十里,悉以白石垒砌,高薄云汉④,修整中杂之纤曲。阶磴墀径,石光可鉴,不受一尘,处处可不施簟席而卧,于诸山中鲜洁第一。刹中仅见一僧,甚静寂。予少憩石楼下,清风入户,不觉成寐⑤。既寤⑥,复循故涧。涧洄,而怪石经于疾流冲击之后,堕者,偃者,横直卧者,泐⑦者,背相负者,欲止未止,欲转不获转者,犹有余怒。其岸根水洗石出,亦复皱瘦,崚嶒崎嵚⑧,陷坎⑨罅中。松鼠出没,净滑可人。舍涧而上碧峰,得寺曰弘教,亦有亭可眺也。有松盘曲夭乔⑩,肤皴⑪枝拗,有远韵。间有怪石。佛像清古,亦为山中第一。降复过翠岩,循涧左行,山口中为曹家楼,有桥可憩,竹柏骈罗⑫。石路宛转,可三里许。青苔紫驳,缀乱石中。墙畔亦多斧劈石,骨理甚劲。意山中概多怪石,去其土肤,石当自出。无奈修者意在整齐,即有奇石,且将去天巧以就人工;况肯为疏通,显其突兀奋迅之势者乎? 绝顶者亭,眺较远,以在山口也。此处门径弘博,不如香山,而有山家清奥⑬之趣,亦当为山中第一也。

【注释】

①栖止:停留。

②晏坐:安坐,闲坐。

③原隰(xí):平原与低地。泛指原野。隰,低湿的地方。

④薄:逼近,靠近。云汉:云霄,高空。

⑤寐(mèi):入睡。

⑥寤(wù):睡醒。

⑦泐(lè):石头依其纹理而裂开。

⑧崚嶒(léng céng):高耸突兀。崎嵚(qīn):形容山路险阻不平。

⑨坎:坑,地面凹陷处。

⑩夭乔:草木苗壮生长。

⑪皴(cūn):有皱纹;毛糙。

⑫骈罗:并列。

⑬清奥:清静幽深。

记　八

予欲穷万安绝顶之胜,而僧云徐之,俟微雨洒尘,乘其爽气,可以登涉,且宜眺瞩也。一宿而微雨至,予大喜曰:

"是可游矣!"遂溯涧而上,徘徊怪石之间,数步一息。于时宿雾①既收,初日照林。松柏膏沐②之余,杨柳浣浣③之后,深翠殷绿,媚红娟美。至于原隰隐畛,草色麦秀,莫不淹润④柔滑,细腻莹洁,似薤簟⑤初展,文锦⑥乍铺矣。既至层颠,意为可望云中、上谷间,而香山、金山诸峰,遮樾⑦云汉。惟东南一鉴,了了可数。平畴尽处,见南天大道一缕,卷雾喷沙,浩白无涯。或曰:此走邯郸道⑧也。扪萝分棘⑨,遂过山阴⑩。憩于香山松棚庵中,松身仅五尺许,而枝干虬结,蔽于垣内。下有流泉,清激声与松风相和。松花堕地,飘粉流香。时晚烟夕雾,萦薄湖山,急寻旧路以归。

【注释】

①宿雾:夜雾。

②膏沐:洗沐,润泽。

③浣浣:洗濯。

④淹润:妩媚,丰润。

⑤薤簟(xiè diàn):薤叶簟的省称。一种凉席。薤,多年生草本植物,地下有圆锥形鳞茎,叶丛生,细长中空,断面为三角形,伞形花序,花紫色。簟,供坐卧铺垫用的苇席或竹席。

⑥文锦:文彩斑斓的织锦。

⑦遮樾(yuè):遮阴。樾,树荫。

⑧邯郸道:比喻虚幻之路。语本"邯郸梦",唐沈既济《枕中记》载:士子卢生在邯郸客店中遇道士吕翁,用其所授瓷枕,睡梦中历数十年富贵荣华。及醒,店主炊黄粱未熟。后因以"邯郸梦"喻虚幻之事。

⑨扪萝分棘:抓住葛藤向上攀爬,分开荆棘。

⑩山阴:山的北面。

记　九

依西山之麓而刹者,林相接也。而最壮丽者,为鲍家寺。寺两掖^①,石楼屹立,青槐百株,交蔽修衢^②,微类村庄。殿樜果松仅四株,而枝叶婆娑,覆阴无隙地。飘粉吹香,写影石路。堂宇整洁,与碧云等。于弘教寺之下,又得滕公寺,石垣周遭,若一大县。其中飞楼相望,五十余所。清渠激于户下,杂花灵草,芬馥檐楹^③。别院宛转,目眩心迷。幽邃清肃,规駊娑而摹未央^④。噫,衔之^⑤之纪伽蓝盛矣!中州^⑥固应尔,燕蓟号为沙碛^⑦,数百年间,天都^⑧物力日盛,王侯貌贵^⑨,不惜象马七珍,遂使神工鬼斧,隐轸^⑩山谷。予游天下,若金陵之摄山、牛首^⑪,钱塘之天竺、净慈^⑫,诚为秽土清泰^⑬。至于瑰奇^⑭修整,无纤毫酸寒之气,西山诸刹,亦为独步。玉环、飞燕^⑮,各不可轻。虽都人有担金填壑之讥,然赫赫皇居,令郊坰间皆为黄沙茂草,不亦萧条甚欤!王丞相所谓"不尔,何以为京师"者也^⑯。

【注释】

①掖:胳肢窝。引申指两旁。后作"腋"。

②修衢:大路。

③檐楹:屋檐下厅堂前部的梁柱。

④駊(sà)娑:汉宫殿名。《汉书·扬雄传上》:"穿昆明池象滇河,营建章、凤阙、神明、駊娑。"《三辅黄图·建章宫》:"駊娑宫。駊娑,马行疾貌。马行迅疾,一日之间遍宫中,言宫之大也。"未央:宫殿名。故址在今陕西省西安市西北长安故城内西南隅。汉高帝七年(前200)

建，常为朝见之处。《史记·高祖本纪》："萧丞相营作未央宫，立东阙、北阙、前殿、武库、太仓。"《三辅黄图·汉宫》："未央宫，周回二十八里，前殿东西五十丈，深五十丈，高三十五丈。"

⑤衒之：即杨衒之，北魏末北平（今河北省保定市满城区）人。孝庄帝永安（528—530）中，为奉朝请，历官期城郡守、抚军府司马、秘书监。东魏孝静帝武定五年（547），至北魏旧都洛阳（今属河南省），值丧乱之后，见昔日寺观庙塔皆成丘墟，因摭拾旧闻，追叙故迹，作《洛阳伽蓝记》。

⑥中州：古豫州（今河南省一带）地处九州之中，称为中州。指中原地区。

⑦燕蓟：即现在的北京一带。自西周至战国时期，蓟（故址在今北京城西南隅）皆是燕国的都城。沙碛（qì）：沙洲，也可指沙漠。

⑧天都：帝王的都城。唐王维《终南山》诗："太乙近天都，连山接海隅。白云回望合，青霭入看无。"

⑨貂贵：穿着貂皮衣服的贵族。

⑩隐轸：同"隐赈"，繁盛，富饶。亦作"殷轸"。

⑪摄山：即栖霞山，位于江苏省南京市栖霞区，古称摄山，被誉为"金陵第一明秀山"，南朝时山中建有"栖霞精舍"。牛首：即牛首山，中国佛教名山，唐代牛头禅宗的开教处和发祥地，位于江苏省南京市江宁区，由祖堂山、将军山等诸多大小山组成。

⑫天竺：山峰名，在浙江省杭州市西湖区飞来峰之南。天竺有三寺，即法喜寺、法净寺、法镜寺，通称上天竺寺、中天竺寺、下天竺寺，均系杭州古代著名佛寺。净慈：即净慈寺，位于浙江省杭州市西湖南岸，雷峰塔对面，是西湖历史上四大古刹之一。

⑬秽土：佛教语。指凡人所居的尘世。犹言浊世，对净土而言。清泰：清静平安。

⑭瑰奇：美好特出，珍奇。

⑮玉环、飞燕：分别指唐玄宗贵妃杨玉环、汉成帝皇后赵飞燕，所谓"环肥燕瘦"，一胖一瘦，各有其风韵，均为古代著名美女。

⑯"王丞相"句：意思是，这就是王丞相所说的"不这样，怎么能够成为国家的都城呢"。出自《南史·王俭传》："（王）俭谏曰：'京师翼翼，四方是凑，必也持符，于事既烦，理成不旷，谢安所谓"不尔何以为京师"。'"作者所指王丞相所说有误，这本是东晋政治家谢安所说，王俭只是引用谢安的成句。王俭（452—489），字仲宝。琅邪临沂（今属山东）人。南齐名臣。辅佐齐高帝萧道成建立南齐。齐武帝时官至太子少傅、中书监。

记　　十

居士①曰："予游山，自西山始也。"或曰："居士年二十时，即从长江历吴会②，穷览越峤③之胜。北走塞上④，登恒山石脂峰，望单于⑤而还。而乃云游山自西山始何也？"居士曰："予向者雅好山泽游矣，而性爱豪奢。世机⑥未息，冶习⑦未除。是故目解⑧玩山色，然又未能忘粉黛也；耳解听碧流，然又未能忘丝竹也。必如安石⑨之载携声妓，盘餐百金；康乐⑩之伐木开山；子瞻之鸣金会食⑪，乃慊⑫于心。而势复不能，则虽有山石洞壑之奇，往往以寂寞难堪委之去矣。此与不游正等。今予幸而厌弃世膻⑬，少年豪习，扫除将尽矣。伊蒲⑭可以送日，晏坐可以忘年。以法喜⑮为资粮，以禅悦⑯为妓侍。然后澹然自适之趣，与无情有致之山水，两相得而不厌。故望烟峦之窈窕突兀，听水声之幽闲涵澹，欣欣然沁心入脾，觉世间无物可以胜之。举都人士所为闻而不及游，游而不及享者，皆渐得于吾杖屦⑰之下，于于⑱焉，徐徐焉，朝探暮归，若将终身焉。然后乃知予向者果未尝游山，游山自西山始矣。"

【注释】

①居士：旧时出家人对在家信佛的人的泛称。这里是作者自指。

②吴会：秦汉会稽郡治在吴县，郡县连称为吴会。东汉分会稽郡为吴、会稽二郡，并称吴会。后亦泛称此两郡故地为吴会。唐以后，俗亦称平江府（今江苏省苏州市）为吴会。

③越峤（qiáo）：泛指浙江的高山。越，古国名，建都会稽（今浙江省绍兴市）。春秋时兴起，战国时灭于楚。后世代指浙江或浙东地区，也专指绍兴一带。峤，本指高而锐的山，后泛指高山或山岭。

④塞上：泛指长城以北地区。

⑤单于：匈奴人对他们部落联盟首领的专称，意为广大之貌。这里当指边境以外的广大山川。

⑥世机：世俗的机心。

⑦冶习：艳冶的积习。

⑧解：明白，懂得。

⑨安石：即东晋政治家谢安，字安石。《晋书·谢安传》："安虽放情丘壑，然每游赏，必以妓女从。"

⑩康乐：即谢灵运（385—433）。祖籍陈郡阳夏（今河南省太康县），生于会稽始宁（今浙江省绍兴市上虞区）。南北朝时期诗人、旅行家。晋安帝元兴二年（403），继承祖父的爵位，被封为康乐公。《宋书·谢灵运传》："灵运因父祖之资，生业甚厚。……寻山陟岭，必造幽峻，岩嶂千重，莫不备尽。登蹑常着木履，上山则去前齿，下山去其后齿。尝自始宁南山伐木开径，直至临海，从者数百人。临海太守王琇惊骇，谓为山贼，徐知是灵运乃安。"

⑪鸣金：敲击钲、铙等金属乐器，后多指敲锣。会食：相聚进食。

⑫慊（qiè）：满足，满意。

⑬膻：指羊的气味。泛指草食动物的气味。

⑭伊蒲：斋供，素食。宋胡继宗《书言故事·释教》："齐供食曰伊蒲馔。"

⑮法喜：佛教语，谓闻见、参悟佛法而产生的喜悦。

⑯禅悦：佛教中，禅定修习者入定时所享受到的欢喜快乐。

⑰杖屐：手杖和木制的鞋。屐，木制的鞋，底大多有二齿，以行泥地。

⑱于于：行动舒缓自得貌。

【解读】

作者与其兄袁宏道一样，都是游记散文大家。《西山十记》是其任国子博士时所作。西山，指北京西郊一带的山，包括妙峰山、香山、金山（即万寿山）、潭柘山（潭柘寺在此）、翠微山、卢师山（西山八大处在此两山之中）、玉泉山等。

作者是公安派代表作家之一，他反对贵古贱今，反对模拟古人，主张文章随时代变革而变革，说"天下无百年不变之文章"，认为作者应当"性情之发，无所不吐"，诗文应是抒写性情之作，强调自然天成。袁宏道赞美其诗文："大都独抒性灵，不拘格套，非从自己胸臆流出，不肯下笔。"（《小修诗叙》）他的游记散文实践了他的文学主张，以清新自然之笔，打破传统古文的陈规定局，以明丽洁净的文辞，模山范水，抒写个性。本文突出特色就是通过景物描绘来抒写赞美大自然、向往田园之乐的性灵，故而他以情眼观景，景中寓情，他的游记，充满了对大自然的热爱之情，正如王国维在《人间词话》中所说："一切景语皆情语。"

本文是作者游历北京西山之后作的游记。从"记一"开始，作者按游览的顺序，依次展开描写，在读者面前展开了一幅西山风景画卷，使读者也能随着作者的足迹，越田畴、登山峰、进寺庙、渡溪流，宿古寺听松涛，坐山麓观云烟，实有冯虚御风、羽化登仙之感。

"记一"主要写自西直门至功德寺途中所见。杨柳夹道,带以清溪,禅刹相接,绿叶浓郁。拄杖散步的老僧,鸣声聒噪的群蛙,使作者备感田家之乐。"记二"主要写由功德寺至华严寺所见。泉鸣如语,柳拂清波。洞大窦深,各有特色。虽是轻描淡写,但无不倾注着作者的情感。"记三"写香山景色,抓住香山的特点,"流泉淙淙下注,朱栏千级",古刹傍岩而起,尽得峰势。以此俯瞰山下,村落数疏,点黛设色。"记四"写碧云寺的景致,重点描写了殿前池中的红鱼和泉水的奇妙。这一篇小记,作者写得有声有色,简洁明快,红鱼、流泉,无不跃然纸上。"记五"重点写了卧佛寺的古树,以白描之笔,勾勒出了老树铁干、碧叶虬结的身姿。"记六"写万安山中的翠岩。作者从大处着笔,不拘细节。写于此远眺京郊景色和夜听松涛怒号一段,读来使人精神为之一爽。"记七"写翠岩周围之景色。循涧西行,曲径怪石,或偃或卧。舍涧登峰,则别有天地。这一篇小记,写来如行云流水,写景状物,颇有特色。"记八"写万安山绝顶的情景。有攀登中的景色描写,也有登顶后一览众山、山河尽收眼底的快感。由于作者是雨后攀登,所以所描写的景物均带有微雨初霁后的特色。"记九"写鲍家寺的景观。青槐交蔽长街,枝叶覆阴无隙。滕公寺周遭石墙,飞楼清渠,花草芬馥。由此作者发出感叹:积几百年人力物力,才修建起如此规模的庙宇。"记十"实际上是作者对游历的总结。作者虽自二十岁起即游览大江南北的山川,但过去皆是纯为游山而游山,未脱尘缘。此次游西山不同,是在已厌弃世事、少年豪气扫除将尽之后来游,故此游能悟山色水声之玄机,于游中有所得,所以说游山自此次始。

这十篇游记,散则各自成篇,聚则为一整体,始终贯穿着游山水而陶冶性情、山水花草与人俱为一体这一主线,是作者游记中的佼佼者。

砚北楼记

袁中道

万历庚戌①夏,中郎②请告归楚,卜居沙头,得敞楼葺之,名之曰"砚北"。

予问其故,中郎曰:"昔通人段成式云:'杯宴之余,常居砚北。'夫人生闲适之趣,未有过于身在砚北,时亲韦编③者也。我昔居柳浪六年,日拥百城,即夜分犹手一编。神甚适,貌日腴。及入宦途,簿书鞅掌④,应酬柴棘,南北间关,形瘁心劳,几不能有此砚北之身。今幸而归矣。中年以后,血气渐衰,宜动少静多,以自节啬。山水虽适,跋跋⑤亦苦,此亦宗少文⑥筑室江陵,息影卧游时也。然而寂处一室,又未能即效寒灰古木⑦之事,势不能无所寄以悦此生。柳下之锻⑧,叔夜所以寄也,吾不堪劳;曲蘗之逃⑨,元亮所以寄也,吾无其量;《白鹄》《何尝》之调,戴仲若⑩所以寄也,吾不解操。若夫贮粉黛,教歌舞,以耗壮心而遣余年,往时犹有此习,今殊厌之。昔裴公美⑪一生醉心祖道,而晚年托钵歌妓之院,自云可以说法度人。白乐天亦解乘理,至头白齿豁,时携群粉狐往牛奇章⑫宅中斗歌。有何好?而自云'天上人间,无如此乐'。虽云游云幻霞,无所污染,然道人自有本色行径。汤能沃雪,雪盛汤凝;火能销冰,冰强火灭。出水乖莲花之质,切泥损太阿⑬之锋。以此为寄,是以漏脯止饥,云白已渴也。吾必不为。然则吾之所寄体,惟此数千卷书耳。陶弘景⑭谓人生解识,不能周于天壤。区区惟恣五欲,实可愧耻。挂冠神武⑮,遂居积金涧之松风

288

阁,孜孜披阅。此吾师也。往周旋龙湖老子^⑯,见其老不废书。人或规之,老子曰:'他日青莲池上,诸大士娓娓竖义,我以固陋,张口云雾,此几许苦痛事!'人以为谑,吾实心佩其言。今而后将聚万卷于此楼,作老蠹鱼^⑰,游戏题躞^⑱。兴之所到,时复挥洒数语,以疏瀹性灵,而悦此砚北之身,吾志毕矣。吾计定矣,此予命名意也,弟其为我记之。"

予曰:"诺。"遂退而次其语为记。

【注释】

①万历庚戌:指明万历三十八年(1610)。

②中郎:即袁宏道。

③韦编:指书籍。古代用竹简写书,用牛皮条把竹简联起来,称韦编。韦,熟牛皮。

④鞅掌:繁忙而没有闲暇整理仪容。后指公事忙碌。

⑤跋跲(bù):艰辛远行。跲,步行。

⑥宗少文:南朝宋画家宗炳,字少文,居江陵。游历各地,老年回江陵,把各地景物画在他的室内,称为"卧游"。

⑦寒灰古木:比喻心灰意冷。语本《庄子·齐物论》:"形固可使如槁木,而心固可使如死灰乎?"

⑧柳下之锻:指嵇康在柳树下打铁。嵇康,字叔夜,竹林七贤之一,好打铁,每于夏日在宅前柳树下锻铁,以寄托人生。

⑨曲蘖之逃:晋代大诗人陶潜,逃避官场,弃官而归,饮酒赋诗,以寄托人生。下句"元亮"是他的字。曲蘖,酒母,代指酒。

⑩戴仲若:南朝琴家戴颙,字仲若。《宋书·隐逸传》:"(戴颙)合《何尝》《白鹄》二声,以为一调,号为清旷。"

⑪裴公美:唐代裴休,字公美,能文,工楷书,大中(847—860)时,

以兵部侍郎进同中书门下平章事。家世奉佛,裴休奉佛更为虔诚。

⑫牛奇章:唐宰相牛僧孺于敬宗时封奇章郡公。他晚年也曾奉佛。

⑬太阿:古宝剑名。相传为春秋时欧冶子及干将所铸。

⑭陶弘景:南朝隐士,字通明,自号华阳隐居,是齐梁时道教思想家。仕齐,任左卫殿中将军,后隐居茅山。梁时,朝廷每有大事,辄就咨询,时称"山中宰相"。

⑮挂冠神武:陶弘景年轻时为诸王侍读,家贫,求作县宰不遂,便"脱朝服挂神武门,上表辞禄"(《南史·陶弘景传》)。挂冠,取下官帽挂起来,喻指辞职。

⑯龙湖老子:指明末思想家李贽,别号"温陵居士""龙湖叟"。

⑰蠹鱼:蛀蚀书的小虫。

⑱题躞(xiè):题,题签。躞,书卷的杆轴。

【解读】

本文主体是作者之兄袁宏道的一段话,实际上是作者转述其兄的观点。

文章首先释名,指出砚北楼命名之缘起,引唐段成式所说"杯宴之余,常居砚北"一句为意。砚北,即砚池之北,古人写字作文,所用工具为毛笔、砚池,一般是几案面南,人坐砚北。作者之兄袁宏道(中郎)解释,人生闲适的趣味,其实就是在读书作文,他讲起以前在柳浪居住六年,夜间读书那种"神甚适"的幸福状态,一旦步入宦途,就为公事应酬南北奔走,弄得"形瘁心劳",几乎不能读书作文,所以现在告归,能够将一座简陋的楼修葺布置一下,整理出一间书房,那真的是人间至乐,所以取名"砚北楼"。

接下来,袁宏道解读读书悟道的心得,指出人生必有所寄托,过去嵇康将人生寄托在打铁上,陶渊明寄托在饮酒上,戴颙寄托在弹琴上,裴休、白居易寄托在奉佛上,他认为这些寄托要么是不适合自己,要么是不好的行为，而阐明"吾之所寄体，惟此数千卷书"，宏道以读书为乐，以此为人生高格境界，并引陶弘景之"孜孜披阅"和李贽"老不废书"为榜样。最后，寥寥数语，表明今后将聚万卷书于此楼，沉浸自得，随意挥洒，"疏瀹性灵"，以使自己身心愉悦，这是修楼的主旨和目的。

本文提倡"性灵说"，是在宣扬"公安派"的核心理论和文学主张。

凌士重《小草》引 沈守正

士重，名家①子，年少喜读书。顾善病②，又持佛弟子戒，不甚多作文。予三年不见其结撰③。今年手一编示予，予且读且快，如热饮寒冰，晨起餐朱霞④，醉饱之余，尝江瑶柱一脔也⑤。

山之有巉崿⑥也，石之有拳握⑦也，草树之有梅竹也，书之有鸟爪虫丝⑧，画之有与可、云林⑨也，诗之有韦、孟、郊、岛⑩也，见者莫不喜，喜而欲狂，唯其趣异也。而不知者诋之曰奇，曰偏，曰小品。夫人抱迈往⑪不屑之韵，耻与人同，则必不肯言侪人⑫之所言，而好言其所不敢言不能言。与其平也，宁奇；与其正也，宁偏；与其大而伪也，毋宁小而真。士重之意，亦若是焉耳。士重持此以往，足以雄伯⑬，况日新而变，又有不可知者乎？

【作者简介】

沈守正（1572—1623），字无回，钱塘（今属浙江省杭州市）人。《杭州府志》载其生有秀表，下笔千言立就。万历三十一年（1603），举于乡，谒选得黄岩教谕，后迁国子监博士，擢都察院司务。著有《四书丛说《雪堂集》《诗经说通》等。

【注释】

①名家：犹名门。

②顾：却，但是。善病：多病。

③结撰：结构撰述。指写文章。

④朱霞：红色的朝霞。

⑤江瑶柱：同"江珧(yáo)柱"，江珧的肉柱。江珧，一种海蚌，壳略呈三角形，表面苍黑色，生活于海边泥沙中。其肉柱为海味珍品。一脔：一块切成块状的鱼肉。

⑥巉嶭(chán è)：高峻陡峭的山峰。

⑦拳握：像握着的拳头大小，喻体积小。

⑧鸟爪虫丝：比喻篆书的笔画线条。

⑨与可、云林：北宋著名画家文与可。元代著名画家倪云林。

⑩韦、孟、郊、岛：韦应物、孟浩然、孟郊、贾岛，均为唐代诗人。

⑪迈往：超脱凡俗。

⑫俦人：一般人，常人。

⑬雄伯：称雄称霸。伯，通"霸"。

【解读】

本文是为凌士重小品集《小草》作的引言。引言，相当于前言，是写在书或文章前面类似序言或导言的文字。本文通过谈论阅读凌士重《小草》的感受，阐述了晚明小品文短、小、精、微的特质，指出文章要"与其平也，宁奇；与其正也，宁偏；与其大而伪也，毋宁小而真"，就是说倘若只是主题看似宏大，行文却平平无奇，那就不如剑走偏锋，兵行险招，往"奇"的路数上走，即使"偏"一点，切口小一点，只要保证事、情与态度的"真"——事的真实、情的真实、意的真实，就会达到意想不到的效果，即以小见大，言约旨远，见微知著。

小品文的这种特质，与中国传统审美的精神是吻合的。《周易·系辞下》称赞《易经》之文"其称名也小，其取类也大，其旨远，其辞文，其言曲而中，其事肆而隐"。所谓"称名小""取类大"，是指《易经》中常以个别小事物概括同类事物，表现抽象的大道理。所谓"其旨远"，是指言近而旨远、词浅而意深。司马迁在《史记·屈原贾生列传》中赞美屈原的作品："其文约，其辞微，其志洁，其行廉，其称文小而其指极大，举类迩而见义远。"在《史记·李将军列传》中，司马迁引用"桃李不言，下自成蹊"这句谚语时也说："此言虽小，可以谕大也。"刘勰在《文心雕龙·宗经》中说："夫《易》唯谈天，入神致用，故《系》称旨远辞文，言中事隐。"他在《比兴》篇中说："观夫兴之托谕，婉而成章，称名也小，取类也大。"在《物色》篇中也说到"以少总多"。刘勰正式将《周易》的旨远辞文、小中见大引入文学批评。这种对短、小、精、微特质的认识和嗜爱，是与传统文化，尤其是与《周易》的精神一脉相承。

古 文 自 序 　　　　曹学佺

曹子曰：古文时文，无二理也。秦汉之文，无以异于今日之文也。古之文也，简而质；今之文也，繁而无当。古之文也，序记传赞之类，各有根致①；今之文也，不暇辨析，只成一论体。古之文也，是是非非，义例②甚严；今之刻薄者隐讥诽，阘茸者滥夸与而已矣③。然则谓予之文其能无剩语④欤？无变体⑤欤？又能是非之当于人心欤？而俱未之能也。是犹未免有时相⑥也。虽然，此意不可不知，而亦不可不存也。

噫！凡事皆然，宁独⑦文矣。予既以举业翻刻⑧署中，与蜀生相切劘⑨，复取其古文之近于时义⑩以广之。夫惟欲其与时文⑪相近也，则亦不厌其为时⑫矣。

【作者简介】

曹学佺（1574—1647），字能始，号石仓。侯官（今属福建福州）人。万历二十三年（1595）进士。授户部主事。累迁至四川按察使。万历四十三年（1615），梃击案兴，学佺所著《野史纪略》直书本末。天启六年（1626），以私撰野史、淆乱国章罪，被削职为民。崇祯初，起用为广西按察副使，力辞不就。家居近二十年，潜心著书。1645 年，南明隆武帝立，被再度起用，官至礼部尚书。清兵入闽，入山自缢死。工诗词，精通音律，擅长度曲，曾谱写闽剧的主要腔调逗腔，被认为是闽剧始祖之一。有《石仓全集》等。

【注释】

①根致：根本、意致，亦即文章立论的根本与所要达到的目标和效果。

②义例：著书或作文的主旨和体例。

③阘茸：庸碌低劣。滥：过度，没有节制。夸与：夸奖，赞扬。

④剩语：多余的话。

⑤变体：变异的形体、体裁等。

⑥时相：当时流行的现象。

⑦宁独：难道只有。

⑧翻刻：本指依原刻本影写而后上板重刻，后亦泛指翻印。

⑨切劘（mó）：切磋相正。劘，磨。引申指切磋。

⑩时义：合乎时宜的意义与价值。

⑪时文：当时流行的文体。

⑫为时：合乎当世，合乎时尚、时俗。

作者在本文中阐述了文章不分今古，即文章只有好坏之分，没有时文、古文的特定限制。所以，时文有内涵的、"是非之当于人心"的自然也是好文章，表明作者虽重视古文，但不排斥时文的观点。同时，作者也说明了古文的义例很严，文字精练而朴实，优点很多；而今文（时文）则"繁而无当"、浮夸、滥竽充数的较多，这是时文的缺点。有鉴于此，作者通过筛选，纂录古文当中优秀的文章，其中有一些合乎时义的就翻刻出来，供学生学习、切磋，这是作者编纂古文的用意所在。

丘生稿序 曹学佺

余去年潞河①与丘生别，生以其所作文，欲余题数言，余第应之而已，未有以复也。兹间关②自长安来，访余于鸡鸣山③下，索之不置。余念别生一年所④矣，日之不能不逝也，地之不能不迁也，友朋之不能无聚散，时事之不能无低昂⑤也，独吾两人相对慰藉如平生，讵能忘情哉！情之所关，则亦聊为记之而已。后之为梦寐，为感慨，未必不因之矣。若生之文，是非可否，则生以为如是，而余未必以为如是也。余以为如是，而人又未必以为如是也，余乌能定之。

【注释】

①潞河：即白河，为北运河之上游。

②间关：艰涩之义，状道路之难行。《汉书·王莽传下》："王邑昼夜战，罢（疲）极，士死伤略尽，驰入宫，间关至渐台。"

③鸡鸣山：即鸡笼山，位于江苏省南京市玄武区，又名北极阁，东

连九华山,西接鼓楼岗,北近玄武湖,为紫金山延伸入城余脉。春秋战国时期,以其山势浑圆、形似鸡笼而得名。

④所:不定数词,表示大概的数目。犹言"许"。

⑤低昂:起伏。

【解读】

这是作者为丘生所写的书稿作的序。文章很短,写得很随意,很真实,没有客套话,符合小品文"小而真"的特征。主要叙写两人情谊,虽然山川阻隔,加之时事变化以及岁月相侵,但相对仍"慰藉如平生",说明两人的感情真挚深厚,并不因为外在的东西而改变。至于丘生诗文的好坏,各有所见,不在品评之列。这也从侧面反映了作者对丘生诗文的一个真实态度。

浣花溪①记　　　　钟惺

出成都南门,左为万里桥②。西折纤秀长曲,所见如连环、如玦、如带、如规、如钩③,色如鉴、如琅玕、如绿沉瓜④,窈然⑤深碧,潆回⑥城下者,皆浣花溪委⑦也。然必至草堂⑧,而后浣花有专名,则以少陵浣花居在焉耳⑨。

行三四里,为青羊宫⑩,溪时远时近,竹柏苍然⑪,隔岸阴森者尽溪,平望如荠⑫。水木清华⑬,神肤洞达⑭。自宫以西,流汇而桥者三⑮,相距各不半里。舁夫云通灌县⑯,或所云"江从灌口来⑰"是也。

人家住溪左,则溪蔽不时见,稍断则复见溪。如是者数处,缚柴编竹⑱,颇有次第⑲。桥尽,一亭树道左,署曰"缘江路"。过此则武侯祠⑳。祠前跨溪为板桥一,覆以水槛㉑,

乃睹"浣花溪"题榜。过桥,一小洲横斜插水间如梭。溪周之,非桥不通,置亭其上,题曰"百花潭水"。由此亭还,度桥,过梵安寺㉒,始为杜工部祠㉓。像颇清古,不必求肖,想当尔尔㉔。石刻像一,附以本传,何仁仲别驾署华阳时所为也㉕。碑皆不堪读。

钟子曰:杜老二居,浣花清远,东屯㉖险奥,各不相袭。严公㉗不死,浣溪可老,患难之于友朋,大矣哉!然天遣此翁增夔门㉘一段奇耳。穷愁奔走,犹能择胜㉙,胸中暇整㉚,可以应世㉛,如孔子微服主司城贞子时也㉜。

时万历辛亥㉝十月十七日,出城欲雨,顷之霁㉞。使客㉟游者,多由监司郡邑招饮㊱。冠盖稠浊㊲,磬折喧溢㊳,迫暮趣归㊴。是日清晨,偶然独往。楚人㊵钟惺记。

【作者简介】

钟惺(1574—1625),字伯敬,号退谷、止公居士。湖广竟陵(今湖北天门)人。万历三十八年(1610)进士。历任南京礼部主事、郎中,官至福建提学佥事。与同邑谭元春评选唐人诗,编《唐诗归》《古诗归》,以此得大名,时称"钟谭体"。晚逃于禅。另有《诗合考》《毛诗解》《钟评左传》《隐秀轩集》《名媛诗归》等。

【注释】

①浣花溪:在今四川省成都市西郊草堂寺一带,为南河支流。据宋祝穆《方舆胜览》卷五十一"成都府路"记载,浣花溪"在城西五里。一名百花潭"。溪北为唐诗人杜甫故居,号浣花草堂。唐女诗人薛涛亦家于溪旁,以溪水造十色笺,名浣花笺。自唐以来,为成都著名的游览地。

②万里桥:亦名笃泉桥。战国秦建于检江(今走马河)上,即今四川省成都市南跨南河之南门大桥。唐李吉甫《元和郡县图志》卷三十一"成都县":"万里桥,架大江水,在县南八里。蜀使费祎聘吴,诸葛亮祖之,祎叹曰:'万里之路,始于此桥。'因以为名。"

③连环:连接成串的玉环。玦(jué):古时佩带的玉器。环形,有缺口。常用作表示决断、决绝的象征物。规:画圆形的工具。

④色如鉴、如琅玕、如绿沉瓜:颜色像镜子,像美丽的石头,像绿沉瓜。鉴,镜子。琅玕,似珠玉的美石。绿沉瓜,一种表皮为深绿色的瓜。

⑤窈然:幽深的样子。

⑥潆(yíng)回:同"潆洄",水流回旋的样子。

⑦委:水流所聚之处,下游。

⑧草堂:杜甫寓居成都时,曾在浣花溪畔盖了一所草堂。

⑨少陵:指杜甫,他在诗中自称"少陵野老"。浣花居:在浣花溪畔的住宅,就是今杜甫草堂。

⑩青羊宫:即古青羊肆、青羊观。在四川省成都市青羊区。据《成都县志》载,青羊宫古名青羊观,相传老子曾牵青羊过此。唐僖宗中和(881—885)年间下诏易名青羊宫。

⑪苍然:幽深碧绿的样子。

⑫平望如荠:平视过去,树木像荠菜一样。平望,平视。

⑬水木清华:水光和树色清朗秀丽。

⑭神肤洞达:指人表里澄澈,身心舒畅无比。

⑮流汇而桥者三:因溪水汇流而架设了三座桥。

⑯舁(yú)夫:抬轿子的人,轿夫。舁,抬。灌县:明洪武中降灌州置,属成都府。辖境相当于今四川省都江堰市。

⑰江从灌口来:杜甫《野望因过常少仙》中诗句。江,指锦江。锦江发源于郫县,流经成都城南,是岷江的支流。岷江发源于岷山羊膊

岭,从灌县东南流经成都附近,纳锦江。故上文说"通灌县"。灌口,在今四川省都江堰市,地处崇山峻岭与四川盆地西北部交接处,"两岸壁立如峰,瀑布飞流,十里而九,昔人以为井陉之厄"(唐李吉甫《元和郡县图志》卷三十一)。

⑱缚柴编竹:用树枝和竹条编扎成门户和篱墙。

⑲颇有次第:非常井井有条。次第,次序。

⑳武侯祠:纪念诸葛亮的专祠,因其生前被封为武乡侯,故称。

㉑水槛:临水的栏杆。

㉒梵安寺:亦名草堂寺。在今四川省成都市西南五里。隋名桃花寺。唐大历(766—779)中,崔宁镇蜀,以冀国夫人任氏本浣花女,遂重修之,改名浣花寺。北宋改为梵安寺。据宋祝穆《方舆胜览》卷五十一"成都府"记载,梵安寺"在成都县南,与杜甫草堂相接。每岁四月中浣前一日,太守宴集于此"。

㉓杜工部祠:宋人吕大防就杜甫草堂故址建祠,因杜甫曾任检校工部员外郎,故称杜工部祠。

㉔想当尔尔:谓想象中的杜甫大概是这个样子。尔尔,如此。

㉕何仁仲:明万历时为夔州通判。别驾:即通判。署华阳:代理华阳知县。

㉖东屯:在今重庆市奉节县东白帝镇。唐诗人杜甫寓夔州时居此。

㉗严公:指唐剑南节度使严武。杜甫漂泊四川,依镇守成都的严武,在浣花溪畔构筑草堂,安居了几年。唐代宗永泰元年(765)四月,严武死,杜甫离开成都,准备出川。

㉘夔门:在今重庆市奉节县东十里长江瞿塘峡西口。赤甲山与白盐山隔江夹峙,望之如门,故名。亦指今奉节县。

㉙择胜:选择风景优美之所。

㉚暇整:即"好整以暇",形容既严整有序而又从容不迫。《左传·

成公十六年》：“日臣之使于楚也，子重问晋国之勇。臣对曰：‘好以众整。’曰：‘又何如?’臣对曰：‘好以暇。’”

㉛应世：应付世事。

㉜微服：为隐藏身份、避人耳目而改换常服。古代多指帝王将相或其他有身份的人而言。《孟子·万章上》：“孔子不悦于鲁卫，遭宋桓司马将要而杀之，微服而过宋。”主：寓居。司城贞子：春秋时陈国人。陈愍公大夫。失名，谥贞子。孔子过陈，尝寓居其家。

㉝万历辛亥：万历三十九年(1611)。

㉞顷之霁(jì)：一会儿天晴了。

㉟使客：使者，朝廷派出的使臣。

㊱监司：有监察之责的官吏。汉以后的司隶校尉和督察州县的刺史、转运使、按察使、布政使等通称为监司。郡邑：州县，府县。

㊲冠盖：泛指官员的冠服和车乘。冠，礼帽。盖，车盖。稠浊：拥挤而混乱。

㊳磬折：弯腰作揖。喧溢：充斥着嘈杂吵闹的声音。

㊴迫暮：接近黄昏。迫，近。趣(cù)：急速。

㊵楚人：作者为湖广竟陵人，竟陵在战国时为楚地，因此作者自称楚人。

【解读】

本文是作者游览四川成都浣花溪而作的游记。

全文以游程时间及游踪顺序为线索，采用移步换景的写法，叙述了游历杜工部祠的经过。首先出南门而过万里桥，然后西折，至青羊宫而西，过桥，至武侯祠，至浣花溪题榜，至亭。然后“由此亭还，度桥，过梵安寺”，即到达杜工部祠。这是游历的目的地。

描写都很简要，接着是议论。作者认为，杜甫入四川，在两个地方住过，一处是成都的浣花溪，另一处是奉节县的东屯，浣花溪有清远的特征，东屯则地势险奥，可见即使在乱世，“穷愁奔走”，杜甫遇事还是好整以暇，从容不迫，这样的人是可以应付世事的。言下之意，杜甫不应当只是写写诗，吟诵一下风花雪月，而是可以担当天下大事。可惜他并未得到朝廷的认可，晚年依靠镇守四川任成都尹、剑南节度使的老朋友严武生活，过过几年好日子，然而严武一死，杜甫又必须离开了。文章引"孔子微服主司城贞子"故事，也暗喻杜甫时运不济，当然在更深的层次也有自喻的意思。

末段交代游历的时间、天气以及游览的原因等情况。时间是万历三十九年（1611），作者时年三十七岁，上一年刚考中进士，授行人，掌传旨册封等事。次年，奉使成都，本文就是在出使成都时写的。"是日清晨，偶然独往"，是表明此次的游历只是兴之所至，偶然为之，接近黄昏时，则兴尽而返。

文章条理清楚，叙事简明，议论婉转，论旨幽约，托事以寓意，抒发了自己的志趣和感慨。

【点评】

此文开端下笔便与一般游记不同。一路写景，渐入幽胜，一路无人，似是一尘不染。而写到最后，忽又写出："使客游者，多由监司郡邑招饮。冠盖稠浊，磬折喧溢。"与作者自己之"是日清晨，偶然独往"恰成对比。由此看来，此时此地，既有幽人独往，也有俗客比肩。作者所追求的"幽深"之景，又平添了令人厌烦的游客。这对于浣花溪的胜地来说，自是一重污染。故作者不免厌烦。但古往今来，无不如此。（郭预衡《中国散文史》下册）

梅 花 墅 记　　　　钟 惺

出江行三吴[①]，不复知有江，入舟，舍舟，其象大抵皆园也。乌乎园？园于水。水之上下左右，高者为台，深者为室,虚者为亭,曲者为廊,横者为渡,竖者为石,动植者为花鸟,往来者为游人,无非园者。然则人何必各有其园也?身处园中,不知其为园,园之中各有园,而后知其为园,此人情也。

予游三吴,无日不行园中,园中之园,未暇遍问也。于梁溪则邹氏之惠山②,于姑苏则徐氏之拙政、范氏之天平、赵氏之寒山,所谓人各有其园者也。然不尽园于水。园于水而稍异于三吴之水者,则友人许玄祐③之梅花墅也。玄祐家甫里④,为唐陆龟蒙故居,行吴淞江而后达其地。三吴之水,不知有江,江之名复见于此,是以其为水稍异。

予以万历己未⑤冬,与林茂之游此,许为记。诺诺至今,为天启辛酉,予目常有一梅花墅,而其中思理往复曲折,或不尽忆。如画竹者,虽有成竹于胸中,不能枝枝节节而数之也。然予有《游梅花墅》诗,读予诗而梅花墅又在予目。

大要三吴之水,至甫里始畅。墅外数武,反不见水,水反在户以内,盖别为暗窦,引水入园。开扉坦步,过杞菊斋,盘磴跻映阁。映者,许玉斧小字也,取以名阁。登阁所见,不尽为水,然亭之所跨,廊之所往,桥之所踞,石所卧立,垂杨修竹之所冒荫,则皆水也。故予诗曰:"闭门一寒流,举手成山水。"迹映阁所上磴回视,峰峦岩岫,皆墅西所辈致石也。从阁上缀目新眺,见廊周于水,墙周于廊,又若有阁亭亭处墙外者。林木荇藻,竟川含绿,染人衣裾,如可承揽,然不可得即至也。但觉钩连映带,隐露断续,不可思议。故予诗曰："动止入户分，倾返有妙理。"

乃降自阁，足缩如循，褰渡曾不渐裳⑥，则浣香洞门见焉。洞穷，得石梁，梁跨小池。又穿小西洞，憩招爽亭。苔石啮波，曰锦淙滩。指修廊中隔水外者，竹树表里之，流响交光，分风争日，往往可即，而仓卒莫定其处，姑以廊标之。予诗所谓"修廊界竹树，声光变远迩"者是也。折而北，有亭三角，曰在涧，润气上流，作秋冬想，予欲易其名曰寒吹。由此行，峭蒨中忽著亭，曰转翠。寻梁契集，映阁乃在下。见立石甚异，拜而赠之以名，曰灵举。向所见廊周于水者，方自此始。陈眉公榜曰流影廊。沿缘朱栏，得碧落亭。南折数十武，为庵，奉维摩居士⑦，廊之半也。又四五十武，为漾月梁，梁有亭，可候月，风泽有沦，鱼鸟空游，冲照鉴物。渡梁，入得闲堂。堂在墅中，最丽。槛外石台，可坐百人，留歌娱客之地也。堂西北结竟观居，奉佛。自映阁至得闲堂，由幽邃得宏敞；自堂至观，由宏敞得清寂，固其所也。观临水，接浮红渡。渡北为楼，以藏书。稍入为鹤箘，为蝶寝，君子攸宁⑧，非幕中人或不得至矣。得闲堂之东流，有亭曰涤研。始为门于墙，如穴，以达墙外之阁，阁曰湛华。映阁之名故当映此，正不必以玉斧为重，向所见亭亭不可得即至者，是也。墙以内所历诸胜，自此而分，若不得不暂委之，别开一境。

升眺清远阁以外，林竹则烟霜助洁，花实则云霞乱彩，池沼则星月含清。严晨肃月，不辍暄妍。予诗曰："从来看园居，秋冬难为美。能不废暄姜，春夏复何似？"虽复一时游览,四时之气,以心准目想备之。欲易其名曰贞蓁,然其意淳泓明瑟,得秋差多,故以滴秋庵终之,亦以秋该四序也。

钟子曰:"三吴之水皆为园,人习于城市村墟,忘其为园。玄祐之园皆水,人习于亭阁廊榭,忘其为水。水乎?园乎?难以告人。闲者静于观取,慧者灵于部署,达者精于承受,待其人而已。"故予诗曰:"何以见君闲,一桥一亭里。闲亦有才识,位置非偶尔。"⑨

【注释】

①三吴:古地区名,泛指今江苏、浙江一带。

②梁溪:即今江苏无锡。惠山:山名,在无锡西。此处指以"惠山"为名的园林。下文姑苏(即今苏州)的拙政园、天平园、寒山园都是当时有名的园林。

③许玄祐:即许自昌,明代文学家,字玄祐,号梅花墅,苏州人。生卒年不详。万历(1573—1620)年间在苏州筑梅花墅,因以为号。著有《樗斋漫录》《樗斋诗钞》及传奇十种。

④甫里:今江苏省苏州市吴中区甪直镇。晚唐文学家陆龟蒙曾隐居于此,并自号甫里先生。

⑤万历己未:万历四十七年(1619)。下文天启辛酉为天启元年(1621),这时钟惺四十七岁。

⑥褰(qiān)渡曾不渐(jiān)裳:褰,撩起(衣服)。渐裳,浸湿下衣。

⑦维摩居士:即维摩诘。大乘佛教居士。

⑧君子攸宁:这是《诗经·小雅·斯干》中的诗句。攸,作语助,无义。宁,安定。

⑨"何以见君闲"四句:以上四句及前文所引诗均见作者《游梅花

墅》,诗载《隐秀轩集》中。

【解读】

本文为作者万历四十七年（1619）游园后，于天启元年（1621）据回忆所作的游记。

本文先概述三吴游园的观感，认为三吴园林的特点是园中有园，但园的高下虚实，全以水的位置变化为决定因素。接下来又列举了自己在三吴游览过的园林，如梁溪的邹氏惠山园，苏州徐氏的拙政园、范氏的天平园、赵氏的寒山园，但它们却并不都建园于水上。许玄祐的梅花墅是建园于水上，但又不同于三吴园林的水。作者通过记忆，在概述之后，进入正题，详细记述梅花墅的差异性特征和园景的美妙。

梅花墅位于唐陆龟蒙隐居之地甫里，船行吴淞江即可到达。旧为苏州甫里八景之一，在甫里姚家弄西。甫里为古地名，即今江苏省苏州市吴中区甪直镇。梅花墅为万历年间许自昌所构，其建筑宏伟壮丽，结构精巧，被誉为仅次于杭州西湖、苏州虎丘的"江南第三名胜"。

文章以游踪为线，通过游人的视角变化，描写了梅花墅的亭台、楼阁、廊桥、山石，各类建筑安排巧妙，展现了江南园林的美妙之景。语言错落有致，状物绘景别开生面，刻画生动，独具魅力。其中有两个片段就特别美。其一："从阁上缀目新眺，见廊周于水，墙周于廊，又若有阁亭亭处墙外者。林木荇藻，竟川含绿，染人衣裾，如可承揽，然不可得即至也。"有时在外游玩时，吸口气，静一静，天时地利之下，会有特别的感觉。远近景物一一过目，相互混合，融在一起。这种模糊含混、若有若无的感觉就被他传神地写了出来。其二："指修廊中隔水外者，竹树表里之，流响交光，分风争日，往往可即，而仓卒莫定其处。"一幅水流风声、光影不定的场景跃然眼前，何况"流响交光，分风争日"这八个字本身就够美了。

《蜀中名胜记》序 　　　钟 惺

　　游蜀者,不必其入山水也。舟车所至,云烟朝暮,竹柏阴晴,凡高者皆可以为山,深者皆可以为水也。游蜀山水者,不必其山水之胜也。舟车所至,时有眺听,林泉众独,猿鸟悲愉,凡为山者皆可以高,凡为水者皆可以深也。一切高深可以为山水,而山水反不能自为胜①。一切山水可以高深,而山水之胜反不能自为名。山水者,有待而名胜者②也。曰事、曰诗、曰文,之三者,山水之眼也。而蜀为甚。

　　吾友曹能始③,仕蜀颇久,所著有《蜀中广记》。问其目:为《通释④》,为《风俗》,为《方物⑤》,为《著作》,为《仙》《释》,为《诗话》,为《画苑》,为《宦游》,为《边防》,为《名胜》诸种。余独爱其《名胜记》体例之奇。其书借郡邑为规⑥,而内⑦山水其中;借山水为规,而内事与诗文其中。释其柔嘉⑧,撷⑨其深秀,成一家言。林茂之⑩,贫士也,好其书,刻之白门⑪。予序焉。

　　辟之弈⑫,郡邑,其局⑬也;山水,局中之道也;事与诗文,道上子也;能使纵横取予,极穿插出没之变,则下子之人也。古今以文字为山水名胜者,非作则述⑭。以能始之慧心,不难于作;其博识,亦不难于述。唯是以作者之才,为述者之事;以述者之迹,寄作者之心。使古人事辞从吾心手,而事辞之出自古人者,其面目又不失焉。于是乎古人若有所不敢尽出其面目,以让能始为述者地⑮;能始有所不敢尽出其心手,以让古人为作者地。理趣相生,权实⑯相驳,是为难耳。要以吾与古人之精神,俱化为山水之精神,使山水文字不作两事,好之者不作两人。入无所不取,取无所不得,则经纬开合⑰,其中一往深心,真有出乎述作之外者矣。虽谓能始之记,以蜀名胜生⑱,而仍以名胜乎蜀⑲可也。

【注释】

①自为胜:自己成为名胜。

②有待而名胜者:能够称得上名胜的。待,依靠,倚仗。

③曹能始:即明代文学家曹学佺。

④通释:总述和解释地名沿革。

⑤方物:土产。

⑥借郡邑为规:按府县来划分。

⑦内:通"纳",容纳。

⑧柔嘉:柔和而美善。

⑨撷(xié):摘取。

⑩林茂之:林古度(1580—1666),字茂之,号那子,福清(今属福建)人。寓居江宁(今属江苏省南京市)。与钟惺、谭元春交好,诗歌创作受到他们的影响。

⑪白门:六朝建康(今南京)宫城的正南门宣阳门,俗称白门。后来白门成为南京的别称。

⑫辟之弈:比如下棋。辟,通"譬"。比如,比方。

⑬局:棋盘。

⑭非作则述:不是自己创作,就是引述前人成作。

⑮以让能始为述者地:以便给曹能始留出作为述者的位置。

⑯权实:佛教语,指佛法中的权实二教,权教为小乘说法,义取权

宜,法理明浅;实教为大乘说法,显示真要,法理高深。这里借指写作时的灵活变化和按常法实写。

⑰经纬开合:指写作时的经营擘画,文笔的放纵与收束。

⑱以蜀名胜生:谓《蜀中名胜记》因蜀中有了山水名胜才写出。

⑲仍以名胜乎蜀:谓《蜀中名胜记》再次使蜀中山水获得名胜之称。

【解读】

曹学佺在四川为官期间写成《蜀中广记》一书,内分十二门类,共一百零八卷。万历四十六年(1618),林古度摘取其中记述名胜的部分在南京刻印,名为《蜀中名胜记》,共三十卷。作者深为此书体例之奇和写法之新所吸引,欣然命笔写了这篇序。序文从蜀中山水名胜与典故和诗文的关系说起,重在评价《蜀中名胜记》的体例和撰写特色,并提出一条山水文学的创作原则:"以吾与古人之精神,俱化为山水之精神,使山水文字不作两事,好之者不作两人。"即达到创作主客体的融合无间。全文结构紧密,文笔开阖得体,既精当地评价了该书的特色,又借此阐明了重要的文学见解,不失为书序佳作。

《诗 归》序 钟 惺

选古人诗而命①曰《诗归》,非谓古人之诗以吾所选为归,庶几②见吾所选者以古人为归也。引古人之精神以接后人之心目,使其心目有所止焉,如是而已矣。昭明选古诗③,人遂以其所选者为古诗,因而名古诗曰"选体④"。唐人之古诗曰"唐选"。呜呼!非惟古诗亡,几并古诗之名而亡之矣。何者?人归之也。选者之权力能使人归,又能使古诗之名与实俱徇⑤之,吾岂敢易言选哉!

尝试论之:诗文气运,不能不代趋而下⑥;而作诗者之意兴,虑⑦无不代求其高。高者,取异于途径耳。夫途径者,不能不异者也,然其变有穷也。精神者,不能不同者也,然其变无穷也。操其有穷者以求变,而欲以其异与气运争,吾以为能为异,而终不能为高。其究途径穷,而异者与之俱穷,不亦愈劳而愈远乎?此不求古人真诗之过也。

今非无学古者⑧,大要取古人之极肤、极狭、极熟,便于口手⑨者,以为古人在是。使捷者⑩矫之,必于古人外自为一人之诗以为异。要其异,又皆同乎古人之险且僻者⑪,不则其俚者也,则何以服学古者之心?无以服其心,而又坚其说以告人曰:"千变万化,不出古人。"问其所为古人,则又向之极肤、极狭、极熟者也。世真不知有古人矣!

惺与同邑谭子元春⑫忧之,内省诸心,不敢先有所谓学古不学古者,而第⑬求古人真诗所在。真诗者,精神所为也。察其幽情单绪⑭,孤行静寄⑮于喧杂之中,而乃以其虚怀定力⑯,独往冥游于寥廓之外⑰。如访者之幾⑱于一逢,求者之幸于一获,入者之欣于一至。不敢谓吾之说非即向者千变万化不出古人之说,而特不敢以肤者、狭者、熟者塞之也。

书成,自古逸⑲至隋,凡十五卷,曰《古诗归》;初唐五卷,盛唐十九卷,中唐八卷,晚唐四卷,凡三十六卷,曰《唐诗归》。取而覆⑳之,见古人诗久传者,反若今人新作诗。见己所评古人语,如看他人语。仓卒中,古今人我,心目为之一易,而茫无所止者,其故何也? 正吾与古人之精神,远近前后于此中,而若使人不得不有所止者也。

【注释】

①命:命名。

②庶几:希望。

③昭明选古诗:昭明,即昭明太子萧统(501—531),南朝梁文学家,字德施,南兰陵(今江苏常州西北)人,梁武帝长子。武帝天监元年(502)立为太子,未及即位而卒,谥昭明,世称昭明太子。曾召集文士编纂《文选》三十卷。其中收有汉、魏、南朝诗及屈原《离骚》《九歌》等诗歌作品。

④选体:过去称《文选》所选诗歌的风格体式为"选体"。因《文选》所选之诗多为五言古诗,所以又有人称五言古诗为"选体"。也有人将仿照《文选》中收录的古诗风格体式所作的诗称为"选体"。

⑤徇:曲从。

⑥代趋而下:一代比一代衰退。

⑦虑:大概。

⑧学古者:指明代中叶倡言"文必秦汉,诗必盛唐"的前后七子。

⑨便于口手:指容易学舌模仿。

⑩捷者:聪明的人。这里指主张变古创新的公安派。

⑪古人之险且僻者:指唐代卢仝一类斗险求僻的诗人。

⑫谭子元春:即谭元春(1586—1637),与钟惺同为竟陵派代表作家。

⑬第:只。

⑭幽情单绪:幽深孤寂的感情。

⑮孤行静寄:独特寂寞的寄托。

⑯定力:佛教语,五力之一,破除烦恼妄想的禅定之力。这里借指

处变和保持自己独特个性的意志力。

⑰"独往"句：谓在广阔的天地里遨游，上下求索，努力独辟蹊径，开拓新的诗境。冥，深思。寥廓，旷远，广阔。

⑱幾（jì）：通"冀"，希望。

⑲古逸：此指不见于《诗经》、散佚的先秦时代诗歌。

⑳覆：审察，审读。

【解读】

作者与谭元春合编《诗归》一书，本为具体体现某种诗歌理论。本序言即是对《诗归》论旨的概括。作者在文中认为诗家途径之变有尽，而精神之变无穷，说明编《诗归》的用意在于求古人之真诗之所在，即求古人精神之所在。而所谓"真诗"者，在于"幽情单绪，孤行静寄于喧杂之中，而乃以其虚怀定力，独往冥游于寥廓之外"。作者以此衡量有明一代诗风的嬗变，批评了前后七子学古取径于"极肤、极狭、极熟"的空廓和公安一派希图走捷径而造成的僻俚。这篇序文显示出作者的旨趣和见识确有过人之处。作者本要揭示自己独特的论诗主张，又似乎预感到论敌的无形存在，故行文中时而正面阐述，时而反驳诘难，有些段落语气冷峻，语言尖利。

题灯上人竹卷　　　　李流芳

　　往岁己酉①北上，舟过莲泾②，访双林上人于积善庵③，出所画竹卷属余题字。以后每经吴门，数欲过庵中而不果，盖不见上人者六年矣。幽窗净几，薰茗相对，今日如复理④梦中也。上人屋后有美竹千竿，净绿如拭⑤，今遂化为乌有⑥，而上人笔墨⑦乃益进，新枝古干，披展森然⑧，如见

真竹,岂此君神气都为上人摄⑨尽,无复生理⑩耶? 鞭然⑪
一笑,遂题其后。甲寅清和月⑫。

【作者简介】

李流芳(1575—1629),明苏州府嘉定(今属上海)人,字长蘅,号香
海。万历三十四年(1606)举人。两应会试不第,遂绝意进取,读书养母。
工诗善书,尤精绘事。知县谢三宾合唐时升、娄坚、程嘉燧及李流芳诗,
刻为《嘉定四先生集》。居南翔里,其读书处名檀园。有《檀园集》。

【注释】

①己酉:这里指明万历三十七年(1609)。

②莲泾:在苏州城西南。

③积善庵:即今皇罗禅寺,位于苏州市相城区阳澄湖镇北段。始
建于唐朝中叶,宋、元、明屡有修建。

④复理:重温,重提。

⑤拭:揩,擦。

⑥乌有:虚幻,不存在。汉司马相如《子虚赋》中有虚拟人名"乌有
先生",意为哪里有这样的人。

⑦笔墨:这里指绘画作品。

⑧披展:披散展开。森然:茂密貌。

⑨摄:吸收。

⑩生理:生长繁殖之机理。

⑪鞭(chǎn)然:笑貌。

⑫甲寅:这里指明万历四十二年(1614)。清和月:农历四月的俗
称,此时天气清明和暖。

【解读】

本文为作者四十岁时所作,共两篇,这是第一篇。万历三十七年

（1609）八月，作者北上赴考，途中行船经过莲泾，访积善庵双林上人，上人出其所画竹卷请作者题字。作者五年后方才题写，达成双林上人的愿望。

这篇短文与其所绘尺幅小画笔致非常相似，信手写来，淡淡数笔，而情趣盎然。没有雕饰之痕，而有淡永之美。作者追忆与上人相知的经过，平平叙来，三言两语，而别后思念之情溢于纸上。"幽窗净几"三句，今与昔、情与景融成一片。谈及绘事，则以千竿美竹化为乌有的惋惜，反衬友人画竹笔墨益进的可喜，由此又生奇幻之思，说所画之竹乃真竹所化。真真假假，虚虚实实，奇幻中又带有诙谐。见友人画艺大进，自己也为此感到高兴。

江南卧游册题词四则　　　李流芳

横　塘①

去胥门②九里，有村曰横塘。山夷水旷，溪桥映带村落间，颇不乏致。予每过此，觉城市渐远，湖山可亲，意思豁然③，风日亦为清朗，即同游者未喻此乐也。

横塘之上，为横山，往时曾与潘方孺阻风于此。寻径至山下，有美松竹，小桃方花④，恍若异境。因相与攀跻，至绝顶，风怒甚，几欲吹堕。二十年事也。

丁巳中秋后三日，画于孟阳阊门寓舍⑤。九月，复同孟阳至武林⑥，夜雨，泊舟朱家角补题。

【注释】

①横塘：在今江苏省苏州市西南，为径贯南北的大塘。塘上有桥，

有亭,风景绝胜。

②胥门:今江苏省苏州市旧城西南门。

③意思:意致,情趣。豁然:开阔貌。

④花:开花。

⑤孟阳:程嘉燧(1565—1643),字孟阳。晚明画家、诗人。阊门:苏州古城之西门,通往虎丘方向。

⑥武林:山名。今浙江省杭州市西灵隐山。后多用以指杭州。

石　　湖①

石湖,在楞伽山②下。寺于山之巅者,曰上方。逶迤而东,冈峦渐夷,而上下起伏者,曰郊台,曰茶磨。寺于郊台之下者,曰治平。跨湖而桥者,曰行春。跨溪而桥,达于酒城者,曰越来。湖去郭不十里而近,故游者易至;然独盛于登高之会,倾城士女皆集焉。

戊申③九日,余与孟髯同游,值风雨,游人寥落,山水如洗,着屐至治平寺,抵暮而还。有诗云:"客思逢重九,来寻雨外山。未能凌绝顶,聊共泊西湾。茶磨风烟白,薇村木叶斑。谁言落帽④会,不醉复空还?"山下有紫薇村,髯尝居于此,今已作故人矣,可叹!

【注释】

①石湖:湖名。在江苏苏州西南,风景优美。

②楞伽山:即上方山,位于苏州市西南郊,石湖西北。"楞伽"为梵文的音译,意思是不可往、不可到、难入。山上有楞伽寺塔。

③戊申:这里指明万历三十六年(1608)。

④落帽:用晋"孟嘉落帽"典故。《晋书·孟嘉传》:"(孟嘉)后为征

西桓温参军,温甚重之。九月九日,温燕(宴)龙山,僚佐毕集。时佐吏并着戎服,有风至,吹嘉帽堕落,嘉不之觉。温使左右勿言,欲观其举止。嘉良久如厕,温令取还之,命孙盛作文嘲嘉,着嘉坐处。嘉还见,即答之,其文甚美,四坐(座)嗟叹。"后成为九月九日重阳登高的代称。

虎   丘^①

虎丘宜月,宜雪,宜雨,宜烟,宜春晓,宜夏,宜秋爽,宜落木,宜夕阳,无所不宜,而独不宜于游人杂沓之时。盖不幸与城市密迩,游者皆以附膻^②逐臭而来,非知登览之趣者也。

今年八月,孟阳过吴门^③,余拏舟^④往会。中秋夜无月,十六日晚霁,偕游虎丘,秽杂不可近,掩鼻而去。今日为孟阳书此,不觉放出山林本色矣。丁巳九月六日,清溪道中题。

【注释】

①虎丘:位于苏州古城西北角,历史悠久,有"吴中第一名胜""吴中第一山"的美誉。

②膻:羊肉的气味。亦泛指臊气。

③吴门:古吴县城(今江苏省苏州市)的别称。

④拏(ná)舟:撑船。

灵   岩^①

余往来西山,数过灵岩山下。戊申秋日,始得与起东及其二子梁瞻、雍瞻一登,余皆从舟中遥望其林石之秀而已。

灵岩为馆娃旧址,响屧廊^②、采香径、琴台皆在其上。石上有陷痕如履,相传以为西施履迹,殆不可信。少时梦与友人至此僧舍，作诗，醒时记有"松风水月皆能说"之句。辛亥③，同家弟看梅西碛④，过灵岩，诗云："灵岩山下雨绵绵，香径琴台云接连。忆得秋山黄叶路，松风水月梦中禅。"盖谓此也。

丁巳九月七日，西塘舟中题。

【注释】

①灵岩：山名。在江苏省苏州市吴中区木渎镇西北，又名砚石山。吴王置馆娃宫于此。

②响屧(xiè)廊：春秋时吴王宫中的廊名。

③辛亥：这里指明万历三十九年(1611)。

④西碛：山名，位于苏州市吴中区光福镇西南，面临太湖，东连铜井山，南为蟠螭山。旧称西脊山。东西走向，山体由石英砂岩构成，即著名的太湖石。

【解读】

李流芳是明代后期著名的文学家，以诗歌和小品闻名于世。天启、崇祯年间，文坛上正是竟陵之气方盛、公安之余波未绝之时。他的诗文既不同于以复古求革新的李攀龙等"后七子"，也有别于神秘晦涩的钟惺等人，而以自然平易、质朴清新的风格，书写自己的真情实感。

李流芳的文章内容大多为叙事怀人、山水游记和题画及序，以题画为多。这些文章不长，但都清新自然，风姿各异；笔墨平淡，感情真挚深厚。正如黄宗羲所言："长蘅无他大文，其题画册，潇洒数言，便使读之者如身出其间，真是文中有画也。"

本文选自《檀园集》卷十一。这是作者在万历四十五年(1617)欣赏自己关于江南山水的画册时的题词。文中涉及横塘、石湖、虎丘和灵岩四处山水名胜。作者因画中境界而追叙当时游览的情形和心绪，表达了自己寻幽探静的审美情趣。可以想象，作者笔下的江南山水画册也一定是疏淡静远的境界。《檀园集》中题画之作颇多，由此可窥其一斑。

小　洋①

王思任

由恶溪登括苍②，舟行一尺，水皆污也。天为山欺③，水求石放④，至小洋而眼门一辟。

吴闳仲送我，挈睿孺出船口，席坐引白⑤，黄头郎以棹歌赠之⑥，低头呼卢⑦，俄而惊视，各大叫，始知颜色不在人间也。又不知天上某某名何色，姑以人间所有者仿佛图之。

落日含半规⑧，如胭脂初从火出。溪西一带山，俱似鹦鹉绿、鸦背青⑨，上有猩红⑩云五千尺，开一大洞，逗出缥⑪天，映水如绣铺赤玛瑙。

日益曶⑫，沙滩色如柔蓝懈白⑬，对岸沙则芦花月影，忽忽不可辨识。山俱老瓜皮色。又有七八片碎剪鹅毛霞⑭，俱黄金锦荔，堆出两朵云，居然晶透葡萄紫也。又有夜岚数层斗起，如鱼肚白，穿入出炉银红⑮中，金光煜煜⑯不定。盖是际，天地山川，云霞日彩，烘蒸郁衬，不知开此大染局作何制。意者，妒海蜃⑰，凌阿闪⑱，一漏卿丽⑲之华耶？将亦谓舟中之子，既有荡胸决眦⑳之解，尝试假尔以文章，使观其时变乎？何所遘㉑之奇也！

夫人间之色仅得其五，五色㉒互相用，衍至数十而止，焉有不可思议如此其错综幻变者？曩吾称名取类，亦自人间之物而色之耳,心未曾通,目未曾睹,不得不以所睹所通者,达之于口而告之于人。然所谓仿佛图之,又安能仿佛以图其万一也?嗟呼,不观天地之富,岂知人间之贫哉!

【作者简介】

王思任(1575—1646),字季重,号谑庵,又号遂东、稽山外史,山阴(今浙江绍兴)人。明末文学家。万历二十三年(1595)进士,历任兴平、当涂、青浦知县,袁州推官、江西按察司金事等职。鲁王监国,迁礼部右侍郎,进尚书。清顺治三年(1646),绍兴为清兵所破,绝食而死。为文笔意放纵诙谐。以《游唤》《历游记》两种游记成就最高,《小洋》《天姥》诸篇尤为著名。有《王季重十种》传世。

【注释】

①小洋:恶溪的下游,在浙江省青田县境内。

②恶溪:亦名好溪,瓯江支流,源出大瓮山。相传溪中多水怪,后遁去,故改恶溪为好溪。括苍:山名,绵亘于浙江丽水至临海一带。

③天为山欺:形容山势高峻,直逼青天。

④水求石放:形容江中乱石很多,水流纡曲前行,像是请求乱石放行。

⑤引白:犹言举杯。白,古时罚酒用的酒杯。

⑥黄头郎:指船夫,以头着黄帽而称。汉代有黄头郎之官,掌管船舶行驶。棹歌:船夫行船时所唱的歌。

⑦呼卢:即呼卢喝雉,古时的一种赌博游戏。共五子,一面涂黑,画牛犊;一面涂白,画雉。掷子时若五子皆黑,即得彩,谓之"卢",呼喊得"卢",谓之呼卢。

⑧半规:半圆。

⑨鹦鹉绿:颜色像鹦鹉身上绿色羽毛一样碧绿青翠。鸦背青:暗

青色,像乌鸦背上的青色。

⑩猩红:指像猩猩血那样鲜红的颜色。

⑪缥(piǎo):青白色,淡青色。

⑫曶(hū):天色昏暗。

⑬柔蓝僻白:柔弱的蓝色和白色,即浅蓝色和灰白色。

⑭鹅毛霞:指松软如鹅毛的云霞。

⑮银红:此指夜雾中闪耀银光的红色。

⑯煜煜:明亮貌。

⑰海蜃:即海市蜃楼。因光线的折射作用出现于海上或沙漠上空的景物幻影。

⑱阿闪:即阿閦(chù),佛名,住在东方妙喜世界。此指佛的妙境。

⑲卿丽:即美丽的彩云。卿,卿云,古时以为象征祥瑞的云气。

⑳荡胸决眦:心胸荡漾,眼眶睁裂。唐杜甫《望岳》:"荡胸生层云,决眦入归鸟。"

㉑遘(gòu):遭遇。

㉒五色:指青、黄、赤、黑、白。古人以此五色为正色。

【解读】

小洋,是恶溪下游的专称。这条恶溪,发源于浙江省缙云县东北,西南流至丽水市莲都区,南入大溪。所谓"恶"者,指全溪湍流险阻长达四十五公里,水流湍急,行船极为艰险。

本文是晚明山水小品中颇具特色的一篇。在这篇作品中,作者惊叹于大自然景色的变幻无穷,以其敏锐的色彩感觉描述了小洋一带黄昏时分的天色变化,在愉悦的观赏中深切感受到大自然的富丽与伟力。

重点描述在第三、四自然段,从"胭脂初从火出",到"鹦鹉绿""鸦背青""猩红云""赤玛瑙""鹅毛霞""葡萄紫""鱼肚白"等一系列错综变幻的色彩,无不生动夺目。

大自然丰富的色彩用笔无法尽情说出、描写出,所以作者在文末感叹说："不观天地之富，岂知人间之贫哉！"不到大自然去观察天地之间万事万物的错综变幻、奥妙无穷，又岂能知道人间的贫穷呢？意思是说，人力是有限的，人的眼界也是有限的，只有开阔眼界，敞开心胸，才能到达更高的境界。

　　本文以简洁的文字描述小洋傍晚的景色变化，并以色彩的幻变作为取景、谋篇的线索。状物多用比喻，文笔潇洒泼辣，既不蔓不枝，又收纵自如，颇得小品文法度。

游峄山①记　　　　王思任

　　予游峄山，而知天下事不可以道傍忽也。盖予游峄山，而幻躯凡数化。泰山之石方，而峄山之石圆。山如累卵②，大小亿万，以堆磊为奇巧，以穴洞为玲珑，以穿援③为游览。

　　赂一沙弥作导师④，至渡空舟，则无只马两人之路，假盖自荫⑤，而予化为隶⑥。伏热⑦正毒，探梁祝泉⑧，顶无冠，脊无缕⑨，而予化为野人。入盘龙洞，观石钟，丰下锐上⑩，窦钻滑试⑪，数怖数免，无足目正大人之事⑫，而予化为偷⑬。上大通岩，臂引杖接，而予化为猿。扑仙人洞，外伏内昂⑭，中俱白屎，而予化为蝠⑮。引至拘龙洞，则以胸席石，覆卧而申之⑯，上下受半尺，四方二尺，三折约十丈余，其发者肩也，纵者腹也，头忧怖而手足废，趾略效焉⑰，若不宁气，一视便堪闷绝，而予于此为守宫⑱。将至玉华顶，与仙人对博⑲矣，而壁峭二丈，下临万仞，望岱秀天齐⑳，四基葱郁，贤圣之窟宅，神洸洸㉑也，黏滞壁间，终不敢上，而予化为蜗㉒。

私念幽奇至绝,愈化愈下,何不骑大鹏,俯瞰齐州九点烟㉓?即吾家子晋㉔鹤背上,尽足輎引翱视㉕,而托言蝶无所不栩㉖,蚁无所不慕,肝臂㉗无所不托,英雄自欺矣,遂不克顶。遥知古来文士,必无问顶者。至拘龙洞,而投策㉘叹返也。不亲历,人且欺我也。

是山也,其古迹之最著者,曰峄阳桐,尚槛其半;曰李斯碑,相传有之;曰纪子墓;曰圣贤遗像;曰颜子石。其古刹曰兴国寺、万涛宫、玉帝殿。其泉曰源头活水,曰莲花池,曰甘泉洞。其名石曰象牙,曰石鼓,曰龟石,不可枚举,人人得以意呼之。其大观曰南天门,此皆望而可得者也。

【注释】

①峄山:一名邹峄山,在山东省邹城市东南。

②累卵:堆叠的蛋。比喻极其危险。

③穿援:穿越攀缘。

④赂:赠送财物。沙弥:初出家的年轻和尚。导师:向导。

⑤假盖:借伞。荫:遮住日光。

⑥隶:仆役。

⑦伏热:盛夏的炎热。伏,时令名,指伏日。有初伏、中伏、末伏三伏,是一年中最热的时候。

⑧梁祝泉:《峄山志》中记载的一处与梁祝传说相关的地名。

⑨脊无缕:背脊上没有寸丝,意思是光着背脊。

⑩丰下锐上:底下宽大,顶上尖锐。

⑪窦钻滑试:从孔穴钻着过去,光滑的地方就试探着过去。

⑫无足目正大人之事:意思是连脚和眼睛都看不到了,根本不是

正当人做的事。正大,端正不邪,正当。

⑬偷:窃贼。

⑭外伏内昂:外面低,里面高。

⑮蝠:即蝙蝠。

⑯覆卧而申之:倒卧着往里延伸进去。

⑰"上下受半尺"七句:意思是上下的空间仅半尺宽,周围两尺宽,转了三次弯,一共行进了十丈多。行进时,是肩膀发力,腹部用力腾纵,而头部则只是担忧害怕,手足都无法发挥作用了,脚趾也没用了。

⑱守宫:壁虎的旧称。

⑲对博:即对弈,下棋。

⑳岱秀天齐:泰山秀出,与天平齐。岱,指泰山。

㉑洸洸:威武貌。

㉒蜗:蜗牛。

㉓"俯瞰"句:从高空俯视,九州如烟雾般渺小,只望见九个小点。唐李贺《梦天》:"遥望齐州九点烟,一泓海水杯中泻。"齐州,即中国。禹分中国为九州,故云"九点烟"。

㉔子晋:即姬晋,字子乔,相传为周灵王太子,成仙后尝乘白鹤回乡。

㉕鞚引:这里指驾鹤。鞚,马勒。引,拉(车)。翱视:飞翔在天空中往下看。

㉖栩:翻飞的样子。《庄子·齐物论》:"昔者庄周梦为蝴蝶,栩栩然蝴蝶也。"

㉗肝臂:鼠肝虫臂。语本《庄子·大宗师》:"伟哉造化!又将奚以汝为?将奚以汝适?以汝为鼠肝乎?以汝为虫臂乎?"原意为以人之大,亦可以化为鼠肝虫臂等微贱之物。后因以"鼠肝虫臂"比喻微末轻贱的人或物。

㉘策:马鞭。

峄山,即邹山,又名邹峄山、东山,在山东省邹城市东南。《邹县志》云:"邹山,古之峄山,言络绎相连属也。"峄山主峰海拔582.8米,虽然山不高,但集泰山之雄、黄山之奇、华山之险于一身,形成了独具一格的秀美奇特,素有"岱南奇观""邹鲁灵秀""天下第一奇山"之美誉。孔子、孟子、秦始皇、李斯、司马迁、华佗、李白、杜甫、欧阳修、王安石、苏东坡、黄庭坚、董其昌、郑板桥等都曾登临览胜,他们在峄山留下了三百多处著名的摩崖石刻和碑碣。

本文几乎不写风景,而只言险境。一身数化,极尽形容。其用语之妙,非亲历其境者不能道。

游 黄 山 记　　钱谦益

山之奇,以泉,以云,以松。水之奇,莫奇于白龙潭。泉之奇,莫奇于汤泉①。皆在山麓。桃源溪水,流入汤泉乳水源,白云溪东流入桃花溪,二十四溪,皆流注山足。山空中,水实其腹。水之激射奔注,皆自腹以下,故山下有泉而山上无泉也。山极高,则雷雨在下。云之聚而出、旅而归,皆在腰膂间。每见天都诸峰,云生如带,不能至其冢②。久之,滃然四合,云气蔽翳其下,而峰顶故在云外也。

铺海之云,弥望如海,忽焉迸散,如凫惊兔逝③。山高出云外,天宇旷然,云无所附丽故也④。汤寺以上,山皆直松名材,桧榧梗楠⑤,藤络莎被,幽荫荟蔚⑥。陟老人峰,悬崖多异松,负石绝出。过此以往,无树非松,无松不奇。有干大如胫,而根蟠屈以亩计者⑦;有根只寻丈,而枝扶疏蔽道旁者⑧;有循崖度壑,因依如悬度者⑨;有穿罅穴缝,崩迸如侧生者⑩;有幢幢如羽葆者⑪;有矫矫⑫如蛟龙者;有卧而起、起而复卧者;有横而断、断而复横者。文殊院之左,云梯之背,山形下绝,皆有松踞之,倚倾还会,与人俯仰⑬,此尤奇也。始信峰之北崖,一松被南崖,援其枝以度,俗所谓接引松也。其西巨石屏立⑭,一松高三尺许,广一亩,曲干撑石崖而出,自上穿下,石为中裂,纠结攫拿⑮,所谓扰龙松也。石笋矼⑯、炼丹台峰石特出离立,无支陇,无赘阜⑰,一石一松,如首之有笄⑱,如车之有盖,参差入云,遥望如荠。奇矣诡⑲矣,不可以名言矣。松无土,以石为土,其身与皮干皆石也。滋云雨,杀霜雪⑳,句乔元气㉑,甲拆太古㉒,殆亦金膏水碧上药灵草之属㉓,非凡草木也。顾欲斫而取之,作盆盎近玩,不亦陋乎㉔?

度云梯而东,有长松夭矫㉕,雷劈之仆地,横亘数十丈,鳞鬣偃蹇怒张㉖,过者惜之。余笑曰:"此造物者为此戏剧,逆而折之,使之更百千年,不知如何槎丫轮囷㉗,蔚为奇观㉘也?吴人㉙卖花者,拣梅之老枝屈折之,约结之,献春则为瓶花之尤异者以相夸焉㉚。兹松也,其亦造物之折枝也与?千年而后,必有征㉛吾言而一笑者。"

【作者简介】

钱谦益(1582—1664),字受之,号牧斋。生当明末清初,常熟(今属江苏)人。明神宗万历三十八年(1610)进士,官至礼部侍郎,崇祯时,与温体仁等争权失败,被革职。南明弘光时为礼部尚书。后降清,授礼部侍郎,管秘书院事,因病告归。博览群书,工诗文,著有《牧斋初学集》《牧斋有学集》等。

【注释】

①汤泉:一名朱砂泉,在黄山紫石峰南麓。

②"云生如带"二句:冒出的云气像带子一样绕在山腰,不能到达山顶。冢,山顶。

③如凫惊兔逝:像野鸭惊飞,野兔奔走。形容云很快地消散。

④"天宇旷然"二句:天空寥廓,云没有地方依附的缘故。附丽,依附,附着。

⑤桧(guì)棐(fěi)楩(pián)楠:都是树的名称。桧,圆柏。棐,俗称野杉。楩,古书上说的一种树。楠,常绿乔木,木材是贵重的建筑材料。

⑥"藤络莎被"二句:藤缠绕着,莎草覆盖着,幽暗荫蔽,繁密茂盛。荟蔚,草木繁盛貌。

⑦"有干大如胫"二句:有主干只如小腿大而根盘曲要用亩来计量的。蟠,屈曲,环绕。

⑧"有根只寻丈"二句:有根只有八尺到一丈长,而枝叶茂盛遮蔽道旁的。扶疏,枝叶繁茂。

⑨"有循崖度壑"二句:有沿着山崖横过山谷,依着悬崖的。

⑩"有穿罅穴缝"二句:有穿过隙缝冒出来像侧生的。

⑪有幢幢如羽葆者:有枝叶茂盛像皇帝仪仗中用鸟羽装饰的车盖的。幢幢,多用以形容羽饰之盛。羽葆,用鸟羽装饰的车盖,一般只有皇帝所乘的车子上才有。

⑫矫矫:刚强勇猛的样子。

⑬"倚倾还(huán)会"二句:倚靠着,倾斜着,环绕着,聚集着,随着游人的位置而或高或低。还,围绕。

⑭屏立:像屏风一样耸立着。

⑮纠结攫拿：形容互相缠绕的样子。攫拿，争先恐后地夺取。

⑯石笋矼（gāng）：地名。在黄山始信峰与仙人峰之间。

⑰"无支陇"二句：没有分出的山冈，没有多余的支脉。陇，通"垄"，土冈。赘，多余的。阜，土山。

⑱笄（jī）：古代盘头发用的簪子。

⑲诡：怪异。

⑳"滋云雨"二句：被云雨滋润，经霜雪而肃杀。

㉑句乔元气：吸收元气而孕育胚芽。

㉒甲拆：同"甲坼"，草木种子外皮开裂而萌芽。太古：远古，上古。

㉓金膏水：犹玉液琼浆之类的东西，相传喝了可以长生不死。灵草：又叫灵芝或紫芝，古人认为是仙草。

㉔不亦陋乎：不也太浅陋了吗？陋，浅陋，见闻不广。

㉕夭矫：屈伸自如的样子。

㉖鳞鬣偃蹇怒张：松树皮和松针矫健有力地向上伸展着。鳞，指松树像鳞甲般的外皮。偃蹇，高耸。怒张，有力地向上伸展。

㉗槎（chá）丫：枝条向旁伸展。轮囷（qūn）：屈曲的样子。

㉘蔚为奇观：聚集成为奇异的景象。

㉙吴人：江浙一带的人。

㉚"献春"句：到了春天就做成特别奇异的瓶花来互相夸耀。

㉛征：验证，证实。

【解读】

黄山位于安徽省黄山市境内，有七十二峰，其中莲花峰、光明顶与天都峰并称黄山三大主峰。黄山原名黟山，因峰岩青黑、遥望苍黛而名。后因传说轩辕黄帝曾在此炼丹，故改名为黄山。黄山代表景观有"四绝三瀑"，四绝为奇松、怪石、云海、温泉，三瀑为人字瀑、百丈泉、九龙瀑。黄山迎客松，即文中的"接引松"，尤为著名。

作者诗文，明亡以前所作收入《牧斋初学集》，入清以后所作收入

《牧斋有学集》。《游黄山记》共九篇,收入《牧斋初学集》卷四十六,这是其中第八篇。记前有序,叙作者明崇祯十四年辛巳(1641)与朋友相约游黄山,次年作记,即崇祯十五年壬午(1642)。

本文着力描写黄山的"异松"。作者有时用全镜头写法,概括"异松"的各种姿态;有时用特写镜头的写法,把接引松、扰龙松和石笋矼、炼丹台"如首之有笄,如车之有盖"突现出来。通过这些描写,使读者感受到黄山"无树非松,无松不奇"。

文章笔墨有侧重,避免了平铺直叙,语言也简洁生动。

与朱得升孝廉^①书　　　　　周顺昌

浒关分袂^②,节序倏更,独坐静思,长安花不如故园柳。三百五十人中,未知肝胆谁是,何如二三知己,连床夜话,上下千古哉? 南望迢迢,觉鸟啼云散,俱足增故旧之思。欲以微醉解之,苦不能酒,惟啜清茶数杯,伏枕求睡。梦中所见,或祖父声容,或相知歌啸,独牵衣画眉之态不存耳。醒来益令人百端交集。语云:"昼思夜结。"良然良然。别后情景,大概可想。今科繁费稍减^③,更加弟之省约,亦需得二百金,无门可贷为苦。积习使然,弟一人不能顿革陋习,可奈何?

月中分兵部^④观政,殊无政可观,不过作揖打恭、升堂画卯^⑤而已。天下事之虚文相蒙者,多类是。闲中接邸报^⑥阅之,见朝中士大夫议论,互争不一,即一南畿学使甫推^⑦,浙按弹章随至矣^⑧。福王^⑨请封复缓,边庭告急日甚。有志者得不深杞人之忧^⑩乎! 漫以书生当局^⑪,其筹边治河大政，无论问以簿书⑫钱谷之数，天下几何，茫然不能对。始知书不可不多读。平日止为八股，徒做一不识时务进士，良可笑也。弟职应司李⑬，展阅《大明律》一卷，深文刻字⑭，多所未谙。"读书不读律，致君终无术⑮。"两言非浪语⑯。最恨方今仕途如市，入仕者如往市中贸易，计美恶，计大小，计贫富，计迟速，弟今日正委吏乘田⑰，东西南北，惟命之日，宜信心做去，美恶贫富、升沉迟速，何所不可？当知银子取不尽，好官做不尽。去角予齿⑱，两足添翼，造物自有定数，安用营营⑲为哉！

　　幸叨一第⑳，不敢云报国。固穷㉑二字，原吾辈本来面目，并此而丧，何以自立？弟孤苦艰辛，于往年备历，慕富慕贵，一生痛恨，幸得一抔土宁祖宗魂魄㉒，志愿毕矣。富厚策肥㉓，大非吾念。此弟可自信，知己亦可信弟者也。先儒云："学者不可把第一等事让别人做。"又谓："惟澹可以从俭㉔，惟俭可以养廉。"有味哉！尝以此言示同事者，不谓迂㉕，则谓矫㉖，弟所甘心，独怪世之不为迂、不为矫，众亦相顾大笑。意气相期，孰如吾五人？于合榜㉗中，偶得一真士㉘相合，尤奇。辞部日，耳目甚众，彼独以白须挺立冢宰㉙前，了无退避，无不拊掌㉚。弟谓诸兄，人身那一件不假？此兄尤犯仕途大忌，何以独真？乌须药㉛岂少哉？实是血性男子，急访之，乃丙午科鹿善继也㉜，雅负北方人望㉝。弟即笑问，渠㉞亦骇，遂过我竟日，扬榷㉟千载，抵掌㊱时事，言朗朗可听。一种热肠劲骨、布衣蔬食之志，视吾五人无异。勿谓燕市中无荆卿、高渐离也㊲，竟代四知己订交矣，四知己亦为快心否？百余日不得一晤，几成郁结。一夕，风雨破窗乱入，愁不能寐，伸笔书之，不自知其言之长也。青莲⑧云："长安如梦里，何日得归期。"读之黯然。

合宅清嘉⑨如昔。三老伯仅以空函候问，曷胜⑩愧汗。四月二十日弟昌拜。

【作者简介】

周顺昌（1584—1626），字景文，号蓼洲。南直隶苏州府吴县（今江苏省苏州市）人。万历四十一年（1613）进士，历任福州推官、吏部稽勋主事、文选司员外郎。居官清正。后为魏忠贤党迫害，被害于狱中。崇祯元年（1628）得以昭雪，谥"忠介"。与同为阉党所害的高攀龙、周起元、缪昌期、周宗建、黄尊素、李应升并称"后七君子"。

【注释】

①孝廉：明、清两代对举人的称呼。

②浒（xǔ）关：即浒墅关，当地人多简称浒关，位于苏州城西北，濒临运河，据明朝嘉靖《浒墅关志》记载，它"上接瓜埠，中通大江，下汇吴会巨浸，以入于海"，号称"十四省通衢之地"。分袂：离别。

③今科：今年这一届科举。繁费：繁杂的费用。

④兵部：中国古代中央行政机构六部之一，主管全国武官选用和兵籍、军械、军令等事宜。魏置五兵尚书，至隋改兵部尚书，历代王朝皆沿用其制，至清末改为陆军部，后又增设海军部。

⑤画卯：旧时官署规定卯时（上午五至七时）开始办公。吏胥差役按时赴官署签到，听候差使，称"画卯"。

⑥邸报：中国古代报纸的通称。地方长官在京师设邸，邸中传抄诏令、奏章等，以报于诸藩，故称。唐已有，宋始称"邸报"。后世亦泛指朝廷官报。

⑦南畿：犹南都，明代指南京。学使：即提督学政，学官名，简称"学政"，亦称"督学使者"，俗称"学台"。各省一员，从侍郎、京堂等官进士出身人员内简用。各带原衔品级。掌学校政令，岁、科两试。巡历所至，察师儒优劣、生员勤惰。甫推：刚刚被举荐。

⑧浙按：浙江按察使。按察使，官名，唐初仿汉刺史制设立，主要任务是赴各道巡察，考核吏治。宋代设提点刑狱，为后世按察使的前身。弹章：弹劾官吏的奏章。

⑨福王：即朱常洵（1586—1641），明朝宗室，明神宗朱翊钧第三子，南明弘光帝朱由崧之父。万历二十九年（1601），封为福王，颇受明神宗喜爱。崇祯十四年（1641），为闯王李自成所杀。

⑩杞人之忧：同"杞人忧天"。《列子·天瑞》："杞国有人忧天地崩坠，身亡所寄，废寝食者。"后用以比喻不必要的忧虑。

⑪当局：面对棋局。局，棋局。比喻身当其事。

⑫簿书：记录财物出纳的簿册。

⑬司李：官名，即司理，掌狱讼勘鞫之事。明朝时用为对推官的别称。

⑭深文：谓制定或援用法律条文苛细严峻。刻字：苛刻的文字。

⑮"读书不读律"二句：律，法令。致君，辅佐国君，使其成为明主。语出宋苏轼《戏子由》诗："读书万卷不读律，致君尧舜知无术。"意思是书读得再多，不读律书，也没有办法辅佐君主成为像尧舜那样贤明的君主。

⑯浪语：乱说，空话。

⑰委吏：古代管理粮仓的小官。《孟子·万章下》："孔子尝为委吏矣，曰：'会计当而已矣。'"乘田：春秋时鲁国主管畜牧的小吏。《孟子·万章下》："（孔子）尝为乘田矣。"

⑱去角予齿：谓动物天生被赋予齿就不被赋予角。比喻事物无十全十美。

⑲营营:劳而不知休息,忙碌。引申为钻营追逐。

⑳幸叨(tāo)一第:侥幸得到一个进士及第。叨,犹忝,表示承受之意,常用作谦辞。第,科第。科举时代考试合格列入的等第,也指取得的功名。

㉑固穷:信守道义,安于贫贱穷困。《论语·卫灵公》:"子曰:'君子固穷,小人穷斯滥矣。'"朱熹集注:"程子曰:'固穷者,固守其穷。'"

㉒一抔(póu)土:一捧泥土。极言其少。后来借指坟墓。抔,用双手捧。宁祖宗魂魄:使祖宗魂魄得到安宁。

㉓富厚:谓物质财富雄厚。策肥:驱策良马,形容生活奢华。

㉔澹:恬淡,淡泊。从俭:采取节俭的生活方式。

㉕迂:迂腐,不切实际。

㉖矫:矫情。掩饰真情,或指故违常情以立异。

㉗榜:公开张贴的名单。这里指张挂的科举考试中第者名单。

㉘真士:真正的士人,指有操守、有才能之士。

㉙冢宰:指吏部尚书。《明史·职官志一》:"(吏部)尚书掌天下官吏选授、封勋、考课之政令,以甄别人才,赞天子治。盖古冢宰之职,视五部为特重。"

㉚抚(fǔ)掌:拍手,鼓掌,表示欢乐或愤激。

㉛乌须药:使胡须变黑的药。

㉜丙午科:指明万历丙午科顺天乡试。丙午,这里指万历三十四年(1606)。鹿善继(1575—1636):字伯顺。北直隶定兴(今属河北)人。明万历四十一年(1613)进士,授户部山东司主事,改任兵部职方司主事。孙承宗理兵部事,推心委任,出督师,倚为左右手,升郎中。崇祯初,官太常寺少卿,请归。清兵破定兴城,殉节死。赠大理寺卿,谥忠节。

㉝雅负北方人望:在北方享有很高的声望。雅,副词,甚,颇。负,抱持,享有。人望,声望。

㉞渠:第三人称代词。他。

㉟扬榷(què):扼要论述,评论。

㊱抵掌:击掌。指人在谈话中的高兴神情,亦因指快谈。

㊲"勿谓燕市中"句:不要说京师没有像战国时荆轲、高渐离那样的侠义之士。燕市,战国时燕国的国都。《史记·刺客列传》:"荆轲嗜酒,日与狗屠及高渐离饮于燕市。"荆轲(?—前227),也称荆卿,卫国人,战国末年著名刺客,受燕太子丹之托入秦刺秦王嬴政,失败被杀。司马迁《史记·刺客列传》有传。高渐离,战国末燕国人,荆轲的好友,擅长击筑。荆轲刺秦王临行前,高渐离与太子丹送于易水河畔,高渐离击筑,荆轲和而高歌"风萧萧兮易水寒,壮士一去兮不复还"。后秦灭六国,受秦王邀请于王宫击筑,遂谋刺杀秦王,不成,反被秦王所杀。

㊳青莲:即唐诗人李白,号青莲居士。

㊴清嘉:太平吉祥。

㊵曷胜:不胜。曷,怎么。用反问语气表示否定。

【解读】

本文选自《忠介烬余集》卷二。作者著作很多,但在被魏忠贤罗织罪名、逮捕过程中,为了灭迹避祸,友人仓促间将其投于火。《忠介烬余集》是在其著作被焚毁后,其子与孙在亲戚、朋友间搜集其遗文而编成的一部作品集,共三卷。卷一为纪事、公移,卷二为尺牍,卷三为杂文及诗。

本文是作者在其进士及第被分派到兵部任事不久后给好友朱得升的信。信中包含几层意思:一、回忆故园亲友及自己在北京生活的拮据情况。二、到兵部任事的所见所闻以及对"书生当局"的忧虑,感到平日读书与经世之间存在很大差距,认识到要多读书,尤其要多读律书,才足以应付日后的工作。同时谈到当时官场有如集市,官职大小、升迁快慢等等,一切都是计较,一切都是买卖,作者对此是厌恶的,并表明自己为官的态度是不管这些，绝不钻营，只要"信心做去"，至于"美恶贫富、升沉迟速"都不在考虑之列。三、仍继续申明自己须抱"固穷"之节，不指望为官要达到富贵荣华，这是其自信之处。同时说到自己这种"惟澹可以从俭，惟俭可以养廉"的观念在同事间被传为笑谈，以为其非迂即矫，这是其不为世人所知之处。但"德不孤，必有邻"（《论语·里仁》），在同榜及第的众进士中，有一位值得交的"真士"，那就是鹿善继，他也是一位忠义奇人，风骨棱棱，"雅负北方人望"，作者叙述当即与之订交并代四知己订交的经过。四、交代思念故乡之情，照应开头。

作为书信，文章叙事明白，理气畅达，感情十分真挚，字里行间洋溢着一腔报国热忱、一股忠义之气，与作者日后的行事相印证，人如其文，这是其心声的真实写照。

《秋寻草》自序 譚元春

予赴友人孟诞先①之约，以有此寻也。是时，秋也，故曰"秋寻"。

夫秋也，草木疏而不积，山川澹而不媚，结束②凉而不燥。比之春，如舍佳人而逢高僧于绽衣③洗钵也；比之夏，如辞贵游而侣韵士于清泉白石也④；比之冬，又如耻孤寒而露英雄于夜雨疏灯⑤也。天以此时新其位置，洗其烦秽⑥，待游人之至；而游人者，不能自清其胸中以求秋之所在，而动曰"悲秋"。予尝言宋玉⑦有悲，是以悲秋；后人未尝有悲而悲之，不信胸中而信纸上，予悲夫悲秋者也。

天下山水多矣，老子之身不足以了其半⑧，而辄于耳目步履中得一石一湫^⑨，徘徊难去。入西山恍然^⑩，入雷山恍然，入洪山恍然，入九峰山恍然，何恍然之多耶？然则予胸中或本有一"恍然"以来，而山山若遇也。

予乘秋而出，先秋而归。家有五弟，冠^⑪者四矣，皆能以至性奇情佐予之所不及，花棚草径、柳堤瓜架之间，亦可乐也。曰"秋寻"者，又以见秋而外皆家居也。

诞先曰："子家居诗少，秋寻诗多，吾为子刻《秋寻草》。"

【作者简介】

谭元春（1586—1637），字友夏，号鹄湾。竟陵（今湖北天门）人。天启七年（1627）乡试第一。后赴京试，卒于旅店。善诗文，名重一时，与钟惺同为竟陵派创始者。论文强调性灵，反对摹古，追求幽深孤峭，所作亦流于僻奥冷涩。曾与钟惺共同评选《唐诗归》《古诗归》。自著有《岳归堂合集》《谭友夏合集》等。

【注释】

①孟诞先：姓孟，名登，谱名宏登，字诞先。湖广武昌（今湖北鄂州）人。万历三十七年（1609）举人。读书强识，倜傥负奇气，由举人署南阳教谕，授云南腾越州知州，以王府长史致仕。善古文词，与艾南英、刘侗、谭元春诸人齐名。著有《吴游草》《退谷庵记》等。

②结束：装束，打扮。

③绽衣：缝补衣服。

④贵游：指无官职的王公贵族。亦泛指显贵者。侣韵士：与风雅之士为伴。侣，结为伴侣。

⑤疏灯：稀疏的灯火。疏，稀疏，不密。

⑥烦秽：烦冗芜杂。秽，田中多草，荒芜。

⑦宋玉:战国楚人。曾事楚顷襄王,好辞赋,为屈原之后辞赋家,与唐勒、景差齐名。《楚辞》中所收宋玉《九辩》,开篇"悲哉秋之为气也!萧瑟兮草木摇落而变衰"即以万物逢秋而衰败寄寓自己怀才不遇的感慨。

⑧老子之身:老夫的一生。老子,老年人自称,犹老夫。一本作"老予之身",意谓"我此生到老"。了(liǎo):明白,懂得。

⑨辄:每每,总是。湫(qiū):洞穴,深潭。

⑩恍然:猛然领悟。

⑪冠:古代男子二十岁行成人礼,结发戴冠。

【解读】

本文是作者二十八岁时为诗集《秋寻草》所作的自序。

《岳归堂合集》卷十有《孟诞先招游武昌》诗:"闭门春夏意能闲,堪置山间与水间。一夜秋风传客思,书来约我上西山。"陈广宏《谭元春年谱》万历四十一年癸丑(1613):"秋初,孟登书来,邀游武昌,因有江、黄之游。""江、黄之游",即是江夏、黄冈之游。江夏,明朝时为武昌府治,1912年改武昌县,即今武汉市武昌区。所以文中所提到的几座山,如西山、雷山、洪山、九峰山当在武昌境内或不远的地方。宋王象之《舆地纪胜》卷八十一"寿昌军":西山"在武昌西三里。一名樊山,旧名袁山"。据清顾祖禹《读史方舆纪要》卷七十六"武昌府江夏县"记载,洪山在"府东十五里。旧名东山"。至于雷山,可确定在阳逻范围内。据《年谱》,"二夏邀游雷山。夜次阳逻,同夏平寻山",另《岳归堂合集》卷三有《夜次阳逻同夏平寻山》诗,卷六有《二夏邀游雷山十韵》诗。阳逻,今湖北省武汉市新洲区南部,南临长江。九峰山,据《年谱》,"八月晦日,寒溪泛次江夏,由小洪山经卓刀泉至九峰寺"。卓刀泉,在今武汉市洪山区。《舆地纪胜》卷六十六"鄂州":卓刀泉"在江夏东十里刘备郊坛下。世传关羽尝卓刀于此。有庙在泉上"。

本文第一段,先交代诗集《秋寻草》的缘起。"秋寻",即秋季外出寻山探胜。"草",用作诗集的名字,是草稿、未定稿的意思。

第二段,展开议论,讲秋的好处,用三个排比句"草木疏而不积,山川澹而不媚,结束凉而不燥"加以概括,体现秋季疏澹凉爽的特点,并由此引起与春、夏、冬三季的比较。接着,论述世人动辄"悲秋",基本上都是无病呻吟,是虚假之言。战国时,宋玉作《九辩》,开头即有"悲哉秋之为气也"的感叹,那是借秋季到来、草木摇落以隐喻自己怀才不遇,而韶华如驶,人事衰谢,有不得已的悲感,所以要悲秋。但后人没有悲,却非要做出一副悲的模样,甚至还将虚假的情绪写下来,发表在诗里,这种人就值得人悲哀了。

第三段,还是议论,认为天下山水之多,穷其一生都未必能了解一半,所以作者常常在平常的"一石一湫"中得其意趣。同时总结心得,叙述这次秋寻是寻山,每到一处,都"恍然"而有悟,作者探求原因,可能胸中本就有一团迷蒙的东西,未能化解,所以遇到每座山,心中都会有所感,有所悟。

第四段,叙述"秋寻"的时间,秋初出去,秋末归来,大约一两个月时间。而家中五个弟弟,有四个都成年了,将家里的事务打理得井然有序,回到家后,作者感觉非常快乐。接着补记为什么要突出"秋寻"二字,那是因为一年中除秋季外,其他三个季节自己都是待在家中的。

末段,以友人孟诞先之语作结。孟说:"您居家时作的诗比较少,秋天寻山探胜作的诗比较多。既然有了诗集的草稿,那我就替您把它刻印出来。"

本文体现了作者从实践中感悟自然、用真情去赏景、用真情为文的生活和写作态度。文句疏朗,语意简约,如秋容清澹,别有一种新奇之气。

《期山草》小引　谭元春

　　己未秋阑①,逢王微于西湖,以为湖上人也。久之复欲还苕②,以为苕中人也。香粉不御③,云鬟④尚存,以为女士也。日与吾辈去来于秋水黄叶之中,若无事者,以为闲人也。语多至理可听,以为冥悟⑤人也。人皆言其诛茆结庵⑥,有物外想⑦,以为学道人也。尝出一诗草,属予删定⑧,以为诗人也。诗有巷中语、阁中语、道中语,缥缈远近,绝似其人。

　　荀奉倩⑨谓:"妇人才智不足⑩论,当以色⑪为主。"此语浅甚。如此人此诗,尚可言色乎哉? 而世犹不知,以为妇人也。

【注释】

①己未秋阑:这里指万历四十七年(1619)深秋。

②苕(tiáo):今浙江省湖州市(旧名吴兴县)之别称。以境内有苕溪而名。苕溪,在浙江省北部,是太湖流域的重要支流。宋乐史《太平寰宇记》卷九十四:"以其两岸多生芦苇,故名苕溪。"

③香粉不御:香粉等化妆品都不使用。御,使用。

④云鬟:像云一样柔美的环形发髻。鬟,古代妇女的环形发髻。

⑤冥悟:从蒙昧中省悟。

⑥诛茆结庵:砍去茅草,建构房子。茆,通"茅"。茅草。庵,指圆形草屋。

⑦物外想:这里指出家的意念。

⑧删定:删削改定。

⑨荀奉倩：即荀粲（210—238），字奉倩，颍川郡颍阴县（今河南省许昌市）人。三国时期曹魏大臣，玄学家，太尉荀彧幼子。

⑩不足：不值得。

⑪色：容色，女子的美貌。

【解读】

《期山草》是一部诗词集。著者王微，明扬州人，字修微，号草衣道人。七岁失父，流落为妓。长而才情殊众，色艺双绝，扁舟载书，往来吴会间（江浙一带），与胜流名士游。已而忽有警悟，皈心禅悦，游历江楚间。长于诗词，性好名山水，撰集《名山记》数百卷。

本文是作者为《期山草》作的简短序言。语言很简省，寥寥几笔，用"湖上人""苕中人""女士""闲人""冥悟人""学道人""诗人"七种人物状态，由浅入深，将《期山草》著者王微的形象生动地勾勒出来，而且诗与其人"绝似"，用"巷中语、阁中语、道中语"一笔扼要地将诗词集中的内容及特点叙写出来。行文看似不经意，但笔力举重若轻。

最后一段，驳斥曹魏名臣荀粲对女人的偏见，认为王微是一位奇女子，其人其诗，岂能用外表或者用她是"妇人"这一概念来定位？但当世的人却并不懂她，还以为她真的只是一名普通女子。文末表露了作者的遗憾、同情和怜惜之意。

全文叙议结合，语言精警，前后呼应，立意深刻。

答袁述之书　　　谭元春

古人无不奇文字，然所谓奇者，漠漠①皆有真气。弟近日止得潜心《庄子》②一书。如"解牛③"，何事也？而乃曰"依乎天理④"。"渊"何物也？而乃曰"默⑤"。"惑"，有何可钟也？而乃曰"以二缶钟惑⑥"。推此类具思⑦之，真使人卓然自立于灵明洞达之中⑧。《庄子》曰："言隐于荣华⑨。"又曰："高言不止于众人之心⑩。"今日之务，惟使言不敢隐，又不得不止于吾心足矣。

半年中承使书两至，真古人举动。辱惠孙汉阳花卉⑪，久欲致之而不可得者。李祠部⑫《绛学碑记》叙事造语之妙，若生若脱，可以为法，弟反谓书法不及耳。

【注释】

①漠漠：寂静无声。

②《庄子》：又名《南华经》，是战国中期庄子及其后学所著道家经文集。唐玄宗天宝年间，尊庄子为南华真人，因此《庄子》亦称《南华经》。其书与《老子》《周易》合称"三玄"。《庄子》一书主要反映了庄子的批判哲学、艺术、美学、审美观等。其内容丰富，博大精深，涉及哲学、人生、政治、社会、艺术、宇宙生成论等诸多方面。

③解牛：用刀分割牛的肢体。

④天理：这里指牛自然的生理结构。

⑤默：静默。《庄子·在宥》："尸居而龙见，渊默而雷声。"渊默，像深渊一样静默。

⑥以二缶（fǒu）钟惑：谓对缶和钟两种盛器的容量大小分不清楚，比喻是非不明。《庄子·天地》："以二缶钟惑，而所适不得矣。"

⑦具思：全面思考。

⑧灵明：指"心"。即主观精神。洞达：通彻。

⑨言隐于荣华：意谓至理名言被浮夸粉饰的言辞所湮没而不显。《庄子·齐物论》："道隐于小成，言隐于荣华。"

⑩高言不止于众人之心：高妙的言论是不会留在世俗人的心里面

的。《庄子·天地》："大声不入于里耳,《折杨》《皇荂》,则嗑（xiá）然而笑。是故高言不止于众人之心。"

⑪辱:谦辞。犹承蒙。惠:敬辞。赐予,赠送。孙汉阳花卉:明代画家孙汉阳画的花卉图。

⑫祠部:礼部司官的别称。

【解读】

这是作者给朋友袁述之的一封书信。文章开宗明义,提出两个论点:一、古人无不奇文字;二、古人文字之所以奇,是因为文章有真气。这也同时说明作者为文是不仅要求"奇",而且更在求"真"。

提出论点之后,就要用论据加以论证,本文所举的例子是《庄子》一书,因为这是作者近日潜心研读的书,作者有很深的心得。他先举了《庄子·养生主》中的"解牛"竟然是依照牛自然的生理结构;又将《庄子·在宥》中的"渊默"一词拆开了分析,"渊"是何物,庄子竟然说它是静默;《庄子·天地》中以"二缶钟惑"来比喻是非不明。这些文字和所表达的意思均有令人意想不到之处,所以为"奇"。这既是文字的奇,也是意思上的奇。

这个"奇"是以"真"为根据的,"真"使人卓然立于灵明洞达之境。作者又列举《庄子》中"言隐于荣华"(至理名言常被浮夸粉饰的言辞所湮没而不显)以及"高言不止于众人之心"(高妙的言论往往不能进入普通人的心里面),于是提出,当今的要务,就是要使自己的言论不被湮没,又不得不长久驻留在自己的内心,这只有"真"(真气)能做到。

文末是对袁述之两次写信来及惠赠孙汉阳的花卉图的感谢,同时点评李祠部的《绛学碑记》叙事生动,其态度毫无虚伪做作,体现了做人作文"真"的特点。

总之,本文短小精悍,语言真率自然,于孤峭突兀中彰显奇逸跌宕之气。

游天都①记

徐霞客

初四日，十五里，至汤口②。五里，至汤寺③，浴于汤池④。扶杖望朱砂庵而登⑤。十里，上黄泥冈⑥。向时⑦云里诸峰，渐渐透出⑧，亦渐渐落吾杖底。转入石门⑨，越天都之胁⑩而下，则天都、莲花二顶俱秀出⑪天半。路旁一岐⑫东上，乃昔所未至者，遂前趋直上，几达天都侧。复北上，行石罅⑬中。石峰片片夹起，路宛转石间，塞者凿之，陡者级之⑭，断者架木通之，悬者植梯接之。下瞰峭壑阴森⑮，枫松相间，五色纷披⑯，灿若图绣⑰。因念黄山当生平奇览，而有奇若此，前未一探，兹游快且愧矣。

时夫仆⑱俱阻险行后，余亦停弗上。乃一路奇景，不觉引余独往。既登峰头，一庵翼然⑲，为文殊院⑳，亦余昔年欲登未登者。左天都，右莲花，背倚玉屏风，两峰秀色，俱可手揽㉑。四顾奇峰错列，众壑纵横，真黄山绝胜处。非再至，焉知其奇若此？遇游僧㉒澄源至，兴甚勇。时已过午，奴辈适至。立庵前，指点两峰。庵僧谓："天都虽近而无路，莲花可登而路遥。只宜㉓近盼天都，明日登莲顶。"余不从，决意游天都，挟澄源、奴子仍下峡路。至天都侧，从流石蛇行㉔而上。攀草牵棘㉕，石块丛起则历㉖块，石崖侧削则援崖。每至手足无可着处，澄源必先登垂接。每念上既如此，下何以堪㉗？终亦不顾。历险数次，遂达峰顶。惟一石顶壁起犹数十丈，澄源寻视其侧，得级，挟予以登。万峰无不下伏，独莲花与抗耳。时浓雾半作半止，每一阵至，则对面不见。眺莲花诸峰，多在雾中。独上天都，予至其前，则雾徙于后；予越其右，则雾出于左。其松犹有曲挺纵横者，柏虽大干如臂，无不平贴石上，如苔藓然。山高风巨，雾气去来无定。下盼诸峰，时出为碧峤㉒，时没为银海。再眺山下，则日光晶晶，别一区宇㉔也。日渐暮，遂前其足，手向后据地㉚，坐而下脱㉛。至险绝处，澄源并肩手相接。度险，下至山坳，暝色㉜已合。复从峡度栈以上，止文殊院。

【作者简介】

徐霞客(1587—1641)，名弘祖，字振之，号霞客。南直隶江阴(今属江苏)人。少时好读奇书，博览古今史籍、舆地方志、山海图经。应试不得志，即向往问奇于名山大川，从二十二岁起出游，至五十五岁滇南之行止，前后三十余年，足迹遍历南北直隶、浙江、山东、河南、山西、陕西、江西、福建、湖广、两广、云南、贵州。在旅程中写日记，今存《徐霞客游记》六十余万字。写景入胜，于民情、风俗、物产、地形、地貌均有记载。考察西南岩溶地貌(喀斯特地貌)周密，并探究其成因，其成就较德国地理学家瑙曼早两百年以上。

【注释】

①天都：在安徽省黄山东南部。西对莲花峰，东连钵盂峰，为黄山三大主峰(莲花峰、天都峰、光明顶)中最险峻者，古称群仙所都，意为天上都会。

②汤口：今安徽省黄山市黄山区汤口镇，在黄山南麓。

③汤寺：即祥符寺。唐开元十八年(730)始建于桃花峰麓的桃花涧，名汤院。大中五年(851)移建于汤泉对面。南唐保大二年(944)易名灵泉院。宋大中祥符元年(1008)改称祥符寺。已毁，遗址在今黄山管理处的礼堂附近。

④汤池:今称黄山温泉。旧称水中含有朱砂,故名朱砂泉。

⑤扶杖:拄杖。朱砂庵:在黄山朱砂峰下。古称朱砂庵,明嘉靖(1522—1566)间,玄阳道士居此,题额"步云亭"。万历三十四年(1606)普门禅师来此,改名法海禅院。神宗敕封"护国慈光寺"。曾是徽、宣两州禅林之首。

⑥黄泥冈:在慈光寺北的山道上。

⑦向时:先前。

⑧透出:显露出来。透,显露。

⑨石门:应指今云巢洞。

⑩胁:从腋下至肋骨尽处。这里指山腰的凹处。

⑪秀出:特出,高出。

⑫岐:通"歧",分支,分岔。这里指岔道。

⑬石罅(xià):石缝。此指一线天。罅,裂缝,缝隙。

⑭陡者级之:陡峭的地方凿台阶走上去。级,台阶,石磴,这里用作动词,指开凿台阶。

⑮阴森:幽暗惨淡。

⑯纷披:分散,杂沓。

⑰灿:光彩耀眼。图绣:图画与锦绣。

⑱夫仆:泛指供役使的人,犹言仆人。

⑲翼然:形容屋檐四角翘起,像鸟儿张开翅膀一样。翼,鸟类或昆虫的翅膀。

⑳文殊院:在玉屏峰下。明代普门禅师建。古有"不到文殊院,未见黄山面"之说。

㉑手揽:伸手揽取。揽,抓取。

㉒游僧:云游四方的和尚。

㉓只宜:只应当。

㉔蛇行:伏地爬行。

㉕攀草牵棘：抓着草，拉住带刺的小树。棘，多刺丛生的灌木。

㉖历：越过。

㉗堪：胜任，能承受。

㉘碧峤（qiáo）：青玉般陡峭的山峰。形容陡峭的山峰在日光云色的辉映下，犹如碧玉。峤，本指高而尖锐的山，泛指高山或山岭。

㉙区宇：区域，境界。

㉚手向后据地：意指手撑着地。

㉛下脱：向下滑落。

㉜暝色：暮色。亦指昏暗的天色。

【解读】

本文是作者第二次游黄山所写的日记。第一次是万历四十四年（1616），两年后，即万历四十六年（1618），再游黄山。从九月初三日开始，出白岳榔梅庵，至桃源桥，宿江村；初四日经汤寺、石门、文殊院，登天都峰顶，下宿文殊院；初五日登莲花峰，宿狮子林；初六日由丞相原、九龙潭向太平县。一共四天。本文是记叙初四日这一天的游历经过。

文章分两段。第一段，主要叙述从汤池开始登山，转入石门（即今云巢洞），至石罅（即今一线天）的经过，途中简要描述所见之景，如"云里诸峰，渐渐透出"，都落在作者的手杖之下。转入石门，初见天都、莲花二顶，"俱秀出天半"是描述天都、莲花二峰之高。从路旁一条岔路直上，差不多就到天都峰侧。然后再北上，从石缝中穿过，这里原来是没有路的，所以堵塞的地方要自己凿开，太陡峭的地方要自己凿出石阶，路断了的地方要架木通过，悬空的地方则要架梯子上去。登上一线天，再朝下看，则见"峭壑阴森，枫松相间，五色纷披，灿若图绣"，风景之美，为平生所未见。作者上一次来没有见到这样的奇景，所以这一次来自然是痛快无比。

第二段，写一路奇景引导着作者登上峰顶。峰顶有一座小庙，那是文殊院。站在峰头，就看到左边是天都峰，右边是莲花峰，背后是玉

屏峰。左、右两座山峰的秀色,似乎一伸手就可以抓到。环顾四周,
"奇峰错列,众壑纵横",作者认为这真的是黄山风景最美的地方。"非
再至,焉知其奇若此?"作者反复与上一次来游黄山作比较,说明这一
次的收获之大,是上一次所没有的,与前一段末句"兹游快且愧矣"相
照应。在文殊院,遇见游方僧澄源,他也是兴致勃勃,这时已经是午
后,仆人们也都到了。庙中和尚说:"天都峰虽然很近,但是没有路;莲
花峰虽然有路可登,却太远了。今天只宜就近观赏一下天都峰,明日
再攀登莲花峰顶。"但作者决意要游天都峰,所以带着澄源和尚和仆人
从原路下到峡谷,到天都峰侧,从流石间像蛇一样爬行而上,"攀草牵
棘",越过石块,翻越悬崖,有时手足都没有地方放,但不顾一切,克服
千难万险,最后到达峰顶。峰顶有一块大石有几十丈高,非常陡峭,澄
源和尚从石侧寻到台阶,带着作者一直攀爬到石头顶上。从石顶上看
黄山,一句"万峰无不下伏",就将其气势道出,只有旁边的莲花峰还能
与之相抗衡。然后写山中的浓雾,如影随形;写"曲挺纵横"的松,写
"大干如臂"的柏,"无不平贴石上,如苔藓然",描写非常形象。写山上
之景与山下之状,纯然是两个不同的世界。黄昏后,下山,到文殊院
住宿。

　　文中写景并不刻意铺陈,只是随着游踪移步换景,就其所见而作
客观的描摹和叙述,不渲染,不矫饰,抒写自然,使人有身临其境之感。

【点评】

　　霞客之游,在中州者,无大过人。其奇绝者,闽、粤、楚、蜀、滇、黔,
百蛮荒徼之区,皆往返再四。其行不从官道,但有名胜,辄迁回屈曲以
寻之。先审视山脉如何去来,水脉如何分合,既得大势,然后一丘一
壑,支搜节讨。登不必有径,荒榛密箐,无不穿也;涉不必有津,冲湍恶
泷,无不绝也。峰极危者,必跃而踞其巅;洞极邃者,必猿挂蛇行,穷其
旁出之窦。途穷不忧,行误不悔。暝则寝树石之间,饥则啖草木之实。
不避风雨,不惮虎狼,不计程期,不求伴侣。以性灵游,以躯命游,亘古

以来，一人而已。

　　记文排日编次，直叙情景，未尝刻画为文，而天趣旁流，自然奇警。山川条理，胪列目前；土俗人情，关梁厄塞，时时著见；向来山经地志之误，厘正无遗；奇踪异闻，应接不暇。然未尝有怪迂侈大之语，欺人以所不知。故吾于霞客之游，不服其阔远，而服其精详；于霞客之书，不多其博辨，而多其真实。牧斋称为古今纪游第一，诚然哉！（［清］潘耒《徐霞客游记序》）

三　圣　庵①　　　　刘侗

　　德胜门②东，水田数百亩，沟洫浍川上③，堤柳行植，与畦中秧稻分露同烟④。春绿到夏，夏黄到秋，都人⑤望有时：望绿浅深，为春事浅深；望黄浅深，又为秋事浅深。望际⑥，闻歌有时：春插秧歌，声疾以欲⑦；夏桔槔⑧水歌，声哀以啴⑨；秋合酺赛社之乐歌⑩，声哗以嘻。然不有秋⑪也，岁不辄闻也⑫。有台而亭⑬之，以极望，以迟⑭所闻者。

　　三圣庵，背水田庵⑮焉。门前古木四，为近水也，柯如青铜亭亭⑯。台，庵之西。台下亩，方广如庵，豆有棚，瓜有架，绿且黄也，外与稻、杨同候⑰。台上亭，曰"观稻"，观不直⑱稻也，畦陇之方方，林木之行行，梵宇之厂厂⑲，雉堞⑳之凸凸，皆观之。

　　夷陵雷思霈《三圣庵同王德懋太史》："南客偏宜水，北田亦插禾。云光朝欲合，山色晚来多。群鸭蒲边戏，有人林外歌。视听殊未尽，无奈夜深何。"

上海蔡文瀜《三圣庵》:"白月满天雾露长,禾光树影四周墙。风吹红雨纷花片,不辨其花辦得香。"

【作者简介】

刘侗(1594—1637),字同人,号格庵。麻城(今属湖北)人。崇祯七年(1634)进士,官吴县知县。著有《名物考》《龙井崖诗》等,与于奕正合撰《帝京景物略》。

【注释】

①三圣庵:位于今北京市西城区黑窑厂街。始建于一千多年前的宋仁宗时期,是一座供奉西方三圣(即阿弥陀佛、大势至菩萨和观世音菩萨)的尼姑庵,故名三圣庵。三进院落,最后一重正殿二层供奉三佛祖(即释迦牟尼、阿弥陀佛和药师佛),一层供奉西方三圣。

②德胜门:北京内城北面靠西的一座城门。始建于明正统二年(1437),明清北京城内城九门之一。

③洫(xù):古代井田制,成和成之间的水道。后泛指田间的水沟。《周礼·考工记·匠人》:"九夫为井,井间广四尺,深四尺,谓之沟;方十里为成,成间广八尺,深八尺,谓之洫。"浍(kuài):田间排水道。川:河流。

④分露:分别承受着露水。同烟:一同被雾气笼罩着。

⑤都人:京城的人们。

⑥际:时候。

⑦疾以欲:迅速而婉顺。

⑧桔槔(jié gāo):俗称"吊杆",是一种原始的井上汲水工具。它是在一根竖立的架子上加上一根细长的杠杆,当中是支点,末端悬挂一个重物,前端悬挂水桶。一起一落,汲水可以省力。

⑨哀以啭:悲哀而婉转。

⑩合酺(pú):古代天子赐臣民聚会饮酒。泛指聚饮。赛社:旧时习俗。一年农事完毕后,陈酒食以祭田神,相与饮酒作乐。

⑪不有秋:收成不好。

⑫岁:一年的农事收成。辄:总是。

⑬亭:此处作动词,建亭的意思。

⑭迟:等待。

⑮庵:此处作动词,修建小寺庙的意思。

⑯柯:树枝。亭亭:高耸的样子。

⑰外与稻、杨同候:这里指瓜豆的"绿且黄",与稻、杨一样随节候变化。

⑱直:遇到,面对。

⑲梵宇:佛寺。厂(hǎn)厂:这里形容高挺的样子。一说"厂"为"岸"的初文。

⑳雉堞:城墙上修筑的呈凹凸形的矮墙,又叫女墙。

【解读】

作者是竟陵派作家。竟陵文体是以幽深孤峭矫公安派的清真,所以读他们的作品,没有读公安派文学流利。用字造句,有时组织得很奇很怪,初看去还不好懂,时有艰涩之病。如作者本文的风格就体现了这一点:无一难字,无一典故,无一经文,但读上去总觉得有些不顺口,要稍稍细心才可体会。前人说的"幽深孤峭",就是指这一类文章。

本文出自《帝京景物略》卷一。文中记北京德胜门外以东三圣庵附近的乡土风光和民间习俗。行文简洁有致,按地理位置对景物分层描述,其间以庵、台、亭标示景物所在位置;记风俗则遵以四时,分别抓住具有季节特征的情调予以表现。文中多短句,语言精练,富有表现力。如文中记春、夏、秋农人之歌时云:"春插秧歌,声疾以欲;夏桔槔水歌,声哀以嘽;秋合酺赛社之乐歌,声哗以嘻。"非常准确、生动地传达出了不同季节歌声的特点,使人能想见歌者的喜怒哀乐。文中连用叠字,是遣词用字上的一大特点。记观稻亭上所见景物云:"畦陇之方方,林木之行行,梵宇之厂厂,雉堞之凸凸。"叠字的运用,增强了所记景物的清晰度,也给文章增加了亲切感。

核 舟^① 记 魏学洢

明有奇巧人曰王叔远^②,能以径寸之木^③,为宫室、器皿、人物^④,以至鸟兽、木石,罔不因势象形,各具情态^⑤。尝贻余核舟一^⑥,盖大苏泛赤壁云^⑦。

舟首尾长约八分有奇^⑧,高可二黍许^⑨。中轩敞者为舱^⑩,箬篷^⑪覆之。旁开小窗,左右各四,共八扇。启窗而观,雕栏相望焉^⑫。闭之,则右刻"山高月小,水落石出^⑬",左刻"清风徐来,水波不兴^⑭",石青糁之^⑮。

船头坐三人,中峨冠而多髯者为东坡^⑯,佛印^⑰居右,鲁直^⑱居左。苏、黄共阅一手卷^⑲。东坡右手执卷端^⑳,左手抚鲁直背。鲁直左手执卷末,右手指卷,如有所语^㉑。东坡现右足,鲁直现左足,各微侧^㉒,其两膝相比者^㉓,各隐卷底衣褶中^㉔。佛印绝类弥勒^㉕,袒胸露乳^㉖,矫首昂视^㉗,神情与苏、黄不属^㉘。卧右膝^㉙,诎^㉚右臂支船,而竖^㉛其左膝,左臂挂念珠倚之^㉜——珠可历历数也^㉝。

舟尾横卧一楫^㉞。楫左右舟子^㉟各一人。居右者椎髻^㊱仰面,左手倚一衡木^㊲,右手攀^㊳右趾,若啸呼^㊴状。居左者右手执蒲葵扇^㊵,左手抚炉,炉上有壶,其人视端容寂^㊶,若听茶声然^㊷。

其船背稍夷⑬，则题名其上，文曰"天启壬戌⑭秋日，虞山王毅叔远甫⑮刻"，细若蚊足，钩画了了⑯，其色墨。又用篆章⑰一，文曰"初平山人"，其色丹。

通计一舟，为人五；为窗八；为箬篷，为楫，为炉，为壶，为手卷，为念珠各一；对联、题名并篆文，为字共三十有四。而计其长曾不盈寸⑱。盖简桃核修狭者为之⑲。

魏子详瞩⑳既毕，诧㉑曰："嘻，技亦灵怪矣哉㉒！《庄》《列》㉓所载，称惊犹鬼神㉔者良多，然谁有游削㉕于不寸之质，而须麋㉖了然者？假有人焉，举我言以复于我，亦必疑其诳㉗，乃今亲睹之。由斯以观，棘刺之端，未必不可为母猴也㉘。嘻！技亦灵怪矣哉！"

【作者简介】

魏学洢(约 1596—约 1625)，字子敬，号茅檐。嘉善(今浙江省嘉兴市嘉善县)人。其父魏大中为明末忠臣，与杨涟、左光斗、周朝瑞、袁化中、顾大章并称"前六君子"，为魏忠贤构陷，下狱惨死。学洢微服随行，百计营救不得，父死，扶柩归，遂忧愤，日夜号泣而卒，年二十九。生平好学工文，有《茅檐集》。被清代人张潮收入《虞初新志》的《核舟记》是其代表作。

【注释】

①核舟：桃核上雕刻的船。

②奇巧：奇异机巧。王叔远：名毅，字叔远，号初平山人。生卒年不详，江苏常熟人，明末著名微雕家。

③径寸之木：直径一寸的木头。径，直径。

④为：做，这里指雕刻。器皿：饮食用具，如杯、盘及尊彝之类。后

泛指盛东西的日常用具。

⑤罔不因势象形,各具情态:都能就着材料原来的样子模拟那些东西的形状,各有各的情态。罔不,无不,全都。因,就着。象,模拟。

⑥尝:曾经。贻:赠送。余:人称代词。我。

⑦盖大苏泛赤壁云:刻的大概是苏轼乘船游赤壁的故事。苏轼有兄弟二人,其弟苏辙,也是宋代著名文学家。苏轼为长,故称大苏。盖,表示推测的句首语气词。泛,泛舟,坐船游览。云,句尾语气词。

⑧有奇(jī):有余,多一点儿。奇,零数,余数。

⑨高可二黍许:大约有两个黄米粒高。可,大约。黍,我国重要的粮食作物之一,去皮后叫黄米。一说,古代一百粒黍排列起来的长度是一尺,因此一粒黍的长度是一分。许,上下,表约数。

⑩中轩敞者为舱:中间高起开敞的部分是船舱。轩,高起。敞,敞开。

⑪箬篷:用箬竹叶做成的船篷。箬,竹名,叶片巨大,质薄,多用以衬垫茶叶篓或做各种防雨用具,也用以包裹粽子。

⑫雕栏相望焉:雕刻着花纹的栏杆左右相对。望,对着,面对着。

⑬山高月小,水落石出:苏轼《后赤壁赋》里的句子。

⑭清风徐来,水波不兴:苏轼《赤壁赋》里的句子。徐,缓缓地,慢慢地。兴,起。

⑮石青糁(sǎn)之:用石青涂在刻着字的凹处。石青,一种青绿色的矿物颜料。糁,用颜料等涂上。

⑯峨冠:高高的帽子。髯:络腮胡。也泛指胡须。东坡:即苏轼(1037—1101),字子瞻,号东坡居士。眉州眉山(今属四川)人。北宋著名文学家、书法家、画家。

⑰佛印(1032—1098):法名了元。宋代僧人。饶州浮梁(今属江西省景德镇市)人。俗姓林,字觉老,宋神宗赐号"佛印禅师"。云门文偃禅师五世法裔。博通中外,工书能诗,尤善言辩。神宗元丰(1078—1085)中

为镇江金山寺住持,与苏轼、黄庭坚等均有交游。有语录行世。

⑱鲁直:即黄庭坚(1045—1105),字鲁直,号山谷道人、涪翁。洪州分宁(今江西省九江市修水县)人。北宋著名文学家、书法家,江西诗派开山之祖。与张耒、晁补之、秦观游学于苏轼门下,合称"苏门四学士"。生前与苏轼齐名,世称"苏黄"。

⑲手卷:横幅的书画长卷,只能卷舒,不能悬挂。

⑳卷端:指手卷的右端。下文"卷末"指手卷的左端。

㉑如有所语:好像在说什么话似的。

㉒微侧:略微侧转(身子)。

㉓其两膝相比者:他们互相靠近的两膝(苏东坡的左膝和黄庭坚的右膝)。比,靠近。

㉔各隐卷底衣褶中:各自隐藏在手卷下边的衣褶里。褶,衣裙上的褶裥或经折叠而留下的痕迹。

㉕绝类弥勒:极像佛教的弥勒菩萨。

㉖袒胸露乳:袒开胸脯,露出双乳。袒,脱衣露出上身。

㉗矫首昂视:抬头仰望。矫,高举。

㉘不属:不相类似。

㉙卧右膝:卧倒右膝。

㉚诎(qū):通"屈",弯曲。

㉛竖:直立。

㉜念珠:信佛教的人念佛时用以计数的成串珠子。倚:靠着。

㉝历历数:清清楚楚地数出来。历历,清晰貌。

㉞楫:船桨。划船用具。

㉟舟子:撑船的人,船夫。

㊱椎髻(chuí jì):梳成椎形的发髻。椎,敲击的工具。

㊲衡木:横置之木。衡,通"横",横着。

㊳攀:扳着。

㊴啸呼:长啸大呼。

㊵蒲葵扇:用蒲葵叶制成的扇。俗称蒲扇。

㊶其人视端容寂:那个人眼睛正视着(茶炉),神色平静。

㊷若听茶声然:好像在听茶水烧开了没有的样子。

㊸船背稍夷:船的顶部稍平。船背,船顶。一说指船底。夷,平。

㊹天启壬戌:即明熹宗朱由校天启二年(1622)。

㊺虞山王毅叔远甫:常熟人王毅字叔远。虞山,在今江苏省常熟市西北。这里代指常熟。甫,古代对男子的美称,多附于字之后。

㊻了了:清楚,明白。

㊼篆章:篆字图章。

㊽曾(zēng)不盈寸:竟然不满一寸。盈,满。

㊾简:挑选。修狭:长而窄。

㊿详瞩:仔细地观察。

(51)诧:惊讶。

(52)技亦灵怪矣哉:技艺也真神奇啊!"矣"和"哉"连用有加重惊叹语气的作用。

(53)《庄》《列》:战国时庄周所著的《庄子》和列御寇所著的《列子》。

(54)惊犹鬼神:好像鬼神所制作的一样令人惊奇。

(55)游削:运刀自如地进行雕刻。

(56)须麋:同"须眉",胡须和眉毛。

(57)诳:欺骗,说谎。

(58)"棘刺"二句:在棘刺的末梢上也未必不能够雕刻出一只母猴。棘刺,荆棘芒刺。母猴,也作"沐猴",即猕猴。《韩非子·外储说左上》:"宋人有请为燕王以棘刺之端为母猴者,必三月斋然后能观之。"

【解读】

本文选自清代张潮选辑的《虞初新志》卷十。它旨在表现雕刻艺人王叔远高超的技艺和卓越的艺术才能。

文章先简要介绍了王叔远雕刻的特点和核舟的内容,随后按照顺序,从核舟的尺寸到形制,再到船上的人和物以及船背面的落款,都一一作了详细的描绘。最后作者对核舟的人、物和字数进行统计,把核舟的全貌准确而又完整地再现于读者面前。

全文分七段。第一段,开门见山,介绍本文的主人公"奇巧人"王叔远,他的本事是能在直径一寸的木头上雕刻宫室、器皿、人物等种种形象,而且都刻得惟妙惟肖。接着交代王叔远曾经送给自己一件"核舟",上面刻的内容是"大苏泛赤壁"。

第二段,交代核舟尺寸,长约八分多一点儿,高大概是两分左右,并描写核舟所刻内容,是从核舟中间一段开始的。中间高起开敞的部分是船舱,有箬篷覆盖,旁边开有小窗,左右各四扇,一共八扇。有的窗子是开着的,可以看见两边的雕栏左右相对。有的是闭着的,闭着的右边窗子上刻有"山高月小,水落石出",这是苏轼《后赤壁赋》中的句子;左边窗子上刻着"清风徐来,水波不兴"八个字,这是苏轼《赤壁赋》中的句子。左右两边合成一副对联。

第三段,描写船头的人物。先交代船头坐着三个人,中间一位戴着高帽子而有络腮胡须的人是苏东坡,佛印在他的右边,鲁直(黄庭坚)在他的左边。苏、黄两位一起拿着幅手卷在看,东坡右手拿着手卷的右端,左手抚摸着鲁直的背;而鲁直左手捧着手卷的左端(即卷末),右手指着手卷,像在说着什么。描写非常细致,甚至连两人一现右足,一现左足,微侧着身体,两膝靠拢的地方也都隐藏在卷底衣褶中。这样的描写实在是非常形象生动。写佛印,用弥勒佛作比,袒胸露乳,高昂着头仰视天空,其神情与苏、黄二人有很大差别,因为他是和尚,又很豪放,是不拘小节的那一种。佛印卧右膝之类的细节描写,也是栩栩如生。

第四段,写船尾,横卧着一把船桨,桨两边有船夫二人。他们两人的打扮、动作及神情都各不相同,极符合他们的身份。

第五段,写船背的题字,虽"细若蚊足",但"钩画了了"。又交代墨色,交代篆章。总之,内容不少。

第六段,统计不足一寸长的核舟上所刻的内容:刻了五个人,八扇窗子,又有箬篷、楫、炉、壶、手卷、念珠等。又有对联、题名、篆文,文字有三十四个。

末段,是总结性文字,也是议论性文字。作者仔细观察之后,只有对"奇巧人"王叔远的惊讶和敬佩,他说,这门技艺也太神奇了!战国时《庄子》《列子》里也经常叙述一些神奇的人物和事迹,但从没有叙述过能在不到一寸的物件上用刻刀雕出人物,而且胡须眉毛都了了分明的作品。这个事实,假如我没有亲见,有人告诉我,我会怀疑,会说这是骗人的,但现在看王叔远这件核舟,却真是巧夺天工,技术高明得不得了。由此而推知,《韩非子》所说在荆棘和芒刺的尖端刻一只母猴也是完全可能的。

全篇记事条理清晰,层次清楚;描写细腻,细节逼真而传神,文笔从容而不板滞。从作者的笔下,我们不仅能欣赏到核舟的每一细节,也能欣赏到核舟上每一个人物的动作和神态。作者把视觉形象转换为生动的语言形象,体现了其非凡的语言技巧。

【点评】

刻核舟者神于技,记核舟者神于文。摩拟人物于纤微,意态神情毕出,何异道子写生?君曰:"技亦灵怪矣哉!"余曰:"文亦灵怪甚矣!"([清]陆次云《古今文绘》)

《陶庵梦忆》[①]自序　　　　张　岱

陶庵国破家亡,无所归止,披发入山,骎骎[②]为野人。故旧见之,如毒药猛兽,愕窒不敢与接[③]。作自挽[④]诗,每欲引决⑤。

因《石匮书》⑥未成，尚视息⑦人世。然瓶粟屡罄⑧，不能举火⑨，始知首阳二老直头饿死⑩，不食周粟，还是后人装点⑪语也。饥饿之余，好弄笔墨，因思昔人生长王、谢⑫，颇事豪华，今日罹此果报⑬。以笠⑭报颅，以篑报踵⑮，仇簪履⑯也；以衲报裘⑰，以苎报絺⑱，仇轻暖⑲也；以藿⑳报肉，以粝报粻㉑，仇甘旨㉒也；以荐㉓报床，以石报枕，仇温柔也；以绳报枢㉔，以瓮报牖㉕，仇爽垲㉖也；以烟报目，以粪报鼻，仇香艳也；以途报足，以囊报肩，仇舆从㉗也。种种罪案㉘，从种种果报中见之。

鸡鸣枕上㉙，夜气方回㉚，因想余生平，繁华靡丽㉛，过眼皆空，五十年来，总成一梦。今当黍熟黄粱㉜，车旅蚁穴㉝，当作如何消受㉞？遥思往事，忆即书之，持向佛前，一一忏悔。不次岁月㉟，异年谱㊱也；不分门类，别志林㊲也。偶拈一则，如游旧径，如见故人。城郭人民㊳，翻用㊴自喜，真所谓痴人前不得说梦㊵矣。

昔有西陵脚夫为人担酒，失足破其瓮，念无所偿，痴坐伫想曰："得是梦便好！"一寒士乡试㊶中式，方赴鹿鸣宴㊷，恍然犹意非真㊸，自啮㊹其臂曰："莫是梦否？"一梦耳，惟恐其非梦，又惟恐其是梦，其为痴人则一也。余今大梦将寤㊺，犹事雕虫㊻，又是一番梦呓㊼。因叹慧业文人㊽，名心难化，政如邯郸梦断㊾，漏尽钟鸣㊿，卢生遗表，犹思摹拓二王(51)，以流传后世，则其名根(52)一点，坚固如佛家舍利(53)，劫火(54)猛烈，犹烧之不失也。

【作者简介】

张岱(1597—1689),字宗子,一字石公,号陶庵。山阴(今浙江绍兴)人。明清之际史学家、文学家。明亡,隐居不仕。著有《琅嬛文集》《陶庵梦忆》《西湖梦寻》《石匮书》等。

【注释】

①《陶庵梦忆》:张岱撰。八卷。作者依据见闻,不按年代,不分门类,随忆随记,多达一百二十余条。载录明代掌故、风俗、诸工、技艺与宫阙、塔寺、山川、园林之胜,尤备于江浙,为了解和研究晚明社会风貌之笔记资料。

②骇(hài)骇:惊骇的样子。

③愕窒不敢与接:惊愕,屏着气,不敢与他接近。愕,陡然一惊的样子。窒,阻塞不通,屏息。接,接近,接触。

④自挽:自己哀悼自己。

⑤引决:自杀。自行承当责任而作决断,意谓以死谢罪。

⑥《石匮书》:又名《石匮藏书》。张岱撰。二百二十卷。崇祯元年(1628),张岱利用家藏资料,著纪传体明史,五易其稿、九正其讹,历时二十七年撰成是书。由于崇祯一朝既无实录,又失起居注,内容遂止于天启年间。

⑦视息:观看和呼吸,即指活着。

⑧罄:空。

⑨举火:指生火做饭。

⑩首阳二老:指伯夷、叔齐。传说他们因反对周武王伐纣,逃到首阳山,不食周粟,因而饿死。直头:径直。

⑪装点:装饰,点缀。

⑫王、谢:指东晋时王导、谢安两大望族,他们的生活都很豪华。后世因以代指高门世族。

⑬罹此果报:遭到这样的因果报应。罹,遭遇。果报,佛教说法,认为人做了什么样的事,就会得到什么样的后果,称为"果报",也称"因果报应"。

⑭笠:笠帽,用竹篾、箬叶或棕皮等编成,可以御暑,亦可御雨。

⑮蒉:土笼,古代盛土的竹筐,这里代指草鞋。踵:脚后跟。

⑯仇簪履:以簪履为仇,意为跟束发的簪子与穿的鞋子过不去。簪,束发的簪子。履,鞋子。

⑰衲:补缀过的衣服。裘:皮袍。

⑱苎:麻织品。绤(chī):细葛布。

⑲轻暖:轻而温暖,比喻衣服鲜厚。

⑳藿:豆叶。嫩时可食。

㉑粝(lì):糙米。粻(zhāng):好粮米。

㉒甘旨:甜美,美味的食品。

㉓荐:草褥子,草垫子。

㉔枢:门轴。

㉕牖(yǒu):窗户。这两句是说用绳拴门板,用瓦瓮的口做窗户,极言其贫穷之状。

㉖爽垲(kǎi):指高敞干燥的房子。爽,开阔。垲,地势高而土质干燥。

㉗舆从:车马随从。

㉘罪案:有罪的事状。

㉙鸡鸣枕上:在枕上听见鸡叫。

㉚夜气方回:纯洁清静的心境刚刚恢复。夜气,黎明前的清新之气。后来比喻人未受物欲影响时的纯洁心境。

㉛靡丽:奢华,奢靡。

㉜黍熟黄粱:自己刚从梦中醒来。黄粱,事出唐沈既济《枕中记》。大意是说,卢生在邯郸路上遇见道士吕翁,吕翁给他一个瓷枕,他枕着

入睡,梦见自己一世富贵,梦醒以后,才明白是道士警告他富贵是一场虚空。在他初睡时,旁边正煮着一锅黄黍,醒来时,黄黍还没有熟。

㉝车旅蚁穴:马车寄居在蚂蚁的巢穴。蚁穴,蚂蚁的巢穴。晋干宝《搜神记》卷十:"夏阳卢汾,字士济,梦入蚁穴,见堂宇三间,势甚危豁,题其额曰'审雨堂'。"

㉞消受:禁受,忍受。

㉟不次岁月:不排列年月。

㊱年谱:用编年体裁记载个人生平事迹的著作。

㊲志林:书名,后人整理苏轼的笔记,分类编辑而成。这里借指一般分类编排的笔记体著作。

㊳城郭人民:"城郭如故人民非"之意,指城墙还是旧的,可人都不是原来的了。比喻世事变迁,物是人非。据晋陶潜《搜神后记》卷一载,汉代辽东丁令威学道成仙后,变成一只白鹤飞回家乡,停在城门华表柱上。有个少年拉弓欲射,他边飞边唱道:"有鸟有鸟丁令威,去家千年今始归。城郭如故人民非,何不学仙冢垒垒?"作者《陶庵梦忆》一书多记明代旧事,所以暗用了这个典故。

㊴翻用:反而因此。

㊵痴人前不得说梦:表示不看对象说话,容易产生误会。语出宋黄庭坚《书陶渊明责子诗后》:"观渊明之诗,想见其人,岂弟慈祥戏谑可观也。俗人便谓渊明诸子皆不肖,而渊明愁叹见于诗,可谓痴人前不得说梦也。"

㊶乡试:科举考试名。明清两代每三年一次在各省省城举行乡试。中式者称"举人"。即使会试不第,亦可依科选官。

㊷鹿鸣宴:科举时代,州县长官于乡试放榜次日宴请得中举子和主考、执事人员,歌《诗经·小雅·鹿鸣》,作魁星舞,故名。

㊸犹意非真:还以为不是真的。

㊹啮:咬。

359

㊺大梦将寤:这里指人的一生将尽。佛家常称人生一世为大梦一场。寤,醒。

㊻雕虫:雕刻虫书,比喻小技巧。这里指写作。

㊼梦呓:睡梦中说话。亦用以比喻胡言乱语。

㊽慧业文人:慧业,佛教语。指智慧的业缘。《宋书·谢灵运传》:“太守孟𫖮事佛精恳,而为灵运所轻,尝谓𫖮曰:‘得道应须慧业文人,生天当在灵运前,成佛必在灵运后。’𫖮深恨此言。”后以“慧业文人”指有文学天才并与文字结为业缘的人。

㊾政:通“正”。邯郸梦断:指前所述的黄粱梦醒。

㊿漏尽钟鸣:亦作“钟鸣漏尽”。古代白天用铜壶滴漏来计时刻,又在入夜后击钟报时。白昼漏尽,入晚钟鸣。指到了晚上。比喻衰残暮年。

(51)卢生遗表,犹思摹拓二王:《枕中记》载卢生死前上疏,但疏中并无“摹拓二王”之事。汤显祖根据同一故事撰写的戏曲《邯郸记》中,卢生临死说:“你不知,俺的字是钟繇法帖,皇上最所爱重。俺写下一通,也留与大唐家作镇世之宝。”摹拓,依样描制,复制。二王,指王羲之、王献之,他们和钟繇都是著名书法家。

(52)名根:指产生好名这一思想的根性。根,佛家的说法,是能生之义。

(53)舍利:梵语“身骨”的译音。佛教徒死后火葬,身体内一些烧不化的东西结成颗粒,称为“舍利子”。

(54)劫火:谓坏劫之末所起的大火。这里指焚化身体(结束一生)的火。

【解读】

《陶庵梦忆》共八卷,一百二十七篇,是作者传世作品中最著名的一部。该书成书于甲申明亡(1644)之后,直至乾隆五十九年(1794)才初版行世。其中所记大多是作者亲身经历过的杂事,将种种世相展现在人们面前。《陶庵梦忆》既是一部个人的生活史，也是一幅晚明时期的生活画卷。本文叙述该著作的缘起、经过、心思以及在沧桑巨变后身世的寄托之感，以"痴人说梦"自嘲，抒发了自己对往生活难以忘怀的感慨。

本文分四段。第一段，写作者在明亡、清军入关后逃亡深山颠沛流离的状况，如"披发入山"，有如野人，这是表明自己不肯做清朝的顺民。因为清军入关之后，下令全国剃发易服，但对于汉人来说，这是极其残忍的。因为《孝经·开宗明义章》中记载："身体发肤，受之父母，不敢毁伤，孝之始也。"所以很多汉人拒绝剃发。多尔衮为了推行剃发政策，提出"留头不留发，留发不留头"的口号。起初遭到了很多人反对，于是就有了扬州十日以及嘉定三屠的惨案。就因为一个剃发令，数百万国人惨遭屠杀。在这种强压下，国人最后还是选择了屈服。其实剃发并不是我们想象的那么简单。从表面上来看只是理个头而已，但是对于清朝统治者来说，这是汉人屈服于他们的表现。当时不剃发的人，一律被视作反贼。这就是本文作者的亲朋故旧见了他避之唯恐不及的原因。但作者早已视死如归，写好了自挽诗，也做好了必要的时候自我决断的打算。

第二段，解释自己既然做好了自杀的打算，但为什么还迟迟不赴死，以及为什么不做顺民、宁愿在山中过艰苦生活的原因。为什么不自杀，是因为自己有为明朝著史的抱负，《石匮书》尚未完成。"石匮"，就是石室金匮的意思，《史记·太史公自序》："绅史记石室金匮之书。"司马贞索隐："石室、金匮皆国家藏书之处。"古人有著书，特别是著史书"藏诸名山"、传之后人的历史使命感，所以作者也是在书未完成之前不敢轻易"引决"。但既不做清朝顺民，就只有逃窜一途。在颠沛流离之中，饮食待遇与以前的生活相比自然是一落千丈。张岱出生在一个显贵的书香家庭，现在穷愁隐居，以前的待遇一概都没有了，所以到这时，"瓶粟屡罄，不能举火"，才知道要想效法伯夷、叔齐不食周粟的高洁之行是非常困难的。饥饿之余,因怀念过去奢华的生活,也引起自己对为什么陷入如今这样的状况产生了怀疑之见,但最终作者认为自己坚持著述,甘守清贫,这也是一种因果报应,理当如此,没有什么好说的。段中用七个"仇"字的排比句,如用竹笠遮身,用草鞋护脚,是因为跟簪笋、布鞋有仇;用破衣代替皮袍,粗麻衣代替细葛布衣,是因为跟轻软暖和有仇,等等,这都是正话反说,不仅含有幽默冷峭的韵味,而且加强了今昔对比,增强了文章的表现力。

第三段,是说明写这篇自序的原因。每当早上醒来,作者就回想起以前的生活,"繁华靡丽",而今"过眼皆空",五十年来,就像做梦一般。现在当梦醒时节,回忆一些往事,信手就记录下来,也不按年编排,也不分门类,想到哪记到哪,就成了这部《陶庵梦忆》。作者通过对事件的记述,也是温习过往的生活,虽然如"痴人说梦",但独自咀嚼,自有一种喜悦在其间。

第四段,因为上段有"痴人前不得说梦",自嘲"痴人",于是举两个例子,一个是西陵脚夫给人担酒,失足将酒瓮打碎了,自己无钱赔偿,所以便痴坐仁想,希望这是个梦就好了。另一个是寒士赴乡试,中了举人,正要赴鹿鸣宴,自己还以为不是真的,担心它只是一个梦。同样面对一个"梦",有人担心它不是梦,有人又唯恐它是梦,虽然各自的出发点不一样,但两人的"痴"是一样的。作者借"痴"以自况,认为现在大梦将醒,自己还要著述,还要记录以前的东西,因此感叹真的是积习难除,名心难化。

《五异人传》序

张　岱

张岱曰:岱尝有言,人无癖^①不可与交,以其无深情也;人无疵^②不可与交,以其无真气也。余家瑞阳^③之癖于钱,髯张④之癖于酒,紫渊⑤之癖于气,燕客⑥之癖于土木,伯凝⑦之癖于书史,其一往深情,小则成疵,大则成癖。五人者皆无意于传,而五人之负癖⑧若此,盖亦不得不传之者矣。作《五异人传》。

【注释】

①癖:癖好,嗜好。

②疵:小毛病,缺点。

③瑞阳:《五异人传》中的人物,张岱族祖张汝方,号瑞阳。

④髯张:《五异人传》中的人物,张岱族祖张汝森,字众之。貌伟多髯,人称"髯张"。

⑤紫渊:《五异人传》中的人物,张岱的十叔,名煜芳,号紫渊。

⑥燕客:张岱的堂弟,名萼,初字介子,又字燕客。与下文的伯凝均属《五异人传》中的人物。

⑦伯凝:张岱的堂弟,名培,字伯凝。

⑧负癖:抱有癖好。

【解读】

《五异人传》是张岱为其家族中五位有癖好的异人所作的传记,本文是正文前的序言。文字很短,但提出了两个非常重要的观点,即:"人无癖不可与交""人无疵不可与交"。其意是没有癖好的人做事不专注,不用心,这样的人做什么事都不会投入,所以对朋友也不会有深情;没有缺点的人,一副完美无缺的高大形象,这样的人对朋友也不会有真心,所以不可交。

一个人既无癖又无疵,四平八稳,谨小慎微,没有一点点个性,这样的人要么特别懦弱无能,要么特别有心机。两者都缺乏"深情"和"真气",缺乏人之所以为人的那一点点必不可少的血性。与这样的人交往要么是如食鸡肋，要么是与虎谋皮。

　　张岱特别强调"深情"，也许在明亡国难中见到太多的人无血性、无骨气，所以对五异人的"一往深情"和"小则成疵，大则成癖"持特别赞赏的态度。他认为家族中的五位异人是有真性情、有真气的，所以值得为他们作传，以传之后世。

西湖七月半①　　　　　　　张　岱

　　西湖七月半，一无可看，止可看看七月半之人②。看七月半之人，以五类看之：其一，楼船箫鼓③，峨冠④盛筵，灯火优傒⑤，声光相乱，名为看月而实不见月者，看之；其一，亦船亦楼，名娃闺秀⑥，携及童娈⑦，笑啼杂之，环坐露台⑧，左右盼望，身在月下而实不看月者，看之；其一，亦船亦声歌，名妓闲僧，浅斟低唱⑨，弱管轻丝⑩，竹肉⑪相发，亦在月下，亦看月而欲人看其看月者，看之；其一，不舟不车，不衫不帻⑫，酒醉饭饱，呼群三五⑬，跻⑭入人丛，昭庆、断桥⑮，嚣呼⑯嘈杂，装假醉，唱无腔曲⑰，月亦看，看月者亦看，不看月者亦看，而实无一看者，看之；其一，小船轻幌⑱，净几暖炉，茶铛旋煮⑲，素瓷静递⑳，好友佳人，邀月同坐，或匿影㉑树下，或逃嚣㉒里湖，看月而人不见其看月之态，亦不作意㉓看月者，看之。

　　杭人㉔游湖，巳出酉归㉕，避月如仇。是夕好名㉖，逐队㉗争出，多犒门军酒钱㉘，轿夫擎燎㉙，列俟㉚岸上。一入舟，速舟子急放断桥㉛，赶入胜会。以故二鼓㉜以前，人声鼓吹㉝，如沸如撼㉞，如魇如呓㉟，如聋如哑㊱。大船小船一齐凑岸，一无所见，止见篙击篙，舟触舟，肩摩㊲肩，面看面而已。少刻兴尽，官府席散，皂隶喝道去㊳，轿夫叫，船上人怖以关门㊴，灯笼火把如列星㊵，一一簇拥而去。岸上人亦逐队赶门，渐稀渐薄，顷刻散尽矣。吾辈始舣㊶舟近岸，断桥石磴㊷始凉，席其上㊸，呼客纵饮。此时月如镜新磨㊹，山复整妆，湖复颒面㊺。向㊻之浅斟低唱者出，匿影树下者亦出，吾辈往通声气㊼，拉与同坐。韵友㊽来，名妓至，杯箸安㊾，竹肉发。月色苍凉，东方将白，客方散去。吾辈纵舟㊿，酣睡于十里荷花之中，香气拍人，清梦甚惬㊿。

【注释】

①七月半：农历七月十五，又称中元节。

②"止可看"句：谓只可看那些来看七月半景致的人。止，副词。仅，只。

③楼船：指有楼饰的游船。箫鼓：箫与鼓。泛指吹打音乐。

④峨冠：高高的帽子，指士大夫。

⑤优僎（xī）：优伶和仆役。

⑥名娃：有名的美女。闺秀：闺，女子的内室。南朝宋刘义庆《世说新语·贤媛》："顾家妇清心玉映，自是闺房之秀。"后以"闺秀"称大户人家有才德的女儿，多指未婚者。

⑦童娈：容貌美好的家僮。娈，美好貌。

⑧露台：这里指船上露天的平台。

⑨浅斟：慢慢地喝酒。低唱：轻声地吟哦。

⑩弱管轻丝：谓轻柔的管弦音乐。

⑪竹肉：指管乐和人的歌声。

365

⑫"不舟"二句:不坐船,不乘车;不穿长衫,不戴头巾。指放荡随便。帻(zé),头巾。

⑬呼群三五:呼朋唤友,三五成群。

⑭跻:跨进,踩进。

⑮昭庆:寺名,位于浙江杭州西湖畔。五代时,吴越王钱元瓘建立,时称菩提院。宋太祖乾德二年(964),南山律宗祖师永智大师再兴。宋太宗太平兴国三年(978)筑戒坛。七年,敕赐"大昭庆寺"之额。断桥:在今杭州西湖白堤东端。宋周密《武林旧事》卷五:"断桥,又名段家桥。万柳如云,望如裙带。"明田汝成《西湖游览志》卷二:"断桥本名宝祐桥,呼断桥自唐始。""断桥残雪"为西湖十景之一。

⑯嗷(jiào)呼:大声呼叫。嗷,同"叫"。

⑰无腔曲:没有腔调的歌曲。

⑱幌:帘幔。多以丝帛或布做成。

⑲铛(chēng):古代的一种温器。较小,有三足。用以把酒、茶等温热。以金属或陶、瓷等制成。旋:随时,随即。

⑳素瓷静递:雅洁的瓷杯无声地传递。

㉑匿影:藏身。

㉒逃嚣:逃避喧嚣。

㉓作意:故意,特意。

㉔杭人:杭州人。

㉕巳:巳时,约为上午九时至十一时。酉:酉时,约为下午五时至七时。

㉖是夕好名:这天夜晚,人们喜欢这个名目。名,指中元节节庆之名。

㉗逐队:谓随众而行,跟着大队人马。

㉘犒:犒赏,用酒食或财物慰劳。门军:守城门的军士。

㉙擎:举。燎:火把。

㉚列俟:排着队等候。

㉛速:催促。放:开船,行驶。

㉜二鼓:二更,约为夜里九点至十一点。

㉝鼓吹:指鼓、钲等打击乐器和箫、笳等管弦乐器奏出的乐曲。

㉞如沸如撼:像水沸腾,像物体震撼,形容喧嚷。

㉟如魇如呓:魇,梦中惊叫。呓,说梦话。形容喧嚷中的种种怪声。

㊱如聋如哑:指喧闹声震耳欲聋,自己说话别人听不见。

㊲摩:碰,触。

㊳皂隶:古代衙门里的差役。喝道:官员出行,衙役在前边吆喝开道。

㊴怖以关门:用要关城门来恐吓。

㊵列星:分布在天空的星星。

㊶舣(yǐ):使船靠岸。

㊷石磴(dèng):石砌的台阶。

㊸席其上:这里指在石磴上摆设酒筵。

㊹镜新磨:刚磨制好的镜子。古代以铜为镜,磨制而成。

㊺颒(huì)面:洗脸。

㊻向:方才,先前。

㊼往通声气:过去打招呼。

㊽韵友:风雅的朋友,诗友。

㊾箸:筷子。安:放好。

㊿纵舟:放开船。

(51)惬:快心,满足,适意。

【解读】

本文载《陶庵梦忆》卷七。

文章分两段。第一段开宗明义,直指西湖在农历七月十五这一天没有什么值得看的,要看也只可看那些看七月半的人。七月十五,即中元节,旧时道观在此日作斋醮,僧寺作盂兰盆会,民俗亦有祭祀亡故亲人等活动,按道理应当是十分热闹的一个节日,但作者一上来就劈头抛出"一无可看"的论调,这是对于韵士幽人而言,至于普通民众,则是依例而行,该趁热闹的趁热闹,该烧纸钱的则烧纸钱,没有什么限制。但对于作者来说,这个不是他所要关注的,他所关注的是要看那些看月的人。作者总结了"看七月半之人"有五种类型:第一种富贵人,"名为看月而实不见月者";第二种闺阁中人,"身在月下而实不看月者";第三种名妓闲僧,"亦在月下,亦看月而欲人看其看月者";第四种闲荡人,"月亦看,看月者亦看,不看月者亦看,而实无一看者";第五种幽人韵士,"看月而人不见其看月之态,亦不作意看月者"。作者说,这五种类型的人,你都可以去看看。

第二段,介绍杭州人游湖的习惯,一般是白天游湖,早上九点到下午七点,晚上是不看的。但七月半这一天正相反,是晚上争着成群结队出来,到湖上看中元胜会。作者详细描写了去看胜会时的热闹状况,二鼓以前人声鼎沸,游人摩肩接踵,游船相接,但不一会儿兴尽,官府席散,游人各自散去。所以这些人名为看月,实则凑兴。

真正看月的人,就是等这一批凑热闹的人全都散去,湖面恢复宁静,月色新磨如镜,山水重新整妆,幽人韵士方才从树影下走出来,"名妓至,杯箸安,竹肉发",在月色苍凉之中饮酒赏月,一直到东方将白。然后又放舟湖上,酣睡于十里荷花之中。这确实是非常自由惬意的境界,是俗人所不能领略的。

本文写五种类型的人,观察细致,描写亦颇生动。作者于看七月半之人,并不现身评点,只是运用五个"看之",大有冷眼旁观之势。然而从叙述的文字中,五类人依次写来,如镜头推移,神态各异,境界不同,其主观褒贬之情跃然纸上。

文章开头奇警峭拔,结尾韵味悠长。行文错综,富于变化,转接呼应均极自然。

湖心亭^①小记

张　岱

　　崇祯五年^②十二月,余住西湖。大雪三日,湖中人鸟声俱绝。是日更定矣^③,余拏^④一小舟,拥毳衣炉火^⑤,独往湖心亭看雪。雾凇沆砀^⑥,天与云、与山、与水,上下一白^⑦。湖上影子,惟长堤一痕、湖心亭一点与余舟一芥、舟中人两三粒而已^⑧。

　　到亭上,有两人铺毡^⑨对坐,一童子烧酒炉正沸^⑩。见余大喜曰:"湖中焉得更有此人^⑪!"拉^⑫余同饮。余强饮三大白^⑬而别。问其姓氏,是金陵人,客此^⑭。及下船,舟子喃喃曰^⑮:"莫说相公^⑯痴,更有痴似^⑰相公者。"

【注释】

　　①湖心亭:杭州西湖的湖心亭,在外湖中央一个小小的绿洲上,与三潭印月、阮公墩鼎足相对,成一个品字形。从前叫湖心寺,明弘治(1488—1505)间被毁,嘉靖三十一年(1552)重建,后又再修。

　　②崇祯五年:公元1632年。崇祯,明思宗朱由检的年号(1628—1644)。

　　③是日:这一天。更定:指晚上报时的打更声落定,即表示报更结束。古时一夜五更,每更之间间隔两小时,五更大概是在三点至五点之间。更定,就是指五点以后,即天将要亮的时候。

　　④拏(ná):牵引,划动。

　　⑤拥毳(cuì)衣炉火:穿着皮衣,拥着炉火。毳,鸟兽的细毛。

　　⑥雾凇(sōng):俗称树挂,云雾或水汽凝结而成的冰花。西晋吕忱《字林》:"寒夜结水如珠,见晛乃消,齐鲁谓之雾凇。"沆砀(hàng dàng)：白气弥漫貌。

⑦上下一白：上上下下全都是白的。

⑧长堤：此指西湖上的白堤。一芥：比喻舟极细小。芥，小草。

⑨毡：毛毯。

⑩烧酒：烫酒，温酒。炉：烫酒的器具。

⑪焉得：怎么能。此人：这个人。指作者。

⑫拉：牵挽，邀请。

⑬三大白：即三大杯。大白，大酒杯。

⑭客此：指旅居在此。客，旅居他乡。

⑮舟子：船夫。喃喃：小声自语，嘀咕。

⑯相公：旧时对读书人的敬称。后多指秀才。

⑰似：用于比较。表示程度更甚，超过。

【解读】

本文载《陶庵梦忆》卷三。

文章记叙作者在崇祯五年(1632)十二月到西湖湖心亭看雪的经过。全文分两段。第一段，交代时间、地点，然后叙述前往湖心亭的经过，大雪下了三天，西湖中已经非常安静，人声鸟声全无。清早，作者乘着一条小船，披着皮袍，拥着炉火，一个人前往湖心亭看雪。湖上能够摇船，说明没有结冰，这跟北方的情形是有区别的。然后是写景状物，突出雾凇。雾凇俗称树挂，非冰非雪，而是雾中无数 0℃以下而尚未凝华的水蒸气随风在树枝等物体上不断积聚冻结的结果，表现为白色不透明的粒状结构沉积物。形成雾凇的苛刻条件首先是，既要求冬季寒冷漫长，又要求空气中有充足的水汽。其次，雾凇的形成要求既天晴少云，又是静风，或是风速很小。空中的云像是大地的一床被子，夜间有云时，削弱了向外的长波辐射，使地面气温降低较慢，昼夜温差相对较小，近地面空气中的水汽就不会凝结。若是掀掉了这床"被子",热量就更多地散发出去,使得地面温度降低,为水汽的凝结提供了必要条件。正因如此,所以雾凇在南方极难见到。它形成的样子晶莹闪烁,极像盎然怒放的花儿,所以又被称为"冰花"。沆砀,是白气弥漫的样子,天和云、山、水,整个白茫茫一片,景象之瑰奇,非身临其境者很难描述万一。而作者仅用"长堤一痕、湖心亭一点与余舟一芥、舟中人两三粒"就将那种沆砀微茫的景象生动地描画出来,看似不经意,实则有如椽的笔力,其视点的把握,是置身于最高点,有俯视一切之概。

第一段,重点写奇景,是奇绝。到第二段,重点写奇人,是痴绝。"莫道君行早,更有早行人。"到亭上,作者才发现"有两人铺毡对坐",有童子温酒。其人对作者的到来也是很惊讶,没有想到还有跟他一样在大雪天这么早到湖中赏雪的人,所以很高兴,拉作者饮酒。作者也不推辞,豪饮三大杯。再问客人姓氏,得知是金陵人,在杭州旅居。卒章显志,借舟子的话,从侧面进一步点明两位奇人之奇,乃在于"痴"。

本文语言简约,形象生动。有静景,有动景,还有人物的神情和对话,情景交融,逐层引人入胜。结尾戛然而止,有余音不绝之妙。

自为墓志铭 　　　　张　岱

蜀人张岱,陶庵其号也。少为纨绔子弟,极爱繁华,好精舍,好美婢,好娈童,好鲜衣,好美食,好骏马,好华灯,好烟火,好梨园,好鼓吹,好古董,好花鸟,兼以茶淫橘虐①,书蠹诗魔。劳碌半生,皆成梦幻。年至五十,国破②家亡,避迹山居,所存者破床碎几,折鼎病琴,与残书数帙,缺砚一方而已。布衣蔬食，常至断炊。回首二十年前，真如隔世。

常自评之，有七不可解：向以韦布③而上拟公侯，今以世家而下同乞丐，如此则贵贱紊矣，不可解一；产不及中人，而欲齐驱金谷④，世颇多捷径，而独株守於陵⑤，如此则贫富舛矣，不可解二；以书生而践戎马之场，以将军而翻文章之府，如此则文武错矣，不可解三；上陪玉皇大帝而不诌，下陪悲田院⑥乞儿而不骄，如此则尊卑溷矣，不可解四；弱则唾面而肯自干，强则单骑而能赴敌，如此则宽猛背矣，不可解五；争利夺名，甘居人后，观场游戏，肯让人先，如此则缓急谬矣，不可解六；博弈摴蒱⑦，则不知胜负，啜茶尝水，则能辨渑淄⑧，如此则智愚杂矣，不可解七。有此七不可解，自且不解，安望人解？故称之以富贵人可，称之以贫贱人亦可；称之以智慧人可，称之以愚蠢人亦可；称之以强项⑨人可，称之以柔弱人亦可；称之以卞急人可，称之以懒散人亦可。学书不成，学剑不成，学节义不成，学文章不成，学仙学佛、学农学圃俱不成，任世人呼之为败子，为废物，为顽民，为钝秀才，为瞌睡汉，为死老魅也已矣。

初字宗子，人称石公，即字石公。好著书，其所成者，有《石匮书》《张氏家谱》《义烈传》《琅嬛文集》《明易》《大易用》《史阙》《四书遇》《梦忆》《说铃》《昌谷解》《快园道古》《傒囊十集》《西湖梦寻》《一卷冰雪文》行世。生于万历丁酉⑩八月二十五日卯时，鲁国相大涤翁之树子也⑪，母曰陶宜人。幼多痰疾，养于外大母马太夫人者十年。外太祖云谷公宦两广⑫,藏生牛黄丸盈数簏,自余囹地以至十有六岁,食尽之而厥疾始瘳⑬。六岁时,大父雨若翁携余之武林⑭,遇眉公⑮先生跨一角鹿,为钱塘游客,对大父曰:"闻文孙善属对,吾面试之。"指屏上李白骑鲸⑯图曰:"太白骑鲸,采石⑰江边捞夜月。"余应曰:"眉公跨鹿,钱塘县里打秋风。"眉公大笑起跃曰:"那得灵隽若此,吾小友也。"欲进余以千秋之业,岂料余之一事无成也哉?

甲申⑱以后,悠悠忽忽,既不能觅死,又不能聊生,白发婆娑,犹视息人世。恐一旦溘先朝露,与草木同腐,因思古人如王无功、陶靖节、徐文长皆自作墓铭⑲,余亦效颦为之。甫构思,觉人与文俱不佳,辍笔者再。虽然,第言吾之癖错,则亦可传也已。曾营生圹于项王里之鸡头山⑳,友人李研斋题其圹曰:"呜呼,有明著述鸿儒陶庵张长公之圹。"伯鸾㉑高士,冢近要离,余故有取于项里也。明年,年跻七十,死与葬,其日月尚不知也,故不书。铭曰:

穷石崇,斗金谷㉒。盲卞和,献荆玉㉓。老廉颇,战涿鹿㉔。赝龙门,开史局㉕。馋东坡,饿孤竹㉖。五羖大夫㉗,焉肯自鬻。空学陶潜,枉希梅福㉘。必也寻三外野人㉙,方晓我之衷曲。

【注释】

①茶淫橘虐:意即喜爱品茶和下象棋。淫、虐,都是指过分地喜爱。橘,明人朱晋桢所辑象棋棋谱《橘中秘》。

②国破:指1644年明朝的覆灭。

③韦布:韦带和布衣。韦带为古代贫贱之人所系的无饰皮带。布衣指平民所穿的粗陋衣服。这里指平民身份。

④金谷:地名,在今河南省洛阳市西北。晋代的石崇非常富有而又奢侈,他在这里修建了一座非常富丽的别墅,世称金谷园。这里代指石崇。

⑤於陵:战国时齐国的城邑,在今山东省邹平市东南。齐国的陈仲子曾经隐居此地。作者以此比喻自己过着隐居的生活。

⑥悲田院:也作"卑田院"。佛教以施贫为悲田,所以称救济贫民的机构为悲田院,后来又用以指乞丐聚居的地方。

⑦博弈摴蒱:博,六博,古代的一种棋戏。弈,围棋。博弈,泛指下棋。摴蒱,博戏名,以掷骰决胜负。后泛称赌博为摴蒱。

⑧渑淄:两条河的名字。这两条河均在今山东省境内,传说它们的水味不同,合到一起则难以辨别,唯春秋时齐国的易牙能分辨。见《列子·说符篇》。

⑨强项:不肯低头,形容刚强正直、不屈服。

⑩万历丁酉:明神宗万历二十五年(1597)。

⑪鲁国相:鲁,明藩王所封国名。国相,汉代的藩国有国相这一官职负责该国的行政事务。张岱的父亲曾任鲁献王的右长史,其职务相当于汉朝的国相。大涤翁:张岱的父亲,名张耀芳,字尔弢,号大涤。树子:妻所生的儿子,区别于妾所生的儿子。

⑫外太祖:外曾祖父。云谷:张岱的外曾祖父陶某的字或别号。

⑬瘳(chōu):伤或病痊愈。

⑭雨若:张岱祖父张汝霖的字。武林:古代杭州的别称。

⑮眉公:陈继儒(1558—1639),字仲醇,号眉公,华亭(今上海市松江区)人,明代文学家、书画家。

⑯李白骑鲸:传说李白曾骑着鲸远游海外仙岛。

⑰采石：即采石矶，在今安徽省马鞍山市长江东岸。相传李白在这里喝醉了酒，因喜爱江中的月影，便到江中捞月，以致溺水而死。

⑱甲申：这里指明思宗崇祯十七年(1644)。这一年李自成领导的农民起义军攻进北京，明王朝覆灭。后清军入关，夺取了政权。

⑲王无功：王绩(约589—644)，字无功，隋唐之际的诗人，有《自作墓志文》。陶靖节：陶渊明(365或372或376—427)，名潜，字元亮，死后私谥靖节，浔阳柴桑(今江西九江西南)人，东晋时期的大诗人，有《自祭文》。徐文长：徐渭(1521—1593)，字文长，山阴(今浙江绍兴)人，明代文学家、书画家，有《自为墓志铭》。

⑳生圹：生前预造的墓穴。项王里：即项里山，在绍兴西南三十里，传说项羽曾避仇于此，下有项羽祠。

㉑伯鸾：东汉的梁鸿，字伯鸾，博学有气节，隐居不仕，所以称他为高士。他很崇敬春秋时的刺客要离，所以要在死后埋葬在要离的坟墓附近。

㉒"穷石崇"二句：晋代的巨富石崇，曾在金谷园和王恺、羊琇等人斗富。这里张岱以穷石崇自比。

㉓"盲卞和"二句：卞和，春秋时楚国人。他在荆山中得到一块璞，献给楚厉王，厉王让玉工辨识，说是石头，以欺君罪砍掉了卞和的左脚。后来楚武王即位，卞和再次献璞，武王又按欺君之罪砍了他的右脚。等到楚文王即位，卞和抱璞而哭，直哭到眼中流血。文王让玉工将璞剖开，果然得到了宝玉。

㉔"老廉颇"二句：廉颇，战国时赵国名将，后因赵王听信谗言，被迫逃亡魏国。秦攻赵，赵王想重新起用廉颇，派人去魏国察看廉颇的身体状况，使者受了廉颇仇人的贿赂，回来报告说廉颇老了。赵王于是不再召还廉颇。涿鹿，今河北省涿鹿县，相传是当年黄帝消灭蚩尤的地方。

㉕"赝龙门"二句：赝，假。龙门，地名，在今山西省河津市。司马迁出生在这里，所以后人常以龙门代称司马迁。作者曾著一部纪传体明史，名《石匮书》。

㉖"馋东坡"二句：东坡，苏轼的号。相传苏轼好吃，所以称他为"馋东坡"。孤竹，指商末孤竹君的两个儿子伯夷、叔齐，他们不赞成周武王伐纣，因此在周王朝建立后，不食周粟，饿死在首阳山。

㉗五羖大夫：即百里奚，春秋时虞国人，晋灭虞，被虏，作为秦穆公夫人穆姬的陪嫁奴隶送到秦国，后又被楚国边境老百姓抓走。秦穆公知道他很能干，用五张羖羊的皮把他赎回，相秦七年，使秦成为诸侯的霸主。人称五羖大夫。

㉘梅福：字子真，西汉末寿春（今安徽寿县）人。王莽专权，他弃家出走，传说他后来成了仙人。

㉙三外野人：南宋诗人郑思肖在宋亡后隐居吴下，自称三外野人。

【解读】

墓志铭，是古代文体的一种，通常分为两部分：第一部分是序文，记叙死者世系、名字、爵位及生平事迹等，称为"志"；后一部分是"铭"，多用韵文，表达对死者的悼念和赞颂。写作上要求叙事概括，语言温和，文字简约。而"自为墓志铭"就是由自己生前撰写，以便死后使用，一般多为对自己一生行事的叙述和评价，多有调笑、自嘲、自慨之语。

本文第一部分，是墓志，作者以自嘲自讽的方式，简单回顾了自己的生平，即青壮年时期纸醉金迷的纨绔生活与晚年避世隐居、饥饿穷困的生活，重点讲述了自己的志趣与看似矛盾的情性（如"七不可解"）中那种大时代下前朝遗民无所作为、无能为力的困境与无奈，以及晚境对生命既坦然而又十分不甘的情绪，在本文中得到了充分体现。

本文第一段，介绍自己的姓名、广泛的爱好及生平。从少年纨绔的生活写起，至五十岁以后，国破家亡，过着颠沛流离、避世隐居的贫困生活,对比十分强烈。

第二段,写自己一生中有七件不可理解的事:第一,虽然早年是平民,但生活拟于公侯,过得奢侈,但现在却形同乞丐,其身份时贵时贱,是为不可解;第二,财富不及中等人家,却想着跟最富的人并驾齐驱,世上有很多捷径可走,自己却只守着隐居这一桩事,过着清贫的生活,这样时富时贫的生活,也属不可解;第三,本来是书生,却上战场,同时以将军的身份,却又去作文章,这样不文不武,不可解;第四,上可以陪玉帝,下可以陪乞丐,不谄媚不骄傲,无尊无卑,不可解;第五,柔弱的时候可以唾面自干,强健的时候可以单骑杀入战场,对自己的态度时宽时猛,是不可解;第六,争名夺利,心甘情愿在他人之后,在游戏场看热闹时也肯让他人在先,这样不缓不急,不可解;第七,与人游戏赌博,从不管胜负,但喝茶饮水,其味却分辨得很清,有时愚蠢有时明智,不可解。有此七不可解,所以作者认为自己可以有多种称呼:既是富贵人,也是贫贱人;既是智慧人,也是愚蠢人;既是强健人,也是柔弱人;既是急性子,也是懒散之人。所谓"学书不成,学剑不成,学节义不成,学文章不成,学仙学佛、学农学圃俱不成",总之,自己一无是处,就是一个败家子,一个废物,一个无用之人。

第三段,先介绍自己的字,初字宗子,后字石公。再介绍自己的著作众多,有《石匮书》《琅嬛文集》《梦忆》《西湖梦寻》等。然后介绍生年、父母名字及幼年养于外祖母家十年的经过,"幼多痰疾",在外祖母家吃生牛黄丸几竹箱,至十六岁时才彻底治好。六岁时文学家陈继儒试以属对,应答如流,赢得祖父和陈继儒的称赞,但没想到后来自己一事无成,既遗憾,也充满了惆怅。

第四段,写崇祯十七年甲申(1644)明朝灭亡,自己既不能觅死,又不愿事新朝,避世隐居。此时作者已年近五十,晚景凄凉,想到离死不远,遂营生圹,并有自作墓志铭之想。

第五段即铭文。前半部分三字一句,后半部分为四字句及杂句,均押韵。铭文概述自己一生的经历,即所谓"前半生阅尽繁华,后半生写尽沧桑",年轻时以晋朝巨富石崇自居,接着引卞和献玉、廉颇战涿鹿故事影射自己在明亡后曾为南明政权献计献策并投身抗清大业。随后叙述自己避世隐居,贫困潦倒,但仍潜心著述,在八十三岁时,历五十年,终于撰成历史著作《石匮书》。这辛酸而坚毅的经历及苦心孤诣的精神,不是一般人所能理解的,也只有以宋朝遗民的身份撰《心史》、号称"三外野人"的郑思肖所能体会。

《石匮书》,又名《石匮藏书》,共计二百二十卷,为作者利用家藏资料所著纪传体明史。其自序云:"余自崇祯戊辰(注:即崇祯元年,1628年),遂泚笔此书,十有七年而遽遭国变,携其副本,屏迹深山,又研究十年而甫能成帙。"脱稿后犹时加删改,"事必求真,语必务确,五易其稿,九正其讹,稍有未核,宁阙勿书",前后历五十年,其苦心纂著,成有明一代实录。

五人墓碑记①   张　溥

五人者,盖当蓼洲周公②之被逮,激于义而死焉者也。至于今,郡之贤士大夫请于当道③,即除魏阉废祠之址以葬之④,且立石于其墓之门,以旌⑤其所为。呜呼,亦盛矣哉!

夫五人之死,去今之墓而葬焉⑥,其为时止十有一月耳。夫十有一月之中,凡富贵之子、慷慨得志之徒,其疾病而死,死而湮没⑦不足道者亦已众矣,况草野⑧之无闻者欤?独五人之皦皦⑨,何也?

予犹记周公之被逮,在丁卯三月之望⑩。吾社⑪之行为士先者,为之声义⑫,敛赀财⑬以送其行,哭声震动天地。缇骑按剑而前⑭,问:"谁为哀者?"众不能堪⑮,抶而仆之⑯。是时以大中丞抚吴者为魏之私人⑰,周公之逮,所由使也。吴之民方痛心焉,于是乘其厉声以呵⑱,则噪而相逐⑲,中丞匿于溷藩⑳以免。既而以吴民之乱请于朝,按诛㉑五人,曰颜佩韦、杨念如、马杰、沈扬、周文元,即今之傫然㉒在墓者也。然五人之当刑也,意气扬扬,呼中丞之名而詈㉓之,谈笑以死;断头置城上,颜色不少变。有贤士大夫发五十金,买五人之脰而函之㉔,卒与尸合㉕。故今之墓中,全乎为五人也。

嗟乎!大阉㉖之乱,缙绅㉗而能不易其志者,四海之大,有几人欤?而五人生于编伍㉘之间,素不闻诗书之训,激昂大义,蹈死㉙不顾,亦曷故㉚哉?且矫诏㉛纷出,钩党之捕㉜遍于天下,卒以吾郡之发愤㉝一击,不敢复有株治㉞。大阉亦逡巡㉟畏义,非常之谋难于猝发㊱,待圣人之出而投缳道路㊲,不可谓非五人之力也!由是观之,则今之高爵显位,一旦抵罪㊳,或脱身以逃,不能容于远近;而又有剪发杜门、佯狂不知所之者㊴,其辱人贱行㊵,视五人之死,轻重固何如哉?

是以蓼洲周公忠义暴㊶于朝廷,赠谥美显㊷,荣于身后,而五人亦得以加其土封㊸,列其姓名于大堤之上。凡四方之士,无有不过而拜且泣者,斯固百世之遇㊹也。不然,令五人者保其首领以老于户牖㊺之下,则尽其天年,人皆得以隶使之⁴⁶，安能屈⁴⁷豪杰之流，扼腕⁴⁸墓道，发其志士之悲哉？故予与同社诸君子，哀斯墓之徒有其石也，而为之记，亦以明死生之大⁴⁹，匹夫⁵⁰之有重于社稷也。

贤士大夫者，冏卿因之吴公⁵¹，太史文起文公⁵²，孟长姚公⁵³也。

【作者简介】

张溥（1602—1641），字乾度，一字天如，号西铭。太仓（今属江苏）人。崇祯四年（1631）进士。选庶吉士，请告归。幼好学，与同乡张采齐名，号"娄东二张"。结文社名"复社"。其诗文敏捷，名高一时。辑有《汉魏六朝百三名家集》，著《七录斋诗文合集》等。

【注释】

①墓碑记：墓碑上所刻的记事文章。

②蓼（liǎo）洲周公：即周顺昌（1584—1626），字景文，号蓼洲。吴县（今江苏苏州）人。万历四十一年（1613）进士。官吏部稽勋清吏司主事。天启中，历文选员外郎，代理选事。不久辞官回乡。为人刚方贞介，疾恶如仇。常呼魏忠贤名，骂不绝口。遂被忠贤党诬劾，削籍并逮捕。至京后，在狱中遇害。崇祯初谥忠介。有《烬余集》。

③郡：指苏州府，古称吴郡。当道：执掌政权的人。

④即除魏阉废祠之址以葬之：谓修治魏忠贤生祠的旧址来安葬五名义士。除，修治，修整。魏阉，对太监魏忠贤的贬称。魏忠贤专权时，其党羽在各地为他建立生祠。事败后，这些祠堂均被废弃。阉，被阉割的人。指宫中守门的太监，后为太监的通称。

⑤旌：表扬，赞扬。

⑥去今：距离今日。墓：用作动词，指修筑坟墓。

⑦湮没:埋没。

⑧草野:乡野,民间。与"朝廷""廊庙"相对。

⑨曒(jiǎo)曒:同"皎皎",光洁,明亮。

⑩丁卯三月之望:天启七年(1627)农历三月十五日。此处为作者笔误,实际时间应为天启六年丙寅(1626)。

⑪吾社:这里指应社。明末以张溥、张采等为代表的文社,为复社前身。天启四年(1624)创建于江苏常熟,首批成员仅十一人。

⑫声义:宣传号召以伸张正义。

⑬敛赀(zī)财:募集钱财。敛,聚集,征收。赀,同"资"。钱财。

⑭缇(tí)骑:穿橘红色衣服的朝廷护卫马队。明清逮治犯人也用缇骑,故后世用以称呼捕役。这里指明代锦衣卫校尉。按剑:以手抚剑。预示击剑之势。

⑮堪:忍受。

⑯抶(chì)而仆(pū)之:谓将其打倒在地。抶,鞭打。仆,使之跌倒。

⑰是时以大中丞抚吴者为魏之私人:这时做应天巡抚的人是魏忠贤的党羽。大中丞,汉代御史大夫下设两丞,一称御史丞,一称中丞。中丞居殿中,故以为名。东汉以后,以中丞为御史台长官。明清时用作对巡抚的称呼。大,民间对中丞习惯性的敬称。当时的应天巡抚指毛一鹭,字孺初,遂安(今属浙江淳安)人。万历三十二年(1604)进士。授松江府推官。历巡漕御史。天启时巡抚应天。党附魏忠贤,为魏建生祠于苏州虎丘。天启六年(1626),捕杀怒打阉党走卒的颜佩韦等五人,以媚阉党。崇祯元年(1628),以附阉党被逐。

⑱厉声:声音严厉地。呵:呵斥,责骂。

⑲噪而相逐:大声吵嚷着追逐。

⑳匿于溷(hùn)藩:藏在厕所。溷藩,厕所。

㉑按诛:查明罪行而处以死刑。

㉒儽(lěi)然:堆积的样子。

㉓詈(lì):骂。

㉔脰(dòu):头颅。函:用匣子盛(chéng)装。

㉕卒与尸合:最终与他们的尸身合在一起。

㉖大阉:指大太监魏忠贤。

㉗缙(jìn)绅:也作"搢绅",指古代搢笏(将笏板插于腰带间)、垂绅(垂着衣带)的人,即士大夫。缙,通"搢",插。绅,大带。

㉘编伍:指平民。伍,古代编制平民户口,五家为一伍。

㉙蹈死:就死,赴死。

㉚曷故:什么原因。曷,什么。

㉛矫诏:假托君命颁发的诏令。

㉜钩党之捕:文中指搜捕东林党人。钩党,被指为有牵连的同党。

㉝发愤:激于义愤。

㉞株治:株连惩治。

㉟逡(qūn)巡:欲进不进、迟疑不决的样子。

㊱非常之谋:指篡夺帝位的阴谋。猝(cù)发:突然发动。

㊲圣人:指崇祯皇帝朱由检。投缳(huán)道路:天启七年(1627),崇祯帝即位,将魏忠贤放逐到凤阳守陵,不久又派人逮捕他。他得知消息后,畏罪吊死在路上。投缳,自缢。《后汉书·吴祐传》:"因投缳而死。"李贤注:"谓以绳为缳,投之而缢也。"缳,绳圈,绞索。

㊳抵罪:犯罪。

㊴而又有剪发杜门、佯狂不知所之者:还有剃发为僧,闭门索居,假装疯癫而不知下落的。剪,剪断。

㊵辱人贱行:可耻的人格,卑贱的行为。

㊶暴(pù):显露。

㊷赠谥美显：指崇祯皇帝下诏追赠周顺昌“忠介”的谥号。美显，美好荣耀。

㊸加其土封：增修他们的坟墓。

㊹百世之遇：百代难得的际遇。

㊺户牖（yǒu）：门和窗。

㊻隶使之：像对待奴仆一样驱使他们。隶，奴隶，奴仆。这里是名词用作状语，像对待奴仆那样。

㊼屈：使屈服，征服。

㊽扼腕：用一只手握住另一只手腕，表示惋惜、愤慨等情绪。

㊾明死生之大：表明死生的重大意义。

㊿匹夫：平民。这里指五义士。

(51)冏（jiǒng）卿：太仆卿，官职名。因之吴公：吴默，字因之。

(52)太史：指翰林院修撰。文起文公：文震孟，字文起。

(53)孟长姚公：姚希孟，字孟长。

【解读】

本文记述了以颜佩韦为首的五位义士为反对宦官势力献身，苏州人民赞扬他们的义举，在他们的墓碑上刻上纪念文字，表明他们的死是有意义的，是正义的，是“有重于社稷”的。

文章分六段。第一段叙述撰写碑记的缘起。这五人，是在周顺昌被魏忠贤派来的锦衣卫逮捕时，因激于义愤，奋起反抗，最后英勇就义的。宦官势力被铲除后，当地的贤士大夫请示执政者，在被废弃的魏忠贤生祠的原址上安葬他们，并树立石碑，撰写碑记，以表彰他们的事迹。

第二段，叙写五人之死离现在时间并不久，只有十一个月，在这十一个月之中，死的人很多，死者身份和死因多种多样，但为什么唯独要纪念这五人？作者用疑问句的形式提出问题，供大家思考。

第三段是重点，记述五人的英勇事迹，以及死后被贤士大夫收葬的过程。这五人的事迹反映的就是明天启年间苏州民众反抗魏忠贤的斗争。天启六年(1626)三月，阉党在苏州逮捕了东林党人周顺昌，苏州市民数万人为之请命，从而触发了一场声势浩大的反抗宦官势力的斗争。市民奋起驱逐缇骑，应天巡抚毛一鹭躲在厕所中才得以幸免。事后，官府进行弹压，市民首领颜佩韦、杨念如、马杰、沈扬、周文元等五人挺身投案，论大辟。临刑，皆延颈就刃，说："我等好义，非乱也。"次年，崇祯皇帝即位，阉党被诛，苏州人民重新安葬了五位义士，并立石予以旌表纪念。

第四段是议论文字。作者说在明末阉党之乱期间，天下的士大夫都慑于魏忠贤的淫威，不敢倡导并主持正义，而这五位市井小民却能奋身而起，不惧淫威，激昂大义，蹈死不顾，这是非常了不起的。当时魏忠贤党羽假托圣旨，株连穷治，而士大夫喑默怵惕，但自从这五人奋起反抗以后，魏忠贤害怕星火燎原，激起天下的义愤，所以株治行为大为收敛，就连妄想篡夺帝位的阴谋也被遏制。直到熹宗死，崇祯帝继位，究治魏忠贤之罪，魏忠贤不得不自缢而死，这不可谓不是这五位义士的功劳。所以说，颜佩韦等五人之死是重于泰山。

第五段是对前段议论的进一步补充。除五人外，周顺昌也是忠臣义士，也与五位义士一样显荣于身后。他们的事迹引起后人的悲愤、同情，所以作者撰文记述，予以纪念，并揭示死生的重大意义，普通百姓对国家也有非常重要的作用。

末段很简略，列出出资收葬五位义士的贤士大夫的姓名。

本文融叙事、抒情、议论于一炉。前半篇重在记叙，后半篇重在议论。它用生动而又充满激情的笔触，再现了五人就义时正气凛然、慷慨悲壮的情景。同时又用世上"富贵之子、慷慨得志之徒"的死映衬五人之死的伟大；用缙绅的卑怯反衬五人的勇气和力量；用"高爵显位"的"辱人贱行"反衬五人的高尚品质；用众人的敬仰泣拜歌颂五人之死重于泰山,功同日月,从而体现了"明死生之大,匹夫之有重于社稷"的主题思想。

【点评】

拿定激义而死一意,说有赖于社稷,且有益于人心,何等关系!令一时附阉缙绅无处生活。文中有原委,有曲折,有发挥,有收拾。华衮中带出斧钺,真妙篇也。([明]林云铭《古文析义》卷十六)

议论随叙事而入,感慨淋漓,激昂尽致。当与史公《伯夷》《屈原》二传并垂不朽。([清]吴楚材、吴调侯《古文观止》卷十二)

西郊观桃花记　　　　朱鹤龄

吾邑城隍逼仄①,独西郊滨太湖,野趣绵旷,士女接迹。出西门约里许,为江枫庵。庵制古朴,开士②指月熏修之所也。折而南一里,为石里村,桑麻翳野,桃柳缀之,黄花布金,温麛炙日③。昔嘉靖中乡先生陆公(金)居此地,陆公治行有声,今遗构尚存,止小听事三间耳。又南则桃花弥望,深红浅红,错杂如绣者,梅里村也。地多梅花,十年前余犹见老干数百株,名流觞咏,每集其下,今多就槁。里人易种以桃,争红斗绯,缤纷馥郁;园田鸡犬,疑非人间,奚必武陵溪畔始堪避秦哉!迤逦而行数百武,为朴园。园中有墩,可以四眺。隆万④间,高士张朴所居。张工画,颇能诗,邑令徐公(元)尝看梅来访,屏驺从,倾壶觞,日暮列炬前导,人折花一枝以归。茂宰风流,升平盛事,今不可复睹矣。又南数十武,有庵。庵名独木,万历中,忽有梓木浮太湖而来,木广二十围,里人异之,锯为栋梁,结构具足,供大士⑤其中。至此为桃花绝胜处。花皆映水,两岸约百余株,艳冶如笑,醉面垂垂,暖晕熏人,落英满袖,为咏唐人"向日分千笑,迎风共一香"之句,低回久之。循庵而西,即太湖滨也。

是日,晴澜如镜,万顷无波,遥望洞庭、西山,雾霭曚昽,明灭万状。坐盘石,濯尘巾,意洒然适也。回首桃林,如霞光一片,与暮烟争紫,恨无谢朓惊人语写此景物耳。吾因是有感矣,昔徐武宁之降吴江城也,其兵自西吴来,从石里村入此,青原绿野,皆铁马金戈、蹴踏奔腾之地也,迄今几三百年,而谋云武雨之盛,犹仿佛在目。经其墟者,辄痝叹彷徨而不能去,况陵谷变迁之感乎哉!计三四十年以来,吾邑之朱甍⑥相望也,丹毂⑦接轸也,墨卿骚客相与骈肩而游集也,今多烟销云散,付之慨想而已。孤臣之号,庶女之恸,南音之戚,至有不忍言者矣。惟此草木之英华,与湖光浩晶,终古如故。盖盛衰往复,理有固然,彼名人显仕,阅时⑧凋谢,而不能长享此清娱者,余犹得以樗栎⑨废材,玩⑩郊原之丽景,延眺瞩于芳林,向之可感者,不又转而可幸也哉!然则兹游乌可以无记?时同游者周子安节、顾子樵水,余则朱长孺也。

【作者简介】

朱鹤龄(1606—1683),字长孺。吴江(今属江苏)人。明诸生。颖敏好学,尝笺注杜甫、李商隐诗。入清,屏居著述,晨夕不辍,行不识途,坐不知寒暑。人或以为愚,遂自号愚庵。著述甚丰,有《愚庵诗文集》及《读左日钞》等。

【注释】

①逼仄:地方狭窄。

②开士:对僧人的敬称。

③温黂(fén)炙日:苴麻被日光晒得暖暖的。黂,苴麻,麻之有实者。

④隆万:隆,隆庆,明穆宗年号(1567—1572)。万,万历,明神宗年号(1573—1620)。

⑤大士:佛教称佛和菩萨。

⑥朱甍(méng):红漆的屋栋。指豪门显贵的房舍。

⑦丹毂(gǔ):红漆的车毂,指士大夫乘坐的车子。毂,车轮中心的圆木。后来代指车轮或车。

⑧阅时:经历时日。阅,经历。

⑨樗(chū)栎:樗树和栎树,庄子在《庄子·逍遥游》中认为它们是无用之材。后来用以比喻才能低下。樗,臭椿。

⑩玩:欣赏,游赏。

【解读】

本文以游踪为纲,将沿途所见美景尽收笔端,体现出浓厚的赏玩心情,与文章开头"吾邑城隍逼仄"的压抑、闭塞相对照,有久居逼仄城邑后突然见到开阔旷野的惊喜。作者在文中描述了吴江城西郊太湖之滨的美景,在作者追忆过去社会秩序和风流儒雅、知书达礼的士风中,隐约潜藏着凄凉、悲伤、痛楚、忧愁,以及对故国盛世的怀念。产生这种复杂感触的社会原因,正像归庄所描述的"大不幸"——"小不幸而身处厄穷,大不幸而际危乱之世"。尽管作者用了简约、克制的表达,但归庄《梁公狄秋怀诗序》评论杜甫诗歌所说的"宫阙山河之感,衣冠人物之悲,百年世变,一生行藏,皆在焉"仍在本文的结尾显露出来,所谓"吾邑之朱甍相望也,丹毂接轸也,墨卿骚客相与骈肩而游集也,今多烟销云散,付之慨想而已。孤臣之号,庶女之恸,南音之戚,至有不忍言者矣",委婉蕴藉、清晰明确,在倾诉中将国家兴亡与个人身世融为一体,吊古伤今的深忧远虑,尽显文人雅士的优雅和理性,而没有明末文人群体中普遍存在的那种偏执乖戾、苛刻严峻的杀气,这也许就是金俊明所褒扬的"才人之致"。

【点评】

孝章曰:感慨遥集,烟云绕其笔端,可谓极才人之致。([明]朱鹤龄《愚庵小集》引金俊明评)

金批《水浒传》第六十五回·口技　金圣叹

吾友斫山①先生,尝向吾夸京中口技②,言:

"是日宾客大会。于厅事③之东北角,施八尺屏障④,口技人坐屏障中,一桌、一椅、一扇、一抚尺⑤而已。众宾既围揖坐定,少顷⑥,但闻屏障中抚尺二下⑦,满堂寂然⑧,无敢哗⑨者。遥遥闻深巷⑩犬吠声,甚久,忽耳畔鸣金⑪一声,便有妇人惊觉欠申⑫,摇其夫,语猥亵事⑬。夫呓语⑭,初不甚应,妇摇之不止,则二人语渐间杂,床又从中戛戛响。

"既而儿醒,大啼⑮。夫令妇与儿乳⑯;儿含乳啼,妇拍而呜⑰之。夫起溺,妇亦抱儿起溺。床上又一大儿醒,猗猗⑱不止。当是时⑲,妇手拍儿声,口中呜声,儿含乳啼声,大儿初醒声,床声,夫叱⑳大儿声,溺瓶中声,溺桶中声,一齐凑发，众妙毕备㉑。满座宾客无不伸颈侧目㉒，微笑默叹㉓，以为妙绝㉔也。既而夫上床寝；妇人呼大儿溺毕，都上床寝，小儿亦渐欲睡。夫齁声起，妇拍儿亦渐拍渐止。微闻有鼠作作索索㉕，盆器倾侧，妇梦中咳嗽之声。宾客意少舒㉖，稍稍正坐。忽一人大呼火起，夫起大呼，妇亦起大呼，两儿齐哭。俄而㉗百千人大呼，百千儿哭，百千狗吠。中间力拉崩倒之声㉘，火爆声，呼呼风声，百千齐作；又夹百千求救声，曳屋许许声㉙，抢夺声，泼水声，凡所应有，无所不有。虽㉚人有百手，手有百指，不能指其一端㉛；人有百口，口有百舌，不能名㉜其一处也。于是宾客无不变色离席㉝，奋袖出臂㉞，两股战战㉟，几欲先走㊱。而忽然抚尺一下，群响毕绝㊲。撤屏视之，一人、一桌、一椅、一扇、一抚尺如故。盖久之久之，犹满堂寂然，宾客无敢先哗者也。"

吾当时闻其言，意颇不信，笑谓先生："此自是卿粲花之论㊳耳，世岂真有是技？"维时㊴先生亦笑谓吾："岂惟卿不得信，实惟吾犹至今不信耳！"今日读火烧翠云楼一篇，而深叹先生未尝吾欺，世固真有是绝异非常之技也。

【作者简介】

金圣叹（1608—1661），初名采，字若采。明亡后改名人瑞，字圣叹，自称泐庵法师。明末清初吴县（今江苏苏州）人。明诸生。所居名贯华堂，又有唱经堂之名。评《庄子》、《离骚》、《史记》、杜甫律诗、《水浒传》、《西厢记》为"六才子书"，又有唐诗、古文选本。清顺治十八年（1661），清世祖去世后，以知县任维初贪残，与诸生倪用宾等聚哭文庙，被巡抚朱国治指为"震惊先帝之灵"，解南京处斩。有《沉吟楼诗选》。

【注释】

①斫山：即王瀚，字其仲，号斫山，别署香山如来国中人，明少傅兼太子太傅、武英殿大学士王鏊五世孙。约生于明万历三十四年（1606），明末吴县附生。入清隐居，康熙八年（1669）尚在世，卒年不详。与金圣叹相交三十余载，亲如兄弟。

②京：京城。口技：杂技的一种。用口腔发音技巧来模仿各种声音。

③厅事：原指官府办公的地方，亦作"听事"。后来私宅的堂屋也称听事。

④施：设置，安放。屏障：指屏风、帷帐一类用来隔断视线的东西。

⑤抚尺：艺人表演用的道具，也叫"醒木"。

⑥少顷：不久，一会儿。

⑦但：只。下：拍。

⑧满堂寂然：全场静悄悄的。寂然，安静的样子。

⑨哗：喧哗，大声说话。

⑩深巷：幽深的巷子。

⑪鸣金：敲击钲、铙等金属乐器。古代多用作表示军士进退的信号。后多指敲锣。

⑫惊觉：惊醒。欠申：打呵欠，伸懒腰。欠，打呵欠。申，通"伸"，伸懒腰。

⑬猥亵事：夫妻之间的事。

⑭呓语：说梦话。

⑮啼：啼哭。

⑯乳：用作动词。喂奶。

⑰呜：指轻声哼唱着哄小孩入睡。

⑱狺狺：本指犬吠声，这里指儿啼哭声。

⑲当是时：在这个时候。

⑳叱：大声呵斥。

㉑众妙毕备：各种声音模仿得惟妙惟肖。毕，全，都。备，具备。

㉒侧目：偏着头看。这里形容听得入神。

㉓默叹：默默地赞叹。

㉔妙绝：妙极了。绝，极，最。

㉕微闻：隐约地听到。作作索索：拟声词。老鼠活动的声音。

㉖意少舒：心情稍微放松了些。意，心情。少，稍微。舒，伸展，舒畅。

㉗俄而：一会儿，不久。

㉘中间(jiàn)：其中夹杂着。中，其中。间，夹杂。力拉崩倒：噼里啪啦，房屋倒塌。力拉，拟声词。

㉙曳屋许(hǔ)许声：(众人)拉塌(燃烧着的)房屋时一齐用力的呼喊声。曳，拉。许许，拟声词。呼喊声。

㉚虽：即使。

㉛不能指其一端：不能指明其中的任何一种(声音)。形容口技模拟的各种声响同时发出，交织成一片，使人来不及一一辨识。一端，一头，这里是"一种"的意思。

㉜名：描述，说出。

㉝变色：变了脸色，惊慌失措。离席：离开座位。

㉞奋袖出臂：举起袖子，露出手臂。奋，举起。出，露出。

㉟股：大腿。战战：发颤。

㊱几：几乎，差一点儿。先走：抢先逃跑。走，跑。

㊲群响毕绝：各种声音全部消失。毕绝，全部消失。

㊳粲花之论：谓言论典雅隽妙，有如明丽的春花。五代王仁裕《开元天宝遗事·粲花之论》："李白有天才俊逸之誉，每与人谈论，皆成句

读,如春葩丽藻,粲于齿牙之下,时人号曰'李白粲花之论'。"

㊴维时:斯时,当时。

【解读】

《口技》一文,人教版初中语文教材里有收录,它是从清朝张潮编选的文集《虞初新志》中选录下来的,原文名《秋声诗自序》,作者林嗣环。但这是有疑问的,也可以说是错误的。因为明末清初金圣叹在评点《水浒传》第六十五回开篇总批文字中即有此文,根据写作时间判断,金批《水浒传》在崇祯十四年(1641)二月十五日(即《第五才子书施耐庵水浒传》序三所署日期)前已完成。查林嗣环履历,他是明崇祯十五年(1642)壬午科举人,清顺治六年(1649)己丑科进士,授太中大夫,后调任广东琼州府先宪兼提督学政,官至广东提刑按察使司副使。据《秋声诗自序》语气,必在任官之后,如自序第二段:"适有数客至,不问何人,留共醉,酒酣,令客各举似何声最佳。一客曰:'机声,儿子读书声佳耳。'予曰:'何言之庄也?'又一客曰:'堂下呵驺声,堂后笙歌声何如?'予曰:'何言之华也?'又一客曰:'姑妇楸枰声最佳。'曰:'何言之玄也?'一客独嘿嘿,乃取大杯满酌而前曰:'先生喜闻人所未闻,仆请数言为先生抚掌,可乎?'"此种惯享趋奉、志得意满之态,不可能是在穷举人时或更早之前所能做出来的。根据行文这一点,足可证明该文非林嗣环在1641年前所能写,而是在中进士、任官、小有成就之后,辗转抄自金圣叹的文章。这一发现,早在1962年聂绀弩先生就已撰文宣布。

本文是金圣叹在明崇祯十四年(1641)所写,表现了一位口技艺人的高超技艺。行文首先言明口技表演的故事得自朋友斫山,接着以时间先后为序,记叙了一场精彩的口技表演。表演者用各种不同的声响,异常逼真地模拟出一组有节奏、有连续性的生活场景,令人深切感受到口技这一传统民间艺术的魅力。

全文紧扣"绝"字,形象而逼真地进行正面描写,描绘了由简单到复杂、由舒缓至紧张的三个场景;再侧面描写听众的神态、动作,其间插入讲述者的简要赞语。这种正面描写与侧面描写相结合的写作手法,是本文在艺术表现上的一个显著特点。语言简练而又细腻,描绘场景形象而又传神。

原　君①　　　黄宗羲

有生之初,人各自私也,人各自利也。天下有公利而莫或②兴之,有公害而莫或除之。有人者出,不以一己之利为利,而使天下受其利;不以一己之害为害,而使天下释③其害。此其人之勤劳必千万于天下之人。夫以千万倍之勤劳,而己又不享其利,必非天下之人情所欲居④也。故古之人君,量而不欲入⑤者,许由、务光是也⑥;入而又去之者,尧、舜是也⑦;初不欲入而不得去者,禹是也⑧。岂古之人有所异哉?好逸恶劳⑨,亦犹夫人之情也。

后之为人君者不然,以为天下利害之权皆出于我,我以天下之利尽归于己,以天下之害尽归于人,亦无不可;使天下之人不敢自私,不敢自利,以我之大私为天下之公。始而惭焉,久而安⑩焉,视天下为莫大之产业⑪,传之子孙,受享无穷;汉高帝所谓"某业所就,孰与仲多"者⑫,其逐利⑬之情不觉溢之于辞矣。此无他,古者以天下为主,君为客,凡君之所毕世而经营者,为天下也。今也以君为主,天下为客,凡天下之无地而得安宁者,为君也。是以其未得之也,屠毒天下之肝脑,离散天下之子女,以博⑭我一人之产业,曾不惨然⑮！曰:"我固为子孙创业也。"其既得之也,敲剥天下之骨髓,离散天下之子女,以奉我一人之淫乐,视为当然,曰:"此我产业之花息⑯也。"然则为天下之大害者,君而已矣。向使无君,人各得自私也,人各得自利也。呜呼,岂设君之道固如是乎？

古者天下之人爱戴其君,比之如父,拟之如天,诚不为过也。今也天下之人怨恶其君,视之如寇仇⑰,名之为独夫⑱,固其所也⑲,而小儒规规焉以君臣之义无所逃于天地之间⑳,至桀、纣㉑之暴,犹谓汤、武㉒不当诛之,而妄传伯夷、叔齐无稽之事㉓,使兆人万姓㉔崩溃之血肉,曾不异夫腐鼠。岂天下之大,于兆人万姓之中,独私其一人一姓乎？是故武王,圣人也;孟子之言㉕,圣人之言也。后世之君,欲以如父如天之空名禁人之窥伺者㉖,皆不便于其言,至废孟子而不立㉗,非导源于小儒乎！

虽然,使后之为君者,果能保此产业,传之无穷,亦无怪乎其私之也。既以产业视之,人之欲得产业,谁不如我？摄缄縢,固扃鐍㉘,一人之智力不能胜天下欲得之者之众,远者数世,近者及身,其血肉之崩溃在其子孙矣。昔人愿世世无生帝王家㉙,而毅宗之语公主,亦曰:"若何为生我家！"㉚痛哉斯言！回思创业时,其欲得天下之心,有不废然摧沮㉛者乎！是故明乎为君之职分,则唐、虞之世,人人能让,许由、务光非绝尘㉜也;不明乎为君之职分,则市井之间,人人可欲,许由、务光所以旷后世而不闻也。然君之职分难明，以俄顷⑧淫乐不易无穷之悲，虽愚者亦明之矣。

【作者简介】

黄宗羲（1610—1695），字太冲，号南雷，学者称"梨洲先生"。浙江余姚人。明御史黄尊素长子。崇祯中，赴京师诉父冤，从学于山阴刘宗周，与弟宗炎、宗会合称"浙东三黄"。清军入关南下，组织乡兵成立"世忠营"进行抵抗，奉明鲁王监国，官至左副都御史。南明亡，家居著述，屡被清廷征召，皆不出。其学问极博，尤深于史学。著《明儒学案》，又著《宋元学案》（未成，后全祖望续成之）。搜集明人文章，为《明文案》，又扩充成《明文海》。《明夷待访录》痛责君主罪恶，以开明专制为理想，为其政治社会思想之结晶。其余著作有《隆武纪年》《永历纪年》等纪事之书，合称《行朝录》。诗文有《南雷文定》《南雷诗历》等。

【注释】

①原：推究事物的本原。君：古代大夫以上、据有土地的各级统治者的通称。《仪礼·丧服》："君，至尊也。"郑玄注："天子、诸侯及卿大夫有地者，皆曰君。"后常用以专称帝王。

②莫或：没有。

③释：解除，免除。

④居：当，任。

⑤量而不欲入：衡量了利弊而不愿进入这个行当（指接受君位）。

⑥许由：一作"许繇"。传说中尧舜时期的高士。相传尧打算让位与他，他逃到颍水北岸的箕山下隐居。后尧又请其任九州长，他不愿听尧召唤，跑到颍水滨洗耳，以示其志行高洁。务光：或作"瞀光""牟光"。相传为夏朝隐士。汤灭夏桀，欲将天下让给卞随、务光，二人均不受。务光负石自沉而死。

⑦尧:传说中远古帝王,名放勋。父系氏族社会后期部族首领。初居于陶,后迁居唐,故称陶唐氏,史称唐尧。相传曾设官掌时令,定历法。选择舜为继承人,察舜行事三年,命舜摄政。死后由舜继位,史称禅让。舜:传说中远古帝王。姚姓,一作妫姓,号有虞氏,名重华,史称虞舜。尧命其摄政。尧死,继帝位,选用贤人,以禹为司空,治洪水,遂以禹为继承人。

⑧初不欲入而不得去者,禹是也:禹因为治水有功,舜想禅位给他,他起初不愿接受。舜死,他才做了国君。禹年老时选伯益为继承人。禹死后,其子启自立为王,杀伯益。

⑨好逸恶劳:喜欢安逸,厌恶劳动。

⑩安:平静,坦然。

⑪产业:指私人财产,如田地、房屋、作坊等等。

⑫汉高帝:即刘邦(前256或前247—前195),字季。汉朝开国皇帝。死后谥号高皇帝,庙号太祖。"某业所就,孰与仲多":《史记·高祖本纪》载刘邦即帝位后,曾对其父说:"始大人常以臣无赖,不能治产业,不如仲(注:即其兄刘仲)力。今某之业所就孰与仲多?"意思是说,我现在所成就的事业与刘仲相比,哪一个更多呢?

⑬逐利:追逐利益,追求财富。

⑭博:取得。

⑮曾不惨然:竟然不会觉得惨痛。

⑯花息:利息。

⑰寇仇:仇人,仇敌。《孟子·离娄下》:"君之视臣如土芥,则臣视君如寇仇。"

⑱独夫:同"一夫",即孤家寡人,因暴虐无道而众叛亲离的人。

⑲固其所也:本来就是他应得的下场。

⑳小儒:浅陋的儒者。规规焉:浅陋拘泥貌。君臣之义:这里是指

汉代儒家所主张的伦常道德中君臣之间的道义,即三纲之中的"君为臣纲",臣子对于君主有无条件服从的义务。无所逃于天地之间:意思是在天地之间,不论在哪里,都无可回避。《庄子·人间世》:"仲尼曰:'天下有大戒二:其一命也,其一义也。子之爱亲,命也,不可解于心;臣之事君,义也,无适而非君也,无所逃于天地之间。是之谓大戒。'"

㉑桀、纣:分别为夏、商两朝的末代君王,荒淫无道,被称为暴君。

㉒汤、武:商汤与周武王的并称,他们是两位吊民伐罪的开国君主。

㉓伯夷、叔齐无稽之事:《史记·伯夷列传》载伯夷、叔齐兄弟二人反对武王伐纣,天下归周之后又耻食周粟,饿死于首阳山。作者认为这是毫无根据的事。

㉔兆人万姓:亿万百姓。兆,极言众多。

㉕孟子之言:指孟子认为武王伐纣是正义行为的相关言论。《孟子·梁惠王下》:"齐宣王问曰:'汤放桀,武王伐纣,有诸?'孟子对曰:'于传有之。'曰:'臣弑其君,可乎?'曰:'贼仁者谓之贼,贼义者谓之残。残贼之人谓之一夫。闻诛一夫纣矣,未闻弑君也。'"

㉖如父如天之空名:即事君如父、事君如天这样的虚名。汉刘向《新序·善谋上》:"事君犹事父也。亏君之义,复父之仇,臣不为也。"汉王符《潜夫论》卷十:"非夫说直贞亮,仁慈惠和,事君如天,视民如子,则莫保爵位而全令名。"窥伺:暗中观察或监视;觊觎。

㉗废孟子而不立:《孟子·尽心下》中有"民为贵,社稷次之,君为轻"的话,明太祖朱元璋见而下诏废除祭祀孟子。

㉘摄缄滕(téng),固扃鐍(jué):收紧绳结,加固门闩和锁钥。《庄子·胠箧》:"将为胠箧、探囊、发匮之盗而为守备,则必摄缄滕,固扃鐍。"摄,收紧。缄,扎束器物的绳。滕,绳索。扃,从外或从内关闭门户的门闩。鐍,箱子上安锁的环状物,借指锁。

㉙"昔人"句:《资治通鉴》卷第一百三十五载南朝宋顺帝刘準被逼出宫,曾发愿:"愿后身世世勿复生天王家!"

㉚"而毅宗"三句:毅宗,明崇祯帝,南明初上庙号思宗,后改庙号为毅宗。李自成军攻入北京后,他叹息其女不该生在帝王家,以剑砍长平公主,断左臂,然后自缢。清谷应泰《明史纪事本末》卷七十九:"上召公主至,年十五,叹曰:'尔何生我家!'左袖掩面,右挥刀断左臂,未殊死,手栗而止。"

㉛摧沮:犹沮丧。

㉜绝尘:超脱尘俗。

㉝俄顷:片刻;须臾。

【解读】

本文选自《明夷待访录》。作者根据历史和上古传说,认为上古君主非但不自私自利,反而为天下兴利除害。而到后来,君主视自己的大私为天下的公利,把国家当成了自己的产业,"屠毒天下之肝脑","敲剥天下之骨髓","离散天下之子女",以供自己一个人淫乐,成为天下的大害。而小儒关于君臣之义的谬说,又足以引导君主走向不义。作者指出,后世的君主难逃亡国灭家的结局,这正是他们把天下当作私产的缘故。

"原君",从字面上分析,是探讨君权的来源及其职分,其中的道理,在作者看来,无非是说天下是天下人的天下,非一家一姓的天下;国家是全天下百姓的国家,非一人一家的国家,所以设立君主的初衷是要兴公利除公害,有个带头人、领导者,而并非是让国家供一家一姓的淫乐,成为一人一家产业。这个道理,在古代,其实很多人都懂,但绝大多数人都慑于君权的暴力和淫威,而不敢将此意见公开发表出来罢了。久而久之,真理就被抑制、湮没,到最后,习非成是,变成君权神授、君权天授,全天下老百姓理所应当供其一人一姓凌辱、敲剥,导致"兆人万姓崩溃之血肉,曾不异夫腐鼠"。

文章分四段。第一段,开宗明义,作者认为,人生的初始都是自私自利的,但是一旦进入人类社会,就会有公利和公害,需要有人来管理。所以就有具备能力的人出来,打理一切,他们"不以一己之利为利,而使天下受其利;不以一己之害为害,而使天下释其害"。要做到这一点,是非常难的,这人承受的压力与付出的勤劳肯定要比普通民众大得多,甚至有千万倍之多,但社群又要求此人不能独享其利益,从情理上分析,这必定是违背天下人的常情常理的,所以一般人都不愿从事这个职业。作者接着举出几个古代高士或圣人的例子:许由和务光,他们是衡量了其中的利弊而不愿从事这个管理行当的;从事了这个行当而后又趁早离开的,是尧帝和舜帝;最初并不想坐在这个位置上而被人拥戴,自己不得不干下去的,就是大禹。为什么放着一个君主的职位,大家都不是那么积极地去坐呢?那是人好逸恶劳的本性所致。言下之意,没有利益,而又独自辛劳,大家自然都不愿意干。以上是论述上古"天下为公"时的情形。

第二段,论述后世"天下为私"时的情形。这个时候做君主的人,观念就起了大变化,他认为分配天下利害的权力都出自他一个人,所以他将天下之利益都收归于己,将天下之灾害都推给他人,认为这都是被允许的。所以他"使天下之人不敢自私,不敢自利",而将自己一人之私利当作天下的公利,一开始他还有些惭愧,久而久之,他也就习惯了这样的想法和做法,天下的老百姓在他的暴力和淫威之下,自然只有屈服,强梁者不得其死,温顺者只有委曲以求生,到后来,不得不承认人君的这一套想法和做法,习惯成自然,也就在意识形态上认为是理所当然的了。而人君就心安理得地"视天下为莫大之产业",可以传之后世,受享无穷。作者举了一个典型例子,就是汉高祖得天下建立汉朝时,洋洋得意地对自己父亲所说的那一番话:"父亲以前认为我是一个不能治产业的无赖,总不如二哥刘仲勤劳收获多,现在,我的产业与刘仲比较,哪一个更多呢?"公然把天下当作产业,逐利之情溢于言表,这是与上古的人君大不相同的地方。作者分析了古今变化,认为古代是以天下为主,君为客,君主毕生操劳都是为了天下公利;而现在则是君为主,天下为客,凡天下没有一处地方能得享安宁的,那都是为了满足君主的贪欲。所以这样的君主,在未得天下之前,残害天下人的性命,离散天下人的子女,以博取他一人的产业,他竟不认为惨痛。他的理由是:"我这是在为自己和子孙创造产业。"当他得了天下,又敲剥天下人的骨髓,同样还要离散天下人的子女,以供他一人淫乐。他认为这也是理所当然的,这是他产业的利息。所以,作者得出结论,为天下之大害的人,是君。假使没有君,每个人都还能自私,都还能自利,都还能因此相安无事。段末,作者反问:难道天下设置君主的道理就应当是这样的吗? 这也表明,作者对后世人君以一己之私利为天下之大公产生怀疑和不满而务求探究其原因。

第三段,还是用古今作比较。古代的人君,天下的人民爱戴他,将他比作父,比作天,作者认为这是不过分的,因为他们是以天下为大公,勤劳任职而不独享其利。而现在的人君,天下人都痛恨憎恶他,将他当作寇仇,视他为"独夫",这是有其原因的,但有一些浅陋拘执的小儒却固执地用君臣之间的道义来约束天下人,以为还是要事君如父、事君如天,认为这是天经地义,不能逃避的,甚至连夏桀、商纣这样的暴君,还说商汤、周武王不应当去讨伐他们,而编出毫无根据的伯夷、叔齐义不食周粟、饿死首阳山的故事来唬人。难道天下就真的只是为了他一人一姓的利益吗? 所以武王伐纣,吊民除害,是圣人;孟子回答齐宣王所说的那番话"贼仁者谓之贼,贼义者谓之残。残贼之人谓之一夫。闻诛一夫纣矣,未闻弑君也",这是圣人之言,是说得很对的。孟子还说过"民为贵,社稷次之,君为轻"的话,所以这对后世人君造成很大困扰,因为孟子的话要求人君必须做一个仁义的统治者,否则人民自然有理由起来推翻他,这就给反对君主残暴独裁的人提供了理论依据。但对统治者来说,这对他的统治是极不利的,所以在明朝,明太祖朱元璋就下诏废除祭祀孟子。究其原因,就在于那些小儒给人君提供了一套吃人的"君为臣纲"、臣子必须无条件服从人君的理论。

第四段,运用反证法论述君主必须"明乎为君之职分"。作者指出,假使我承认天下是人君的产业,如果你能兢兢业业守住这产业,使子子孙孙世代继承下去,那也只好任你世守下去。但既然是作为产业,别人也有觊觎的权利,你即使采取一切措施,将它加固保护好,但一人的智力毕竟有限,天下想得此产业的人很多,你哪里能够保得住你这份产业而万世无忧呢?作者举了两个典型例子,一个是《资治通鉴》所载南朝宋顺帝刘準被逼出宫,曾发愿:"愿后身世世勿复生天王家!"另一个是崇祯帝自杀前,先杀自己的家人,竟至连十五岁的小公主都不放过,说:"你为什么要生在我家?"虽然不忍,但还是挥刀断其左臂。这些帝王临死前的话都很沉痛,如果当时创业者能够想到这些后果,他当时得天下的心思也许就会减退很多。作者因此推论道:人君不管为公为私,都要明白为君的职分,唐(尧)、虞(舜)之世,人人都能谦让,所以许由、务光这样的高士就不止一个;不明白为君的职分,那么市井之间,人人都想得到这个位子,所以像许由、务光这样的高士后世就再难出现了。但人君的职分,一般人是很难弄清楚的,所以大多都是以片刻的淫乐换来无穷的悲哀。这个道理,就是愚蠢的人也都能明白。

文章推理以正反两面说,使之对比鲜明,其例证亦有说服力。

文中提到的"君臣之义",在孔子的论述中,是这样说的:"齐景公问政于孔子。孔子对曰:'君君,臣臣,父父,子子。'公曰:'善哉!信如君不君,臣不臣,父不父,子不子,虽有粟,吾得而食诸?'"(《论语·颜渊》)这是说君要行君道,臣要行臣道。但什么是君道,什么是臣道?

孔子在《论语·八佾》中进一步作了这样的说明:"定公问:'君使臣,臣事君,如之何?'孔子对曰:'君使臣以礼,臣事君以忠。'"就是说人君对臣子要依照一定的礼节,臣子对人君要做到忠诚。到了汉代,汉武帝罢黜百家、独尊儒术,班固《白虎通·三纲六纪》中将君臣之间的关系列为三纲之一:"三纲者,何谓也? 谓君臣、父子、夫妇也。"将君与臣的关系上升到极不对等的位置,人君作为天之子,作为君父而存在,臣子只有绝对服从的义务。《礼记·乐记》:"然后圣人作为父子君臣以为纪纲。"唐孔颖达疏:"按《礼纬·含文嘉》云:'三纲,谓君为臣纲,父为子纲,夫为妻纲。'"此后,"君为臣纲"这个原则就一直延续到后世,为历代统治者提供了君权至高无上的依据。这也就是文中所说的"导源于小儒"的理论依据。这个"君臣之义",如《庄子·人间世》中孔子所说:"天下有大戒二:其一命也,其一义也。子之爱亲,命也,不可解于心;臣之事君,义也,无适而非君也,无所逃于天地之间。是之谓大戒。"

【点评】

中国自从产生了君主专制制度之后,历代文人学者,如先秦的孟轲,魏晋的嵇康、阮籍,唐之柳宗元、宋之苏轼、邓牧等人,对于君主特权,都有批判。宗羲此文,自是对这一传统的继承。特别是对阮籍所谓"君立而虐兴",嵇康所谓"宰割天下,以奉其私"的看法更有进一层的发挥。"为天下之大害者,君而已矣",这样的言语是"儒者之文"所不曾有的。(郭预衡《中国散文史》下册)

《明儒学案》序 黄宗羲

盈天地皆心也,变化不测,不能不万殊。心无本体,工夫所至,即其本体。故穷理者,穷此心之万殊,非穷万物之万殊也。是以古之君子宁凿五丁^①之间道，不假邯郸之野马^②，故其途亦不得不殊。奈何今之君子，必欲出于一途，使美厥灵根者化为焦芽绝港^③？夫先儒之语录，人人不同，只是印我之心体变动不居。若执定成局，终是受用不得。此无他，修德而后可讲学。今讲学而不修德，又何怪其举一而废百乎？时风愈下，兔园称儒^④，实老生之变相；坊人诡计，借名母以行书^⑤。谁立庙庭之中正，九品参差^⑥；大类释氏之源流，五宗^⑦水火。遂使杏坛^⑧块土为一哄之市，可哀也夫！

羲幼遭家难，先师蕺山先生^⑨视羲如子，扶危定倾，日闻绪言^⑩。小子矍矍^⑪，梦奠^⑫之后，始从遗书得其宗旨，而同门之友多归忠节。岁己酉，毗陵郓仲昇来越，著《刘子节要》。仲昇，先师之高第弟子也。书成，羲送之江干^⑬，仲昇执手丁宁曰："今日知先师之学者，惟吾与子两人，议论不容不归一，惟于先师言意所在，宜稍为通融。"羲曰："先师所以异于诸儒者，正在于意，岂可不为发明？"仲昇欲羲叙其《节要》，羲终不敢。是则仲昇于殊途百虑^⑭之学，尚有成局之未化也。

羲为《明儒学案》，上下^⑮诸先生，深浅各得，醇疵^⑯互见，要皆功力所至，竭其心之万殊者而后成家，未尝以懵懂精神冒人糟粕。于是为之分源别派，使其宗旨历然。由是而之焉，固圣人之耳目也。间有发明，一本之先师，非敢有所增损其间。此犹中衢^⑰之樽，后人但持瓦瓯椠杓^⑱，随意取之，无有不满腹者矣。

书成于丙辰之后,中州⑲许酉山暨万贞一各刻数卷,而未竣其事。然钞本流传,颇为好学者所识。往时汤公潜庵有云:"《学案》宗旨杂越,苟善读之,未始非一贯。"此陈介眉所传述语也。壬申七月,一病几革⑳,文字因缘,一切屏除。仇沧柱都下寓书,言北地隐士贾若水者,手录是书而叹曰:"此明室数百年学脉也,可听之埋没乎?"亡何,贾君逝,其子醇庵承遗命刻之。嗟乎! 温公《通鉴》成,叹世人首尾毕读者少。此书何幸,而累为君子所不弃乎! 暂彻呻吟,口授儿子百家书之。

【注释】

①五丁:神话中的五个大力士,曾引五石牛,开辟了蜀道。事见于《水经注》。

②邯郸之野马:接上句,是说宁可像古蜀五丁那样筚路蓝缕地开凿山道,也不愿接受智伯白白馈送的野马。邯郸,西周时属卫国,春秋时为晋地。《战国策》卷三十二:"智伯欲伐卫,遗卫君野马四百,白璧一。卫君大悦,群臣皆贺,南文子有忧色。卫君曰:'大国大欢,而子有忧色何?'文子曰:'无功之赏,无力之礼,不可不察也。野马四百,璧一,此小国之礼也,而大国致之,君其图之。'卫君以其言告边境。智伯果起兵而袭卫,至境而反,曰:'卫有贤人,先知吾谋也。'"

③厥:其。灵根:指才德修养。焦芽:佛教术语。佛家称求真道之心为菩提心,不能发菩提心者即谓之"焦芽败种"。泛指不堪造就的人。

④兔园称儒:指诵习《兔园册》的乡曲俗儒。兔园,即《兔园册》。《新五代史·刘岳传》:"《兔园册》者,乡校俚儒教田夫牧子之所诵也。"

⑤"借名母"句:《战国策·魏策三》载,相传宋国有一学生,回家直

呼母亲的名字。母亲责备他,他解释说:伟大和贤德没有超过天地和尧舜的,天地尧舜都能叫名字,何况母亲呢？这里用来讥讽当时一些书商假托他人名字刊行书籍。

⑥"谁立庙庭"二句:九品中正制是魏文帝曹丕制定的一种官僚选拔制度,以九等第区别人物之高下。这里感叹学术上九品参差,无所折中。

⑦五宗:指禅宗五宗,即沩仰宗、临济宗、曹洞宗、云门宗、法眼宗。

⑧杏坛:在今山东曲阜孔庙中,相传为孔子讲学的地方。

⑨蕺(jí)山先生:明末学者刘宗周曾讲学蕺山书院,世称"蕺山先生",著有《刘子全书》。

⑩绪言:发端之言。此指有启发性的话语。

⑪夐夐:急切貌。

⑫梦奠:对所敬仰的人去世的婉称。语见《礼记·檀弓上》。孔子将死,对弟子说:"予畴昔之夜,梦坐奠于两楹之间。……予殆将死也。"

⑬江干:江岸。

⑭殊途百虑:通过不同的途径来达到共同的目标,通过不同意见的争论达到一致。语出《周易·系辞下》:"天下同归而殊途,一致而百虑。"

⑮上下:指品评高低、优劣、胜负。

⑯醇疵:醇美与疵病;正确与错误。

⑰中衢:四通八达的大路。

⑱瓦瓯:陶制的小盆。樿(shàn)杓:用白理木制作的勺子。

⑲中州:古豫州(今河南省一带)地处九州之中,称为中州。

⑳一病几革(jí):生一场病,差点死了。革,通"亟",危急。

【解读】

《明儒学案》，共计六十二卷，成书于清康熙十五年（1676），乾隆四年（1739）始有完整刻本行世。它记载了有明一代近三百年学术发展演变的概况。作者认为明代理学正统应归于王学，"无姚江则古来之学脉绝矣"（《明儒学案·姚江学案》）。该书依学术师承、流派传衍，凡立学案十七，分三个时期：前期以崇仁（吴与弼）、河东（薛瑄）、白沙（陈献章）为主；中期以姚江（王守仁）为主；末期以东林（顾宪成）、蕺山（刘宗周）为主。著录明代学者二百余人，其中王守仁及其后学即占全书三分之一。卷首《师说》及各学案前按语精当赅括，实为全书纲领。入案学者，先列小传及学术思想评介，附以语录、著述摘编。是书凡例，其要有四：一是强调各家各派之学术宗旨；二是取材皆从全集纂要钩元；三是兼综众说；四是凡有所授受者，分为各案，余者则总列于诸儒之案，体例十分严密。该书较之以往各种学术思想史著作如战国时期《庄子·天下篇》、西汉司马谈《论六家要旨》、司马迁《史记》以后各部正史中的《儒林传》或《道学传》、宋朱熹的《伊洛渊源录》、明周汝登的《圣学宗传》和孙奇逢的《理学宗传》等书，规模更宏大，资料搜罗更全面，分类更具系统性，编纂方法更科学，对各个学术流派、各位学者思想观点的概述和评论也更为客观公允。它是黄宗羲的主要著作之一，也是中国历史上最早、最有系统的一部断代学术思想史专著，对研究明代学术思想史（尤其是王学源流演变）很有价值。

本文是作者为《明儒学案》所作的序言，提出了"盈天地皆心"的观点，并且指出学者求学即是求心之变化，于此中勤勉，至于进德修业，达到学问的最高境界。自序中介绍了自己求学的经历，介绍了其师刘宗周，并指出《明儒学案》是以一己之力、独辟蹊径创制而成，但书中观点则大部继承了其师的学说。最后介绍刻印此书并作此序的经过，从他人的评价中看到世人对此书价值的肯定。

本文第一段，开宗明义，提出陆王心学的观点，即"盈天地皆心也"，具有先声夺人之气势。以为天地之间均为心之所化，与佛家华严宗所依《华严经》"若人欲了知，三世一切佛，应观法界性，一切唯心造"的观点若合符契，与宋陆九渊之"宇宙便是吾心，吾心即是宇宙"更是一脉相承。但作者的思想与前人有所区别的地方，是承认宇宙有本体，即"心"，但不承认心有本体，而重视"工夫所至"，认为人的修为修养达到最极致状态就是其本体所在。所以探究宇宙间的道理（穷理）就是穷究此心的各种变化，而非穷究具体事物的各种变化。作者举五丁凿道与邯郸野马为例，强调凡事都须自辟蹊径，具有独创精神，而不能蹈袭前人。蹈袭前人者，往往都会人云亦云，千人一面，灵性阻塞，而至于枯萎死绝之境。因此，对先儒之学说不能执着盲从。作者认为，"修德"较"讲学"更为重要，因为"修德"是实行、实证，只有实行、实证获得真学问后才能据以"讲学"，假如"讲学"只是用他人学说来敷衍，最终是达不到真正的"受用"（受益）的。作者借此抨击当时浮夸虚伪的学风，并大发感慨，认为当今学界已成为"一哄之市"，这是令人痛心和悲哀的。

第二段，作者介绍自己求学的经历，以及与师友切磋琢磨后思想的所得与变化。作者为明御史黄尊素长子，其父以劾魏阉死诏狱。明思宗即位，作者时年十七岁，入都讼冤，回乡后专心治学，受业于刘宗周。刘宗周是一位有学问、有气节的学者，曾讲学于浙江山阴蕺山，故世称蕺山先生。刘待作者如子，作者每天亲聆其训。1645年刘宗周去世，作者时年三十五岁，从刘的遗书中得其学问宗旨。清康熙八年（1669），刘的高第弟子郓仲昇来浙江，著《刘子节要》，作者认为郓对先师的学问"尚有成局之未化"，委婉地表达了自己有不同的意见。

第三段，作者表明《明儒学案》是自己精心撰成，而非有"成局"之作者，并指出自己为此学案"分源别派，使其宗旨历然"，间有发明之处，都是遵从其师刘宗周的意见。书中意蕴丰富，学者均可从中受益。

末段,指出《明儒学案》成书的时间以及他人对此书的评价,并介绍刻书的经过。此书成于丙辰(1676)之后,先有钞本流传,获得了学术界的好评,认为所收人物众多,宗旨虽然很杂,但主编宗旨则是前后一致。壬申(康熙三十一年,1692)七月,作者得了一场大病,差点死去,但此书尚未面世,心中十分着急,不意好友仇兆鳌从北京写信来,说北方有一位隐士叫贾若水,亲自抄录了《明儒学案》,感慨此书为明朝几百年的学脉,不忍任其埋没,决意出资刻印。但不久,贾君去世,遗命其子贾醇庵将它刻印出来。作者感叹,司马光主编《资治通鉴》,世上能前后通读的人很少,而《明儒学案》却很幸运,贾君不仅能读,且主持刻印,所以他内心十分高兴,虽然病重,但仍勉撑病体,口授序言,让儿子黄百家写下来。

作者早年问学于刘宗周,自谓"其时志在举业,不能有得",直到其师去世,从遗书中得其宗旨,以为其论学重在"言意",即学者须具独创性的言论。然而其高第弟子郐仲昇所著《刘子节要》却将其师"言意"之处尽予删除。作者对此持不同意见,认为郐以古儒所言为己言,以古儒所学为己学,即否定了先师刘宗周的创造性言论。作者认为:"先师所以异于诸儒者,正在于意,岂可不为发明?"故婉拒郐求其为《刘子节要》一书作序的请求。以此为例,作者阐述了反对抱残守缺、"执定成局"的思想,强调了从心而言、从意而进、"殊途百虑"的学术态度。

【点评】

卷端列方孝孺以下十七人,大抵朱、陆分门以后,至明而朱之传流为河东,陆之传流为姚江。其余或出或入,总往来于二派之间。宗羲生于姚江,欲抑王尊薛则不甘,欲抑薛尊王则不敢,故于薛之徒,阳为推重而阴致微词;于王之徒,外示击排而中存调护。夫二家之学,各有得失。及其末流之弊,议论多而是非起,是非起而朋党立。恩雠轇轕,毁誉纠纷。正、嘉以还,贤者不免。……宗羲此书,犹胜国门户之余风,非专为讲学设也。然于诸儒源流分合之故,叙述颇详,犹可考见其得失。知当时党祸所由来,是亦千古之炯鉴矣。([清]纪昀《四库全书总目提要·史部七·明儒学案》)

宗羲之学,出于蕺山,闻诚意慎独之说,缜密平实。尝谓明人讲学,袭语录之糟粕,不以六经为根柢,束书而从事于游谈。故问学者必先穷经,经术所以经世。不为迂儒,必兼读史。读史不多,无以证理之变化;多而不求于心,则为俗学。故上下古今,穿穴群言,自天官、地志、九流百家之教,无不精研。(《清史稿·儒林一》)

黄梨洲早年即为《明夷待访录》一书,备论古今政治史上之大得大失所在。亭林先见此书,故其为《日知录》,乃偏详下层地方政治。而梨洲晚年,则为《明儒学案》,此书亦深具作意,当试阐之。盖明初太祖废宰相,成祖以十族罪诛方孝孺,故明儒亦承元儒遗风,以不仕为高。阳明例外,然谪龙场驿,幸免一死。后为江西巡抚,乃几以平宸濠乱获罪。其生平讲学,亦鲜及于政治。其及门大弟子如王龙溪、王心斋,相率不仕。遗风所播,不免多病。东林起而矫之,谓为儒则必当有志于从政,此始不失儒学之正统。梨洲师刘蕺山,蕺山一意盛推东林。而梨洲为《明儒学案》,则显有违背师门处。盖梨洲为《明儒学案》,亦显有提倡不仕之意。其门人万季野,应召赴京师,参加编《明史》工作,犹自称布衣。其一时师弟子意见,亦从可见矣。(钱穆《现代中国学术论衡·略论中国政治学》)

正 始^① 论　　　　顾炎武

魏明帝^②殂,少帝^③即位,改元正始,凡九年。其十年,则太傅司马懿^④杀大将军曹爽,而魏之大权移矣。三国鼎立,至此垂三十年,一时名士风流,盛于雒下⑤。乃其弃经典而尚老、庄⑥,蔑礼法而崇放达,视其主之颠危⑦若路人然,即此诸贤为之倡也。自此以后,竞相祖述⑧,如《晋书》言王敦见卫玠⑨,谓长史谢鲲⑩曰:"不意永嘉⑪之末,复闻正始之音。"沙门支遁以清谈著名于时⑫,莫不崇敬,以为"造微⑬之功,足参诸正始"。《宋书》言羊玄保⑭二子,太祖赐名曰咸,曰粲,谓玄保曰:"欲令卿二子有林下正始余风。"王微⑮《与何偃书》曰:"卿少陶玄风,淹雅修畅,自是正始中人。"《南齐书》言袁粲⑯言于帝曰:"臣观张绪⑰有正始遗风。"《南史》言何尚之谓王球"正始之风尚在"⑱。其为后人企慕如此。然而《晋书·儒林传序》云:"摈阙里之典经⑲,习正始之余论,指礼法为流俗,目纵诞以清高。"此则虚名虽被于时流,笃论⑳未忘乎学者。是以讲明六艺㉑,郑、王㉒为集汉之终;演说老、庄,王、何㉓为开晋之始。以至国亡于上,教沦于下,羌胡互僭㉔,君臣屡易,非林下㉕诸贤之咎而谁咎哉!

有亡国,有亡天下。亡国与亡天下奚辨?曰:易姓改号,谓之亡国;仁义充塞㉖,而至于率兽食人㉗,人将相食,谓之亡天下。魏晋人之清谈何以亡天下?是《孟子》所谓杨、墨㉘之言,至于使天下无父无君而入于禽兽者也。昔者嵇绍之父康㉙被杀于晋文王,至武帝革命㉚之时,而山涛㉛荐之入仕。绍时屏居私门㉜,欲辞不就。涛谓之曰:"为君思之久矣,天地四时犹有消息,而况于人乎?"一时传诵,以为名言,而不知其败义伤教,至于率天下而无父者也。夫绍之于晋,非其君也,忘其父而事其非君,当其未死三十余年之间,为无父之人亦已久矣,而荡阴之死③,何足以赎其罪乎？且其入仕之初,岂知必有乘舆败绩之事而可树其忠名以盖于晚也㉞？

自正始以来,而大义之不明,遍于天下。如山涛者,既为邪说之魁,遂使嵇绍之贤,且犯天下之不韪而不顾。夫邪正之说不容两立,使谓绍为忠,则必谓王裒㉟为不忠而后可也。何怪其相率臣于刘聪、石勒,观其故主青衣行酒而不以动其心者乎㊱？是故知保天下,然后知保其国。保国者,其君其臣肉食者谋之；保天下者,匹夫之贱与有责焉耳矣。

【作者简介】

顾炎武(1613—1682),初名绛,字宁人。江苏昆山人。居亭林镇,学者称为亭林先生。明诸生。明清之际,参加昆山杨永言抗清军队,被明鲁王授予兵部司务一职。为学主张去华就实,讲求经世,反对空谈。后定居陕西华阴,对国家典制、郡邑掌故、天文仪象、河漕、兵农及经史诸家皆有研究,以"学有根柢"著称。著有《天下郡国利病书》《日知录》《音学五书》《顾亭林诗文集》等。

【注释】

①正始:三国时期曹魏君主齐王曹芳的第一个年号(240—249),共计十年。

②魏明帝:即曹叡(204—239),字元仲,魏文帝曹丕子。三国时期魏国第二位皇帝,在位十三年(226—239)。

③少帝:即曹芳(232—274),魏明帝养子。三国时期魏国第三位

皇帝,在位十五年(239—254)。即位之初以年幼委政于太尉司马懿和大将军曹爽。公元254年被废为齐王。

④司马懿(179—251):字仲达,河内温县(今属河南)人。三国时魏国大臣,出身士族。嘉平元年(249),趁齐王芳祭高平陵,在洛阳发动政变,自为丞相,独揽曹魏大权。嘉平三年(251)病卒。元帝咸熙二年(265)其孙司马炎称帝,追尊为宣皇帝,庙号高祖。

⑤雒下:即洛下,指洛阳城。三国时曹魏的都城。

⑥老、庄:这里指道家学派代表人物老子和庄子的学说。

⑦颠危:倾侧翻转。喻覆灭。

⑧祖述:效法,仿效。《礼记·中庸》:"仲尼祖述尧舜,宪章文武。"

⑨王敦(266—324):字处仲,琅邪临沂(今山东省临沂市西北)人。两晋时期大臣,善清谈。卫玠(286—312):字叔宝,河东郡安邑(今山西夏县)人。魏晋之际继何晏、王弼之后的清谈名士和玄学家,官至太子洗马。

⑩谢鲲(281—324):字幼舆,陈郡阳夏(今河南省太康县)人。两晋时期名士。西晋末年,授太傅参军。避乱渡江后,为江州长史,封咸亭侯。东晋建立,曾劝阻王敦起兵"清君侧",出任豫章太守,世称谢豫章。

⑪永嘉:西晋怀帝年号(307—313)。凡七年。

⑫沙门:梵语译音,或译为"娑门""桑门"等。原为古印度反婆罗门教思潮各个派别出家者的通称,佛教盛行后专指佛教僧侣。支遁(314—366):字道林,本姓关。陈留(今河南省开封市东北)人,东晋高僧,佛学家、文学家。清谈:谓魏晋时期崇尚老庄、空谈玄理的风气,亦称玄谈。清谈重心集中在有无、本末之辨。始于三国魏何晏、夏侯玄、王弼等,至晋王衍辈而益盛,延及齐、梁不衰。

⑬造微:达到精妙的程度。

⑭羊玄保(371—464):泰山南城(今山东平邑西南)人。初为太常博士。善弈棋,与宋文帝弈棋胜,出补宣城太守,在郡废除吏民亡叛连坐法。为官不谋财利,治家俭朴。历任丹阳尹、会稽太守、吴兴太守。孝武帝时官至散骑常侍、特进。

⑮王微(415—453):字景玄,南朝宋琅邪临沂(今属山东)人。少好学,善属文,能书画,兼解音律、医方。

⑯袁粲(420—477):原名愍孙,字景倩。南朝宋陈郡阳夏(今河南太康)人。初为扬州从事,后除尚书吏部郎、太子右卫率、侍中。累官至尚书令,领丹阳尹,封兴平县子。

⑰张绪:字思曼,南朝宋、齐时人。宋世历巴陵王文学、吏部郎、太常。齐时,迁中书令、吏部尚书。善《周易》,为时人所宗。

⑱何尚之(382—460):字彦德,庐江郡灊县(今安徽霍山)人。南朝宋大臣。孝武帝时,官至左光禄大夫、开府仪同三司、中书令。曾在建康南城外讲学,四方名士纷纷慕名而至,谓之"南学"。王球(393—441):字倩玉,琅邪临沂(今属山东)人。南朝宋大臣。

⑲摈:排斥,弃绝。阙里:相传为春秋时孔子讲学之所。在今山东曲阜城内阙里街。因有两石阙,故名。此处借指孔子开创的儒学。

⑳笃论:犹确论,确当的评论。

㉑六艺:又称"六经",指儒家经典《诗》《书》《礼》《乐》《易》《春秋》)。

㉒郑、王:东汉经学家郑玄与三国时曹魏经学家王肃的并称。

㉓王、何:三国魏玄学家王弼与何晏的并称。

㉔羌胡:泛称我国古代西部和北部的少数民族。羌,我国古代西部少数民族之一。胡,我国古代泛称北方边地与西域的民族。僭:超越本分,冒用在上者的职权、名义行事。又指非法占据、非法侵占。

㉕林下:树林之下,指幽静之地。谓遁世隐居之处。

㉖充塞:阻塞。

㉗率兽食人：本指统治者为政失职，只图享乐，不关心百姓疾苦。后比喻虐政害民。《孟子·梁惠王上》："庖有肥肉，厩有肥马，民有饥色，野有饿莩，此率兽而食人也。"

㉘杨、墨：战国时思想家、哲学家杨朱与墨翟的并称。

㉙嵇绍之父康：嵇绍（253—304），字延祖。谯郡铚县嵇山（今属安徽涡阳）人。西晋时期名臣、文学家，曹魏中散大夫嵇康之子。嵇康（223—262，或224—263），字叔夜。三国时期曹魏思想家、音乐家、文学家。主张"越名教而任自然""审贵贱而通物情"，为"竹林七贤"的精神领袖。

㉚武帝革命：晋武帝司马炎逼迫魏元帝曹奂禅位，建立晋朝。古代以为王者受命于天，故称王者易姓、改朝换代为"革命"。

㉛山涛（205—283）：字巨源。河内郡怀县（今河南武陟西南）人。魏晋时期名士、政治家，"竹林七贤"之一。西晋建立后，历任侍中、吏部尚书、太子少傅、左仆射、司徒等职。

㉜屏居：屏客独居，退隐。私门：犹家门。私人的住宅。

㉝荡阴之死：嵇绍十岁时，其父嵇康被掌权的司马氏杀害。后在山涛劝导下入晋朝任职。晋惠帝永安元年（304）七月，朝廷攻讨成都王司马颖，嵇绍在奔赴荡阴时，值王师大败，百官奔走，嵇绍拼死保卫惠帝，最终遇害。

㉞乘舆：古代天子和诸侯所乘坐的车子。后来用作皇帝的代称。败绩：军队溃败。比喻事业败坏。

㉟王裒（？—311），字伟元。城阳营陵（今山东昌乐）人。东汉大司农郎中令王脩之孙，司马王仪之子。西晋学者。因其父为司马昭所杀，不臣西晋，三征七辟皆不就，隐居教授为生。

㊱"何怪其"二句：如何能责怪那些晋代旧臣相继去侍奉刘聪、石勒，眼看着他们的故主晋怀帝被迫身穿青衣贱服为人行酒而无动于衷呢？

【解读】

本文录自《日知录》卷十三。《日知录》是明末清初思想家顾炎武的代表作品，三十二卷，为作者积三十余年之读书笔记汇编。该书不分门目，编次略以类从。大抵一至七卷论经义，八至十二卷论政事、经济，十三卷论风俗，十四、十五卷论礼制，十六、十七卷论科举，十八至二十一卷论艺文，二十二至二十四卷杂论名义，二十五卷论古事真妄，二十六卷论史法，二十七卷论注书，二十八卷论杂事，二十九卷论交通、兵制、边疆、外国事，三十卷论天象、术数，三十一卷论地理，三十二卷为杂考。顾氏学识渊博，每事皆详其始末，参以佐证，其言经史则会通其义旨，言经济则洞悉其盛衰。该书以明道、救世为宗旨，囊括了作者全部学术、政治思想，对后世影响极大。清康熙九年(1670)初刻本八卷行世。有清道光时黄汝成纂《日知录集释》本。

本文分析了曹魏、两晋及南朝篡立频仍、速兴速亡的原因，认为是由于崇玄务虚，社会价值观念紊乱颠倒，使天下没有了纲常伦理观念，没有了道德价值底线，从而提出"亡国"与"亡天下"两个不同的概念，认为以一姓为主的君主专制国家的兴亡只是其君臣之间的责任，与平民百姓无关，但"天下"则是一个普泛的概念，是建立在纲常道德基础上的社会群体，与每个人息息相关，后世将他的相关表述概括为"天下兴亡，匹夫有责"。

三国魏齐王正始年间，玄风渐兴，士大夫唯老、庄是宗，竞尚清谈，世称"正始之风"。当时嵇康、阮籍等人的诗被称为"正始体"。正始十年(249)，是曹魏走向覆亡之年，也是魏晋玄学盛行的时候。东汉政权崩溃以后，儒学独尊地位发生了动摇，一些知识分子把老庄思想与儒家经义相糅合，以代替衰微的两汉经学，形成一种新的思想体系，玄学就是在这样的背景下产生的。顾炎武在《日知录》卷十三的另一篇文章《两汉风俗》中指出："董昭太和之疏，已谓'当今年少，不复以学问为本，专更以交游为业；国士不以孝悌清修为首，乃以趋势求利为先'。至正始之际，而一二浮诞之徒，骋其智识，蔑周、孔之书，习老、庄之教，风俗又为之一变。夫以经术之治，节义之防，光武、明、章数世为之而未足；毁方败常之俗，孟德一人变之而有余。"这段话已经揭示出曹魏政权崩溃的主要原因就是整个社会崇尚清谈，以自然为本，名教为末，以虚无玄远相标榜，阮籍、嵇康等人甚至主张毁弃礼法，"越名教而任自然"，认为"达于自然之分"，必能"通于治化之体"，幻想无君、无臣的"自然"社会，这样直接挑战了社会的人伦底线，导致道德价值标准的混乱。当一个国家没有了是非观念，没有了道德底线，没有了纲常标准，没有了社会教化，一切唯利是图，唯势是趋，唯虚是务，国家走向崩溃覆亡就是很自然的事了。所以，魏明帝死后，少帝（齐王芳）正始年间，国家权力最终转移到权臣司马懿手中，魏国名存实亡，不久随之覆灭。作者总结魏国亡国的原因，是"一时名士风流，盛于雒下"的玄学之风"弃经典而尚老、庄，蔑礼法而崇放达"，使国家危亡在即，人民竟视其国君"若路人"，没有人试图拯危扶倾。而后两晋直至南朝政权更迭频仍、速兴速亡，其主要原因都是"竞相祖述"玄风所致。纵观六朝兴废，冷眼旁观当时"羌胡互僭，君臣屡易"的政治现实，作者因此发出感慨，并引《晋书·儒林传序》所言"摈阙里之典经，习正始之余论，指礼法为流俗，目纵诞以清高"，致使"国亡于上，教沦于下"，指出这是"林下诸贤"（如何晏、王弼、阮籍、嵇康等人）的过错。

本文第二段是重点。作者提出"亡国"与"亡天下"两个不同的概念。什么是亡国？是指一个国家易姓并更换了年号，换另一个姓氏的人来统治，也就是日常所说的改朝换代；什么是亡天下？是指社会上下阻塞了仁义的通道，思想放任，没有了人伦价值，没有了是非观念，没有了法理标准，没有了道德底线，只有弱肉强食的残酷现实，统治者虐害人民，社会沦为了真正原始自然的与野兽等同的世界，天下将要灭亡。作者指出，魏晋人是以清谈灭亡了天下，灭亡了具有纲常教化的社会，就是《孟子》所说的杨、墨之言"至于使天下无父无君而入于禽兽者"，并举嵇绍的事例，其父嵇康被司马昭所杀，至司马炎代魏立晋时，他在山涛的劝解和举荐下出而任官，作者认为这是人伦道德所不能允许的事，因为杀父之仇不共戴天，更别说为杀父仇人的子孙卖命了，所以作者直斥"夫绍之于晋，非其君也，忘其父而事其非君"，是"败义伤教"，带领天下人沦入"无父"的社会，其罪难赎。

第三段分析自正始以来，大义不明，天下邪说充塞，致使纲常紊乱，忠义颠倒。正如齐景公问政于孔子，孔子回答说："君君，臣臣，父父，子子。"齐景公感叹说："善哉！信如君不君，臣不臣，父不父，子不子，虽有粟，吾得而食诸？"所以魏晋而后，忠君观念淡薄，忠臣极少，篡立频仍，是因为整个社会的价值观念乱了。所以作者总结说，要懂得保护天下（社会教化）的道理，才能让天下人知道要保护自己的国家。作者指出"保天下"与"保国"两个概念的区别：保护一个朝代不致被颠覆，是帝王将相的职责，与普通百姓无关；而天下（纲常大义）的兴盛、灭亡，关乎所有人的利益。因此，每一个老百姓都有义不容辞的责任。

【点评】

清初顾炎武有《日知录》，其书包容广大，亦即史学。非写史，乃论史，而亦寓有郑樵意。"天下兴亡，匹夫有责。"《日知录》一书，亦足为天下兴亡负责。亦可谓马、班、杜、郑之书，亦莫不为天下兴亡负责。能知此意，乃能知中国之史学。（钱穆《现代中国学术论衡·略论中国史学》）

论　廉　耻

顾炎武

《五代史·冯道传》论曰①："'礼义廉耻，国之四维②。四维不张，国乃灭亡。'善乎，管生③之能言也！礼义，治人之大法；廉耻，立人之大节。盖不廉则无所不取，不耻则无所不为。人而如此，则祸败乱亡亦无所不至。况为大臣，而无所不取、无所不为，则天下其有不乱、国家其有不亡者乎！"然而四者之中，耻尤为要。故夫子之论士曰："行己有耻④。"孟子曰："人不可以无耻。无耻之耻，无耻矣。"又曰："耻之于人大矣，为机变之巧者，无所用耻焉。"所以然者，人之不廉而至于悖礼犯义，其原皆生于无耻也。故士大夫之无耻，是谓国耻。

吾观三代以下，世衰道微，弃礼义，捐廉耻，非一朝一夕之故。然而松柏后凋于岁寒⑤，鸡鸣不已于风雨⑥，彼昏⑦之日，固未尝无独醒⑧之人也。顷读《颜氏家训》⑨有云："齐朝一士夫尝谓吾曰：'我有一儿，年已十七，颇晓书疏，教其鲜卑语及弹琵琶，稍欲通解。以此伏事公卿，无不宠爱。'吾时俯而不答。异哉，此人之教子也！若由此业自致卿相，亦不愿汝曹为之。"嗟乎！之推不得已而仕于乱世，犹为此言，尚有《小宛》诗人之意，彼阉然⑩媚于世者，能无愧哉？

罗仲素⑪曰："教化者，朝廷之先务；廉耻者，士人之美节；风俗者，天下之大事。朝廷有教化，则士人有廉耻；士人有廉耻，则天下有风俗。"

古人治军之道，未有不本于廉耻者。《吴子》[12]曰："凡制国治军，必教之以礼，励之以义，使有耻也。夫人有耻，在大足以战，在小足以守矣。"《尉缭子》[13]言："国必有慈孝廉耻之俗，则可以死易生。"而太公对武王[14]："将有三胜"，一曰"礼将"，二曰"力将"，三曰"止欲将"。故礼者所以班朝治军，而《兔罝》[15]之武夫皆本于文王后妃之化，岂有淫刍荛[16]、窃牛马而为暴于百姓者哉？

《后汉书》[17]："张奂[18]为安定属国都尉，羌豪帅感奂恩德[19]，上马二十匹，先零酋长又遗金镮八枚[20]。奂并受之，而召主簿[21]于诸羌前，以酒酹[22]地，曰：'使马如羊，不以入厩。使金如粟，不以入怀。'悉以金马还之。羌性贪而贵吏清，前有八都尉，率好财货，为所患苦，及奂正身洁己，威化大行。"呜呼！自古以来，边事之败，有不始于贪求者哉？吾于辽东之事有感。

杜子美[23]诗："安得廉颇将，三军同晏眠。"一本作"廉耻将"。诗人之意未必及此。然吾观《唐书》言："王佖为武灵节度使。先是，吐蕃[24]欲成乌兰桥，每于河壖[25]先贮材木，皆为节帅遣人潜载之，委于河流，终莫能成。蕃人知佖贪而无谋，先厚遗[26]之，然后并役[27]成桥，仍筑月城[28]守之。自是朔方[29]御寇不暇，至今为患。"由佖之黩货[30]也。故贪夫为帅，而边城晚开。得此意者，郢书燕说[31]，或可以治国乎？

【注释】

①《五代史》：这里应为《新五代史》，北宋欧阳修撰。原名《五代史

419

记》,后世为区别于薛居正主持编撰的官修五代史,称为《新五代史》。

冯道(882—954):字可道,号长乐老,瀛州景城(今河北沧县西北)人,五代宰相。早年曾效力于燕王刘守光,历仕后唐、后晋、后汉、后周四朝,先后效力于后唐庄宗、明宗、闵帝、末帝,后晋高祖、出帝,后汉高祖、隐帝、后周太祖、世宗十位皇帝,其间还向辽太宗称臣,始终担任将相、三公、三师之位。后世史学家出于忠君观念,对他非常不齿,欧阳修骂他"不知廉耻",司马光更斥其为"奸臣之尤"。

②维:系物的大绳。引申为纲纪、法度。

③管生:即管仲(? —前645),名夷吾,字仲,又称敬仲,颍上(颍水之滨)人。春秋时期齐国上卿,著名的政治家、军事家,辅佐齐桓公成为春秋时期的第一霸主。著有《管子》。

④行己有耻:一己的行为,要有羞耻心来约束。《论语·子路》:"行己有耻,使于四方,不辱君命,可谓士矣。"

⑤松柏后凋于岁寒:岁寒,每年天气最寒冷的时候。凋,凋零。到了每年天气最冷的时候,就知道其他植物大都凋零,只有松柏坚韧挺拔。比喻品德高尚的人有坚韧的力量,耐得住困苦,受得了折磨,不至于改变初心。语出《论语·子罕》:"岁寒,然后知松柏之后凋也。"

⑥鸡鸣不已于风雨:风雨交加、天色昏暗的早晨,雄鸡啼叫不止。比喻在黑暗的社会里不乏有识之士。语出《诗经·郑风·风雨》:"风雨如晦,鸡鸣不已。既见君子,云胡不喜?"

⑦昏:社会黑暗,时世混乱。

⑧独醒:独自清醒。喻不同流俗。《楚辞·渔父》:"屈原曰:'举世皆浊我独清,众人皆醉我独醒。是以见放。'"

⑨《颜氏家训》:南北朝时期著名的文学家、教育家颜之推记述个人经历、思想、学识以告诫子孙的著作。它是中国历史上第一部内容丰富、体系宏大的家训。

⑩阉然：曲意逢迎貌。《孟子·尽心下》："阉然媚于世也者，是乡原也。"

⑪罗仲素：即罗从彦（1072—1135），字仲素，号豫章先生。宋朝经学家、诗人，豫章学派创始人。有著作《中庸说》《豫章文集》。

⑫《吴子》：即中国古代兵书《吴子兵法》。作者吴起（约前440—前381），卫国左氏（今山东省菏泽市定陶区西）人。战国初期军事家、政治家、改革家，兵家代表人物。

⑬《尉缭子》：战国时期的兵书。作者尉缭，战国兵家人物。

⑭太公对武王：即《姜太公兵书》，又称《六韬》或《太公六韬》，为中国古代八大兵书之一。西周初太公望（即吕尚、姜子牙）所著，全书以太公与文王、武王对话的方式编成。

⑮《兔罝》：《诗经》中的篇名。兔罝，捕兔的网。《诗经·周南·兔罝》："肃肃兔罝，椓之丁丁。赳赳武夫，公侯干城。"

⑯淫刍荛：放纵割草砍柴的人。《左传·昭公十三年》："次于卫地，叔鲋求货于卫，淫刍荛者。"淫，放纵。刍荛，指晋军刈草砍柴的人。马宗琏补注："司马执军法者，执策示罚。叔鲋摄司马，不禁樵采之事。"以"不禁"解"淫"，即放纵。

⑰《后汉书》：记载东汉历史的纪传体史书，由南朝宋历史学家范晔编撰。与《史记》《汉书》《三国志》合称"前四史"。

⑱张奂（104—181）：字然明。敦煌郡渊泉县（治所在今甘肃省瓜州县东）人。东汉时期名将、学者。

⑲羌：我国古代民族，原住在以今青海为中心、南至四川、北接新疆的一带地区，东汉时移居今甘肃一带，东晋时建立后秦政权（384—417）。豪帅：犹首领。旧时多称武装反抗者的首领或部落酋长。

⑳先零：古族名。汉代西羌的一支。最初居于湟水下游以北，后渐与西北各族融合。镰（qú）：金银制成的耳环。

㉑主簿:官名。汉代中央及郡县官署多置之。其职责为主管文书,办理事务。

㉒酹:把酒浇在地上。

㉓杜子美:即唐诗人杜甫(712—770),字子美。"安得廉耻将,三军同晏眠"出自杜甫《遣兴三首》第一首。

㉔吐蕃(bō):意为"大蕃",是公元7世纪由古代藏族在青藏高原建立的政权。

㉕河壖(ruán):同"河堧",河边空地。

㉖厚遗(wèi):丰厚地馈赠。

㉗并役:全力。

㉘月城:即瓮城。城外所筑的半圆形的小城,作掩护城门,加强防御之用。

㉙朔方:北方。

㉚黩(dú)货:贪污纳贿。黩,贪污,贪求。货,财物。

㉛郢书燕说:比喻曲解原意,以讹传讹。《韩非子·外储说左上》:"郢人有遗燕相国书者,夜书,火不明,因谓持烛者曰:'举烛。'云而过书'举烛'。举烛,非书意也。燕相受书而说(通"悦")之,曰:'举烛者,尚明也;尚明也者,举贤而任之。'燕相白王,王大说,国以治。治则治矣,非书意也。"

【解读】

本文录自顾炎武《日知录》卷十三。

本文强调廉耻的品格对人及对国家的重大意义,认为廉耻是"国之四维"中的二维,是"立人之大节",借欧阳修在《新五代史·冯道传》中对冯道的批评,以及孔子论士、孟子论耻的言论,指出无耻乃是"人之不廉而至于悖礼犯义"的根源,得出"士大夫之无耻,是谓国耻"的结论。接着论析"弃礼义,捐廉耻"之由来已久,并引宋朝罗从彦(字仲素)的话"士人有廉耻,则天下有风俗",间接说明士人在国家、社会中具有成风化人的作用。最后强调廉耻对于治军、边防的重要意义,认为将士有廉耻,自当视死如生,奋勇杀敌;将帅无廉耻,则会导致边关不守,遗患无穷。

本文第一段,以《新五代史·冯道传》论中的一段文字,提出"廉耻"的概念,认为它与"礼义"一道,构成国家的"四维"。原典出自《管子·牧民》:"国有四维。……何谓四维? 一曰礼,二曰义,三曰廉,四曰耻。"《新五代史》认为,礼与义这两者是治理人民的根本法则,而廉与耻则是立身做人的基本纲纪。什么是廉? 廉有收敛、自律、正直、不贪之义,如廉洁、清廉之谓。人而不廉,就会"无所不取",什么东西都要得到。什么是耻?《说文》:"耻,辱也。"有耻辱、羞愧、闻过自愧之义。人一旦没有了羞耻感,就会"无所不为",什么事情都能干得出。作为国家的大臣,如果无所不取、无所不为,那么天下必定大乱,国家自然不免覆亡。这是欧阳修总结五代十国时期宰相冯道不能忠君而历仕后唐、后晋、后汉、后周四朝,左右逢源的经历而作出的批评。作者援引此段传论,是肯定欧阳修的观点,并认为"礼义廉耻"四者之中,"耻"字最为重要。作者引孔子回答他人问什么是"士"的话说:"行己有耻。"(一己的行为,要有羞耻心来约束。)孟子说:"人不可以无耻。无耻之耻,无耻矣。"又说只有巧于"机变"的人才用不着有羞耻感,"人之不廉而至于悖礼犯义",主要的根源是人没有羞耻的观念。所以,对于国家来说,士大夫没有羞耻感,这就叫作"国耻"(国家的耻辱)。

第二段,作者观察"三代以下,世衰道微,弃礼义,捐廉耻",并不是一朝一夕形成的,而是逐渐腐蚀、逐渐导致的。作者引《颜氏家训》中齐朝士大夫教子学会许多手艺的目的只是"伏事公卿"以博"宠爱"的例子,认为这就是无耻的典型例子。但颜氏出仕于乱世,故有不得不谨慎处世、小心做人的客观原因,而那些甘于曲意逢迎、求悦于世的人，难道没有一点羞耻感吗？

第三段，引宋朝罗从彦的言论再次佐证自己的观点。罗认为教化是朝廷必先做的头等大事，廉耻是士人美好的操守，风俗则是整个天下（社会）最重大的事情。三者之间互有因果关系，朝廷提倡教化，则士人能够廉洁而有羞耻感；士人有廉洁、羞耻感，天下自然会蔚然成良善的风俗。

第四段，从治军之道论述廉耻的重要。作者认为廉耻观念是治军的根本，并引吴起的话说，凡执掌国政，治理军队，一定要用礼教育，用义鼓励，使人人都有羞耻的观念。因为人有了羞耻的观念，从大的方面来说，就可以与敌战斗；从小的方面来说，也足以守住自己不会做出逾越礼义的事情。《尉缭子》也说，国家必须有慈孝廉耻之风俗，这样人们才可以为国赴死，置生死于度外。因为有礼，所以列朝治军者乃至粗野的武夫都能遵循上古圣贤的教化行事，不会有放纵士兵樵采、偷盗牛马、凌虐百姓的事情发生。

第五段，举《后汉书》张奂的事例，张奂为安定属国都尉，以"正身洁己"的行为赢得羌族首领的信任，使得"威化大行"，总结自古以来边防事务和边境战事失败的原因都始于将帅的贪求，而张奂则不贪，以廉洁取得成功。

末段，作者用杜甫的诗"安得廉耻将，三军同晏眠"，来表达对军士能有廉知耻的期望。只有由具备廉耻品格的将领统率军队，军队才会克敌制胜，国家才会太平。作者举吐蕃欲筑乌兰桥的例子说明有廉将的作用及有贪帅的危害。乌兰桥，在今甘肃省靖远县西南黄河上。以前吐蕃人每次筑乌兰桥都不成功，是因为唐朝节帅（节度使）预先派人将吐蕃储存的木材偷走，丢入河中；而当王㟧任武灵节度使，吐蕃人知道王㟧很贪，所以先用厚礼贿赂，不使唐军破坏其筑桥，所以筑桥成功，还建了月城守卫这座桥。从此以后，北方就忙于防御外敌的侵扰，直到作者所处的明末清初仍为患不断,其原因就在于王似的贪污。所以让贪财的人做将帅,边关就会到夜间还洞开着无人防守。因此作者说,明白了这个道理,即使前面说的是郢书燕说式的穿凿附会,廉耻或许也可以用来治国吧?

【点评】

今人动称廉耻,其实廉易而耻难。如公孙弘布被脱粟,不可谓不廉,而曲学阿世,何无耻也?冯道刻苦俭约,不可谓不廉,而更事四姓十君,何无耻之甚也?盖廉乃立身之一节,而耻乃根心之大德,故廉尚可矫,而耻不容伪。([清]黄汝成《日知录集释》卷十三引阎若璩语)

炎武此文,专讲"行己有耻",是有为而言的。此文之外,还有《与友人论学书》,也曾反复言之,且谓"士而不先言耻,则为无本之人"。认为"圣人之道",关键就在"博学于文"和"行己有耻"。这里特举齐朝一士夫教子之例,当是针对现实有感而发的。炎武到了晚年,对于某些遗民晚节不终者,盖甚惋惜。在《广宋遗民录序》中有慨于"沧海横流,风雨如晦之日",难得始终如一的"自好之士"。纵有"一二自好之士",亦或"改行于中道,失身于暮年"。这样的人,也正是此文所称"阉然媚于世者",士大夫之"无耻"者。(郭预衡《中国散文史》下册)

与 人 书　　　顾炎武

人之为学,不日进则日退。独学无友,则孤陋①而难成;久处一方,则习染②而不自觉。不幸而在穷僻之域③,无车马之资④,犹当博学审问⑤,古人与稽⑥,以求其是非之所在,庶几⑦可得十之五六。若既不出户,又不读书,则是面墙⑧之士,虽子羔、原宪之贤⑨,终无济⑩于天下。子曰:"十室之邑，必有忠信如丘者焉，不如丘之好学也。"⑪夫以孔子之圣，犹须好学，今人可不勉乎？

【注释】

①孤陋：见闻少，学识浅陋。

②习染：谓受某种风气感染。

③穷僻之域：贫困偏僻的地方。

④资：供给。

⑤犹当：还应当。审问：详细地询问。谓在学问的探究上，深入探求。《礼记·中庸》："博学之，审问之，慎思之，明辨之，笃行之。"

⑥古人与稽：与古人一起探究。稽，考核，探究。

⑦庶几：差不多。

⑧面墙：对着墙壁，即一无所见的意思。《尚书·周书·周官》："不学墙面，莅事惟烦。"孔颖达疏："人而不学，如面向墙，无所睹见，以此临事，则惟烦乱，不能治理。"后因以"面墙"比喻不学而识见浅薄。

⑨子羔、原宪之贤：子羔、原宪那样的贤人。子羔，即高柴，春秋卫人（一说齐人）；原宪，字子思，春秋鲁人（一说宋人）。二人都是孔子的学生。

⑩无济：无所补益。

⑪"十室之邑"三句：见《论语·公冶长》。意思是说，即使在只有十户人家的小地方，也一定有像我这样忠诚守信的人，只是不如我好学罢了。丘，孔子自称其名。

【解读】

本文选自《亭林文集》卷四。《与人书》共有二十五则，此为第一则，记录的是作者读书求学的心得。

本文大意：人读书或做学问，不是每天有所进步，就会有所退步。

一个人学习，没有朋友相与切磋时，就会变得浅陋，学业也难以有成。如果人长久待在一个地方，就容易在不知不觉间受环境的感染，假如不凑巧住在穷乡僻壤，没有车马供给，当然还应当广泛地学习，详细地探究，与古人一起考求是非之所在，这样也差不多可以得到五六分的成果。如果既不出门游历，又不读书研究，那就是古人所说的面墙之士，终将一无所见，没有任何收获。这样的人，即使像孔子学生子羔和原宪那样贤能，也终将对天下无所补益。孔子说："即使在只有十户人家的小地方，也一定有像我这样忠信的人，但我跟他们的区别，就是他们不像我这样爱好学习。"以孔子这样的聪明智慧，还必须勤奋学习才能有所成就，现在的人还可以不勉励自己用功学习吗？

本文很简短，说明"学如逆水行舟，不进则退"的道理，勉励人读书做学问要勤奋，持之以恒，每天有所进步。只有这样，才能学有所成，才能有益于社会。这是作者一贯对自己的要求。作者同时强调，学习时要和朋友相切磋，不然就会变得孤陋寡闻；还需要出去游历，开阔眼界和心胸，否则独处一隅，难免不自觉地染上不良的习气。

学习有两种途径，一是见闻，一是读书。"读万卷书"和"行万里路"都足以广见识，得学问；否则，面墙而立，终无所见，即使具有聪明才智，也将孤陋寡闻、不学无术，从而于天下无益。文末用孔子"十室之邑"等语，再次强调学习的意义。只有好学不倦，日就月将，才能成为有用的人才。

【点评】

炎武之学，大抵主于敛华就实。凡国家典制、郡邑掌故、天文仪象、河漕兵农之属，莫不穷原究委，考正得失，撰《天下郡国利病书》百二十卷；别有《肇域志》一编，则考索之余，合图经而成者。精韵学，撰《音论》三卷。言古韵者，自明陈第，虽创辟榛芜，犹未邃密。炎武乃推寻经传，探讨本原。……又撰《金石文字记》《求古录》，与经史相证。而《日知录》三十卷，尤为精诣之书，盖积三十余年而后成。其论治综覈名实，于礼教尤兢兢。谓风俗衰，廉耻之防溃，由无礼以权之，常欲以古制率天下。……其他著作，有《二十一史年表》《历代帝王宅京记》《营平二州地名记》《昌平山水记》《山东考古录》《京东考古录》《谲觚》《菰中随笔》《亭林文集》《诗集》等书，并有补于学术世道。清初称学有根柢者，以炎武为最，学者称为亭林先生。（《清史稿·儒林二》）

芋①老人传 周　容

　　芋老人者，慈水祝渡人也②。子佣出③，独与姬④居渡口。一日，有书生避雨檐下，衣湿袖单⑤，影乃益瘦⑥。老人延⑦入坐，知从郡城就童子试归⑧。老人略知书⑨，与语久，命姬煮芋以进。尽一器⑩，再进，生为之饱，笑曰："他日不忘老人芋也。"雨止，别去。

　　十余年，书生用甲第为相国⑪。偶命厨者进芋，辍箸⑫叹曰："何向者祝渡老人之芋香而甘也？"使人访其夫妇，载以来⑬。丞、尉⑭闻之，谓老人与相国有旧⑮，邀见，讲钧礼⑯。子不佣矣。至京，相国慰劳⑰曰："不忘老人芋，今乃烦尔姬一煮芋也。"已而姬煮芋进，相国亦辍箸曰："何向者之香而甘也？"

　　老人前曰："犹是芋也，而向之香且甘者，非调和⑱之有异，时、位之移人也⑲。相公昔自郡城走数十里，困于雨，不择食矣。今日堂有炼珍⑳，朝分尚食㉑，张筵列鼎㉒，尚何芋

428

是甘㉓乎？老人犹喜相公之止于芋也。老人老矣，所闻实多：村南有夫妇守贫者，织纺井臼㉔，佐㉕读勤苦，幸或名成，遂宠妾滕㉖，弃其妇，致郁郁㉗而死。是芋视乃妇也㉘。城东有甲乙同学者，一砚、一灯、一窗、一榻㉙，晨起不辨衣履㉚。乙先得举㉛，登仕路㉜，闻甲落魄㉝，笑不顾，交以绝㉞。是芋视乃友也。更闻㉟谁氏子，读书时，愿他日得志㊱，廉干㊲如古人某，忠孝如古人某，及为吏，以污贿不饬罢㊳。是芋视乃学也。是犹可言也。老人邻有西塾㊴，闻其师为弟子说前代事，有将、相㊵，有卿、尹㊶，有刺史、守、令㊷，或绾黄纡紫㊸，或揽辔褰帷㊹，一旦事变㊺中起，衅孽外乘㊻，辄屈膝叩首迎款㊼，惟恐或后，竟以宗庙、社稷、身名、君宠㊽，无不同于芋焉。然则世之以今日而忘昔日者，岂独一箸间哉㊾！"老人语未毕，相国遽惊谢曰："老人知道者㊿！"厚资㊾而遣之。于是，芋老人之名大著。

赞曰：老人能于倾盖不意作缘相国㊾，奇已！不知相国何似㊾，能不愧老人之言否？然就其不忘一芋，固已贤夫并老人而芋视之者。特㊾怪老人虽知书，又何长㊾于言至是，岂果知道者欤？或传闻之过实㊾耶？嗟夫！天下有缙绅士大夫所不能言，而野老鄙夫㊾能言者，往往而然。

【作者简介】

周容（1619—1679），字鄮山，一作茂三，号躄堂。明末清初鄞县（今浙江宁波）人。明诸生。明亡为僧，后以母在还俗。清康熙时有以博学鸿词荐者，以死拒。全祖望说他"几于每饭不忘故国，黍离麦秀之音,读之令人魂断"。有《春涵堂诗文集》。

【注释】

①芋:芋艿,俗称芋头,植物名。其叶片呈盾形,绿色,叶柄肥大而长。地下块茎呈球形或卵形,富含淀粉,可供食用。

②慈水:地名,即旧慈溪县,唐开元二十六年(738)置,治所在今浙江省宁波市江北区慈城镇,明属宁波府。祝渡:渡口名,又称祝家渡,在慈溪西南三十里,今属余姚市。

③子佣出:儿子在外给人做工。佣,受别人雇用。

④妪:老年妇女。这里指芋老人的妻子。

⑤袖单:指衣服单薄。

⑥影乃益瘦:于是身影显得更加清瘦。

⑦延:邀请。

⑧郡城:府城。这里指宁波府府署所在地。就:参加。童子试:科举时代取得生员(秀才)资格的入学考试。童生应试合格者始为生员,俗称秀才。童子,即童生,凡读书人还没有取得秀才资格的,不论年岁大小,均称童生。

⑨略知书:读过一些书。

⑩尽一器:吃完一碗。器,指餐具。

⑪用:因为。甲第:科举考试中的第一等。《新唐书·选举志》:"凡进士,试时务策五道、帖一大经,经、策全通为甲第;策通四、帖过四以上为乙第。"明清时则用以泛指进士。相国:古官名。春秋战国时,除楚国外,各国都设相,称为相国、相邦或丞相,为百官之长。秦及汉初,其位尊于丞相。后为对宰相的尊称。

⑫辍箸(zhù):放下筷子。

⑬载以来:用车船接来。载,车、船等交通运输工具。这里作动词。

⑭丞、尉：县丞、县尉的合称，为知县的属官。

⑮有旧：过去曾有交往，有老交情。

⑯讲钧礼：用平等的礼节相对待。讲，讲求，讲论。钧，通"均"。平均，均等。

⑰慰劳：用言语或物质来抚慰劳苦的人。

⑱调和：烹调，调味。这里指烹调的方法。

⑲时、位：时势、地位。移人：使人的精神情态等改变。

⑳炼珍：精美的食物。

㉑朝分尚食：在朝廷分得皇帝赏赐的食物。尚食，官名，掌帝王膳食。此指御膳，帝王的饮食。

㉒张筵列鼎：大摆筵席，列鼎而食。鼎，青铜铸的炊器。

㉓何芋是甘：喜欢吃什么芋头。

㉔织纺井臼：织布纺纱，汲水舂米。泛指操持家务。

㉕佐：帮助，支持。

㉖妾媵（yìng）：古代诸侯贵族女子出嫁时从嫁的妹妹或侄女称媵。后因以"妾媵"泛指侍妾。

㉗郁郁：忧伤、烦闷貌。

㉘是芋视乃妇也：这是把他妻子看成和芋头一样了。乃，其，他的。

㉙榻：床，狭长而矮的坐卧用具。

㉚不辨衣履：穿的衣服、鞋子不分彼此。

㉛举：科举考试得中举人或进士。

㉜仕路：进身为官之路。

㉝落魄：穷困不得志。

㉞交以绝：交情因此断绝。

㉟更闻：又听说过。更，又，另。

㊱得志：谓实现其志愿。

㊲廉干：廉洁而有才能。

㊳以污贿不饬罢：因贪污受贿、行为不谨被罢了官。饬，谨慎。

㊴西塾：古时私人设立的学舍叫塾。古礼主位在东，宾位在西，所以叫西塾。

㊵将、相：将帅和丞相。亦泛指文武大臣。

㊶卿、尹：指高级官吏。

㊷刺史、守、令：泛指地方官吏。刺史，原为朝廷所派督查地方之官，后沿为地方官职名称，指州郡长官。守，太守，一郡长官。令，县令。

㊸绾黄纡（yū）紫：挂着金印，系着紫色的绶带。比喻身为高官，地位显贵。绾，佩带。纡，系结。

㊹揽辔（pèi）：挽住驾驭马匹的缰绳。语本《后汉书·党锢列传》："（范）滂登车揽辔，慨然有澄清天下之志。"指初任官职，即有澄清天下的宏愿。褰（qiān）帷：撩起帷幔。《后汉书·贾琮传》："琮为冀州刺史。旧典，传车骖驾，垂赤帷裳，迎于州界。及琮之部，升车言曰：'刺史当远视广听，纠察美恶，何有反垂帷裳以自掩塞乎？'乃命御者褰之。"后因以"褰帷"为官吏接近百姓、实施廉政之典。

㊺事变：特指突然发生的重大政治、军事事件。

㊻衅孽外乘：灾祸乘机从外部侵入。衅，事端，祸端。孽，灾害，灾祸。

㊼迎款：迎合，顺从。款，顺从。

㊽宗庙：帝王祭祀祖先的地方。后来代称皇室。身名：声誉；名望。君宠：皇帝的恩宠。

㊾岂独一箸间哉：难道只是一筷子之间的事吗？

㊿知道者：深明世事道理的人。

432

○51厚资：多给财物。

○52于倾盖不意作缘相国：在无意的相遇中结交了宰相。倾盖，指途中相遇，停车交谈，车盖靠在一起。盖，形状如伞的车盖。不意，无意之中。作缘，结缘。

○53何似：这里指像哪一种人。

○54特：不过，只是。

○55长：擅长。

○56过实：超过实际情况，不真实。

○57野老鄙夫：村野老人，浅陋百姓。

【解读】

本文以寓言的形式，说明人的口味会随着时势和地位的变化而有差别，如果用过去的感觉作为衡量现在的标准，则容易忘乎所以，轻则喜新厌旧，重则背义忘恩。行文平易，用意微婉，道理精警，足以讽世。

文章分四段。第一段，记叙故事发生的经过。有一天，有一位慈溪祝渡口的芋老人见到一位书生在他家屋檐下躲雨，形单影只，又淋湿了衣服，所以老人请他进家里坐，了解到书生刚从宁波府参加完生员考试回家。老人略懂些书中的道理，所以两人交谈了很久。老人让妻子煮些芋头给书生吃，吃完一碗，又进了一碗，直到书生吃饱为止。书生吃饱了，笑着对老人说："将来肯定不会忘记您老人家的芋头。"雨停后，书生就告辞回去了。

第二段，叙述十多年过去后，书生考中了进士，做到了宰相。一次偶然叫厨子上芋头来吃，吃了一口，就放下筷子，感叹道："为什么从前祝渡口老人的芋头那么香甜呢？"因此，他就派了人寻访老人夫妇，用车船接到京城。慈溪县的丞、尉听说了这事，以为老人跟当朝宰相有老交情，所以邀请老人相见，又用平等的礼节来对待他们，连他儿子都不用外出做工了。到了京城，相国就对老人说："从不曾忘记您的芋头好吃。

今天就烦请老妇人为我再煮一次芋头。"过了一会儿,老妇人煮了芋头呈给相国吃,相国又只是吃了一口就放下了筷子,说:"怎么以前的芋头那么香甜,现在却没有那种味道了呢?"

第三段,是文章重点。老人借相国感叹过去的芋头香甜的机会,用几个典型例子向相国讲述了人不能背义忘恩的道理,特别在最后针对明朝末年很多达官显贵委身事清、背主求荣的现象,借老人之口,对那些背义负恩之人进行了鞭挞。语气虽婉转,但意内言外,有无穷的不齿和感叹。

第四段,是"赞"。赞在古代也是一种文体名,一般用在文章末尾,用来对前文作总结性的概括与赞扬,也有单独做文章的标题的,主要是对人物的颂扬。本文这个赞,也是赞扬的性质。作者一则称赞老人是一位奇人,在相国未发迹时与之偶然相遇,却能因此结缘,经过奇,结果也奇,所以老人不是一位简单的人物;二则对相国也给予了称赞,认为虽然不知相国在老人所讲的故事中属于哪种类型的人,但就其"不忘一芋",也能说明相国不是那种忘恩背义的人,比老人前面所讲的那些事例的主角要强得多。末尾,作者对老人讲的故事心存怀疑,一个略懂点书的老人,怎么能领会那么深刻的道理?难道是传闻言过其实,将故事讲得变形了吗?但最后以盖然性的句子结尾,肯定了老人言士大夫所不能言的这种现象是有可能存在的。

本文借相国发迹前后品味芋头的不同感受而引发的故事和议论,讽喻那些由于地位的变化而忘旧的人。故事生动,道理也很浅易,却道出了极其普遍的社会现象,颇能发人深省。

【点评】

就一芋上,发出绝大议论,时位移人,一语破的。([清]王文濡《清文评注读本》)

小港^①渡者

周 容

庚寅^②冬，予自小港欲入蛟川^③城，命小奚以木简束书从^④。时西日沉山，晚烟萦树，望城二里许。因问渡者："尚可得南门开否？"渡者熟视^⑤小奚，应曰："徐行之，尚开也；速进则阖^⑥。"予愠为戏。趋行^⑦及半，小奚仆^⑧，束断书崩，啼，未即起。理书就束，而前门已牡下矣^⑨。予爽然^⑩思渡者言近道。天下之以躁急自败，穷暮而无所归宿者，其犹是也夫^⑪！其犹是也夫！

【注释】

①小港：地名，位于今浙江省宁波市北仑区，地处甬江入海口。

②庚寅：这里指清顺治七年（1650）。

③蛟川：地名，隶属于今浙江省宁波市镇海区。

④小奚：小男仆。以木简束书：用木板捆着书。木简，木板，狭长的木片。

⑤熟视：仔细看，看了很久。

⑥阖：关闭。

⑦趋行：快走，急行。

⑧仆（pū）：向前跌倒。

⑨牡：门栓，锁簧。下：上锁。

⑩爽然：豁然，了然。

⑪其：大概。也夫：两者都是句末语气词，连用是为了加强语气。

【解读】

本文写的是作者一次亲身经历，虽是一桩小事，但由小及大，说明了一个道理,即欲速则不达,也就是作者自己所讲的"以躁急自败"。

文章很短,记述一次从小港到蛟川城,作者带着个小男仆背着用木板捆束好的书跟在后边。当时正是日落时分,到城中估计只有两里路,过渡口时因问船夫这个时候到南门,南门是否还会开着。船夫观察小男仆很久,然后回答说:"慢慢走,南门还会开着;但走快了,门就会关了。"作者以为船夫是在开玩笑,心里很生气,所以上了岸就带着小男仆一路快走,可走了一半路,小男仆就跌了一跤,捆书的绳子断了,书散落一地。小男仆哭出声,没有马上起来收拾。等到收拾好,走到南门时,城门已经关闭了。这时作者才突然意识到刚才船夫所说的话有道理,因此发出感叹:天下的人因为急躁而败于自己之手,大概就是我这样的情形。重复感叹,说明作者感慨之深。

文章借事寓意,以"天下之以躁急自败,穷暮而无所归宿者"一句抒写明朝亡国的历史教训,用意深长。全文以小港渡者的警语为核心,叙事平易,文笔精练,在不足二百字的篇幅之内,熟练地运用叙述、描写、抒情、议论等手法,既写出人物、故事,又点明题旨,抒发了感慨。

【点评】

文章言简义深,有仲尼"长沮桀溺"章韵味。略略数笔,写暮色苍茫赶路人情急之状如在眼前。(《续古文观止评注》施明智评注)

自题墓石 王夫之

有明遗臣行人王夫之①,字而农,葬于此。其左则其继配襄阳郑氏之所祔也②。自为铭③曰:

抱刘越石之孤愤而命无从致④,希张横渠之正学而力不能企⑤。幸全归于兹丘⑥,固衔恤以永世⑦。

墓石可不作,徇汝兄弟为之⑧。止此不可增损一字。行状原为请志铭而作⑨,既有铭,不可赘⑩。若汝兄弟能老而好学,可不以誉我者毁我,数十年后,略记以示后人可耳,勿庸问世也⑪。背此者自昧其心⑫。

【作者简介】

王夫之(1619—1692),字而农,号姜斋,湖南衡阳人。明崇祯十五年(1642)举人。南明永历时任行人司行人。旋归居衡阳石船山。永历政权覆灭后,曾匿居瑶人山区,后在石船山筑土室闭门著书,自署船山病叟,学者称船山先生。吴三桂反清兵起,又逃入深山。终其身不剃发。治学范围极广,于经、史、诸子、天文、历法、文学无所不通,有《张子正蒙注》《黄书》《噩梦》《读通鉴论》《姜斋文集》等。《船山遗书》至清道光间始刻,同治间始有全书,后又有增收,至三百五十八卷。

【注释】

①遗臣:前朝之臣。多指改朝换代后不仕新朝者。行人:王夫之受瞿式耜荐,曾为南明永历帝的行人司行人,掌传旨册封等事。

②继配:续娶之妻。对原配而言。祔(fù):合葬。

③铭:文体的一种。古代常刻于碑版或器物上,或以称功德,或用以自警。

④刘越石:即刘琨(271—318),字越石,晋中山魏昌(今河北定州东南)人。少负志气,与祖逖为友,希为世用。初为司隶从事。晋怀帝永嘉元年(307),为并州刺史,加振威将军。愍帝立,任大将军,都督并州诸军事。元帝称制,遣使劝进,转太尉。为晋廷招抚流亡,孤守河北,与刘聪、石勒抗衡,常"枕戈待旦,志枭逆虏"(《晋书·刘琨传》)。后为石勒所败,奔鲜卑贵族幽州刺史段匹磾。匹磾忌之,遂被杀。孤愤:韩非所著文章名。《史记·老子韩非列传》:"(韩非)悲廉直不容于

437

邪枉之臣,观往者得失之变,故作《孤愤》。"司马贞索隐:"《孤愤》,愤孤直不容于时也。"后以"孤愤"谓因孤高嫉俗而产生的愤慨之情。

⑤张横渠:即张载(1020—1077),字子厚。宋凤翔郿县(今陕西眉县)横渠镇人,世称横渠先生。北宋哲学家。曾任崇文院校书等职,后因病屏居,著书讲学。其学以《易》为宗,《中庸》为体,孔孟为法。讲学关中,传其学者称为关学。有《正蒙》《横渠易说》等。正学:谓合乎正道的学说。西汉武帝时,罢黜百家,独尊儒术,始以儒学为正学。

⑥全归:全身而死。丘:坟墓。

⑦衔恤:含哀,心怀忧伤。《诗经·小雅·蓼莪》:"无父何怙?无母何恃?出则衔恤,入则靡至。"郑玄笺:"恤,忧。"永世:世世代代,永远。

⑧徇:曲从,依从。汝兄弟:指作者的两个儿子王攽、王敔。

⑨行状:文体名。专指记述死者世系、籍贯、生卒年月和生平概略的文章。也称状、行述。请志铭:请人写墓志铭。志铭,放在墓里刻有死者事迹的石刻。一般包括志和铭两部分。志多用散文,叙述死者姓氏、生平等。铭是韵文,用于对死者的赞扬、悼念。

⑩赘(zhuì):多余。

⑪勿庸:不用。问世:在世间发表。

⑫自昧其心:自然就是违背了自己的良心。自,自然,当然。昧心,欺心,违背良心。

【解读】

本文选自《王船山诗文集·姜斋文集补遗》。这是作者给自己题写的墓志铭,叙写了自己一生的抱负以及感慨。铭后一段,是作者交代两个儿子如何处理自己的后事,希望儿子们不要违背自己的告诫。文章很简短,但字里行间透露出一种深刻感人的悲壮气氛。

文章大意:

438

明代的遗臣、曾任行人司行人的王夫之，字而农，葬在这里。左边是继配襄阳人郑氏与我合葬之处。我给自己题写墓志铭如下：

在事业方面，我抱有晋朝刘琨志存王室那样孤直的悲愤，而我的命运达不到刘琨那样的位置，所以不能为国贡献更多的力量；在学问方面，我向往宋朝张载那样正统儒学的境界，但学力有限，始终无法企及。侥幸的是能够保全完整的身体回归到这座墓中，但确实是怀有深刻的哀痛和忧伤，一直到永远。

以下是对两个儿子的叮嘱。

墓石可以不竖，这个随你兄弟去做。只是一点，铭文必须照我的原文，不能增减一字。行状原本是为请求他人写志铭而作的，但现在既然有了铭，就不必再多此一举（指写行状）。如果你们兄弟两人能到老还爱好学问，就不要用时人赞誉我的言词来毁谤我（作者言下之意，别人赞誉他的那些言词并不能代表别人真正理解他的用心）。几十年后，简单记述一下我这个人，给后人看看就行了，不必公开在世间发表。如果你们违背我的告诫，那自然就是违背了你们的良心。

一般自题墓石，有志有铭，铭之前为志。王夫之此志较短，仅交代自己的身份，虽然他去世于清康熙三十一年（1692），但始终坚称自己是明朝的遗臣。铭文也很简短，表达了自己终身所追求的事业未得完满的遗憾与无奈。

【点评】

夫之乃究观天人之故，推本阴阳法象之原，就《正蒙》精绎而畅衍之，与自著《思问录》二篇，皆本隐之显，原始要终，炳然如揭日月。至其扶树道教，辨上蔡、象山、姚江之误，或疑其言稍过，然议论精严，粹然皆轨于正也。康熙十八年，吴三桂僭号于衡州，有以劝进表相属者，夫之曰："亡国遗臣，所欠一死耳，今安用此不祥之人哉！"遂逃入深山，作《祓禊赋》以示意。三桂平，大吏闻而嘉之，嘱郡守馈粟帛，请见，夫之以疾辞。未几,卒,葬大乐山之高节里,自题墓碣曰"明遗臣王某之墓"。

当是时,海内硕儒,推容城、鳌峰、余姚、昆山。夫之刻苦似二曲,贞晦过夏峰,多闻博学,志节皎然,不愧黄、顾两君子。然诸人肥遯自甘,声望益炳,虽荐辟皆以死拒,而公卿交口,天子动容,其著述易行于世。惟夫之窜身瑶峒,声影不出林莽,遂得完发以殁身。后四十年,其子敔抱遗书上之督学宜兴潘宗洛,因缘得入《四库》,上史馆,立传《儒林》,而其书仍不传。同治二年,曾国荃刻于江南,海内学者始得见其全书焉。(《清史稿·儒林一》)

越石刘琨,当"胡寇塞路""国破家亡"之日,"奔走乱离",被害而死。夫之为永历行人,也曾上表言事,几乎被害。事有相似,故引为同志。横渠张载,早年谈兵,著有《边议》,晚年论道,亦不离"政事"。以谈兵始,以讲学终,盖不得已。夫之一生心事,或与之近似,故亦企慕如此。此铭之后,还附有数语,以诫子弟:"墓石可不作,徇汝兄弟为之。止此不可增损一字。"这些言语,与铭文同样,在历来的"遗令"或"自为墓志铭"中,是自为一体、别具特点的文字。(郭预衡《中国散文史》下册)

狱中上母书　　　　　夏完淳

不孝①完淳今日死矣!以身殉父,不得以身报母矣!痛自严君见背②,两易春秋③,冤酷④日深,艰辛历尽。本图复见天日⑤,以报大仇,恤死荣生⑥,告成黄土⑦。奈天不佑我,钟虐先朝⑧,一旅才兴⑨,便成齑粉⑩。去年之举⑪,淳已自分⑫必死,谁知不死,死于今日也。斤斤⑬延此二年之命,菽水⑭之养无一日焉。致慈君托迹于空门⑮,生母寄生于别姓⑯,一门漂泊,生不得相依,死不得相问。淳今日又溘然先从九京⑰,不孝之罪,上通于天!

呜呼!双慈⑱在堂,下有妹女,门祚⑲衰薄,终鲜兄弟。淳一死不足惜,哀哀八口,何以为生?虽然,已矣!淳之身,父之所遗;淳之身,君之所用。为父为君,死亦何负于双慈!但慈君推干就湿⑳,教礼习诗,十五年如一日;嫡母慈惠,千古所难。大恩未酬,令人痛绝。慈君托之义融女兄㉑,生母托之昭南女弟㉒。

淳死之后,新妇遗腹得雄㉓,便以为家门之幸。如其不然,万勿置后㉔!会稽大望㉕,至今而零极㉖矣!节义文章㉗,如我父子者几人哉?立一不肖后如西铭先生㉘,为人所诟笑㉙,何如不立之为愈耶!呜呼!大造茫茫,总归无后㉚。有一日中兴再造,则庙食千秋,岂止麦饭豚蹄,不为馁鬼而已哉㉛!若有妄言立后者,淳且与先文忠在冥冥诛殛顽嚚㉜,决不肯舍!

兵戈天地,淳死后,乱且未有定期。双慈善保玉体,无以淳为念。二十年后,淳且与先文忠为北塞之举矣㉝!勿悲,勿悲!相托之言,慎勿相负!武功甥将来大器㉞,家事尽以委之。寒食盂兰㉟,一杯清酒,一盏寒灯,不至作若敖之鬼㊱,则吾愿毕矣!新妇结缡㊲二年,贤孝素著。武功甥好为我善待之,亦武功渭阳情㊳也。

语无伦次,将死言善㊴。痛哉,痛哉!人生孰无死?贵得死所耳!父得为忠臣,子得为孝子。含笑归太虚㊵,了我

441

分内事。大道本无生,视身若敝屣㊶。但为气所激㊷,缘悟天人理㊸。恶梦十七年,报仇在来世。神游天地间,可以无愧矣!

【作者简介】

夏完淳(1631—1647),原名复,字存古。明松江府华亭(今上海市松江区)人。明朝抗清将领夏允彝子。七岁能诗文。十四岁从父及陈子龙参加抗清活动。南明鲁王监国,授中书舍人。事败被捕下狱,赋绝命诗,遗母与妻,临刑神色不变。有《南冠草》《续幸存录》等。

【注释】

①不孝:父母死,子于丧中自称不肖子。清初士大夫改称"不孝"。

②严君:对父亲的敬称。这里指作者父亲夏允彝,他是抗清志士。见背:谓父母或长辈去世。

③两易春秋:过了两年。作者父亲在作者写作此文两年前,即南明弘光元年(清顺治二年,1645)殉国。

④冤酷:冤仇与惨痛。

⑤复见天日:再一次看见天和太阳,指恢复明朝。

⑥恤死荣生:使死去的人(指其父)得到抚恤,使活着的人(指其母)得到荣封。

⑦告成黄土:把复国成功的事向祖先的坟墓祭告。告成,上报所完成的功业。

⑧钟虐:将灾害聚集。先朝:这里指明朝。

⑨一旅才兴:指吴易的抗清军队刚刚崛起。夏完淳参加了吴易的军队,担任参谋。旅,军队编制单位。《周礼·地官·小司徒》:"乃会万民之卒伍而用之。五人为伍,五伍为两,四两为卒,五卒为旅。"

⑩齑(jī)粉:碎粉末。这里比喻被击溃。

⑪去年之举:指南明隆武二年(清顺治三年,1646)起兵抗清失败事。吴易兵败后,夏完淳只身流亡。

⑫自分:自料。

⑬斤斤:拘谨,谨慎。

⑭菽水:豆与水。指所食唯豆和水,形容生活清苦。语出《礼记·檀弓下》:"子路曰:'伤哉,贫也!生无以为养,死无以为礼也。'孔子曰:'啜菽饮水,尽其欢,斯之谓孝。'"后常以"菽水"指晚辈对长辈的供养。

⑮慈君:作者的嫡母盛氏。托迹:寄身。空门:泛指佛法。大乘以观空为入门,故称。这里指佛门,寺庙。

⑯生母:作者生母陆氏,是夏允彝的妾。寄生:寄托生命,寄居。

⑰溘然:忽然。从:追随。九京:即九原。春秋时晋大夫的墓地。《国语·晋语八》:"赵文子与叔向游于九原。"韦昭注:"原,当作京也。京,晋墓地。"

⑱双慈:嫡母与生母。

⑲门祚:家世。

⑳推干就湿:把干燥处让给幼儿,自己睡在幼儿便溺后的湿处。极言抚育幼儿的辛劳。

㉑义融女兄:作者的姐姐夏淑吉,号义融。

㉒昭南女弟:作者的妹妹夏惠吉,号昭南。

㉓新妇:新娘子,这里指作者刚娶不久的妻子。雄:男孩。

㉔置后:古时大夫死后无子,为死者别置后嗣、暂为丧主之称。这里指抱养别人的孩子为后嗣。

㉕会稽大望:这里指夏姓大族。古代传说,夏禹曾会诸侯于会稽。于是后来会稽姓夏的人就说禹是他们的祖先。大望,指郡望,"大"是对自姓郡望的夸称。郡望,古称郡中为众人所仰望的贵显家族,如陇

西李氏、太原王氏、汝南周氏等。

㉖零极:零落到极点。

㉗节义:谓节操与义行。文章:文字,文学作品。

㉘西铭先生:张溥,别号西铭。明末文学家,复社的领袖。崇祯十四年(1641)去世,无后,次年由钱谦益等代为立嗣。钱谦益后来投降清朝。人们认为这有损张溥的名节。

㉙诟笑:责骂耻笑。

㉚"大造"两句:如果上天不明,让明朝灭亡了,那么即使自己有后,也会被杀,终归无后。大造,造化,指天。茫茫,遥远,渺茫。

㉛"有一日"四句:将来如果明朝复国成功,自己为抗清而死,纵或无后,也将千秋万古地受人祭祀,何止像普通人那样只享受简单的祭品、不做饿死鬼而止呢? 中兴,国家由衰败转而复兴。再造,重新创建。指恢复明朝。庙食,谓死后立庙,受人奉祀,享受祭飨。麦饭豚蹄,大麦做的饭和猪蹄子。指简单的祭品。馁鬼,指不能享受祭祀之鬼。馁,饥饿。语出《左传·宣公四年》:"鬼犹求食,若敖氏之鬼不其馁而!"

㉜先文忠:指作者父亲夏允彝。夏允彝死后,南明鲁王赠谥为文忠。冥冥:阴间。诛殛(jí):诛杀。顽嚚(yín):愚妄奸诈。这里指愚妄奸诈的人。

㉝"二十年后"二句:意思是如果来世再度为人,那么二十年后,还要与父亲在北方起兵抗清。

㉞武功甥:作者姐姐夏淑吉的儿子侯檠,字武功。大器:大材。比喻有大才、能担当大事的人。

㉟寒食:节日名。在清明前一日或二日。相传春秋时晋文公负其功臣介之推,之推愤而隐于绵山。文公悔悟,烧山逼令出仕,之推抱树焚死。人们同情介之推的遭遇,相约于其忌日禁火冷食,以为悼念。

以后相沿成俗,谓之寒食。这里指清明节。盂兰:梵语,意译为救倒悬。旧传目连从佛言,于农历七月十五日置百味五果,供养三宝,以解救其亡母于饿鬼道中所受倒悬之苦。见《盂兰盆经》。南朝梁以降,成为民间超度先人的节日。是日延僧尼结盂兰盆会,诵经施食。后亦演变为仅具祭祀仪式而不延僧尼者。

㊱若敖之鬼:没有后嗣按时祭祀的饿鬼。若敖,即若敖氏,春秋时楚国公族名。这一族的后代令尹子文看到族人越椒行为不正,估计他可能会给整个家族带来灾难,临死前,哭着对族人说:"鬼犹求食,若敖氏之鬼不其馁而!"后来,若敖氏终于因为越椒叛楚而被灭了全族。事见《左传·宣公四年》。

㊲结缡(lí):代指成婚。缡,古时女子出嫁时所系的佩巾。

㊳渭阳情:指甥舅之间的情谊。《诗经·秦风·渭阳》有"我送舅氏,曰至渭阳"句。据说是写晋公子重耳出亡,秦穆公收容他并支持他做晋君,他归国时,他的外甥秦国太子罃(即后来的秦康公)送他到渭水之阳,作诗赠别。后世遂用渭阳比喻甥舅。

㊴将死言善:人要死了,临终前的语言是发自肺腑的,是真诚的,所以是善言。语出《论语·泰伯》:"人之将死,其言也善。"

㊵太虚:指天。

㊶敝屣(xǐ):破烂的鞋子。

㊷气:这里指正义之气。激:激荡,激发。

㊸缘悟:因缘觉悟。天人理:天道和人道。

【解读】

明亡前后,江南有一批读书人,都投身抗清前线,如本文中的松江(今属上海)人夏允彝、夏完淳父子,陈子龙,江苏昆山的顾炎武,浙江余姚的黄宗羲,湖南衡阳的王夫之等等,都是学问、文才第一流的人物,也是影响了多少代后人舍身为国的仁人志士,他们身当国家危亡之际，慷慨激昂，挺身而出，捐躯赴国难，其行为可歌可泣，其志节可赞可颂。本文中的夏完淳，年仅十七岁就慷慨赴义，临死前这篇《狱中上母书》，英风凛凛，读来尤令人震撼和沉痛。

全文分五段。第一段，泣诉"不孝"之缘由。第二段，回顾家中近况，表达对自己死后家中生计何以维持的担忧，对双慈大恩未报的愧疚。第三段，交代后事，写自己新娶的妻子怀孕在身，表示倘日后生下的不是男子，则宁可绝后，也不要他人替他"置后"，以免如张溥死后钱谦益等人为他立后，后因钱谦益投降清朝而遭人耻笑辱骂。第四段，也是交代后事，一则希望双慈善保身体，二则将家事交托给外甥。第五段，表示自己死不足惜，但为忠臣孝子，则愿已毕，表达其视死如归、死后仍愿斗争不息的精神。

全文悲壮苍凉，一个十七岁的年轻人有此气概，正可见其血性耿耿！其父夏允彝（1596—1645），字彝仲，也是一位舍生取义的英雄。与同邑陈子龙、徐孚远、王光承等结"几社"，与"复社"相应和。崇祯十年（1637）进士，授长乐知县，善断疑狱。京师陷，走谒史可法，与谋兴复。南京复陷，赋绝命词，投水死。其绝命诗云："少受父训，长荷国恩，以身殉国，无愧忠贞。南都既没，犹望中兴。中兴望杳，安忍长存？卓哉我友，虞求、广成、勿斋、绳如、愨人、蕴生，愿言从之，握手九京。人谁无死，不泯者心。修身俟命，警励后人！"同样正气凛然，令人钦敬！

图书在版编目（CIP）数据

明代散文选读 / 徐全，伍恒山编著. -- 武汉：崇文书局，2023.9

（中华诗文选读丛书 / 伍恒山主编）

ISBN 978-7-5403-7427-3

Ⅰ．①明… Ⅱ．①徐… ②伍… Ⅲ．①古典散文－散文集－中国－明代 Ⅳ．① I264.8

中国国家版本馆 CIP 数据核字（2023）第 174253 号

出 品 人：韩　敏
选题策划：曾　咏　张　弛
责任编辑：朱金丽　郭晓敏
封面设计：杨　艳
责任校对：董　颖
责任印刷：李佳超

明代散文选读
MINGDAI SANWEN XUANDU

出版发行　 长江出版传媒｜崇文书局
地　　址：武汉市雄楚大街 268 号 C 座 11 层
电　　话：(027)87677133　　邮政编码：430070
印　　刷：湖北新华印务有限公司
开　　本：880×1230　　1/32
印　　张：14.5
字　　数：325 千
版　　次：2023 年 9 月第 1 版
印　　次：2023 年 9 月第 1 次印刷
定　　价：56.00 元
（如发现印装质量问题，影响阅读，由本社负责调换）